傅译精华

4

罗新璋 选编

《夏倍上校》
《欧也妮·葛朗台》
《高老头》
《幻灭》(节选)

人民文学出版社

横空出世的大师与译者

法国诗人马拉美说:"纷纭世上事,最后都归结为一本美丽的书。"雨果在巴尔扎克葬礼上就曾说:故友的全部作品,已汇成《人间喜剧》这部大书。

巴尔扎克自命要为法国社会作记录,通过刻画一个时代的两三千人物,以反映社会的全貌。"因为说到底,这两三千人就是一代人所涌现的典型,也是《人间喜剧》典型人物的总和。"巴尔扎克用如椽大笔,描绘喜剧人间,像现实世界一样,从上流社会到底层小民,写身份不同的贵族命妇、法务部长、大小老板、高利贷者、银行家、跑街,不同类型的律师、神甫、医生、作家、画家、音乐家、收藏家,各种人物,应有尽有,据巴学教皇(le Pape des Balzaciens)马赛尔·蒲德隆统计,总共写了二千四百七十二人,三百六十行几乎行行都有。不过,细想一下,似乎缺了翻译家这一行;而缺了翻译家,《人间喜剧》就不会有中文版,巴尔扎克在我国影响就不会这么大。但翻译家(le traducteur)这个词,记得在巴尔扎克作品里至少出现过一次。《逐客还乡》这个短篇,讲到一位神学博士,演绎天主教教义,宣讲的效果,借用佛教术语来说,真是天花乱坠,讲毕,教堂的彩色玻璃正好射来一道朝阳,金光普照在神学家身上,给信徒以超凡入圣的印象。神学博士为表示谦卑,说:"我是谁?我不过是区区一名翻译者,只翻译了圣徒行述中的一行文字。"此处 traducteur(翻译者),从上下文看,实际是 interprétateur(释译者)之意,跟通常说的从甲国文字译成乙国文字的翻译家还不完全一样。

巴尔扎克因为要写的人物太多,可以忽略翻译家,我们表示理解和宽容,因为翻译家说到底没什么了不起,虽然要做一个合格的翻译家也不容易。但,翻译家并没忽略巴尔扎克。我国近代外国文学翻译的开山祖师林纾,在一九一五年就出过一本巴尔扎克短篇集《哀吹集》。嗣后,到一九四九年,共出有巴氏译作二十二种,译者计有:锺宪民、白冷、徐霞村、蒋怀青、盛成、黎烈文、穆木天、高名凯、傅雷、韩云波、罗塞、诸侯、陈原等十几位。译得最多的,是高名凯,解放前后合计译出二十几本巴尔扎克小说;成就最高的,要数傅雷,译出十几部名作。经过比较、研究,读书界和出版界比较认可傅雷的翻译,觉得他把巴尔扎克翻译推进到一个新的水平,新的境界。傅雷这位译家,如何定位呢?本世纪初,康有为诗云:"译才并世数严林";至本世纪中叶,外国文学翻译二大家,似宜推朱生豪与傅雷。诚如人文版《巴尔扎克全集》总序所言:"如果说中国人首先是通过朱生豪了解莎士比亚,那么也可以说,中国人首先是通过傅雷了解巴尔扎克。"

傅雷先生最可敬佩的,是敬业精神:治学严谨,一丝不苟,把翻译视为神圣的文艺事业。虽然是自由职业者,但业职并不自由,每天都有严格的工作日程。解放前住吕班路巴黎新村,一楼会客,二楼卧室,三楼是书房。译书人整天高踞在顶楼,杂事都由娘姨和夫人代为打发,万一下楼见客,影响了译事进程,必于晚间或星期天补回。把做好自己的本分工作,放在第一位,而且全身心放在翻译上:"无奈一本书上了手,简直寝食不安,有时连打中觉也在梦中推敲字句。"傅聪回忆道:"当我们小的时候,碰到他工作不顺利,我们也跟着遭殃。为了推敲一个字,他睡不着,吃不好,而且脾气很坏,好像我们都欠他似的。"用志不分,乃凝于神,在朦朦昧昧的求索中,有时会豁然开朗,想出佳句妙译。古人说:"书痴者文必工,艺痴者技必良。"如此用心,只要不是白痴,焉能译不好?傅雷的翻译,是"技必良"的翻译;后学从中偷得一二手,就会受用无穷。从《傅雷家书》可看出,万事万物,他都不停留在表面,而喜欢探索出个道理——事中求理。划右派后连种玫瑰,他都要总结些经验出来,更不要说翻译这个本行。他像姚鼐说的,"技之精者必近道",技进于道,悟出"以效果而论,翻译应当像临画,所求的不在形似而在神似",标举传神说。像先生那样在实践和理论两方面均有建树,在翻译家中实不多见。"业精于勤,荒于嬉;行成于思,毁于随。"傅雷之于翻译,正是由敬其事,而达到精于业。

其次,关于原作和译作,先生也有自己独得之见。首先,他说:"选择原作好比交朋友,有的人始终与我格格不入,那就不必勉强;有的人与我一见如故,甚至相见恨晚。但即使对一见如故的朋友,也非一朝一夕可能真切了解。"一九三八年,正在翻《约翰·克利斯朵夫》的时候,傅雷就有志于译述巴尔扎克。待做了长期准备,练笔二百万字后,翻译由学徒阶段进入成熟时期,他才把主要精力放在译巴尔扎克上。关于译作,他说:"理想的译文仿佛是原作者的中文写作。"把原作者比作朋友,把译者视若原作者的代言人。巴尔扎克用法文写作,傅雷用"中文写作"。既不拜倒在原作前,也不奴事原作者。他在谈翻译经验的文章里说:"我不能因为能力薄弱而降低对自己的要求。艺术的高峰是客观的存在,决不会原谅我的渺小而来迁就我。"但在致林以亮的私人信件里说得就比较坦率:"我的经验,译巴尔扎克,虽不注意原作风格,结果仍与巴尔扎克面目相去不远。只要笔锋常带情感,文章有气势,就可说尽了一大半巴氏的文体能事。"可见他对译巴尔扎克比较有把握。现代诠释学认为:翻译中的理解过程,就是译者与原作者的对话过程。我们今天来评价,可说傅译巴尔扎克,达到译坛巨匠与文学大师之间对话的高水准,堪称旗鼓相当。从实际成绩来说,傅译巴尔扎克要好过傅译罗曼·罗兰。巴尔扎克文笔的气势,尤其在傅译《邦斯舅舅》里,就传达得很出色。巴尔扎克的俏皮幽默,大多也能曲达以出。但是,也不是没有可议之处。一般认为,巴尔扎克文风比较粗豪,有些作品最初以连载小说形式发表,有照顾读者趣味的一面,同时代文人认为破坏了文学的"高雅情趣"。如,圣伯夫,这位巴尔扎克的死对头,文学趣味雅致精微,曾责难巴尔扎克作品代表着一种"堕落的甜俗文风"(ce style d'une covwption délicie)。——这是就文体而言,但同一位圣伯夫却非常欣赏巴尔扎克的人物刻画,认为写复辟时期的公爵夫人,"没有人能比巴尔扎克更精彩"。讲究文笔的法朗士,对巴尔扎克表示了宽容,说:"他是神,若责备他有时粗糙,他的信徒会答告:创造一个世界不能过分精巧。"(附带说句笑话,法朗士私下表示他不喜欢巴尔扎克,原因是不喜欢大胖子作家——见其秘书白罗松撰《穿拖鞋的法朗士》。不喜欢大胖子,或许不无缘由,法朗士自己形体比较瘦小)。巴尔扎克大刀阔斧,要创立千姿百态的人物画廊,来不及一一精雕细琢,这部分文字工作,傅雷在他宁静的书斋里越俎代庖,把粗糙变得高雅,繁重变得轻快。艺术本应精雅一点,粗鄙就不一定好。

回想我们的阅读经验,曾容忍不少译而劣的本子;遇到译而优,难道不值得我们高兴吗?再者,译作超胜,有何不可?本雅明(Walter Benjamin,1892—1940)早就说过,"译作绝对不是两种僵死语言之间干巴巴的等式",译者"抓住原作的永恒生命并置身于语言的不断更新之中",使"原作的生命之花在译作里得到最新也最绚丽的绽放",从而获得"后起的生命"。(参见《西方翻译理论精选·译者的任务》202页,张旭东译文)从时序来说,先有原著,后有译作,作者在先而译者在后。后起的译者,具有后知之明,现在小朋友都知道地心吸力,但在十七世纪,万有引力却是牛顿《自然哲学的数学原理》中的一大发现。译者的任务不在复制原文,而要利用语言之间的差异,把潜藏于原文中,原语无法表达的意念展现出来。"不妨说,在译作中,原作达到了一个更高、更纯净的语言境界。"

这里举《高老头》译句为例:

巴尔扎克原文:Il faut donc avoir des chevaux fringants, des livrées et de l'or à flots pour obtenir le regard d'une femme de Paris?
英译为:But do you have to have prancing horses, servants in

livery and oceans of money to catch a glance from a Parisian woman?
(*Old Goriot* ,P. 93)

傅雷译文:"哼!竟要骏马前驱,健仆后随,挥金如流水,才能博得巴黎女子的青睐吗?

Des chevaux fringants 漂亮活泼的马匹们,des livrées 身穿号衣的仆役们;巴尔扎克潜意识里或许就有 des chevaux fringants en avant,des livrées en arrière,但这样一来,法文节奏趋慢,不如 des chevaux fringants,des livrées et de l'or à flots 一气呵成。到了中文里,"骏马前驱,健仆后随,挥金如流水",句子才朗朗上口,借骈俪中对仗排比形式,把"原语无法表达的意念展现出来",使原著在译文中"达到一个更高更纯净的语言境界"!本雅明语言差异说,好像就是针对傅雷此译而发!

本雅明还说:"译作以原作为依据"(la traduction surgit de l'original);"译作呼唤原作,但却不进入原作。"意即译作不是原作的替代,译作与原作并存,形成各自独立、相互映照的两个文本。傅雷译本,可比为巴氏原作的"投胎转世",躯壳虽然换了一个,而精神姿致依然故我。"重神似不重形似"的译本,获得自己独立的艺术生命;从翻译的角度看,原著在译作里又得再生。

傅雷译有十几部巴尔扎克作品,虽然是其主要作品,但终究不是全部,只相当于巴氏全集的四五分之一。"孔子没而大道微。"后人译巴尔扎克有两难:一是作品本身难度较大,二是巴著中译起点较高。傅译不仅在法语界,从横向比,较之英美德俄文学翻译,也算上乘。翻译巴尔扎克方面,傅译起了先导作用,也起了示范作用。后起的巴氏译家,踵步傅译,才得巴译之近似;笔法不像的,在笼盖四野的出版机制内,往往遭遇覆辙被淘汰出局的命运,岂不悲哉!

罗新璋
原载《中华读书报》
一九九九年五月十二日

目　次

巴尔扎克卷

夏倍上校
诉讼代理人的事务所 …………………………………… 3
谈判 …………………………………………………… 29
养老院 ………………………………………………… 63
内容介绍 ……………………………………………… 71

欧也妮·葛朗台
中产阶级的面目 ……………………………………… 75
巴黎的堂兄弟 ………………………………………… 105
内地的爱情 …………………………………………… 123
吝啬鬼许的愿·情人起的誓 ………………………… 157
家庭的苦难 …………………………………………… 199
如此人生 ……………………………………………… 231
结局 …………………………………………………… 251
内容介绍 ……………………………………………… 255

高老头

导言 ································· 莫洛亚	259
重译本序 ·································	267
伏盖公寓 ·································	269
两处访问 ·································	313
初见世面 ·································	345
鬼上当 ·································	395
两个女儿 ·································	453
父亲的死 ·································	487
内容介绍 ·································	511

幻灭(节选)

读傅译《幻灭》 ························· 罗新璋	515
弗利谷多 ·································	523
两种不同的书店老板 ·····················	529
第一个朋友 ·······························	539
小团体 ···································	545
贫穷的花朵 ·······························	553

夏倍上校

Honoré de Balzac
LE COLONEL CHABERT

Edition "Classiques Garnier", Paris 1950

插图作者：Charles Huard（查理·于阿）
本刻作者：Pierre Gusman（比哀·居斯芒）
（按照 Louis Conard 书店全集本，Paris 1949）

一　诉讼代理人的事务所

"哎唷！咱们的老卡列克①又来了！"

这样大惊小怪嚷着的是一个小职员，在一般事务所中被称为跳沟的②。他把身子靠着窗口，狼吞虎咽的啃着一块面包，挖出些瓤搓成一个丸子，有心开玩笑，从撑开了一半的窗里摔出去，摔得那么准，面包丸不但打中了一个陌生人的帽子，还跳起来，跳到差不多和窗子一般高。陌生人刚在楼下穿过天井。天井的所在地是维维安纳街上诉讼代理人③但尔维先生住的屋子。

首席帮办正在那里核一笔账，停下来说："喂，西蒙宁，别跟人捣乱；要不然我把你赶出去了。不管当事人怎么穷，到底也是个人！"

凡是当跳沟的，通常都像西蒙宁那样是个十三四岁的男孩子，在事务所里特别受首席帮办管辖。除了上书记官那儿送公文，向法院递状子以外，还得替首席帮办当差，代送情书什么的。他的习气跟巴黎的顽童一样，将来又是靠打官司这一行吃饭的：永远不哀怜人，一味的

---

① 卡列克为十八世纪末至十九世纪初叶流行的一种大氅，相传为英人约翰·卡列克所创；上半身披肩部分长至手腕，共有两三叠之多。
② 十九世纪时巴黎街道尚极污秽，道旁阳沟污水淤积，行人常有失足之事；故现在俗称为跑腿的，当时巴黎人称为"跳沟的"。
③ 法国司法制度，律师只负责庭上辩护；凡拟写状子，准备一切诉讼手续及代表当事人出庭等等均由诉讼代理人负责。代理人的资格须经司法当局核准，且全国诉讼代理人的总数有一定限额。

撒野,不守规矩,常常编些小调,喜欢挖苦人,又贪心,又懒惰。可是这一类的小职员大半都有一个住在六层楼上的老母,一家两口就靠他每月挣的三四十法郎度日。

"他要是个人,干吗你们叫他作老卡列克呢?"西蒙宁的神气活像一个小学生抓住了老师的错儿。

说完他又吃着面包跟乳饼,把半边肩头靠在窗框上;因为他像街车上的马似的站着歇息,提着一条腿,把靴尖抵着另一条腿。

叫作高特夏的第三帮办正在随念随写,拟一份状子的底稿,由第四帮办写着正本,两个新来的内地人写着副本。这时高特夏恰好在状子里发挥议论,忽然停下来轻轻的说道:"这怪物,咱们怎么样耍他一下才好呢?"

然后又把他的腹稿念下去:

"……但以路易十八陛下之仁德睿智……(喂,写正本的台洛希学士,'十八'两字不能用阿拉伯字!)……自重掌大政以后,即深知……(深知什么呢,这大滑头?)……深知天帝所赋予之使命!……(加惊叹号,后面加六点。法院里还有相当的宗教信仰,大概'天帝'二字还看得下去吧),故圣虑所及,欲对于为祸惨烈的大革命时期之牺牲者首先予以补偿——此点鉴于颁布诏书之日期即可证明——将不少忠实臣下('不少'两字一定使法院里的人看了得意的)被充公而未曾标卖之产业,不论其是否归入公产,抑归入王上之普通产业或特殊产业,或拨归公共机关,一律发还;吾人不揣冒昧,敢断言此乃颁布于一八××年之圣谕之真意所在……"

念到这里,高特夏对三个职员说:"等忽儿,这要命的句子把我的纸填满了。"他用舌头舐了舐纸角,预备把厚厚的公文纸翻过来,"喂,你们要开玩笑的话,只消告诉他,说咱们的东家要半夜里两三点钟才接见当事人,看这老坏蛋来不来。"

然后高特夏把那没结束的句子念下去:"颁布于一八……(你们赶上没有?)"

"赶上了。"三个书记一齐回答。

谈话,起稿,捉弄人的计划,都在那里同时进行。

"颁布于一八……(喂,蒲加老头,诏书是哪年颁布的?那可含糊不得。真要命!纸张倒耗费不少了。)"

首席帮办蒲加还没回答,一个书记接应了一句:"真要命!"

高特夏带着又严厉又挖苦的神气瞧着新来的抄写员,嚷道:"怎么!你把真要命这几个字也写上了吗?"

第四帮办台洛希把抄写员的副本瞅了一眼,说道:"一点不错;他写的是:那可含糊不得。真要命!……"

所有的职员听了都哈哈大笑。

西蒙宁嚷道:"怎么,于莱先生,你把真要命当作法律名词吗?亏你还说是莫太涅地方出身!"

"快点儿抹掉!"首席帮办说,"给核算讼费的推事看了,不要说我们荒谬绝伦吗?你要给东家惹是招非了。于莱先生,以后别这样乱搅!一个诺曼底人写状子不应该糊里糊涂!① 这是吃法律饭的第一件要紧事儿。"

高特夏还在问:"颁布于……颁布于……(蒲加,告诉我到底是哪一年呀?)"

"一八一四年六月。"首席帮办回答的时候照旧做着他的工作。

事务所的门上有人敲了一下,把冗长累赘的状子里的文句打断了。五个胃口极好,目光炯炯,眼神含讥带讽,小脑袋,卷头发的职员,像唱圣诗一般同时叫了声"进来!",便一齐抬起头来。

蒲加把头埋在公文堆(法院的俗语叫作废纸)里,继续写他的账单。

那事务所是一个大房间,装着一般的事务所通用的那种炉子。管子从斜里穿过房间,通到一个底下给堵死了的壁炉烟囱。壁炉架的大

---

① 诺曼底一带(包括莫太涅在内)素来是出讼师的地方,故诺曼底人不谙公文程式,特别显得荒谬。

理石面上，可以看到大大小小的面包，三角形的勃里乳饼，新鲜的猪排，玻璃杯，酒瓶，和首席帮办喝巧克力用的杯子。这些食物的腥味，烧得太热的炉子的秽气，和办公室与纸张文件特有的霉味混合之下，便是有只狐狸在那儿，你也不会闻出它的臊臭。地板上已经被职员们带进许多泥巴和雪。靠窗摆着首席帮办用的盖子可以上下推动的书桌，背靠这书桌的是第二帮办的小桌子。他那时正在跑法院。时间大概在早上八点与九点之间。室内的装饰只有那些黄色的大招贴，无非是不动产扣押的公告，拍卖的公告，成年人与未成年人共有财产拍卖的公告，预备公断或正式公断的公告——这都算是替一般事务所增光的！首席帮办的位置后面，靠壁放着一口其大无比的文件柜，把墙壁从上到下都占满了，每一格里塞满了卷宗，挂着无数的签条与红线，使诉讼案卷在一切案卷中另有一副面目。底下几格装着旧得发黄的蓝镶边的纸夹，标着大主顾的姓名，他们那些油水充足的案子正在烹调的过程中。乌七八糟的玻璃窗只透进一点儿亮光。并且，二月里巴黎很少事务所在上午十点以前能不点灯写字，因为这种地方的邋遢是我们想象得到的：大家在这儿进出，谁也不在这儿逗留，没有一个人会觉得这么平凡的景象跟自己有什么关系。在主人眼里，事务所是一个实验室，在当事人是一个过路的地方，在职员是一个教室：他们都不在乎它的漂亮不漂亮。满是油垢的家具，从一个又一个的代理人手里郑重其事的传下来，某些事务所甚至还有古老的字纸篓，切羊皮纸条的模子，和从夏德莱衙门出来的公文夹；这衙门在前朝的司法机构中等于今日的初级法院。所以这个尘埃遍地，光线不足的事务所，跟别的事务所一样，在当事人看来颇有些不可向迩的成分，使它成为巴黎最可怕的魔窟之一。固然，魔窟还不限于此：潮湿的祭衣室是把人们的祷告当作油盐酱醋一般称斤掂两，计算价钱的；卖旧货的人堆放破衣服的铺子，是令人看到灯红酒绿，歌衫舞袖的下场，使人生的迷梦为之惊醒的。要没有这两种富有诗意的丑地方，法律事务所便是最可怖的社会工场了。但赌场，法院，娼寮，奖券发行所，全是污秽凌乱，不堪入目的。为什么？也许因为在这等场所，内心的话剧使一个人不在乎演剧的道具；大思想家与野心家的生活所以特别朴素，也不外乎这个原因。

"我的刀子在哪儿？"

"我吃早饭呢！"

"该死！状子上怎么能放肉包子！"

"诸位，别闹啊！"

大家这样同时叫嚷的当口，年老的当事人进了事务所，正在关门。可怜虫战战兢兢，动作很不自然。他想对众人笑脸相迎，但在六个漠不关心的职员脸上找不到一点儿善意的表示，他面部的肌肉也就跟着松了下来。大概他看人颇有经验，所以很客气的找跳沟的说话，希望这个当出气筒的角色不至于粗声大气的对待他。

"先生，贵东家能不能接见我呢？"

狡猾的跳沟的再三用左手轻轻拍着耳朵，仿佛说："我是聋子。"

"先生，你有什么事啊？"高特夏一边问一边吞下一口面包，那分量足够做一颗两公斤重的炮弹；他手里晃着刀子，交叉着腿，把翘在空中的一只脚举得跟眼睛一般高。

那倒霉蛋回答："我到这儿来已经是第五次了，希望见一见但尔维先生。"

"可是为了什么案子吗？"

"是的，但我只能告诉但尔维先生……"

"东家还睡着呢，倘若你有什么难题和他商量，他要到半夜里才正式办公。你不妨把案情告诉我们，我们同样能替你解决……"

陌生人听了声色不动，只怯生生的向四下里瞅着，像一条狗溜进了别人家的厨房，唯恐挨打似的。由于职业关系，事务所的职员从来不怕窃贼，所以对这个穿卡列克的家伙并不怀疑，让他在屋子里东张西望。他显然是很累了，但办公室里找不到一张凳子好让他休息一下。诉讼代理人的事务所照例不多放椅子。普通的主顾站得不耐烦了，只得叽里咕噜的走掉，可是决没办法侵占代理人的时间。

他回答说："先生，我已经向你声明过了，我的事只能跟但尔维先生谈，我可以等他起床。"

蒲加把账结好了，闻到他的巧克力香，便从草垫子的椅上站起来走向壁炉架，把老人打量了一番，瞧着那件卡列克，扮了个无法形容的鬼脸。大概他认为随你怎么挤，这当事人也挤不出一个铜子来的，便说了几句斩钉截铁的话，存心要打发一个坏主顾。

"先生，他们说的是实话。敝东家只在夜里办公。倘若你案情严重，我劝你早上一点钟再来吧。"

当事人发呆似的瞧着首席帮办，一动不动的站了一会。一般健讼的家伙因为迟疑不决或是胡思乱想，脸上往往变化多端，有些意想不到的表情；事务所的职员见得多了，便不再理会那老人，只管吃他们的早点，和牲口吃草一样的大声咀嚼。

临了，老人说道："好吧，先生，我今天晚上再来。"他跟遭遇不幸的人同样有那种固执脾气，有心到那个时候来揭穿人家缺德的玩意儿。

一般可怜虫是不能用言语来讽刺社会的，只能以行动来暴露法院与慈善机关的偏枉不公，使他们显露原形。一朝看出了人间的虚伪，他们就更急切的把自己交给上帝。

西蒙宁没等老头儿关上门，就说："喝！这不是吹牛吗？"接着又道，"他的神气像从坟墓里爬出来的。"

"大概是一个向公家讨欠薪的上校吧。"首席帮办说。

"不，他从前一定是看门的。"高特夏说。

蒲加嚷道："谁敢说他不是个贵族呢？"

"我打赌他是门房出身，"高特夏回答，"只有门房才会穿那种下摆七零八落，全是油迹的破卡列克。他的靴子后跟都开了裂，灌着水，领带下面根本没有衬衣，难道你们没留意吗？他这种人是睡在桥洞底下的。"

台洛希道："他可能又是贵族，又当过看门的；那也有的是。"

蒲加在众人哄笑声中说道："我断定他一七八九年上是个卖啤酒

可怜虫战战兢兢，动作很不自然。

的,共和政府时代当过上校。"

高特夏回答:"我可以赌东道,他要是当过兵,大家想瞧什么玩意儿就归我请客。"

"好极了。"蒲加说。

"喂,先生！先生！"西蒙宁开着窗子叫起来。

"你干什么,西蒙宁？"蒲加问。

"我把他叫回来问问他到底是上校还是门房,他一定知道的。"

所有的职员都哈哈大笑。老头儿已经回头上楼来了。

"咱们跟他说什么好呢？"高特夏嚷道。

"让我来对付吧。"蒲加回答。

可怜的人回进屋子,怯生生的低着眼睛,也许是怕过分贪馋的看着食物会露出自己的饥饿。

蒲加和他说:"先生,能不能留个姓名,让敝东家知道……"

"敝姓夏倍。"

至此为止还没开过口的于莱,急于要在众人的刻薄话中加上一句:

"可是在埃洛阵亡的夏倍上校？"

"一点不错。"老头儿回答的神气非常朴实,说完就走了。

办公室内却是一片声嚷起来:

"哎哟！"

"妙啊！"

"嘿嘿！"

"噢！"

"啊！"

"这老滑头！"

"真有意思！"

于莱在第四帮办的肩上重重的拍了一下,力气之大可以打死一条犀牛:"台洛希先生,你看白戏看定了。"

大家又是叫又是笑，夹着一大堆惊叹词，和许多没有意义的声音。

"咱们上哪个戏院呢？"

"歌剧院！"首席帮办说。

"且慢且慢，"高特夏抢着回答，"我没说请大家看戏。只要我高兴，我可以带你们上萨基太太那儿①。"

"萨基太太那一套不算数。"

"怎么不算数？"高特夏回答，"咱们先把事实给确定一下。诸位，请问我赌的是什么东道？请大家看点玩意儿。什么叫作看玩意儿？无非是看些可看的东西……"

西蒙宁插嘴道："这么说来，带我们去看看塞纳河的流水也算请客吗？"

高特夏继续说："……同时是花了钱看的。"

台洛希道："花了钱看的不一定都是好看的玩意儿，你这个定义不准确。"

"听我说呀。"

"朋友，"蒲加道，"你明明是不讲理嘛。"

"那么居尔丢斯②算不算玩意儿？"高特夏问。

"不算，"首席帮办回答，"居尔丢斯只是人像陈列所。"

高特夏说："我可以赌一百法郎的东道，居尔丢斯的的确确是一种玩意儿。他那里的门票就有几等价钱，看你参观的时候占的什么位置。"

"胡说八道！"西蒙宁插了一句。

高特夏骂道："仔细我打你嘴巴，小鬼！"

所有的职员都耸了耸肩膀。

高特夏尽管申说理由，却被众人的笑声盖住了，便转换话题："而

---

① 萨基太太为当时的舞蹈大家，开着一家专演杂技的剧院。
② 居尔丢斯为十八世纪末期巴黎蜡人馆的创办人，当时社会上多以居尔丢斯之姓氏称呼蜡人馆。

且,谁敢说这老滑头不是跟我们开玩笑呢?夏倍上校明明死了,他的女人早已再嫁给参议官法洛伯爵。法洛太太现在还是本事务所的主顾呢。"

蒲加道:"这件公案搁到明天再说吧。诸位,工作要紧!该死!我们这儿简直一事不做。先把你们的状子写完,赶着第四民庭没开庭以前递进去。案子今天要开审的。来,快点儿!"

"倘若他果真是夏倍上校,西蒙宁假装聋子的时候,还不赏他一脚吗?"台洛希这么说着,认为这个理由比高特夏的更充分。

蒲加接着说:"既然事情还没分晓,不妨马马虎虎,到喜剧院去瞧泰玛演尼罗吧。咱们定一个二等包厢,给西蒙宁买张正厅票。"

首席帮办说完便在书桌前面坐下,大家也跟着坐下了。

高特夏重新念他的稿子:"颁布于一千八百一十四年六月——(要写全文,不能用阿拉伯数字。你们赶上没有?)"

两个抄副本的和一个抄正本的一齐回答:"赶上了。"他们的笔尖在公文纸上咯吱咯吱的响着,办公室内的声音活像小学生捉了上百只黄金虫关在纸匣里。

起稿员嘴里又念着:"恳请钧院诸位大人……(慢点儿!我得把句子再看一遍,连我自己都搅不清了。)"

蒲加也在那里自言自语:"四十六……(嗯,不错,一个人常常会搅不清的!……)加三等于四十九……"

高特夏把底稿重新看过了,一口气念道:"恳请钧院诸位大人仰体圣谕意旨,对荣誉团秘书处之行政措施迅予纠正,采用吾人以上申说之广义的观点制成判决……"

小职员插嘴道:"高特夏先生,要不要喝一口水?"

"西蒙宁真淘气!"蒲加说,"喂,小家伙,赶快把这包东西送到安伐里特宫去。"

高特夏继续念他的文件:"……以保障葛朗里欧子爵夫人之权益……"

夏倍上校

首席帮办听了叫起来:"怎么!你胆敢为葛朗里欧子爵夫人告荣誉团的官司作状子吗?事务所对这案子的公费是讲的包办制。啊!你真是个大傻瓜!赶快把你的状子,连正本副本一齐丢开,等将来办拿伐兰告救济院案子的时候再用吧。时间不早了,我要办一份等因奉此的申请状,还得亲自往法院走一遭……"

上面那一幕可以说是人生趣事之一,将来谁回想起青春时代,都不由得要说一声:"啊,那个时候才有意思哇!"

半夜一点光景,自称为夏倍上校的老人跑来敲但尔维先生的门了。但尔维是塞纳州初级法院治下的诉讼代理人,虽然年纪很轻,在法院中已经被认为是最精明强干的一个。门房说但尔维先生还没回来,老人说是有约在先,便上楼走向法学大家的屋子。将信将疑的当事人打过了铃,看见首席帮办在东家饭厅里的桌子上整理一大堆案卷,预备第二天依次办理,不由得大为诧异。帮办见了他也同样吃了一惊,向上校点点头,让他坐下了。

"先生,你把约会定在这个时间,我还以为是说笑话呢。"老头儿说着,像一个潦倒的人勉强堆着笑容一样,特意装作很高兴。

首席帮办一边工作一边回答:"帮办们说的话虚虚实实,不一定都是假的。但尔维先生有心挑这个时间来研究案子,筹划对策,确定步骤,布置防线。他的过人的智慧这时候特别活跃,因为他一天之中只有这个时间才得清静,想得出好主意。他开业到现在,约在半夜里商量案子的,你是第三个。东家晚上回来,把每桩案子都考虑过,每宗文件都看过,忙上四五个钟点,然后打铃叫我进去,把他的用意解释给我听。上午十点到下午两点,他接见当事人;余下的时间都有约会;晚上出去应酬,保持他的社会关系。因此他只有夜里才能研究案情,在法典中找武器,决定作战计划。他一桩官司都不肯打输,对他的艺术爱好到极点,不像一般代理人那样无论什么案子都接。你看他多忙,所以钱也挣得很多。"

老人听着这番解释,一声不出,古怪的脸上表现一副痴呆的神气;

帮办看了一眼，不理他了。一忽儿但尔维穿着跳舞服装回来了；帮办替他开了门，仍旧去整理案卷。年轻的代理人在半明半暗中瞥见那个等着他的怪当事人，不由得愣了一会。夏倍上校一动不动，跟高特夏想请同事们去瞧的，居尔丢斯陈列馆中的蜡人像一个样儿。待着不动的姿势，倘不是对幽灵似的整个外表有陪衬作用，还不至于叫人惊奇。但这老军人又瘦又干；脑门故意用光滑的假发遮着，带点儿神秘意味。眼睛里头似乎有一层透明的翳，可以说是一块肮脏的螺钿，在烛光底下发出似蓝非蓝的闪光。惨白而发青的脸又长又瘦，正是俗语说的刀锋脸，像死人的一样。脖子里绕着一条品质恶劣的黑绸领带，在他上半身成为一条棕色的线，线以下的身体被黑影遮掉了。一个富有幻想的人大可把这个老人的头看作什么物象的影子，或是没有装框子的伦勃朗笔下的肖像。帽子的边盖在老人额上，把上半个脸罩着一个黑圈。这个天然而又古怪的效果成为一个强烈的对比，使白的皱纹，生硬的曲线，像死尸般阴沉的气息，格外显着。僵着不动的身体，没有一点儿暖意的眼神，跟忧郁痴呆的表情，以及白痴所特有的丧失灵性的征象，非常调和：他的脸也就特别显得凄惨，非言语所能形容。但一个善于观察的人，尤其是诉讼代理人，在这个衰败的老头儿身上很能看出深刻的痛苦的痕迹，看出毁伤这个面貌的灾难的标记，好比成年累月的滴水把一座美丽的大理石像破坏了。当医生的，当作家的，当法官的，一看见这副神奇的丑相，就体会到整个的惨剧。这面目至少还有一点妙处，便是很像艺术家一边跟朋友们谈天，一边在镂刻用的石板上画的想入非非的图形。

　　生客看到诉讼代理人，不禁浑身一震，仿佛诗人在静寂的夜里被出其不意的声音把诗意盎然的幻想打断了。老人赶紧脱下帽子，站起来行礼；不料衬在帽子里面的那圈皮，油腻很重，把假头发黏住了，揭落了，露出一个赤裸裸的脑壳：一条可怕的伤痕从后脑起斜穿过头顶，直到右眼为止，到处都是鼓得很高的伤疤。原来可怜的人戴这副肮脏的假头发，就是为遮盖伤痕的。两个吃法律饭的眼看假头发突然揭落，没有半点儿好笑的心思，因为破裂的脑壳简直惨不忍睹，你一瞥之下，立刻会想到："啊，他的聪明都打这里溜掉了。"

蒲加心里想："他要不是夏倍上校，至少也是个了不起的军人！"

"先生，"但尔维招呼他，"请教贵姓？"

"鄙人是夏倍上校。"

"哪一位夏倍上校？"

"在埃洛阵亡的那个。"老人回答。

听了这句奇怪的话，帮办与代理人彼此瞅了一眼，意思是说："嘿，简直是个疯子！"

上校又道："先生，我想把自己的情形只告诉你一个人。"

值得注意的是，凡是诉讼代理人天生都胆子很大。或许因为平时接触的人太多了，或许因为知道自己有法律保护，或许因为对本身的职务抱着极大的信心，所以他们像教士与医生一样，无论到什么地方都不会害怕。但尔维向蒲加递了个眼色，蒲加便走开去了。

"先生，"代理人说道，"白天我倒并不怎么吝惜时间；可是夜里的每一分钟我都是宝贵的。因此请你说话要简洁，明白。只讲事实，不涉闲文。需要说明的地方，我会问你的。现在你说吧。"

年轻的代理人让古怪的当事人坐了，自己也坐在桌子前面，一边听着那阵亡上校的话，一边翻阅案卷。

上校开言道："先生，也许你是知道的，我在埃洛带领一个骑兵联队。缪拉那次有名的冲锋是决定胜利的关键；而我对于缪拉袭击的成功又颇有功劳①。不幸我的阵亡变成了一桩史实，在《胜利与武功》②上报告得非常详细。当时我们把俄罗斯的三支大军截成两段，但他们立刻合拢，我们不得不回头杀出去。击退了一批俄军，正向着皇帝统

---

① 一八〇六年二月七、八日，拿破仑在普鲁士埃洛地方大破俄普联军。缪拉将军于该役中担任后备。

② 《胜利与武功》为一部记载法国征略史的书，包括拿破仑各战役在内。全书根据政府公报及各处报告编纂而成，自一八一七年起，至一八二九年始出齐，共有三十四册。

率的主力冲回去的时候，忽然遇到一大队敌人的骑兵。我向那些顽敌直扑过去，不料两个巨人般的俄国军官同时来攻击我：一个拿大刀往我头上直劈下来，把头盔什么都砍破了，直砍进我贴肉的黑绸小帽，劈开了脑壳。我从马上翻下来。缪拉赶来救应，带着一千五百人马像潮水般在我身上卷过，那真是非同小可！他们报告皇帝，说我阵亡了。皇帝平时待我不错，那一次猛烈的冲锋我又是有功的；他为谨慎起见，想知道是否还有希望把我救过来，派了两名军医来找我，预备用担架抬回去；他吩咐他们：'去瞧瞧可怜的夏倍是不是还活着'；也许当时口气太随便了些，因为他真忙。那些可恶的医生早先眼看我被两个联队踏过了，大概不再按我的脉搏，便说我死了。于是人家按照军中的法律程序，把我的阵亡做成了定案。"

年轻的代理人听见当事人说话非常清楚；故事虽然离奇；却很像真的；便放下案卷，把左肘撑在桌上，手托着头，目不转睛的看着上校。

他打断了对方的话，说道："先生，你可知道我的主顾里头就有夏倍上校的寡妇，法洛伯爵夫人吗？"

"你是说我的太太！是的，先生，我知道。就为这个缘故，我向多少诉讼代理人奔走了上百次，毫无结果，被他们当作疯子以后，决意来找你的。我的苦难等会儿再谈，先让我把事实讲清楚，但我的解释多半是根据推想，不一定是实际发生的。只有上帝知道的某些情况，使我只能把好几桩事当作假定。我受的伤大概促发了一种强直症，或是跟所谓止动症相仿的病。要不然，我怎么会被掩埋队按照军中的习惯，剥光了衣服丢在阵亡将士的大坑里呢？说到这里，我要插叙一桩所谓阵亡的过程中的小事，那是事后才知道的。一八一四年，我在斯图加特遇到我联队里的一个下士，关于他的情形以后再谈。那个唯一肯承认我是夏倍上校的好人对我解释，说我受伤的当口，我骑的马也中了一枪。牲口和人都像小孩子折的纸玩意儿一般被打倒了。它或是往左或是往右倒下去的时节，一定把我压在下面，使我不至于被别的马践踏，也不至于受到流弹。他认为这是我能保全性命的原因。可

夏倍上校

是先生,当时一醒过来,我所处的地位和四周的空气,便是和你讲到明儿早上也不能使你有个概念。我闻到的气味臭得要命,想转动一下又没有地位;睁开眼睛,又看不见一点东西。空气的稀薄是最大的威胁,也极显著的使我感觉到自己的处境。我知道在那个场合不会再有新鲜空气了,也知道我快死了。这个念头,使我本来为之痛醒的、无法形容的苦楚,对我不生作用。耳朵轰轰的响着。我听见,或者自以为听见,因为我什么都不敢说得肯定,周围的死尸都在那里哼哼唧唧。虽然关于那个时间的回忆很模糊,虽然痛苦的印象远过于我真正的感觉而扰乱了我的思想,但至今有些夜里我还似乎听到那种哽咽和叹息。比这些哀号更可怕的,是别的地方从来没经验过的静默,真正的坟墓中的静默。最后,我举起手来在死人堆中摸索了一会,发觉在我的头和上一层的死尸之间有一个空的地位。我把这个不知怎么会留下的空间估量了一下。似乎掩埋队把我们横七竖八丢下坑的时候,因为粗心或是匆忙的缘故,有两个尸体在我头上凑成一个三角形,好比小孩子用两张纸牌搭的屋子,上面斜靠在一起,底下分开着。那时一分钟都不能耽搁,我赶紧在空隙中摸索,居然很运气,碰到一条手臂,像赫格利斯①一般的手臂,救了我的命。要没有这意想不到的援助,我早就完了。你不难想象,当下我发狠从死尸堆里往上顶,想爬出掩埋队盖在我们身上的泥土;我说我们,仿佛我身边还有什么活人似的。我毫不放松的顶上去,居然达到了目的,因为你瞧,我不是活着吗?可是怎么能越过那生死的界线,从人肉堆中翻上来,我到现在也弄不明白。当时仿佛有了三头六臂。被我当作支点一般利用的那条胳膊,使我在竭力挪开的许多死尸之间找到一些空气,维持我的呼吸。临了,先生,我终于见了天日,冰天雪地中的天日!那时我才发觉自己的头裂开了。幸而我的血,那些同伴的血,或是我的马的烂肉,也说不清究竟是什么,凝结之下,好像给我贴了一个天然的大膏药。虽则脑壳上盖着

---

① 希腊神话载,大力士赫格利斯为邱比特之子,幼年时即膂力过人,扼杀二巨蛇。

18

这层硬东西,我一碰到雪也不由得晕过去了。可是我身上仅有的一点儿热气把周围的雪化掉了一些;等到苏醒过来,发觉自己在一个小窟窿的中央,我便大声叫救命,直叫到声嘶力竭为止。太阳出来了,很少希望再使人听到我了。田里是不是已经有人出来呢?幸亏地底下有几个身体结实的尸首,让我的脚能借一把力,把身子往上挣扎。你知道那当然不是跟他们说:'可怜的好汉,我向你们致敬!'①的时候。总而言之,先生,那些该死的日耳曼人听见叫喊而不见一个人影,吓得只有逃命的份儿,教我看了又急又气。我这么说,可还不足以形容我心中的痛苦。过了不知多久,才有一个或是胆子很大,或是很好奇的女人走近来;当时我的头好似长在地面上的一颗菌。那女的跑去叫了丈夫来,两口儿把我抬进他们简陋的木屋。大概我又发了一次止动症,请你原谅我用这个名词来形容我的昏迷状态;听两位主人说来,想必是那种病。我死去活来,拖了半年,要就是一声不出,要就是胡言乱语。后来他们把我送进埃斯堡城里的医院。先生,你该明白,我从死人坑里爬出来,跟从娘胎里出世一样的精赤条条。因此过了六个月,忽然有一天我神志清醒了,想起自己是夏倍上校的时候,便要求看护女人对我客气一些,别把我当作穷光蛋看待;不料病房里的同伴听了哈哈大笑。幸而,主治的外科医生为了好胜心立意要把我救活,当然很关切我。那好人叫作斯巴区曼,听我有头有尾的把过去的身世讲了一遍,就按照当地的法律手续,托人把我从死人坑里爬出来的奇迹,救我性命的夫妻俩发现我的日子与钟点,统统调查明白;又把我受伤的性质,部位,详细记录下来;姓名状貌也给写得清清楚楚。可是这些重要文件,还有我为了要确定身份而在埃斯堡一个公证人面前亲口叙述的笔录,都不在我身边。后来因为战争关系,我被赶出埃斯堡,从此过着流浪生活,讨些面包度日;一提到历险的事,还被人当作疯子。所以我没有一个钱,也挣不到一个钱去领取那些证件;而没有证件,我的社

---

① 相传拿破仑某日看到一队奥国俘虏,不禁脱下帽子,说道:"可怜的好汉,我向你们致敬!"

会生活就没法恢复。为了伤口作痛，我往往在德国某些小城里待上一年半载，居民对我这个害病的法国人很热心照顾，但我要自称为夏倍上校就得被讪笑了。这些讪笑，这种怀疑，把我气得不但伤了身体，还在斯图加特城里被人当作疯子，关在牢里。的确，照我讲给你听的情形，你也不难看出人家很有理由把我关起来了。两年之间，狱卒不知对人说了多少遍：'这可怜的家伙还自以为是夏倍上校呢！'听的人总是回答一句：'唉，可怜！'关了两年之后，我自己也相信那些奇怪的遭遇是不可能的了，就变得性情忧郁，隐忍，安静，不再自称为夏倍上校：唯有这样才有希望放出监狱回法国去。噢！先生，我对巴黎简直想念得如醉如痴……"

夏倍把这句话说了一半，就呆着出神了，但尔维耐着性子等着，不忍打扰他。

然后他又往下说："后来有一天，正好是春天，他们把我释放了，给我十个塔勒①，认为我各方面谈吐都很有理性，也不自命为夏倍上校了。的确，那时我觉得自己的姓名可厌透了，便是现在，偶尔还有这感觉。我但求不成其为我。一想到自己在社会上有多少应得的权利，我就痛苦得要死。倘若我的病使我把过去的身世忘了，那就幸福了！我可以随便用一个姓名再去投军，而且谁敢说我此刻不在奥国或俄国当上了将军呢？"

"先生，"代理人说，"你把我的思想都搅乱了。听着你的话，我觉得像做梦。咱们歇一会儿好不好？"

"至此为止，肯这样耐着性子听我的只有你，"上校的神气挺悲伤，"没有一个法律界的人愿意借我十个拿破仑②，让我把证件从德国寄回来，作打官司的根据……"

"什么官司？"诉讼代理人听着他过去的灾难，竟忘了他眼前的痛苦的处境。

---

① 塔勒，德国日尔曼帝国时期的大银币名，价值高于马克。
② 指镌有拿破仑头像的金币，值二十法郎。

"先生，法洛伯爵夫人不是我的妻子吗？她每年三万法郎的收入都是我的财产，可是她连两个子儿都不愿意给我。我把这些话讲给一般诉讼代理人或是明理的人听，像我这样一个叫花子说要控告一个伯爵和一个伯爵夫人，我这个公认为早已死了的人说要和死亡证、结婚证、出生证对抗的时候，他们就把我撵走，撵走的方式看各人性格而定：有的是冷冷的，有礼的，像你们用来拒绝一个可怜虫的那一套；有的用粗暴蛮横的态度，以为遇到了坏蛋或是疯子。当初我被埋在死人底下，如今我被埋在活人底下，埋在各种文书各种事实底下，埋在整个社会底下，他们都要我重新钻下地去！"

"先生，请你把故事讲下去吧。"代理人说。

"请！"可怜的老头儿抓着年轻人的手叫起来，"请这个字儿从我受伤到现在还是第一次听到……"

上校说着，哭了。他感激之下，连声音都没有了。他的眼神、动作、甚至于静默，所表现的深刻的意义，非言语所能形容，终于使但尔维完全相信，并且大为感动：

"听我说，先生，今天晚上我打牌赢了三百法郎，很可以拿出半数来促成一个人的幸福。我马上办手续，教人把你所说的文件寄来；没寄到以前，我每天借给你五法郎。你要真是夏倍上校的话，一定能原谅我只帮你这么一点儿款子，因为我是个年轻人，还得挣我的家业。好了，请你往下说吧。"

自称为的上校一动不动的呆了好一会：显然，他所遭遇的千灾百难把他的信心完全毁灭了。他现在还追求军人的荣誉，追求他的家产，丢不开自己，大概只因为受着一种无法解释的心情支配，那是在任何人心中都有根芽的：炼丹家的苦功，求名的人的热情，天文学家物理学家的发现，凡是一个人用事实用思想来化身为千万人而使自己伟大的，都是由于那一点心理作用。在上校心目中，所谓自我倒居于次要地位，正如在赌徒看来，得胜的虚荣和快感，比所赌的目的物更宝贵。这个人见弃于妻子，见弃于一切社会成规，前后有十年之久，一朝听到诉讼代理人的话当然认为是奇迹了。多少年来被多少人用多少方式拒绝的十块金洋,居然在一个诉讼代理人手中得到了!相传有位太太害了十五年的寒热,一旦寒热停止,竟以为害了另外一种病:上校的情形就是这样。世界上有些幸福,你早已不信会实现的了;真实现的时候,简直像霹雳一般会伤害你的身心。因此那可怜虫感激的情绪太强烈了,没法用言语来表现。肤浅的人或许会觉得他冷淡,可是但尔维看他发愣,完全体会到他的忠厚老实。换了一个狡黠之徒,在那个情形之下一定会天花乱坠的说一套的。

"我讲到哪里了?"上校问话的态度天真得像小孩子或者军人,因为真正的军人往往有赤子之心,而小孩子也往往有军人气息,尤其在法国。

"你说到在斯图加特,刚从监狱里出来。"代理人回答。

"你认识我的女人吗?"上校问。

"认识的。"但尔维点点头。

"现在她怎么样?"

"还是那么娇滴滴的。"

老人做了个手势,似乎把心中的隐痛硬咽下去;在战场上经过炮火,浴过血的人,都有这种克制功夫,使你觉得他庄严肃穆。他显得快活了些,因为呼吸舒畅了,等于第二次从坟墓里爬出来,把一层比当年盖在他头上的雪更难融化的雪融化了;他像走出地牢似的拼命吸着空气,说道:

"先生,倘若我是个美男子,决不至于受那些苦难。女人相信的是三句不离爱情的男人。一朝喜欢了你,她们就百依百顺,替你出力,替你玩手段,帮你肯定事实,为你翻江倒海,无所不为。可是我,我怎么能打动女人的心?我的脸像个鬼,身上穿得像破靴党,不像法国人而像一个爱斯基摩人,但是一七九九年上我明明是个最漂亮的哥儿,我夏倍明明是个帝政时代的伯爵!……且说我被人家当作狗一般赶到街上的那一天,碰到刚才跟你提过的下士。那弟兄名叫蒲打。可怜他当时的模样和我半斤八两;我散步的时候瞧见了他,认得是他,可是他休想猜到我是谁。我们一块儿上酒店,到了那里,我一报姓名,蒲打就咧着嘴大笑,像一尊开了裂的臼炮。先生,他这一笑使我伤心到极点,它老实不客气让我感觉到自己面目全非,便是最感激最敬重我的朋友也认不得我了。我救过蒲打的性命,其实那是我还他的情分。他当初怎样帮我忙,也不用细表了。只要告诉你事情发生在意大利的拉凡纳。在一个不怎么上等的屋子里,我差点儿被人扎死,亏得蒲打救了我。那时我不是上校,只是个普通的骑兵,和蒲打一样。幸而那件事有些细节只有我们两人知道,经我一提,他对我的疑心就减少了。我又把奇奇怪怪的经历讲给他听。他说我的眼睛我的声音都变了;头发,牙齿,眉毛,都没有了;惨白的脸色像害着白皮症。虽是这样,他提出许多问话,听我回答得一点不错之后,终于承认这个叫花子原来真是他的上校。他把他的遭遇跟我说了,其离奇也不下于我的;他逃出西伯利亚想到中国去,遇到我的时候便是从中国边境回来。他告诉我俄罗斯战役的惨败,和拿破仑的第一次退位。这个消息给我极大的打击。我们俩都是劫后余生的怪物,在地球上滚来滚去,像小石子般被大风浪在海洋中卷到东,卷到西,卷过了一阵。把两个人到过的地方合起来,有埃及,有叙利亚,有西班牙,有俄罗斯,有荷兰,有德意志,有意大利,有达尔美西亚,有英国,有中国,有鞑靼,有西伯利亚;只差印度和美洲没去!蒲打比我脚腿轻健,决意日夜兼程赶往巴黎,把我的情形通知我太太。我给她写了一封极详细的信,那已经是第四封了,先生!倘若我有亲属的话,也许不会到这个田地;可是老实告诉你,我的出身是育婴堂,我的履历是军人——没有遗产,只有勇气;没有家族,只有社会;没有故乡,只有祖国;没有保护人,只有上帝。噢,我说错了!我还有一个父亲,就是皇帝!啊,倘若那亲爱的人还在台上,看到他的夏倍——他老是那么称呼我的——像现在这副模样,他要不大发雷霆才怪。有什么办法!我们的太阳下山了,此刻我们都觉得冷了。归根结底,我妻子的杳无信息多半可以用政局的变动来解释。

"蒲打动身了。他才运气哇!他有两只训练好的白熊一路替他挣钱。我不能和他做伴;身上带着病,走不了长路,只能在我体力范围之内把蒲打和他的熊送了一程;分手的时候,先生,我哭了。在卡尔斯鲁埃,我头里闹神经痛,在小客店里潦倒不堪的躺了六星期,睡在干草堆里。唉,先生,我过的叫花子生活所遭遇的苦难,说也说不完。有了精神上的痛苦,肉体的痛苦变得不足道了;但因为精神的痛苦是肉眼看不见的,倒反不容易得到人家同情。我记得在斯特拉斯堡一家大旅馆前面哭了一场:从前我在那边大开筵席,请过客,如今连一块面包都要不到。我的路由是跟蒲打商量好的,所以到一个地方就上邮局去问,可有寄给我的信和钱。直到巴黎,什么都没收到。那期间我饮泣吞声,多少的悲痛只能往肚里咽!我心里想:'大概蒲打死了吧?'果然,可怜的家伙在滑铁卢送了命。他的死讯是我以后无意之中听到的。他和我太太办的交涉一定是毫无结果。最后我到了巴黎,和哥萨克兵同时进城①。那对我真是痛上加痛。看见俄国兵到了法国,我就忘了自己脚上没有鞋,袋里没有一个钱。真的,我身上的衣服全变成破布条了。进巴黎的上一天,我在格莱森林中露宿了一夜。晚上的凉气使我害了一种不知什么病,第二天进圣·马丁城关的时候发作起来,差不多晕倒在一家铁匠铺门口。醒来发觉自己躺在天主医院里的病床上。在那儿待了一个月,日子还算过得快活。不久我被打发出来,一文不名,但身体很好,脚也踏到了巴黎的街道。我多么高兴的、迫不及待的赶到白峰街,那是我太太住的地方,屋子还是我的产业呢!谁知白峰街变成旭塞·唐打街。我的屋子不见了,原来给卖掉了,拆掉了。地产商在我从前的花园里盖了好几幢屋子。因为不知道妻子嫁了法洛,我什么消息都打听不出。后来去找一个从前代我经手事情的老律师。不料老律师死了,没死以前就把事务所盘给一个年轻人。这位后任把我的遗产如何清算,继承手续如何办理,我的妻子如何再嫁,又生

---

① 一八一五年六月滑铁卢战役以后,惠灵顿部下之英军,与亚历山大部下之哥萨克军,同时进占巴黎。

只能……把蒲打和他的熊送了一程。

了两个孩子等等全部告诉了我,使我大吃一惊。他一听见我自称为夏倍上校就哈哈大笑,而且笑得那么不客气,我一句话不说就走了。斯图加特监狱的经验使我想起了夏朗东①,决意小心行事。我既然知道了太太的住处,便存着希望到她的公馆去了。"上校说到这里做了一个手势,表示他压着一肚子的怨气,"唉,哪知道我用一个假姓名通报的时候,里头回说不在;下回我用了真姓名的时候,根本被拦在大门口。为了要看到伯爵夫人半夜里跳舞回来或是看戏回来,我整夜站在大门外界石旁边。车子像闪电一般的过去,我拼命把眼睛盯着车厢朝里望:那个明明是我的而又不再属于我的女人,我只能在眼梢里瞥见一点儿影子。"老人说着,冷不防在但尔维面前站了起来,嗄着嗓子叫道,"从那天起,我一心一意只想报复了。她明知道我活着;我回来以后,她还收到我两封亲笔信。原来她不爱我了! 我说不上来对她是爱还是恨! 一忽儿想她,一忽儿咒她。她的财产,她的幸福,哪一样不是靠了我? 可是她连一点儿小小的帮助都不给我! 有时我气得简直不知道怎办!"

讲完这几句,老军人又往椅子里坐下,待着不动了;但尔维默默无声,只管打量着当事人。终于他像出神一般的说道:

"事情很严重。即使存在埃斯堡的文件真实可靠,也不能担保我们一开场就胜利。这桩官司前后必须经过三审。对这样一件没有前例的案子,非用极冷静的头脑考虑不可。"

"噢!"上校很高傲的抬起头来,冷冷的回答,"万一失败了,我是知道怎么死的,可是要人陪我的。"

那时他全无老态,变了一个刚毅果敢的人,眼中燃着悲愤与报复的火焰。

代理人说:"或许咱们应当想法和解。"

"和解!"夏倍上校嚷道,"请问我到底是死的还是活的?"

---

① 夏朗东为巴黎近郊的城市,有著名的疯人院,一般人均以"夏朗东"三字代表疯人院。

诉讼代理人的事务所

代理人说:"先生,希望你听从我的劝告。我一定把你的案子当作我自己的事。不久你就可以发觉我怎样关切你的处境,——那在司法界中几乎从无先例的。目前我先给你一个字条,你拿去见我的公证人,凭你的收据每十天向他支五十法郎。到这儿来拿钱对你不大得体。如果你真是夏倍上校,就根本用不着依靠谁。我给你的垫款是一种借贷的方式。你有产业可以收回,你是有钱的人。"

这最后一番体贴使老人眼泪都冒上来了。但尔维突然站起身子,因为当诉讼代理人的照例不应当流露感情;他进入办公室,回出来拿着一个开口的封套交给夏倍伯爵。可怜的人用手指一捻,觉得里头有两块金洋。

代理人说:"请你把文件的名称,存放的城与邦①的名称,统统告诉我。"

上校逐一说明了,又把代理人写的地名校对一遍;然后一手拿起帽子,望着但尔维,伸出另外一只生满肉茧的手,声音很自然的说道:

"真的,先生,除了皇帝,你是我最大的恩人了!你真是一条好汉②。"

代理人按了按上校的手,掌着灯把他直送到楼梯口。

"蒲加,"但尔维对他的首席帮办说,"我才听到的一桩故事,也许要我破费五百法郎。但即使上了当,赔了钱,我也不后悔,至少是看到了当代最了不得的演员。"

上校走到街上一盏路灯底下,掏出代理人给的两枚二十法郎的钱瞧了一会。九年以来,这是他第一回看到金洋。

"这一下我可以抽雪茄了!"他心里想。

---

① 当时德国尚未统一,日耳曼各地均系诸侯分治,故称"邦"。
② "好汉"二字是拿破仑夸奖部下的口头语。

二　谈　判

从夏倍上校半夜里找但尔维谈话以后,大约过了三个月,负责代但尔维给怪主顾透支生活费的公证人,为了一件重要的事去和代理人商议,一开始就向他索取付给老军人的六百法郎垫款。

"你有心养着帝国军队玩玩吗?"公证人取笑但尔维。这公证人叫作格劳太,年纪很轻,原来在一个公证人事务所里当首席帮办,后来东家破产,逃掉了,格劳太便盘下了事务所。

但尔维回答:"谢谢你提醒我这件事。我的慈善事业不预备超过六百法郎,说不定我为了爱国已经受骗了。"

他言犹未了,看到自己的书桌上放着首席帮办拿来的几包文件。有封信贴着许多狭长的、方形的、三角形的、红的、蓝的奥国邮票,普鲁士邮票,巴伐利亚邮票,法国邮票,他不由得眼睛一亮。

"啊!"他笑着说,"戏文的结果来了,咱们来瞧瞧我是不是上了当。"

他拿起信来拆了,不料写的是德文,一个字都念不上来,便打开办公室的门把信递给首席帮办:

"蒲加,你亲自跑一趟,叫人把这信翻译一下;速去速来。"

柏林的公证人复称,全部文件几天之内就可送到。据说那些公事都合格,做过必要的法定手续,足以取信于法院。当初为笔录所举的事实做证的人,几乎都还在普鲁齐赫－埃洛邦内;救夏倍伯爵的女人至今还活着，住在埃斯堡近郊的一个镇上。"

蒲加把信念完了，但尔维嚷道："啊，事情当真起来了。——可是，朋友，"他回头向着公证人，"我还需要一些材料，大概就在你事务所里。当初不是那骗子罗更……"

"噢，咱们不说骗子，只说不幸的，可怜的罗更。"亚历山大·格劳太笑着打断了但尔维的话。

"随你说吧。夏倍的遗产案子，不是那可怜的罗更，最近带走了当事人的八十万法郎、使好几份人家急得没办法的罗更，经手的吗？我们的法洛案卷中好像提到这一点。"

"是的，"格劳太回答，"那时我还当着第三帮办；清算遗产的案卷是我誊写的，也仔细研究过。罗士·夏波丹女士是伊阿桑德的寡妇，伊阿桑德一名夏倍，帝政时代封的伯爵，荣誉团勋二位。他们结婚的时候没有订婚约，所以双方的财产是共有制。我记得资产总额一共有六十万法郎。结婚以前，夏倍上校立过一份遗嘱，把四分之一的遗产捐给巴黎的慈善机关，另捐四分之一给公家。他死后办过共有财产拍卖，一般性拍卖，遗产分析等等手续，因为各方面的诉讼代理人都很活跃。在清算期间，统治法国的那个魔王下了一道上谕，把国库应得的一份遗产退还给上校的寡妇。"

"那么夏倍伯爵私人名下的财产只剩三十万了。"

"对啦，朋友！"格劳太回答，"你们这批诉讼代理人有时理路倒还清楚，虽然人家责备你们不论是辩护还是攻击，常常颠倒事实。"

夏倍伯爵在交给公证人的第一张收据上写的地址是：圣·玛梭区小银行家路；房东是一个在帝国禁卫军中当过上士的老头儿，叫作凡尼奥，现在做着鲜货买卖。到了街口上，但尔维不得不下车步行；因为马夫不肯把轻便两轮车赶进一条不铺石子的街，地下的车辙也的确太深了。诉讼代理人向四下里望了一会，终于在紧靠大街的小巷子的某一段，在两堵用兽骨和泥土砌的围墙中间，瞧见两根粗糙的石柱，被来往的车辆撞得剥落了，虽然前面放着两块代替界石的木头也保护不了。石柱顶上有个盖着瓦片的门楣，底下有根横梁，梁上用红字写着凡尼奥鲜货行。字的右首用白漆画着几个鸡子，左首画一条母牛。大门打开着，看样子是整天不关的。进门便是一个相当宽敞的院子，院子的尽里头，朝着大门有所屋子，倘若巴黎各区的一些破房还能称作屋子的话；它们跟无论什么建筑物都不能比，甚至还比不上乡下最单薄的住屋，因为它们只有乡下破房的贫窭而没有它的诗意。田野里有的是新鲜的空气，碧绿的草原，阡陌纵横的景致，起伏的岗峦，一望无际的葡萄藤，曲折的小路，杂树围成的篱垣，茅屋顶上的青苔，农家的用具：所以便是草房木屋也另有一番风味，不像巴黎的贫民窟因为丑恶而只显出无边的苦难。

　　这所屋子虽是新盖的，已经有随时可以倒坍的样子。材料没有一样是真正合用的，全是旧货，因为巴黎每天都在拆房子。但尔维看见一扇用木板钉成的护窗上还有时装商店几个字。所有的窗子式样都不一律，装的方式也怪得很。似乎可以居住的底层，一边高一边低；低的一边，房间都在地面之下。大门与屋子中间有一个坑，堆满垃圾，其中有雨水，也有屋子里泼出来的脏水。单薄的屋子所依靠的墙要算是最坚固的一堵了；墙根搭着几个稀格的棚子，让一些兔子在里面尽量繁殖。大门右边是个牛棚，顶上是堆干草的阁楼，紧接着一间和正屋通连的牛奶房。左边有一个养鸡鸭的小院子，一个马棚，一个猪栏，猪栏的顶和正屋一样用破板钉成，上面的灯芯草也盖得很马虎。

　　但尔维插足的院子，和每天供应巴黎食物的场所一样，因为大家要赶早市，到处留下匆忙的痕迹。这儿鼓起来、那儿瘪下去的白铁壶，装乳酪用的瓦罐，塞瓶口用的布条，都乱七八糟丢在牛奶房前面。抹这些用具的破布挂在两头用木柱撑着的绳上，在太阳底下飘飘荡荡。一匹只有在牛奶房里才看得见的那种驯良的马，拖着车走了几步，站在大门紧闭的马棚外面。开裂而发黄的墙上，爬着盖满尘土的瘦小的葡萄藤，一只山羊正在啃藤上的嫩叶。一只猫蹲在乳酪罐上舔乳酪。好些母鸡看到但尔维走近,吓得一边叫一边飞,看家的狗也跟着叫起来。

但尔维对这幕丑恶的景象一瞥之下,心上想:"噢!决定埃洛一仗胜败的人原来住在这里!"

看屋子的只有三个男孩子。一个爬在一辆满载青草的车上,向邻屋的烟囱摔石子,希望石子从烟囱里掉进人家的锅子。另外一个想把一只猪赶到车身碰着地面的木板上,第三个拿手攀着车身的另一头,预备猪上了木板,叫它一上一下的颠簸。但尔维问他们夏倍先生是不是住在这儿,他们都一声不出,只管望着他,神气又痴骏又机灵——假如这两个字可以放在一起的话。但尔维又问了一遍,得不到回音。他看着三个顽童的狡猾样子心中不耐烦,便拿出年轻人对付儿童的办法,半真半假的骂了一声,不料他们反倒粗野的大笑起来。这一下但尔维可恼了。上校听到声音,从牛奶房旁边一间又矮又小的屋内走出来,站在房门口声色不动,完全是一副军人气派;嘴里咬着一支烟膏极重(抽烟的人的术语),质地粗劣,俗称为烫嘴的白泥烟斗。他把满是油腻的鸭舌帽的遮阳掀了掀,看见了但尔维,因为急于要赶到恩人前面,马上从垃圾堆中跨过来,同时声音很和善的向孩子们喊着:

"弟兄们,别闹!"

三个孩子立刻肃然静下来,足见老军人平日的威严。

他招呼但尔维:"啊,干吗不写信给我呢?"接着他看见客人迟疑不决,怕垃圾弄脏靴子,便又说:"你沿着牛棚走吧,那儿地下是铺着石板的。"

但尔维东窜一下,西跳一下,终于到了上校的屋门口。夏倍因为不得不在卧房里接待客人,脸上很难堪。的确,但尔维在屋内只看到一张椅子。床上只有几束干草,由女主人铺着两三条不知从哪儿弄来的破烂地毯,平常是送牛奶女人垫在大车的木凳上的。脚下是泥地。发霉的墙壁长着绿毛,到处开裂,散布的潮气那么重,只能用草席把紧靠卧床的那片墙遮起来。一只钉上挂着那件可笑的卡列克。墙角里东倒西歪的躺着两双破靴子。至于内衣被服,连一点儿影踪都没有。

谈　判

虫蛀的桌上有一本北朗希翻印的《帝国军报》打开在那里,好像是上校的经常读物。他在这清苦的环境中神态安详,非常镇静。从那次访问但尔维以后,他面貌似乎改变了;代理人看出他脸上有些心情愉快的影子和由希望反映出来的一道淡淡的光。

他把草垫只剩一半的椅子端给代理人,问道:"我抽烟会使你觉得不舒服吗?"

"嗳,上校,你住的地方太糟了!"

但尔维说这句话是因为第一,代理人都天生的多疑;第二,他涉世不久便看到一些幕后的惨剧,得了许多可叹的经验,所以心上想:

"哼,这家伙拿了我的钱一定去满足他当兵的三大嗜好了:赌钱,喝酒,玩女人!"

"是的,先生,我们这儿谈不到享受,只等于一个营帐,全靠友情给它一些温暖,可是……"说到这儿,老军人用深沉的目光瞅着法学家,"可是我从来没害过人,没做过使人难堪的事,不会睡不着觉的。"

代理人觉得盘问他怎么使用那笔预支的钱未免太不客气,结果只说:

"为什么不搬到城里去呢?你不用花更多的钱,可是住得舒服多了。"

上校回答:"这里的房东让我白吃白住了一年,难道我现在有了些钱就离开吗?何况这三个孩子的父亲还是个老埃及人……"

"怎么!是个埃及人?"

"参加过出征埃及的兵,我们都叫作埃及人。我也是其中之一。不但从那里回来的彼此跟弟兄差不多,并且凡尼奥还是我部队里的,在沙漠中和我一块儿喝过水。再说,我教他的几个娃娃认字还没教完呢。"

"既然你付了钱,他应该让你住得好一些。"

"嘿!他的几个孩子还不是和我一样睡在草堆里!他夫妻俩的床也不见得更舒服;他们穷得很,又不自量力,盘了一个铺子。倘若我能收回财产……得啦,别提了!"

"上校,我明后天就能收到你埃斯堡的文件。你的恩人还活着呢!"

"该死的钱!难道我没有钱吗?"他嚷着把土烟斗摔在了地下。

一支烟膏厚重的烟斗对一个抽烟的人是很宝贵的;但他的摔破烟斗是激于义愤,自然而然流露出来的举动,大概烟草专卖局也会加以原谅,①而烟斗的碎片也许会由天使给捡起来吧。

但尔维跨出房间,想沿着屋子在太阳底下走走。

他说:"上校,你的案子真是复杂极了。"

上校回答:"我觉得简单得很。人家以为我死了,我可是活着!应当还我妻子,还我财产;政府也得给我将官的军阶,因为埃洛战役以前,我已经是帝国禁卫军的上校了。"

"在司法界里,事情就不这么简单啦。我可以承认你是夏倍伯爵;但对于那些为了本身利益而只想把你否认的人,是要用法律手续来证明的。你的文件必然会引起争辩,而这个争辩又得引起十几个先决问题,发生许多矛盾,直要告到最高法院,中间不知要花多少钱打多少官司,拖多少时间;那是我无论如何努力也阻止不了的。你的敌人会请求当局做一个详细的调查,我们不能拒绝,或许还需要委托普鲁士邦组织委员就地查勘。即使一切顺利,司法当局很快的承认你是夏倍上校了,但法洛伯爵夫人那件无心的重婚案,谁知道他们怎么判决呢?在这种情形之下,你和法洛伯爵究竟谁对伯爵夫人更有权利,不在法典规定的范围之内,只能由法官凭良心裁判,正如社会上有些特殊的刑事案件只能由陪审官用自由良心裁判一样。你和你太太并没生男育女,法洛先生和他太太却生有两个儿子;法官的裁定,可能把婚姻关系比较浅的一方面牺牲,只要另一方面的结合是出于善意。以你这个年龄,这个处境,坚决要求把一个已经不爱你的女人判还给你,你精神

---

① 法国是烟草专卖的国家,故抽烟人的烟斗也为专卖局所重视,少一烟斗即少一抽烟的人,专卖局即少一份收入。

上会舒服吗？你的太太和她现在的丈夫势必和你对抗，而这两位又是极有势力，可能左右法院的。所以官司非拖不可。那期间你却是悲愤交加，很快的衰老了。"

"那么我的财产呢？"

"你以为你真有天大的家私吗？"

"我当初不是有三万法郎收入吗？"

"上校，你在一七九九年上还没结婚的时候，立了一份遗嘱，注明把四分之一的遗产捐给救济机关。"

"不错。"

"那么既然人家认为你死了，不是要把你的财产登记，清算，才能把那四分之一拨给救济机关吗？你的太太只顾着自身的利益，不惜损害穷人的利益。清点遗产的时候，她的现款和首饰一定是隐匿不报的，便是银器也只拿出小小的一部分；家具的估价只等于实际价值的三分之一，或是为她自己留地步，或是为了少付一笔税，同时也因为那是由估价员负责的，所以她尽可以胆大妄为；登记的结果，你的财产只值六十万法郎。你的寡妇照理应当得一半。拍卖的遗产都由她出钱买回来，占了不少便宜，救济机关把应得的七万五拿去了①。你遗嘱上既没提到妻子，没有受主的那份遗产应当归入公家，但皇帝下了一道上谕，把那一份给了你的寡妇。由此看来，你现在名正言顺可以争回来的财产还有多少呢？仅仅是三十万法郎，还得除掉一切费用。"

上校大吃一惊，问道："你们把这个叫作大公无私的法律吗？"

"当然啰……"

"那真是太妙了！"

"上校，法律就是这么回事。现在你该明白了吧，你认为容易的事并不容易。可能法洛太太还想把皇帝给她的那一份抓着不放呢。"

"事实上她又不是寡妇，那道上谕应当作废。"

---

① 六十万遗产，妻子分去半数，只剩三十万，三十万的四分之一为七万五。

"对。可是世界上没有一件事不可以争辩。告诉你,在这种情形之下,我觉得对你,对她,和解是最好的办法。你和解以后所能到手的财产,可以比你在法律上有权收回的更可观。"

"那不等于把我的妻子卖掉吗?"

"一年有了两万四的收入,再加你的地位,尽可找一个比你原来的太太更合适、使你更幸福的女人。我预备今天就去拜访法洛伯爵夫人,探探风色,但我没通知你以前,不愿意去。"

"咱们一块儿去吧……"

"凭你这种装束去吗?"代理人说,"不行,不行,上校。那你的官司是输定了……"

"我这官司有没有希望打赢呢?"

"从无论哪一点上看都没问题。可是亲爱的上校,你忘了一件事:我不是富翁,我为了受盘事务所借的债还没还清。倘若法院答应预支你一笔钱,就是说让你在应得的财产里头先拿一部分,也得等到你夏倍伯爵,荣誉团勋二位的身份确定以后。"

"啊!我还是荣誉团勋二位呢,我竟忘了。"他很天真的说。

但尔维接着又道:"而你的身份没确定以前,不是先得叫人辩护吗?律师,要钱;送状子、抄判决书,要钱;执达吏,要钱;你自己还得有笔生活费。几次预审的费用,约估一下就得一万二到一万五以上。我没有这笔款子;借钱给我盘这个事务所的债主要的利息很高,把我压得喘不过气来。而你,你又从哪儿去张罗?"

可怜的军人黯淡无光的眼中滚出两颗很大的泪珠,淌在全是皱痕的面颊上。看到这些困难,他灰心了。社会与司法界像一个噩梦似的压着他的胸部。

他嚷道:"好吧,我去站在旺多姆广场的华表下面,大声的叫:'我是夏倍上校,我是在埃洛冲破俄罗斯大军的方阵的人!'——那铜像一定认得我的。"①

---

① 巴黎旺多姆广场上的华表,是记载大革命及帝政时代武功的碑,顶上置有拿破仑铜像。

"这样，人家就把你送夏朗东。"

一听到这可怕的名字，老军人可泄气了。

"难道陆军部也不会有人替我做主吗？"

"那些衙门！"但尔维说，"要去先把宣告你的死亡无效的公事端整好了再去。他们正恨不得把所有帝政时代的人物一齐消灭呢。"

上校呆若木鸡，一动不动的愣了好一会，眼睛视而不见的朝前望着。军事法庭办起事来是干脆，迅速，粗暴的，判的案子几乎永远是公道的；夏倍所知道的法律只有这一种。如今看到所要遭遇的难关像迷魂阵一样，要花多少钱才能进去游历一周，可怜的军人的意志不禁受到严重的打击，而意志原是男人特有的一种力量。他觉得受不了打官司的生活，还不如熬着穷苦，做个叫花子，或者有什么部队肯收留，再去投军当个骑兵，反倒简单多了。肉体与精神的痛苦，因为损害了几个最重要的器官，已经使他健康大受影响。他害的病在医药上没有名字，病灶像我们身上受害最烈的神经系统一般，没有一定的地方，只能称之为痛苦的忧郁症。这种无形而实在的病不论怎么严重，只要生活愉快，还是能痊愈的。但要完全摧毁他结实的身体，只消一个新的阻碍或是什么意外的事，把已经衰弱的生机斩断，使他处处犹豫，做事有头无尾，没人了解——那都是生理学家在受伤过度的人身上常常看到的症状。

但尔维发觉当事人有了失魂落魄的现象，便说：

"别灰心，结果只会对你有利的。但你得想一想是否能完全信托我，对我认为最好的办法能不能闭着眼睛接受？"

"你爱怎办就怎办吧。"夏倍说。

"不错，但你听我摆布的程度，是不是能够把生死置之度外？"

"难道我从此只能无名无姓，没有身份的混下去吗？这怎么受得了？"

"我的意思不是这样，"代理人说，"我们可以用友好的方式得到法院的判决，把你的死亡登记和婚约撤销，把你的公民权恢复。靠了法洛伯爵的力量，你一定还能得到将官的军阶和一笔恩俸。"

"好，你放手做去吧！我完全信托你。"

"那么我等会把委托书寄给你签字。再见了，别灰心！要用钱，尽管问我。"

夏倍很热烈的握了握但尔维的手，背靠着墙，除了目送一程以外没有气力再送客。正如一般不大了解司法界内情的人，他看到这场意想不到的斗争吓坏了。他们俩谈话期间，街上有个人掩在大门口一根柱子旁边，伸头探颈的等着。但尔维一出门，他就走过来。那是个老头儿，穿着蓝色上衣，跟卖啤酒的商人一样束一条叠裥的白围裙，头上戴一顶獭皮小帽。凹陷的脸是棕色的，皱纹密布，但因为工作辛苦，老在外边跑，颧骨倒晒得通红。

他伸出手臂拦住了但尔维，说道："先生，我很冒昧的跟你说话，请你原谅。我一看到你，就疑心是我们将军的朋友。"

但尔维回答："你关切他什么事呢？"又不大放心的追问一句，"你是谁呀？"

"我叫作路易·凡尼奥，有几句话要跟你说。"

"原来是你把夏倍伯爵安顿在这种地方的。"

"对不起，先生，请你原谅，他住的已经是最好的屋子了。倘若我自己有个房间，一定让给他；我可以睡在马房里。喝，他遭了多少难，还教我几个小的认字；他是一个将军，一个埃及人，我在部队里遇到的第一个排长就是他！……真的，一家之中他住得最好了。我有什么，他也有什么。可怜我拿不出多少东西，只有面包，牛奶，鸡子；穷人只能过穷日子！至少是一片好心。可是他叫我们下不了台啊。"

"他？"

"是的，先生，一点不假，他伤透了我们的心……我不自量力盘了一个铺子，他看得清清楚楚。他替我们刷马，那教人怎么受得了！我说：'哎哟！我的将军，你怎么的？'他说：'嗳，我不愿意闲着，刷兔子什么的，我早学会了。'为了盘牛奶棚，我签了一些期票给葛拉杜……

他伸出手臂拦住了但尔维。

你认得葛拉杜吗,先生?"

"朋友,我没时间听你呀。快点告诉我,上校怎么样使你下不了台?"

"先生,他使我下不了台是千真万确的事,正如我叫作凡尼奥一样的千真万确,我的女人还为此哭了呢。他从邻居那儿知道我们的债票到期了,一个子儿都没着落。老军人一句话不说,候着债主上门,拿你给他的钱一股脑儿把期票付清了。你看他多厉害!我跟我老婆眼看可怜的老人连烟草都没有了,他硬压着自己,省掉了。本来嘛,他每天早上已经有了雪茄!真的,我宁可把自己卖掉的……我们受不了!他说你是个好人,所以我想拿铺子作抵押,向你借三百法郎,让我们替他缝些衣服,买些家具。他以为替我们还了债!唉,谁知他反倒叫我们欠了新债……还教我们心里受不了!他不应该丢我们的脸,伤我们的心;那还成为朋友吗?你放心,我路易·凡尼奥宁可再去当兵,决不赖你的钱……"

但尔维看了看鲜货商,往后退了几步,把屋子,院子,垃圾,马房,兔子,孩子,重新瞧了一眼,心里想:"据我看,一个人要有德行,主要是占有产业的欲望不能太强。"

"好吧,你要三百法郎,给你就是了,再多一些也行。但这不是我给的。上校有的是钱,很有力量帮助你,我不愿意抢掉他这点儿乐趣。"

"他是不是不久就有钱了?"

"当然。"

"啊,天哪,我女人知道了才高兴呢!"

鲜货商说着,棕色的脸似乎舒坦了些。

但尔维一边踏上两轮车,一边想:"现在让我到敌人那儿去走一遭。别泄露我们手里的牌,要想法看到她的,先下手为强。第一得吓她一吓。她是个女人,女人最怕的是什么呢?对啦,女人只怕……"

他把伯爵夫人的处境推敲之下,像大政治家设计划策,猜度敌国的内情一样出神了。诉讼代理人不就是处理私事的政治家吗？现在我们必须对法洛伯爵夫妇的情形有所了解，才能领会但尔维的天才。

　　法洛伯爵是从前巴黎高等法院一个法官的儿子，恐怖时期流亡在国外，逃了命，却丢了财产。他在执政时期回国，守着父亲在大革命以前来往的小圈子，始终拥护路易十八的利益。所以在圣・日耳曼区的贵族中，法洛属于很清高的不受拿破仑引诱的一派。他那时还没有头衔，但才能出众的名气已经使他成为拿破仑勾引的对象。拿破仑笼络贵族阶级的成功往往不下于战场上的成功。人家告诉法洛，说他的头衔可以恢复，没有标卖的财产可以发还，将来还有入阁和进参议院的希望。可是皇帝的努力终于白费。在夏倍伯爵阵亡的时期，法洛先生是一个二十六岁的青年，没有财产，身段很好，在圣・日耳曼区很走红，被认为是后起之秀。另一方面，夏倍伯爵夫人在清算亡夫遗产的过程中得了不少利益，孀居十八个月以后，每年的进款有四万法郎之多。她和青年伯爵的结合，也在圣・日耳曼区的各党派意料之中。拿破仑素来希望自己的部下与贵族阶级通婚，对夏倍太太的再醮自然很满意，便把上校遗产中应当归公的一份退还给她。但拿破仑借此拉拢的心思仍旧落了一个空。法洛太太不但热爱她年轻的情人，而且想到能踏进那个虽然受了委屈，但始终控制着帝国宫廷的高傲的社会，也很得意。这门亲事既满足了她的热情，也满足了她各方面的虚荣心。她快要一变而为名门淑女了。等到圣・日耳曼区的人知道青年伯爵的婚姻并非对贵族阶级的叛变，所有的沙龙立刻对他的太太表示欢迎。然后是王政复辟的时期。法洛伯爵的政治前程，发展并不太快。他很明白路易十八的政治环境受着许多限制，也深知内幕情形，等着大革命造成的缺口慢慢的合拢。路易十八说的这句话虽然被自由分子嘲笑，的确有它的政治意义。这个故事开场的时候帮办所引用的那一段诏书，把法洛伯爵的两处森林，一块田产，都发还了。那些产业在公家代管期间价值大为提高。如今他虽则身为参议官兼某一个部的署长，自认为还不过是政治生涯的开端。

因为雄心勃勃而忙得不得了,他雇着一个秘书,把一切私人事务都交给他办。那秘书叫作台倍克,是个破产的诉讼代理人,精明透顶,凡是司法界的门道,无一不知,无一不晓。狡狯的讼师很明白自己在伯爵家的地位,为了前途不敢不老实。他照顾东家的财产简直无微不至,希望日后靠他的势力谋个缺分。他的行事和过去截然不同,以致大家认为他从前的坏名声是受人阴损。伯爵夫人天生聪明机警,那是所有的妇女都有的长处,只是程度不同而已;她猜透了总管的心,暗中把他监视着,又调度得很巧妙,使他甘心情愿的卖力,增加她那份私产。她叫台倍克相信法洛先生是抓在她手里的,只要他一心一意的忠于她的利益,将来准可以到第一等的大城市里去当个初级法院的庭长。一朝有了一个终身职的差事,他就能结一门好亲事;以后当选了议员,更可以觊觎政治上的高位;这样的诺言当然使台倍克成为伯爵夫人的死党了。王政复辟的最初三年,一般手段高明的人利用房产的涨价与交易所的波动赚了不少钱:这种机会,伯爵夫人靠了台倍克的力量,一个都没错过,轻而易举把财产增加了三倍,尤其因为在伯爵夫人眼里,只要能赶快发财,什么手段都是好的。她拿伯爵在各衙门领的薪水派作家用,把产业的收入存在一边生利;台倍克只帮她在这方面出主意,决不推敲她的动机。像他那一类的人,直要一件事攸关自己的利益,才肯费心去推究内幕。先是他对于大多数巴黎女子都有的黄金饥渴病觉得很容易找出理由,其次,伯爵的野心需要极大的家私作后盾,因此总管有时候以为伯爵夫人的贪得无厌,是表示她对一个始终热爱的男人的忠诚。其实她把真正的用意深藏在心坎里。那是她生死攸关的秘密,也是这个故事的关键。一八一八年初,王政复辟的基础表面上很稳固了,它的大政方针,据一般优秀人士所了解的,应当替法国开创一个繁荣的新时代;于是巴黎社会的面目跟着改变了。法洛伯爵夫人的婚姻无意中使爱情、金钱、野心三者都得到了满足。年纪还轻,风韵犹存,她变了一位时髦太太,经常出入宫廷。本身有钱,丈夫有钱,而且是王上的亲信,被誉为保王党中最有才干的人物之一,早晚有当部长的希望。她既是贵族阶级的一分子,自然分享到贵族的光华。在这个万事如意的局面中,她精神上却长着一个癌。男人的某些心思不管掩藏得如何周密,总是瞒不过女人的。路易十八第一次回来的时候①,法洛伯爵就有些后悔自己的婚姻。先是夏倍上校的寡妇没有替他拉上豪门贵戚的关系,使他在到处都是暗礁与敌人的生涯中孤立无援。其次,在他能够用冷静的头脑观察妻子的时间,或许还发现她有些教育方面的缺陷,不宜于做他事业上的帮手。他批评泰勒朗的婚姻的一句话,使伯爵夫人看透了他的心,就是说如果他现在要结婚的话,对象决不会是法洛太太。丈夫心里有这种遗憾,世界上哪个妻子肯加以原谅呢?侮辱,叛变,遗弃,不是都有了根苗吗?假定她怕看到前夫回来,那么后夫的那句话岂非更犯了她的心病?她早知道夏倍活着而置之不理;后来没再听见他的名字,以为他和蒲打两人跟着帝国的鹰旗在滑铁卢同归于尽了。虽然如此,她还是决意用最有力量的锁链,黄金的锁链,把伯爵拴在手里,希望凭着巨大的资财,使她第二次的婚约无法解除,万一夏倍上校再出现的话。而他居然出现了。她倒是弄不明白,她所担心的那场斗争怎么还没爆发。或许是痛苦,疾病,替她把这个人解决了。或许他发了疯,由夏朗东收管去了。她不愿意把心事告诉台倍克或警察局,免得授人把柄或者触发那件祸事。巴黎不少妇女都像法洛太太一样,不是天天跟恶魔做伴,便是走在深渊边上;她们尽量把创口磨成一个肉茧,所以还能嬉笑玩乐。

  两轮车到了华兰纳街法洛公馆门口,但尔维从沉思默想中醒来,对自己说着:"法洛伯爵的情形真有点儿古怪。有这么多钱,又受到王上的宠幸,怎么至今还没进贵族院? 固然,像葛朗里欧太太和我说的,这可能表示他有心配合王上的政策,以爱惜爵位的方式抬高贵族院的声价。并且一个高等法院法官的儿子,也没资格与克里翁和罗昂等等那些勋贵后裔相提并论。法洛伯爵要进贵族院决不能大张旗鼓,惹人

---

① 一八一五年拿破仑逊位时,路易十八回国即王位,百日皇朝时又逃亡。

注目。但若他能离婚,再娶一个没有儿子的老参议员的女儿,不是就能以继承人的地位一跃而为贵族院议员,免得王上为难了吗?"但尔维一边走上台阶一边想:"哼,不错,这一点倒大可以拿来恐吓伯爵夫人。"

但尔维无意之间击中了法洛太太的要害,摸到她那个刻骨铭心的毒癌。她接见他的屋子是一间精雅的冬季餐厅;她正在用早点,旁边有一根钉着铁档的柱子拴着一只猴子,让她逗着玩儿。伯爵夫人穿着一件很漂亮的梳妆衣,便帽底下拖出几个随便束着的头发卷,显得很精神。她容光焕发,笑容可掬。金器,银器,嵌螺钿的杯盘,在她餐桌上发光,周围摆着几个精美的瓷盆,种着名贵的花草。夏倍伯爵的女人靠了夏倍的遗产,生活豪华,站在社会的峰尖上;可怜的老头儿却在鲜货商家里和牲口家禽住在一块;代理人看了不由得私下想道:

"由此可以得到一个结论:一个俊俏的女人,决不肯把一个穿旧卡列克,戴着野草般的假头发,脚上套着破靴子的老头儿,再认作丈夫;哪怕过去是她的情人也不相干。"

大半的巴黎人家尽管用多多少少的谎话遮掩自己的生活,也瞒不过一个以地位关系而能看到事实的人;所以但尔维当下堆着一副狡猾而尖刻的笑容,表示半感慨半嘲弄的心情。

"但尔维先生,你好!"伯爵夫人说着,继续拿咖啡喂她的猴子。

但尔维听她招呼的口气那么轻浮,觉得很刺耳,便直截了当的和她说:"太太,我是来跟你谈一件相当严重的事的。"

"啊,遗憾得很。伯爵不在家呢……"

"我觉得幸运得很,太太。他要是参加我们的谈话,那才是遗憾呢。并且我从台倍克那儿知道,你喜欢自己的事自己了,不愿意打搅伯爵的。"

"那么我叫人把台倍克找来吧。"

"他虽然能干,这一回也帮不了你的忙。太太,你只要听我一句话就不会再嘻嘻哈哈了。夏倍伯爵的确没有死。"

谈 判

"难道这种荒唐话就能使我不再嘻嘻哈哈了吗?"她说着,大声的笑了。

可是但尔维目不转睛的瞪着她,明亮的眼神仿佛看透了她的心事,伯爵夫人的态度便突然软化了。

"太太,"他冷冷的用着又严肃又尖锐的口气说,"你还不知道你冒的危险有多大呢。不消说,全部文书都是真实的,确定夏倍伯爵没有死的证件都是可靠的。你一向知道我不是接受无根无据的案子的人。我们申请撤销死亡登记的时候,倘若你出来反对,这第一场官司你就非输不可;而我们赢了第一审,以后的几审也就赢定了。"

"那么你还预备跟我谈些什么呢?"

"既不谈上校,也不谈你。有些风雅的律师,拿这件案子里奇奇怪怪的事实,加上你再醮以前收到前夫的几封信,很可能作成一些有趣的节略;可是我也不预备和你谈这种问题。"

"这简直是胡扯!"她装腔作势,尽量拿出恶狠狠的神气,"我从来没收到夏倍伯爵的信;并且谁要自称为上校,他准是个骗子,苦役监里放出来的囚犯,像高阿涅①之类。单是想到这种事就教人恶心。先生,你以为上校会复活吗?他阵亡以后,波拿巴正式派副官来慰问我,国会批准三千法郎抚恤金,我至今还在支领。自称为夏倍上校的人,不管过去有多少,将来还有多少,我都有一千一万个理由不睬他们。"

"太太,幸亏今天只有咱们两人,你尽可以自由扯谎。"但尔维冷冷的说着,有心刺激伯爵夫人,认为她一怒之下可能露出些破绽来;这是诉讼代理人的惯技,敌人或当事人尽管发脾气,他们总是声色不动。他临时又想出一个圈套,教她明白自己弱点很多,不堪一击;便私忖道:"好,咱们来见个高低吧。"——接着他高声说:"太太,送达第一封信的证据,是其中还附有证券……"

---

① 比哀·高阿涅为十九世纪初叶法国大冒险家,自称为圣·埃兰伯爵,拐骗盗窃,无所不为,数次入狱越狱,化名投军,居于高位,暗中仍为盗党领袖,卒被识破,判处终身苦役。

"噢！证券吗？信里可没有什么证券。"

但尔维微微一笑："原来这第一封信你是收到的。你瞧，一个诉讼代理人随便唬你一下，你就中了计，还自以为能跟司法当局斗吗？……"

伯爵夫人的脸一忽儿红一忽儿白，用手遮住了。然后她把羞愧的情绪压了下去，恢复了像她那等女人的天生的镇静。

"既然你做了自称为夏倍的人的代理人,那么请你……"

"太太,"但尔维打断了她的话,"我现在除了当上校的代理人之外,同时仍旧是你的代理人。像你这样的大主顾,我肯放弃吗？可是你不愿意听我的话呀……"

"那么先生,你说吧。"她态度变得很殷勤了。

"你得了夏倍伯爵的财产,却给他一个不理不睬。你有了巨万家私,却让他在外边要饭。太太,案情本身既然这样动人,律师的话自然动人了:这件案子里头,有些情节可能引起社会公愤的。"

伯爵夫人被但尔维放在火上一再烧烤,不由得心烦意躁。她说:"可是先生,即使你的夏倍真的没死,法院为了我的孩子也会维持我跟法洛伯爵的婚姻,我只要还夏倍二十二万五千法郎就完了。"

"太太,关于感情的问题,我们不知道将来法院怎么看法。一方面固然有母亲与孩子的问题,另一方面,一个受尽苦难的男人,被你一再拒绝而磨得这样衰老的男人,同样成为问题。教他哪儿再去找个妻子呢？那些法官能够做违法的判决吗？你和上校的婚姻使他对你有优先权。不但如此,一朝人家用丑恶的面貌来形容你的时候,你还会碰到一个意想不到的敌人。太太,这就是我想替你防止的危险。"

"一个意想不到的敌人！谁？"

"就是法洛伯爵,太太。"

"法洛先生太爱我了,对他儿子的母亲太敬重了……"

但尔维打断了她的话："诉讼代理人是把人家的心看得雪亮的,你这些废话都甭提啦。此刻法洛先生决没意思跟你离婚,我也相信他非常爱你；但要是有人跟他说，他的婚姻可能宣告无效，他的太太要在公众眼里成为罪大恶极的女人……"

"那他会保护我的。"

"不会的，太太。"

"请问他有什么理由把我放弃呢，先生？"

"因为他可以娶一个贵族院议员的独养女儿，那时只要王上一道诏书，就好把贵族院的职位转移给他……"

伯爵夫人听着脸色变了。

但尔维心上想："行啦，被我抓住了！可怜的上校，你官司赢定啦。"——然后他高声说道："并且法洛先生那么办，心里也没什么过不去；因为一个光荣的男人，又是将军，又是伯爵，又是荣誉团勋二位，决非等闲之辈；倘使这个人向他要回太太的话……"

"得了，得了，先生！"她说，"你永远是我的代理人。请你告诉我应当怎办？"

"想法和解呀！"

"他是不是还爱我呢？"她问。

"我不信他不爱你。"

听到这句话，伯爵夫人马上把头抬了起来，眼中闪出一道表示希望的光；或许她想用一些女人的诡计，利用前夫的爱情来赢她的官司。

"太太，究竟要我们把公事送给你呢，还是你愿意到我事务所来商订和解的原则，我等候你的吩咐。"但尔维说着，向伯爵夫人告辞了。

但尔维访问上校和法洛太太以后一星期，六月里一个晴朗的早上，被命运拆散的一对夫妇，从巴黎的两极出发，到他们共同的代理人那儿相会。

但尔维预支给夏倍上校的大量金钱，使他能够把衣衫穿得跟身份相称。阵亡军人居然坐着一辆挺干净的两轮车，戴着一副与面貌相配的假头发，穿着蓝呢衣服，白衬衫，领下挂着荣誉团勋二位的大红绶带。生活优裕的习惯一恢复，当年那种威武的气概也跟着恢复了。他身子笔直,容貌庄严而神秘,活现出愉快和满怀希望的心情,脸不但变得年轻,而且用画家的术语来说,更丰满了。在他身上,你再也找不出穿破卡列克的夏倍的影子,正如一枚新铸的四十法郎的金洋决不会跟一个铜子儿相像。路上的人看到了,很容易认出他是我们帝国军中的遗老,是那些英雄之中的一个;国家的光荣照着他们,他们也代表国家的光荣,好比阳光底下的镜子把太阳的每一道光芒都反射出来。这般老军人每个都等于一幅画,同时也等于一部书。

　　伯爵从车上跳下来走进但尔维家的时候,动作的轻灵不下于青年人。他的两轮车刚掉过车身,一辆漆着爵徽的华丽的轿车也跟着赶到了。车中走下法洛伯爵夫人,装束非常朴素,但很巧妙的衬托出年轻的身腰。她戴着一顶漂亮的小帽子,周围缀着蔷薇花,像捧云托月似的使她脸蛋的轮廓不太清楚,而神态更生动。两个当事人都变得年轻了,事务所却还是老样子,和这个故事开场的时候所描写的没有分别。西蒙宁吃着早点,肩膀靠在打开的窗上,从四周都是黑沉沉的房屋而只给院子留出的空隙中,眺望着蓝天。

　　他忽然嚷道:"啊!夏倍上校变了将军,挂着红带了:谁愿意赌东道请看戏吗?"

　　"咱们的老板真会变戏法。"高特夏说。

　　"这一回大家不跟他开玩笑了吗?"台洛希问。

　　"放心,他的妻子,法洛伯爵夫人,会要他的!"蒲加回答。

　　高特夏又道:"那么伯爵夫人要服侍两个丈夫了,可不是?"

　　"噢,她也来了!"西蒙宁嚷着。

　　这时上校走进事务所,说要见但尔维先生。

　　"他在里头呢,伯爵。"西蒙宁告诉他。

　　"原来你耳朵并不聋,小鬼!"夏倍扯着跳沟的耳朵拧了一把,教那些帮办看着乐死了,哈哈大笑,同时也打量着上校,表示对这个怪人好奇到极点。

　　法洛太太进事务所的时候,夏倍伯爵正在但尔维的办公室里。

她戴着一顶漂亮的小帽子。

"喂,蒲加,这一下老板办公室里可要来一幕精彩的戏文啦!那位太太不妨双日陪法洛伯爵,单日陪夏倍伯爵。"

"逢到闰年,这笔账可以轧平了。"高特夏接着说。

"诸位,别胡扯了,人家听得见的,"蒲加很严厉的喝阻,"像你们这样把当事人打哈哈的事务所,从来没见过。"

伯爵夫人一到,但尔维就把上校请到卧房去坐。

他说:"太太,因为不知道你愿不愿意和夏倍伯爵见面,我把你们俩分开了。倘若你喜欢……"

"先生,多谢你这么体贴。"

"我拟了一份和解书的稿子,其中的条款,你和夏倍先生可以当场磋商;两方面的意思由我居间传达。"

"好吧,先生。"伯爵夫人做了一个不耐烦的手势。

但尔维念道:

"立协议书人甲方:伊阿桑德,别号夏倍,现封伯爵,陆军少将,荣誉团勋二位;住巴黎小银行街;

"乙方:罗士·夏波丹,为甲方夏倍伯爵之妻……"

伯爵夫人插言道:"开场的套头不用念了,单听条文吧。"

"太太,"代理人回答,"开场的套头很简短的说明你们双方的地位。然后是正文。第一条,当着三个见证,——其中两位是公证人,一位是你丈夫的房东,做鲜货买卖的,我已经关照他严守秘密——你承认甲方是你的前夫夏倍伯爵;确定他身份的文书,由你的公证人格劳太另行办理。

"第二条,甲方为顾全乙方幸福起见,除非在本和解书规定的情形之下,自愿不再实行丈夫的权利。"但尔维念到这儿又插进两句:"所谓本和解书规定的情形,就是乙方不履行这个秘密文件中的条款。——其次,甲方同意与乙方以友好方式,共同申请法院撤销甲方之死亡登记,及甲方与乙方之婚约。"

伯爵夫人听了很诧异,说道:"这一点对我完全不合适,我不愿意惊动法院。你知道为什么。"

代理人声色不动,照旧往下念:

"第三条,乙方自愿每年以二万四千法郎交与甲方夏倍伯爵;此项终身年金由乙方以购买政府公债所生之利息支付;但甲方死亡时,本金仍归乙方所有……"

"那太贵了!"伯爵夫人说。

"你能花更低的代价成立和解吗?"

"也许。"

"太太,那么你要怎办呢?"

"我要……我不要经过法院;我要……"

"要他永远做死人吗?"但尔维顶了一句。

"先生,倘若要花二万四的年金,我宁可打官司……"

"好,咱们打官司吧。"上校用他那种调门很低的声音嚷道。他突然之间打开房门站在他女人面前,一手插在背心袋里,一手指着地板。因为想起了痛苦的往事,他这姿势格外显得悲壮。

"真的是他!"伯爵夫人私下想。

老军人接着又道:"哼,太贵了! 我给了你近一百万,你却眼看我穷途潦倒,跟我讨价还价。好吧,现在我非要你不可了,既要你的财产,也要你的人。咱们的财产是共有的,咱们的婚约还没终止……"

伯爵夫人装作惊讶的神气,嚷道:"这一位又不是夏倍上校喽。"

"啊!"老人带着挖苦得很厉害的口吻,"你要证据吗? 我当初是在王宫市场①把你找来的……"

伯爵夫人马上变了脸色。老军人看到自己从前热爱的女人那么痛苦,连胭脂也遮不了惨白的脸色,不由得心中一动,把话咽住了。但她睁着恶毒的眼睛瞪着他,于是他一气之下,又往下说道:

"你原来在……"

---

① 自大革命起至王政复辟初期,巴黎的王宫市场为娼寮赌场的集中地。

"先生，我受不了，"伯爵夫人对代理人说，"让我走吧。我不是到这儿来听这种下流话的。"

她站起身子走了。但尔维跟着冲出去。伯爵夫人像长了翅膀似的，一霎眼就飞掉了。代理人回到办公室，看见上校气坏了，在屋子里大踏步踱着。

他说："那个时候一个人讨老婆是不管出身的；我可是拣错了人，被她的外表骗过去了；谁知她这样的没心没肝。"

"唉，上校，我不是早告诉你今天别来吗？现在我相信你真是夏倍伯爵了。你一出现，伯爵夫人浑身一震：我把她的思想看得清清楚楚。可是你的官司输定了，你太太知道你面目全非，认不得了。"

"那我就杀了她……"

"发疯！这不是把你自己送上断头台吗？说不定你还杀不了她！一个人想杀老婆而没杀死，才是大笑话呢①。让我来补救吧，大孩子！你先回去，诸事小心；她很可能安排一些圈套，送你上夏朗东的。我要立刻把公事送给她，以防万一。"

可怜的上校听从了恩人的吩咐，结结巴巴说了几句抱歉的话，出门了。他慢吞吞的走下黑暗的楼梯，憋着一肚子郁闷，被刚才那一下最残酷、把他的心伤得最厉害的打击压倒了。走到最后一个楼梯台，他听见衣衫窸窣的声音，忽然太太出现了。

"跟我来，先生。"她上来挽着他的手臂；那种姿势他从前是非常熟悉的。

伯爵夫人的举动和一下子又变得温柔的口吻，尽够消释上校的怒意，把他带到车子旁边。

跟班的放下踏级，伯爵夫人招呼上校道："喂，上车吧！"

于是他像着了魔似的，挨着妻子坐在轿车里。

"太太上哪儿去？"跟班的问。

---

① 杀妻不成，就是说一个人犯了重罪而仍不能摆脱妻子，当然是很可笑的。

"上葛罗斯莱。"

驾车的马开始奔驰,穿过整个巴黎城。

"先生……"伯爵夫人叫出这两个字的声音是泄露人生最少有的情绪的声音,表示身心都在震颤。

在这种时候,一个人的心,纤维,神经,面貌,肉体,灵魂,甚至每个毛孔都在那里抖动。我们的生命似乎不在自己身上了;它跑在身外跳个不停,好像有瘟疫一般的传染性,能借着目光,音调,手势,去感应别人,把我们的意志去强制别人。老军人仅仅听她叫出可怕的"先生"二字,就打了一个寒噤。那两字同时包含责备,央求,原谅,希望,绝望,询问,回答的意味,简直包括一切。能在一言半语之间放进那么多意思那么多感情的,必然是高明的戏子。一个人所能表达的真情实意往往是不完全的,真情决不整个儿显露在外面,只让你揣摩到内在的意义。上校对于自己刚才的猜疑,要求,发怒,觉得非常惭愧,便低着头,不愿意露出心中的慌乱。

伯爵夫人略微歇了一会,又道:"先生,我一看见你就认出来了!"

"罗西纳,"老军人回答,"你这句话才是唯一的止痛膏,能够使我把过去的苦难忘了的。"

他像父亲对女儿一般抓着妻子的手握了握,让两颗热泪掉在她手上。

"先生,你怎么没想到,以我这样为难的处境,在外人面前怎么受得了!即使我的地位使我脸红,至少让我只对自己人脸红。这一段秘密不是应当埋在我们心里的吗?希望你原谅我对夏倍上校的苦难表面上不理不睬。我觉得我不应该相信他还活着。"她看到丈夫脸上有点儿质问的表情,便赶紧声明:

"你的信是收到的;但收到的时候和埃洛战役已经相隔十三个月,又是被拆开了的,脏得要命,字也不容易认。既然拿破仑已经批准我再嫁的婚约,我就认为一定是什么坏蛋来耍弄我。为了避免扰乱法洛伯爵的心绪,避免破坏家庭关系,我不得不防有人假冒夏倍。你说我这么办对不对?"

"不错,你是对的;我却是个傻子,畜生,笨伯,没把这种局面的后果细细想一想。"上校说着,看见车子经过夏班尔关卡,便问:"咱们到哪儿去呢?"

"到我的乡下别墅去,靠近葛罗斯莱,在蒙莫朗西盆地上。先生,咱们在那儿可以一同考虑怎么办。我知道我的责任,我在法律上固然是你的人,但事实上不属于你了。难道你愿意咱们俩成为巴黎的话柄吗?这个局面对我简直是桩大笑话,还是别让大众知道,保持咱们的尊严为妙。"她对上校又温柔又凄凉的瞟了一眼,接着说,"你还爱着我;可是我,我不是得到了法律的准许才另外结婚的吗?处于这个微妙的地位,我冥冥中听到一个声音,教我把希望寄托在你的慷慨豪侠上面,那是我素来知道的。我把自己的命运交在你一个人手里,只听凭你一个人处理:这算不算我错了呢?原告和法官,请你一个人兼了吧。我完全信托你高尚的心胸。你一定能宽宏大量,原谅我无心的过失所促成的后果。因此我敢向你承认,我是爱法洛先生的,也自认为有爱他的权利。我在你面前说这个话并不脸红;即使你听了不舒服,可并不降低我们的人格。我不能把事实瞒你。当初命运弄人,使我做了寡妇的时候,我并没有身孕。"

上校对妻子做了个手势,意思要她别往下说了。车子走了一里多路,两人没交换一句话。夏倍仿佛看到两个孩子就在面前。

"罗西纳!"

"怎么呢?"

"死人不应该复活,是不是?"

"噢!先生,哪里,哪里!别以为我忘恩负义。可是你离开的时候留下的妻子,你回来的时候她不但再嫁了,而且做了母亲。虽然我不能再爱你,但我知道受你多少恩惠,同时我还有像女儿对父亲那样的感情奉献给你。"

"罗西纳,"老人用温柔的声调回答,"现在我一点不恨你了。咱们把一切都忘了吧。"说到这里,他微微笑了笑,那种仁慈的气息永远是一个人心灵高尚的标记,"我不至于那么糊涂,硬要一个已经不爱我的女人假装爱我。"

伯爵夫人瞅了他一眼,不胜感激的表情使可怜的夏倍几乎愿意回进埃洛的死人坑。世界上真有些人抱着那么伟大的牺牲精神,以为能使所爱的人快乐便是自己得了酬报。

"朋友,这些事等咱们以后心情安定的时候再谈吧。"伯爵夫人说。

于是两人的谈话换了一个方向,因为这问题是不能长久谈下去的。虽然夫妻俩或是正式的,或是非正式的,常常提到他们古怪的局面,一路上倒也觉得相当愉快,谈着过去的夫妇生活和帝政时代的旧事。伯爵夫人使这些回忆显得甜蜜可爱,同时在谈话中加进一点必不可少的惆怅的情调,维持他们之间的庄严。她只引起对方旧日的爱情,而并不刺激他的欲念;一方面尽量让前夫看到她内心的境界给培养得多么丰富,一方面使他对于幸福的希冀只限于像父亲见着爱女一般的快慰。当年上校只认识一个帝政时代的伯爵夫人,如今却见到一个王政复辟时代的伯爵夫人。最后,夫妇俩穿过一条横路到一个大花园;花园的所在地是玛扬西高岗与美丽的葛罗斯莱村子之间的一个小山谷。伯爵夫人在这儿有一所精雅的别庄;上校到的时候,发现一切布置都是预备他夫妇俩小住几天的。苦难好比一道神奇的符箓,能加强我们的天性,使猜忌与凶恶的人愈加猜忌愈加凶恶,慈悲的人愈加慈悲。

以上校而论,不幸的遭遇反倒使他心肠更好,更愿意帮助人。女性的痛苦,多半的男子是不知道它的真相的,这一下上校可是体会到了。但他虽则胸无城府,也不由得和妻子说:

"你把我带到这儿来觉得放心吗?"

"放心的,倘若在跟我打官司的人身上,我还能找到夏倍上校的话。"

她回答的神气装得很真诚,不但祛除了上校心里那个小小的疑团,甚至还使他暗中惭愧,觉得不应该起疑。一连三天,伯爵夫人对待前夫的态度好得无以复加。她老是那么温柔,那么体贴,仿佛要他忘掉过去所受的磨折,原谅她无意中(照她自己的说法)给他的痛苦。她一边表现一种凄凉抑郁的情绪,一边把他素来欣赏的风度尽量拿出来;因为有些姿态,有些感情的或精神的表现,是我们特别喜欢而抵抗不了的。她要使他关切她的处境,惹动他的柔情,以便控制他的思想而称心如意地支配他。

她决意要不顾一切的达到目的,只是还没想出处置这男人的方法,但要他在社会上不能立足是毫无问题的。

第三天傍晚,她因为不知道自己的战略结果如何,觉得心乱如麻,无论如何努力,面上总是遮盖不了。为了松动一下,她上楼到自己屋里,对书桌坐着,把在上校面前装作心情安定的面具拿了下来,好比一个戏子演完了最辛苦的第五幕,半死不活的回到化装室,把截然不同的面目留在舞台上。她续完了一封写给台倍克的信,要他上但尔维那边,以她的名义把有关夏倍上校的文件抄来,然后立刻赶到葛罗斯莱看她。刚写完,她听见走廊里有上校的脚声,原来他是不放心而特意来找她的。

她故意高声自言自语:"唉!我要死了才好呢!这局面真受不了……"

"啊,怎么回事呀?"老人问。

"没有什么,没有什么。"

她站起来,离开上校下楼去,偷偷把信交给贴身女仆送往巴黎,面交台倍克,等他看过了还得把原信带回。然后伯爵夫人到一个并不怎么偏僻的地方拣一张凳子坐下,使上校随时能找到她。果然上校已经在找她了,便过来坐在她身边。

"罗西纳,你怎么啦?"

她不作声。傍晚的风光幽美恬静,那种说不出的和谐使六月里的夕照格外韵味深长。空气清新,万籁俱寂,只听见花园深处有儿童笑语的声音,给清幽的景色添上几段悦耳的歌曲。

"你不回答我吗?"上校又问了一声。

"我的丈夫……"伯爵夫人忽然停下,做了一个手势,红着脸问,"我提到法洛伯爵该怎么称呼呢?"

"就说你的丈夫吧,可怜的孩子;他不是你两个孩子的父亲吗?"上校用慈祥的口吻回答。

她说:"倘若法洛先生问我到这儿来干什么,倘若他知道我跟一个陌生人躲在这里,我对他怎么交代?"然后又拿出非常庄严的态度,"先生,请你决定吧,我准备听天由命了……"

上校抓着她的手:"亲爱的,为了你的幸福,我已经决定牺牲自己……"

她浑身抽搐了一下,嚷道:"那不行。你想,你所谓牺牲是要把你自己否定,而且要用切实的方式……"

"怎么,我的话还不足为凭吗?"

切实二字直刺到老人心里,使他不由自主的起了疑心。他对妻子瞅了一眼,她脸一红,把头低下了;而他也生怕自己会瞧她不起。伯爵夫人素来知道上校慷慨豪爽,毫无虚假,唯恐这一下把这血性男子的严格的道德观念伤害了。双方这些感想不免在他们额上堆起一些乌云,但由于下面一段插曲,两人之间的关系马上又变得和谐了。事情是这样的:伯爵夫人听到远远有一声儿童的叫喊,便嚷道:

"于勒,别跟妹妹淘气!"

"怎么!你的孩子在这里吗?"上校问。

"是的,可是我不许他们来打扰你。"

老军人从这种殷勤的措置咂摸出女性的体贴和用心的细腻,便握着伯爵夫人的手亲了一下。

"让他们到这儿来吧。"他说。

小女孩子跑来告状,说她哥哥捣乱:

"妈妈!"

"妈妈！"

"他把我……"

"她把我……"

两个孩子一齐向母亲伸着手，喊喊喳喳的闹成一片，等于突然展开了一幅美妙动人的图画。

伯爵夫人的眼泪再也忍不住了："可怜的孩子！唉，要离开他们了！法院将来判给谁呢？母亲的心是分割不开的，叫我怎么放得下呢？"

"是您呕妈妈哭的吗？"于勒怒气冲冲的问上校。

"别多嘴，于勒！"母亲很威严的把他喝住了。

两个孩子不声不响的站在那里，一忽儿瞧瞧母亲，一忽儿瞧瞧客人，好奇的神色非言语所能形容。

"噢！"她又说，"倘若要我离开伯爵而让我保留孩子，那我不管什么也就忍受了……"

这句攸关大局的话使她全部的希望都实现了。

"对！"上校好像是把心里想了一半的话接下去，"我早说过了，我应该重新钻下地去。"

"我怎么能接受这样的牺牲呢？"伯爵夫人回答，"固然有些男人为了挽救情妇的名誉不惜一死，但他们只死一次。你却是每天都受着死刑！那断断使不得！倘若只牵涉到你的生命倒还罢了；可是要你签字声明不是夏倍上校，承认你是个冒名的骗子，牺牲你的名誉，从早到晚的向人说谎……噢，一个人无论怎么牺牲也不能到这个地步。你想想吧！那怎么行！要没有这两个可怜的孩子，我早跟你逃到天涯地角去了……"

"嗳，"夏倍说，"难道我不能在这儿待下去，装作你的亲戚，住在你那个小楼里吗？我已经老朽无用，像一尊废炮，只要一些烟草和一份《宪政报》就行了。"

伯爵夫人哭得像泪人儿一般。两人你推我让，争着要牺牲自己，结果是军人得胜了。一天傍晚,在暮色苍茫,万籁俱寂的乡间,眼看孩子们绕在母亲膝下,宛然是一幅融融泄泄的天伦图的时候,老军人感动得忍不住了,决意回到坟墓中去,也不怕签署文件,切切实实的否定自己了。他问伯爵夫人应当怎办才能一劳永逸的保障她家庭的幸福。

她回答说:"随你怎办吧!我声明决不参加这件事。那是不应该的。"

台倍克已经到了几天,依照伯爵夫人的盼咐,居然和老军人混得很好,得到了他的信任。第二天早上,夏倍伯爵和他两人一同出发到圣-滦-泰凡尼去。台倍克已经委托那边的公证人替夏倍拟好一份声明书,可是措辞那么露骨,老军人听完条文马上跑出事务所,嚷道:

"该死!该死!那我不成了个小丑吗?不是变了个骗子吗?"

"先生,"台倍克和他说,"我也不劝你立刻签字。换了我,至少要伯爵夫人拿出三万法郎年金,那她一定给的。"

上校像正人君子受了污辱一般,睁着明亮的眼睛把老奸巨猾的坏蛋瞪了一眼,赶紧溜了,胸中被无数矛盾的情绪搅得七上八下。他又变得猜疑了,一忽儿愤慨,一忽儿冷静。

他终于从围墙的缺口中进入葛罗斯莱的花园,慢吞吞的走到一个可以望见圣-滦大路的小亭子里歇息,预备在那儿仔细想一想。园子里的走道铺的不是细石子,而是一种红土。伯爵夫人坐在上头一个小阁的客厅内,没听见上校回来;她专心一意想着事情的成功,完全没留意到丈夫那些轻微的声响。老人也没发觉妻子坐在小阁上。

伯爵夫人从隔着土沟的篱垣上面,望见总管一个人在路上走回来,便问:"喂,台倍克先生,他签字了没有?"

"没有,太太。他不知跑哪儿去了。老马居然发起性子来了。"

她说:"那么就得送他上夏朗东,既然我们把他抓在手里。"

上校忽然像年轻人一样的矫捷,纵过土沟,一霎眼站在总管面前,狠狠的打了他两个嘴巴,那是台倍克一生挨到的最精彩的巴掌。同时夏倍又补上一句:

59

"要知道老马还会踢人呢!"

　　胸中的怒气发泄过了,上校觉得再没气力跳过土沟。赤裸裸的事实已经摆在眼前:伯爵夫人的话和台倍克的回答,暴露了他们的阴谋。所有的体贴,照顾,原来都是钓他上钩的饵。"夏朗东"这个字好比一种烈性的毒药,使老军人精神与肉体的痛苦一刹那间都恢复了。他从园子的大门里走向小亭子,步履蹒跚,像一个快倒下来的人。可见他是永远不得安宁的了! 从此就得跟这女人开始一场丑恶的斗争;正如但尔维所说的,成年累月的打着官司,在悲痛中煎熬,每天早上都得喝一杯苦水。而可怕的是:最初几审的讼费哪儿去张罗呢? 他对人生厌恶透了:当时旁边要有水的话,他一定跳下去了,有手枪的话一定把自己打死的了。然后他变得游移不定,毫无主意;这种心情,从但尔维在鲜货商家里和他谈过话以后,就已经动摇了他的信念。到了亭子前面,他走上高头的小阁,发现妻子坐在一张椅子里。阁上装着玫瑰花形的玻璃窗,山谷中幽美的景物可以一览无余:伯爵夫人在那里很镇静的眺望风景,莫测高深的表情正像那般不顾一切的女人一样。她仿佛才掉过眼泪,抹了抹眼睛,心不在焉的拈弄着腰里一根很长的粉红丝带。可是尽管面上装得泰然自若,一看见肃然可敬的恩人站在面前,伸着手臂,惨白的脸那么严正,她也不由得打了个寒噤。

　　他向她瞪着眼睛,看得她脸都红了,然后说:"太太,我不来咒你,只是瞧不起你。谢天谢地,幸亏命运把咱们分开了。我连报复的念头都没有,我不爱你了。我什么都不问你要。凭我这句话,你安心活下去吧;哼,我的话才比巴黎所有公证人的字纸都更可靠呢。我不再要求那个也许被我显扬过的名字。我只是一个叫作伊阿桑德的穷光蛋,只求在太阳底下有个地方活着就行了。再见吧……"

　　伯爵夫人扑在上校脚下,抓着他的手想挽留他;但他不胜厌恶的把她推开了,说道:

　　"别碰我。"

　　伯爵夫人听见丈夫的脚步声走远去,做了一个没法形容的手势。

然后凭着阴险卑鄙的或是自私狠毒的人的聪明,她觉得这个光明磊落的军人的诺言与轻视,的确可以保证她太平无事的过一辈子。

　　夏倍果然销声匿迹了。鲜货商破了产,当了马夫。或许上校有个时期也干过相仿的行业,或许像一颗石子掉在窟窿里,骨碌碌的往下直滚,埋没在巴黎那个衣衫褴褛的人海中去了。

三　养老院

事后六个月，但尔维既没有夏倍上校的消息，也没有伯爵夫人的消息，以为他们和解了，大概伯爵夫人怀恨在心，故意托别的事务所办了手续。于是有一天，他把借给夏倍的钱结算清楚，加上应有的费用，写信给法洛伯爵夫人请她通知夏倍伯爵料理，断定她是准知道前夫的住址的。

法洛伯爵的总管刚好发表为某个重要城市的初级法院院长；他第二天就复了但尔维一封信，教人看了非常丧气：

　　法洛伯爵夫人嘱代声明：贵当事人对先生完全用了欺骗手段；自称为夏倍伯爵的人已明白承认假冒身份。此致……

台倍克

但尔维嚷道："呦！竟有这种混账东西！他们居然会盗窃出生证。你热心吧，慷慨吧，慈悲吧，你可上当了！哪怕你是诉讼代理人也没用！这件事平空白地破费了我两千多法郎。"

又过了一些时候，但尔维有天到法院去找一个正在轻罪法庭出庭的律师说话。他偶然闯进第六庭，庭上刚好把一个叫作伊阿桑德的无业游民判处二个月徒刑，刑满移送圣·特尼乞丐收容所。照警察厅的惯例，这种判决等于终身监禁。

夏倍上校

听到伊阿桑德的名字,但尔维对坐在被告席上,夹在两名警察中间的犯人瞧了一眼,原来便是冒充夏倍伯爵的那个家伙。

老军人态度安详,一动不动,几乎是心不在焉的神气。虽则衣服破烂,面上也有饥寒之色,但仍保持着高傲庄严的气概。他的眼神有种坚忍卓绝的表情,绝对逃不过法官的眼睛;但一个人投入法网以后,就变了一个抽象的东西,一个法理的问题,好比他在统计学家心目中只成为一个数字。

他被带往书记室,预备等会和同案判决的游民一齐送往监狱。凭着代理人在法院里可以到处通行的特权,但尔维跟他到书记室,把他和别的几个奇形怪状的乞丐打量了一番。书记室的穿堂另有一番景象,可惜立法大员,慈善家,画家,作家,都没有研究过。

像一切诉讼实验室一样,这穿堂是一间又暗又臭的屋子,四壁摆着长凳,被那些川流不息的可怜虫坐得发黑了。他们都到这儿来跟社会上各式各种的受难者相会,从来没有一个人失约。倘若你是个诗人,一定会说,在这么许多灾难汇集的阴沟里,阳光是羞于露面的。那儿没有一个位置不坐过未来的或过去的罪犯,很多是受了第一次轻微的惩罚,便横了心变成积犯,终于上了断头台,或者是把自己打一枪送了性命。所有倒在巴黎街上的人,都在这些暗黄的壁上留着痕迹。凡是真正的慈善家,大可以在壁上把那么多自杀案的理由研究出来,不至于再像一般虚伪的作家只会慨叹而没能力加以阻止;因为自杀的原因明明写在这间穿堂里,而穿堂又是一个苗圃,制造验尸所与葛兰佛广场①的惨剧的。

那时,一批精神抖擞而浑身都是苦难的疮疤的人,挤在那里一忽儿静默,一忽儿低声谈话,因为有三个警察在屋子里踱来踱去,腰刀拖在地板上发出铿锵的声音。夏倍上校就坐在这些人堆里。

"你还认得我吗?"但尔维站在老军人面前问。

---

① 葛兰佛广场(一八〇六年后改称为市政厅广场),为巴黎执行死刑的地方,亦为举行重大庆典的地方。

"认得的,先生。"夏倍站起身子回答。

但尔维轻轻的说道:"倘若你是个规矩人,怎么会欠了我的钱不还呢?"

老军人满面通红,好像一个姑娘被母亲揭破了私情。

他高声嚷道:"怎么!法洛太太没跟你算账吗?"

"算账?……她写信给我说你是个骗子。"

上校抬起眼睛,表示深恶痛绝与诅咒的意思,仿佛在祈求上帝惩罚她这桩新的卑鄙行为。

"先生,"他因为感情冲动,声音变了腔,倒反显得安静了,"请你向警察说一声,让我到书记室去写个字条,那一定发生效力。"

但尔维向警察打了个招呼,把他的当事人带进书记室;伊阿桑德写了一个字条给伯爵夫人,交给但尔维,说道:

"把这个送去,你的公费和借给我的款子保证能收回。先生,虽则我对于你的帮助没有把我的感激表示出来,但我的情意始终在这里,"说着他拿手指着心口,"是的,整个儿在这里。可是穷人有什么力量呢? 他们除了感情以外,什么都谈不到。"

"怎么!"但尔维问他,"你没要求她给你一笔年金吗?"

"甭提啦!"老军人回答,"你真想不到,一般人看得多重的表面生活,我才瞧不起呢。我突然之间害了一种病,厌世病。一想到拿破仑关在圣·埃兰纳,我觉得世界上一切都无所谓了。倒霉的是我不能再去当兵。"他做了一个小孩子般的手势,补充道,"归根结底,与其衣服穿得华丽,不如有感情可以浪费。我至少不用怕人家瞧不起。"

说完他又回去坐在他的凳子上。

但尔维出了法院,回到事务所,派那个时期的第二帮办高特夏上法洛太太家。伯爵夫人一看字条,立刻把夏倍上校欠代理人的钱付清了。

一八四〇年六月底,高特夏当了诉讼代理人,随着他的前任但尔维上里斯去。走到一处和通往皮赛德①的林荫道交叉的地方,看见路

---

① 皮赛德为法国塞纳省的一个小镇,有建筑宏伟的救济院,收容老人及精神病患者。

夏倍上校

旁一株橡树底下,有个已经成为叫花头的,病病歪歪的白发老人。他住在皮赛德救济院,像穷苦的老婆子住在萨班德里埃①一样。他是院内收容的二千个人中的一个,当时坐在一块界石上,聚精会神的干着残废军人搅惯的玩意儿:在太阳底下晒粘在手帕上的烟末,大概是为了爱惜烟末,不愿意把手帕拿去洗的缘故②。老人的脸非常动人,穿的是救济院发的丑恶之极的号衣,——一件土红色的长袍。

高特夏和同伴说:"但尔维,你瞧,那老头儿不是像从德国来的那个丑八怪吗?他居然活着,说不定还活得挺有趣呢!"

但尔维用望远镜瞧了一下,不禁做了一个惊讶的动作,说道:

"嗳,朋友,这老头儿倒是一首诗,或者像浪漫派作家说的,是一出悲惨的戏。你有时还碰到法洛太太吗?"

"碰到的,她很有风趣,很可爱;也许对宗教太热心了一些。"高特夏回答。

"这老头儿便是她的结发丈夫,当过陆军上校的夏倍伯爵;他被送到这儿来准是她玩的花样。夏倍上校住着这个救济院而没住高堂大厦,只因为当面揭穿了美丽的伯爵夫人的出身,说他像雇马车一般把她在街上捡来的。她当时瞅着他的虎视眈眈的眼睛,我至今记得清清楚楚。"

这几句开场白引起了高特夏的好奇心,但尔维便把上面的故事讲了一遍。两天以后,正是一个星期一的早上,两位朋友回巴黎的时候远远向皮赛德望了一眼。但尔维提议去看看夏倍上校。林荫道的半路上有株倒下的树,老人坐在树根上,手里拿着一根棒在沙土上画来画去。他们把他细看了一下,发觉他那天的早点不是在养老院里吃的③。

---

① 萨班德里埃为巴黎妇女救济院的别名,除老年妇女外,亦兼收精神病女子。
② 此处所谓烟末系指鼻烟,烟末常与涕沫同时黏在手帕上,故欲连同手帕晒干以便取下烟末。
③ 养老院中的人行动自由,有钱的时候可以在外吃喝一顿,享受一下。此处暗指夏倍喝过酒。

"不是夏倍！不是夏倍！我叫作伊阿桑德。"

但尔维招呼他:"你好,夏倍上校。"

"不是夏倍!不是夏倍!我叫作伊阿桑德。"老人回答。他又像儿童和老人那样带着害怕的神气,很不放心的瞧着但尔维,"我不是人呀,我是第七室第一百六十四号。"歇了一会又说,"你们可是去看那个死犯的?他没娶老婆,那是他的运气!"

"可怜的人!"高特夏说,"你要不要钱买烟草?"

上校赶紧向两个陌生人伸出手去,神气和巴黎的顽童一样天真,从各人手里接了一枚二十法郎的钱,傻头傻脑的对他们望了一眼,表示感谢,嘴里还说:

"倒是两个好汉!"

他做着举枪致敬和瞄准的姿势,微微笑着,嚷道:

"把两尊炮一齐放呀!拿破仑万岁!"

接着他又拿手杖在空中莫名其妙的乱画一阵。

但尔维说:"大概他受的伤影响到他的头脑,使他变得跟小孩子一样了。"

救济院中的另外一个老人在旁边望着他们,听了这话叫起来:"他跟小孩子一样!哼!有些日子简直一点儿触犯不得。这老奸巨滑把什么都看透了,想象力丰富得很呢。可是今天他是在休息。先生,一八二〇年的时候,他已经在这里了。那一回,有个普鲁士军官因为马车要爬上维勒于伊甫山坡,只得下来走一段。我正好跟伊阿桑德在一起。那军官一边走一边和一个俄国人谈话,看到咱们的老总,便嘻嘻哈哈的说道:'这一定是个到过洛斯巴哈的轻骑兵。'老总回答:'我太年轻了,来不及到洛斯巴哈;可是赶上了耶拿!'①普鲁士人听着马上溜了,一句话也不敢多讲。"

但尔维嚷道:"他这个命运多奇怪!生在育婴院,死在养老院;那期间帮着拿破仑征战埃及,征战欧洲。"歇了一会又说,"朋友,你知道

---

① 洛斯巴哈为一七五七年普鲁士击败法军之地。耶拿为一八〇六年拿破仑大败普军之处。

吗？我们的社会上有三等人，教士，医生，司法人员，都是看破人间的。他们穿着黑衣服，或许就是哀悼所有的德行和所有的幻象。三等人中最不幸的莫如诉讼代理人。一个人去找教士，总由于悔恨的督促，良心的责备，信仰的驱使；这就使他变得伟大，变得有意思，让那个听他忏悔的人精神上感到安慰；所以教士的职业并非毫无乐趣：他做的是净化的工作，补救的工作，劝人重新皈依上帝的工作。可是我们当诉讼代理人的，只看见同样的卑鄙心理翻来覆去的重演，什么都不能使他们洗心革面；我们的事务所等于一个没法清除的阴沟。哼，我执行业务的期间，什么事都见过了！我亲眼看到一个父亲给了两个女儿每年四万法郎进款，结果自己死在一个阁楼上，不名一文，那些女儿理都没理他！我也看到烧毁遗嘱；看到做母亲的剥削儿女，做丈夫的偷盗妻子，做老婆的利用丈夫对她的爱情来杀死丈夫，使他们发疯或者变成白痴，为的要跟情人消消停停过一辈子。我也看到一些女人有心教儿子吃喝嫖赌，促短寿命，好让她的私生子多得一份家私。我看到的简直说不尽，因为我看到很多为法律治不了的万恶的事。总而言之，凡是小说家自以为凭空造出来的丑史，和事实相比之下真是差得太远了。你啊，你慢慢要领教到这些有趣的玩意儿。我可是要带着太太住到乡下去了，巴黎使我恶心。"

高特夏回答说："噢，我在台洛希那儿也见得不少了。"

一八三二年三月于巴黎

内容介绍[*]

　　《夏倍上校》《奥诺丽纳》《禁治产》三个中篇都以夫妇之间的悲剧为题材。三个品德卓越,人格超群的男子,却遭遇了残酷的命运。做妻子的为了虚荣,享乐,金钱,地位,不惜忍心害理,指丈夫为白痴(《禁治产》),或竟斥为冒名顶替必欲置之死地而后快(《夏倍上校》)。奥诺丽纳是三个女性中最纯洁最严肃的一个,但因为追求想入非非的爱情,对人生抱着不可能的奢望,终于造成了无可挽救的悲剧,与丈夫同归于尽。

　　每个中篇如巴尔扎克所有的作品一样,都有善与恶,是与非,美与丑的强烈的对比;正人君子与牛鬼蛇神杂然并列,令人读后大有啼笑皆非之感——唯其如此,我们才体会到《人间喜剧》的深刻的意义。

---

[*]　这则内容介绍,系译者一九五四年为平明版《夏倍上校》(附《奥诺丽纳》《禁治产》)一书所写,故论列三篇内容,此处一仍其旧,未加删节。

歐也妮·葛朗台

Honoré de Balzac
EUGENIE GRANDET

Edition "GARNIER FRERES", Paris

插图作者:Charles Huard(查理·于阿)
木刻作者:Pierre Gusman(比哀·居斯芒)
(按照 Louis Conard 书店全集本,Paris 1949)

中产阶级的面目

　　某些内地城市里面,有些屋子看上去像最阴沉的修道院,最荒凉的旷野,最凄凉的废墟,令人悒郁不欢。修道院的静寂,旷野的单调,和废墟的衰败零落,也许这类屋子都有一点。里面的生活起居是那么幽静,要不是街上一有陌生的脚声,窗口会突然探出一个脸孔有几分像僧侣的人,一动不动,黯淡而冰冷的目光把生客瞪上一眼的话,外乡客人可能把那些屋子当作没有人住的空屋。

　　索漠城里有一所住宅,外表就有这些凄凉的成分。一条起伏不平的街,直达城市高处的古堡,那所屋子便在街的尽头。现在已经不大有人来往的那条街,夏天热,冬天冷,有些地方暗得很,可是颇有些特点:小石子铺成的路面,传出清脆的回声,永远清洁,干燥;街面窄而多曲折;两旁的屋子非常幽静,坐落在城脚下,属于老城的部分。

　　上了三百年的屋子,虽是木造的,还很坚固,各种不同的格式别有风光,使索漠城的这一个区域特别引起考古家与艺术家的注意。你走过这些屋子,不能不欣赏那些粗大的梁木,两头雕出古怪的形象,盖在大多数的底层上面,成为一条黝黑的浮雕。

　　有些地方,屋子的横木盖着石板,在不大结实的墙上勾勒出蓝色的图案,木料支架的屋顶,年深月久,往下弯了;日晒雨淋,椽子已经腐烂,翘曲。有些地方,露出破旧黝黑的窗槛,细巧的雕刻已经看不大清,穷苦的女工放上一盘石竹或蔷薇,窗槛似乎就承受不住那棕色的瓦盆。再往前走,有的门上钉着粗大的钉子,我们的祖先异想天开的,刻上些奇形怪状的文字,意义是永远没法知道的了:或者是一个新教徒在此表明自己的信仰,或者是一个天主旧教徒为反对新教而诅咒亨利四世。也有一般布尔乔亚刻些徽号,表示他们是旧乡绅,掌管过当地的行政。这一切中间就有整部法兰西历史的影子。一边是墙壁粉得很粗糙的,摇摇欲坠的屋子,还是工匠卖弄手艺的遗物;贴邻便是一座乡绅的住宅,半圆形门框上的贵族徽号,受过了一七八九年以来历次革命的摧残,还看得出遗迹。

　　这条街上,做买卖的底层既不是小铺子,也不是大商店,喜欢中世纪文物的人,在此可以遇到一派朴素简陋的气象,完全像我们上代里的习艺工场①。宽大低矮的店堂,没有铺面,没有摆在廊下的货摊,没有橱窗,可是很深,黑洞洞的,里里外外没有一点儿装潢。满板的大门分做上下两截,简陋的钉了铁皮;上半截往里打开,下半截装有带弹簧的门铃,老是有人开进开出。门旁半人高的墙上,一排厚实的护窗板,白天卸落,夜晚装上,外加铁闩好落锁。这间地窖式的潮湿的屋子,就靠大门的上半截,或者窗洞与屋顶之间的空间,透进一些空气与阳光。半人高的墙壁下面,是陈列商品的地位,招徕顾客的玩意儿,这儿是绝对没有的。货色的种类要看铺子的性质:或者摆着两三桶盐和鳖鱼,或者是几捆帆布与绳索,楼板的橡木上挂着黄铜索,靠墙放一排桶箍,再不然架上放些布匹。

　　你进门吧,一个年轻漂亮的姑娘,干干净净的,戴着白围巾,手臂通红,立刻放下编织物,叫唤她的父亲或母亲来招呼你,也许是两个铜子也许是两万法郎的买卖,对你或者冷淡,或者殷勤,或者傲慢,那得看店主的性格了。

　　你也可看到一个卖酒桶木材的商人,两只大拇指绕来绕去的,坐在门口跟邻居谈天。表面上他只有些起码的酒瓶架或两三捆薄板;但

---

① 当初教会设立来救济贫苦妇女的。

是安育地区所有的箍桶匠,都是向他码头上存货充足的工场购料的。他知道如果葡萄的收成好,他能卖掉多少桶板,估计的准确最多是一两块板上下。一天的好太阳教他发财,一场雨水教他亏本:酒桶的市价,一个上午可以从十一法郎跌到六法郎。

这个地方像都兰区域一样,市面是由天气做主的。种葡萄的,有田产的,木材商,箍桶匠,旅店主人,船夫,都眼巴巴地盼望太阳;晚上睡觉,就怕明早起来听说隔夜结了冰;他们怕风,怕雨,怕旱,一忽儿要雨水,一忽儿要天时转暖,一忽儿又要满天上云。在天公与尘世的利益之间,争执是没得完的。晴雨表能够轮流地教人愁,教人笑,教人高兴。

这条街从前是索漠城的大街,从这一头到那一头,"黄金一般的好天气"这句话,对每份人家都代表一个收入的数目。而且个个人会对邻居说:"是啊,天上落金子下来了。"因为他们知道一道阳光和一场时雨带来多少利益。在天气美好的节季,到了星期六中午,就没法买到一个铜子的东西。做生意的人也有一个葡萄园,一方小园地,全要下乡去忙他两天。买进,卖出,赚头,一切都是预先计算好的,生意人尽可以花大半日的工夫打哈哈,说长道短,刺探旁人的私事。某家的主妇买了一只竹鸡,邻居就要问她的丈夫是否煮得恰到好处。一个年轻的姑娘从窗口探出头来,决没有办法不让所有的闲人瞧见。因此大家的良心是露天的,那些无从窥测的,又暗又静的屋子,并藏不了什么秘密。

一般人差不多老在露天过活:每对夫妇坐在大门口,在那里吃中饭,吃晚饭,吵架拌嘴。街上的行人,没有一个不经过他们的研究。所以从前一个外乡人到内地,免不了到处给人家取笑。许多有趣的故事便是这样来的,安育人的爱寻开心也是这样出名的,因为编这一类的市井笑料是他们的拿手。

早先本地的乡绅全住在这条街上,街的高头都是古城里的老宅子,世道人心都还朴实的时代——这种古风现在是一天天的消灭了——的遗物。我们这个故事中的那所凄凉的屋子,就是其中之一。

古色古香的街上,连偶然遇到的小事都足以唤起你的回忆,全部的气息使你不由自主的沉入遐想。拐弯抹角的走过去,你可以看到一处黑魆魆的凹进去的地方,葛朗台府上的大门便藏在这凹坑中间。

在内地把一个人的家称作府上是有分量的;不知道葛朗台先生的身世,就没法掂出这称呼的分量。

葛朗台先生在索漠城的名望,自有它的前因后果,那是从没在内地耽留过的人不能完全了解的。葛朗台先生,有些人还称他作葛朗台老头,可是这样称呼他的老人越来越少了,他在一七八九年上是一个很富裕的箍桶匠,识得字,能写能算。共和政府在索漠地区标卖教会产业的时候,他正好四十岁,才娶了一个有钱的木板商的女儿。他拿自己的现款和女人的陪嫁,凑成两千金路易,跑到区公所。标卖监督官是一个强凶霸道的共和党人,葛朗台把丈人给的四百路易往他那里一送就三钱不值两钱的,即使不能算正当,至少是合法的买到了县里最好的葡萄园,一座老修道院和几块分种田。

索漠的市民很少革命气息,在他们眼里,葛朗台老头是一个激烈的家伙,前进分子,共和党人,关切新潮流的人物;其实箍桶匠只关切葡萄园。上面派他当索漠县的行政委员,于是地方上的政治与商业都受到他温和的影响。

在政治方面,他包庇从前的贵族,想尽方法使流亡乡绅的产业不致被公家标卖;商业方面,他向革命军队承包了一二千桶白葡萄酒,代价是把某个女修道院上好的草原,本来留作最后一批标卖的产业,弄到了手。

拿破仑当执政的时代,好家伙葛朗台做了市长,把地方上的公事应付得很好,可是他葡萄的收获更好;拿破仑称帝的时候,他变了光杆儿的葛朗台先生。拿破仑不喜欢共和党人,另外派了一个乡绅兼大地主,一个后来晋封为男爵的人来代替葛朗台,因为他有红帽子嫌疑。葛朗台丢掉市长的荣衔,毫不惋惜。在他任内,为了本城的利益,已经街的高头都是古城里的老宅子。

造好几条出色的公路直达他的产业。他的房产与地产登记的时候,占了不少便宜,只完很轻的税。自从他各处的庄园登记之后,靠他不断的经营,他的葡萄园变成地方上的顶儿尖儿,这个专门的形容词是说这种园里的葡萄能够酿成极品的好酒。总而言之,他简直有资格得荣誉团的勋章。

免职的事发生在一八〇六年。那时葛朗台五十七岁,他的女人三十六,他们的独养女儿才十岁。

大概是老天看见他丢了官,想安慰安慰他吧,这一年上葛朗台接连得了三笔遗产,先是他丈母特·拉·古地尼埃太太的,接着是太太的外公特·拉·裴德里埃先生的,最后是葛朗台自己的外婆,香蒂埃太太的:这些遗产数目之大,没有一个人知道。三个老人爱钱如命,一生一世都在积聚金钱,以便私下里摩挲把玩。特·拉·裴德里埃老先生把放债叫作挥霍,觉得对黄金看上几眼比放高利贷还实惠。所以他们积蓄的多少,索漠人只能以看得见的收入估计。

于是葛朗台先生得了新的贵族头衔,那是尽管我们爱讲平等也消灭不了的,他成为一县里"纳税最多"的人物。他的葡萄园有一百阿尔邦①,收成好的年份可以出产七八百桶酒,他还有十三处分种田,一座老修道院,修院的窗子,门洞,彩色玻璃,一齐给他从外面堵死了,既可不付捐税,又可保存那些东西。此外还有一百二十七阿尔邦的草原,上面的三千株白杨是一七九三年种下的。他住的屋子也是自己的产业。

这是他看得见的家私。至于他现金的数目,只有两个人知道一个大概。一个是公证人克罗旭,替葛朗台放债的,另外一个是台·格拉桑,索漠城中最有钱的银行家,葛朗台认为合适的时候跟他暗中合作一下,分些好处。在内地要得人信任,要挣家业,行事非机密不可;老克罗旭与台·格拉桑虽然机密透顶,仍免不了当众对葛朗台毕恭毕

---

① 每个阿尔邦约等于三十至五十一亩,视地域而定。每亩等于一万平方公尺。

敬,使旁观的人看出前任市长的资力何等雄厚。

索漠城里个个人相信葛朗台家里有一个私库,一个堆满金路易的秘窟,说他半夜里瞧着累累的黄金,快乐得无可形容。一般吝啬鬼认为这是千真万确的事,因为看见那好家伙连眼睛都是黄澄澄的,染上了金子的光彩。一个靠资金赚惯大利钱的人,像色鬼,赌徒,或帮闲的清客一样,眼风自有那种说不出的神气,一派躲躲闪闪的,馋痨的,神秘模样,决计瞒不过他的同道。凡是对什么东西着了迷的人,这些暗号无异帮口里的切口。

葛朗台先生从来不欠人家什么;又是老箍桶匠,又是种葡萄的老手,什么时候需要为自己的收成准备一千只桶,什么时候只要五百只桶,他预算得像天文学家一样准确;投机事业从没失败过一次,酒桶的市价比酒还贵的时候,他老是有酒桶出卖,他能够把酒藏起来,等每桶涨到两百法郎才抛出去,一般小地主却早已在一百法郎的时候脱手了。这样一个人物当然博得大家的敬重。那有名的一八一一年的收成,他乖乖的囤在家里,一点一点的慢慢卖出去,挣了二十四万多法郎。讲起理财的本领,葛朗台先生是只老虎,是条巨蟒:他会躺在那里,蹲在那里,把俘虏打量个半天再扑上去,张开血盆大口的钱袋,倒进大堆的金银,然后安安宁宁的去睡觉,好像一条蛇吃饱了东西,不动声色,冷静非凡,什么事情都按部就班的。

他走过的时候,没有一个人看见了不觉得又钦佩,又敬重,又害怕。索漠城中,不是个个人都给他钢铁般的利爪干净利落的抓过一下的吗?某人为了买田,从克罗旭那里弄到一笔借款,利率要一分一,某人拿期票向台·格拉桑贴现,给先扣了一大笔利息。市场上,或是夜晚的闲谈中间,不提到葛朗台先生大名的日子很少。有些人认为,这个种葡萄老头的财富简直是地方上的一宝,值得夸耀。不少做买卖的,开旅店的,得意扬扬的对外客说:

"嘿,先生,上百万的咱们有两三家;可是葛朗台先生哪,连他自己也不知道究竟有多少家私!"

一八一六年的时候，索漠城里顶会计算的人，估计那好家伙的地产大概值到四百万；但在一七九三年到一八一七年中间，平均每季的收入该有十万法郎，由此推算，他所有的现金大约和不动产的价值差不多。因此，打完了一场牌，或是谈了一会葡萄的情形，提到葛朗台的时候，一般自作聪明的人就说："葛朗台老头吗？……总该有五六百万吧。"要是克罗旭或台·格拉桑听到了，就会说：

"你好厉害，我倒从来不知道他的总数呢！"

遇到什么巴黎客人提到洛岂尔特或拉斐德那般大银行家，索漠人就要问，他们是不是跟葛朗台先生一样有钱。如果巴黎人付之一笑，回答说是的，他们便把脑袋一侧，互相瞪着眼，满脸不相信的神气。

偌大一笔财产把这个富翁的行为都镀了金。假使他的生活起居本来有什么可笑，给人家当话柄的地方，那些话柄也早已消灭得无影无踪了。葛朗台的一举一动都像是钦定的，到处行得通；他的说话，衣着，姿势，眨眼睛，都是地方上的金科玉律；大家把他仔细研究，像自然科学家要把动物的本能研究出它的作用似的，终于发现他最琐屑的动作，也有深邃而不可言传的智慧。譬如，人家说：

"今年冬天一定很冷，葛朗台老头已经戴起皮手套了：咱们该收割葡萄了吧。"

或者说：

"葛朗台老头买了许多桶板，今年的酒一定不少的。"

葛朗台先生从来不买肉，不买面包。每个星期，那些佃户给他送来一份足够的食物：阉鸡，母鸡，鸡子，牛油，麦子，都是抵租的。他有一所磨坊租给人家，磨坊司务除了缴付租金以外，还得亲自来拿麦子去磨，再把面粉跟麸皮送回来。他的独一无二的老妈子，叫作长脚拿侬的，虽然上了年纪，还是每星期六替他做面包。房客之中有种菜的，葛朗台便派定他们供应菜蔬。至于水果，收获之多，可以大部分出售。烧火炉用的木材，是把田地四周的篱垣，或烂了一半的老树，砍下来，由佃户锯成一段一段的，用小车装进城，他们还有心巴结，替他送进柴房，讨得几声谢。他的开支，据人家知道的，只有教堂里座椅的租费，圣餐费，太太和女儿的衣着，家里的灯烛，拿侬的工钱，锅子的镀锡，国家的赋税，庄园的修理，和种植的费用。他新近买了六百阿尔邦的一座树林，托一个近邻照顾，答应给一些津贴。自从他置了这个产业之后，他才吃野味。

这家伙动作非常简单，说话不多，发表意见总是用柔和的声音，简短的句子，搬弄一些老生常谈。从他出头露面的大革命时代起，逢到要长篇大论说一番，或者跟人家讨论什么，他便马上结结巴巴的，弄得对方头昏脑涨。这种口齿不清，理路不明，前言不对后语，以及废话连篇把他的思想弄糊涂了的情形，人家当作是他缺少教育，其实完全是假装的；等会故事中有些情节，就足以解释明白。而且逢到要应付，要解决什么生活上或买卖上的难题，他就搬出四句口诀，像代数公式一样准确，叫作："我不知道，我不能够，我不愿意，慢慢瞧吧。"

他从来不说一声是或不是，也从来不把黑笔落在白纸上。人家跟他说话，他冷冷的听着，右手托着下巴颏儿，肘子靠在左手背上；无论什么事，他一朝拿定了主意，就永远不变。一点点儿小生意，他也得盘算半天。经过一番钩心斗角的谈话之后，对方自以为心中的秘密保守得密不透风，其实早已吐出了真话。他却回答道：

"我没有跟太太商量过，什么都不能决定。"

给他压得像奴隶般的太太，却是他生意上最方便的遮身牌。他从来不到别人家里去，不吃人家，也不请人家；他没有一点儿声响，似乎什么都要节省，连动作在内。因为没有一刻不尊重旁人的主权，他绝对不动人家的东西。

可是，尽管他声音柔和，态度持重，仍不免露出箍桶匠的谈吐与习惯，尤其在家里，不像在旁的地方那么顾忌。

至于体格，他身高五尺，臃肿，横阔，腿肚子的圆周有一尺，多节的膝盖骨，宽大的肩膀；脸是圆的，乌油油的，有痘瘢；下巴笔直，嘴唇没有一点儿曲线，牙齿雪白；冷静的眼睛好像要吃人，是一般所谓的蛇眼；脑门上布满皱裥，一块块隆起的肉颇有些奥妙；青年人不知轻重，背后开葛朗台先生玩笑，把他黄黄而灰白的头发叫作金子里掺白银。鼻尖肥大，顶着一颗布满血筋的肉瘤，一般人不无理由的说，这颗瘤里全是刁钻促狭的玩意儿。这副脸相显出他那种阴险的狡猾，显出他有算计的诚实，显出他的自私自利，所有的感情都集中在吝啬的乐趣，和他唯一真正关切的独养女儿欧也妮身上。而且姿势，举动，走路的功架，他身上的一切都表示他只相信自己，这是生意上左右逢源养成的习惯。所以表面上虽然性情和易，很好对付，骨子里他却硬似铁石。

他老是同样的装束，从一七九一年以来始终是那副模样。笨重的鞋子，鞋带也是皮做的；四季都穿一双呢袜，一条栗色的粗呢短裤，用银箍在膝盖下面扣紧，上身穿一件方襟的闪光丝绒背心，颜色一忽儿黄一忽儿古铜色，外面罩一件衣裾宽大的栗色外套，戴一条黑领带，一顶阔边帽子。他的手套跟警察的一样结实，要用到一年零八个月，为保持清洁起见，他有一个一定的手势，把手套放在帽子边缘上一定的地位。

关于这个人物，索漠人所知道的不过这一些。

城里的居民有资格在他家出入的只有六个。前三个中顶重要的是克罗旭先生的侄子。这个年轻人，自从当了索漠初级裁判所所长之后，在本姓克罗旭之上又加了一个篷风的姓氏，并且极力想叫篷风出名。他的签名已经变作克·特·篷风了。倘使有什么冒失的律师仍旧称他"克罗旭先生"，包管在出庭的时候要后悔他的糊涂。凡是称"所长先生"的，就可博得法官的庇护。对于称他"特·篷风先生"的马屁鬼，他更不惜满面春风的报以微笑。所长先生三十三岁，有一处名叫篷风的田庄，每年有七千法郎进款；他还在那里等两个叔父的遗产，一个是克罗旭公证人，一个是克罗旭神甫，属于都尔城圣·马丁教堂的教士会的；据说这两人都相当有钱。三位克罗旭，房族既多，城里的亲戚也有一二十家，俨然结成一个党，好像从前佛罗伦萨的那些梅迪西斯一样；而且正如梅迪西斯有巴齐一族跟他们对垒似的，克罗旭也有他们的敌党。

台·格拉桑太太有一个二十三岁的儿子,她很热心的来陪葛朗台太太打牌,希望她亲爱的阿道夫能够和欧也妮小姐结婚。银行家台·格拉桑先生,拿出全副精神从旁协助,对吝啬的老头儿不断暗中帮忙,逢到攸关大局的紧要关头,从来不落人后。这三位台·格拉桑也有他们的帮手,房族,和忠实的盟友。

在克罗旭方面,神甫是智囊,加上那个当公证人的兄弟做后援,他竭力跟银行家太太竞争,想把葛朗台的大笔遗产留给自己的侄儿。克罗旭和台·格拉桑两家暗中为争夺欧也妮的斗法,成为索漠城中大家小户热心关切的题目。葛朗台小姐将来嫁给谁呢?所长先生呢还是阿道夫·台·格拉桑先生?

对于这个问题,有的人的答案是两个都不会到手。据他们说,老箍桶匠野心勃勃,想找一个贵族院议员做女婿,凭他岁收三十万法郎的陪嫁,谁还计较葛朗台过去、现在、将来的那些酒桶?另外一批人却回答说,台·格拉桑是世家,极有钱,阿道夫又是一个俊俏后生,这样一门亲事,一定能叫出身低微,索漠城里都眼见拿过斧头凿子,而且还当过革命党的人心满意足,除非他夹袋里有什么教皇的侄子之流。可是老于世故的人提醒你说,克罗旭·特·篷风先生随时可以在葛朗台家进出,而他的敌手只能在星期日受招待。有的认为,台·格拉桑太太跟葛朗台家的女太太们,比克罗旭一家接近得多,久而久之,一定能说动她们,达到她的目的。有的却认为克罗旭神甫的花言巧语是天下第一,拿女人跟出家人对抗,正好势均力敌。所以索漠城中有一个才子说:

"他们正是旗鼓相当,各有一手。"

据地方上熟知内幕的老辈看法,像葛朗台那么精明的人家,决不肯把家私落在外人手里。索漠的葛朗台还有一个兄弟在巴黎,非常有钱的酒商;欧也妮小姐将来是嫁给巴黎葛朗台的儿子的。对这种意见,克罗旭和台·格拉桑两家的羽党都表示异议,说:

"一则两兄弟三十年来没有见过两次面;二则巴黎的葛朗台先生对儿子的期望大得很。他自己是巴黎某区的区长,兼国会议员,禁卫军旅长,商务裁判所推事,自称为跟拿破仑提拔的某公爵有姻亲,早已不承认索漠的葛朗台是本家。"

周围七八十里,甚至在安育到勃洛阿的驿车里,都在谈这个有钱的独养女儿,七嘴八舌,议论纷纷,当然是应有之事。

一八一八年年初,有一桩事情使克罗旭党彰明昭著的占了台·格拉桑党上风。法劳丰田产素来以美丽的别庄,园亭,小溪,池塘,森林出名,值到三百万法郎。年轻的法劳丰侯爵急需现款,不得不把这所产业出卖。克罗旭公证人,克罗旭所长,克罗旭神甫,再加上他们的羽党,居然把侯爵分段出售的意思打消了。公证人告诉他,分成小块的标卖势必要跟投标人打不知多少场官司,才能拿到田价;还不如整块儿让给葛朗台先生,既买得起,又能付现钱。公证人这番话把卖主说服了,做成一桩特别便宜的好买卖。侯爵的那块良田美产,就这样给张罗着送到了葛朗台嘴里。他出乎索漠人意料之外,竟打了些折扣当场把田价付清。这件新闻一直传播到南特与奥尔良。

葛朗台先生搭着人家回乡的小车,到别庄上视察。以主人的身份对产业瞥了一眼,回到城里,觉得这一次投资足足有五厘利,他又马上得了一个好主意,预备把全部的田产并在法劳丰一起。随后,他要把差不多出空了的金库重新填满,决意把他的树木,森林,一齐砍下,再把草原上的白杨也出卖。

葛朗台先生的府上这个称呼,现在你们该明白它的分量了吧。那是一所灰暗,阴森,静寂的屋子,坐落在城区上部,靠着坍毁的城脚。

门框的穹窿与两根支柱,像正屋一样用的灰凝土,洛阿河岸特产的一种白石,质地松软,用不到两百年以上的。寒暑的酷烈,把柱头,门洞,门顶,都磨出无数古怪的洞眼,像法国建筑的那种虫蛀样儿,也有几分像监狱的大门。门顶上面,有一长条硬石刻成的浮雕,代表四季的形象已经剥蚀,变黑。浮雕的础石突出在外面,横七竖八的长着野草,黄色的苦菊,五爪龙,旋覆花,车前草,一株小小的樱桃树已经长得很高了。

褐色的大门是独幅的橡木做的,过分干燥,到处开裂,看上去很单薄,其实很坚固,因为有一排对花的钉子支持。一边的门上有扇小门,中间开一个小方洞,装了铁栅,排得很密的铁梗锈得发红,铁栅上挂一个环,环上吊一个敲门用的铁锤,正好敲在一颗奇形怪状的大钉子上。铁锤是长方形的,像古时的钟锤,又像一个肥大的惊叹号;一个玩古董的人仔细打量之下,可以发现锤子当初是一个小丑的形状,但是年深月久,已经磨平了。

那个小铁栅,当初在宗教战争的时代,原是预备给屋内的人窥视来客的。现在喜欢东张西望的人,可以从铁栅中间望到黑魆魆的半绿不绿的环洞,环洞底上有几级七零八落的磴级,通上花园。厚实而潮湿的围墙,到处渗出水迹,生满垂头丧气的杂树,倒也另有一番景致。这片墙原是城墙的一部分,邻近人家都利用它布置花园。

楼下最重要的房间是那间"堂屋",从大门内的环洞进出的。在安育、都兰、裴里各地的小城中间,一间堂屋的重要,外方人是不大懂得的。它同时是穿堂,客厅,书房,上房,饭厅;它是日常生活的中心,全家公用的起居室。本区的理发匠,替葛朗台先生一年理两次发是在这里,佃户、教士、县长、磨坊伙计上门的时候,也是在这间屋里。室内有两扇临街的窗,铺着地板;古式嵌线的灰色护壁板从上铺到下,顶上的梁木都露在外面,也漆成灰色;梁木中间的楼板涂着白粉,已经发黄了。

壁炉架上面挂着一面耀出青光的镜子,两旁的边划成斜面,显出玻璃的厚度,一丝丝的闪光照在哥特式的镂花钢框上。壁炉架是粗糙的白石面子,摆着一座黄铜的老钟,壳子上有螺钿嵌成的图案。左右放两盏黄铜的两用烛台,座子是铜镶边的蓝色大理石,矗立着好几支玫瑰花瓣形的灯芯盘;把这些盘子拿掉,座子又可成为一个单独的烛台,在平常日子应用。

古式的座椅,花绸面子上织着拉封丹的寓言,但不是博学之士,休想认出它们的内容：颜色褪尽，到处是补丁，人物已经看不清楚。四边壁角里放着三角形的酒橱，顶上有几格放零星小件的搁板，全是油腻。两扇窗子中间的板壁下面，有一张嵌木细工的旧牌桌，桌面上画着棋盘。牌桌后面的壁上挂一只椭圆形的晴雨表，黑框子四周有金漆的丝带形花边，苍蝇肆无忌惮的叮在上面张牙舞爪，恐怕不会有多少金漆留下的了。

壁炉架对面的壁上，挂两幅水粉画的肖像，据说一个是葛朗台太太的外公，特·拉·裴德里埃老人，穿着王家卫队连长的制服；一个是故香蒂埃太太，挽着一个古式的髻。窗帘用的是都尔红绸，两旁用系有大坠子的丝带吊起。这种奢华的装饰，跟葛朗台一家的习惯很不调和，原来是买进这所屋子的时候就有的，连镜框，座钟，花绸面的家具，红木酒橱等都是。

靠门的窗洞下面，一张草坐垫椅子放在一个木座上，使葛朗台太太坐了可以望见街上的行人。另外一张褪色樱桃木的女红台，把窗洞下的空间填满了，近旁还有欧也妮的小靠椅。

十五年以来，从四月到十一月，母女俩就在这个位置上安安静静的消磨日子，手里永远拿着活计。十一月初一，她们可以搬到壁炉旁边过冬了。只有到那一天，葛朗台才答应在堂屋里生火，到三月三十一日就得熄掉，不管春寒也不管早秋的凉意。四月和十月里最冷的日子，长脚拿侬想法从厨房里腾出些柴炭，安排一只脚炉，给太太和小姐挡挡早晚的寒气。

全家的内衣被服都归母女俩负责，她们专心一意，像女工一样整天劳作，甚至欧也妮想替母亲绣一方挑花领，也只能腾出睡眠的时间来做，还得想出借口来骗取父亲的蜡烛。多年来女儿与拿侬用的蜡烛，吝啬鬼总是亲自分发的，正如每天早上分发面包和食物一样。

也许只有长脚拿侬受得了她主人的那种专制。索漠城里都羡慕葛朗台夫妇有这样一个老妈子。大家叫她长脚拿侬，因为她身高五尺八寸。她在葛朗台家已经做了三十五年。虽然一年的工薪只有六十法郎,大家已经认为她是城里最有钱的女仆了。一年六十法郎,积了三十五年,最近居然有四千法郎存在公证人克罗旭那儿做终身年金。这笔长期不断的积蓄,似乎是一个了不得的数目。每个女佣看见这个上了六十岁的老妈子有了老年的口粮,都十分眼热,却没有想到这份口粮是辛辛苦苦做牛马换来的。

二十二岁的时候,这可怜的姑娘到处没有人要,她的脸丑得叫人害怕;其实这么说是过分的,把她的脸放在一个掷弹兵的脖子上,还可受到人家称赞哩;可是据说什么东西都要相称。她先是替农家放牛,农家遭了火灾,她就凭着天不怕地不怕的勇气,进城来找事。

那时葛朗台正想自立门户,预备娶亲。他瞥见了这到处碰壁的女孩子。以箍桶匠的眼光判断一个人的体力是准没有错的:她体格像大力士,站在那儿仿佛一株六十年的橡树,根牢固实,粗大的腰围,四方的背脊,一双手像个赶车的,诚实不欺的德行,正如她的贞操一般纯洁无瑕;在这样一个女人身上可以榨取多少利益,他算得清清楚楚。雄赳赳的脸上生满了疣,紫膛膛的皮色,青筋隆起的胳膊,褴褛的衣衫,拿侬这些外表并没吓退箍桶匠,虽然他那时还在能够动心的年纪。他给这个可怜的姑娘衣着、鞋袜、膳宿,出了工钱雇用她,也不过分的虐待、糟蹋。

长脚拿侬受到这样的待遇暗中快活得哭了,就一片忠心的服侍箍桶匠。而箍桶匠当家奴一般利用。拿侬包办一切:煮饭,蒸洗东西,拿衣服到洛阿河边去洗,担在肩上回来;天一亮就起身,深夜才睡觉;收成时节,所有短工的饭食都归她料理,还不让人家捡取掉在地下的葡萄;她像一条忠心的狗一样保护主人的财产。总之,她对他信服得五体投地,无论他什么想入非非的念头,她都不哼一声的服从。一八一一那有名的一年①收获季节特别辛苦,这时拿侬已经服务了二十年,葛朗台才发狠赏了她一只旧表,那是她到手的唯一礼物。固然他一向把穿旧的鞋子给她(她正好穿得上),但是每隔三个月得来的鞋子,已

---

① 该年制成的酒为法国史上有名的佳酿;是年有慧星出现;经济恐慌,工商业破产者累累。所谓有名的一年是总括上列各项事故而言。

经那么破烂,不能叫作礼物了。可怜的姑娘因为一无所有,变得吝啬不堪,终于使葛朗台像喜欢一条狗一样的喜欢她,而拿侬也甘心情愿让人家把链条套上脖子,链条上的刺,她已经不觉得痛了。

要是葛朗台把面包割得过分小气了一点,她决不抱怨;这份人家饮食严格,从来没有人闹病,拿侬也乐于接受这卫生的好处。而且她跟主人家已经打成一片:葛朗台笑,她也笑;葛朗台发愁、挨冻、取暖、工作,她也跟着发愁、挨冻、取暖、工作。这样不分彼此的平等,还不算甜蜜的安慰吗?她在树底下吃些杏子,桃子,枣子,主人从来不埋怨。

有些年份的果子把树枝都压弯了,佃户们拿去喂猪,于是葛朗台对拿侬说:"吃呀,拿侬,尽吃。"

这个穷苦的乡下女人,从小只受到虐待,人家为了善心才把她收留下来;对于她,葛朗台老头那种叫人猜不透意思的笑,真像一道阳光似的。而且拿侬单纯的心,简单的头脑,只容得下一种感情,一个念头。三十五年如一日,她老是看到自己站在葛朗台先生的工场前面,赤着脚,穿着破烂衣衫,听见箍桶匠对她说:"你要什么呀,好孩子?"她心中的感激永远是那么新鲜。

有时候,葛朗台想到这个可怜虫从没听见一句奉承的话,完全不懂女人所能获得的那些温情;将来站在上帝前面受审,她会比圣母马利亚还要贞洁。葛朗台想到这些,不禁动了怜悯,望着她说:

"可怜的拿侬!"

老用人听了,总是用一道难以形容的目光瞧他一下。时常挂在嘴边的这句感叹,久已成为他们之间不断的友谊的链锁,而每说一遍,链锁总多加上一环。出诸葛朗台的心坎,而使老姑娘感激的这种怜悯,不知怎么总有一点儿可怕的气息。这种吝啬鬼的残酷的怜悯,在老箍桶匠是因为想起了自己的无数快乐,在拿侬却是全部的幸福。"可怜的拿侬!"这样的话谁不会说?但是说话的音调,语气之间莫测高深的惋惜,可以使上帝认出谁才是真正的慈悲。

索漠有许多家庭待用人好得多,用人却仍然对主人不满意。于是拿侬包办一切：煮饭，蒸洗东西，拿衣服到洛阿河边去洗。

又有这样的话流传了：

"葛朗台他们对长脚拿侬怎么的,她会这样的忠心？简直肯替他们拼命！"

厨房临着院子,窗上装有铁栅,老是干净,整齐,冷冰冰的,真是守财奴的灶屋,没有一点儿糟蹋的东西。拿侬晚上洗过碗盏,收起剩菜,熄了灶火,便到跟厨房隔着一条过道的堂屋里绩麻,跟主人们在一块。这样,一个黄昏全家只消点一支蜡烛了。老妈子睡的是过道底上的一个小房间,只有一个墙洞漏进一些日光；躺在这样一个窠里,她结实的身体居然毫无亏损,她可以听见日夜都静悄悄的屋子里的任何响动。像一条看家狗似的,她竖着耳朵睡觉,一边休息一边守夜。

屋子其余的部分,等故事发展下去的时候再来描写；但全家精华所在的堂屋的景象,已可令人想见楼上的寒碜了。

一八一九年,秋季的天气特别好；到十一月中旬某一天傍晚时分,长脚拿侬才第一次生火。那一天是克罗旭与台·格拉桑两家记得清清楚楚的节日。双方六位人马,预备全副武装,到堂屋里交一交手,比一比谁表示得更亲热。

早上,索漠的人看见葛朗台太太和葛朗台小姐,后边跟着拿侬,到教堂去望弥撒,于是大家记起了这一天是欧也妮小姐的生日。克罗旭公证人,克罗旭神甫,克·特·篷风先生,算准了葛朗台家该吃完晚饭的时候,急急忙忙赶来,要抢在台·格拉桑一家之前,向葛朗台小姐拜寿。三个人都捧着从小暖房中摘来的大束的花。所长那束,花梗上很巧妙的裹着金色穗子的白缎带。

每逢欧也妮的生日和本名节日[①],照例葛朗台清早就直闯到女儿床边,郑重其事的把他为父的礼物亲手交代,十三年来的老规矩,都是一枚稀罕的金洋。

葛朗台太太总给女儿一件衣衫,或是冬天穿的,或是夏天穿的,看

---

① 西俗教徒皆以圣者之名命名。凡自己名字的圣者的纪念日,称为本名节日。

什么节而定。这两件衣衫,加上父亲在元旦跟他自己的节日所赏赐的金洋,她每年小小的收入有五六百法郎,葛朗台很高兴的看她慢慢的积起来。这不过是把自己的钱换一只口袋罢了,而且可以从小培养女儿的吝啬。他不时盘问一下她财产的数目——其中一部分是从葛朗台太太的外祖父母那里来的——盘问的时候总说:

"这是你陪嫁的压箱钱呀。"

所谓压箱钱是一种古老的风俗,法国中部有些地方至今还很郑重的保存在那里。裴里、安育那一带,一个姑娘出嫁的时候,不是娘家便是婆家,总得给她一笔金洋或银洋,或是十二枚,或是一百四十四枚,或是一千二百枚,看家境定。最穷的牧羊女出嫁,压箱钱也非有不可,就是拿大铜钱充数也是好的。伊苏屯地方,至今还谈论曾经有一个有钱的独养女儿,压箱钱是一百四十四枚葡萄牙金洋。凯塞琳·特·梅迭西斯嫁给亨利二世,她的叔叔教皇克雷门七世送给她一套古代的金勋章,价值连城。

吃晚饭的时候,父亲看见女儿穿了新衣衫格外漂亮,便喜欢得什么似的,嚷道:

"既然是欧也妮的生日,咱们生起火来,取个吉利吧!"

长脚拿侬撤下饭桌上吃剩的鹅,箍桶匠家里的珍品,一边说:

"小姐今年一定要大喜了。"

"索漠城里没有合适的人家喔。"葛朗台太太接口道,她一眼望着丈夫的那种胆怯的神气,以她的年龄而论,活现出可怜的女人是一向对丈夫服从惯的。

葛朗台端详着女儿,快活的叫道:

"今天她刚好二十三了,这孩子。是咱们操心的时候了。"

欧也妮和她的母亲心照不宣的彼此瞧了一眼。

葛朗台太太是一个干枯的瘦女人,皮色黄黄的像木瓜,举动迟缓,笨拙,就像那些生来受折磨的女人。大骨骼,大鼻子,大额角,大眼睛,一眼望去,好像既无味道又无汁水的干瘪果子。黝黑的牙齿已经不多几颗,嘴巴全是皱裥,长长的下巴颏儿往上钩起,像只木底靴。可是她为人极好,真有裴德里埃家风。克罗旭神甫常常有心借机会告诉她,说她当初并不怎样难看,她居然会相信。性情柔和得像天使,忍耐功夫不下于给孩子们捉弄的虫蚁,少有的虔诚,平静的心境绝对不会骚乱,一片好心,个个人可怜她,敬重她。

丈夫给她的零用,每次从不超过六法郎。虽然相貌奇丑,她的陪嫁与承继的遗产,给葛朗台先生带来三十多万法郎。然而她始终诚惶诚恐,仿佛依人篱下似的;天性的柔和,使她摆脱不了这种奴性,她既没要求过一个钱,也没对克罗旭公证人要她签字的文件表示过异议。支配这个女人的,只有闷在肚里的那股愚不可及的傲气,以及葛朗台非但不了解还要加以伤害的慷慨的心胸。

葛朗台太太永远穿一件淡绿绸衫,照例得穿上一年;戴一条棉料的白围巾,头上一顶草帽,差不多永远系一条黑纱围身。难得出门,鞋子很省。总之,她自己从来不想要一点儿什么。

有时,葛朗台想起自从上次给了她六法郎以后已经有好久,觉得过意不去,便在出售当年收成的契约上添注一笔,要买主掏出些中金给他太太。向葛朗台买酒的荷兰商人或比国商人,总得破费上百法郎,这就是葛朗台太太一年之中最可观的进款。

可是,她一朝拿到了上百法郎,丈夫往往对她说,仿佛他们用的钱一向是公账似的:"借几个子儿给我,好不好?"可怜的女人,老是听到忏悔师说男人是她的夫君是她的主人,所以觉得能够帮他忙是最快活不过的,一个冬天也就还了他好些中金。

葛朗台掏出了做零用、买针线、付女儿衣着的五法郎月费,把钱袋扣上之后,总不忘了向他女人问一声:

"喂,妈妈,你想要一点儿什么吗?"

"噢,那个,慢慢再说吧。"葛朗台太太回答,她觉得做母亲的应该保持她的尊严。

这种伟大真是白费!葛朗台自以为对太太慷慨得很呢。像拿侬、葛朗台太太、欧也妮小姐这等人物,倘使给哲学家碰到了,不是很有理由觉得上帝的本性是喜欢跟人开玩笑吗?

在初次提到欧也妮婚事的那餐晚饭之后,拿侬到楼上葛朗台先生房里拿一瓶果子酒,下来的时候几乎摔了一跤。

"蠢东西,"葛朗台先生叫道,"你也会栽斤斗吗,你?"

"哎哟,先生,那是你的楼梯不行呀。"

"不错,"葛朗台太太接口,"你早该修理了,昨天晚上,欧也妮也险些儿扭坏了脚。"

葛朗台看见拿侬脸色发白,便说:

"好,既然是欧也妮的生日,你又几乎摔跤,就请你喝一杯果子酒压压惊吧。"

"真是,这杯酒是我把命拼来的喔。换了别人,瓶子早已摔掉了;我哪怕碰断肘子,也要把酒瓶擎得老高,不让它砸破呢。"

"可怜的拿侬!"葛朗台一边说一边替她斟酒。

"跌痛没有?"欧也妮很关切的望着她问。

"没有,我挺一挺腰就站住了。"

"得啦,既然是欧也妮的生日,"葛朗台说,"我就去替你们修理踏级吧。你们这般人,就不会拣结实的地方落脚。"

葛朗台拿了烛台,走到烤面包的房里去拿木板、钉子和工具,让太太、女儿、用人坐在暗里,除了壁炉的活泼的火焰之外,没有一点儿光亮。拿侬听见他在楼梯上敲击的声音,便问:

"要不要帮忙?"

"不用,不用!我会对付。"老箍桶匠回答。

葛朗台一边修理虫蛀的楼梯,一边想起少年时代的事情,直着喉咙打呼哨。这时候,三位克罗旭来敲门了。

"是你吗,克罗旭先生?"拿侬凑在铁栅上张了一张。

"是的。"所长回答。

拿侬打开大门,壁炉的火光照在环洞里,三位克罗旭才看清了堂

屋的门口。拿侬闻到花香,便说:

"啊!你们是来拜寿的。"

"对不起,诸位,"葛朗台听出了客人的声音,嚷道,"我马上就来!不瞒你们说,楼梯的踏级坏了,我自己在修呢。"

"不招呼,不招呼!葛朗台先生。区区煤炭匠,在家也好当市长。"所长引经据典的说完,独自笑开了,却没有人懂得他把成语改头换面,影射葛朗台当过市长。

葛朗台母女俩站了起来。所长趁堂屋里没有灯光,便对欧也妮说道:

"小姐,今天是你的生日,我祝贺你年年快乐,岁岁康健!"

说着他献上一大束索漠城里少有的鲜花;然后抓着独养女儿的肘子,把她脖子两边亲了一下,那副得意的神气把欧也妮羞得什么似的。所长,像一只生锈的大铁钉,自以为这样就是追求女人。

"所长先生,不用拘束啊,"葛朗台走进来说,"过节的日子,照例得痛快一下。"

克罗旭神甫也捧着他的一束花,接口说:

"跟令爱在一块儿,舍侄觉得天天都是过节呢。"

说完话,神甫吻了吻欧也妮的手。公证人克罗旭却老实不客气亲了她的腮帮,说:

"哎,哎,岁月催人,又是一年了。"

葛朗台有了一句笑话,轻易不肯放弃;只要自己觉得好玩,会三番四复的说个不休;他把烛台往座钟前面一放,说道:

"既然是欧也妮的生日,咱们就大放光明吧!"

他很小心的摘下灯台上的管子,每根按上了灯芯盘,从拿侬手里接过一根纸卷的新蜡烛,放入洞眼,插妥了,点上了,然后走去坐在太太旁边,把客人,女儿,和两支蜡烛,轮流打量过来。克罗旭神甫矮小肥胖,浑身是肉,茶红的假头发,像是压扁了的,脸孔像个爱开玩笑的老太婆,套一双银搭扣的结实的鞋子,他把脚一伸,问道:

"台·格拉桑他们没有来吗?"

"还没有。"葛朗台回答。

"他们会来吗?"老公证人扭动着那张脚炉盖似的脸,问。

"我想会来的。"葛朗台太太回答。

"府上的葡萄收割完了吗?"特·篷风所长打听葛朗台。

"统统完了!"葛朗台老头说着,站起身来在堂屋里踱步,他把胸脯一挺的那股劲儿,跟"统统完了"四个字一样骄傲。

长脚拿侬不敢闯入过节的场面,便在厨房内点起蜡烛,坐在灶旁预备绩麻。葛朗台从过道的门里瞥见了,踱过去嚷道:

"拿侬,你能不能灭了灶火,熄了蜡烛,上我们这儿来?嘿!这里地方大得很,怕挤不下吗?"

"可是先生,你们那里有贵客哪。"

"怕什么?他们不跟你一样是上帝造的吗?"

葛朗台说完又走过来问所长:

"府上的收成脱手没有?"

"没有。老实说,我不想卖。现在的酒固然好,过两年更好。你知道,地主都发誓要坚持公议的价格。那些比国人这次休想占便宜了。他们这回不买,下回还是要来的。"

"不错,可是咱们要齐心啊。"葛朗台的语调,叫所长打了一个寒噤。

"他会不会跟他们暗中谈判呢?"克罗旭心里想。

这时大门上锤子响了一下,报告台·格拉桑一家来了。葛朗台太太和克罗旭神甫才开始的话题,只得搁过一边。

台·格拉桑太太是那种矮小活泼的女人,身材肥胖,皮肤白里泛红,过着修道院式的内地生活,律身谨严,所以在四十岁上还显得年轻。这等女子仿佛过时的最后几朵蔷薇,教人看了舒服,但它们的花瓣有种说不出的冰冷的感觉,香气也淡薄得很了。她穿着相当讲究,行头都从巴黎带来,索漠的时装就把她做标准,而且家里经常举行晚会。

她的丈夫在拿破仑的禁卫军中当过连长,在奥斯丹列兹一役受了重伤,退伍了,对葛朗台虽然尊敬,但是态度爽直,不失军人本色。

"你好,葛朗台,"他说着向葡萄园主伸出手来,一副俨然的气派是他一向用来压倒克罗旭的。向葛朗台太太行过礼,他又对欧也妮说:"小姐,你老是这样美,这样贤慧,简直想不出祝贺你的话。"

然后他从跟班手里接过一口匣子递过去,里面装着一株好望角的铁树,这种花还是最近带到欧洲而极少见的。

台·格拉桑太太非常亲热的拥抱了欧也妮,握着她的手说:"我的一点小意思,教阿道夫代献吧。"

一个头发金黄,个子高大的青年,苍白,娇弱,举动相当文雅,外表很羞怯,可是最近到巴黎念法律,膳宿之外,居然花掉上万法郎。这时他走到欧也妮前面,亲了亲她的腮帮,献上一个针线匣子,所有的零件都是镀金的;匣面上哥特式的花体字,把欧也妮姓名的缩写刻得不坏,好似做工很精巧,其实全部是骗人的起码货。

欧也妮揭开匣子,感到一种出乎意料的快乐,那是使所有的少女脸红,寒战,高兴得发抖的快乐。她望着父亲,似乎问他可不可以接受。葛朗台说一声:"收下吧,孩子!"那强劲有力的音调竟可以使一个角儿成名呢。

这样贵重的礼物,独养女儿还是第一遭看见,她的快活与兴奋的目光,使劲盯住了阿道夫·台·格拉桑,把三位克罗旭看呆了。台·格拉桑先生掏出鼻烟壶,让了一下主人,自己闻了一下,把蓝外套纽孔上"荣誉团"丝带上的烟末,抖干净了,旋过头去望着几位克罗旭,神气之间仿佛说:"嘿,瞧我这一手!"

台·格拉桑太太就像一个喜欢讪笑人家的女子,装作特意寻找克罗旭他们的礼物,把蓝瓶里的鲜花瞅了一眼。在这番微妙的比赛中,大家围坐在壁炉前面;克罗旭神甫却丢下众人,径自和葛朗台踱到堂屋那一头,离台·格拉桑最远的窗洞旁边,咬着守财奴的耳朵说:

"这些人简直把钱往窗外扔。"

"没有关系,反正是扔在我的地窖里。"葛朗台回答。

"你给女儿打把金剪刀也打得起呢。"神甫又道。

"金剪刀有什么稀罕,我给她的东西名贵得多哩。"

克罗旭所长那猪肝色的脸本来就不体面,加上乱蓬蓬的头发,愈显得难看了。神甫望着他,心里想:

"这位老侄真是一个傻瓜,一点讨人喜欢的小玩意儿都想不出来!"

这时台·格拉桑太太嚷道:

"咱们陪你玩一会儿牌吧,葛朗台太太。"

"这么多人,好来两桌呢……"

"既然是欧也妮的生日,你们不妨来个摸彩的玩意儿,让两个孩子也参加。"老箍桶匠一边说一边指着欧也妮和阿道夫,他自己是对什么游戏都从不参加的。

"来,拿侬,摆桌子。"

"我们来帮忙,拿侬。"台·格拉桑太太很高兴的说,她因为得了欧也妮的欢心,快活得不得了。那位独养女儿对她说:

"我一辈子都没有这么快乐过,我从没见过这样漂亮的东西。"

台·格拉桑太太便咬着她的耳朵:

"那是阿道夫从巴黎捎来的,他亲自挑的呢。"

"好,好,你去灌迷汤吧,刁钻促狭的鬼女人!"所长心里想,"一朝你家有什么官司落在我手中,不管是你的还是你丈夫的,哼,看你有好结果吧。"

公证人坐在一旁,神色泰然的望着神甫,想道:

"台·格拉桑他们是白费心的。我的家私,我兄弟的,侄子的,合在一起有一百十万。台·格拉桑最多也不过抵得一半,何况他们还有一个女儿要嫁!好吧,他们爱送礼就送吧!终有一天,独养女儿跟他们的礼物,会一股脑儿落在咱们手里的。"

八点半,两张牌桌端整好了。俊俏的台·格拉桑太太居然能够把儿子安排在欧也妮旁边。各人拿着一块有数目字与格子的纸板,抓着蓝玻璃的码子,开始玩了。这聚精会神的一幕,虽然表面上平淡无奇,所有的角儿装作听着老公证人的笑话——他摸一颗码子,念一个数目,总要开一次玩笑——其实都念念不忘的想着葛朗台的几百万家私。

老箍桶匠踌躇满志的把台·格拉桑太太时髦的打扮,粉红的帽饰,银行家威武的脸相,还有阿道夫,所长,神甫,公证人的脑袋,一个个的打量过来,暗自想道:

"他们都看中我的钱,为了我女儿到这儿来受罪。哼!我的女儿,休想;我就利用这般人替我钓鱼!"

灰色的老客厅里,黑魆魆的只点两支蜡烛,居然也有家庭的欢乐;拿侬的纺车声,替众人的笑声当着伴奏,可是只有欧也妮和她母亲的笑才是真心的;小人的心胸都在关切重大的利益;这位姑娘受到奉承,包围,以为他们的友谊都是真情实意,仿佛一只小鸟全不知道给人家标着高价作为赌注。这种种使那天晚上的情景显得又可笑又可叹。这原是古往今来到处在搬演的活剧,这儿不过表现得最简单罢了。利用两家的假殷勤而占足便宜的葛朗台,是这一幕的主角,有了他,这一幕才有意义。单凭这个人的脸,不是就象征了法力无边的财神,现代人的上帝吗?

人生的温情在此只居于次要地位;它只能激动拿侬、欧也妮和她母亲三颗纯洁的心。而且她们能有这么一点天真,还是因为她们蒙在鼓里,一无所知!葛朗台的财富,母女俩全不知道;她们对人生的看法,只凭一些渺茫的观念,对金钱既不看重也不看轻,她们一向就用不到它。她们的情感虽然无形中受了伤害,依旧很强烈,而且是她们生命的真谛,使她们在这一群唯利是图的人中间别具一格。人类的处境就是这一点可怕!没有一宗幸福不是靠糊涂得来的。

葛朗台太太中了十六个铜子的彩,在这儿是破天荒第一遭的大彩;

他摸一颗码子,念一个数目,总要开一次玩笑。

长脚拿侬看见太太有这许多钱上袋,快活得笑了。正在这时候,大门上"砰"的一声,锤子敲得那么响,把太太们吓得从椅子上直跳起来。

"这种敲门的气派决不是本地人。"公证人说。

"哪有这样敲法的!"拿侬说,"难道想砸破大门吗?"

"哪个混账东西!"葛朗台咕噜着。

拿侬在两支蜡烛中拿了一支去开门,葛朗台跟着她。

"葛朗台!葛朗台!"他太太莫名其妙的害怕起来,往堂屋门口追上去叫。

牌桌上的人都面面相觑。

"咱们一块儿去怎么样?"台·格拉桑说,"这种敲门有点儿来意不善。"

台·格拉桑才看见一个青年人的模样,后面跟着驿站上的脚夫,扛了两口大箱子,拖了几个铺盖卷,葛朗台便突然转过身来对太太说:

"玩你们的,太太,让我来招呼客人。"

说着他把客厅的门使劲一拉。那些骚动的客人都归了原位,却并没玩下去。台·格拉桑太太问她的丈夫:

"是不是索漠城里的人?"

"不,外地来的。"

"一定是巴黎来的了。"

公证人掏出一只两指厚的老表,形式像荷兰战舰,瞧了瞧说:

"不错,正九点。该死,驿车倒从来不脱班。"

"客人还年轻吗?"克罗旭神甫问。

"年轻,"台·格拉桑答道,"带来的行李至少有三百公斤。"

"拿侬还不进来。"欧也妮说。

"大概是府上的亲戚吧。"所长插了句嘴。

"咱们下注吧,"葛朗台太太轻声轻气的叫道,"听葛朗台的声音,他很不高兴;也许他不愿意我们谈论他的事。"

"小姐,"阿道夫对坐在隔壁的欧也妮说,"一定是你的堂兄弟葛朗台,一个挺漂亮的青年,我在纽沁根先生家的跳舞会上见过的。"

阿道夫停住不说了,他让母亲踩了一脚;她高声叫他拿出两个铜子来押,又咬着他的耳朵:

"别多嘴,你这个傻瓜!"

这时大家听见拿侬和脚夫走上楼梯的声音;葛朗台带着客人进了堂屋。几分钟以来,个个人都给不速之客提足了精神,好奇得不得了,所以他的到场,他的出现,在这些人中间,犹如蜂房里掉进了一只蜗牛,或是乡下黝黑的鸡场里闯进了一只孔雀。

"到壁炉这边来坐吧。"葛朗台招呼他。

年轻的陌生人就座之前,对众人客客气气鞠了一躬。男客都起身还礼,女太太们都深深的福了一福。

"你冷了吧,先生?"葛朗台太太说,"你大概从……"

葛朗台捧着一封信在念,马上停下来截住了太太的话:

"嘿!娘儿腔!不用烦,让他歇歇再说。"

"可是父亲,也许客人需要什么呢!"欧也妮说。

"他会开口的。"老头儿厉声回答。

这种情形只有那位生客觉得奇怪。其余的人都看惯了这个家伙的霸道。客人听了这两句问答,不禁站起身子,背对着壁炉,提起一只脚烘烤靴底,一面对欧也妮说:

"大姊,谢谢你,我在都尔吃过晚饭了。"他又望着葛朗台说,"什么都不用费心,我也一点儿不觉得累。"

"先生你是从京里来的吧?"台·格拉桑太太问。

查理(这是巴黎葛朗台的儿子的名字)听见有人插嘴,便拈起用金链挂在项下的小小的手眼镜,凑在右眼上瞧了瞧桌上的东西和周围的人物,非常放肆的把眼镜向台·格拉桑太太一照,他把一切都看清楚了,才回答说:

"是的,太太。"——他又回头对葛朗台太太说:"哦,你们在摸彩,伯母。请呀,请呀,玩下去吧,多有趣的玩意儿,怎么好歇手呢!……"

"我早知道他就是那个堂兄弟。"台·格拉桑太太对他做着媚眼,心里想。

"四十七,"老神甫嚷道,"嗳,台·格拉桑太太,放呀,这不是你的号数吗?"

台·格拉桑先生抓起一个码子替太太放上了纸板。她却觉得预兆不好,一忽儿望望巴黎来的堂兄弟,一忽儿望望欧也妮,想不起摸彩的事了。年轻的独养女儿不时对堂兄弟瞟上几眼,银行家太太不难看出她越来越惊讶,越来越好奇的情绪。

巴黎的堂兄弟

查理·葛朗台,二十二岁的俊俏后生,跟那些老实的内地人正好成为古怪的对照;人家看了他贵族式的举动态度已经心中有气,而且还在加以研究,以便大大的讪笑他一番。这缘故需要说明一下。

在二十二岁上,青年人还很接近童年,免不了孩子气。一百个中间,说不定九十九个都会像查理·葛朗台一样的行事。那天晚上的前几日,父亲吩咐他到索漠的伯父那里住几个月。也许巴黎的葛朗台念头转到欧也妮。初次跑到内地的查理,便想拿出一个时髦青年的摽劲,在县城里摆阔,在地方上开风气,带一些巴黎社会的新玩意来。总之,一句话说尽,他要在索漠比在巴黎花更多的时间刷指甲,对衣着特别出神入化,下一番苦功,不比有些时候一个风流年少的人倒故意不修边幅,要显得潇洒。

因此,查理带了巴黎最漂亮的猎装,最漂亮的猎枪,最漂亮的刀子,最漂亮的刀鞘。他也带了全套最新奇的背心:灰的,白的,黑的,金壳虫色的,闪金光的,嵌水钻的,五色条纹的,双叠襟的,高领的,直领的,翻领的,纽扣一直扣到脖子的,金纽扣的。还有当时风行的各式硬领与领带,名裁缝蒲伊松做的两套服装,最讲究的内衣。母亲给的一套华丽的纯金梳妆用具也随身带了。凡是花花公子的玩意儿,都已带全;一只玲珑可爱的小文具盒也没有忘记。这是一个最可爱的——至少在他心目中——他叫作阿纳德的阔太太送的礼物。她此刻正在苏格兰陪着丈夫游历，烦闷不堪，可是为了某些谣言不得不暂时牺牲一下幸福。他也带了非常华丽的信笺，预备每半个月和她通一次信。巴黎浮华生活的行头，简直应有尽有，从决斗开场时用的马鞭起，直到决斗结束时用的镂工细巧的手枪为止，一个游手好闲的青年出门打天下的随身家伙，都包括尽了。父亲吩咐他一个人上路，切勿浪费，所以他包了驿车的前厢，很高兴那辆特地定造、预备六月里坐到巴登温泉与贵族太太阿纳德相会的，轻巧可爱的轿车，不致在这次旅行中糟蹋。

　　查理预备在伯父家里碰到上百客人，一心想到他森林中去围猎，过一下宫堡生活。他想不到伯父就在索漠；他在这儿问起葛朗台，只是为了打听去法劳丰的路；等到知道伯父在城里，便以为他住的必是高堂大厦。索漠也罢，法劳丰也罢，初次在伯父家露面非体体面面不行，所以他的旅行装束是最漂亮的，最大方的，用当时形容一个人一件东西美到极点的口语说，是最可爱的。利用在都尔打尖的时间，他叫了一个理发匠把美丽的栗色头发重新烫过；衬衫也换过一件，带一条黑缎子领带，配上圆领，使那张满面春风的小白脸愈加显得可爱了。一袭小腰身的旅行外套，纽扣只扣了一半，露出一件高领羊毛背心，里面还有第二件白背心。他的表随便纳在一只袋里，短短的金链系在纽孔上。灰色裤子，纽扣都在两旁，加上黑丝线绣成的图案，式样更美观了。他极有风度的挥动手杖，雕刻精工的黄金柄，并没夺去灰色手套的光泽。最后，他的便帽也是很雅致大方的。

　　只有巴黎人，一个第一流的巴黎人，才能这样打扮而不至于俗气，才有本领使那些无聊的装饰显得调和；给这些行头做支援的，还有一股摽劲，表示他有的是漂亮的手枪，百发百中的功夫，和那位贵族太太阿纳德。

　　因此，要了解索漠人与年轻的巴黎人彼此的惊讶，要在堂屋与构成这幅家庭小景的灰暗的阴影中，把来客风流典雅的光彩看个真切的话，就得把几位克罗旭的模样悬想一番。三个人都吸鼻烟，既淌鼻水，又让黄里带红、衣领打皱、褶裥发黄的衬衫胸饰沾满了小黑点：他们久

堂兄弟查理

已不在乎这些。软绵绵的领带，一扣上去就缩成一根绳子。衬衫内衣之多，一年只要洗两次，在衣柜底上成年累月地放旧了，颜色也灰了。邋遢与衰老在他们身上合而为一。跟破烂衣服一样的衰败，跟裤子一样的打皱，他们的面貌显得憔悴，硬化，嘴脸都扭做一团。

其余的人也是衣冠不整，七零八落，没有一点儿新鲜气象，跟克罗旭他们的落拓半斤八两。内地的装束大概都是如此，大家不知不觉只关心一副手套的价钱，而不想打扮给人家看了。只有讨厌时装这一点，台·格拉桑与克罗旭两派的意见是一致的。巴黎客人一拿起手眼镜，打量堂屋里古怪的陈设，楼板的梁木，护壁板的色调，护壁板上数量多得可以标点《日用百科全书》与《政府公报》的苍蝇屎的时候，那些玩摸彩戏的人便立刻扬起鼻子打量他，好奇的神情似乎在看一只长颈鹿。台·格拉桑父子虽然见识过时髦人物，也跟在座的人一样惊讶，或许是众人的情绪有股说不出的力量把他们感染了，或许他们表示赞成，所以含讥带讽的对大家挤眉弄眼，仿佛说："你们瞧，巴黎人就是这副腔派。"

并且他们尽可从从容容的端详查理，不用怕得罪主人。葛朗台全副精神在对付手里的一封长信，为了看信，他把牌桌上唯一的蜡烛拿开了，既不顾到客人，也不顾到他们的兴致。欧也妮从来没见过这样完美的装束与人品，以为堂兄弟是什么天上掉下来的妙人儿。光亮而鬈曲有致的头发散出一阵阵的香气，她尽量的闻着，嗅着，觉得飘飘然。漂亮精美的手套，她恨不得把那光滑的皮去摸一下。她羡慕查理的小手，肤色，面貌的娇嫩与清秀。这可以说是把风流公子给她的印像做了一个概括的叙述。可是一个没有见过世面的姑娘，只知道缝袜子，替父亲补衣裳，在满壁油腻的屋子里讨生活的——冷清的街上一小时难得看到一个行人——这样一个女子一见这位堂兄弟，自然要神魂颠倒，好像一个青年在英国圣诞画册上看到了那些奇妙的女人，镂刻的精巧，大有吹一口气就会把天仙般的美女从纸上吹走了似的。

查理掏出一条手帕，是在苏格兰游历的阔太太绣的，美丽的绣作正是热恋中怀着满腔爱情做成的;欧也妮望着堂兄弟,看他是否当真拿来用。查理的举动,态度,拿手眼镜的姿势,故意的放肆,还有对富家闺女刚才多么喜欢的那个针线匣,他认为毫无价值或俗不可耐而一脸瞧不起的神气,总之,查理的一切,凡是克罗旭与台·格拉桑他们看了刺眼的,欧也妮都觉得赏心悦目,使她当晚在床上老想着那个了不起的堂兄弟,睡不着觉。

摸彩摸得很慢,不久也就歇了。因为长脚拿侬进来高声的说:
"太太,得找被单替客人铺床啦。"
葛朗台太太跟着拿侬走了。台·格拉桑太太便轻轻的说:
"我们把钱收起来,歇了吧。"
各人从缺角的旧碟子内把两个铜子的赌注收起,一齐走到壁炉前面,谈一会儿天。
"你们完了吗?"葛朗台说着,照样念他的信。
"完了,完了。"台·格拉桑太太答着话,挨着查理坐下。欧也妮,像一般初次动心的少女一样,忽然想起一个念头,离开堂屋,给母亲和拿侬帮忙去了。要是一个手腕高明的忏悔师盘问她,她一定会承认那时既没想到母亲,也没想到拿侬,而是非常急切的要看看堂兄弟的卧房,替他张罗一下,放点儿东西进去,唯恐人家有什么遗漏,样样要想个周到,使他的卧房尽可能显得漂亮、干净。欧也妮已经认为只有她才懂得堂兄弟的口味与心思。

母亲与拿侬以为一切安排定当,预备下楼了,她却正好赶上,指点给她们看,什么都不行。她提醒拿侬捡一些炭火,弄个脚炉烘被单;她亲手把旧桌子铺上一方小台布,吩咐拿侬这块台布每天早上都得更换。她说服母亲,壁炉内非好好的生一个火不可,又逼着拿侬瞒了父亲搬一大堆木柴放在走廊里。特·拉·裴德里埃老先生的遗产里面,有一个古漆盘子放在堂屋的三角橱上,还有一只六角水晶杯,一只镀金褪尽的小羹匙,一个刻着爱神的古瓶:欧也妮一齐搬了来,得意扬扬的摆在壁炉架上。她这一忽儿的念头,比她出世以来所有的念头还要多。

"妈妈，"她说，"蜡油的气味，弟弟一定受不了。去买一支白烛怎么样？……"说着她像小鸟一般轻盈的跑去，从钱袋里掏出她的月费，一块五法郎的银币，说：

"喂，拿侬，快点儿去。"

她又拿了一个糖壶，赛佛窑烧的旧瓷器，是葛朗台从法劳丰别庄拿来的。葛朗台太太一看到就严重的警告说：

"哎，父亲看了还了得！……再说哪儿来的糖呢？你疯了吗？"

"妈妈，跟白烛一样好叫拿侬去买啊。"

"可是你父亲要怎么说呢？"

"他的侄儿连一杯糖水都没得喝，成什么话？而且他不会留意的。"

"嘿，什么都逃不过他的眼睛。"葛朗台太太侧了侧脑袋。

拿侬犹疑不决，她知道主人的脾气。

"去呀，拿侬，既然今天是我的生日！"

拿侬听见小主人第一次说笑话，不禁哈哈大笑，照她的吩咐去办了。

正当欧也妮跟母亲想法把葛朗台派给侄儿住的卧房装饰得漂亮一些的时候，查理却成为台·格拉桑太太大献殷勤，百般挑引的目标。

"你真有勇气呀，先生，"她对他说，"居然肯丢下巴黎冬天的娱乐，住到索漠来。不过，要是你不觉得我们太可怕的话，你慢慢会看到，这里一样可以玩儿的。"

接着她做了一个十足内地式的媚眼。内地女子的眼风，因为平常矜持到极点，谨慎到极点，反而有一种馋涎欲滴的神气，那是把一切欢娱当作盗窃或罪过的教士特有的眼风。

查理在堂屋里迷惘到万分，意想之中伯父的别庄与豪华的生活，跟眼前种种差得太远了，所以他把台·格拉桑太太仔细瞧过之后，觉得她淡淡的还有一点儿巴黎妇女的影子。她上面那段话，对他好似一种邀请,他便客客气气的接受了,很自然的和她攀谈起来。台·格拉桑太太把嗓子逐渐放低,跟她说的体己话的内容配合。她和查理都觉得需要密谈一下。所以时而调情说笑,时而一本正经的闲扯了一会之后,那位手段巧妙的内地女子,趁其余的人谈论当时全索漠最关心的酒市行情而不注意她的时候,说道:

"先生,要是你肯赏光到舍间来,外子一定跟我一样的高兴。索漠城中,只有在舍间才能同时碰到商界巨头跟阀阅世家。在这两个社会里,我们都有份;他们也只愿意在我们家里见面,因为玩得痛快。我敢骄傲的说一句,旧家跟商界都很敬重我丈夫。我们一定得给你解解闷。要是你老待在葛朗台先生家里,哎,天哪!不知你要烦成什么样呢!你的老伯是一个守财奴,一心只想他的葡萄秧;你的伯母是一个理路不清的老虔婆;你的堂姊,不痴不癫,没有教育,没有陪嫁,俗不可耐,只晓得整天缝抹布。"

"她很不错呢,这位太太。"查理这样想着,就跟台·格拉桑太太的装腔作势呼应起来。

"我看,太太,你大有把这位先生包办的意思。"又胖又高的银行家笑着插嘴。

听到这一句,公证人与所长都说了些俏皮话;可是神甫很狡猾的望着他们,吸了一撮鼻烟,拿烟壶向大家让了一阵,把众人的思想归纳起来说:

"除了太太,还有谁能给这位先生在索漠当向导呢?"

"啊,啊!神甫,你这句话是什么意思?"台·格拉桑先生问。

"我这句话,先生,对你,对尊夫人,对索漠城,对这位贵客,都表示最大的好意。"奸猾的老头儿说到末了,转身望着查理。

克罗旭神甫装作全没注意查理和台·格拉桑太太的谈话,其实早已猜透了。

"先生,"阿道夫终于装作随便的样子,对查理说,"不知道你还记得我吗,在纽沁根男爵府上,跳四组舞的时候我曾经跟你照过一面,并且……"①

"啊,不错,先生,不错。"查理回答,他很诧异的发觉个个人都在巴结他。

"这一位是你的世兄吗?"他问台·格拉桑太太。

神甫狡猾的瞅了她一眼。

"是的,先生。"她说。

"那么你很年轻就上巴黎去了?"查理又转身问阿道夫。

"当然喽,先生,"神甫插嘴道,"他们断了奶,咱们就打发他们进京看花花世界了。"

台·格拉桑太太极有深意的把神甫瞪了一眼,表示质问。他却紧跟着说:

"只有在内地,才能看到像太太这样三十多岁的女子,儿子都快要法科毕业了,还是这么娇嫩。"他又转身对着台·格拉桑太太,"当年跳舞会里,男男女女站在椅子上争着看你跳舞的光景,还清清楚楚在我眼前呢。你红极一时的盛况仿佛是昨天的事。"

"噢!这个老混蛋!"台·格拉桑太太心里想,"难道他猜到了我的心事吗?"

"看来我在索漠可以大大的走红呢。"查理一边想一边解开上衣的纽扣,把一只手按在背心上,眼睛望着空中,仿英国雕刻家凯脱莱塑的拜伦的姿势。

葛朗台老头的不理会众人,或者不如说他聚精会神看信的神气,逃不过公证人和所长的眼睛。葛朗台的脸这时给烛光照得格外分明,他们想从他微妙的表情中间揣摩书信的内容。老头儿的神色,很不容易保持平日的镇静。并且像下面这样一封悲惨的信,他念的时候会装作怎样的表情,谁都可以想象得到:

---

① 四组舞的规则,两对舞伴在某种姿势中必须互相照面。

大哥,我们分别快二十三年了。最后一次会面是我结婚的时候,那次我们是高高兴兴分手的。当然,我想不到有这么一天,要你独立支撑家庭。你当时为了家业兴隆多么快活。可是这封信到你手里的时候,我已经不在世界上了。以我的地位,我不愿在破产的羞辱之后觍颜偷生。我在深渊边上挣扎到最后一刻,希望能突破难关。可是非倒不可。我的经纪人与公证人罗甘的破产,把我最后一些资本也弄光了。我欠了近四百万的债,资产只有一百万。屯积的酒,此刻正碰到市价惨跌,因为你们今年丰收,酒质又好。三天之后,全巴黎的人都要说:"葛朗台原来是个骗子!"我一生清白,想不到死后要受人唾骂。我既玷污了儿子的姓氏,又侵占了他母亲的一份财产。他还一点儿没有知道呢,我疼爱的这个可怜的孩子!我和他分手的时候,彼此依依不舍。幸而他不知道这次诀别是我最后一次发泄热情。将来他会不会咒我呢?大哥,大哥,儿女的诅咒是最可怕的!儿女得罪了我们,可以求告,讨饶;我们得罪了儿女,却永远挽回不了。葛朗台,你是我的兄长,应当保护我:不要让查理在我的坟墓上说一句狠毒的话!大哥,即使我用血泪写这封信,也不至于这样痛苦;因为我可以痛哭,可以流血,可以死,可以没有知觉;但我现在只觉得痛苦,而且眼看着死,一滴眼泪都没有。你如今是查理的父亲了,他没有外婆家的亲戚,你知道为什么。唉,为什么我当时不听从社会的成见呢?为什么我向爱情低头呢?为什么我娶了一个贵人的私生女儿?查理无家可归了。可怜的孩子!孩子!你得知道,葛朗台,我并不为了自己求你;并且你的家产也许还押不到三百万;我求你是为我的儿子呀!告诉你,大哥,我想到你的时候是合着双手哀求的。葛朗台,我临死之前把查理付托给你了。现在我望着手枪不觉得痛苦了,因为想到有你担起为父的责任。查理对我很孝顺,我对他那么慈爱,从来不违拗他,他不会恨我的。并且你慢慢可以看到:他性情和顺像他母亲,决不会有什么事教你难堪。

可怜的孩子！他是享福惯的。你我小时候吃穿不全的苦处，他完全不知道……而他现在倾家荡产，只有一个人了！一定的，所有的朋友都要回避他，而他的羞辱是我造成的。啊！我恨不得把他一手带上天国，放在他母亲身边，唉，我简直疯了！我还得讲我的苦难，查理的苦难。我打发他到你那儿，让你把我的死讯和他将来的命运婉转的告诉他。希望你做他的父亲，慈爱的父亲。切勿一下子逼他戒绝悠闲的生活，那他会送命的。我愿意跪下来，求他抛弃母亲的遗产，而不要站在我的债权人的地位。可是不必，他有傲气，一定知道他不该站在我的债主一起。你得教他趁早抛弃我的遗产。① 我给他造成的艰苦的处境，你得仔细解释给他听；如果他对我的孝心不变，那么替我告诉他，前途并不绝望。咱们俩当初都是靠工作翻身的，将来他也可以靠了工作把我败掉的家业挣回来。如果他肯听我为父的话——为了他，我简直想从坟墓里爬起来——他应该出国，到印度②去！大哥，查理是一个勇敢正直的青年，你给他一批出口货让他经营，他死也不会赖掉你给他的第一笔资本的；你一定得供给他，葛朗台！否则你将来要受良心责备的。啊！要是你对我的孩子不肯帮忙，不加怜爱，我要永久求上帝惩罚你的无情无义。我很想能抢救出一部分财产，因为我有权在他母亲的财产里面留一笔给他，可是月底的开支把我全部的资源分配完了。不知道孩子将来的命运，我是死不瞑目的；我真想握着你温暖的手，听到你神圣的诺言；但是来不及了。在查理赶路的时间，我要把资产负债表造起。我要以业务的规矩诚实，证明我这次失败既没有过失也没有私弊。这不是为了查理吗！——别了，大哥。我付托给你的监护权，我相信你一定会慷慨的接受，愿上帝为此赐福给你。在彼世界上，永久有一个声音在为你祈祷。那儿我们早晚都要去的，而我已经在那里了。

维克多-安育-琪奥然·葛朗台

---

① 法律规定，抛弃遗产即可不负偿还前人债务的责任。
② 本书所称印度系泛指东印度（即荷属南洋群岛）与西印度（即美洲）。

"嗯,你们在谈天吗?"葛朗台把信照原来的折痕折好,放在背心袋里。

他因为心绪不宁,做着种种盘算,便故意装出谦卑而胆怯的神气望着侄儿说:

"烤了火,暖和了吗?"

"舒服得很,伯父。"

"哎,娘儿们到哪里去了?"

他已经忘了侄儿是要住在他家里的。

这时欧也妮和葛朗台太太正好回到堂屋。

"楼上什么都端整好了吧?"老头儿的心又定了下来。

"端整好了,父亲。"

"好吧,查理,你觉得累,就教拿侬带你上去。我的妈,那可不是漂亮哥儿住的房间喔!原谅我们种葡萄的穷人,都给捐税刮光了。"

"我们不打搅了,葛朗台,"银行家插嘴道,"你跟令侄一定有话谈。我们走了。明儿见。"

一听这几句话,大家站起身来告别,各人照着各人的派头行礼。老公证人到门口找出灯笼点了,提议先送台·格拉桑一家回去。台·格拉桑太太没料到中途出了事,散得这么早,家里的当差还没有来接。

"太太,肯不肯赏脸,让我搀着你走?"克罗旭神甫对台·格拉桑太太说。

"谢谢你,神甫,有孩子招呼我呢。"她冷冷的回答。

"太太们跟我一块儿走是没有嫌疑的。"神甫说。

"喂,就让克罗旭先生搀着你吧。"她的丈夫接口说。

神甫搀着美丽的太太,故意轻快的走在众人前面。

"这青年很不错啊,太太,"他紧紧抓着她的胳膊说,"葡萄割完,篮子没用了!事情吹啦。你休想葛朗台小姐了,欧也妮是给那个巴黎人的喽。除非这个堂兄弟爱上什么巴黎女子,令郎阿道夫遇到了一个最……的敌手……"

"别这么说,神甫。回头他就会发觉欧也妮是一个傻姑娘,一点儿娇嫩都谈不上。你把她打量过没有?今晚上她脸孔黄得像木瓜。"

"这一点也许你已经提醒堂兄弟了?"

"老实不客气……"

"太太,你以后永远坐在欧也妮旁边,那么不用对那个青年人多说他堂姊的坏话,他自己会比较,而且对……"

"他已经答应后天上我们家吃晚饭。"

"啊!要是你愿意的话,太太……"神甫说。

"愿意什么,神甫?是不是想教坏我?天哪,我一生清白,活到了三十九岁,总不成再来糟蹋自己的声名,哪怕是为了得蒙古大皇帝的天下!你我在这个年纪上都知道说话应该有个分寸。以你教士的身份,你的念头真是太不像话了。呸!倒像《福勒拉》①书中的……"

"那么你念过《福勒拉》了?"

"不,神甫,我是说《男子可畏》那部小说。"

"啊!这部书正经多了,"神甫笑道,"你把我当作像现在的青年一样坏!我不过想劝你……"

"你敢说你不是想替我出坏主意吗?事情还不明白?这青年人固然不错,我承认,要是他追求我,他当然不会想到他的堂姊了。在巴黎,我知道,有一般好妈妈为了儿女的幸福跟财产,不惜来这一手;可是咱们是在内地呀,神甫。"

"对,太太。"

"并且,"她又说,"哪怕是一万万的家私,我也不愿意用这种代价去换,阿道夫也不愿意。"

"太太,我没有说什么一万万。诱惑来的时候,恐怕你我都抵抗不了。不过我认为一个清白的女子,只要用意不差,无伤大雅的调调情

---

① 《福勒拉》为描写十八世纪轻狂淫逸的风气的小说。

也未始不可,交际场中,这也是女人的一种责任……"

"真的吗?"

"太太,我们不是都应当讨人喜欢吗?……对不起,我要擤一下鼻子。真的,太太,"他接下去说,"他拿手眼镜照你,比他照我的时候,神气似乎要来得亲热一些;自然,我原谅他爱美甚于敬老……"

"显而易见,"所长在后面用他粗嘎而洪大的声音说,"巴黎的葛朗台打发儿子到索漠来,完全是为了亲事……"

"那么堂兄弟就不至于来得这么突兀了。"公证人回答。

"那倒不一定,"台·格拉桑先生表示意见,"那家伙一向喜欢藏头露尾的。"

"喂,台·格拉桑,"他太太插嘴道,"我已经请他来吃晚饭了,那小伙子。你再去邀上拉索尼埃夫妇,杜·奥多阿一家,还有那美丽的杜·奥多阿小姐;噢,但愿她那一天穿得像个样子!她母亲真会忌妒,老把她打扮得那么丑!"她又停下脚步对三位克罗旭说:"希望你们也赏光。"

"你们到了,太太。"公证人说。

三位克罗旭别了三位台·格拉桑回家,一路上拿出内地人长于分析的本领,把当晚那件大事从各方面推敲了一番。为了这件事,克罗旭和台·格拉桑两家的关系有了变化。支配这些大策略家行事的世故,使双方懂得暂时有联合对付共同敌人的必要。他们不是应该协力同心阻止欧也妮爱上堂兄弟,阻止查理想到堂姊吗?他们要用花言巧语去阴损人家,表面上恭维,骨子里诋毁,时时刻刻说些似乎天真而别有用心的话;那巴黎人是否能够抵抗这些手段,不上他们的当呢?

赶到堂屋里只剩下四个家属的时候,葛朗台对侄儿说道:

"该睡觉了。夜深了,你到这儿来的事不能再谈了;明天再挑个合适的时间吧。我们八点吃早饭;中午随便吃一点水果跟面包,喝一杯白葡萄酒;五点吃晚饭,像巴黎人一样。这是我们的规矩。你想到城里城外去玩儿吧,尽管自便。原谅我很忙,没有工夫老是陪你。说不定你会到处听见人家说我有钱:这里是葛朗台先生的,那里又是葛朗台先生的。我让他们说,这些废话不会破坏我的信用。可是我实在没有钱,到了这个年纪,还像做伙计的一样,全部家当只有一双手和一只蹩脚刨子。你不久或者自己会明白,要流着汗去挣一个钱是多么辛苦。喂,拿侬,把蜡烛拿来。"

"侄儿,我想你屋子里用的东西大概都齐了,"葛朗台太太说,"缺少什么,尽管吩咐拿侬。"

"不会吧,伯母,我什么都带齐的!希望你跟大姊都睡得好。"

查理从拿侬手里接过一支点着的白烛,安育城里的货色,铺子里放久了,颜色发黄,初看跟蜡烛差不多;葛朗台根本想不到家里有白烛,也就不曾发现这件奢侈品。

"我来带路。"他说。

照例应当从大门里边的环洞中出去,葛朗台却郑重其事的,走堂屋与厨房之间的过道上楼。过道与楼梯中间隔着一扇门,嵌着椭圆形的大玻璃,挡一下楼梯洞里的冷气。但是到了冬天,虽然堂屋的门,上下四周都钉着绒布条子,照样有尖利的冷风钻进来,使里面不容易保持相当的温度。

拿侬把大门上锁,关起堂屋,到马房里放出那条声音老是发嘎,仿佛害什么喉头炎似的狼狗。这畜生凶猛无比,只认得拿侬一人。他们都是乡下出身,所以彼此了解。查理看到楼梯间墙壁发黄,到处是烟熏的痕迹,扶手全给虫蛀了的楼梯,在伯父沉重的脚下颤抖,他的美梦更加吹得无影无踪了;他疑心走进了一座鸡棚,不由得转身望望他的伯母与堂姊;她们却是走惯这座楼梯的,根本没有猜到他为什么惊讶,还以为他表示亲热,便对他很愉快的一笑,越发把他气坏了。

"父亲送我到这儿来见什么鬼呀!"他心里想。

到了楼上,他看见三扇土红色的门,没有门框子,嵌在剥落的墙壁里,钉着两头做火舌形的铁条,就像长长的锁眼两端的花纹。正对楼梯的那扇门,一望而知是堵死了的。这间屋正好在厨房上面,只能从葛朗台的卧房进去，是他办事的密室，独一无二的窗洞临着院子，装着粗大的铁栅，光线就从这里射进屋子。

这间房，不用说别人，连葛朗台太太都不准进去，他要独自守在里面，好似炼丹师守护丹炉一般。这儿，他准是很巧妙的安排下什么秘窟，藏着田契屋契之类，挂着称金路易的天平，更深夜静的躲在这里写凭据，收条，做种种计算；所以一般生意人永远看到葛朗台样样都有准备，以为他有什么鬼使神差供他驱遣似的。当拿侬打鼾的声音震动楼板，狼狗在院中巡逻，打哈欠，欧也妮母女俩沉沉酣睡的时候，老箍桶匠一定在这儿眯着眼睛看黄金，摩挲把玩，装入桶内，加上箍套。密室的墙壁既厚实，护窗也严密。钥匙只有他一个人有。据说他还在这儿研究图样，上面连果树都注明的，他核算他的出产，数字的准确至多是一根葡萄秧一捆柴的上下。

这扇堵死的门对面是欧也妮的房门。楼梯道的尽头是老夫妇俩的卧室，占据了整个前楼的地位。葛朗台太太和女儿的屋子是相连的，中间隔一扇玻璃门。葛朗台和太太的两间卧室，有板壁分隔，密室与他的卧房之间是厚实的墙。

葛朗台老头把侄儿安置在三楼上，那间高爽的顶楼正好在他的卧室上面，如果侄儿高兴起来在房内走动，他可以听得清清楚楚。

欧也妮和母亲走到楼梯道中间，互相拥抱道别；她又对查理说了几句告别的话，嘴上很平淡，在姑娘的心里一定是很热的；然后她们各自进房。

"这是你的卧房了，侄儿，"葛朗台一边开门一边说，"要出去，先叫拿侬。没有她，对不起！咱们的狗会一声不响把你吃掉。好好睡吧。——再见。嗨！嗨！娘儿们给你生了火啦。"

这时长脚拿侬提着脚炉进来了。

"哦，又是一个！"葛朗台说，"你把我侄儿当作临产的女人吗？把脚炉拿下去，拿侬！"

"先生，被单还潮呢，再说，侄少爷真是娇嫩得像女人一样。"

"也罢,既然你存心讨好他,"葛朗台把她肩膀一推,"可是留神,别失火。"

吝啬鬼一路下楼,不知嘟囔些什么。

查理站在行李堆中愣住了。这间顶楼上的卧房,那种黄地小花球的糊壁纸,像小酒店里用的;粉石的壁炉架,线条像沟槽一般,望上一眼就教你发冷;黄椅子的草坐垫涂过油,似乎不止有四只角;床几的大肚子打开着,容得下一个轻骑兵;稀薄的脚毯上边是一张有顶的床,满是蛀洞的帐幔摇摇欲坠。查理一件件的看过了,又一本正经的望着长脚拿侬,说道:

"嗨!嗨!好嫂子,这当真是葛朗台先生的府上吗,当过索漠市长,巴黎葛朗台先生的哥哥吗?"

"对呀,先生,一个多可爱,多和气,多好的老爷哪。要不要帮你打开箱子?"

"好啊,怎么不要呢,我的兵大爷!你没有在御林军中当过水手吗?"

"噢!噢!噢!"拿侬叫道,"什么?御林军的水手?淡的还是咸的?走水路的吗?"

"来,把钥匙拿去,在这口提箱里替我把睡衣找出来。"

一件金线绣花古式图案的绿绸睡衣,把拿侬看呆了。

"你穿了这个睡觉吗?"

"是呀。"

"哎哟!圣母马利亚!披在祭坛上做桌围才合式呢。我的好少爷,把它捐给教堂吧,包你上天堂,要不然你的灵魂就没有救啦。噢!你穿了多好看。我要叫小姐来瞧一瞧。"

"喂,拿侬,别嚷,好不好?让我睡觉,我明儿再来整东西;你看中我的睡衣,就让你拿去救你的灵魂吧。我是诚心的基督徒,临走一定留下来,你爱怎办就怎办吧。"

拿侬呆呆的站在那里,端详着查理,不敢相信他的话。

"这是你的卧房,侄儿。"

"把这件漂亮衣衫给我?"她一边走一边说,"他已经在说梦话了,这位少爷。明儿见。"

"明儿见,拿侬。"——查理入睡之前又想:"我到这儿来干什么呢?父亲不是一个呆子,教我来必有目的。好吧,正经事,明儿想,不知哪个希腊的笨伯说的。"

欧也妮祈祷的时候忽然停下来想:

"圣母马利亚,多漂亮呀,这位堂兄弟!"这天晚上她的祷告没有做完。

葛朗台太太临睡的时候一点念头都没有。从板壁正中的小门中间,她听见老头儿在房内踱来踱去。像所有胆小的女人一样,她早已识得老爷的脾气。海鸥预知雷雨,她也能从微妙莫测的征兆上面,预感到葛朗台心中的风暴,于是就像她自己所说的,她装死躺下。

葛朗台望着那扇里边有铁板的密室的门,想:

"亏我兄弟想得出,把儿子送给我!嘿,这笔遗产才有趣哩!我可是没有一百法郎给他。而且一百法郎对这个花花公子中什么用?他拿手眼镜照我晴雨表的气概,就像要放一把火把它烧掉似的。"

葛朗台想着那份痛苦的遗嘱可能发生的后果,心绪也许比兄弟写的时候还要乱。

"我真的会到手这件金线衣衫吗……"拿侬自言自语的说。她睡熟的时候,已经穿上了祭坛的桌围,破天荒第一遭的梦见许多鲜花,地毯,绫罗绸缎,正如欧也妮破天荒第一遭的梦见爱情。

内地的爱情

少女们纯洁而单调的生活中,必有一个美妙的时刻,阳光会流入她们的心坎,花会对她们说话,心的跳动会把热烈的生机传给头脑,把意念融为一种渺茫的欲望;真是哀而不怨,乐而忘返的境界!儿童睁眼看到世界就笑,少女在大自然中发现感情就笑,像她儿时一样的笑。要是光明算得人生第一个恋爱对象,那么恋爱不就是心的光明吗?欧也妮终于到了把世界上的东西看明白的时候了。

跟所有内地姑娘一样,她起身很早,祷告完毕,开始梳妆,从今以后梳妆是一件有意义的事情了。她先把栗色的头发梳光,很仔细的把粗大的辫子盘上头顶,不让零星短发从辫子里散出来,发髻的式样改成对称,越发烘托出她一脸的天真与娇羞;头饰的简朴与面部线条的单纯配得很调和。拿清水洗了好几次手,那是平日早已浸得通红,皮肤也变得粗糙了的,她望着一双滚圆的胳膊,私忖堂兄弟怎么能把手养得又软又白,指甲修得那么好看。她换上新袜,套上最体面的鞋子;一口气束好了胸,一个眼子都没有跳过。总之,她有生以来第一次希望自己显得漂亮,第一次懂得有一件裁剪合适、使她惹人注目的新衣衫的乐趣。

穿扮完了,她听见教堂的钟声,很奇怪只数到七下,因为想要有充分的时间梳妆,不觉起得太早了。她既不懂一卷头发可以做上十来次,来研究它的效果,就只能老老实实抱着手臂,坐在窗下望着院子,小园,和那些居高临下的平台;一派凄凉的景色,也望不到远处,但也不无那种神秘的美,为僻静的地方或荒凉的野外所特有的。

厨房旁边有口井,围着井栏,辘轳吊在一个弯弯的铁杆上。绕着铁杆有一株葡萄藤,那时枝条已经枯萎,变红;蜿蜒曲折的蔓藤从这儿爬上墙,沿着屋子,一直伸展到柴房顶上。堆在那里的木柴,跟藏书家的图书一样整齐。院子里因为长着青苔、野草,无人走动,日子久了,石板都是黑黝黝的。厚实的墙上披着绿荫,波浪似的挂着长长的褐色枝条。院子底上,通到花园门有八级向上的石磴,东倒西歪,给高大的植物掩没了,好似十字军时代一个寡妇埋葬她骑士的古墓。剥落的石基上面,竖着一排腐烂的木栅,一半已经毁了,却还布满各种藤萝,乱七八糟的扭做一团。栅门两旁,伸出两株瘦小的苹果树丫枝。园中有三条平行的小径,铺有细沙;小径之间是花坛,四周种了黄杨,借此堵住花坛的泥土;园子尽头是一片菩提树荫,靠在平台脚下。一头是些杨梅树,另一头是一株高大无比的核桃树,树枝一直伸到箍桶匠的密室外面。那日正是晴朗的天气,碰上洛阿河畔秋天常有的好太阳,使铺在幽美的景物、墙垣、院子和花园里树木上的初霜,开始溶化。

欧也妮对那些素来觉得平淡无奇的景色,忽而体会到一种新鲜的情趣。千思百念,渺渺茫茫的在心头涌起,外界的阳光一点点的照开去,胸中的思绪也越来越多。她终于感到一阵模糊的、说不出的愉快把精神包围了,犹如外界的物体给云雾包围了一样。她的思绪,跟这奇特的风景连细枝小节都配合上了,心中的和谐与自然界的融成一片。

一堵墙上挂着浓密的凤尾草,草叶的颜色像鸽子的颈项一般时刻变化。阳光照到这堵墙上的时候,仿佛天国的光明照出了欧也妮将来的希望。从此她就爱这堵墙,爱看墙上的枯草,褪色的花,蓝的灯笼花,因为其中有她甜蜜的回忆,跟童年往事一样。有回声的院子里,每逢她心中暗暗发问的时候,枝条上每张落叶的声响就是回答。她可能整天待在这儿,不觉得时光飞逝。

内地的爱情

　　然后她又心中乱糟糟的骚动起来,不时然站起身子,走过去照镜,好比一个有良心的作家打量自己的作品,想吹毛求疵的挑剔一番。

　　"我的相貌配不上他!"

　　这是欧也妮的念头,又谦卑又痛苦的念头。可怜的姑娘太瞧不起自己了;可是谦虚,或者不如说惧怕,的确是爱情的主要德性之一。像欧也妮那样的小布尔乔亚,都是身体结实,美得有点儿俗气的;可是她虽然跟弥罗岛上的爱神①相仿,却有一股隽永的基督徒气息,把她的外貌变得高雅,净化,有点儿灵秀之气,为古代雕刻家没有见识过的。她的脑袋很大,前额带点儿男相,可是很清秀,像斐狄阿斯②的邱比特雕像;贞洁的生活使她灰色的眼睛光芒四射。圆脸上娇嫩红润的线条,生过天花之后变得粗糙了,幸而没有留下痘瘢,只去掉了皮肤上绒样的那一层,但依旧那么柔软细腻,会给妈妈的亲吻留下一道红印。她的鼻子大了一点,可是配上朱红的嘴巴倒很合适;满是纹缕的嘴唇,显出无限的深情与善意。脖子是滚圆的。遮得密不透风的饱满的胸部,惹起人家的注意与幻想。当然她因为装束的关系,缺少一点儿妩媚;但在鉴赏家心目中,那个不甚灵活的体态也别有风韵。所以,高大壮健的欧也妮并没有一般人喜欢的那种漂亮,但她的美是一望而知的,只有艺术家才会倾倒的。有的画家希望在尘世找到圣洁如马利亚那样的典型:眼神要像拉斐尔所揣摩到的那么不亢不卑;而理想中的线条,又往往是天生的,只有基督徒贞洁的生活才能培养,保持。醉心于这种模型的画家,会发现欧也妮脸上就有种天生的高贵,连她自己都不曾觉察的:安静的额角下面,藏着整个的爱情世界;眼睛的模样,眼皮的动作,有股说不出的神明的气息。她的线条,面部的轮廓,从没有为了快乐的表情而有所改变,而显得疲倦,仿佛平静的湖边,水天相接之处那些柔和的线条。恬静、红润的脸色,光彩像一朵盛开的花,使你心神安定,感觉到它那股精神的魅力,不由得不凝眸注视。

----

① 弥罗岛的爱神为希腊许多爱神雕像之一,特点在于体格健美,表情宁谧。
② 纪元前五世纪希腊大雕刻家。

欧也妮还在人生的边上给儿童的幻象点缀得花团锦簇,还在天真烂漫的,采张菊花叶子占卜爱情的阶段。她并不知道什么叫作爱情,只照着镜子想:"我太丑了,他看不上我的!"

随后她打开正对楼梯的房门,探着脖子听屋子里的声音。她听见拿侬早上例有的咳嗽,走来走去,打扫堂屋,生火,缚住狼狗,在牛房里对牲口说话。她想:

"他还没有起来呢。"

她立刻下楼,跑到正在挤牛奶的拿侬前面。

"拿侬,好拿侬,做些乳酪给堂兄弟喝咖啡吧。"

"嗳,小姐,那是要隔天做起来的,"拿侬大笑着说,"今天我没法做乳酪了。哎,你的堂兄弟生得标致,标致,真标致。你没瞧见他穿了那件金线纺绸睡衣的模样呢。嗯,我瞧见了。他细洁的衬衫跟本堂神甫披的白祭衣一样。"

"拿侬,那么咱们弄些千层饼吧。"

"烤炉用的木柴谁给呢?还有面包,还有牛油?"拿侬说。她以葛朗台先生的总管资格,有时在欧也妮母女的心目中特别显得有权有势。"总不成为了款待你的堂兄弟,偷老爷的东西。你可以问他要牛油,面粉,木柴,他是你爸爸,会给你的。哦,他下楼招呼食粮来啦……"

欧也妮听见楼梯在父亲脚下震动,吓得往花园里溜了。一个人快乐到极点的时候,往往——也许不无理由——以为自己的心思全摆在脸上,给人家一眼就会看透;这种过分的羞怯与心虚,对欧也妮已经发生作用。可怜的姑娘终于发觉自己父亲的家里冷冰冰的一无所有,怎么也配不上堂兄弟的风雅,觉得很气恼。她很热烈的感到非给他做一点儿什么不可;做什么呢?不知道。天真,老实,她听凭纯朴的天性自由发挥,并没对自己的印象和情感有所顾虑。一看见堂兄弟,女性的倾向就在她心中觉醒了,而且来势特别猛烈,因为到了二十三岁,她的智力与欲望都已经达到高峰。她第一次见了父亲害怕,悟出自己的命运原来操在他的手里,认为有些心事瞒着他是一桩罪过。她脚步匆匆的在那儿走,很奇怪的觉得空气比平时新鲜,阳光比平时更有生气,给她精神上添了些暖意,给了她新的生命。

她正在想用什么计策弄到千层饼,长脚拿侬和葛朗台却斗起嘴来。他们之间的吵架是像冬天的燕子一样少有的。老头儿拿了钥匙预备分配当天的食物,问拿侬:

"昨天的面包还有的剩吗?"

"连小屑子儿都没有了,先生。"

葛朗台从那只安育地方做面包用的平底篮里,拿出一个糊满干面的大圆面包,正要动手去切,拿侬说:

"咱们今儿是五个人吃饭呢,先生。"

"不错,"葛朗台回答,"可是这个面包有六磅重,还有的剩呢。这些巴黎人简直不吃面包,你等会儿瞧吧。"

"他们只吃馅子吗?"拿侬问。

在安育一带,俗语所说的馅子,是指涂在面包上的东西,包括最普通的牛油到最贵族化的桃子酱。凡是小时候舐光了馅子把面包剩下来的人,准懂得上面那句话的意思。

"不,"葛朗台回答,"他们既不吃馅子,也不吃面包,就像快要出嫁的姑娘一样。"

他吩咐了几样顶便宜的菜,关起杂货柜正要走向水果房,拿侬把他拦住了说:

"先生,给我一些面粉跟牛油,为孩子们做一个千层饼吧。"

"为了我的侄儿,你想毁掉我的家吗?"

"为你的侄儿,我并不比为你的狗多费什么心,也不见得比你自己多费心……你瞧,你只给我六块糖!我要八块呢。"

"哎哟!拿侬,我从来没看见你这个样子,这算什么意思?你是东家吗?糖,就只有六块。"

"那么侄少爷的咖啡里放什么?"

"两块喽,我可以不用的。"

"在你这个年纪不用糖?我掏出钱来给你买吧。"

"不相干的事不用你管。"

那时糖虽然便宜,老箍桶匠始终觉得这是最珍贵的舶来品,要六法郎一磅。帝政时代大家不得不节省用糖,在他却成了牢不可破的习惯。

所有的女人,哪怕是最蠢的,都会用手段来达到她们的目的:拿侬丢开了糖的问题,来争取千层饼了。

"小姐,"她隔着窗子叫道,"你不是要吃千层饼吗?"

"不要,不要。"欧也妮回答。

"好吧,拿侬,"葛朗台听见了女儿的声音,"拿去吧。"

他打开面粉柜舀了一点给她,又在早先切好的牛油上面补了几两。

"还要烤炉用的木柴呢。"拿侬毫不放松。

"你要多少就拿多少吧,"他无可奈何的回答,"可是你得给我们做一个果子饼,晚饭也在烤炉上做,不用生两个炉子了。"

"嘿!那还用说!"

葛朗台用着差不多像慈父一般的神气,对忠实的管家望了一眼。

"小姐,"厨娘嚷道,"咱们有千层饼吃了。"

葛朗台捧了许多水果回来,先把一盆的量放在厨房桌上。

"你瞧,先生,"拿侬对他说,"侄少爷的靴子多好看,什么皮呀!多好闻哪!拿什么东西上油呢?要不要用你鸡蛋青调的鞋油?"

"拿侬,我怕蛋青要弄坏这种皮的。你跟他说不会擦摩洛哥皮就是了……不错,这是摩洛哥皮;他自己会到城里买鞋油给你的;听说那种鞋油里面还掺白糖,叫它发亮呢。"

"这么说来,还可以吃的了?"拿侬把靴子凑近鼻尖,"哟!哟!跟太太的科隆水一样香!好玩!"

"好玩!靴子比穿的人还值钱,你觉得好玩?"

他把果子房锁上,又回到厨房。

"先生,"拿侬问,"你不想一礼拜来一两次砂锅,款待款待你的……"

"行。"

"那么我得去买肉了。"

"不用,你慢慢给我们炖个野味汤,佃户不会让你闲着的。不过我得关照高诺阿莱打几只乌鸦,这个东西煮汤再好没有了。"

"可是真的,先生,乌鸦是吃死人的。"

"你这个傻瓜,拿侬!它们还不是跟大家一样有什么吃什么。难道我们就不吃死人了吗?什么叫作遗产呢?"

葛朗台老头没有什么吩咐了,掏出表来,看到早饭之前还有半点钟工夫,便拿起帽子拥抱了一下女儿,对她说:

"你高兴上洛阿河边遛遛吗,到我的草原上去?我在那边有点儿事。"

欧也妮跑去戴上系有粉红缎带的草帽,然后父女俩走下七转八弯的街道,直到广场。

"一大早往哪儿去呀?"公证人克罗旭遇见了葛朗台问。

"有点儿事。"老头儿回答,心里也明白为什么他的朋友清早就出门。

当葛朗台老头有点儿事的时候,公证人凭以往的经验,知道准可跟他弄到些好处,因此就陪了他一块儿走。

"你来,克罗旭,"葛朗台说,"你是我的朋友,我要给你证明,在上好的土地上种白杨是多么傻……"

"这么说来,洛阿河边那块草地给你挣的六万法郎,就不算一回事吗?"克罗旭眨巴着眼睛问,"你还不够运气?……树木砍下的时候,正碰上南特城里白木奇缺,卖到三十法郎一株。"

欧也妮听着,可不知她已经临到一生最重大的关头,至高至上的父母之命,马上要由公证人从老人嘴里逼出来了。

葛朗台到了洛阿河畔美丽的草原上,三十名工人正在收拾从前种白杨的地方,把它填土,挑平。

"克罗旭先生,你来看一株白杨要占多少地,"他提高嗓子唤一个工人,"约翰,拿尺来把四……四……四边量……量……一下!"

工人量完了说:"每边八尺。"

"那就是糟蹋了三十二尺地,"葛朗台对克罗旭说,"这一排上从前我有三百株白杨,是不是?对了……三百……乘三……三十二……尺……就……就……就是五……五……五百棵干草;加上两旁的,一千五;中间的几排又是一千五。就……就算一千堆干草吧。"

"像这类干草,"克罗旭帮着计算道,"一千堆值到六百法郎。"

"算……算……算它一千两百法郎,因为割过以后再长出来的,还好卖到三四百法郎。那么,你算算一年一千……千……两百法郎,四十年……下……下……下来该有多……多……多……多少,加上你……你知道的利……利……利上滚利。"

"一起总该有六万法郎吧。"公证人说。

"得啦!只……只有六万法郎是不是?"老头儿往下说,这一回可不再结结巴巴了,"不过,两千株四十年的白杨还卖不到五万法郎,这不就是损失?给我算出来喽,"葛朗台说到这里,大有自命不凡之概,"约翰,你把窟窿都填平,只留下河边的那一排,把我买来的白杨种下去。种在河边,它们就靠公家长大了。"他对克罗旭补上这句,鼻子上的肉瘤微微扯动一下,仿佛是挖苦得最凶的冷笑。

"自然喽,白杨只该种在荒地上。"克罗旭这么说,心里给葛朗台的算盘吓住了。

"可不是,先生!"老箍桶匠带着讥讽的口吻。

欧也妮只顾望着洛阿河这奇妙的风景,没有留神父亲的计算,可是不久克罗旭对她父亲说的话,引起了她的注意:

"哎,你从巴黎招了一个女婿来啦,全索漠都在谈论你的侄儿。快要叫我立婚书了吧,葛老头?"

"你……你……你清……清……清早出来,就……就……就是要告诉我这个吗?"葛朗台说这句话的时候,扯动着肉瘤,"那么,老……老兄,我不瞒你,你……你要知……知道的,我可以告诉你。我宁可把……把……女……女……女儿丢在洛阿河里,也……也不愿把……把她给……给她的堂……堂……堂兄弟;你不……不……不妨说给人人……人……人家听。啊,不必,让他……他们去胡……胡……胡扯吧。"

这段话使欧也妮一阵眼花。遥远的希望刚刚在她心里萌芽,就开花,长成,结成一个花球,现在她眼看着剪成一片片的,扔在地下。从隔夜起,促成两心相契的一切幸福的联系,已经使她舍不得查理;从今以后,却要由苦难来加强他们的结合了。苦难的崇高与伟大,要由她来担受,幸运的光华却与她无缘,这不就是女子的庄严的命运吗?父爱怎么会在她父亲心中熄灭的呢?查理犯了什么滔天大罪呢?不可思议的问题!她初生的爱情已经够神秘了,如今又包上了一团神秘。她两腿哆嗦着回家,走到那条黝黑的老街,刚才是那么喜气洋洋的,此刻却一片荒凉,她感到了时光流转与人事劳劳留在那里的凄凉情调。爱情的教训,她一桩都逃不了。

到了离家只有几步路的地方,她抢着上前敲门,在门口等父亲。葛朗台瞥见公证人拿着原封未动的报纸,便问:

"公债行情怎么样?"

"你不肯听我的话,葛朗台,"克罗旭回答说,"赶紧买吧,两年之内还有二成可赚,并且利率很高,八万法郎有五千息金。行市是八十法郎五十生丁。"

"慢慢再说吧。"葛朗台摸着下巴。

公证人展开报纸,忽然叫道:"我的天!"

"什么事?"葛朗台这么问的时候,克罗旭已经把报纸送在他面前,说:"你念吧。"

巴黎商界巨子葛朗台氏,昨日照例前往交易所,不料返寓后突以手枪击中脑部,自杀殒命。死前曾致书众议院议长及商务裁判所所长,辞去本兼各职。闻葛氏破产,系受经纪人苏希及公证人洛庚之累。以葛氏地位及平素信用而论,原不难于巴黎商界中获得支援,徐图挽救;讵一时情急,遽尔出此下策,殊堪惋惜……

"我早知道了。"老头儿对公证人说。

克罗旭听见这话抽了一口冷气。虽然当公证人的都有镇静的功夫,但想到巴黎的葛朗台也许央求过索漠的葛朗台而被拒绝的时候,他不由得背脊发冷。

"那么他的儿子呢?昨天晚上还多么高兴……"

"他还不知道。"葛朗台依旧很镇定。

"再见,葛朗台先生。"克罗旭全明白了,立刻去告诉特·篷风所长叫他放心。

回到家里,葛朗台看到早饭预备好了。葛朗台太太已经坐在那张有木座的椅子上,编织冬天用的毛线套袖。欧也妮跑过去拥抱母亲,热烈的情绪,正如我们憋着一肚子说不出的苦恼的时候一样。

"你们先吃吧,"拿侬从楼梯上连奔带爬的下来说,"他睡得像个小娃娃。闭着眼睛,真好看!我进去叫他,嗨,他一声也不回。"

"让他睡吧,"葛朗台说,"他今天起得再晚,也赶得上听他的坏消息。"

"什么事呀?"欧也妮问,一边把两小块不知有几公克重的糖放入咖啡。那是老头儿闲着没事的时候切好在那里的。葛朗台太太不敢动问,只望着丈夫。

"他父亲一枪把自己打死了。"

"叔叔吗?……"欧也妮问。

"可怜这孩子哪。"葛朗台太太嚷道。

"对啦,可怜,"葛朗台接着说,"他一个钱都没有了。"

"可是他睡的模样,好像整个天下都是他的呢。"拿侬声调很温柔的说。

欧也妮吃不下东西。她的心给揪紧了,就像初次对爱人的苦难表示同情,而全身都为之波动的那种揪心。她哭了。

"你又不认识叔叔,哭什么?"她父亲一边说,一边饿虎般的瞪了她一眼,他瞪着成堆的金子时想必也是这种眼睛。

"可是,先生,"拿侬插嘴道,"这可怜的小伙子,谁见了不替他难受呢?他睡得像木头一样,还不知道飞来横祸呢。"

"拿侬,我不跟你说话,别多嘴。"

欧也妮这时才懂得一个动了爱情的女子永远得隐瞒自己的感情。她不作声了。

"希望你,太太,"老头儿又说,"我出去的时候对他一字都不用提。我要去把草原上靠大路一边的土沟安排一下。我中饭时候回来跟侄儿谈。至于你,小姐,要是你为了这个花花公子而哭,这样也够了。他马上要到印度去,休想再看见他。"

父亲从帽子边上拿起手套,像平时一样不动声色的戴上,交叉着手指把手套扣紧,出门了。

欧也妮等到屋子里只剩她和母亲两个的时候,嚷道:

"啊!妈妈,我要死了。我从来没有这么难受过。"

葛朗台太太看见女儿脸色发白,便打开窗子教她深呼吸。

"好一点了。"欧也妮过了一会说。

葛朗台太太看到素来很冷静很安定的欧也妮,一下子居然神经刺激到这个田地,她凭着一般母亲对孩子的直觉,马上猜透了女儿的心。事实上,欧也妮母女俩的生命,比两个肉体连在一块的匈牙利孪生姊妹①还要密切,她们永远一块儿坐在这个窗洞底下,一块儿上教堂,睡在一座屋子里,呼吸着同样的空气。

---

① 匈牙利孪生姊妹生于一七〇一年,在欧洲各地展览,后送入修道院,到二十一岁上死去。

"可怜的孩子!"葛朗台太太把女儿的头搂在怀里。

欧也妮听了这话,仰起头来望了望母亲,揣摩她心里是什么意思,末了她说:

"干吗要送他上印度去?他遭了难,不是正应该留在这儿吗?他不是我们的骨肉吗?"

"是的,孩子,应该这样。可是父亲有父亲的理由,应当尊重。"

母女俩一声不响的坐着,重新拿起活计,一个坐在有木座子的椅上,一个坐在小靠椅里。欧也妮为了感激母亲深切的谅解,吻着她的手说:

"你多好,亲爱的妈妈!"

这两句话使母亲那张因终身苦恼而格外憔悴的老脸,有了一点儿光彩。

"你觉得他好吗?"欧也妮问。

葛朗台太太只微微笑了一下;过了一会她轻轻的说:

"你已经爱上他了是不是?那可不好。"

"不好?为什么不好?"欧也妮说,"你喜欢他,拿侬喜欢他,干吗我不能喜欢他?喂,妈妈,咱们摆起桌子来预备他吃早饭吧。"

她丢下活计,母亲也跟着丢下,嘴里却说:

"你疯了!"

但她自己也跟着发疯,仿佛证明女儿并没有错。

欧也妮叫唤拿侬。

"又是什么事呀,小姐?"

"拿侬,乳酪到中午可以弄好了吧?"

"啊!中午吗?行,行。"老妈子回答。

"还有,他的咖啡要特别浓,我听见台·格拉桑说,巴黎人都喝挺浓的咖啡。你得多放一些。"

"哪儿来这些咖啡?"

"去买呀。"

"给先生碰到了怎么办?"

"不会,他在草原上呢。"

"那么让我快点儿去吧。不过番查老板给我白烛的时候,已经问咱们家里是不是三王来朝了。这样的花钱,满城都要知道喽。"

"你父亲知道了,"葛朗台太太说,"说不定要打我们呢。"

"打就打吧,咱们跪在地下挨打就是。"

葛朗台太太一言不答,只抬起眼睛望了望天。拿侬戴上头巾,出去了。欧也妮铺上白桌布,又到顶楼上把她好玩的吊在绳上的葡萄摘下几串。她在走廊里蹑手蹑脚的,唯恐惊醒了堂兄弟,又禁不住把耳朵贴在房门上,听一听他均匀的呼吸,心里想:

"真叫作无事家中卧,祸从天上来。"

她从葡萄藤上摘下几张最绿的叶子,像侍候筵席的老手一般,把葡萄装得那么惹看,然后得意扬扬的端到饭桌上。在厨房里,她把父亲数好的梨全部掳掠了来,在绿叶上堆成一座金字塔。她走来走去,蹦蹦跳跳,恨不得把父亲的家倾箱倒箧地搜刮干净;可是所有的钥匙都在他身上。拿侬揣着两个鲜蛋回来了。欧也妮一看见蛋,简直想跳上拿侬的脖子。

"我看见朗特的佃户篮里有鸡子,就问他要,这好小子,为了讨好我就给我了。"

欧也妮把活计放下了一二十次,去看煮咖啡,听堂兄弟的起床和响动;这样花了两小时的心血,她居然端整好一顿午餐,很简单,也不多花钱,可是家里的老规矩已经破坏完了。照例午餐是站着吃的,各人不过吃一些面包,一个果子,或是一些牛油,外加一杯酒。现在壁炉旁边摆着桌子,堂兄弟的刀叉前面放了一张靠椅,桌上摆了两盆水果,一个蛋盅,一瓶白酒,面包,衬碟内高高的堆满了糖:欧也妮望着这些,想到万一父亲这时候回家瞪着她的那副眼光,不由得四肢哆嗦。因此她一刻不停的望着钟,计算堂兄弟是否能够在父亲回来之前用完早餐。

"放心,欧也妮,要是你爸爸回来,一切归我担当。"葛朗台太太说。

欧也妮忍不住掉下一滴眼泪,叫道:

"哦!好妈妈,怎么报答你呢?"

查理哼呀唱呀,在房内不知绕了多少转,终于下楼了。还好,时间不过十一点。这巴黎人!他穿扮的花哨,仿佛在苏格兰的那位贵妇人爵府上做客。他进门时那副笑盈盈的怪和气的神情,配上青春年少多么合适,叫欧也妮看了又快活又难受。意想中伯父的行宫别墅,早已成为空中楼阁,他却嘻嘻哈哈的满不在乎,很高兴的招呼他伯母:

"伯母,你昨夜睡得好吗?还有你呢,大姊?"

"很好,侄少爷,你自己呢?"葛朗台太太回答。

"我么?睡得好极了。"

"你一定饿了,弟弟,"欧也妮说,"来用早点吧。"

"中午以前我从来不吃东西,那时我才起身呢。不过路上的饭食太坏了,不妨随便来一点,而且……"

说着他掏出勃莱甘造的一只最细巧的扁平底表。

"咦,只有十一点,我起早了。"

"早了?……"葛朗台太太问。

"是呀,可是我要整东西。也罢,有东西吃也不坏,随便什么都行,家禽啰,鹧鸪啰。"

"啊,圣母马利亚!"拿侬听了不禁叫起来。

"鹧鸪。"欧也妮心里想,她恨不得把全部私蓄拿去买一只鹧鸪。

"这儿坐吧。"伯母招呼他。

花花公子懒洋洋的倒在靠椅中,好似一个漂亮女子摆着姿势坐在一张半榻上。欧也妮和母亲端了两张椅子在壁炉前面,坐在他旁边。

"你们终年住在这儿吗?"查理问。他发觉堂屋在白天比在烛光底下更丑了。

"是的,"欧也妮望着他回答,"除非收割葡萄的时候,我们去帮一下拿侬,住在诺阿伊哀修道院里。"

"你们从来不出去溜溜吗?"

"有时候,星期日做完了晚祷,天晴的话,"葛朗台太太回答,"我们到桥边去,或者在割草的季节去看割草。"

"这儿有戏院没有?"

"看戏!"葛朗台太太嚷道,"看戏子!哎哟,侄少爷,难道你不知道这是该死的罪孽吗?"

"喂,好少爷,"拿侬捧着鸡子进来说,"请你尝尝带壳子鸡。"

"哦!新鲜的鸡子?"查理叫道,他正像那些惯于奢华的人一样,已经把他的鹧鸪忘掉了,"好极了!可有些牛油吗,好嫂子?"

"啊!牛油!那么你们不想吃千层饼了?"老妈子说。

"把牛油拿来,拿侬!"欧也妮叫道。

少女留神瞧着堂兄弟把面包切成小块,觉得津津有味,正如巴黎最多情的女工,看一出好人得胜的戏一样。查理受过极有风度的母亲教养,又给一个时髦女子琢磨过了,的确有些爱娇而文雅的小动作,颇像一个风骚的情妇。少女的同情与温柔,真有磁石般的力量。查理一看见堂姊与伯母对他的体贴,觉得那股潮水般向他冲来的感情,简直没法抗拒。他对欧也妮又和善又怜爱的瞧了一眼,充满了笑意。把欧也妮端详之下,他觉得纯洁的脸上线条和谐到极点,态度天真,清朗有神的眼睛闪出年轻的爱情,只有愿望而没有肉欲的成分。

"老实说,亲爱的大姊,要是你盛装坐在巴黎歌剧院的花楼里,我敢保证伯母的话没有错,你要教男人动心,教女人妒忌,他们全得犯罪呢。"

这番恭维虽然使欧也妮莫名其妙,却把她的心抓住了,快乐得直跳。

"噢!弟弟,你取笑我这个可怜的乡下姑娘。"

"要是你识得我的脾气,大姊,你就知道我是最恨取笑的人:取笑会使一个人的心干枯,伤害所有的情感。"

说罢他有模有样的吞下一小块涂着牛油的面包。

"对了,大概我没有取笑人的聪明,所以吃亏不少。在巴黎,'他心地好呀'这样的话,可以把一个人羞得无处容身。因为这句话的意思是'其蠢似牛'。但是我,因为有钱,谁都知道我拿起随便什么手枪,三十步外第一下就能打中靶子,而且还是在野地里,所以没有人敢开我的玩笑。"

"侄儿,这些话证明你的心地好。"

"你的戒指漂亮极了,"欧也妮说,"给我瞧瞧不妨事吗?"

查理伸手脱下戒指,欧也妮的指尖,和堂兄弟粉红的指甲轻轻碰了一下,马上脸红了。

"妈妈,你看,多好的手工。"

"噢!多少金子啊。"拿侬端了咖啡进来,说。

"这是什么?"查理笑着问。他指着一个又高又瘦的土黄色的陶壶,上过釉彩,里边搪瓷的,四周堆着一圈灰土;里面的咖啡冲到面上又往底下翻滚。

"煮滚的咖啡呀。"拿侬回答。

"啊!亲爱的伯母,既然我在这儿住,至少得留下些好事做纪念。你们太落伍了!我来教你们怎样用夏伯太咖啡壶来煮成好咖啡。"

接着他解释用夏伯太咖啡壶的一套方法。

"哎哟,这样麻烦,"拿侬说,"要花上一辈子的工夫。我才不高兴这样煮咖啡呢。不是吗,我煮了咖啡,谁给咱们的母牛割草呢?"

"我来割。"欧也妮接口。

"孩子!"葛朗台太太望着女儿。

这句话,把马上要临到这可怜的青年头上的祸事,提醒了大家,三个妇女一齐闭口,不胜怜悯的望着他,使他大吃一惊。

"什么事,大姊?"

欧也妮正要回答,被母亲喝住了:

"嘘!孩子,你知道父亲会对先生说的……"

"叫我查理吧。"年轻的葛朗台说。

"啊!你名叫查理?多美丽的名字!"欧也妮叫道。

凡是预感到的祸事,差不多全会来的。拿侬,葛朗台太太和欧也妮,想到老箍桶匠回家就会发抖的,偏偏听到那么熟悉的门锤声响了一下。

"爸爸来了!"欧也妮叫道。

她在桌布上留下了几块糖,把糖碟子收了。拿侬把盛鸡蛋的盘子端走。葛朗台太太笔直的站着,像一头受惊的小鹿。这一场突如其来的惊慌,弄得查理莫名其妙。他问:

"嗨,嗨,你们怎么啦?"

"爸爸来了呀。"欧也妮回答。

"那又怎么样?……"

葛朗台进来,尖利的眼睛望了望桌子,望了望查理,什么都明白了。

"啊!啊!你们替侄儿摆酒,好吧,很好,好极了!"他一点都不口吃的说,"猫儿上了屋,耗子就在地板上跳舞啦。"

"摆酒?……"查理暗中奇怪。他想象不到这份人家的伙食和生活习惯。

"把我的酒拿来,拿侬。"老头儿吩咐。

欧也妮端了一杯给他。他从荷包里掏出一把面子很阔的牛角刀,割了一块面包,拿了一些牛油,很仔细地涂上了,就地站着吃起来。这时查理正把糖放入咖啡。葛朗台一眼瞥见那么些糖,便打量着他的女人,她脸色发白的走了过来。他附在可怜的老婆耳边问:

"哪儿来的这么些糖?"

"拿侬上番查铺子买的,家里没有了。"

这默默无声的一幕使三位女人怎样的紧张,简直难以想象。拿侬从厨房里跑出来,向堂屋张望,看看事情怎么样。查理尝了尝咖啡,觉得太苦,想再加些糖,已经给葛朗台收起了。

"侄儿,你找什么?"老头儿问。

"找糖。"

"冲些牛奶,咖啡就不苦了。"葛朗台回答。

欧也妮把父亲藏起的糖碟子重新拿来放上桌子,声色不动的打量着父亲。真的,一个巴黎女子帮助情人逃走,用娇弱的胳膊拉住从窗口挂到地下的丝绳那种勇气,也不见得胜过把糖重新放上桌子时欧也妮的勇气。可是巴黎女子是有酬报的,美丽的手臂上每根受伤的血管,都会由情人用眼泪与亲吻来滋润,用快乐来治疗;欧也妮被父亲霹雳般的目光瞪着,惊慌到心都碎了,而这种秘密的痛苦,查理是永远不会得知的。

"你不吃东西吗,太太?"葛朗台问他的女人。

可怜的奴隶走过来恭恭敬敬切了块面包,捡了一只梨。欧也妮大着胆子请父亲吃葡萄:

"爸爸,尝尝我的干葡萄吧!——弟弟,也吃一点好不好?这些美丽的葡萄,我特地为你摘来的。"

"哦!再不阻止的话,她们为了你要把索漠城抢光呢,侄儿。你吃完了,咱们到花园里去;我有事跟你谈,那可是不甜的喽。"

欧也妮和母亲对查理瞅了一眼,那种表情,查理马上懂得了。

"你是什么意思呢,伯父?自从我可怜的母亲去世以后……(说到母亲二字他的声音软了下来),不会再有什么祸事的了……"

"侄儿,谁知道上帝想用什么灾难来磨炼我们呢?"他的伯母说。

"咄,咄,咄,咄!"葛朗台叫道,"又来胡说八道了。——侄儿,我看到你这双漂亮雪白的手真难受。"

他指着手臂尽处那双羊肩般的手。

"明明是生来捞钱的手!你的教养,却把我们做公事包放票据用的皮,穿在你脚上。不行哪!不行哪!"

"伯父,你究竟什么意思?我可以赌咒,简直一个字都不懂。"

"来吧。"葛朗台回答。

吝啬鬼把刀子折起,喝干了杯中剩下的白葡萄酒,开门出去。

"弟弟,拿出勇气来呀!"

少女的声调教查理浑身冰凉,他跟着好厉害的伯父出去,焦急得要命。拿侬和欧也妮母女,按捺不住好奇心,一齐跑到厨房,偷偷瞧着两位演员,那幕戏就要在潮湿的小花园中演出了。伯父跟侄儿先是不声不响的走着。

说出查理父亲的死讯,葛朗台并没觉得为难,但知道查理一个钱都没有了,倒有些同情,私下想怎样措辞才能把悲惨的事实弄得和缓一些。"你父亲死了"这样的话,没有什么大不了,为父的总死在孩子前面。可是"你一点家产都没有了"这句话,却包括了世界上所有的苦难。老头儿在园子中间咯咯作响的沙径上已经走到了第三转。在一生的重要关头,凡是悲欢离合之事发生的场所,总跟我们的心牢牢粘在一块。所以查理特别注意到小园中的黄杨,枯萎的落叶,剥落的围墙,奇形怪状的果树,以及一切别有风光的细节;这些都将成为他不可磨灭的回忆,和这个重大的时间永久分不开。因为激烈的情绪有一种特别的记忆力。

葛朗台深深吸了一口气:

"天气真热,真好。"

"是的,伯父,可是为什么?……"

"是这样的,孩子,"伯父接着说,"我有坏消息告诉你。你父亲危险得很……"

"那么我还在这儿干吗?"查理叫道,"拿侬,上驿站去要马!我总该在这里弄到一辆车吧。"他转身向伯父补上一句。可是伯父站着不动。

"车呀马呀都不中用了,"葛朗台瞅着查理回答,查理一声不出,眼睛发呆了。——"是的,可怜的孩子,你猜着了。他已经死了。这还不算,还有更严重的事呢,他是用手枪自杀的……"

"我的父亲?……"

"是的。可是这还不算。报纸上还有名有分的批评他呢。哦,你念吧。"

葛朗台拿出向克罗旭借来的报纸,把那段骇人的新闻送在查理眼前。可怜的青年这时还是一个孩子,还在极容易流露感情的年纪,他眼泪涌了出来。

"啊,好啦,"葛朗台私下想,"他的眼睛吓了我一跳。现在他哭了,不要紧了。"

"这还不算一回事呢,可怜的侄儿,"葛朗台高声往下说,也不知道查理有没有在听他,"这还不算一回事呢,你慢慢会忘掉的,可是……"

"不会!永远不会!爸爸呀!爸爸呀!"

"他把你的家败光了,你一个钱也没有了。"

"那有什么相干?我的爸爸呢?……爸爸!"

围墙中间只听见号哭与抽噎的声音凄凄惨惨响成一片,而且还有回声。三个女人都感动得哭了:眼泪跟笑声一样会传染的。查理不再听他的伯父说话了,他冲进院子,摸到楼梯,跑到房内横倒在床上,把被窝蒙着脸,预备躲开亲人痛哭一场。

"让第一阵暴雨过了再说。"葛朗台走进堂屋道。这时欧也妮和母亲急匆匆的回到原位,抹了抹眼泪,颤巍巍的手指重新做起活计来。"可是这孩子没有出息,把死人看得比钱还重。"

欧也妮听见父亲对最圣洁的感情说出这种话,不禁打了个寒噤。从此她就开始批判父亲了。查理的抽噎虽然沉了下去,在这所到处有回声的屋子里仍旧听得清清楚楚;仿佛来自地下的沉痛的呼号,慢慢的微弱,到傍晚才完全止住。

"可怜的孩子!"葛朗台太太说。

这句慨叹可出了事。葛朗台老头瞅着他的女人,瞅着欧也妮和糖碟子,记起了请倒霉侄儿吃的那顿丰盛的早餐,便站在堂屋中央,照例很镇静的说:

"啊!葛朗台太太,希望你以后不要再乱花钱。我的钱不是给你买糖喂那个小混蛋的。"

"不关母亲的事,"欧也妮说,"是我……"

"你成年了就想跟我闹别扭是不是?"葛朗台截住了女儿的话,"欧也妮,你该想一想……"

"父亲,你弟弟的儿子在你家里总不成连……"

"咄,咄,咄,咄!"老箍桶匠这四个字全是用的半音阶,"又是我弟弟的儿子呀,又是我的侄儿呀。哼,查理跟咱们什么相干?他连一个子儿,半个子儿都没有;他父亲破产了。等这花花公子称心如意的哭够了,就叫他滚蛋;我才不让他把我的家搅得天翻地覆呢。"

"父亲,什么叫作破产?"

"破产,"父亲回答说,"是最丢人的事,比所有丢人的事还要丢人。"

"那一定是罪孽深重啰,"葛朗台太太说,"我们的弟弟要入地狱了吧。"

"得了吧,你又来婆婆妈妈的,"他耸耸肩膀,"欧也妮,破产就是窃盗,可是有法律保护的窃盗。人家凭了琪奥默·葛朗台的信用跟清白的名声,把口粮交给他,他却统统吞没了,只给人家留下一双眼睛落眼泪。破产的人比劫路的强盗还要不得:强盗攻击你,你可以防卫,他也拼着脑袋;至于破产的人……总而言之,查理是丢尽了脸。"

这些话一直响到可怜的姑娘心里,全部说话的分量压在她心头。她天真老实的程度,不下于森林中的鲜花娇嫩的程度,既不知道社会上的教条,也不懂似是而非的论调,更不知道那些骗人的推理;所以她完全相信父亲的解释,不知他是有心把破产说得那么卑鄙,不告诉她有计划的破产跟迫不得已的破产是不同的。

"那么父亲,那桩倒霉事儿你没有法子阻拦吗?"

"兄弟并没有跟我商量;而且他亏空四百万呢。"

"什么叫作一百万,父亲?"她那种天真,好像一个要什么就有什么的孩子。

"一百万吗?"葛朗台说,"那就是一百万个二十铜子的钱,五个二十铜子的钱才能凑成五法郎。"

"天哪！天哪！叔叔怎么能有四百万呢？法国可有人有这么几百万几百万的吗？"

葛朗台老头摸摸下巴，微微笑着，肉瘤似乎胀大了些。

"那么堂兄弟怎么办呢？"

"到印度去，照他父亲的意思，他应该想法在那儿发财。"

"他有没有钱上那儿去呢？"

"我给他路费……送他到……是的，送他到南特。"

欧也妮跳上去勾住了父亲的脖子。

"啊！父亲，你真好，你！"

她拥抱他的那股劲儿，差一点叫葛朗台惭愧，他的良心有些不好过了。

"赚到一百万要很多时候吧？"她问。

"嗷，"箍桶匠说，"你知道什么叫作一块拿破仑①吧；一百万就得五万拿破仑。"

"妈妈，咱们得替他念《九天经》吧？"

"我已经想到了。"母亲回答。

"又来了！老是花钱，"父亲嚷道，"啊！你们以为家里几千几百的花不完吗？"

这时顶楼上传来一声格外凄惨的悲啼，把欧也妮和她的母亲吓呆了。

"拿侬，上去瞧瞧：别让他自杀了，"葛朗台这句话把母女俩听得脸色发白，他却转身吩咐她们，"啊！你们，别胡闹。我要走了，跟咱们的荷兰客人打交道去，他们今天动身。过后我得去看克罗旭，谈谈这些事。"

他走了。葛朗台带上大门，欧也妮和母亲呼吸都自由了。那天以前，女儿在父亲前面从来不觉得拘束；但几小时以来，她的感情跟思想

---

① 拿破仑为一种金洋，值二十或四十法郎。

时时刻刻都在变化。

"妈妈,一桶酒能卖多少法郎?"

"你父亲的价钱是一百到一百五十,听说有时卖到两百。"

"那么他有一千四百桶收成的时候……"

"老实说,孩子,我不知道那可以卖到多少;你父亲从来不跟我谈他的生意。"

"这么说来,爸爸应该有钱哪。"

"也许是吧。不过克罗旭先生跟我说,他两年以前买了法劳丰。大概他现在手头不宽。"

欧也妮对父亲的财产再也弄不清了,她的计算便到此为止。

"他连看也没看我,那小少爷!"拿侬下楼说,"他躺在床上像条小牛,哭得像玛特兰纳,真想不到!这可怜的好少爷干吗这样伤心呀?"

"我们赶快去安慰安慰他吧,妈妈;等敲门,我们就下楼。"

葛朗台太太抵抗不了女儿那么悦耳的声音。欧也妮变得伟大了,已经是成熟的女人了。

两个人心里忐忑的上楼,走向查理的卧房。房门打开着。查理什么都没有看见,什么都没有听见。他浸在泪水中间,不成音节的在那里哼哼唧唧。

"他对他父亲多好!"欧也妮轻轻的说。

这句话的音调,明明显出她不知不觉已经动了情,存着希望。葛朗台太太慈祥的望了女儿一眼,附在她耳边悄悄的说:

"小心,你要爱上他了。"

"爱他!"欧也妮答道,"你没有听见父亲说的话呢!"

查理翻了一个身,看见了伯母跟堂姊。

"父亲死了,我可怜的父亲!要是他把心中的苦难告诉我,我跟他两个可以想法子挽回啊。我的上帝!我的好爸爸!我以为不久就会看到他的,临走对他就没有什么亲热的表示……"

他一阵呜咽,说不下去了。

"我们为他祷告就是了，"葛朗台太太说，"你得听从主的意思。"

"弟弟，勇敢些！父亲死了是挽回不来的；现在应该挽回你的名誉……"

女人的本能和乖巧，对什么事都很机灵，在安慰人家的时候也是如此；欧也妮想教堂兄弟关切他自己，好减轻一些痛苦。

"我的名誉？"他猛的把头发一甩，抱着胳膊在床上坐起。

"啊！不错。伯父说我父亲是破产了。"

他凄厉的叫了一声，把手蒙住了脸。

"你走开，大姊，你走开！我的上帝，我的上帝！饶恕我的父亲吧；他已经太痛苦了。"

年轻人的真实的、没有计算、没有做作的痛苦的表现，真是又惨又动人。查理挥手叫她们走开的时候，欧也妮和母亲两颗单纯的心，都懂得这是一种不能让旁人参与的痛苦。她们下楼，默默的回到窗下的座位上，不声不响的工作了约一小时。凭着少女们一眼之间什么都看清了的眼睛，欧也妮早已瞥见堂兄弟美丽的梳妆用具，金镶的剪刀和剃刀之类。在痛苦的气氛中看到这种奢华气派，使她对比之下更关切查理。母女俩一向过的平静与孤独的生活，从来没有一桩这样严重的事，一个这样惊心动魄的场面，刺激过她们的幻想。

"妈妈，"欧也妮说，"咱们应该替叔叔戴孝吧。"

"你父亲会决定的。"葛朗台太太回答。

她们又不作声了。欧也妮一针一针缝着，有规律的动作很可使一个旁观的人觉察她内容丰富的冥想。这可爱的姑娘第一个愿望，是想跟堂兄弟一起守丧。

四点光景，门上来势汹汹的敲了一声，把葛朗台太太骇得心儿直跳，对女儿说：

"你父亲什么事呀？"

葛朗台高高兴兴的进来，脱下手套，两手拼命的搓，几乎把皮肤都擦破，幸而他的表皮像俄国皮件那样上过硝似的，只差没有加过香料。——他踱来踱去，一刻不停的看钟。临了他心头的秘密泄露了，一点也不口吃的说：

"告诉你，太太，他们都中了我的计。咱们的酒卖掉了！荷兰人跟比国人今儿动身，我在广场上闲荡，在他们的旅馆前面，装作无聊的神气。你认识的那家伙就来找我。所有出产好葡萄的人都压着货不肯卖，我自然不去阻拦他们。咱们的比国人可是慌了。我看得清清楚楚。结果是两百法郎一桶成交，一半付现。收到的货款全是黄金。合同已经签下，这六个路易①是给你的佣金。再过三个月，酒价一定要跌。"

他说最后一句的时候语气很镇静，可是话中带刺。索漠人这时挤在广场上，葛朗台的酒脱手的消息已经把他们吓坏了，要是再听到上面的话，他们一定会气得发抖。人心的慌乱可能使酒价跌去一半。

"今年你不是有一千桶酒吗，父亲？"欧也妮问。

"是啊，小乖乖。"

这个称呼是老箍桶匠快乐到了极点的表示。

"可以卖到二十万法郎喽？"

"是的，葛朗台小姐。"

"这样，父亲，你很容易帮查理的忙了。"

当初巴比伦王拜太查，看到神秘的手在墙上预告他的死亡时，他的愤怒与惊愕也不能跟这时葛朗台的怒火相比。他早已把侄儿忘得一干二净，却发觉侄儿始终盘踞在女儿心里，在女儿的计算之中。

"啊，好！这个花花公子一进了我的家，什么都颠倒了。你们摆阔，买糖果，花天酒地的请客。我可不答应。到了这个年纪，我总该知道怎么做人了吧！并且也轮不到女儿，轮不到谁来教训我。应该怎样对付我的侄儿，我就怎样对付。不用你们管。——至于你，欧也妮，"他转过身子对她说，"再不许提到他，要不，我把你跟拿侬一起送到诺

---

① 一路易约值二十法郎。

阿伊哀修道院去,看我做得到做不到;你再哼一声,明天就打发你走。——他在哪儿,这孩子?下过楼没有?"

"没有,朋友。"葛朗台太太回答。

"他在干什么?"

"哭他的父亲哪。"欧也妮回答。

葛朗台瞪着女儿,想不出话来。他好歹也是父亲哪。在堂屋里转了两下,他急急忙忙上楼,躲进密室去考虑买公债的计划。连根砍掉的两千阿尔邦的林木,卖到六十万法郎;加上白杨,上年和当年的收入,以及最近成交的二十万法郎买卖,总数大概有九十万。公债行情是七十法郎,短时期内好赚二分利,他很想试一试。他拿起记载兄弟死讯的那张报纸,写下数目计算起来,虽然听到侄儿的呻吟,也没有听进耳朵。

拿侬跑来敲敲墙壁请主人下楼,晚饭已经预备好了。走到穹窿下面楼梯的最后一级,葛朗台心里想:

"既然有八厘利,我一定做这笔生意。两年以后可以有一百五十万金洋从巴黎提回来。——哎,侄儿在哪里?"

"他说不要吃饭,"拿侬说,"真是不顾身体。"

"省省我的粮食也好。"主人回答。

"是啵。"她说。

"嘿!他不会永远哭下去的。肚子饿了,树林里的狼也躲不住呢。"

晚饭时候,大家好古怪的不出一声。等到桌布拿掉了,葛朗台太太才说:

"好朋友,咱们该替兄弟戴孝吧。"

"真是,太太,你只晓得想出花钱的玩意儿。戴孝在乎心,不在乎衣服。"

"可是兄弟的孝不能不戴,教会吩咐我们……"

"就在你六个路易里支出,买你们的孝服吧。我只要一块黑纱就行。"

葛朗台坐在一边把大姆指绕动了四小时……出神了。

欧也妮抬起眼睛向上望了望，一言不发。她慷慨的天性素来潜伏着，受着压制，第一遭觉醒了，又时时刻刻受到伤害。

这一晚，表面上跟他们单调生活中无数的夜晚一样，但确是最难受的一晚。欧也妮头也不抬的做她的活计，也不动用隔夜给查理看得一文不值的针线匣。葛朗台太太编织她的套袖。葛朗台坐在一边把大拇指绕动了四小时，想着明天会教索漠全城吃惊的计算，出神了。

那晚谁也没有上门。满城都在谈论葛朗台的那一下辣手，他兄弟的破产，和侄子的到来。为了需要对共同的利益唠叨一番，索漠城内所有中上阶级的葡萄园主，都挤在台·格拉桑府上，对前任市长破口大骂。

拿侬照例绩麻，堂屋的灰色的楼板下面，除了纺车声，更没有别的声响。

"嗳，嗳，咱们都爱惜舌头，舍不得用哪。"她说着，露出一排又白又大的牙齿，像光杏仁。

"是呀，什么都得爱惜。"葛朗台如梦方醒似的回答。

他远远里看到三年以后的八百万家私，他在一片黄金的海上载沉载浮。

"咱们睡觉吧。我代表大家去向侄儿说一声晚安，顺便瞧瞧他要不要吃点东西。"

葛朗台太太站在二层楼的楼梯台上，想听听老头儿跟查理说些什么。欧也妮比母亲大胆，更走上两级。

"喂，侄儿，你心里难受是不是？好吧，你哭吧，这是常情。父亲总是父亲。可是我们遇到苦难就得耐心忍受。你在这里哭，我却在替你打算。你瞧，做伯父的对你多好。来，拿出勇气来。要不要喝一小杯酒呢？"

索漠的酒是不值钱的：请人喝酒就像印度人请喝茶。

"哎，"葛朗台接着说，"你没有点火。要不得，要不得！做什么事都得看个清楚啊。"

说着他走到壁炉架前面。

"呦！这不是白烛么？哪儿来的白烛？娘儿们为了替这个孩子煮鸡蛋,把我的楼板都会拆掉呢！"

一听到这几句,母女俩赶紧回房,钻在床上,像受惊的耗子逃回老窠一样快。

"葛朗台太太,你有金山银山不是？"丈夫走进妻子的卧房问。

"朋友,我在祷告,等一会好不好？"可怜的母亲声音异样的回答。

"见他的鬼,你的好天爷！"葛朗台咕噜着说。

凡是守财奴都只知道眼前,不相信来世。葛朗台这句话,把现在这个时代赤裸裸的暴露了出来。金钱控制法律,控制政治,控制风俗,到了前所未有的程度。学校,书籍,人物,主义,一切都在破坏对来世的信仰,破坏这一千八百年以来的社会基础。如今坟墓只是一个无人惧怕的阶段。死后的未来,给提到现在来了。不管什么义与不义,只要能够达到尘世的天堂,享尽繁华之福,化心肝为铁石,胼手胝足的去争取暂时的财富,像从前的殉道者为了未来的幸福而受尽苦难一样。这是今日最普遍的,到处都揭橥着的思想,甚至法律上也这样写着。法律不是问立法者："你想些什么？"而是问："你出多少代价？"等到这种主义从布尔乔亚传布到平民大众的时候,真不知我们的国家要变成什么模样。

"太太,你完了没有？"老箍桶匠问。

"朋友,我还在为你祈祷呢。"

"好吧！再见。明儿早上再谈。"

可怜的女人睡下时,仿佛小学生没有念熟功课,深怕醒来看到老师生气的面孔。正当她怀着鬼胎钻入被窝,蒙住耳朵时,欧也妮穿着衬衣,光着脚,跑到床前,吻着她的前额说：

"噢！好妈妈,明天我跟他说,一切都是我做的。"

"不行,他会送你到诺阿伊哀。还是让我来对付,他不会把我吃掉的。"

"你听见没有,妈妈?"

"什么?"

"他老是在哭哪。"

"去睡觉吧,孩子。你光着脚要受凉了,地砖潮得很呢。"

这一天重大的日子就这样过去了。有钱而可怜的独养女儿,一辈子都忘不了这一日;从今以后,她的睡眠再没有从前那么酣畅那么深沉了。

人生有些行为,虽然千真万确,但从事情本身看,往往像是不可能的。大概我们对于一些自发的决心,从没加以心理的剖析,对于促成那些行为的神秘的原因,没有加以说明。欧也妮深刻的热情,也许要在她最微妙的机体中去分析;因为她的热情,如一般爱挖苦的人所说的,变成了一种病,使她终身受到影响。许多人宁可否认事情的结局,不愿估计一下把许多精神现象暗中联系起来的关系、枢纽和连锁的力量。在懂得观察人性的人,看了欧也妮的过去,就知道她会天真到毫无顾忌,会突如其来的流露感情。她过去的生活越平静,女子的怜悯,这最有机智的情感,在她心中发展得越猛烈。所以被白天的事情扰乱之下,她夜里惊醒了好几次,聆听堂兄弟的声息,以为又听到了从隔天起一直在她心中响着的哀叹:忽而她看见他悲伤得闭住了气,忽而梦见他差不多要饿死了。黎明时分,她确实听到一声可怕的呼喊,便立刻穿衣,在晨光中蹑手蹑脚的赶到堂兄弟房里。房门打开着,白烛一直烧到烛盘底上。查理疲倦之极,在靠椅中和衣睡着,脑袋倒在床上。他像一般空肚子的人一样做着梦。欧也妮此时尽可哭个痛快,尽可仔细鉴赏这张年轻秀美的脸,脸上刻画着痛苦的痕迹,眼睛哭肿了,虽然睡着,似乎还在流泪。查理睡梦中受到精神的感应,觉得欧也妮来了,便睁开眼睛,看见她满脸同情的站在面前。

"噢,大姊,对不起。"他显然不知道什么时间,也不知道身在何处。

"弟弟,这里还有几颗真诚的心听到你的声音,我们以为你需要什么呢。你该好好的睡,这样坐着太累了。"

"是的。"

"那么再见吧。"

她赶紧溜走,觉得跑到这儿来又高兴又害臊。只有天真才会做出这种冒失的事。要是心里明白的话,连德性也会像罪恶一般作种种计较的。欧也妮在堂兄弟面前并没发抖,一回到自己屋里却两腿站不直了。浑浑噩噩的生活突然告终,她左思右想的考虑起来,把自己大大的埋怨了一番。"他对我要怎么想呢?以为我爱上了他吧。"其实这正是她最希望的。坦白的爱情自有它的预感,知道爱能生爱。幽居独处的姑娘,居然偷偷跑进一个青年的屋子,真是何等的大事!在爱情中间,有些思想有些行为,对某些心灵不就等于神圣的婚约吗?

一小时以后,她走进母亲房内,像平时一样服侍她起床。然后她们俩坐在窗下老位置上等候葛朗台,焦急的情绪正如一个人害怕责骂与惩戒的时候,心发冷发热,或者揪紧或者膨胀,看各人的气质而定。这种情绪也很自然,连家畜也感觉到:它们自己不小心而受了伤可以不哼一声,犯了过失挨了打,一点儿痛苦就会使它们嗥叫。老头儿下楼了,心不在焉的跟太太说话,拥抱了一下欧也妮,坐上饭桌,仿佛已经忘记了隔夜恐吓的话。

"侄儿怎么啦?这孩子倒不打搅人。"

"先生,他睡着呢。"拿侬回答。

"再好没有,他用不到白烛了。"葛朗台用讥讽的口气说。

这种反常的宽大,带些讽刺的高兴,使葛朗台太太不胜惊奇,留神瞧着她的丈夫。老头儿……(这儿似乎应当提醒读者,在都兰、安育、普瓦图、布列塔尼这些区域,老头儿这个名称——我们已经好几次用来称呼葛朗台了——用于最淳厚的人,同时也用于最残忍的人,只要他们到了相当的年龄。所以这个称呼对个人的慈悲仁厚毫无关系。)老头儿拿起帽子,手套,说:

"我要到广场上去溜达一下,好碰到咱们的几位克罗旭。"

"欧也妮,你父亲心中一定有事。"母亲对女儿说。

的确,不大需要睡眠的葛朗台,夜里大半时间都在作种种初步的盘算。这些盘算,使他的见解、观察、计划,特别来得准确,而且百发百中,做一样成功一样,教索漠人惊叹不置。人类所有的力量,只是耐心加上时间的混合。所谓强者是既有意志,又能等待时机。守财奴的生活,便是不断的运用这种力量为自我效劳。他只依赖两种情感:自尊心与利益。但利益既是自尊心的实际表现,并且是真正优越的凭据,所以自尊心与利益是一物的两面,都从自私自利来的。因此,凡是守财奴都特别耐人寻味,只要有高明的手段把他烘托出来。这种人物涉及所有的情感,可以说集情感之大成,而我们个个人都跟他们一脉相通。哪里有什么全无欲望的人?而没有金钱,哪个欲望能够满足?

　　葛朗台的确心中有事,照他妻子的说法。像所有的守财奴一样,他非跟人家钩心斗角,把他们的钱合法的赚过来不可,这在他是一种无时或已的需要。搜刮旁人,岂非施展自己的威力,使自己老是可以有名有分的瞧不起那些过于懦弱的,给人吃掉的人吗?躺在上帝面前的那平和恬静的羔羊,真是尘世的牺牲者最动人的写照,象征了牺牲者在彼世界的生活,证明懦弱与受苦享有何等的光荣。可是这些微言奥旨有谁懂得?守财奴只知道把这头羔羊养得肥肥的,把它关起来,宰它,烤它,吃掉它,轻蔑它。金钱与鄙薄,才是守财奴的养料。

　　夜里,老头儿的念头换了一个方向;这是他表现宽大的缘故。他想好了一套阴谋诡计,预备开巴黎人的玩笑,折磨他们,捉弄他们,把他们捻一阵捏一阵,叫他们奔来,奔去,流汗,希望,急得脸色发白;是啊,他这个老箍桶匠,在灰色的堂屋底里,在索漠家中虫蛀的楼梯上走的时候,就能这样的玩弄巴黎人。他一心想着侄儿的事,他要挽回亡弟的名誉,可无须他或他的侄儿花一个钱。他的现金马上要存放出去,三年为期,现在他只消管理田地了;所以非得找些材料让他施展一下狡狯的本领不可,而兄弟的破产就是现成的题目。手里没有旁的东西可以挤压,他就想把巴黎人捏成齑粉,让查理得些实惠,自己又一文不花的做了个有义气的哥哥。他的计划中根本没有什么家庭的名誉,他的好意有如赌徒的心情,喜欢看一场自己没有下注的赌博赌得精彩。克罗旭是他必不可少的帮手,他却不愿意去找他们,而要他们来找他。他决心把刚才想好的计划当晚就开始搬演,以便下一天早上,不用花一个小钱,教全城的人喝他的彩。

吝啬鬼许的愿・情人起的誓

父亲不在家,欧也妮就不胜欣喜的可以公然关切她心爱的堂兄弟,可以放心大胆把胸中蕴蓄着的怜悯,对他尽量发泄了。怜悯是女子胜过男子的德行之一,是她愿意让人家感觉到的唯一的情感,是她肯让男人挑逗起来而不怨怪的唯一的情感。欧也妮跑去听堂兄弟的呼吸,听了三四次,要知道他睡着还是醒了;之后,他起床了,于是咖啡,乳酪,鸡子,水果,盘子,杯子,一切有关早餐的东西,都成为她费心照顾的对象。她轻快的爬上破旧的楼梯,听堂兄弟的响动。他是不是在穿衣呀?他还在哭吗?她一直跑到房门外面。

"喂,弟弟!"

"嗳,大姊!"

"你喜欢在哪儿用早餐,堂屋里还是你房里?"

"随便。"

"你好吗?"

"大姊,说来惭愧,我肚子饿了。"

这段隔着房门的谈话,在欧也妮简直是小说之中大段的穿插。

"那么我们把早餐端到你房里来吧,免得父亲不高兴。"

她身轻如燕的跑下厨房。

"拿侬,去替他收拾卧房。"

这座上上下下不知跑了多少次的楼梯,一点儿声音就会咯咯作响的,在欧也妮眼中忽然变得不破旧了;她觉得楼梯明晃晃的,会说话,像她自己一样年轻,像她的爱情一样年轻,同时又为她的爱情服务。还有她母亲,慈祥而宽容的母亲,也乐意受她的爱情幻想驱遣。查理的卧房收拾好了,她们俩一齐进去,给不幸的孩子做伴:基督教的慈悲,不是教人安慰受难者吗?两个女子在宗教中寻出许多似是而非的怪论,为她们有乖体统的行为做借口。

因此查理·葛朗台受到最亲切最温柔的款待。他为了痛苦而破碎的心,清清楚楚的感到这种体贴入微的友谊,这种美妙的同情的甜蜜;那是母女俩被压迫的心灵,在痛苦的领域——她们天性所属的领域——内能有一刻儿自由就会流露的。既然是至亲骨肉,欧也妮就不妨把堂兄弟的内衣,和随身带来的梳妆用具整理一下,顺便把手头捡到的小玩意儿,镂金镂银的东西,称心如意的逐件玩赏,并且以察看做工为名,拿在手里不放。查理看到伯母与堂姊对他古道热肠的关切,不由得大为感动;他对巴黎社会有相当的认识,知道以他现在的处境,照例只能受人冷淡。他发觉欧也妮那种特殊的美,光艳照人;隔夜他认为可笑的生活习惯,从此他赞美它的纯朴了。所以当欧也妮从拿侬手中接过一只珐琅的碗,满满盛着咖啡和乳酪,很亲热的端给堂兄弟,不胜怜爱的望了他一眼时,查理便含着泪拿起她的手亲吻。

"哎哟,你又怎么啦?"她问。

"哦!我感激得流泪了。"

欧也妮突然转身跑向壁炉架拿烛台。

"拿侬,"她说,"来,把烛台拿走。"

她回头再瞧堂兄弟的时候,脸上还有一片红晕,但眼神已经镇定,不致把衷心洋溢的快乐泄露了;可是两人的目光都表现同样的情绪,正如他们的心灵交融在同一的思想中:未来是属于他们的了。

这番柔情,查理特别觉得甘美,因为他遭了大难,早已不敢存什么希望。大门上锤子响了一下,立刻把两个女子召归原位。幸而她们下楼相当快,在葛朗台进来的时候,手里已经拿上活计;如果他在楼下环洞那边碰到她们是准会疑心的。老头儿急急忙忙吃完午餐之后,来了法劳丰田上看庄子的,早先说好的津贴至今没拿到。他带来一只野兔,几只鹧鸪,都是大花园里打到的,还有磨坊司务欠下的鳗鱼与两条梭鱼。

"嗳!嗳!来得正好,这高诺阿莱。这东西好吃吗,你说?"

"好吃得很呢,好心的先生;打下来有两天了。"

"喂,拿侬,快来!"好家伙说,"把这些东西拿去,做晚饭菜;我要请两位克罗旭吃饭呢。"

拿侬瞪着眼发呆,对大家望着。

"可是,"她说,"叫我哪儿来的肥肉跟香料呢?"

"太太,"葛朗台说,"给拿侬六法郎。等会我要到地窖里去找好酒,别忘了提醒我一声。"

看庄子的久已预备好一套话,想解决薪金问题:

"这么说来,葛朗台先生……"

"咄,咄,咄,咄!"葛朗台答道,"我知道你的意思,你是一个好小子。今天我忙得很,咱们明儿谈吧。太太,先给他五法郎。"

他说完赶紧跑了。可怜的女人觉得花上十一法郎求一个清静,高兴得很。她知道葛朗台把给她的钱一个一个逼回去之后,准有半个月不寻事。

"嗳,高诺阿莱,"她把十法郎塞在他手里说,"回头我们再重重谢你吧。"

高诺阿莱没有话说,走了。拿侬戴上黑头巾,抓起篮子说:

"太太,我只要三法郎就够了,多下的你留着吧。行了,我照样会对付的。"

"拿侬,饭菜弄好一些呀,堂兄弟下来吃饭的呢。"欧也妮吩咐。

"真是,家里有了大事了,"葛朗台太太说,"我结婚到现在,这是你父亲第三次请客。"

四点左右,欧也妮和母亲摆好了六个人的刀叉,屋主把内地人那么珍视的旧藏佳酿,提了几瓶出来,查理也进了堂屋。他脸色苍白,举动,态度,目光,说话的音调,在悲苦中别有一番妩媚。他并没假装悲伤,他的难受是真实的,痛苦罩在他脸上的阴影,有一副为女子特别喜爱的神情。欧也妮因之愈加爱他了。或许苦难替欧也妮把他拉近了些。查理不再是那个高不可攀的、有钱的美少年,而是一个遭难的穷亲戚了。苦难生平等。救苦救难是女子与天使相同的地方。查理和欧也妮彼此用眼睛说话,靠眼睛了解;那个落难公子,可怜的孤儿,躲在一边不出一声,沉着,高傲;但堂姊温柔慈爱的目光不时落在他身上,逼他抛开愁苦的念头,跟她一起神游于未来与希望之中,那是她最乐意的事。

　　葛朗台请克罗旭吃饭的消息,这时轰动了全城;他前一天出售当年的收成,对全体种葡萄的背信的罪行,倒没有把人心刺激得这么厉害。苏格拉底的弟子阿契皮阿特,为了惊世骇俗,曾经把自己的狗割掉尾巴;如果这老奸巨猾的葡萄园主以同样的心思请客,或许他也可成为一个大人物;可是他老是玩弄城里的人,没有遇到过一个对手,所以从不把索漠人放在心上。台·格拉桑他们,知道了查理的父亲暴卒与可能破产的新闻,决意当天晚上就到他们的主顾家吊唁一番,慰问一番,同时探听一下他们为什么事,在这种情形之下请几位克罗旭吃饭。

　　五点正,特·篷风所长跟他的老叔克罗旭公证人,浑身上下穿得齐齐整整的来了。大家立刻入席,开始大嚼。葛朗台严肃,查理静默,欧也妮一声不出,葛朗台太太不比平时多开口,真是一顿款待吊客的丧家饭。

　　大家离席的时候,查理对伯父伯母说:

　　"对不起,我先告退了,有些极不愉快的长信要写。"

　　"请吧请吧,侄儿。"

　　他一走,葛朗台认为查理一心一意的去写信,什么都听不见的了,便狡狯的望着妻子说:

"太太,我们要谈的话,对你们简直是天书,此刻七点半,还是钻进你们的被窝去吧。明儿见,欧也妮。"

他拥抱了女儿,两位女子离开了堂屋。葛朗台与人交接的结果,早已磨炼得诡计多端,使一般被他咬得太凶的人常常暗里叫他老狗。那天晚上,他比平生任何时候都运用更多的机巧。倘使索漠前任市长的野心放得远大一些,再加机缘凑巧,爬上高位,奉派到国际会议中去,把他保护私人利益的长才在那里表现一番的话,毫无疑问他会替法国立下大功。但也说不定一离开索漠,老头儿只是一个毫无出息的可怜虫。有些人的头脑,或许像有些动物一般,从本土移到了另一个地方,离开了当地的水土,就没法繁殖。

"所……所长……先……先……先生,你你你……说……说说说过破破破产……"

他假装了多少年而大家久已当真的口吃,和他在雨天常常抱怨的耳聋,在这个场合使两位克罗旭难受死了,他们一边听一边不知不觉的扯动嘴脸,仿佛要把他故意卷在舌尖上的字眼代为补足。在此我们应当追叙一下葛朗台的口吃与耳聋的故事。

在安育地区,对当地的土话懂得那么透彻,讲得那么清楚的,谁都比不上这狡狯的葡萄园主。但他虽是精明透顶,从前却上过一个犹太人的当。在谈判的时候,那犹太人老把两手捧着耳朵,假装听不清,同时结结巴巴的口吃得厉害,永远说不出适当的字眼,以致葛朗台竟吃了善心的亏,自动替狡猾的犹太人寻找他心中的思想与字眼,结果把犹太人的理由代说了,他说的话倒像是该死的犹太人应该说的,他终于变了犹太人而不是葛朗台了。那场古怪的辩论所做成的交易,是老箍桶匠平生唯一吃亏的买卖。但他虽然经济上受了损失,精神上却得了一次很好的教训,从此得益不浅。葛朗台临了还祝福那个犹太人,因为他学会了一套本领,在生意上教敌人不耐烦,逼对方老是替我这方面打主意,而忘掉他自身的观点。

那天晚上所要解决的问题,的确最需要耳聋与口吃,最需要莫名其妙的兜圈子,把自己的思想深藏起来:第一他不愿对自己的计划负责;第二他不愿授人话柄,要人家猜不透他的真主意。

"特·篷……篷……篷风先生。"

葛朗台称克罗旭公证人的侄子为篷风先生,三年以来这是第二次。所长听了很可能当作那奸刁的老头儿已经选定他做女婿。

"你你你……真的说……说破破破产,在……在某某……某些情形中可……可可以……由……由……"

"可以由商务裁判所出面阻止。这是常有的事。"特·篷风先生这么说,自以为把葛朗台老头的思想抓住了,或者猜到了,预备诚诚恳恳替他解释一番,便又道,"你听我说。"

"我听……听……听着。"老头儿不胜惶恐的回答,狡猾的神气,像一个小学生面上装作静听老师的话,暗地里却在讪笑。

"一个受人尊敬而重要的人物,譬如像你已故的令弟……"

"舍弟……是的。"

"有周转不灵的危险……"

"那……那那叫……叫作……周周周转不灵吗?"

"是的。……以致免不了破产的时候,有管辖权的(请你注意)商务裁判所,可以凭它的判决,委任几个当事人所属的商会中人做清理委员。清理并非破产,懂不懂? 一个破产的人名誉扫地,但宣告清理的人是清白的。"

"那相相差……太大了,要是……那……那并并并不……花……花……花更……更……更多的钱。"葛朗台说。

"可是即使没有商事裁判所帮忙,仍旧可以宣告清理的,因为,"所长吸了一撮鼻烟,接着说,"你知道宣告破产要经过怎样的手续吗?"

"是呀,我从来没有想……想……想过。"葛朗台回答。

"第一,"法官往下说,"当事人或者他的合法登记的代理人,要亲自造好一份资产负债表,送往法院书记室。第二,由债权人出面申请。可是如果当事人不提出资产负债表,或者债权人不申请法院把当事人

"特·篷……篷……篷风先生。"

宣告破产,那怎么办呢?"

"对……对对对啦,怎……怎……怎么办呢?"

"那么死者亲族,代表人,承继人,或者当事人自己,如果他没有死,或者他的朋友,如果他避不见面,可以办清理。也许你想把令弟的债务宣告清理吧?"所长问。

"啊!葛朗台!"公证人嚷道,"那可好极了。我们偏僻的内地还知道名誉的可贵。要是你保得身家清白,因为这的确与你的身家有关,那你真是大丈夫了……"

"伟大极了!"所长插嘴道。

"当……当然,"老头儿答道,"我兄兄兄弟姓……姓……姓葛朗台,跟……跟我我…我…我一样,还……还……还还用说吗?我……我……我没有说不……清清……清……清……清理,在在……无……无论何……何种情……情形之下,从从……各各…各……各方面看看看,对我侄……侄……侄儿是很……很……很有有有利的,侄……侄侄儿又又又是我……我喜……喜欢的。可是先……先要弄清楚。我不认……认……认得那些巴黎的坏蛋。我……我是在索……索漠,对不对?我的葡葡葡萄秧,沟沟渠,总总……总之,我有我的事事事情。我从没出过约……约……约期票。什么叫作约期票?我收收…收到过很……很多,从来没有……出……出给人家。我只……只……只知道约期票可……可可可以兑现,可……可可以贴贴贴现。听……听说约……约……约期票可可以赎赎赎回……"

"是的,"所长说,"约期票可以打一个折扣从市场上收回来。你懂吗?"

葛朗台两手捧着耳朵,所长把话再说了一遍。

"那么,"老头儿答道,"这些事情也……也有好有坏喽?我……我……我老了,这这这些都……都弄弄……弄不清。我得留……留在这儿看……看……看守谷子。谷子快……快收了,咱们靠……靠……靠谷子开……开开销。最要紧的是,看……看好收成,在法劳丰我

"我……我有重……重要的收入。我不能放……放……放弃了家去去对对…对付那些鬼……鬼……鬼……鬼事,我又搅搅不清。你你说……要避免破产,要办办…办清……清……清理,我得去巴黎。一个人又不不……不是一只鸟,怎怎……怎么能同时在……在……在两个地方……"

"我明白你的意思,"公证人嚷道,"可是老朋友,你有的是朋友,有的是肯替你尽心出力的朋友。"

"得啦,"老头儿心里想,"那么你自己提议呀!"

"倘使派一个人到巴黎去,找到令弟琪奥默最大的债主,对他说……"

"且慢,"老头儿插嘴道,"对他说……说什么？是……是不是这……这样:'索漠的葛朗台长,……索漠……的葛朗台短,他爱他的兄弟,爱他的侄……侄……侄子。葛朗台是一个好哥……哥哥,有一番很好的意思。他的收……收……收成卖了好价。你们不要宣告破……破……破……破产,你们集集集合起来,委……委……委托几个清…清……清理人。那那时葛朗台再……再……再瞧着办。与其让法院里的人沾……沾…沾手,不如清理来……来……来得上算……'嗯,是不是这么说？"

"对!"所长回答。

"因为,你瞧,篷……篷……篷……篷风先生,我们要三……三思而行。做……做不到总……总是做……做不到。凡是花……花……花钱的事,先得把收支搞清楚,才才才不至于倾……倾……倾家荡产。嗯,对不对？"

"当然喽,"所长说,"我吗,我认为花几个月的时间,出一笔钱,以协议的方式付款,可以把债券全部赎回。啊啊,啊!你手里拿块肥肉,那些狗还不跟你跑吗？只要不宣告破产,把债权证件抓在你手里,你就是白璧无瑕。"

"白……白……白璧？"葛朗台又把两手捧着耳朵,"我不懂什么白……白……白璧。"

"哎,"所长嚷道,"你听我说呀。"

"我……我我听着。"

"债券是一种商品,也有市价涨落。这是根据英国法学家虞莱弥·边沁关于高利贷的理论推演出来的。他曾经证明,大家谴责高利贷的成见是荒谬的。"

"嗯!"好家伙哼了一声。

"据边沁的看法,既然原则上金钱是一种商品,代表金钱的东西也是一种商品,既然是商品,就免不了市价涨落;那么契据这种商品,有某人某人签字的文件,也像旁的货物一样,市场上会忽而多忽而少,它们的价值也就忽而高忽而低,法院可以要人家……(噢,我多糊涂,对不起……)我认为你可以把令弟的债券打个二五折赎回来。"

"他叫……叫……叫作虞……虞……虞莱弥·边……"

"边沁,是个英国人。"

"这个虞莱弥,使我们在生意上再也用不到怨气冲天。"公证人笑着说。

"这些英国人有……有……有时真讲情……情理。"葛朗台说,"那么,照边……边……边沁的看法,要是我兄弟的债券值……值……值多少……实际是并不值!我我……我……我说得对不对?我觉得明白得很……债主可能……不,不可能……我懂……懂懂得。"

"让我解释给你听吧,"所长说,"在法律上要是你拿到葛朗台号子所有欠人的债券,令弟和他的继承人就算跟大家两讫了,行了。"

"行了。"老头儿也跟着说了一遍。

"以公道而论,要是令弟的债券,在市场上谈判好(谈判,你明白这两个字的意思吗?)打多少折扣;要是你朋友中有人在场收买了下来,既然债权人自愿出售而并没受暴力胁迫,那么令弟的遗产就光明正大的没有什么负债了。"

"不错……生……生……生意是生意,这是老话,"箍桶匠说,"可是,你明……明…明……明白,这很……很……很难。我……我……我没有钱钱钱,也……也……也没有空,没有空也没……"

"是的,你不能分身。那么我代你上巴黎。(旅费归你,那是小意思。)我去找那些债权人,跟他们谈,把债券收回,把付款的期限展缓,只要在清算的总数上多付一笔钱,一切都好商量的。"

"咱咱咱们再谈,我不……不……不……能,我不愿随……随……随便答应,在在在……没……没有……,做……做不到,总是做……做不到。你你你明白?"

"那不错。"

"你跟……跟……跟我讲……讲……讲的这一套,把我……我……我头都涨……涨……涨昏了。我活到现在,第……第……第一次要想……想到这这……"

"对,你不是法学家。"

"不过是一个可……可……可怜的种葡萄的,你……你……你刚才说的,我一点儿不知道,我……我……我得研……研……研究一一下。"

"那么……"所长似乎想把他们的谈话归出一个结论来。公证人带着埋怨的口吻插嘴道:

"老侄!……"

"哦,叔叔?"

"你应当让葛朗台先生说明他的意思。委托这样一件事不是小事。咱们的朋友应当把范围说清……"

大门上一声锤响,报告台·格拉桑一家来了,他们的进场和寒暄,打断了克罗旭的话。这一打岔,公证人觉得很高兴,葛朗台已经在冷眼觑他,肉瘤颤巍巍的表示心中的激动。可是第一,小心谨慎的公证人认为一个初级裁判所所长根本不宜于上巴黎去钓债权人上钩,牵入与法律抵触而不清不白的阴谋中去;其次,葛朗台老头肯不肯出钱还一点没有表示,侄儿就冒冒失失的参与,也使公证人本能的觉得害怕。

所以他趁台·格拉桑他们进来的当儿，抓着所长的胳膊，把他拉到一个窗洞下面：

"老侄，你的意思表示得够了；献殷勤也应当适可而止。你想他的女儿想昏了。不要见鬼，没头没脑的乱冲乱撞。现在让我来把舵，你只要从旁边助我一臂就行。难道你值得以堂堂法官之尊，去参与这样一件……"

他没有说完，听见台·格拉桑向老箍桶匠伸着手说：

"葛朗台，我们知道府上遭了不幸，琪奥默·葛朗台的号子出了事，令弟去世了，我们特地来表示哀悼。"

公证人便插嘴道：

"最不幸的是二爷的死。要是他想到向兄长求救，就不至于自杀了。咱们的老朋友爱名誉，连指甲缝里都爱到家，他想出面清理巴黎葛朗台的债务呢。舍侄为免得葛朗台在这桩涉及司法的交涉中遇到麻烦，提议立刻代他去巴黎跟债权人磋商，使他们相当的满足。"

这段话，加上葡萄园主摸着下巴表示认可的态度，教三位台·格拉桑诧异到万分，他们一路来的时候还在称心如意的骂葛朗台守财奴，差不多认为兄弟就是给他害死的。这时银行家却望着他的太太嚷道：

"啊！我早知道的！喂，太太，我路上跟你怎么说的？葛朗台连头发根里都是爱惜名誉的，决不肯让他们的姓氏有一点儿玷污。有钱而没有名誉是一种病。咱们内地还有人爱名誉呢！葛朗台，你这个态度好极了，好极了。我是一个老军人，装不了假，只晓得把心里的话直说。这真是，我的天！伟大极了。"说着银行家热烈的握着他的手。

"可可可是伟……伟……伟大要花大……大……大钱呀。"老头儿回答。

"但是，亲爱的葛朗台，"台·格拉桑接着说，"请所长先生不要生气，这纯粹是件生意上的事，要一个生意上的老手去交涉的。什么回复权，预支，利息的计算，全得内行。我有些事上巴黎去，可以附带代你……"

"咱们俩慢慢的来考虑,怎怎……怎么样想出一个可……可能的办法,使我不……不……不至于贸贸然答……答……答应我……我……我不愿愿愿意做的事,"葛朗台结结巴巴的回答,"因为,你瞧,所长先生当然要我负担旅费的。"说这最后几句时他不口吃了。台·格拉桑太太便说:

"嗳!到巴黎去是一种享受,我愿意自己花旅费去呢。"

她对丈夫丢了一个眼风,似乎鼓励他不惜代价把这件差事从敌人手里抢过来;她又带着嘲弄的神气望望两位脸色沮丧的克罗旭。

于是葛朗台抓住了银行家的衣纽,拉他到一边对他说:

"在你跟所长中间,我自然更信托你。而且,"他的肉瘤牵动了几下,"其中还有文章呢。我想买公债,大概有好几万法郎的数目,可是只预备出八十法郎的价钱。据说月底行市会跌。你是内行,是不是?"

"嘿!岂敢!这样说来,我得替你收进几万法郎的公债啰?"

"嘘!开场小做做。我玩这个,谁都不让知道。你可以买月底的期货;可是不能教克罗旭他们得知,他们会不高兴。既然你上巴黎去,请你替我可怜的侄儿探探风色。"

"就这样吧,"台·格拉桑提高了嗓子,"明天我搭驿车动身,几点钟再来请示细节呢?"

"明天五点吧,吃晚饭以前。"葡萄园主搓着手。

两家客人又一起坐了一会。台·格拉桑趁谈话停顿的当儿拍拍葛朗台的肩膀说:

"有这样的同胞兄弟,教人看了也痛快……"

"是呀是呀,"葛朗台回答说,"表面上看不出,我可是极重骨……骨肉之情。我对兄弟很好,可以向大家证明,要是花……花……花钱不……不多……"银行家不等他说完,很识趣地插嘴道:

"咱们告辞了,葛朗台。我要提早动身的话,还得把事情料理料理。"

"好,好,为了刚才和你谈的那件事,我……我要进……进……进我的'评评……评……评议室'去,像克罗旭所长说的。"

"该死!一下子我又不是特·篷风先生了。"法官郁郁不乐的想,脸上的表情好像在庭上给辩护律师弄得不耐烦似的。

两家敌对的人物一齐走了。早上葛朗台出卖当地葡萄园主的行为,都给忘掉了,彼此只想刺探对方:对于好家伙在这件新发生的事情上存什么心,是怎么一个看法;可是谁也不肯表示。

"你跟我们上特·奥松华太太家去吗?"台·格拉桑问公证人。

"咱们过一会去,"所长回答,"要是家叔允许的话,我答应特·格里鲍果小姐到她那边转一转的,我们要先上那儿。"

"那么再见啰,诸位。"台·格拉桑太太说。

他们别过了两位克罗旭,才走了几步,阿道夫便对他的父亲说:

"他们这一下可冒火呢,嗯?"

"别胡说,孩子,"他母亲回答道,"他们还听得见。而且你的话不登大雅,完全是法科学生的味儿。"

法官眼看台·格拉桑一家走远之后,嚷道:

"喂,叔叔!开场我是特·篷风所长,结果仍旧是光杆儿的克罗旭。"

"我知道你会生气;不过风向的确对台·格拉桑有利。你聪明人怎么糊涂起来了!葛朗台老头的'咱们再谈'那一套,由他们去相信吧。孩子,你放心,欧也妮还不一样是你的?"

不多一会,葛朗台慷慨的决心同时在三份人家传布开去,城里的人只谈着这桩手足情深的义举。葛朗台破坏了葡萄园主的誓约而出卖存酒的事,大家都加以原谅,一致佩服他的诚实,赞美他的义气,那是出乎众人意料的。法国人的性格,就是喜欢捧一时的红角儿,为新鲜事儿上劲。那些群众竟是健忘得厉害。

葛朗台一关上大门,就叫唤拿侬:

"你别把狗放出来,等会儿睡觉,咱们还得一起干事呢。十一点钟的时候，高诺阿莱会赶着法劳丰的破车到这儿来。你留心听着，别让他敲门，叫他轻轻的进来。警察局不许人家黑夜里高声大气的闹。再说，乡邻也用不着知道我出门。"

说完之后，葛朗台走进他的工作室，拿侬听着他走动，找东西，来来去去，可是小心得很。显而易见他不愿惊醒太太和女儿，尤其不愿惹起侄儿的注意。他瞧见侄儿屋内还有亮光，已经在私下咒骂了。

半夜里，一心想着堂兄弟的欧也妮，似乎听见一个快要死去的人在那里呻吟，而这个快要死去的人，对她便是查理：他和她分手的时候脸色不是那么难看，那么垂头丧气吗？也许他自杀呢！她突然之间披了一件有风兜的大氅想走出去。先是她房门的隙缝中透进一道强烈的光，把她吓了一跳，以为是失了火；后来她放心了，因为听见拿侬沉重的脚步与说话的声音，还夹着好几匹马嘶叫的声音。她极其小心的把门打开一点，免得发出声响，但开到正好瞧见甬道里的情形。她心里想："难道父亲把堂兄弟架走不成？"

冷不防她的眼睛跟父亲的眼睛碰上了，虽然不是瞧着她，而且也毫不疑心她在门后偷看，欧也妮却骇坏了。老头儿和拿侬两个，右肩上架着一支又粗又短的棍子，棍子上系了一条绳索，扣着一只木桶，正是葛朗台闲着没事的辰光在面包房里做着玩的那种。

"圣母马利亚！好重啊！先生。"拿侬轻声的说。

"可惜只是一些大铜钱！"老头儿回答，"当心碰到烛台。"

楼梯扶手的两根柱子中间，只有一支蜡烛照着。

"高诺阿莱，"葛朗台对那个虚有其名的看庄子的说，"你带了手枪没有？"

"没有，先生。嘿！你那些大钱怕什么？……"

"噢！不怕。"葛朗台回答。

"再说，我们走得很快，"看庄子的又道，"你的佃户替你预备了最好的马。"

"行，行。你没有跟他们说我上哪儿去吗？"

"我压根儿不知道。"

"好吧。车子结实吗?"

"结实?嘿,好装三千斤。你那些破酒桶有多重?"

"噢,那我知道!"拿侬说,"总该有一千八百斤。"

"别多嘴,拿侬!跟太太说我下乡去了,回来吃夜饭。——高诺阿莱,快一点儿,九点以前要赶到安育。"

车子走了。拿侬锁上大门,放了狗,肩头酸痛的睡下,街坊上没有一个人知道葛朗台出门,更没有人知道他出门的目的。老头儿真是机密透顶。在这座堆满黄金的屋子里,谁也没有见过一个大钱。早晨他在码头上听见人家闲话,说南特城里接了大批装配船只的生意,金价涨了一倍,投机商都到安育来收买黄金,他听了便向佃户借了几匹马,预备把家里的藏金装到安育去抛售,拿回一笔库券,作为买公债的款子,而且趁金价暴涨的机会又好赚一笔外快。

"父亲走了。"欧也妮心里想,她在楼梯高头把一切都听清楚了。

屋子里又变得寂静无声,逐渐远去的车轮声,在万家酣睡的索漠城中已经听不见了。这时欧也妮在没有用耳朵谛听之前,先在心中听到一声呻吟从查理房中传来,一直透过她卧房的板壁。三楼门缝里漏出一道像刀口一般细的光,横照在破楼梯的栏杆上。她爬上两级,心里想:

"他不好过哩。"

第二次呻吟使她爬到了楼梯高头,把虚掩着的房门推开了。查理睡着,脑袋倒在旧靠椅外面;笔已经掉下,手几乎碰到了地。他在这种姿势中呼吸困难的模样,教欧也妮突然害怕起来,赶紧走进卧房。

"他一定累坏了。"她看到十几封封好的信,心里想。她看见信封上写着——法莱—勃莱曼车行——蒲伊松成衣铺,等等。

"他一定在料理事情,好早点儿出国。"

她又看到两封打开的信,开头写着"我亲爱的阿纳德……"几个字,使她不由得一阵眼花,心儿直跳,双脚钉在地下不能动了。

"他亲爱的阿纳德！他有爱人了,有人爱他了！没有希望喽！……他对她说些什么呢？"

这些念头在她脑子里心坎里闪过,到处都看到这几个像火焰一般的字,连地砖上都有。

"没有希望了！我不能看这封信。应当走开……可是看了又怎么呢？"

她望着查理,轻轻的把他脑袋安放在椅背上,他像孩子一般听任摆布,仿佛睡熟的时候也认得自己的母亲,让她照料,受她亲吻。欧也妮也像做母亲的一样,把他垂下的手拿起,轻轻的吻了吻他的头发。"亲爱的阿纳德！"仿佛有一个鬼在她耳畔叫着这几个字。她想：

"我知道也许是不应该的,可是那封信,我还是要看。"

欧也妮转过头去,良心在责备她。善恶第一次在她心中照了面。至此为止,她从没做过使自己脸红的事。现在可是热情与好奇心把她战胜了。每读一句,她的心就膨胀一点,看信时身心兴奋的情绪,把她初恋的快感刺激得愈加尖锐了：

亲爱的阿纳德,什么都不能使我们分离,除了我这次遭到的大难,那是尽管谨慎小心也是预料不到的。我的父亲自杀了,我和他的财产全部丢了。由于我所受的教育,在这个年纪上我还是一个孩子,可是已经成了孤儿：虽然如此,我得像成人一样从深渊中爬起来。刚才我花了半夜工夫作了一番盘算。要是我愿意清清白白的离开法国——我一定得办到这一点——我还没有一百法郎的钱好拿了上印度或美洲去碰运气。是的,可怜的阿娜,我要到气候最恶劣的地方去找发财的机会。据说在那些地方,发财又快又稳。留在巴黎吗,根本不可能。一个倾家荡产的人,一个破产的人的儿子,天哪,亏空了两百万！……一个这样的人所能受到的羞辱,冷淡,鄙薄,我的心和我的脸都受不了的。不到一星期,我就会在决斗中送命。所以我决不回巴黎。你的爱,一个男人从没受到过的最温柔最忠诚的爱,也不能动摇我不去巴黎的决心。可怜啊!我最亲爱的,我没有旅费上你那儿,来给你一个,受你一个最后的亲吻,一个使我有勇气奔赴前程的亲吻……

——可怜的查理,幸亏我看了这封信!我有金子,可以给他啊,欧也妮想。

她抹了抹眼泪又念下去:

我从没想到过贫穷的苦难。要是我有了必不可少的一百路易旅费,就没有一个铜子买那些起码货去做生意。不要说一百路易,连一个路易也没有。要等我把巴黎的私债清偿之后,才能知道我还剩多少钱。倘使一文不剩,我也就心平气和的上南特,到船上当水手,一到那里,我学那些苦干的人的榜样,年轻时身无分文的上印度,变了巨富回来。从今儿早上起,我把前途冷静的想过了。那对我比对旁人更加可怕,因为我受过母亲的娇养,受过最慈祥的父亲的疼爱,刚踏进社会又遇到了阿娜的爱!我一向只看见人生的鲜花,而这种福气是不会长久的。可是亲爱的阿纳德,我还有足够的勇气,虽然我一向是个无愁无虑的青年,受惯一个巴黎最迷人的女子的爱抚,享尽家庭之乐,有一个百依百顺的父亲……哦!阿纳德,我的父亲,他死了啊……

是的,我把我的处境想过了,也把你的想过了。二十四小时以来,我老了许多。亲爱的阿娜,即使你为了把我留在巴黎,留在你身旁,而你牺牲一切豪华的享受,牺牲你的衣着,牺牲你在歌剧院的包厢,咱们也没法张罗一笔最低的费用,来维持我挥霍惯的生活。而且我不能接受你那么多的牺牲。因此咱们俩今天只能诀别了。

——他离开她了,圣母马利亚!哦,好运气!

"可怜的查理,幸亏我看了这封信!"

欧也妮快乐得跳起来。查理身子动了一下,把她骇得浑身发冷,幸而他并没有醒。她又往下念:

我什么时候回来?不知道。印度的气候很容易使一个欧洲人衰老,尤其是一个辛苦的欧洲人。就说是十年吧。十年以后,你的女儿十八岁,已经是你的伴侣,会刺探你的秘密了。对你,社会已经够残酷,而你的女儿也许对你更残酷。社会的批判,少女的忘恩负义,那些榜样我们已看得不少,应当知所警惕。希望你像我一样,心坎里牢牢记着这四年幸福的回忆,别负了你可怜的朋友,如果可能的话。可是我不敢坚决要求,因为亲爱的阿纳德,我必须适应我的处境,用平凡的眼光看人生,一切都得打最实际的算盘。所以我要想到结婚,在我以后的生涯中那是一项应有的节目。而且我可以告诉你,在这里,在我索漠的伯父家里,我遇到一个堂姊,她的举动、面貌、头脑、心地,都会使你喜欢的,并且我觉得她……

欧也妮看到信在这里中断,便想:"他一定是疲倦极了,才没有写完。"

她替他找辩护的理由!当然,这封信的冷淡无情,教这个无邪的姑娘怎么猜得透?在虔诚的气氛中长大的少女,天真,纯洁,一朝踏入了迷人的爱情世界,便觉得一切都是爱情了。她们徜徉于天国的光明中,而这光明是她们的心灵放射的,光辉所布,又照耀到她们的爱人。她们把胸中如火如荼的热情点染爱人,把自己崇高的思想当作他们的。女人的错误,差不多老是因为相信善,或是相信真。"我亲爱的阿纳德,我最亲爱的"这些字眼,传到欧也妮心中竟是爱情的最美的语言,把她听得飘飘然,好像童年听到大风琴上再三奏着"来啊,咱们来崇拜上帝"这几个庄严的音符,觉得万分悦耳一样。并且查理眼中还噙着泪水,更显出他的心地高尚,而心地高尚是最容易使少女着迷的。

她又怎么知道查理这样的爱父亲,这样真诚的哭他,并非出于什么了不得的至情至性，而是因为做父亲的实在太好的缘故。在巴黎，一般做儿女的，对父母多少全有些可怕的打算，或者看到了巴黎生活的繁华，有些欲望有些计划老是因父母在堂而无法实现，觉得苦闷。琪奥默·葛朗台夫妇却对儿子永远百依百顺，让他穷奢极侈的享尽富贵，所以查理才不至于对父母想到那些可怕的念头。父亲不惜为了儿子挥金如土，终于在儿子心中培养起一点纯粹的孝心。然而查理究竟是一个巴黎青年，当地的风气与阿纳德的陶养，把他训练得对什么都得计算一下；表面上年轻，他实际已经是一个深于世故的老人。他受到巴黎社会可怕的教育，眼见一个夜晚在思想上说话上所犯的罪，可能比重罪法庭所惩罚的还要多；信口雌黄，把最伟大的思想诋毁无余，而美其名曰妙语高论；风气所播，竟以目光准确为强者之道；所谓目光准确，乃是全无信念，既不信情感，也不信人物，也不信事实，而从事于假造事实。在这个社会里，要目光准确就得每天早上把朋友的钱袋掂过斤两，对任何事情都得像政客一般不动感情；眼前对什么都不能钦佩赞美，既不可赞美艺术品，也不可赞美高尚的行为；对什么事都应当把个人的利益看作高于一切。那位贵族太太，美丽的阿纳德，在疯疯癫癫调情卖俏之后，教查理一本正经的思索了：她把香喷喷的手摩着他的头发，跟他讨论他的前程；一边替他重做发卷，一边教他为人生打算。她把他变成女性化而又实际化。那是从两方面使他腐化，可是使他腐化的手段，做得高雅巧妙，不同凡俗。

"查理，你真傻，"她对他说，"教你懂得人生，真不容易。你对台·吕博先生的态度很不好。我知道他是一个不大高尚的人；可是等他失势之后你再称心如意的鄙薄他呀。你知道刚榜太太的教训吗？——孩子们，只要一个人在台上，就得尽量崇拜他；一朝下了台，赶快帮着把他拖上垃圾堆。有权有势的时候，他等于上帝；给人家挤倒了，还不如石像被塞在阴沟里的马拉①，因为马拉已经死了，而他还

---

① 马拉为法国大革命的领袖之一，死后他的石像曾被群众塞在蒙玛德的阴沟里。

活着。人生是一连串纵横捭阖的把戏,要研究,要时时刻刻的注意,一个人才能维持他优越的地位。"

以查理那样的一个时髦人物,父母太溺爱他,社会太奉承他,根本谈不上有何伟大的情感。母亲种在他心里的一点点真金似的品性,散到巴黎这架螺旋机中去了;这点品性,他平时就应用得很浅薄,而且多所摩擦之后,迟早要磨蚀完的。但那时查理只有二十一岁。在这个年纪上,生命的朝气似乎跟心灵的坦白还分不开。声音,目光,面貌,都显得与情感调和。所以当一个人眼神清澈如水,额上还没有一道皱痕的时候,纵使最无情的法官,最不轻信人的讼师,最难相与的债主,也不敢贸然断定他的心已老于世故,工于计算。巴黎哲学的教训,查理从没机会实地应用过,至此为止,他的美是美在没有经验。可是不知不觉之间,他血里已经种下了自私自利的疫苗。巴黎人的那套政治经济,已经潜伏在他心头,只要他从悠闲的旁观者一变而为现实生活中的演员,这些潜在的根苗便会立刻开花。

几乎所有的少女都会相信外貌的暗示,以为人家的心地和外表一样的美;但即使欧也妮像某些内地姑娘一样的谨慎小心,一样的目光深远,在堂兄弟的举动、言语、行为,与心中憧憬还内外一致的时候,欧也妮也不见得会防他。一个偶然的机会,对欧也妮是致命伤,使她在堂兄弟年轻的心中,看到他最后一次的流露真情,听到他良心的最后几声叹息。

她把这封她认为充满爱情的信放下,心满意足的端详着睡熟的堂兄弟;她觉得这张脸上还有人生的新鲜的幻象;她先暗暗发誓要始终不二的爱他。末了她的眼睛又转到另一封信上,再也不觉得这种冒昧的举动有什么了不得了。并且她看这封信,主要还是想对堂兄弟高尚的人格多找些新证据;而这高尚的人格,原是她像所有的女子一样推己及人假借给意中人的:

亲爱的阿风斯,你读到这封信的时候,我已经没有朋友了;可是我尽管怀疑社交界那般满口友谊的俗人,却没有怀疑你的友谊。所以我托你料理事情,相信你会把我所有的东西卖得好价。我的情形,想你已经知道。我一无所有了,想到印度去。刚才我写信给所有我有些欠账的人,凭我记忆所及,附上清单一纸,我的藏书,家具,车辆,马匹等等,大概足以抵偿我的私债。凡是没有什么价值的玩意儿,可以作为我做买卖的底子的,都请留下。亲爱的阿风斯,为出售那些东西,我稍缓当有正式的委托书寄上,以免有人异议。请你把我全部的枪械寄给我。至于勃列东,你可以留下自用。这匹骏马是没有人肯出足价钱的,我宁愿送给你,好像一个临死的人把常戴的戒指送给他的遗嘱执行人一样。法莱—勃莱曼车行给我造了一辆极舒服的旅行车,还没有交货,你想法叫他们留下车子,不再要我补偿损失。倘使不肯,另谋解决也可以,总以不损害我目前处境中的名誉为原则。我欠那个岛国人六路易赌债,不要忘记还给他……

"好弟弟。"欧也妮暗暗叫着,丢下了信,拿了蜡烛踅着小步溜回卧房。

到了房里,她快活得什么似的打开旧橡木柜的抽斗——文艺复兴时最美的家具之一,上面还模模糊糊看得出法朗梭阿一世的王徽。她从抽斗内拿出一只金线坠子金银线绣花的红丝绒钱袋,外祖母遗产里的东西。然后她很骄傲的掂了掂钱袋的分量,把她已经忘了数目的小小的积蓄检点一番。

她先理出簇新的二十枚葡萄牙金洋,一七二五年约翰五世铸造,兑换率是每枚值葡币五元,或者据她父亲说,等于一百六十八法郎六十四生丁,但一般公认的市价可以值到一百八十法郎,因为这些金洋是罕有之物,铸造极精,黄澄澄的光彩像太阳一般。

其次,是热那亚币一百元一枚的金洋五枚,也是稀见的古钱,每枚值八十七法郎,古钱收藏家可以出到一百法郎。那是从外曾祖特·

拉·裴德里埃那儿来的。

其次,是三枚西班牙金洋,一七二九年菲力浦五世铸造。香蒂埃太太给她的时候老是说:"这小玩意儿,这小人头,值到九十八法郎!好娃娃,你得好好保存,将来是你私库里的宝物。"

其次,是她父亲最看重的一百荷兰杜加,一七五六年铸造,每枚约值十三法郎。成色是二十三开又零,差不多是十足的纯金。

其次,是一批罕见的古物,……一般守财奴最珍视的金徽章,三枚刻着天平的卢比,五枚刻着圣母的卢比①,都是二十四开的纯金,蒙古大帝的货币,本身的价值是每枚三十七法郎四十生丁,玩赏黄金的收藏家至少可以出到五十法郎。

其次,是前天才拿到,她随便丢在袋里的四十法郎一枚的拿破仑。

这批宝物中间,有的是全新的、从未用过的金洋,真正的艺术品,葛朗台不时要问到,要拿出来瞧瞧,以便向女儿指出它们本身的美点,例如边缘的做工如何细巧,底子如何光亮,字体如何丰满,笔画的轮廓都没有磨蚀分毫等等。但欧也妮那天夜里既没想到金洋的珍贵,也没想到父亲的癖性,更没想到把父亲这样珍爱的宝物脱手是如何危险;不,她只想到堂兄弟,计算之下——算法上自然不免有些小错——她终于发觉她的财产大概值到五千八百法郎,照一般的市价可以卖到六千法郎。

看到自己这么富有,她不禁高兴得拍起手来,有如一个孩子快活到了极点,必须用肉体的动作来发泄一下。这样,父女俩都盘过了自己的家私:他是为了拿黄金去卖;欧也妮是为了把黄金丢入爱情的大海。

她把金币重新装入钱袋,毫不迟疑的提了上楼。堂兄弟瞒着不给人知道的窘况,使她忘了黑夜,忘了体统,而且她的良心,她的牺牲精神,她的快乐,一切都在壮她的胆。

---

① 按此处所称卢比,系指印度东部之货币。

正当她一手蜡烛一手钱袋,踏进门口的时候,查理醒了,一看他的堂姊,便愣住了。欧也妮进房把火放在桌上,声音发抖的说:

"弟弟,我做了一桩非常对不起你的事;但要是你肯宽恕的话,上帝也会原谅我的罪过。"

"什么事呀?"查理擦着眼睛问。

"我把这两封信都念过了。"

查理脸红了。

"怎么会念的,"她往下说,"我为什么上楼的,老实说,我现在都想不起了。可是我念了这两封信觉得也不必后悔,因为我识得了你的灵魂,你的心,还有……"

"还有什么?"查理问。

"还有你的计划,你需要一笔款子……"

"亲爱的大姊……"

"嘘,嘘,弟弟,别高声,别惊动了人。"她一边打开钱袋一边说,"这是一个可怜的姑娘的积蓄,她根本没有用处。查理,你收下吧。今天早上,我还不知道什么叫作金钱,是你教我弄明白了,钱不过是一种工具。堂兄弟就跟兄弟差不多,你总可以借用姊姊的钱吧?"

一半还是少女一半已经成人的欧也妮,不曾防到他会拒绝,可是堂兄弟一声不出。

"嗳,你不肯收吗?"欧也妮问。静寂中可以听到她的心跳。

堂兄弟的迟疑不决使她着了慌;但他身无分文的窘况,在她脑海里愈加显得清楚了,她便双膝跪下,说道:

"你不收,我就不起来!弟弟,求你开一声口,回答我呀!让我知道你肯不肯赏脸,肯不肯大度包容,是不是……"

一听到这高尚的心灵发出这绝望的呼声,查理不由得落下泪来,掉在欧也妮手上,他正握着她的手不许她下跪。欧也妮受到这几颗热泪,立刻跳过去抓起钱袋,把钱倒在桌上。

"那么你答应收下了,嗯?"她快活得哭着说,"不用怕,弟弟,你将来会发财的,这些金子对你有利市的;将来你可以还我;而且我们可以合伙;什么条件都行。可是你不用把这笔礼看得那么重啊。"

这时查理才能够把心中的情感表白出来:"是的,欧也妮,我再不接受,未免太小心眼了。可是不能没有条件,你信托我,我也得信托你。"

"什么意思?"她害怕的问。

"听我说,好姊姊,我这里有……"

他没有说完,指着衣柜上装在皮套里的一口方匣子。

"你瞧,这里有一样东西,我看得和性命一样宝贵。这匣子是母亲给我的。从今天早上起我就想到,要是她能从坟墓里走出来,她一定会亲自把这匣上的黄金卖掉,你看她当初为了爱我,花了多少金子;但要我自己来卖,真是太亵渎了。"

欧也妮听到最后一句,不禁颤巍巍的握着堂兄弟的手。

他们静默了一会,彼此用水汪汪的眼睛望着,然后他又说:

"不,我既不愿把它毁掉,又不愿带着去冒路上的危险。亲爱的欧也妮,我把它交托给你。朋友之间,从没有交托一件比这个更神圣的东西。你瞧过便知道。"

他过去拿起匣子,卸下皮套,揭开盖子,伤心的给欧也妮看。手工的精巧,使黄金的价值超过了本身重量的价值,把欧也妮看得出神了。

"这还不算稀罕,"他说着揿了一下暗钮,又露出一个夹底,"瞧,我的无价之宝在这里呢。"

他掏出两张肖像,都是特·弥尔贝夫人①的杰作,四周镶满了珠子。

"哦,多漂亮的人! 这位太太不就是你写信去……"

"不,"他微微一笑,"是我的母亲,那是父亲,就是你的叔父叔母。欧也妮,我真要跪着求你替我保存这件宝物。要是我跟你小小的家私一齐断送了,这些金子可以补偿你的损失;两张肖像我只肯交给你,你

---

① 特·弥尔贝夫人为当时有名的小型肖像画家。

才有资格保留;可是你宁可把它们毁掉,决不能落在第二个人手中……"

欧也妮一声不出。

"那么你答应了,是不是?"他妩媚地补上一句。

听了堂兄弟这些话,她对他望了一眼,那是钟情的女子第一次瞧爱人的眼风,又爱娇又深沉;查理拿她的手吻了一下。

"纯洁的天使!咱们之间,钱永远是无所谓的,是不是?只有感情才有价值,从今以后应当是感情高于一切。"

"你很像你的母亲。她的声音是不是像你的一样温柔?"

"哦!温柔多哩……"

"对你是当然喽,"她垂下眼皮说,"喂,查理,睡觉吧,我要你睡,你累了。明儿见。"

他拿着蜡烛送她,她轻轻的把手从堂兄弟手里挣脱。两人一齐走到门口,他说:

"啊!为什么我的家败光了呢?"

"不用急,我父亲有钱呢,我相信。"她回答说。

查理往房内走了一步,背靠着墙壁:

"可怜的孩子,他有钱就不会让我的父亲死了,也不会让你日子过得这么苦,总之他不是这么生活的。"

"可是他有法劳丰呢。"

"法劳丰能值多少?"

"我不知道,可是他还有诺阿伊哀。"

"一些起码租田!"

"还有葡萄园跟草原……"

"那更谈不上了,"查理满脸瞧不起的神气,"只要你父亲一年有两万四千法郎收入,你还会住这间又冷又寒酸的卧房吗?"他一边说一边提起左脚向前走了一步。——"我的宝贝就得藏在这里面吗?"他指着一口旧箱子问,借此掩饰一下他的思想。

"去睡吧。"她不许他走进凌乱的卧房。

查理退了出去,彼此微微一笑,表示告别。

两人做着同样的梦睡去,从此查理在守丧的心中点缀了几朵蔷薇。

下一天早上,葛朗台太太看见女儿在午饭之前陪着查理散步。他还是愁容满面,正如一个不幸的人堕入了忧患的深渊、估量到苦海的深度、感觉到将来的重担以后的态度。

欧也妮看见母亲脸上不安的神色,便说:

"父亲要到吃晚饭的时候才回来呢。"

欧也妮的神色,举动,显得特别温柔的声音,都表示她与堂兄弟精神上有了默契。也许爱情的力量双方都没有深切的感到,可是他们的精神已经热烈的融成一片。查理坐在堂屋里暗自忧伤,谁也不去惊动他。三个女子都有些事情忙着。葛朗台忘了把事情交代好,家中来了不少人。瓦匠,铅管匠,泥水匠,土方工人,木匠,种园子的,管庄稼的,有的来谈判修理费,有的来付田租,有的来收账。葛朗台太太与欧也妮不得不来来往往,跟唠叨不已的工人与乡下人答话。拿侬把人家送来抵租的东西搬进厨房。她老是要等主人发令,才能知道哪些该留在家里,哪些该送到菜场上去卖。葛朗台老头的习惯,和内地大多数的乡绅一样,喝的老是坏酒,吃的老是烂果子。

傍晚五点光景,葛朗台从安育回来了,他把金子换了一万四千法郎,荷包里藏着王家库券,在没有拿去购买公债以前还有利息可拿。他把高诺阿莱留在安育,照顾那几匹累得要死的马,等它们将养好了再慢慢赶回。

"太太,我从安育回来呢。"他说,"我肚子饿了。"

"从昨天到现在没有吃过东西吗?"拿侬在厨房里嚷着问。

"没有。"老头儿回答。

拿侬端上菜汤。全家正在用饭,台·格拉桑来听取他主顾的指示了。葛朗台老头简直没有看到他的侄儿。

"你先吃饭吧,葛朗台,"银行家说,"咱们等会再谈。你知道安育的金价吗?有人特地从南特赶去收买。我想送一点儿去抛售。"

"不必了,"好家伙回答说,"已经到了很多。咱们是好朋友,不能让你白跑一趟。"

"可是金价到了十三法郎五十生丁呢。"

"应当说到过这个价钱。"

"你鬼使神差的又从哪儿来呀?"

"昨天夜里我到了安育。"葛朗台低声回答。

银行家惊讶得打了一个寒噤。随后两人咬着耳朵交谈,谈话中,台·格拉桑与葛朗台对查理望了好几次。大概是老箍桶匠说出要银行家买进十万法郎公债的时候吧,台·格拉桑又做了一个惊讶的动作。他对查理说:

"葛朗台先生,我要上巴黎去;要是你有什么事叫我办……"

"没有什么事,先生,谢谢你。"查理回答。

"能不能再谢得客气一点,侄儿?他是去料理琪奥默·葛朗台号子的事情的。"

"难道还有什么希望吗?"查理问。

"哎,"老箍桶匠骄傲的神气装得逼真,"你不是我的侄儿吗?你的名誉便是我们的。你不是姓葛朗台吗?"

查理站起来,抓着葛朗台老头拥抱了,然后脸色发白的走了出去。欧也妮望着父亲,钦佩到了万分。

"行了。再会吧,好朋友;一切拜托,把那般人灌饱迷汤再说。"

两位军师握了握手;老箍桶匠把银行家一直送到大门;然后关了门回来,埋在安乐椅里对拿侬说:

"把果子酒拿来!"

但他过于兴奋了,没法坐下,起身瞧了瞧特·拉·裴德里埃先生的肖像,踏着拿侬所谓的舞步,嘴里唱起歌来:

法兰西的御林军中哎

　　我有过一个好爸爸……

　　拿侬,葛朗台太太,欧也妮,不声不响的彼此瞪了一眼。老头儿快乐到极点的时候,她们总有些害怕。

　　晚会不久就告结束。先是葛朗台老头要早睡;而他一睡觉,家里便应当全体睡觉:正好像奥古斯德一喝酒,波兰全国都该醉倒。① 其次,拿侬,查理,欧也妮,疲倦也不下于主人。至于葛朗台太太,一向是依照丈夫的意志睡觉,吃喝,走路的。可是在饭后等待消化的两小时中间,从来没有那么高兴的老箍桶匠,发表了不少怪论,我们只要举出一二句,就可见出他的思想。他喝完了果子酒,望着杯子说:

　　"嘴唇刚刚碰到,杯子就干了!做人也是这样。不能要了现在,又要过去。钱不能又花出去又留在你袋里。要不然人生真是太美了。"

　　他说说笑笑,和气得很。拿侬搬纺车来的时候,他说:

　　"你也累了,不用绩麻了。"

　　"啊,好!……不过我要厌烦呢。"女用人回答。

　　"可怜的拿侬!要不要来一杯果子酒?"

　　"啊!果子酒,我不反对;太太比药剂师做得还要好。他们卖的哪里是酒,竟是药。"

　　"他们糖放得太多,一点酒味儿都没有了。"老头儿说。

　　下一天早上八点钟,全家聚在一块用早餐的时候,第一次有了真正融融泄泄的气象。苦难已经使葛朗台太太,欧也妮,和查理精神上有了联系,连拿侬也不知不觉的同情他们。四个人变了一家。至于葛朗台老头,吝啬的欲望满足了,眼见花花公子不久就要动身,除了到南特的旅费以外不用他多花一个钱,所以虽然家里住着这个客,他也不放在心上了。他听任两个孩子——对欧也妮与查理他是这样称呼

---

① 系指十七至十八世纪时的奥古斯德二世,上述二句系形容奥古斯德好宴饮的俗谚。

的——在葛朗台太太监督之下自由行动；关于礼教的事，他是完全信任太太的。草原与路旁的土沟要整理，洛阿河畔要种白杨，法劳丰和庄园有冬天的工作，使他没有工夫再管旁的事。从此，欧也妮进入了爱情里的春天。自从她半夜里把财宝送给了堂兄弟之后，她的心也跟着财宝一起去了。两人怀着同样的秘密，彼此瞧望的时候都表示出心心相印的了解，把他们的情感加深了，更亲密，更相契，使他们差不多生活在另一个世界上。亲族之间不作兴有温柔的口吻与含情的目光么？因此欧也妮竭力使堂兄弟领略爱情初期的、儿童般的欢喜，来忘掉他的痛苦。

爱情的开始与生命的开始，颇有些动人的相似之处。我们不是用甜蜜的歌声与和善的目光催眠孩子吗？我们不要对他讲奇妙的故事，点缀他的前程吗？希望不是对他老展开着光明的翅翼吗？他不是忽而乐极而涕，忽而痛极而号吗？他不是为了一些无聊的小事争吵吗，或是为了造活动宫殿的石子，或是为了摘下来就忘掉的鲜花？他不是拼命要抓住时间，急于长大吗？恋爱是我们第二次的脱胎换骨。在欧也妮与查理之间，童年与爱情简直是一桩事情：初恋的狂热，附带着一切应有的疯癫，使原来被哀伤包裹的心格外觉得苏慰。

这爱情的诞生是在丧服之下挣扎出来的，所以跟这所破旧的屋子，与朴素的内地气息更显得调和。在静寂的院子里，靠井边与堂姊交谈几句；坐在园中长满青苔的凳上，一本正经的谈着废话，直到日落时分；或者在围墙下宁静的气氛中，好似在教堂的拱廊下面，一同默想：查理这才懂得了爱情的圣洁。因为他的贵族太太，他亲爱的阿纳德，只给他领略到爱情中暴风雨般的骚动。这时他离开了爱娇的，虚荣的，热闹的巴黎式的情欲，来体味真正而纯粹的爱。他喜欢这屋子，也不觉得这屋里的生活习惯如何可笑了。

他清早就下楼，趁葛朗台没有来分配粮食之前，跟欧也妮谈一会；一听到老头儿的脚步在楼梯上响，他马上溜进花园。这种清晨的约会，连母亲也不知道而拿侬装作不看见的约会，使他们有一点小小的犯罪感觉,为最纯洁的爱情添上几分偷尝禁果似的快感。等到用过早餐,葛朗台出门视察田地与种植园的时光,查理便跟母女俩在一起,帮她们绕线团,看她们做活,听她们闲话,体味那从来未有的快乐。这种近乎修院生活的朴素,使他看了大为感动,从而认识这两颗不曾涉足社交界的灵魂之美。他本以为法国不可能再有这种风气,要就在德国,而且只是荒唐无稽的存在于奥古斯德·拉封丹①的小说之中。可是不久他发觉欧也妮竟是理想中的歌德的玛格丽特,而且还没有玛格丽特的缺点。

　　一天又一天,他的眼神,说话,把可怜的姑娘迷住了,一任爱情的热浪摆布;她抓着她的幸福,犹如游泳的人抓着一根杨柳枝条想上岸休息。日子飞一般的过去,其间最愉快的时光,不是已经为了即将来临的离别而显得凄凉黯淡吗?每过一天,总有一些事提醒他们。台·格拉桑走了三天之后,葛朗台带了查理上初级裁判所,庄严得了不得,那是内地人在这种场合惯有的态度;他教查理签了一份放弃继承权的声明书。可怕的声明!简直是离宗叛教似的文件。他又到克罗旭公证人那儿,缮就两份委托书,一份给台·格拉桑,一份给代他出售动产的朋友。随后他得办理手续领取出国的护照。末了当查理定做的简单的孝服从巴黎送来之后,他在索漠城里叫了一个裁缝来,把多余的衣衫卖掉。这件事让葛朗台老头大为高兴。他看见侄儿穿着粗呢的黑衣服时,便说:

　　"这样才像一个想出门发财的人哩。好,很好!"

　　"放心,伯父,"查理回答,"我知道在我现在的地位怎样做人。"

　　老头儿看见查理手中捧着金子,不由得眼睛一亮,问道:

　　"这是什么?"

　　"伯父,我把纽扣,戒指,所有值几个钱的小玩意儿集了起来。可是我在索漠一个人都不认识,想请你……"

---

① 奥古斯德·拉封丹为十八至十九世纪时的德国小说家。

等到两个情人走在花园里的时候……

"教我买下来吗?"葛朗台打断了他的话。

"不是的,伯父,想请你介绍一个规规矩矩的人……"

"给我吧,侄儿;我到上面去替你估一估,告诉你一个准确的价值,差不了一生丁。"他把一条长长的金链瞧了瞧说:

"这是首饰金,十八开到十六开。"

老头儿伸出大手把大堆金子拿走了。

"大姊,"查理说,"这两颗纽子送给你,系上一根丝带,正好套在手腕里。现在正时行这种手镯。"

"我不客气,收下了,弟弟。"她说着对他会心的望了一眼。

"伯母,这是先母的针箍,我一向当作宝贝般放在旅行梳妆匣里的。"查理说着,把一个玲珑可爱的金顶针送给葛朗台太太,那是她想了十年而没有到手的东西。老母亲眼中含着泪,回答说:

"真不知道怎样谢你才好呢,侄儿。我做早课夜课的时候,要极诚心的祷告出门人的平安。我不在之后,欧也妮会把它保存好的。"

"侄儿,一共值九百八十九法郎七十五生丁,"葛朗台推门进来说,"免得你麻烦去卖给人家,我来给你现款吧……里佛作十足算。"

在洛阿河一带,里佛作十足算的意思,是指六法郎一枚的银币,不扣成色,算足六法郎。

"我不敢开口要你买,"查理回答,"可是在你的城里变卖首饰,真有点不好意思。拿破仑说过,脏衣服得躲在家里洗。所以我得谢谢你的好意。"

葛朗台搔搔耳朵,一忽儿大家都没有话说。

"亲爱的伯父,"查理不安的望着他,似乎怕他多疑,"大姊跟伯母,都赏脸收了我一点小意思做纪念;你能不能也收下这副袖纽,我已经用不着了,可是能让你想起一个可怜的孩子在外面没有忘掉他的骨肉。从今以后他的亲人只剩你们了。"

"我的孩子,我的孩子,你怎么能把东西送光呢?……——你拿了什么,太太?"他馋痨的转过身来问,"啊!一个金顶针。——你呢,小乖乖？噢，钻石搭扣。——好吧，孩子，你的袖纽我拿了，"他握着查理的手，"可是答应我……替你付……你的……是呀……上印度去的旅费。是的，你的路费由我来。尤其是，孩子，替你估首饰的时候，我只算了金子，也许手工还值点儿钱。所以，就这样办吧。我给你一千五百法郎……里佛作十足算，那还得问克罗旭去借，家里一个铜子都没有了，除非班罗德把欠租送来。对啦，对啦，我这就找他去。"

他拿了帽子，戴上手套，走了。

"你就走了吗？"欧也妮说着，对他又悲哀又钦佩的望了一眼。

"该走了。"他低下头回答。

几天以来，查理的态度，举动，言语，显出他悲痛到了极点，可是鉴于责任的重大，已经在忧患中磨炼出簇新的勇气。他不再长吁短叹，他变成大人了。所以看到他穿着粗呢的黑衣服下楼，跟苍白的脸色与忧郁不欢的神态非常调和的时候，欧也妮把堂兄弟的性格看得更清楚了。这一天，母女俩开始戴孝，和查理一同到本区教堂去参加为琪奥默·葛朗台举行的追思弥撒。

午饭时分，查理收到几封巴黎的来信，一齐看完了。

"喂，弟弟，事情办得满意吗？"欧也妮低声问。

"女儿，不作兴问这些话，"葛朗台批评道，"嘿！我从来不说自己的事，干吗你要管堂兄弟的闲事？别打搅他。"

"噢！我没有什么秘密哪。"查理说。

"咄，咄，咄，咄！侄儿，以后你会知道，做买卖就得嘴紧。"

等到两个情人走在花园里的时候，查理挽着欧也妮坐在胡桃树下的破凳上对她说：

"我没有把阿风斯看错，他态度好极了，把我的事办得很谨慎很忠心。我巴黎的私债全还清了，所有的家具都卖了好价钱；他又告诉我，他请教了一个走远洋的船主，把剩下的三千法郎买了一批欧洲的小玩意儿，可以在印度大大赚一笔钱的货。他把我的行李都发送到南特，那边有一条船开往爪哇。不出五天，欧也妮，我们得分别了，也许是永别,至少也很长久。我的货,跟两个朋友寄给我的一万法郎,不过是小小的开头。没有好几年我休想回来。亲爱的大姊,别把你的一生跟我的放在一起,我可能死在外边,也许你有机会遇到有钱的亲事……"

"你爱我吗?……"她问。

"噢!我多爱你。"音调的深沉显得感情也是一样的深。

"我等你,查理。哟,天哪!父亲在楼窗口。"她把逼近来想拥抱她的堂兄弟推开。

她逃到门洞下面,查理一路跟着;她躲到楼梯脚下,打开了过道里的门;后来不知怎的,欧也妮到了靠近拿侬的小房间,走道里最黑的地方;一路跟着来的查理,抓住她的手放在他心口,挽了她的腰把她轻轻贴在自己身上。欧也妮不再撑拒了,她受了,也给了一个最纯洁、最温馨、最倾心相与的亲吻。

"亲爱的欧也妮,"查理说,"堂兄弟胜过兄弟,他可以娶你。"

"好吧,一言为定!"拿侬打开她黑房间的门嚷道。

两个情人吃了一惊,溜进堂屋,欧也妮拿起她的活计,查理拿起葛朗台太太的祷告书念着《圣母经》。

"呦!"拿侬说,"咱们都在祷告哪。"

查理一宣布行期,葛朗台便大忙特忙起来,表示对侄儿的关切;凡是不用花钱的地方他都很阔气。他去找一个装箱的木匠,回来却说箱子要价太高,便自告奋勇,定要利用家中的旧板由他自己来做;他清早起身,把薄板锯呀,刨呀,钉呀,钉成几口很好的箱子,把查理的东西全部装了进去;他又负责装上船,保了险,从水道运出,以便准时送到南特。

自从过道里一吻之后,欧也妮愈觉得日子飞也似的快得可怕。有时她竟想跟堂兄弟一起走。凡是领略过最难割舍的热情的人,领略过因年龄、时间、不治的疾病,或什么宿命的打击,以致热情存在的时期一天短似一天的人,便不难懂得欧也妮的苦恼。她常常在花园里一边走一边哭,如今这园子、院子、屋子、城,对她都太窄了;她已经在茫无边际的大海上飞翔。

终于到了动身的前夜。早上,趁葛朗台与拿侬都不在家,藏有两张肖像的宝匣,给庄严的放进了柜子上唯一有锁钥而放着空钱袋的抽斗。存放的时候免不了几番亲吻几番流泪。欧也妮把钥匙藏在胸口的时光,竟没有勇气阻止查理亲吻她的胸脯。

"它永久在这里,朋友。"

"那么我的心也永久在这里。"

"啊!查理,这不行。"她略带几分埋怨的口气。

"我们不是已经结婚了吗?"他回答,"你已经答应了我,现在要由我来许愿了。"

"永久是你的!"这句话双方都说了两遍。

世界上再没比这个誓约更纯洁的了:欧也妮的天真烂漫,一刹那间把查理的爱情也变得神圣了。

下一天早上,早餐是不愉快的。拿侬虽然受了查理的金绣睡衣与挂在胸间的十字架,还没有被感情蒙蔽,这时却也禁不住含了眼泪。

"可怜的好少爷,要去漂洋过海⋯⋯但愿上帝保佑他!"

十点半,全家出门送查理搭去南特的驿车。拿侬放了狗,关了街门,定要替查理提随身的小包。老街上所有做买卖的,都站在门口看他们一行走过,到了广场,还有公证人候在那里。

"欧也妮,等会别哭。"母亲嘱咐她。

葛朗台在客店门口拥抱查理,吻着他的两颊:

"侄儿,你光身去,发了财回来,你父亲的名誉决不会有一点儿损害。我葛朗台敢替你保险;因为那时候,都靠你⋯⋯"

"啊!伯父!这样我动身也不觉得太难受了。这不是你送我的最好的礼物吗?!"

查理把老箍桶匠的话打断了,根本没有懂他的意思,却在伯父麻疹累累的脸上流满了感激的眼泪,欧也妮使劲握着堂兄弟与父亲的手。只有公证人在那里微笑,暗暗佩服葛朗台的机巧,因为只有他懂得老头儿的心思。①

四个索漠人,周围还有几个旁人,站在驿车前面一直等到它出发;然后当车子在桥上看不见了,只远远听到声音的时候,老箍桶匠说了声:
"一路顺风!"

幸而只有克罗旭公证人听到这句话。欧也妮和母亲已经走到码头上还能望见驿车的地方,扬着她们的白手帕,查理也在车中扬巾回答。赶到欧也妮望不见查理的手帕时,她说:
"母亲,要有上帝的法力多好啊!"

为的不要岔断以后葛朗台家中的事,且把老头儿托台·格拉桑在巴黎办的事情提前叙述一下。银行家出发了一个月之后,葛朗台在国库的总账上登记了正好以八十法郎买进的十万公债。这多疑的家伙用什么方法把买公债的款子拨到巴黎,直到他死后人家编造他的财产目录时都无法知道。克罗旭公证人认为是拿侬不自觉的做了运送款子的工具。因为那个时节,女仆有五天不在家,说是到法劳丰收拾东西去,仿佛老头儿真会有什么东西丢在那里不收起来似的。关于琪奥默·葛朗台号子的事,竟不出老箍桶匠的预料。

大家知道,法兰西银行对巴黎与各省的巨富都有极准确的调查。索漠的台·格拉桑与斐列克斯·葛朗台都榜上有名,而且像一般拥有大地产而绝对没有抵押出去的金融家一样,信用极好。所以索漠的银行家到巴黎来清算葛朗台债务的传说,立刻使债权人放弃了签署拒绝证书的念头②,从而使已故的葛朗台少受了一次羞辱。财产当着债权人的面启封,本家的公证人照例进行财产登记。不久,台·格拉桑把债权人召集了,他们一致推举索漠的银行家,和一家大商号的主人,同时也是主要债权人之一的弗朗索瓦·凯勒,为清算人,把挽救债权与挽回葛朗台的信誉两件事,一齐委托了他们。索漠的葛朗台的信用,

---

① 葛朗台那句没有说完的话应当是:都靠你发了财回来偿还父亲的债。
② 拒绝证书系债主证明债务人到期不清偿债务的文件。

加上台·格拉桑银号代他做的宣传,使债权人都存了希望,因而增加了谈判的便利;不肯就范的债主居然一个都没有。谁也不曾把债权放在自己的盈亏总账上计算过,只想着:

"索漠的葛朗台会偿还的!"

六个月过去了,那些巴黎人把转付出去的葛朗台债券清偿了,收回来藏在皮包里。这是老箍桶匠所要达到的第一个目标。

第一次集会以后九个月,两位清算人发了百分之四十七给每个债权人。这笔款子是把已故的葛朗台的证券,动产,不动产,以及一切零星杂物变卖得来的,变卖的手续做得极精密。

那次的清算办得公正规矩,毫无弊窦。债权人一致承认葛朗台两兄弟的信誉的确无可批评。等到这种赞美的话在外边传播了一番以后,债权人要求还余下的部分了。那时他们写了一封全体签名的信给葛朗台。

"嗯,哼!这个吗?"老箍桶匠把信往火里一扔,"朋友们,耐一耐性子吧。"

葛朗台的答复,是要求把所有的债权文件存放在一个公证人那里,另外附一张已付款项的收据,以便核对账目,把遗产的总账轧清。这个条件立刻引起了无数的争执。

债主通常总是脾气古怪的家伙:今天预备成立协议了,明天又嚷着烧呀杀呀,把一切都推翻;过了一晌,又忽然的软下来。今天,他的太太兴致好,小儿子牙齿长得顺利,家里什么都如意,他便一个铜子都不肯吃亏;明儿,逢着下雨,不能出门,心里憋闷得慌,只消一件事情能够结束,便任何条件都肯答应;后天,他要担保品了;月底,他要你全部履行义务,非把你逼死不可了,这刽子手!大人开小孩子玩笑,说要捉小鸟,只消把一颗盐放在它尾巴上。世界上要有这种呆鸟的话,就是债主了。或者是他们把自己的债权看作那样的呆鸟,结果是永远扑一个空。

葛朗台留神观看债主的风色,而他兄弟的那批债主的确不出他的所料。有的生气了,把存放证件一节干脆拒绝了。

"好吧,好得很。"葛朗台念着台·格拉桑的来信,搓着手说。

另外一批债权人答应提交证件，可是要求把他们的权利确切证明一下，声明任何权利不能放弃，甚至要保留宣告破产的权。再通信，再磋商，结果索漠的葛朗台把对方提出保留的条件全部接受了。获得了这点让步之后，温和派的债主把激烈派的劝解了。大家咕噜了一阵，证件终于交了出来。

"这好家伙，"有人对台·格拉桑说，"简直跟你和我们开玩笑。"

琪奥默·葛朗台死了两年差一个月的时候，许多商人给巴黎市场的动荡搅昏了，把葛朗台到期应付的款项也忘了，或者即使想到，也不过是"大概百分之四十七就是我们所能到手的全部了"一类的想法。

老箍桶匠素来相信时间的力量，他说时间是一个好小鬼。第三年年终，台·格拉桑写信给葛朗台，说债权人已经答应，在结欠的二百四十万法郎中再收一成，就可把债券交还。

葛朗台复信说，闹了亏空把他兄弟害死的那个公证人与经纪人，倒逍遥的活着！他们不应当负担一部分吗？现在要对他们起诉，逼他们拿出钱来，减轻一点我们这方面的亏累。

第四年终了，欠款的数目讲定了十二万法郎。然后清算人与债权人，清算人与葛朗台，往返磋商，拖了六个月之久。总而言之，赶到葛朗台被逼到非付不可的时节，在那年的第九个月，他又回信给两位清算人，说他侄子在印度发了财，向他表示要把亡父的债务全部归清；他不能擅自了结这笔债，要等侄子回音。

第五年过了一半，债权人还是给"全部归清"几个字搪塞着，老奸巨猾的箍桶匠暗地里笑着，把全部归清的话不时说一遍。每逢嘴里提到"这些巴黎人！……"时，他总得附带一副阴险的笑容，赌一句咒。可是那些债主最后的命运，却是商场大事纪上从来未有的纪录。后来，当这个故事的发展使他们重新出场的时候，他们所处的地位，还是当初给葛朗台冻结在那里的地位。

公债涨到一百十五法郎，葛朗台老头抛了出去，在巴黎提回二百四十万法郎左右的黄金，和公债上的复利六十万法郎，一齐倒进了密室内的木桶。台·格拉桑一直留在巴黎;原因是:第一他当了国会议员;第二他虽然当了家长,却给索漠的生活磨得厌烦死了,爱上了公主剧院最漂亮的一个女演员弗洛琳;他当年军队生活的习气又在银行家身上复活了。不用说,他的行为给索漠人一致认为伤风败俗。他太太还算运气,跟他分了家,居然有魄力管理索漠的银号,用她的名字继续营业,把台·格拉桑因荒唐而败掉的家私设法弥补。几位克罗旭推波助澜,把这个活寡妇的尴尬地位弄得更糟,以致她的女儿嫁得很不得意,娶欧也妮·葛朗台做媳妇的念头也放弃了,阿道夫跟台·格拉桑一起在巴黎,据说变得很下流。克罗旭他们终于得胜了。

"你丈夫真糊涂,"葛朗台凭了抵押品借一笔钱给台·格拉桑太太时说,"我代你抱怨,你倒是一个贤慧的太太。"

"啊！先生,"可怜的妇人回答说,"他从你府上动身到巴黎去的那一天,谁想得到他就此走上了坏路呢？"

"太太,皇天在上,我直到最后还拦着不让他去呢。当时所长先生极想亲自出马的。我们现在才明白为什么他争着要去。"

这样,葛朗台便用不到再欠台·格拉桑什么情分了。

家庭的苦难

不论处境如何,女人的痛苦总比男人多,而且程度也更深。男人有他的精力需要发挥:他活动,奔走,忙乱,打主意,眼睛看着将来,觉得安慰。例如查理。但女人是静止的,面对着悲伤无法分心,悲伤替她开了一个窟窿,让她往下钻,一直钻到底,测量窟窿的深度,把她的愿望与眼泪来填。例如欧也妮。她开始认识了自己的命运。感受,爱,受苦,牺牲,永远是女人生命中应有的文章。欧也妮变得整个儿是女人了,却并无女人应有的安慰。她的幸福,正如鲍舒哀刻画入微的说法,仿佛在墙上找出来的钉子,随你积得怎么多,捧在手里也永远遮不了掌心的。悲苦决不姗姗来迟的教人久等,而她的一份就在眼前了。查理动身的下一天,葛朗台的屋子在大家眼里又恢复了本来面目,只有欧也妮觉得突然之间空虚得厉害。瞒着父亲,她要把查理的卧房保持他离开时的模样。葛朗台太太与拿侬,很乐意助成她这个维持现状的愿望。

"谁保得定他不早些回来呢?"她说。

"啊!希望他再来啊,"拿侬回答,"我服侍他惯了!多和气,多好的少爷,脸庞儿又俏,头发鬈鬈的像一个姑娘。"

欧也妮望着拿侬。

"哎哟,圣母马利亚!小姐,你这副眼神要入地狱的!别这样瞧人呀。"

从这天起，葛朗台小姐的美丽又是一番面目。对爱情的深思，慢慢的浸透了她的心，再加上有了爱人以后的那种庄严，使她眉宇之间增添了画家用光轮来表现的那种光辉。堂兄弟未来之前，欧也妮可以跟未受圣胎的童贞女相比；堂兄弟去了之后，她有些像做了圣母的童贞女：她已经感受了爱情。某些西班牙画家把这两个不同的马利亚表现得那么出神入化，成为基督教艺术中最多而最有光辉的造像。查理走后，她发誓天天要去望弥撒；第一次从教堂回来，她在书店里买了一幅环球全图钉在镜子旁边，为的能一路跟堂兄弟上印度，早晚置身于他的船上，看到他，对他提出无数的问话，对他说：

"你好吗？不难受吗？你教我认识了北极星的美丽和用处，现在你看到了那颗星，想我不想？"

早上，她坐在胡桃树下虫蛀而生满青苔的凳上出神，他们在那里说过多少甜言蜜语，多少疯疯颠颠的废话，也一起做过将来成家以后的美梦。她望着围墙上空的一角青天，想着将来；然后又望望古老的墙壁，与查理卧房的屋顶。总之，这是孤独的爱情，持久的，真正的爱情，渗透所有的思想，变成了生命的本体，或者像我们父辈所说的，变成了生命的素材。

晚上，那些自称为葛朗台老头的朋友来打牌的时候，她装作很高兴，把真情藏起；但整个上午她跟母亲与拿侬谈论查理。拿侬懂得她可以对小主人表同情，而并不有亏她对老主人的职守，她对欧也妮说：

"要是有个男人真心对我，我会……会跟他入地狱。我会……噢……我会为了他送命；可是……没有呀。人生一世是怎么回事，我到死也不会知道的了。唉，小姐，你知道吗，高诺阿莱那老头，人倒是挺好的，老盯着我打转，自然是为了我的积蓄喽，正好比那些为了来嗅嗅先生的金子，有心巴结你的人。我看得很清，别看我像猪一样胖，我可不傻呢。可是小姐，虽然他那个不是爱情，我也觉得高兴。"

两个月这样过去了。从前那么单调的日常生活，因大家关切欧也妮的秘密而有了生气，三位妇人也因之更加亲密。在她们心目中，查理依旧在堂屋灰暗的楼板下面走来走去。早晨,夜晚,欧也妮都得把那口梳妆匣打开一次,把叔母的肖像端详一番。某星期日早上,她正一心对着肖像揣摩查理的面貌时,被母亲撞见了。于是葛朗台太太知道了侄儿与欧也妮交换宝物的可怕消息。

"你统统给了他!"母亲惊骇之下说,"到元旦那天,父亲问你要金洋看的时候,你怎么说?"

欧也妮眼睛发直,一个上半天,母女俩吓得半死,糊里糊涂把正场的弥撒都错过了,只能参加读唱弥撒。

三天之内,一八一九年就要告终。三天之内就要发生大事,要演出没有毒药、没有尖刀、没有流血的平凡的悲剧,但对于剧中人的后果,只有比弥赛纳王族里所有的惨剧还要残酷。

"那怎么办?"葛朗台太太把编织物放在膝上,对女儿说。

可怜的母亲,两个月以来受了那么多的搅扰,甚至过冬必不可少的毛线套袖都还没织好。这件家常小事,表面上无关重要,对她却发生了不幸的后果。因为没有套袖,后来在丈夫大发雷霆骇得她一身冷汗时,她中了恶寒。

"我想,可怜的孩子,要是你早告诉我,还来得及写信到巴黎给台·格拉桑先生。他有办法收一批差不多的金洋寄给我们;虽然你父亲看得极熟,也许……"

"可是哪儿来这一大笔钱呢?"

"有我的财产做抵押呀。再说台·格拉桑先生可能为我们……"

"太晚啦,"欧也妮声音嘶哑,嗓子异样的打断了母亲的话,"明天早上,我们就得到他卧房里去跟他拜年了。"

"可是孩子,为什么我不去看看克罗旭他们呢?"

"不行不行,那简直是自投罗网,把我们卖给了他们了。而且我已经拿定主意。我没有做错事,一点儿不后悔。上帝会保佑我的。听凭天意吧。唉!母亲,要是你读到他那些信,你也要心心念念的想他呢。"

下一天早上,一八二〇年一月一日,母女俩恐怖之下,想出了最天然的托辞,不像往年一样郑重其事的到他卧房里拜年。一八一九至一八二〇的冬天,在当时是一个最冷的冬天。屋顶上都堆满了雪。

葛朗台太太一听到丈夫房里有响动,便说:

"葛朗台,叫拿侬在我屋里生个火吧;冷气真厉害,我在被窝里冻僵了。到了这个年纪,不得不保重一点。"她停了一会又说,"再说,让欧也妮到我房里来穿衣吧。这种天气,孩子在她屋里梳洗会闹病的。等会我们到暖暖和和的堂屋里跟你拜年吧。"

"咄,咄,咄,咄!官话连篇!太太,这算是新年发利市吗?你从来没有这么唠叨过。你总不见得吃了酒浸面包吧?"①

说罢大家都不出一声。

"好吧,"老头儿大概听了妻子的话心软了,"就照你的意思办吧,太太。你太好了,我不能让你在这个年纪上有什么三长两短,虽然拉·裴德里埃家里的人多半是铁打的。"他停了一忽又嚷,"嗯!你说是不是?不过咱们得了他们的遗产,我原谅他们。"

说完他咳了几声。

"今天早上你开心得很,老爷。"葛朗台太太的口气很严肃。

"我不是永远开心的吗,我……

　　　开心,开心,真开心,你这箍桶匠,
　　　不修补你的脸盆又怎么样!"

他一边哼一边穿得齐齐整整的进了妻子的卧房。"真,好家伙,冷得要命。早上咱们有好菜吃呢,太太。台·格拉桑从巴黎带了夹香菇的鹅肝来!我得上驿站去拿。"说着他又咬着她的耳朵:

"他还给欧也妮带来一块值两块的拿破仑。我的金子光了,太太。

---

① 系莫里哀喜剧中语,说鹦鹉吃了酒浸的面包,才会说话。

我本来还有几块古钱,为了做买卖只好花了。这话我只能告诉你一个人。"

然后他吻了吻妻子的前额,表示庆祝新年。

"欧也妮,"母亲叫道,"不知你父亲做了什么好梦,脾气好得很。——得啦,咱们还有希望。"

"先生今天怎么啦?"拿侬到太太屋里生火时说,"他一看见我就说:大胖子,你好,你新年快乐。去给太太生火呀,她好冷呢。——他说着伸出手来给我一块六法郎的钱,精光滴滑,簇崭全新,把我看呆了。太太,你瞧。哦!他多好。他真大方。有的人越老心越硬;他却温和得像你的果子酒一样,越陈越好了。真是一个十足地道的好人……"

老头儿这一天的快乐,是因为投机完全成功的缘故。台·格拉桑把箍桶匠在十五万法郎荷兰证券上所欠的利息,以及买进十万公债时代垫的尾数除去之后,把一季利息所剩的三万法郎托驿车带给了他,同时又报告他公债上涨的消息。行市已到八十九法郎,那些最有名的资本家,还出九十二法郎的价钱买进正月底的期货。葛朗台两个月中间的投资赚了百分之十二,他业已收支两讫,今后每半年可以坐收五万法郎,既不用付捐税,也没有什么修理费。内地人素来不相信公债的投资,他却终于弄明白了,预算不出五年,不用费多少心,他的本利可以滚到六百万,再加上田产的价值,他的财产势必达到惊人的数字。给拿侬的六法郎,也许是她不自觉的帮了他一次大忙而得到的酬劳。

"噢!噢!葛朗台老头上哪儿去呀,一清早就像救火似的这么奔?"街上做买卖的一边开铺门一边想。

后来,他们看见他从码头上回来,后面跟着驿站上的一个脚夫,独轮车上的袋都是满满的。有的人便说:"水总是往河里流的,老头儿去拿钱哪。"

"巴黎,法劳丰,荷兰,流到他家里来的钱可多哩。"另外一个说。

"临了,索漠城都要给他买下来喽。"第三个又道。

"他不怕冷,"一个女人对她的丈夫说,"老忙着他的事。"

"嗨!嗨!葛朗台先生,"跟他最近的邻居,一个布商招呼他,"你觉得累赘的话,我来给你扔了吧。"

"噢!不过是些大钱罢了。"葡萄园主回答。

"是银子呢。"脚夫低声补上一句。

"哼,要我照应吗?闭上你的嘴。"老头儿一边开门一边对脚夫咕噜。

"啊!老狐狸,我拿他当作聋子,"脚夫心里想,"谁知冷天他倒听得清。"

"给你二十个子儿酒钱,得啦!去你的!"葛朗台对他说,"你的独轮车,等会叫拿侬来还你。——娘儿们是不是在望弥撒,拿侬?"

"是的,先生。"

"好,快,快一点儿!"他嚷着把那些袋交给她。

一眨眼,钱都装进了他的密室,他关上了门,躲在里面。

"早餐预备好了,你来敲我的墙壁。先把独轮车送回驿站。"

到了十点钟,大家才吃早点。

"在堂屋里父亲不会要看你金洋的,"葛朗台太太望弥撒回来对女儿说,"再说,你可以装作怕冷。挨过了今天,到你过生日的时候,我们好想法把你的金子凑起来了……"

葛朗台一边下楼一边想着把巴黎送来的钱马上变成黄金,又想着公债上的投机居然这样成功。他决意把所有的收入都投资进去,直到行市涨到一百法郎为止。他这样一盘算,欧也妮便倒了霉。他进了堂屋,两位妇女立刻给他拜年,女儿跳上去搂着他的脖子撒娇,太太却是又庄严又稳重。

"啊!啊!我的孩子,"他吻着女儿的前额,"我为你辛苦呀,你不看见吗?……我要你享福。享福就得有钱。没有钱,什么都完啦。瞧,这儿是一个簇新的拿破仑,特地为你从巴黎弄来的,天!家里一点儿金屑子都没有了,只有你有。小乖乖,把你的金子拿来让我瞧瞧。"

"噢！好冷呀；先吃早点吧。"欧也妮回答。

"行，那么吃过早点再拿，是不是？那好帮助我们消化。——台·格拉桑那胖子居然送了这东西来。喂，大家吃呀，又不花我的钱。他不错，这台·格拉桑，我很满意。好家伙给查理帮忙，而且尽义务。他把我可怜的兄弟的事办得很好。——嗯哼！嗯哼！"他含着一嘴食物嘟囔，停了一下又道："唔！好吃！太太，你吃呀！至少好叫你饱两天。"

"我不饿，你知道，我一向病病歪歪的。"

"哎！哎！你把肚子塞饱也不打紧，你是拉·裴德里埃出身，结实得很。你真像一根小黄草，可是我就喜欢黄颜色。"

一个囚徒在含垢忍辱，当众就戮之前，也没有葛朗台太太母女俩在等待早点以后的大祸时那么害怕。葛朗台老头越讲得高兴，越吃得起劲，母女俩的心抽得越紧。但是做女儿的这时还有一点依傍：在爱情中汲取勇气。她心里想：

"为了他，为了他，千刀万剐我也受。"

这么想着，她望着母亲，眼中射出勇敢的火花。

十一点，早餐完了，葛朗台唤拿侬：

"统统拿走，把桌子留下。这样，我们看起你的宝贝来更舒服些，"他望着欧也妮说，"孩子！真的，你十十足足有了五千九百五十九法郎的财产，加上今天早上的四十法郎，一共是六千法郎差一个。好吧，我补你一法郎凑足整数，因为小乖乖，你知道……哎哎，拿侬，你干吗听我们说话？去吧，去做你的事。"

拿侬走了。

"听我说，欧也妮，你得把金子给我。你不会拒绝爸爸吧，嗯，我的小乖乖？"

母女俩都不出一声。

"我吗，我没有金子了。从前有的，现在没有了。我把六千法郎现款跟你换，你照我的办法把这笔款子放出去。别想什么压箱钱了。我把你出嫁的时候——也很快了——我会替你找一个夫婿,给你一笔本省从来没有听见过的,最体面的压箱钱。小乖乖,你听我说,现在有一个好机会:你可以把六千法郎买公债,半年就有近两百法郎利息,没有捐税,没有修理费,不怕冰雹,不怕冻,不怕涨潮,一切跟年成捣乱的玩意儿全没有。也许你不乐意把金子放手,小乖乖?拿来吧,还是拿给我吧。以后我再替你收金洋,什么荷兰的,葡萄牙的,蒙古卢比,热那亚金洋,再加你每年生日我给你的,要不了三年,你那份美丽的小家私就恢复了一半。你怎么说,小乖乖?抬起头来呀。去吧,我的儿,去拿来。我这样的把钱怎么生怎么死的秘密告诉了你,你该吻一吻我的眼睛谢我喽。真的,钱像人一样是活的,会动的,它会来,会去,会流汗,会生产。"

欧也妮站起身子向门口走了几步,忽然转过身来,定睛望着父亲,说:

"我的金子没有了。"

"你的金子没有了!"葛朗台嚷着,两腿一挺,直站起来,仿佛一匹马听见身旁有大炮在轰。

"没有了。"

"不会的,欧也妮。"

"真是没有了。"

"爷爷的锹子!"

每逢箍桶匠赌到这个咒,连楼板都会发抖的。

"哎唷,好天好上帝! 太太脸都白了。"拿侬嚷道。

"葛朗台,你这样冒火,把我吓死了。"可怜的妇人说。

"咄,咄,咄,咄! 你们! 你们家里的人是死不了的! 欧也妮,你的金洋怎么啦?"他扑上去大吼。

"父亲,"女儿在葛朗台太太身旁跪了下来,"妈妈难受成这样……你瞧……别把她逼死啊。"

葛朗台看见太太平时那么黄黄的脸完全发白了,也害怕起来。

"拿侬,扶我上去睡,"她声音微弱的说,"我要死了。"

拿侬和欧也妮赶紧过去搀扶,她走一步软一步,两个人费了好大气力才把她扶进卧房。葛朗台独自留在下面。可是过了一会,他走上七八级楼梯,直着嗓子喊:

"欧也妮,母亲睡了就下来。"

"是,父亲。"

她把母亲安慰了一番,赶紧下楼。

"欧也妮,"父亲说,"告诉我你的金子哪儿去了?"

"父亲,要是你给我的东西不能完全由我做主,那么你拿回去吧。"欧也妮冷冷的回答,一边在壁炉架上抓起拿破仑还他。

葛朗台气冲冲的一手抢过来,塞在荷包里。

"哼,你想我还会给你什么东西吗?! 连这个也不给!"说着他把大拇指扳着门牙,得——的一声。"你瞧不起父亲? 居然不相信他? 你不知什么叫作父亲? 要不是父亲高于一切,也就不成其为父亲了。你的金子哪儿去了?"

"父亲,你尽管生气,我还是爱你,敬重你;可是原谅我大胆提一句,我已经二十二岁了。你常常告诉我,说我已经成年,为的是要我知道。所以我把我的钱照我自己的意思安排了,而且请你放心,我的钱放得很妥当……"

"放在哪里?"

"秘密不可泄露,"她说,"你不是有你的秘密吗?"

"我不是家长吗? 我不能有我的事吗?"

"这却是我的事。"

"那一定是坏事,所以你不能对父亲说,小姐!"

"的确是好事,就是不能对父亲说。"

"至少得告诉我,什么时候把金子拿出去的?"

欧也妮摇摇头。

"你生日那天还在呢,是不是?"

欧也妮被爱情训练出来的狡猾,不下于父亲被吝啬训练出来的狡猾,她仍旧摇摇头。

"从来没见过这样的死心眼儿,这样的偷盗,"葛朗台声音越来越大,震动屋子,"怎么!这里,在我自己家里,居然有人拿掉你的金子,家里就是这么一点儿的金子!而我还没法知道是谁拿的!金子是宝贵的东西呀。不错,最老实的姑娘也免不了有过失,甚至把什么都给了人,上至世家旧族,下至小户人家,都有的是;可是把金子送人!因为你一定是给了什么人的,是不是?"

欧也妮声色不动。

"这样的姑娘倒从来没有见到过!我是不是你的父亲?要是存放出去,你一定有收据……"

"我有支配这笔钱的权利没有?有没有?是不是我的钱?"

"哎,你还是一个孩子呢!"

"成年了。"

给女儿驳倒了,葛朗台脸色发白,跺脚,发誓;终于又想出了话:

"你这个该死的婆娘,你这条毒蛇!唉!坏东西,你知道我疼你,你就胡来。你勒死你的父亲!哼!你会把咱们的家产一齐送给那个穿摩洛哥皮鞋的光棍。爷爷的锹子!我不能取消你的继承权,天哪!可是我要咒你,咒你的堂兄弟,咒你的儿女!他们都不会对你有什么好结果的,听见没有?要是你给了查理……喔,不可能的。怎么!这油头粉脸的坏蛋,胆敢偷我的……"

他望着女儿,她冷冷的一声不出。

"她动也不动!眉头也不皱一皱!比我葛朗台还要葛朗台。至少你不会把金子白送人吧,嗯,你说?"

欧也妮望着父亲,含讥带讽的眼神把他气坏了。

"欧也妮,你是在我家里,在你父亲家里。要留在这儿,就得服从父亲的命令。神甫他们也命令你服从我。"

欧也妮低下头去。他接着又说:

"你就拣我最心疼的事伤我的心,你不屈服,我就不要看见你。到房里去。我不许你出来,你就不能出来。只有冷水跟面包,我叫拿侬端给你。听见没有?去!"

欧也妮哭做一团,急忙溜到母亲旁边。

葛朗台在园中雪地里忘了冷,绕了好一会圈子,之后,忽然疑心女儿在他妻子房里,想到去当场捉住她违抗命令的错儿,不由得高兴起来,他便像猫儿一般轻捷的爬上楼梯,闯进太太的卧房,看见欧也妮的脸埋在母亲怀里,母亲摩着她的头发,说:

"别伤心,可怜的孩子,你父亲的气慢慢会消下去的。"

"她没有父亲了!"老箍桶匠吼道,"这样不听话的女儿是我跟你生的吗,太太?好教育,还是信教的呢!怎么,你不在自己房里?赶快,去坐牢,坐牢,小姐。"

"你硬要把我们娘儿俩拆开吗,老爷?"葛朗台太太发着烧,脸色通红。

"你要留她,你就把她带走,你们俩替我一齐离开这儿……天打的!金子呢?金子怎么啦?"

欧也妮站起身子,高傲的把父亲望了一眼,走进自己的卧房。她一进去,老头儿把门锁上了。

"拿侬,把堂屋里的火熄掉。"他嚷道。

然后他坐在太太屋里壁炉旁边的一张安乐椅上:

"她一定给了那个迷人的臭小子查理,他只想我的钱。"

葛朗台太太为了女儿所冒的危险,为了她对女儿的感情,居然鼓足勇气,装聋作哑的冷静得很。

"这些我都不知道。"她一边回答,一边朝床里翻身,躲开丈夫闪闪发光的眼风,"你生这么大的气,我真难受;我预感我只能伸直着腿出去的了。现在你可以饶我一下吧,我从来没有给你受过气,至少我自己这样想。女儿是爱你的,我相信她跟初生的孩子一样没有罪过。别难为她。收回成命吧。天冷得厉害,说不定你会教她闹场大病的。"

"我不愿意看见她,也不再跟她说话。她得关在屋里,只有冷水面包,直到她使父亲满意为止。见鬼!做家长的不该知道家里的黄金到了哪儿去吗?她的卢比恐怕全法国都找不出来,还有热那亚金洋,荷兰杜加……"

"老爷!我们只生欧也妮一个,即使她把金子扔在水里……"

"扔在水里!扔在水里!"好家伙嚷道,"你疯了,太太。我说得到,做得到,你还不知道吗?你要求家里太平,就该叫女儿招供,逼她老实说出来;女人对女人,比我们男人容易说得通。不管她做了什么事,我决不会把她吃掉。她是不是怕我?即使她把堂兄弟从头到脚装了金,唉,他早已漂洋出海,我们也追不上了……"

"那么,老爷……"

由于当时的神经过敏,或者是女儿的苦难使她格外慈爱,也格外聪明起来,葛朗台太太犀利的目光发觉丈夫的肉瘤有些可怕的动作,她便马上改变主意,顺着原来的口吻,说:

"那么,老爷,你对女儿没有办法,我倒有办法了吗?她一句话也没有对我说,她像你。"

"嗯哼!今天你多会说话!咄,咄,咄,咄!你欺侮我。说不定你跟她通气的。"

他定睛瞪着妻子。

"真的,你要我命,就这样说下去吧。我已经告诉你,先生,即使把我的命送掉,我还是要告诉你:你这样对女儿是不应该的,她比你讲理。这笔钱是她的,她不会糟掉,我们做的好事,只有上帝知道。老爷,我求你,饶了欧也妮吧!……你饶了她,我受的打击也可以减轻一些,也许你救了我的命,我的女儿呀,先生!还我女儿啊!"

"我走啦,"他说,"家里耽不下去了,娘儿俩的念头,说话,都好像……勃罗……啵!你好狠心,送了我这笔年礼,欧也妮!"他提高了嗓子,"好,好,哭吧!这种行为,你将来要后悔的,听见没有?一个月吃两次好天爷的圣餐有什么用?既然会把你父亲的钱偷偷送给一个游手好闲的光棍!他把你什么都吃完之后,还会吃掉你的心呢!你瞧着吧,你的查理是什么东西,穿着摩洛哥皮靴目空一切!他没有心肝,没有灵魂,敢把一个姑娘的宝贝,不经她父母允许,带着就跑。"

街门关上了,欧也妮便走出卧房,挨在母亲身边,对她说:

"你为了你女儿真有勇气。"

"孩子,瞧见没有,一个人做了违禁的事落到什么田地!……你逼我撒了一次谎。"

"噢!我求上帝只罚我一个人就是了。"

"真的吗,"拿侬慌张的跑来问,"小姐从此只有冷水面包好吃?"

"那有什么大不了,拿侬?"欧也妮冷静的回答。

"啊!东家的女儿只吃干面包,我还咽得下什么糖酱……噢,不,不!"

"这些话都不用提,拿侬。"欧也妮说。

"我就不开口好啦,可是你等着瞧吧!"

二十四年以来第一次,葛朗台独自用晚餐。

"哎哟,你变了单身汉了,先生,"拿侬说,"家里有了两个妇女还做单身汉,真不是味儿哪。"

"我不跟你说话。闭上你的嘴,要不我就赶你走。你蒸锅里煮的什么,在灶上噗噗噗的?"

"熬油哪……"

"晚上有客,你得生火。"

八点钟,几位克罗旭,台·格拉桑太太和她儿子一齐来了,他们很奇怪没有见到葛朗台太太与欧也妮。

"内人有点儿不舒服;欧也妮陪着她。"老头儿若无其事的回答。

闲扯了一小时,上楼去问候葛朗台太太的台·格拉桑太太下来了,大家争着问:

"葛朗台太太怎么样?"

"不行,简直不行,"她说,"她的情形真叫人担心。在她的年纪,要特别小心才好呢,葛老头。"

"慢慢瞧吧。"老头儿心不在焉的回答。

大家告辞了。几位克罗旭走到了街上,台·格拉桑太太便告诉他们:

"葛朗台家出了什么事啦。母亲病得很厉害,她自己还不知道。女儿红着眼睛,仿佛哭过很久,难道他们硬要把她攀亲吗?"

老头儿睡下了,拿侬穿着软鞋无声无息的走进欧也妮卧房,给她一个用蒸锅做的大肉饼。

"喂,小姐,"好心的用人说,"高诺阿莱给了我一只野兔。你胃口小,这个饼好吃八天;冻紧了,不会坏的。至少你不用吃淡面包了。那多伤身体。"

"可怜的拿侬!"欧也妮握着她的手。

"我做得很好,煮得很嫩,他一点儿不知道。肥肉,香料,都在我的六法郎里面买。这几个钱总是由我做主的了。"

然后她以为听到了葛朗台的声音,马上溜了。

几个月工夫,老头儿拣着白天不同的时间,经常来看太太,绝口不提女儿,也不去看她,也没有间接关涉到她的话。葛朗台太太老睡在房里,病情一天一天的严重,可是什么都不能使老箍桶匠的心软一软。他顽强,严酷,冰冷,像一座石头。他按照平时的习惯上街,回家,可是不再口吃,说话也少了,在买卖上比从前更苛刻,弄错数目的事也常有。

"葛朗台家里出了事啦。"克罗旭党与台·格拉桑党都这么说。

"葛朗台家究竟闹些什么啊?"索漠人在随便哪家的晚会上遇到,总这样的彼此问一声。

欧也妮上教堂,总由拿侬陪着。从教堂出来,倘使台·格拉桑太太跟她说话,她的回答总是躲躲闪闪的,叫人不得要领。虽然如此,两个月之后,欧也妮被幽禁的秘密终于瞒不过三位克罗旭与台·格拉桑太太。她的老不见客,到了某个时候,也没有理由好推托了。后来,不知是谁透露了出去,全城都知道从元旦起,葛朗台小姐被父亲软禁在房里,只有清水面包,没有取暖的火,倒是拿侬替小姐弄些好菜半夜里送进去;大家也知道女儿只能候父亲上街的时间去探望母亲,服侍母亲。

于是葛朗台的行为动了公愤。全城仿佛当他是化外之人,又记起了他的出卖地主和许多刻薄的行为,大有一致唾弃之慨。他走在街上,个个人在背后交头接耳。

当女儿由拿侬陪了去望弥撒或做晚祷,在弯弯曲曲的街上走着的时候,所有的人全扑上窗口,好奇的打量那有钱的独养女儿的脸色与态度,发觉她除了满面愁容之外,另有一副天使般温柔的表情。她的幽禁与失宠,对她全不相干。她不是老看着世界地图,花园,围墙,小凳吗?爱情的亲吻留在嘴唇上的甜味,她不是老在回味吗?城里关于她的议论,她好久都不知道,跟她的父亲一样。虔诚的信念,无愧于上帝的纯洁,她的良心与爱情,使她耐心忍受父亲的愤怒与谴责。

但是一宗深刻的痛苦压倒了其余的一切痛苦。——她的母亲一天不如一天了。多么慈祥温柔的人,灵魂发出垂死的光辉,反而显出了她的美。欧也妮常常责备自己无形中促成了母亲的病,慢慢在折磨她的残酷的病。这种悔恨,虽经过了母亲的譬解,使她跟自己的爱情越发分不开。每天早上,父亲一出门,她便来到母亲床前,拿侬把早点端给她。但是可怜的欧也妮,为了母亲的痛苦而痛苦,暗中示意拿侬看看母亲的脸色,然后她哭了,不敢提到堂兄弟。倒是母亲先开口:

"他在哪儿呀?怎么没有信来?"

母女俩都不知道路程的远近。

"我们心里想他就是了,"欧也妮回答,"别提他。你在受难,你比一切都要紧。"

所谓一切,便是指他。

"哎,告诉你们,"葛朗台太太常常说,"我对生命没有一点儿留恋。上帝保佑我,使我看到苦难完了的日子只觉得高兴。"

这女人的说话老是虔诚圣洁，显出基督徒的本色。在那年最初几个月之内，当用早餐时丈夫到她房里踱来踱去的时候，她翻来覆去的对他说着一篇同样的话，虽然说得极其温柔，却也极其坚决，因为知道自己不久人世，所以反而有了平时没有的勇气。他极平淡的问了她一句身体怎样，她总是回答说：

"谢谢你关心我的病；我是不久的了，要是你肯把我的苦恼减轻一些，把我的悲痛去掉一些，请你饶了女儿吧；希望你以身作则，表示你是基督徒，是贤夫，是慈父。"

一听到这些话，葛朗台便坐在床边，仿佛一个人看见阵雨将临而安安静静躲在门洞里避雨的神气。他静静的听着，一言不答。要是太太用最动人最温柔最虔诚的话恳求他，他便说：

"你今天脸色不大好啊，可怜的太太。"

他脑门硬绷绷的，咬紧了嘴唇，表示他已经把女儿忘得干干净净。甚至他那一成不变的，支吾其词的答话使妻子惨白的脸上流满了泪，他也不动心。

"但愿上帝原谅你，老爷，"她说，"像我原谅你一样。有朝一日，你也得求上帝开恩的。"

自从妻子病后，他不敢再叫出那骇人的咄、咄、咄、咄的声音。这个温柔的天使，面貌的丑恶一天天的消失，脸上映照着精神的美，可是葛朗台专制的淫威并没因之软化。

她只剩下一颗赤裸裸的灵魂了。由于祷告的力量，脸上最粗俗的线条都似乎净化，变得细腻，有了光彩。有些圣洁的脸庞，灵魂的活动会改变生得最丑的相貌，思想的崇高纯洁，会印上特别生动的气息；这种脱胎换骨的现象大概谁都见识过。在这位女子身上，痛苦把肉体煎熬完了以后换了一副相貌的景象，对心如铁石的老箍桶匠也有了作用，虽是极微弱的作用。他说话不再盛气凌人，却老是不出一声，用静默来保全他做家长的面子。

他的忠心的拿侬一到菜市上，立刻就有对她主人开玩笑或者谴责的话传到她耳里。虽然公众的舆论一致讨伐葛朗台,女仆为了替家里争面子,还在替他辩护。

"嗨,"她回答那些说葛朗台坏话的人,"咱们老起来,不是心肠都要硬一点吗?为什么他就不可以?你们别胡说八道。小姐日子过得挺舒服,像王后一样呢。她不见客,那是她自己喜欢。再说,我东家自有道理。"

葛朗台太太给苦恼折磨得比疾病还难受,尽管祷告也没法把父女俩劝和,终于在暮春时节的某天晚上,她把心中的隐痛告诉了两位克罗旭。

"罚一个二十三岁的女儿吃冷水面包!……"特·篷风所长嚷道,"而且毫无理由;这是妨害自由,侵害身体,虐待家属,她可以控告,第一点……"

"哎,哎,老侄,"公证人插嘴道,"说那些法庭上的调调儿干么?——太太,你放心,我明天就来想法,把软禁的事结束。"

听见人家讲起她的事,欧也妮走出卧房,很高傲的说:

"诸位先生,请你们不要管这件事。我父亲是一家之主。只要我住在他家里,我就得服从他。他的行为用不着大家赞成或反对,他只向上帝负责。我要求你们的友谊是绝口不提这件事。责备我的父亲,等于侮辱我们。诸位,你们对我的关切,我很感激;可是我更感激,要是你们肯阻止城里那些难听的闲话,那是我偶然知道的。"

"她说得有理。"葛朗台太太补上一句。

欧也妮因幽居、悲伤与相思而增添的美,把老公证人看呆了,不觉肃然起敬的答道:

"小姐,阻止流言最好的办法,便是恢复你的自由。"

"好吧,孩子,这件事交给克罗旭先生去办吧,既然他有把握。他识得你父亲的脾气,知道怎么对付他。我没有几天好活了,要是你愿意我最后的日子过得快活一些,无论如何你得跟父亲讲和。"

下一天,照葛朗台把欧也妮软禁以后的习惯,他到小园里来绕几个圈子。他散步的时间总是欧也妮梳头的时间。老头儿一走到大胡桃树旁边,便躲在树干背后,把女儿的长头发打量一会,这时他的心大概就在固执的性子与想去亲吻女儿的欲望中间摇摇不定。他往往坐在查理与欧也妮海誓山盟的那条破凳上,而欧也妮也在偷偷的,或者在镜子里看父亲。要是他起身继续散步,她便凑趣地坐在窗前瞧着围墙,墙上挂着最美丽的花,裂缝中间透出仙女萝,昼颜花,和一株肥肥的、又黄又白的景天草,在索漠和都尔各地的葡萄藤中最常见的植物。

克罗旭公证人很早就来了,发现老头儿在晴好的六月天坐在小凳上,背靠了墙望着女儿。

"有什么事好替你效劳呢,公证人?"他招呼客人。

"我来跟你谈正经。"

"啊!啊!有什么金洋换给我吗?"

"不,不,不关钱的事,是令爱欧也妮的问题。为了你和她,大家都在议论纷纷。"

"他们管得着?区区煤炭匠,也是个家长。"

"对啊,煤炭匠在家里什么都能做,他可以自杀,或者更进一步,把钱往窗外扔。"

"你这是什么意思?"

"嗳!你太太的病不轻呀,朋友。你该请裴日冷先生来瞧一瞧,她有性命之忧哪。不好好的把她医治,她死后我相信你不会安心的。"

"咄,咄,咄,咄!你知道我女人闹什么病呀。那些医生一朝踏进了你大门,一天会来五六次。"

"得啦,葛朗台,随你。咱们是老朋友;你的事,索漠城里没有一个人比我更关切,所以我应当告诉你。好吧,反正没多大关系,你又不是一个孩子,自然知道怎样做人,不用提啦。而且我也不是为这件事来的。还有些别的事情恐怕对你严重多哩。到底你也不想把太太害死吧,她对你太有用了。要是葛朗台太太不在了,你在女儿面前处的什么地位,你想想吧。你应当向欧也妮报账,因为你们夫妇的财产没有分过。你的女儿有权利要求分家,叫你把法劳丰卖掉。总而言之,她承继她的母亲,你不能承继你的太太。"

这些话对好家伙宛如晴天霹雳,他在法律上就不像生意上那么内行。他从没想到共有财产的拍卖。

"所以我劝你对女儿宽和一点。"克罗旭末了又说。

"可是你知道她做的什么事吗,克罗旭?"

"什么事?"公证人很高兴听听葛朗台的心腹话,好知道这次吵架的原因。

"她把她的金子送了人。"

"那不是她的东西吗?"公证人问。

"哎,他们说的都是一样的话!"老头儿做了一个悲壮的姿势,让手臂掉了下去。

"难道为了芝麻大的事,"公证人接着说,"你就不想在太太死后,要求女儿放弃权利吗?"

"嘿!你把六千法郎的金洋叫作芝麻大的事?"

"嗳!老朋友,把太太的遗产编造清册,分起家来,要是欧也妮这样主张的话,你得破费多少,你知道没有?"

"怎么呢?"

"二十万,三十万,四十万法郎都说不定!为了要知道实际的财产价值,不是要把共有财产拍卖,变现款吗?倘使你能取得她同意……"

"爷爷的锹子!"老箍桶匠脸孔发白的坐了下来,"慢慢再说吧,克罗旭。"

沉默了一会,或者是痛苦的挣扎了一会儿,老头儿瞪着公证人说:

"人生残酷,太痛苦了。"他又换了庄严的口吻,"克罗旭,你不会骗我吧,你得发誓刚才你说的那一套都是根据法律的。把民法给我看,我要看民法!"

"朋友,我自己的本行还不清楚吗?"

"那么是真的了?我就得给女儿抢光,欺骗,杀死,吞掉的了。"

"她承继她的母亲啊。"

"那么养儿女有什么用？啊！我的太太，我是爱她的。幸亏她硬朗得很：她是拉·裴德里埃家里的种。"

"她活不了一个月了。"

老箍桶匠敲着自己的脑袋，走过去，走回来，射出一道可怕的目光盯着克罗旭，问道：

"怎么办？"

"欧也妮可以把母亲的遗产无条件的抛弃。你总不愿意剥夺她的承继权吧，你？既然要她做这种让步，就不能亏待她。朋友，我告诉你这些，都是对我自己不利的。我拿的是什么，嗯？……不是清算，登记，拍卖，分家等等吗？"

"慢慢瞧吧，慢慢瞧吧。不谈这些了，克罗旭。你把我的肠子都搅乱了。你收到什么金子没有？"

"没有；可是有十来块古钱，可以让给你。好朋友，跟欧也妮讲和了吧。你瞧，全索漠都对你丢石子呢。"

"那些混蛋！"

"得啦，公债涨到九十九法郎哪。人生一世总该满意一次吧。"

"九十九，克罗旭？"

"是啊。"

"嗨！嗨！九十九！"老头儿说着把老公证人一直送到街门。

然后，刚才听到的一篇话使他心中七上八下的，在家里耽不住了，上楼对妻子说：

"喂，妈妈，你可以跟你女儿混一天了，我上法劳丰去。你们俩都乖乖的啊。今天是咱们的结婚纪念日，好太太：这儿是十块钱给你在圣体节做路祭用。你不是想了好久吗？得啦，你玩儿吧！你们就乐一下，痛快一下吧，你得保重身体。噢，我多开心哦！"

他把十块六法郎的银币丢在女人床上，捧着她的头吻她的前额。

"好太太，你好一些了，是不是？"

"你心中连女儿都容不下,怎么能在家里接待大慈大悲的上帝呢?"她激动的说。

"咄,咄,咄,咄!"他的声音变得柔和婉转了,"慢慢瞧吧。"

"谢天谢地!欧也妮,快来拥抱你父亲,"她快活得脸孔通红的叫着,"他饶了你啦!"

可是老头儿已经不见了。他连奔带跑的赶到庄园上,急于要把他搅乱了的思想整理一下。那时葛朗台刚刚跨到第七十六个年头。两年以来,他更加吝啬了,正如一个人一切年深月久的痴情与癖好一样。根据观察的结果,凡是吝啬鬼,野心家,所有执着一念的人,他们的感情总特别灌注在象征他们痴情的某一件东西上面。看到金子,占有金子,便是葛朗台的执着狂。他专制的程度也随着吝啬而俱增;妻子死后要把财产放手一部分,哪怕是极小极小的一部分,只要他管不着,他就觉得逆情背理。怎么!要对女儿报告财产的数目,把动产不动产一股脑儿登记起来拍卖?……

"那简直是抹自己的脖子。"他在庄园里检视着葡萄藤,高声对自己说。

终于他主意拿定了,晚饭时分回到索漠,决意向欧也妮屈服,巴结她,诱哄她,以便到死都能保持家长的威风,抓着几百万家财的大权,直到咽最后一口气为止。老头儿无意中身边带着百宝钥匙,便自己开了大门,轻手蹑脚的上楼到妻子房里,那时欧也妮正捧了那口精美的梳妆箱放在母亲床上。趁葛朗台不在家,母女俩很高兴的在查理母亲的肖像上咂摸一下查理的面貌。

"这明明是他的额角,他的嘴!"老头儿开门进去,欧也妮正这么说着。

一看见丈夫瞪着金子的眼光,葛朗台太太便叫起来:

"上帝呀,救救我们!"

老头儿身子一纵,扑上梳妆匣,好似一头老虎扑上一个睡着的婴儿。

"什么东西?"他拿着宝匣往窗前走去,"噢,是真金!金子!"他连声叫嚷,"这么多的金子!有两斤重。啊!啊!查理把这个跟你换了美丽的金洋,是不是?为什么不早告诉我?这交易划得来,小乖乖!你真是我的女儿,我明白了。"

欧也妮四肢发抖。老头儿接着说:

"不是吗,这是查理的东西?"

"是的,父亲,不是我的。这匣子是神圣不可侵犯的,是寄存的东西。"

"咄,咄,咄,咄!他拿了你的家私,正应该补偿你。"

"父亲……"

好家伙想掏出刀子撬一块金板下来,先把匣子往椅上一放。欧也妮扑过去想抢回;可是箍桶匠的眼睛老盯着女儿跟梳妆匣,他手臂一摆,使劲一推,她便倒在母亲床上。

"老爷!老爷!"母亲嚷着,在床上直坐起来。

葛朗台拔出刀子预备撬了。欧也妮立刻跪下,爬到父亲身旁,高举着两手,嚷道:

"父亲,父亲,看在圣母面上,看在十字架上的基督面上,看在所有的圣灵面上,看在你灵魂得救面上,看在我的性命面上,你不要动它!这口梳妆匣不是你的,也不是我的,是一个受难的亲属的,他托我保管,我得原封不动的还他。"

"为什么拿来看呢,要是寄存的话?看比动手更要不得。"

"父亲,不能动呀,你叫我见不得人啦!父亲,听见没有?"

"老爷,求你!"母亲跟着说。

"父亲!"欧也妮大叫一声,吓得拿侬也赶到了楼上。

欧也妮在手边抓到了一把刀子,当作武器。

"怎么样?"葛朗台冷笑着,静静的说。

"老爷,老爷,你要我命了!"母亲嚷着。

"父亲,你的刀把金子碰掉一点,我就把这刀结果我的性命。你已经把母亲害到只剩一口气,你还要杀死你的女儿。好吧,大家拼掉算了!"

葛朗台把刀子对着梳妆匣,望着女儿,迟疑不决。

"你敢吗,欧也妮?"他说。

"她会的,老爷。"母亲说。

"她说得到做得到,"拿侬嚷道,"先生,你一生一世总得讲一次理吧。"

箍桶匠看看金子,看看女儿,愣了一会。葛朗台太太晕过去了。

"哎,先生,你瞧,太太死过去了!"拿侬嚷道。

"噢,孩子,咱们别为了一口箱子生气啦。拿去吧!"箍桶匠马上把梳妆匣扔在了床上。"——拿侬,你去请裴日冷先生。——得啦,太太,"他吻着妻子的手,"没有事啦,咱们讲和啦。——不是吗,小乖乖?不吃干面包了,爱吃什么就吃什么吧……啊!她眼睛睁开了。——嗳嗳,妈妈,小妈妈,好妈妈,得啦!哎,你瞧我拥抱欧也妮了。她爱她的堂兄弟,她要嫁给他就嫁给他吧,让她把小箱子藏起来吧。可是你得长命百岁的活下去啊,可怜的太太。嗳嗳,你身子动一下给我看哪!告诉你,圣体节你可以拿出最体面的祭桌,索漠从来没有过的祭桌。"

"天哪,你怎么可以这样对你的妻子跟孩子!"葛朗台太太的声音很微弱。

"下次决不了,决不了!"箍桶匠叫着,"你瞧就是,可怜的太太。"

他到密室去拿了一把路易来摔在床上。

"喂,欧也妮,喂,太太,这是给你们的。"他一边说一边把钱拈着玩,"嗳嗳,太太,你开开心;快快好起来吧,你要什么有什么,欧也妮也是的。瞧,这一百金路易是给她的。你不会把这些再送人了吧,欧也妮,是不是?"

葛朗台太太和女儿面面相觑,莫名其妙。

"父亲,把钱收起来吧;我们只需要你的感情。"

"对啦,这才对啦,"他把金路易上了袋,"咱们和和气气过日子吧。大家下楼,到堂屋去吃晚饭,天天晚上来两个铜子的摸彩。你们痛快玩吧!嗯,太太,好不好?"

"唉!怎么不好,既然这样你觉得快活,"奄奄一息的病人回答,"可是我起不来啊。"

"可怜的妈妈,"箍桶匠说,"你不知道我多爱你。——还有你,我的儿!"

他搂着她,把她拥抱。

"噢!吵过了架再搂着女儿多开心,小乖乖!……嗨,你瞧,小妈妈,现在咱们两个变了一个了。"他又指着梳妆匣对欧也妮说,"把这个藏起来吧。去吧,不用怕。我再也不提了,永远不提了。"

不久,索漠最有名的医生,裴日冷先生来了。诊察完毕,他老实告诉葛朗台,说他太太病得厉害,只有给她精神上绝对安静,悉心调养,服侍周到,可能拖到秋末。

"要不要花很多的钱?要不要吃药呢?"

"不用多少药,调养要紧。"医生不由得微微一笑。

"嗳,裴日冷先生,你是有地位的人。我完全相信你,你认为什么时候应该来看她,尽管来。求你救救我的女人;我多爱她,虽然表面上看不出,因为我家里什么都藏在骨子里的,那些事把我心都搅乱了。我有我的伤心事。兄弟一死,伤心事就进了我的门,我为他在巴黎花钱……花了数不清的钱!而且还没得完。再会吧,先生。要是我女人还有救,请你救救她,即使要我一百两百法郎也行。"

虽然葛朗台热烈盼望太太病好,因为她一死就得办遗产登记,而这就要了他的命;虽然他对母女俩百依百顺,一心讨好的态度使她们吃惊;虽然欧也妮竭尽孝心的侍奉;葛朗台太太还是很快的往死路上走。像所有在这个年纪上得了重病的女人一样,她一天憔悴一天。她像秋天的树叶一般脆弱。天国的光辉照着她,仿佛太阳照着树叶发出金光。有她那样的一生,才有她那样的死,恬静隐忍,完全是一个基督徒的死,死得崇高,伟大。

到了一八二二年十月,她的贤德,她的天使般的耐心和对女儿的怜爱,表现得格外显著;她没有一句怨言的死了,像洁白的羔羊一般上了天。在这个世界上她只舍不得一个人,她凄凉的一生的温柔的伴侣——她最后的几眼似乎暗示女儿将来的苦命。想到把这头和她自己一样洁白的羔羊,孤零零的留在自私自利的世界上任人宰割,她就发抖。

"孩子,"她断气以前对她说,"幸福只有在天上,你将来会知道。"

下一天早上,欧也妮更有一些新的理由,觉得和她出生的、受过多少痛苦的、母亲刚在里面咽气的这所屋子分不开。她望着堂屋里的窗棂与草垫的椅子不能不落泪。她以为错看了老父的心,因为他对她多么温柔多么体贴:他来搀了她去用午饭,几小时的望着她,眼睛的神气差不多是慈祥了;他瞅着女儿,仿佛她是金铸的一般。

老箍桶匠变得厉害,常在女儿前面哆嗦,眼见他这种老态的拿侬与克罗旭他们,认为是他年纪太大的缘故,甚至担心他有些器官已经衰退。可是到了全家戴孝那天,吃过了晚饭,当唯一知道这老人秘密的公证人在座的时候,老头儿古怪的行为就有了答案。

饭桌收拾完了,门都关严了,他对欧也妮说:

"好孩子,现在你承继了你母亲啦,咱们中间可有些小小的事得办一办。——对不对,克罗旭?"

"对。"

"难道非赶在今天办不行吗,父亲?"

"是呀,是呀,小乖乖。我不能让事情搁在那儿牵肠挂肚。你总不至于要我受罪吧。"

"噢!父亲……"

"好吧,那么今天晚上一切都得办了。"

"你要我干什么呢?"

"乖乖,这可不关我的事。——克罗旭,你告诉她吧。"

"小姐,令尊既不愿意把产业分开,也不愿意出卖,更不愿因为变卖财产,有了现款而付大笔的捐税,所以你跟令尊共有的财产,你得放弃登记……"

"克罗旭,你这些话保险没有错吗,可以对一个孩子说吗?"

"让我说呀,葛朗台。"

"好,好,朋友。你跟我的女儿都不会抢我的家私。——对不对,小乖乖?"

"可是,克罗旭先生,究竟要我干什么呢?"欧也妮不耐烦的问。

"哦,你得在这张文书上签个字,表示你抛弃对令堂的承继权,把你跟令尊共有的财产,全部交给令尊管理,收入归他,光给你保留虚有权……"

"你对我说的,我一点儿不明白,"欧也妮回答,"把文书给我,告诉我签字应该签在哪儿。"

葛朗台老头的眼睛从文书转到女儿,从女儿转到文书,紧张得脑门上尽是汗,一刻不停的抹着。

"小乖乖,这张文书送去备案的时候要花很多钱,要是对你可怜的母亲,你肯无条件抛弃承继权,把你的前途完全交托给我的话,我觉得更满意。我按月付你一百法郎的大利钱。这样,你爱做多少台弥撒给谁都可以了!……嗯!按月一百法郎,一块钱作六法郎,行吗?"

"你爱怎办就怎办吧,父亲。"

"小姐,"公证人说,"以我的责任,应当告诉你,这样你自己是一无所有了……"

"嗨!上帝,"她回答,"那有什么关系!"

"别多嘴,克罗旭。——一言为定,"葛朗台抓起女儿的手放在自己手中一拍,"欧也妮,你决不反悔,你是有信用的姑娘,是不是?"

"噢!父亲……"

他热烈的拥抱她,把她紧紧的搂得几乎喘不过气来。

"得啦,孩子,你给了我生路,我有了命啦;不过这是你把欠我的还了我:咱们两讫了。这才叫作公平交易。人生就是一件交易。我祝福你！你是一个贤德的姑娘,孝顺爸爸的姑娘。你现在爱做什么都可以。"

"明儿见,克罗旭,"他望着骇呆了的公证人说,"请你招呼法院书记官预备一份抛弃文书,麻烦你给照顾一下。"

下一天中午时分,声明书签了字,欧也妮自动的抛弃了财产。

可是到第一年年终,老箍桶匠庄严的许给女儿的一百法郎月费,连一个子儿都没有给。欧也妮说笑之间提到的时候,他不由得脸上一红,奔进密室,把他从侄儿那里三钱不值两文买来的金饰,捧了三分之一下来。

"嗳,孩子,"他的语调很有点挖苦意味,"要不要把这些抵充你的一千二百法郎?"

"噢,父亲,真的吗,你把这些给我?"

"明年我再给你这些些,"他说着把金饰倒在她围裙兜里,"这样,不用多少时候,他的首饰都到你手里了。"他搓着手,因为能够利用女儿的感情占了便宜,觉得很高兴。

话虽如此,老头儿尽管还硬朗,也觉得需要让女儿学一学管家的诀窍了。连着两年,他教欧也妮当他的面吩咐饭菜,收人家的欠账。他慢慢的,把庄园田地的名称内容,陆续告诉了她。第三年上,他的吝啬作风把女儿训练成熟,变成了习惯,于是他放心大胆的,把伙食房的钥匙交给她,让她正式当家。

五年这样的过去了,在欧也妮父女单调的生活中无事可述,老是些同样的事情,做得像一座老钟那样准确。葛朗台小姐的愁闷忧苦已经是公开的秘密;但是尽管大家感觉到她忧苦的原因,她从没说过一句话,给索漠人对她感情的猜想有所证实。她唯一来往的人,只有几位克罗旭与他们无意中带来走熟的一些朋友。他们把她教会了打韦斯脱牌,每天晚上都来玩一局。

一八二七那一年,她的父亲感到衰老的压迫,不得不让女儿参与田产的秘密,遇到什么难题,就叫她跟克罗旭公证人商量——他的忠实,老头儿是深信不疑的。然后,到这一年年终,在七十九岁上,好家伙患了疯瘫,很快的加重。裴日冷先生断定他的病是不治的了。

想到自己不久就要一个人在世界上了,欧也妮便跟父亲格外接近,把这感情的最后一环握得更紧。像一切动了爱情的女子一样,在她心目中,爱情便是整个的世界,可是查理不在眼前。她对老父的照顾服侍,可以说是鞠躬尽瘁。他开始显得老态龙钟,可是守财奴的脾气依旧由本能支持在那里。所以这个人从生到死没有一点儿改变。

从清早起,他叫人家把他的转椅,在卧室的壁炉与密室的门中间推来推去,密室里头不用说是堆满了金子的。他一动不动的待在那儿,极不放心的把看他的人,和装了铁皮的门,轮流瞧着。听到一点儿响动,他就要人家报告原委;而且使公证人大为吃惊的是,他连狗在院子里打哈欠都听得见。他好像迷迷糊糊的神志不清,可是一到人家该送田租来,跟管庄园的算账,或者出立收据的日子与时间,他会立刻清醒。于是他推动转椅,直到密室门口。他叫女儿把门打开,监督她亲自把一袋袋的钱秘密的堆好,把门关严。然后他又一声不出的回到原来的位置,只要女儿把那个宝贵的钥匙交还了他,藏在背心袋里,不时用手摸一下。他的老朋友公证人,觉得倘使查理·葛朗台不回来,这个有钱的独养女儿稳是嫁给他当所长的侄儿的了,所以他招呼得加倍殷勤,天天来听葛朗台差遣,奉命到法劳丰,到各处的田地,草原,葡萄园去,代葛朗台卖掉收成,把暗中积在密室里的成袋的钱,兑成金子。

末了,终于到了弥留时期,那几日老头儿结实的身子进入了毁灭的阶段。他要坐在火炉旁边,密室之前。他把身上的被一齐拉紧,裹紧,嘴里对拿侬说着:

"裹紧,裹紧,别让人家偷了我的东西。"

他所有的生命力都退守在眼睛里了,他能够睁开眼的时候,立刻转到满屋财宝的密室门上:

"在那里吗?在那里吗?"问话的声音显出他惊慌得厉害。

"在那里呢，父亲。"

"你看住金子！……拿来放在我面前！"

欧也妮把金路易铺在桌上，他几小时的用眼睛盯着，好像一个才知道观看的孩子呆望着同一件东西；也像孩子一般，他露出一点儿很吃力的笑意。有时他说一句：

"这样好让我心里暖和！"脸上的表情仿佛进了极乐世界。

本区的教士来给他做临终法事的时候，十字架，烛台，和银镶的圣水壶一出现，似乎已经死去几小时的眼睛立刻复活了，目不转睛的瞧着那些法器，他的肉瘤也最后的动了一动。神甫把镀金的十字架送到他唇边，给他亲吻基督的圣像，他却做了一个骇人的姿势想把十字架抓在手里，这一下最后的努力送了他的命。他唤着欧也妮，欧也妮跪在前面，流着泪吻着他已经冰冷的手，可是他看不见。

"父亲，祝福我啊。"

"把一切照顾得好好的！到那边来向我交账！"这最后一句证明基督教应该是守财奴的宗教。

于是欧也妮在这座屋子里完全孤独了；只有拿侬，主人对她递一个眼神就会懂得，只有拿侬为爱她而爱她，只有跟拿侬才能谈谈心中的悲苦。对于欧也妮，拿侬简直是一个保护人，她不再是一个女仆，而是卑恭的朋友。

父亲死后，欧也妮从克罗旭公证人那里知道，她在索漠地界的田产每年有三十万法郎收入；有六十法郎买进的三厘公债六百万，现在已经涨到每股七十七法郎；还有价值二百万的金子，十万现款，其他零星的收入还不计在内。她财产的总值大概有一千七百万。

"可是堂兄弟在哪里啊？"她咕哝着。

克罗旭公证人把遗产清册交给欧也妮的那天，她和拿侬两个在壁炉架两旁各据一方的坐着，在这间空荡荡的堂屋内，一切都是回忆，从母亲坐惯的草垫椅子起，到堂兄弟喝过的玻璃杯为止。

"拿侬，我们孤独了！"

"是的,小姐;嗳,要是我知道他在哪里,我会走着去把他找来,这俏冤家。"

"汪洋大海隔着我们呢。"

正当可怜的承继人,在这所包括了她整个天地的又冷又暗的屋里,跟老女仆两个相对饮泣的时候,从南特到奥尔良,大家议论纷纷,只谈着葛朗台小姐的一千七百万家私。她的第一批行事中间,一桩便是给了拿侬一千二百法郎终身年金。拿侬原来有六百法郎,加上这一笔,立刻变成一门有陪嫁的好亲事。不到一个月,她从闺女一变而为人家的媳妇,嫁给替葛朗台小姐看守田地产业的安东尼·高诺阿莱了。高诺阿莱太太比当时旁的妇女占很大的便宜。五十九岁的年纪看上去不超过四十。粗糙的线条不怕时间的侵蚀。一向过着修院式的生活,她的鲜红的皮色,铁一般硬棒的身体,根本不知衰老为何物。也许她从没有结婚那天好看过。生得丑倒是沾了光,她高大,肥胖,结实;毫不见老的脸上,有一股幸福的神气,教有些人羡慕高诺阿莱的福分。

"她气色很好。"那个开布店的说。

"她还能够生孩子呢,"盐商说,"说句你不爱听的话,她好像在盐卤里腌过,不会坏的。"

"她很有钱,高诺阿莱这小子算捞着了。"另外一个街坊说。

人缘很好的拿侬从老屋里出来,走下弯弯曲曲的街,上教堂去的时候,一路受到人家祝贺。

欧也妮送的贺礼是三打餐具。高诺阿莱想不到主人这样慷慨,一提到小姐便流眼泪:他甚至肯为她丢掉脑袋。成为欧也妮的心腹之后,高诺阿莱太太在嫁了丈夫的快乐以外,又添了一桩快乐:因为终于轮到她来把伙食房打开,关上,早晨去分配粮食,好似她去世的老主人一样。其次,归她调度的还有两名仆役,一个是厨娘,一个是收拾屋子、修补衣裳被服、缝制小姐衣衫的女仆。高诺阿莱兼做看守与总管。不消说,拿侬挑选来的厨娘与女仆都是上选之才。这样,葛朗台小姐有了四个忠心的仆役。老头儿生前管理田产的办法早已成为老例章程，现在再由高诺阿莱夫妇谨谨慎慎的继续下去，那些庄稼人简直不觉得老主人已经去世。

如此人生

到了三十岁,欧也妮还没有尝到一点儿人生乐趣。黯淡凄凉的童年,是在一个有了好心而无人识得、老受欺侮而永远痛苦的母亲身旁度过的。这位离开世界只觉得快乐的母亲,曾经为了女儿还得活下去而发愁,使欧也妮心中老觉得有些对不起她,永远的悼念她。欧也妮第一次也是仅有的一次爱情,成为她痛苦的根源。情人只看见了几天,她就在匆忙中接受了而回敬了的亲吻中间,把心给了他;然后他走了,整个世界把她和他隔开了。这场被父亲诅咒的爱情,差不多送了母亲的命,她得到的只有苦恼与一些渺茫的希望。所以至此为止,她为了追求幸福而消耗了自己的精力,却没有地方好去补充她的精力。精神生活与肉体生活一样,有呼也有吸:灵魂要吸收另一颗灵魂的感情来充实自己,然后以更丰富的感情送回给人家。人与人之间要没有这点美妙的关系,心就没有了生机:它缺少空气,它会受难,枯萎。

欧也妮开始痛苦了。对她,财富既不是一种势力,也不是一种安慰;她只能靠了爱情,靠了宗教,靠了对前途的信心而生活。爱情给她解释了永恒。她的心与福音书,告诉她将来还有两个世界好等。她日夜沉浸在两种无穷的思想中,而这两种思想,在她也许只是一种。她把整个的生命收敛起来,只知道爱,也自以为被人爱。七年以来,她的热情席卷一切。她的宝物并非收益日增的千万家私,而是查理的那口匣子,而是挂在床头的两张肖像,而是向父亲赎回来、放在棉花上、藏在旧木柜抽斗中的金饰，还有母亲用过的叔母的针籯。单单为了要把这满是回忆的金顶针套在手指上，她每天都得诚诚心心的戴了它做一点儿绣作——正如珀涅罗珀等待丈夫回家的活计。

看光景葛朗台小姐决不会在守丧期间结婚。大家知道她的虔诚是出于真心。所以克罗旭一家在老神甫高明的指挥之下，光是用殷勤恳切的照顾来包围有钱的姑娘。

她堂屋里每天晚上都是高朋满座，都是当地最热烈最忠心的克罗旭党，竭力用各种不同的语调颂赞主妇。她有随从御医，有大司祭，有内廷供奉，有侍候梳洗的贵嫔，有首相，特别是枢密大臣，那个无所不言的枢密大臣。如果她想有一个替她牵裳曳袂的侍从，人家也会替她找来的。她简直是一个王后，人家对她的谄媚，比对所有的王后更巧妙。谄媚从来不会出自伟大的心灵，而是小人的伎俩，他们卑躬屈膝，把自己尽量的缩小，以便钻进他们趋附的人物的生活核心。而且谄媚背后有利害关系。所以那些每天晚上挤在这儿的人，把葛朗台小姐唤作特·法劳丰小姐，居然把她捧上了。这些众口一词的恭维，欧也妮是闻所未闻的，最初不免脸红；但不论奉承的话如何过火，她的耳朵不知不觉也把称赞她如何美丽的话听惯了，倘使此刻还有什么新来的客人觉得她丑陋，她决不能再像八年前那样满不在乎。而且临了，她在膜拜情人的时候暗中说的那套甜言蜜语，她自己也爱听了。因此她慢慢的听任人家夜夜来上朝似的，把她捧得像王后一般。

特·篷风所长是这个小圈子里的男主角，他的才气，人品，学问，和蔼，老是有人在那儿吹捧。有的说七年来他的财产增加了不少：篷风那块产业至少有一万法郎收入，而且和克罗旭家所有的田产一样，周围便是葛朗台小姐广大的产业。

"你知道吗，小姐？"另外一个熟客说，"克罗旭他们有四万法郎收入！"

"还有他们的积蓄呢，"克罗旭党里的一个老姑娘，特·格里鲍果小姐接着说，"最近巴黎来了一位先生，愿意把他的事务所以二十万法到了三十岁,欧也妮还没有尝到一点儿人生乐趣。

郎的代价盘给克罗旭。这位巴黎人要是谋到了乡镇推事的位置,就得把事务所出盘。"

"他想填补特·篷风先生当所长呢,所以先来布置一番,"特·奥松华太太插嘴说,"因为所长先生不久要升高等法院推事,再升庭长;他办法多得很,保险成功。"

"是啊,"另外一个接住了话头,"他真是一个人才,小姐,你看是不是?"

所长先生竭力把自己收拾得和他想扮演的角色配合。虽然年纪已有四十,虽然那张硬绷绷的暗黄脸,像所有司法界人士的脸一样干瘪,他还装作年轻人模样,拿着藤杖满嘴胡扯,在特·法劳丰小姐府上从来不吸鼻烟,老戴着白领带,领下的大折裥颈围,使他的神气很像跟一般蠢头蠢脑的火鸡是同门第兄。他对美丽的姑娘说话的态度很亲密,把她叫作"我们亲爱的欧也妮"。

总之,除了客人的数目,除了摸彩变了韦斯脱,再除去了葛朗台夫妇两个,堂屋里晚会的场面和过去并没有什么两样。那群猎犬永远在追逐欧也妮和她的千百万家私,但是猎狗的数量增多了,叫也叫得更巧妙,而且是同心协力的包围它们的俘虏。要是查理忽然从印度跑回来,他可以发现同样的人物与同样的利害冲突。欧也妮依旧招待得很客气的台·格拉桑太太,始终跟克罗旭他们捣乱。可是跟从前一样,控制这个场面的还是欧也妮;也跟从前一样,查理在这儿还是高于一切。但情形究竟有了些进步。从前所长送给欧也妮过生日的鲜花,现在变成经常的了。每天晚上,他给这位有钱的小姐送来一大束富丽堂皇的花,高诺阿莱太太有心当着众人把它插入花瓶,可是客人一转背,花马上给暗暗扔在院子角落里。

初春的时候,台·格拉桑太太又来破坏克罗旭党的幸福了,她向欧也妮提起特·法劳丰侯爵,说要是欧也妮肯嫁给他,在订立婚书的时候,把他以前的产业带回过去的话,他立刻可以重振家业。台·格拉桑太太把贵族的门第,侯爵夫人的头衔叫得震天响,把欧也妮轻蔑的微笑当作同意的暗示,到处扬言,克罗旭所长先生的婚事不见得像他所想的那么成熟。

"虽然特·法劳丰先生已经五十岁,"她说,"看起来也不比克罗旭先生老;不错,他是鳏夫,他有孩子;可是他是侯爵,将来又是贵族院议员。嘿!在这个年月,你找得出这样的亲事来吗?我确确实实知道,葛朗台老头当初把所有的田产并入法劳丰,就是存心要跟法劳丰家接种。他常常对我说的。他狡猾得很呀,这老头儿。"

"怎么,拿侬,"欧也妮有一晚临睡时说,"他一去七年,连一封信都没有!……"

正当这些事情在索漠搬演的时候,查理在印度发了财。先是他那批起码货卖了好价,很快弄到了六千美金①。他一过赤道线,便丢掉了许多成见:发觉在热带地方的致富捷径,像在欧洲一样,是贩卖人口。于是他到非洲海岸去做黑人买卖,同时在他为了求利而去的各口岸间,拣最挣钱的货色贩运。他把全副精神放在生意上,忙得没有一点儿空闲,唯一的念头是发了大财回到巴黎去耀武扬威,爬到比从前一个斤斗栽下来的地位更阔的地位。

在人堆中混久了,地方跑多了,看到许多相反的风俗,他的思想变了,对一切都取怀疑态度。他眼见在一个地方成为罪恶的,在另一个地方竟是美德,于是他对是非曲直再没有一定的观念。一天到晚为利益打算的结果,心变冷了,收缩了,干枯了。葛朗台家的血统没有失传,查理变得狠心刻薄,贪婪到了极点。他贩卖中国人,黑人,燕窝,儿童,艺术家,大规模放高利贷。偷税走私的习惯,使他愈加藐视人权。他到南美洲圣·多玛岛上贱价收买海盗的赃物,运到缺货的地方去卖。

初次出国的航程中,他心头还有欧也妮高尚纯洁的面貌,好似西班牙水手把圣母像挂在船上一样;生意上初期的成功,他还归功于这

---

① 当时美金一元值五法郎四十。

个温柔的姑娘的祝福与祈祷;可是后来,黑种女人,白种女人,黑白混血种女人,爪哇女人,埃及舞女……跟各种颜色的女子花天酒地,到处荒唐胡闹过后,把他关于堂姊,索漠,旧屋,凳子,甬道里的亲吻等等的回忆,抹得一干二净。他只记得墙垣破旧的小花园,因为那儿是他冒险生涯的起点;可是他否认他的家属:伯父是只老狗,骗了他的金饰;欧也妮在他的心中与脑海中都毫无地位,她只是生意上供给他六千法郎的一个债主。这种行径与这种念头,便是查理·葛朗台杳无音信的原因。在印度,圣·多玛,非洲海岸,里斯本,美国,这位投机家为免得牵连本姓起见,取了一个假姓名,叫作卡尔·赛弗。这样,他可以毫无危险的到处胆大妄为了;不择手段,急于捞钱的作风,似乎巴不得把不名誉的勾当早日结束,在后半世做个安分良民。这种办法使他很快的发了大财。一八二七年上,他搭了一家保王党贸易公司的一条华丽帆船,玛丽-加洛琳号,回到波尔多。他有三大桶箍扎严密的金屑子,值到一百九十万法郎,打算到巴黎换成金币,再赚七八厘利息。同船有一位慈祥的老人,查理十世陛下的内廷行走,特·奥勃里翁先生,当初糊里糊涂的娶了一位交际花。他的产业在墨西哥海湾中的众岛上,这次是为了弥补太太的挥霍,到那边去变卖家产的。特·奥勃里翁夫妇是旧世家特·奥勃里翁·特·皮克出身,特·皮克的最后一位将军在一七八九年以前就死了。现在的特·奥勃里翁,一年只有两万法郎左右的进款,还有一个奇丑而没有陪嫁的女儿,因为母亲自己的财产仅仅够住在巴黎的开销。可是交际场中认为,就凭一般时髦太太那样天大的本领,也不容易嫁掉这个女儿。特·奥勃里翁太太自己也看了女儿心焦,因为不论是谁,即使是想当贵族想迷了心的男人对这位小姐也是不敢领教的。

特·奥勃里翁小姐与她同音异义的昆虫一样,长得像一只蜻蜓;①又瘦又细,嘴巴老是瞧不起人的模样,上面挂着一个太长的鼻子,平常

---

① "小姐"一词在法文中亦作蜻蜓解。

是黄黄的颜色,一吃饭却完全变红,这种植物性的变色现象,在一张又苍白又无聊的脸上格外难看。总而言之,她的模样,正好教一个年纪三十八而还有风韵还有野心的母亲欢喜。可是为补救那些缺陷起见,特·奥勃里翁侯爵夫人把女儿教得态度非常文雅,经常的卫生把鼻子维持着相当合理的皮色,教她学会打扮得大方,传授她许多漂亮的举动,会做出那些多愁多病的眼神,教男人看了动心,以为终于遇到了找遍天涯无觅处的安琪儿;她也教女儿如何运用双足,赶上鼻子肆无忌惮发红的辰光,就该及时地伸出脚来,让人家鉴赏它们的纤小玲珑;总之,她把女儿琢磨得着实不错了。靠了宽大的袖子,骗人的胸褡,收拾得齐齐整整而衣袂往四下里鼓起来的长袍,束得极紧的撑裙,她居然制成了一些女性的特征,其巧妙的程度实在应当送进博物馆,给所有的母亲作参考。查理很巴结特·奥勃里翁太太,而她也正想交结他。有好些人竟说在船上的时期,美丽的特·奥勃里翁太太把凡是可以钓上这有钱女婿的手段,件件都做到家了。一八二七年六月,在波尔多下了船,特·奥勃里翁先生,太太,小姐,和查理,寄宿在同一个旅馆,又一同上巴黎。特·奥勃里翁的府邸早已抵押出去,要查理给赎回来。丈母娘已经讲起把楼下一层让给女婿女儿住是多么快活的话。不像特·奥勃里翁先生那样对门第有成见,她已经答应查理·葛朗台,向查理十世请一道上谕,钦准他葛朗台改姓特·奥勃里翁,使用特·奥勃里翁家的爵徽;并且只要查理送一个岁收三万六千法郎的采邑给特·奥勃里翁,他将来便可承袭特·皮克大将军与特·奥勃里翁侯爵的双重头衔。两家的财产合起来,加上国家的乾俸,一切安排得好好的话,特·奥勃里翁府大概可以有十几万法郎收入。

她对查理说:"一个人有了十万法郎收入,有了姓氏,有了门第,出入宫廷——我会给你弄一个内廷行走的差使——那不是要当什么就当什么了吗?这样,你可以当参事院请愿委员,当省长,当大使馆秘书,当大使,由你挑就是。查理十世很喜欢特·奥勃里翁,他们从小就相熟。"

这女人挑逗查理的野心，弄得他飘飘然；她手段巧妙的，当作体己话似的，告诉他将来有如何如何的希望，使查理在船上一路想出了神。他以为父亲的事情有伯父料清了，觉得自己可以平步青云，一脚闯入个个人都想挤进去的圣·日耳曼区，在玛蒂尔德小姐的蓝鼻子提携之下，他可以摇身一变而为特·奥勃里翁伯爵，好似特孪一家当初一变而为勃莱才一样。他出国的时候，王政复辟还是摇摇欲坠的局面，现在却是繁荣昌盛，把他看得眼花了，贵族思想的光辉把他怔住了，所以他在船上开始的醉意，一直维持到巴黎。到了巴黎，他决心不顾一切，要把自私的丈母娘暗示给他的高官厚爵弄到手。在这个光明的远景中，堂姊自然不过是一个小点子了。

他重新见到了阿纳德。以交际花的算盘，阿纳德极力怂恿她的旧情人攀这门亲，并且答应全力支援他一切野心的活动。阿纳德很高兴查理娶一位又丑又可厌的小姐，因为他在印度逗留过后，出落得更讨人喜欢了：皮肤变成暗黄，举动变成坚决、放肆，好似那些惯于决断、控制、成功的人一样。查理眼看自己可以成个角色，在巴黎更觉得如鱼得水了。

台·格拉桑知道他已经回国，不久就要结婚，并且有了钱，便来看他，告诉他再付三十万法郎便可把他父亲的债务偿清。

他见到查理的时候，正碰上一个珠宝商在那里拿了图样，向查理请示特·奥勃里翁小姐首饰的款式。查理从印度带回的钻石确是富丽堂皇，可是钻石的镶工，新夫妇所用的银器，金银首饰与小玩意儿，还得花二十万法郎以上。查理见了台·格拉桑已经认不得了，态度的傲慢，活现出他是一个时髦青年，曾经在印度跟人家决斗、打死过四个对手的人物。台·格拉桑已经来过三次。查理冷冷的听着，然后，并没把事情完全弄清楚，就回答说：

"我父亲的事不是我的事。谢谢你这样费心，先生，可惜我不能领情。我流了汗挣来不到两百万的钱，不是预备送给我父亲的债主的。"

"要是几天之内人家把令尊宣告了破产呢？"

"先生，几天之内我叫作特·奥勃里翁伯爵了。还跟我有什么相干？而且你比我更清楚，一个有十万法郎收入的人，他的父亲决不会有过破产的事。"他说着，客客气气把台·格拉桑推到门口。

这一年的八月初，欧也妮坐在堂兄弟对她海誓山盟的那条小木凳上，天晴的日子她就在这儿用早点的。这时候，在一个最凉爽最愉快的早晨，可怜的姑娘正在记忆中把她爱情史上的大事小事，以及接着发生的祸事，一件件的想过来。阳光照在那堵美丽的墙上——到处开裂的墙快要坍毁了，高诺阿莱老是跟他女人说早晚要压坏人的，可是古怪的欧也妮始终不许人去碰它一碰。这时邮差来敲门，递了一封信给高诺阿莱太太，她一边嚷一边走进园子："小姐，有信哪！"

她递给了主人，问："是不是你天天等着的信呀？"

这句话传到欧也妮心中的声响，其强烈不下于在园子和院子的墙壁中间实际的回声。

"巴黎！……是他的！他回来了。"

欧也妮脸色发白，拿着信愣了一会。她抖得太厉害了，简直不能拆信。

长脚拿侬站在那儿，两手叉着腰，快乐在她暗黄脸的沟槽中像一道烟似的溜走了。

"念呀，小姐……"

"啊！拿侬，他从索漠动身的，为什么回巴黎呢？"

"念呀，你念了就知道啦。"

欧也妮哆嗦着拆开信来。里面掉出一张汇票，是向台·格拉桑太太与高莱合伙的索漠银号兑款的，拿侬给捡了起来。

亲爱的堂姊……

——不叫我欧也妮了，她想着，心揪紧了。

您……

——用这种客套的称呼了!
她交叉了手臂,不敢再往下念,大颗的眼泪冒了上来。
"难道他死了吗?"拿侬问。
"那他不会写信了!"欧也妮回答。
于是她把信念下去:

亲爱的堂姊,您知道了我的事业成功,我相信您一定很高兴。您给了我吉利,我居然挣了钱回来。我也听从了伯父的劝告。他和伯母去世的消息,刚由台·格拉桑先生告诉我。父母的死亡是必然之事,我们应当接替他们。希望您现在已经节哀顺变。我觉得什么都抵抗不住时间。是的,亲爱的堂姊,我的幻想,不幸都已过去。有什么办法!走了许多地方,我把人生想过了。动身时是一个孩子,回来变了大人。现在我想到许多以前不曾想过的事。堂姊,您是自由了,我也还是自由的。表面上似乎毫无阻碍,我们尽可实现当初小小的计划;可是我太坦白了,不能把我的处境瞒您。我没有忘记我不能自由行动;在长途的航程中我老是想起那条小凳……

欧也妮仿佛身底下碰到了火炭,猛的站了起来,走去坐在院子里一级石登上。

……那条小凳,我们坐着发誓永远相爱的小凳;也想起过道,灰色的堂屋,阁楼上我的卧房,也想起那天夜里,您的好意给了我很大的帮助。是的,这些回忆支持了我的勇气,我常常想,您一定在我们约定的时间想念我,正如我想念您一样。您有没有在九点钟看云呢?看的,是不是?所以我不愿欺骗我认为神圣的友谊,不,我绝对不应该欺骗您。此刻有一门亲事,完全符合我对于结婚的观念。在婚姻中谈爱情是做梦。现在,经验告诉我,结婚这件事应当服从一切社会的规律,适应风俗习惯的要求。而你我之间第一先有了年龄的差别,将来对于您也许比对我更有影响。更不用提您的生活方式,您的教育,您的习惯,都与巴黎生活格格不入,决计不能配合我以后的方针。我的计划是维持一个场面阔绰的家,招待许多客人,而我记得您是喜欢安静恬淡的生活的。不,我要更坦白些,请您把我的处境仲裁一下吧;您也应当知道我的情形,您有裁判的权利。如今我有八万法郎的收入。这笔财产使我能够跟特·奥勃里翁家攀亲,他们的独养女儿十九岁,可以给我带来一个姓氏,一个头衔,一个内廷行走的差使,以及声势显赫的地位。老实告诉您,亲爱的堂姊,我对特·奥勃里翁小姐没有一点儿爱情;但是和她联姻之后,我替孩子预留了一个地位,将来的便宜简直无法估计:因为尊重王室的思想慢慢的又在抬头了。几年之后,我的儿子承袭了特·奥勃里翁侯爵,有了四万法郎的采邑,他便爱做什么官都可以了。我们应当对儿女负责。您瞧,堂姊,我多么善意的把我的心,把我的希望,把我的财产,告诉给您听。可能在您那方面,经过了七年的离别,您已经忘记了我们幼稚的行为;可是我,我既没有忘记您的宽容,也没忘记我的诺言;我什么话都记得,即使在最不经意的时候说的话,换了一个不像我这样认真的,不像我这样保持童心而诚实的青年,是早已想不起的了。我告诉您,我只想为了地位财产而结婚,告诉您我还记得我们童年的爱情,这不就是把我交给了您,由您做主吗?这也就是告诉您,如果要我放弃尘世的野心,我也甘心情愿享受朴素纯洁的幸福,那种动人的情景,您也早已给我领略过了……

您忠实的堂弟　查理

**在签名的时候,查理哼着一阕歌剧的调子:"嗒嗒嗒——嗒嗒嘀——叮嗒嗒——咚！——咚嗒嘀——叮嗒嗒……"

"天哪！这就叫作略施小技。"他对自己说。

然后他找出汇票，添注了一笔：

> 附上汇票一纸，请向台·格拉桑银号照兑，票面八千法郎，可用黄金支付。这是包括您慷慨惠借的六千法郎的本利。另有几件东西预备送给您，表示我永远的感激；可是那口箱子还在波尔多，没有运到，且待以后送上。我的梳妆匣，请交驿车带回，地址是伊勒冷-裴尔敦街，特·奥勃里翁府邸。

"交驿车带回！"欧也妮自言自语的说，"我为了它拼命的东西，交驿车带回！"

伤心残酷的劫数！船沉掉了，希望的大海上，连一根绳索一块薄板都没有留下。

受到遗弃之后，有些女子会去把爱人从情敌手中抢回，把情敌杀死，逃到天涯海角，或是上断头台，或是进坟墓。这当然很美；犯罪的动机是一片悲壮的热情，令人觉得法无可恕，情实可悯。另外一些女子却低下头去，不声不响的受苦，她们奄奄一息的隐忍，啜泣，宽恕，祈祷，相思，直到咽气为止。这是爱，是真爱，是天使的爱，以痛苦生以痛苦死的高傲的爱。这便是欧也妮读了这封残酷的信以后的心情。她抬眼望天，想起了母亲的遗言。像有些临终的人一样，母亲是一眼之间把前途看清看透了的。然后欧也妮记起了这先知般的一生和去世的情形，转瞬间悟到了自己的命运。她只有振翼高飞，努力往天上扑去，在祈祷中等待她的解脱。

"母亲说得不错，"她哭着对自己说，"只有受苦与死亡。"

她脚步极慢的从花园走向堂屋。跟平时的习惯相反，她不走甬道；但灰灰的堂屋里依旧有她堂兄弟的纪念物：壁炉架上老摆着那只小碟子，她每天吃早点都拿来用的，还有那赛佛旧瓷的糖壶。这一天对她真是庄严重大的日子,发生了多少大事。拿侬来通报本区的教士到了。他和克罗旭家是亲戚,也是关心特·篷风所长利益的人。几天以前老克罗旭神甫把他说服了,教他在纯粹宗教的立场上,跟葛朗台小姐谈一谈她必须结婚的义务。欧也妮一看见他,以为他来收一千法郎津贴穷人的月费,便叫拿侬去拿钱;可是教士笑道:

"小姐,今天我来跟你谈一个可怜的姑娘的事,整个索漠都在关心她,因为她自己不知爱惜,她的生活方式不够称为一个基督徒。"

"我的上帝!这时我简直不能想到旁人,我自顾还不暇呢。我痛苦极了,除了教会,没有地方好逃,只有它宽大的心胸才容得了我们所有的苦恼,只有它丰富的感情,我们才能取之不尽。"

"嗳,小姐,我们照顾了这位姑娘,同时就照顾了你。听我说!如果你要永生,你只有两条路好走:或者是出家,或者是服从在家的规律;或者听从你俗世的命运,或者听从你天国的命运。"

"啊!好极了,正在我需要指引的时候,你来指引我。对了,一定是上帝派你来的,神甫。我要向世界告别,不声不响的在退隐中为上帝生活。"

"取这种极端的行动,孩子,是需要长时期的考虑的。结婚是生,修道是死。"

"好呀,神甫,死,马上就死!"她激烈的口气叫人害怕。

"死?可是,你对社会负有重大的义务呢,小姐。你不是穷人的母亲,冬天给他们衣服柴火,夏天给他们工作吗?你巨大的家私是一种债务,要偿还的,这是你已经用圣洁的心地接受了的。往修道院一躲是太自私了;终身做老姑娘又不应该。先是你怎么能独自管理偌大的家业?也许你会把它丢了。一桩又一桩的官司会弄得你焦头烂额,无法解决。听你牧师①的话吧:你需要一个丈夫,你应当把上帝赐给你的加以保存。这些话,是我把你当作亲爱的信徒而说的。你那么真诚的

---

① 此处所谓牧师,系指负责指导灵修的神甫,非新教教士之牧师。

爱上帝,决不能不在俗世上求永生;你是世界上最美的装饰之一,给了人家多少圣洁的榜样。"

这时仆人通报台·格拉桑太太来到。她是气愤至极,存了报复的心思来的。

"小姐……——啊!神甫在这里……我不说了,我是来商量俗事的,看来你们在谈重要的事情。"

"太太,"神甫说,"我让你。"

"噢!神甫,"欧也妮说,"过一会再来吧,今天我正需要你的支持。"

"不错,可怜的孩子。"台·格拉桑太太插嘴。

"什么意思?"葛朗台小姐和神甫一齐问。

"难道你堂兄弟回来了,要娶特·奥勃里翁小姐,我还不知道吗?……一个女人不会这么糊涂的。"

欧也妮脸上一红,不出一声;但她决意从此要像父亲一般装作若无其事。

"嗳,太太,"她带着嘲弄的意味,"我倒真是糊涂呢,不懂你的意思。你说吧,不用回避神甫,你知道他是我的牧师。"

"好吧,小姐,这是台·格拉桑给我的信,你念吧。"

欧也妮接过信来念道:

贤妻如面:查理·葛朗台从印度回来,到巴黎已有一月……

——一个月!欧也妮心里想,把手垂了下来。停了一会又往下念:

……我白跑了两次,方始见到这位未来的特·奥勃里翁伯爵。虽然整个巴黎都在谈论他的婚事,教会也公布了婚事征询……

——那么他写信给我的时候已经……欧也妮没有往下再想,也没有像巴黎女子般叫一声:"这无赖!"可是虽然面上毫无表现,她心中的轻蔑并没减少一点。

……这头亲事还渺茫得很呢:特·奥勃里翁侯爵决不肯把女儿嫁给一个破产的人的儿子。我特意去告诉查理,我和他的伯父如何费心料理他父亲的事,用了如何巧妙的手段才把债权人按捺到今天。这傲慢的小子胆敢回答我——为了他的利益与名誉,日夜不息帮忙了五年的我,说:"他父亲的事不是他的事!"为这件案子,一个诉讼代理人真可以问他要三万到四万法郎的酬金,合到债务的百分之一。可是,且慢,他的的确确还欠债权人一百二十万法郎,我非把他的父亲宣告破产不可。当初我接手这件事,完全凭了葛朗台那老鳄鱼一句话,并且我早已代表他的家属对债权人承诺下来。尽管特·奥勃里翁伯爵不在乎他的名誉,我却很看重我自己的名誉。所以我要把我的地位向债权人说明。可是我素来敬重欧也妮小姐——你记得,当初我们境况较好的时候,曾经对她有过提亲的意思——所以在我采取行动之前,你必须去跟她谈一谈……

念到这里,欧也妮立刻停下,冷冷的把信还给了台·格拉桑太太,说:
"谢谢你;慢慢再说吧……"
"哎哟,此刻你的声音和你从前老太爷的一模一样。"
"太太,你有八千一百法郎金子要付给我们哪。"拿侬对她说。
"不错;劳驾你跟我去一趟吧,高诺阿莱太太。"
欧也妮心里已经拿定主意,所以态度很大方很镇静的说:
"请问神甫,结婚以后保持童身,算不算罪过?"
"这是一个宗教里的道德问题,我不能回答。要是你想知道那有名的桑凯士①在《神学要略》的《婚姻篇》内怎样说,明天我可以告诉你。"

神甫走了。葛朗台小姐上楼到父亲的密室内待了一天,吃饭的时候,拿侬再三催促也不肯下来。直到晚上客人照例登门的时候,她才出现。葛朗台家从没有这一晚那样的宾客满堂。查理的回来,和其蠢无比的忘恩负义的消息,早已传遍全城。但来客尽管聚精会神的观察,也无法满足他们的好奇心。早有准备的欧也妮,镇静的脸上一点都不露出在胸中激荡的惨痛的情绪。人家用哀怨的眼神和感伤的言语对她表示关切,她居然能报以笑容。她终于以谦恭有礼的态度,掩饰了她的苦难。

九点左右,牌局完了,打牌的人离开桌子,一边算账一边讨论最后的几局韦斯脱,走来加入谈天的圈子。正当大家伙儿起身预备告辞的时候,忽然展开了富有戏剧性的一幕,震动了索漠,震动了全区,震动了周围四个州府。

"所长,你慢一步走。"欧也妮看见特·篷风先生拿起手杖的时候,这么说。

听到这句话,个个人都为之一怔。所长脸色发白,不由得坐了下来。

"千万家私是所长的了。"特·格里鲍果小姐说。

"还不明白吗?"特·奥松华太太接着嚷道,"特·篷风所长娶定了葛朗台小姐。"

"这才是最妙的一局哩。"老神甫说。

"和了满贯哪。"公证人说。

每个人都有他的妙语,双关语,把欧也妮看作高踞在千万家私之上,好似高踞在宝座上一样。酝酿了八年的大事到了结束的阶段。当着全索漠城的面,叫所长留下,不就等于宣布她决定嫁给他了吗?礼

---

① 十六世纪西班牙神学家。

节体统在小城市中是极严格的,像这一类越出常轨的举动,当然成为最庄严的诺言了。

客人散尽之后,欧也妮声音激动的说道:

"所长,我知道你喜欢我的是什么。你得起誓,在我活着的时候,让我自由,永远不向我提起婚姻给你的权利,那么我可以答应嫁给你。噢!我的话还没有完呢,"她看见所长跪了下去,便赶紧补充,"我不应对你隐瞒,先生。我心里有一股熄灭不了的感情。我能够给丈夫的只有友谊:我既不愿使他难受,也不愿违背我心里的信念。可是你得帮我一次大忙,才能得到我的婚约和产业。"

"赴汤蹈火都可以。"所长回答。

"这儿是一百五十万法郎,"她从怀中掏出一张法兰西银行一百五十股的股票,"请你上巴黎,不是明天,不是今夜,而是立刻。你到台·格拉桑先生那里,去找出我叔父的全部债权人名单,把他们召集起来,把叔父所欠的本金,以及到付款日为止的全部息金,照五厘计算,一律付清,要他们立一张总收据,经公证人签字证明,一切照应有的手续办理。你是法官,这件事我只信托你一个人。你是一个正直的,有义气的男子:我将来就凭你一句话,靠你夫家的姓,挨过人生的危难。我们将来相忍相让。认识了这么多年,我们差不多是一家人了,想你一定不会使我痛苦的。"

所长扑倒在有钱的承继人脚下,又快活又凄怆的浑身哆嗦。

"我一定做你的奴隶!"他说。

"你拿到了收据,先生,"她冷冷的望了他一眼,"你把它和所有的借券一齐送给我的堂兄弟,另外把这封信交给他。等你回来,我履行我的诺言。"

所长很明白他得到葛朗台小姐,完全是由于爱情的怨望;所以他急急要把她的事赶快办了,免得两个情人有讲和的机会。

特·篷风先生走了,欧也妮倒在沙发里哭做一团。一切都完了。所长雇了驿车,次日晚上到了巴黎。第二日清晨他去见台·格拉桑。

法官邀请债权人到存放债券的公证人事务所会齐，他们居然一个也没有缺席。虽然全是债主，可是说句公道话，这一次他们都准时而到。然后特·篷风所长以葛朗台小姐的名义，把本利一并付给了他们。照付利息这一点，在巴黎商界中轰动一时。

　　所长拿到了收据，又依照欧也妮的吩咐，送了五万法郎给台·格拉桑做报酬，然后上特·奥勃里翁爵府。他进门的时候，查理正碰了丈人的钉子回到自己屋里。老爵爷告诉他，一定要等琪奥默·葛朗台的债务清偿之后，才能把女儿嫁给他。

　　所长先把下面一封信交给查理：

　　堂弟大鉴：

　　叔父所欠的债务，业已全部清偿，特由特·篷风所长送上收据一纸。另附收据一纸，证明我上述代垫的款项已由吾弟归还。外面有破产的传说，我想一个破产的人的儿子未必能娶特·奥勃里翁小姐。您批评我的头脑与态度的话，确有见地：我的确毫无上流社会的气息，那些计算与风气习惯，我都不知；您所期待的乐趣，我无法贡献。您为了服从社会的惯例，牺牲了我们的初恋，但愿您在社会的惯例之下快乐。我只能把您父亲的名誉献给您，来成全您的幸福。别了！愚姊永远是您忠实的朋友。

欧也妮

　　这位野心家拿到正式的文件，不由自主的叫了一声，使所长看了微笑。

　　"咱们现在不妨交换喜讯啦。"他对查理说。

　　"啊！你要娶欧也妮？好吧，我很高兴，她是一个好人。"

　　——他忽然心中一亮，接着说："哎，那么她很有钱喽？"

　　"四天以前，"所长带着挖苦的口吻回答，"她有将近一千九百万；可是今天她只有一千七了。"

查理望着所长，发呆了。

"一千七百……万……"

"对，一千七百万，先生。结婚之后，我和葛朗台小姐总共有七十五万法郎收入。"

"亲爱的姊丈，"查理的态度又镇静了些，"咱们好彼此提携提携啦。"

"行！"所长回答，"这里还有一口小箱子，非当面交给你不可。"他把装有梳妆匣的小箱放在了桌上。

"喂，好朋友，"特·奥勃里翁侯爵夫人进来的当儿，根本没有注意到克罗旭，"刚才特·奥勃里翁先生说的话，你一点不用放在心上，他是给特·旭礼欧公爵夫人迷昏了。我再告诉你一遍，你的婚事决无问题……"

"决无问题，"查理应声回答，"我父亲欠的三百万，昨天都还清了。"

"付了现款吗？"

"不折不扣，连本带利：我还得替先父办复权手续呢。"

"你太傻了！"他的丈母叫道。——"这位是谁？"她看到了克罗旭，咬着女婿的耳朵问。

"我的经纪人。"他低声回答。

侯爵夫人对特·篷风先生傲慢的点了点头，走了出去。

"咱们已经在彼此提携啦，"所长拿起帽子说，"再见吧，内弟。"

"他竟开我的玩笑，这索漠的臭八哥。恨不得一剑戳破他的肚子才好。"

所长走了。三天以后，特·篷风先生回到了索漠，公布了他与欧也妮的婚事。过了六个月，他升了安育法院的推事。

离开索漠之前，欧也妮把多少年来心爱的金饰熔掉了，加上堂兄弟偿还的八千法郎，铸了一口黄金的圣体匣，献给本市的教堂，在那里，她为他曾经向上帝祷告过多少年！

平时她在安育与索漠两地来来往往。她的丈夫在某次政治运动上出了力,升了高等法院庭长,过了几年又升了院长。他很焦心的等着大选,好进国会。他的念头已经转到贵族院了,那时……

"那时,王上跟他是不是称兄道弟了?"拿侬,长脚拿侬,高诺阿莱太太,索漠的布尔乔亚,听见女主人提到将来显赫的声势时,不禁说出这么一句。

结　局

虽然如此，特·篷风院长（他终于把产业的名字代替了老家克罗旭的姓）野心勃勃的梦想，一桩也没有实现。发表为索漠议员八天以后，他就死了。

洞烛幽微而罚不及无辜的上帝，一定是谴责他的心计与玩弄法律的手段。他由克罗旭做参谋，在结婚契约上订明"倘将来并无子女，则夫妇双方之财产，包括动产不动产，绝无例外与保留，一律全部互相遗赠；且夫妇任何一方身故之后，得不再依照例行手续举办遗产登记，但自以不损害继承人权利为原则，须知上述夫妇互相遗赠财产之举确为……"这一项条款，便是院长始终尊重特·篷风太太的意志与独居的理由。妇女们提起院长，总认为他是一个最体贴的人，而对他表示同情；她们往往谴责欧也妮的隐痛与痴情，而且在谴责一个女人的时候，她们照例是很刻毒的。

"特·篷风太太一定是病得很厉害，否则决不会让丈夫独居的。可怜的太太！她就会好吗？究竟是什么病呀，胃炎吗？癌症吗？为什么不去看医生呢？这些时候她脸色都黄了；她应该上巴黎去请教那些名医。她怎么不想生一个孩子呢？据说她非常爱丈夫，那么以他的地位，怎么不给他留一个后代承继遗产呢？真是可怕。倘使单单为了任性，那简直是罪过……可怜的院长！"

欧也妮因为幽居独处、长期默想的结果，变得感觉灵敏，对周围的事故看得很清,加上不幸的遭遇与最后的教训,她对什么都猜得透。她知道院长希望她早死,好独占这笔巨大的家私——因为上帝忽发奇想,把两位老叔——公证人和教士——都召归了天国,使他的财产愈加庞大了。欧也妮只觉得院长可怜;不料全知全能的上帝,代她把丈夫居心叵测的计划完全推翻了:他尊重欧也妮无望的痴情,表示满不在乎,其实他觉得不与妻子同居倒是最可靠的保障;要是生了一个孩子,院长自私的希望,野心勃勃的快意,不是都归泡影了吗?

如今上帝把大堆的黄金丢给被黄金束缚的女子,而她根本不把黄金放在心上,只在向往天国,过着虔诚慈爱的生活,只有一些圣洁的思想,不断的暗中援助受难的人。

特·篷风太太三十三岁上做了寡妇,富有八十万法郎的收入,依旧很美,可是像个将近四十的女人的美。白白的脸,安闲,镇静。声音柔和而沉着,举止单纯。她有痛苦的崇高伟大,有灵魂并没被尘世玷污过的人的圣洁,但也有老处女的僵硬的神气,和内地闭塞生活养成的器局狭小的习惯。虽然富有八十万法郎的岁收,她依旧过着当年欧也妮·葛朗台的生活,非到了父亲从前允许堂屋里生火的日子,她的卧房决不生火,熄火的日子也依照她年轻时代的老规矩。她的衣着永远跟当年的母亲一样。索漠的屋子,没有阳光,没有暖气,老是阴森森的,凄凉的屋子,便是她一生的小影。她把所有的收入谨谨慎慎的积聚起来,要不是她慷慨解囊的拨充善举,也许还显得吝啬呢。可是她办了不少公益与虔诚的事业,一所养老院,几处教会小学,一所收藏丰富的图书馆,等于每年向人家责备她吝啬的话提出反证。索漠的几座教堂,靠她的捐助,多添了一些装修。特·篷风太太,有些人刻薄的叫作小姐,很受一般人敬重。由此可见,这颗只知有温情而不知有其他的高尚的心,还是逃脱不了人间利益的盘算。金钱不免把它冷冰冰的光彩,沾染了这个超脱一切的生命,使这个感情丰富的女子也不敢相信感情了。

"只有你爱我。"她对拿侬说。

她在世等于出家,天生的贤妻良母,却既无丈夫,又无儿女,又无家庭。

这女子的手抚慰了多少家庭的隐痛。她挟着一连串善行义举向天国前进。心灵的伟大，抵消了她教育的鄙陋和早年的习惯。这便是欧也妮的故事，她在世等于出家，天生的贤妻良母，却既无丈夫，又无儿女，又无家庭。

　　几天以来，大家又提到她再嫁的问题。索漠人在注意她跟特·法劳丰侯爵的事，因为这一家正开始包围这个有钱的寡妇，像当年克罗旭他们一样。

　　据说拿侬与高诺阿莱两人都站在侯爵方面；这真是荒谬绝言。长脚拿侬和高诺阿莱的聪明，都还不够懂得世道人心的败坏。

巴黎　一八三三年九月原作
牯岭　一九四八年八月译竣

内容介绍*

  典型的守财奴葛朗台,"讲起理财的本领……是只老虎,是条巨蟒:他会躺在那里,蹲在那里,把俘虏打量个半天再扑上去,张开血盆大口的钱袋,倒进大堆的金银……"他象征近代人的上帝,法力无边而铁面无情的财神。为挣大钱,他盘剥外人;为省小钱,他刻薄家人。临死最后一句话,是叫女儿看守财产,将来到另一个世界上去向他交账。然而他一生积蓄二千万家私,并无补于女儿的命运。黄金的枷锁与不幸的爱情,反而促成了欧也妮·葛朗台双重的悲剧。在巴尔扎克小说中,这是一部结构最古典的作品。文章简洁精炼,淡雅自然,可算为最朴素的史诗。

---

  * 傅译巴尔扎克《欧也妮·葛朗台》,于一九四九年由三联书店出版;一九五一年,改由上海平明出版社出版。一九五六年十一月复由人民文学出版社据平明版重即。本文系为平明版所写之内容介绍。

高老頭

Honoré de Balzac
LE PERE GORIOT

Edition "Classiques Garnier", Paris 1950

插图作者:Charles Huard(查理·于阿)
本刻作者:Pierre Gusman(比哀·居斯芒)
(按照 Louis Conard 书店全集本,Paris 1949)

导　言

　　巴尔扎克不仅是十九世纪的优秀小说家,而且堪称是举世最伟大的小说家,在今天这几乎已是一致的看法。斯当达无疑风格更独特,诗意更显亮,但斯当达的人物,只反映他的内心世界。巴尔扎克,他,则创造了整整一个世界,既是他那个时代,也是所有时代的世界。福楼拜写出诸多恒久的典型,诸如包法利夫人、郝麦、莫罗、阿尔努夫人、布法尔和贝居榭等,而巴尔扎克,"欲与户籍比庶众",竞相描绘了两千多个男男女女——对巴尔扎克迷说来,是比活人还有生气的人物。

　　巴尔扎克独到之处,不在写出许多各自为政的小说,而是写出整个社会的历史,其中的人物,如医生、律师、法官、政客、商人、高利贷者、贵夫人、交际花等,在各书中进进出出,使巴尔扎克的世界坚实可信。不过,话得说回来,巴尔扎克写作之初,并无这样的宏图伟略。一八三四年前的作品,如在《朱安党人》《三十岁的女人》《驴皮记》及《欧也妮·葛朗台》等文字中,就不见有这样的迹象。评论家似乎只看到一个轻浮逗乐者的杂纂。巴尔扎克因此大受刺激,尤其因为他渴望有所建树,觉得有必要营构一部浑然一体的巨构。他说:"自成一家,远远不够,要自成一统。"

　　其自成一统和人物再现的想法,很可能受到他十分赞佩的美国小说家库珀的启示;库珀曾谕示他按《最后一个莫希干人》描述印第安人的手法,去写朱安党人。库珀的小说中,有名的猎户"皮袜子",是几条线索交汇的中心,是系铃解铃的关键人物,总之,其地位相当于日后《人间喜剧》中的伏脱冷。巴尔扎克的第二个启蒙师傅,是英国作家司各特;但司各特前后所写的小说,缺乏统属,巴尔扎克曾深致惋惜。从而激发他一个想法:借天下一统的小说世界,以保证作品世界的一统天下。其妹洛尔·苏维尔说到,一八三三年的一天,巴尔扎克跑到她家,兴高采烈地说:"快来向我祝贺吧,不才着实要成为天才啦!"就在这一刻,向她透露了其庞大的计划:"法国社会将成为历史学家,区区只是为其命笔的秘书。"

《高老头》写于一八三四年,是巴尔扎克做出这一重大决策之后的第一部长篇。嗣后,他把以前的作品,以改动次要人物名字的作法,而纳入这个系统。如把杜·盖尼克男爵(《蓓阿特丽丝》中的人物),事后引入《朱安党人》;把特·旭礼欧公爵夫人和纽沁根男爵引入《欧也妮·葛朗台》,该公爵夫人和纽心根男爵后来都成了《人间喜剧》中的"常客"。但写《高老头》时,人物再现这一新手法,第一次,在原稿中就加以运用。《十三人故事》中的人物,几乎全进了此书。比如,令人不安的特·玛赛,原是十三人之一,《金眼女郎》里的要角,而在《高老头》中则成了腐朽势力得胜的象征;他年轻漂亮,聪明伶俐,厚颜无耻,貌似顺从习俗,却从内部来败坏社会。特·玛赛从拜伦描写的海盗,摇身一变而为花花公子,这个角色早先对巴尔扎克就颇具吸引力。

那时,特·玛赛,仅仅是一个象征人物,只露一下面而已。在《人间喜剧》的关键作品《高老头》里,起转捩作用的不是特·玛赛。除了高老头(下文再详议),有两个人物作成了这部作品,使之成为堪称伟大的巨著。这两个人物,即约各·高冷(诨名伏脱冷)和拉斯蒂涅[①],在此后近二十部作品中不断出现,分别体现了作者本人的不同方面。

伏脱冷是个反派,他自外于社会却来对抗社会,真可谓千方百计,不遗余力。他看出,世人蝇营狗苟,逃不出两种嗜欲:捞钱和享乐,而

[①] Rastignac,对音直译,应作"拉斯蒂涅克","克"字不宜略而不译,因这人物经考证和研究,不少方面取诸 Balzac/巴尔扎"克"本人。

前者是后者的条件。除此之外，一切皆虚假。伏脱冷才不信社会契约那一套。偷盗，杀人，于他无所不可。这个逃犯自认为不比别人坏，至少不比别人卑鄙。巴学专家巴岱什写道："他是美洲荒野里的猛兽，巴黎草原上的'皮袜子'，他像草场中的野人，处处防范，身手灵敏，尤善捕捉猎物……"

巴尔扎克把自身的诸多方面注入伏脱冷这人物。正如当时所有的年轻人一样，作家本人对拿破仑的冒险生涯，也梦萦魂牵，感念不已。巴尔扎克渴望强有力，觉得自己有本领颠倒乾坤，主宰世界，而事实上他已然做到，《人间喜剧》就是他强力意志的凯歌。即使潜心创作之际，还梦想在现实世界旗开得胜，事业有成，向往好汉之间的哥们义气。设想自己就是行会头子费拉居斯，有时则是特·玛赛或玛克辛·特·脱拉伊。不，他远不是那种不通人情的怪物。一个人的梦想，并非就是行动，但能冲淡偏执的痴妄。巴尔扎克行事决不会像伏脱冷，但他对伏脱冷不无好感，部分原因是钦慕他自己赋予伏脱冷的那种力，认为玩世不恭比虚情假义强，尤其因为伏脱冷能守信用。伏脱冷为非作歹，但从不背信弃义，出卖朋友。米旭诺小姐告发伏脱冷，为巴尔扎克所鄙视，亦为众人所不齿。

拉斯蒂涅在《高老头》里，还是一个有良心有顾忌的人。他体现了从少年幻想过渡到冷酷人生的历练。他年纪轻轻，刚从内地出来，充满淳朴的感情。有母亲和妹妹在眼前，他看到亲情和美德的榜样。不管伏脱冷怎么说，他觉得世界并没那么糟。像巴尔扎克一样，他二十岁上，身无分文地投身巴黎；那是复辟时期，爱情和荣誉，有钱就能买到，青年后生要以女人为靠山，女人要以老头子为依仗，拉斯蒂涅自然立足不住。年轻，英俊，是他全部的资本；伏脱冷点拨他，如何展其所长。伏脱冷对拉斯蒂涅，有种说不清的感情（日后对吕庞泼莱要明确得多，并让小伙子借用自己握有的可怕势力），他掷下假面具，向拉斯蒂涅揭示所谓的正路。伏脱冷教训拉斯蒂涅的这一幕，在巴尔扎克全部作品中，殊不多见：

你知道巴黎的人怎样打天下的？不是靠天才的光芒，就是靠腐蚀的本领……清白老实一无用处……你试着瞧吧，在巴黎走两三步路要不碰到这一类的鬼玩意才怪……人生就是这么回事。跟厨房一样腥臭。要捞油水不能怕弄脏手，只消事后洗干净；今日所谓道德，不过是这一点。我这样议论社会是有权利的，因为我认识社会。你以为我责备社会吗？绝对不是。世界一向是这样的。道德家永远改变不了它。人是不完全的……

应当看到，巴尔扎克话中带刺，完全受制于愤世嫉俗的情绪。那一刻，他就是伏脱冷。然而，巴尔扎克的天性，如同拉斯蒂涅一样，是温情的；乔治·桑就深知其忠厚，说过一句有力的话："说这位天才作家，本性善良，就是我所能作的最好的赞誉。"然而，也像拉斯蒂涅和所有人一样，巴尔扎克有不同的方面。他像拉斯蒂涅，懂得忠诚友谊之可贵；同样，也崇敬高尚的灵魂，如对特·柏尔尼夫人，珠尔玛·卡罗夫人①。只要读一下《幽谷百合》和《乡村医生》，就能重新体味他年轻时纯真的本性。但他也有过垂涎富贵、满怀激愤的苦难经历，也像拉斯蒂涅一样，要不惜一切代价爬出苦海。

拉斯蒂涅在《高老头》里，还天良未泯。初听伏脱冷刻毒的议论，不免厌恶；拿纽沁根夫人的钱，也感到羞耻。他不愿成其为玛克辛·特·脱拉伊。皮安训看得起他，弥足珍贵。他服侍高老头，近乎一种孝心；跟在老人灵车后面的，也只有他和男仆克利斯朵夫。然而，他终于屈服，同流合污。若干年后再见，拉斯蒂涅封了男爵，当了国务次长，与情妇的丈夫上下其手（见《纽沁根银行》）。一八四五年，更当上了部长，升了伯爵，进了贵族院，一年有三十万法郎进款，那时他会说："世界上没有原则，只有事变；没有定律，只有时势……"（《莫名其妙的演员》《阿尔西斯的议员》）传说这个人物的原型是梯也尔；巴尔扎

---

① 两人均为巴尔扎克倾心的早期情妇。

克固然可能借取此公的某些特点,但根本的,还是发掘从自身。拉斯蒂涅进纽沁根夫人的客室,初次穿上裁剪得体的服饰那种孩子般的快活,不无得意的踌躇满志,就是小说家本人进特·卡丝特丽侯爵夫人客厅,和后来到韩斯迦夫人家的感受。

最好的小说,要数描写"成长"的小说(如《威廉·迈斯特》《红与黑》《大卫·科波菲尔》《追忆逝水年华》等),作品的情节,基本上以青年的抱负与社会的无情,相激成文。《幻灭》这书名就寄慨良深,足以概括其他诸书。从拉斯蒂涅的角度看,《高老头》是一部历练人生的"成长"小说,向年轻读者展示了一个"既凶狠又令人垂涎欲滴的世界"。鲍赛昂夫人把他引进贵族上流社会,就是当时的圣·日耳曼区;雷斯多太太处于中上层,在那里当能遇到普鲁斯特笔下的窈窕淑女;纽沁根夫人则身处金融工商界。所有这一切,大同小异,到二十世纪也真实依然。从中,我们认识的,不仅止于拉斯蒂涅,而且也能猜到其情妇但斐纳将是怎样的女流。

至于高老头,我们有理由称之为巴尔扎克写激情范例之一,因为人的痴情不加抑制任其发展,最终引出个体毁灭的故事,是巴尔扎克艺术的一个特点。不管是葛朗台的吝啬、于洛的好色、邦斯的好吃和收藏、特·莫索夫人的纯情,还是高老头的父爱,巴尔扎克总喜欢揭示一种恶性膨胀的感情,像灵魂中不可救药的癌症一样,最后扼杀了其他一切情感。小说开头写的高老头,表面看来尚可挽救。老面条商,为两个宝贝女儿,已花去一部分财产,自己蜷缩到了伏盖公寓,但手头还有几个钱。巴尔扎克的手法——几乎是一贯的——让他一步步退让,一次次牺牲,直到彻底覆灭。

高老头,跟葛朗台和克拉艾斯(《绝对的探求》)走上同一条路。他对女儿的感情自有其美妙之处,一旦过分,便走向了疯狂。所有强烈的感情,都殊途同归。因为痴情发作起来,就不顾道德和社会的约束。巴尔扎克写道:"高老头不争不辩,他只知爱……他喜欢拉斯蒂涅,是因为他女儿喜欢拉斯蒂涅。"高老头高兴得在地下打滚,爬去亲女儿的裙子,一如葛朗台贪婪于神甫送到他嘴边的镀金十字架,做了一个骇人的姿势一把抓在手里。巴尔扎克的诗意,不惜借助这类极端荒谬的行为;而巴尔扎克的真实,也不排除这类看似荒谬的表现。

在这些痴情发作忘怀一切的人物周围,巴尔扎克用许多次要人物,扎扎实实重建一个社会。一部小说,应以一个坚实的世界为依托。

在《高老头》里,巴尔扎克的世界,凝重厚实,不亚于真实世界。书中的皮安训,闻姓惊初见,只是个医科大学生,而在《人间喜剧》以后的场景里,已成尽人皆知的一代名医。同样,放印子钱的高勃萨克,读者只知他薄薄的嘴唇没有血色,做事都隐隐约约,躲在幕后。后来(在《高利贷者》中)在他阴森的宅第里,读者会看到高老头的大女儿阿娜斯大齐和肆无忌惮的脱拉伊,两人的纠葛是怎么收场的。——而拉斯蒂涅,堪称是才子型的脱拉伊。《弃妇》交代了鲍赛昂夫人悲惨的结局,这位贵妇唯一的过错在于过分相信爱情。其余像伏盖太太、波阿莱、老姑娘米旭诺,也都是令人难忘的配角。甚至像厨娘西尔维和男仆克利斯朵夫,他们一出场,就楔入我们的记忆。最后,再补充一句,所有这些人物,像普鲁斯特的人物一样,都是立体的;他们随着小说的演进而演进,使人意识到时间的流逝。

想象的世界要使读者能接受,光有人物还不够,还得有环境,而又不能使人明显感到这是环境。于是,巴尔扎克就引出长长的、精妙的铺垫,几乎都是白描,外行看了,以为冗长,事实上,只有经过这样的铺垫,才能创造出适宜惨剧发展的气氛。圣·日内维新街,对这伙悲剧人物,仿佛是一个古铜色画框;为便于读者了解,即使尽量用上"灰黑的色彩与沉闷的描写",也不嫌过分。伏盖公寓的场景,就是一种有意图的描写。"这间屋子有股说不出的味道,应当叫作公寓味道。那是一种闭塞的,霉烂的,酸腐的气味,叫人发冷,吸在鼻子里潮腻腻的,直往衣服里钻;那是刚吃过饭的饭厅的气味,酒菜和碗盏的气味,救济院的气味……"油腻粘手的食柜,摇晃、虫蛀、腐蚀的家具;总之,是一派毫无诗意的、锱铢必较的、百孔千疮的、浓缩的贫穷。这种对丑陋的描写之所以必要,是能把高老头和拉斯蒂涅栖身的死气沉沉、污秽不堪的黄颜色房子,与纽沁根夫人和雷斯多夫人所住的摆满鲜花的府邸、金碧辉煌的客厅、玫瑰色的上房,形成强烈的对比。

小说的结尾很出色,自有其道理。两个墓园工人在高老头的棺木上扔了几铲土,拉斯蒂涅独自留在拉希公墓,远眺巴黎,只见巴黎蜿蜒曲折的躺在塞纳河两岸,慢慢的亮起灯火。他的欲火炎炎的眼睛停在旺多姆广场和安伐里特宫的穹隆之间。那便是他不胜向往的上流社会的区域。面对这个热闹的蜂房,他射了一眼,好像恨不得把其中的甘蜜一口吸尽。同时他气概非凡的说了句:"现在咱们俩来拼一拼吧!"然后拉斯蒂涅为了向社会挑战,到特·纽沁根太太家吃饭去了。

洒落了最后一滴眼泪,链环扣住,沉沦完成。拉斯蒂涅,巴尔扎克,以及广大读者,准备就绪,就要前去征服巴黎。这里没有一点责备。社会就是如此,正如哲人阿兰所说,巴尔扎克有着宗教般的虔诚,他不作任何评断,而是俯视现实。他不自期能扭转乾坤,只限于描写朗朗世界。

博物学家研究物种关系之后,发现在一定的气候条件下,动物与植物趋于平衡;这种平衡,既非道德,亦非不道德,就是这么客观的存在。人类社会也一样,靠一定数量的首脑、职员、医生、农民、食客、纨绔、高利贷者、犯人、律师、贵妇、老板娘、女用人,才能正常运转。社会形态变了,世人依然故我。高老头的女儿并非怪人,只是普通的妻女而已。高老头临终时说:

> "她们有事,她们在睡觉,她们不会来的……直到临死才知道女儿是什么东西!唉!朋友,你别结婚,别生孩子!你给他们生命,他们给你死……唉!倘若我有钱,倘若我留着家私,没有把财产给她们,她们就会来,会用她们的亲吻来舐我的脸!……做父亲的应该永远有钱,应该拉紧儿女的缰绳,像对付狡猾的马一样……世界并不美。"

是的，世界并不美，高老头是遭女儿遗弃、被女儿害死的；年轻的拉斯蒂涅见证高老头临终的惨像，被老人呼天抢地的哭诉吓坏了。皮安训问他："你怎么啦？脸色发白像死人一样。"拉斯蒂涅回答："朋友，我听他又哭又叫，说了一大堆。真有一个上帝！哦，是的，上帝是有的，他替我们预备着另外一个世界，一个好一点儿的世界。咱们这个太混账了。"这证明，世界太荒谬的想法不是新起的，巴尔扎克早就作如是想了。为了把这种想法推至极致，巴尔扎克甚至喜欢起社会的恶。难怪阿兰认为巴尔扎克比斯当达更仁慈，"因为他有一种近乎宗教式的淡漠，像一个常忏悔的人一样"。事实上，巴尔扎克很容易宽恕人，伏脱冷自我剖白一番之后，在作者眼里，伏脱冷已经得到救赎。而拉斯蒂涅在高老头出殡那天到纽沁根夫人家去吃饭，是另一种形式的救赎，至少是一种迁就。

　　评论界常讨论何为杰作。记得瓦莱里说过："杰作就是不可更易。"真正的杰作，具有严谨的结构，情节连贯，笔调一致，即使反差极大的对比也风格浑成，笔力不弱，不枝不蔓。《包法利夫人》是一部炉火纯青的杰作，手法圆熟，首尾相衔。《高老头》《贝姨》以及《欧也妮·葛朗台》，也具有同样特点。细心的读者，从另一类如《三十岁的女人》《交际花荣枯记》，或《吕西安·娄凡》（斯当达）中，也能获得同样的乐趣。尚欠圆熟的小说，也有可取之处，但是，无论哪部小说，都不如《高老头》完美。

　　这部小说开创了大型系列小说的先河，引入《人间喜剧》的众多人物，同时，正像莫里亚克指出的，从这一多岔路口，"延伸出巴尔扎克人物之林的条条大道"，上百部人间正剧由此起步，其中的每一部都可以成为一部杰作的题材；因此说，选择《高老头》作为《人间喜剧》的起点，不仅合乎情理，而且是必定如此的！

莫洛亚　著
罗新璋　译

重译本序

　　以效果而论,翻译应当像临画一样,所求的不在形似而在神似。以实际工作论,翻译比临画更难。临画与原画,素材相同(颜色,画布,或纸或绢),法则相同(色彩学,解剖学,透视学)。译本与原作,文字既不侔,规则又大异。各种文字各有特色,各有无可模仿的优点,各有无法补救的缺陷,同时又各有不能侵犯的戒律。像英、法,英、德那样接近的语言,尚且有许多难以互译的地方;中西文字的扞格远过于此,要求传神达意,铢两悉称,自非死抓字典,按照原文句法拼凑堆砌所能济事。

　　各国的翻译文学,虽优劣不一,但从无法文式的英国译本,也没有英文式的法国译本[①]。假如破坏本国文字的结构与特性,就能传达异国文字的特性而获致原作的精神,那么翻译真是太容易了。不幸那种理论非但是刻舟求剑,而且结果是削足适履,两败俱伤[②]。两国文字词类的不同,句法构造的不同,文法与习惯的不同,修辞格律的不同,俗

[①] 《哈姆莱特》第一幕第一场有句:Not a mouse stirring,法国标准英法对照本《莎翁全集》译为:Pas un chato,岂法国莎士比亚学者不识 mouse 一字而误鼠为猫乎? 此为译书不能照字面死译的最显著的例子。
[②] 六年前,友人某君受苏联友人之托,以中国诗人李、杜等小传译成俄文。译稿中颇多中文化的俄文,为苏友指摘。某君以保持中国情调为辩,苏友谓此等文句既非俄文,尚何原作情调可言? 以上为某君当时面述,录之为"削足适履,两败俱伤"二语作佐证。

语的不同,即反映民族思想方式的不同,感觉深浅的不同,观点角度的不同,风俗传统信仰的不同,社会背景的不同,表现方法的不同。以甲国文字传达乙国文字所包含的那些特点,必须像伯乐相马,要"得其精而忘其粗,在其内而忘其外"。而即使是最优秀的译文,其韵味较之原文仍不免过或不及。翻译时只能尽量缩短这个距离,过则求其勿太过,不及则求其勿过于不及。

倘若认为译文标准不应当如是平易,则不妨假定理想的译文仿佛是原作者的中文写作。那么原文的意义与精神,译文的流畅与完整,都可以兼筹并顾,不至于再有以辞害意,或以意害辞的弊病了。

用这个尺度来衡量我的翻译,当然是眼高手低,还没有脱离学徒阶段。《高老头》初译(1944)对原作意义虽无大误①,但对话生硬死板,文气淤塞不畅,新文艺习气既刮除未尽,节奏韵味也没有照顾周到,更不必说作品的浑成了。这次以三阅月的功夫重译一遍,几经改削,仍未满意。艺术的境界无穷,个人的才能有限:心长力绌,唯有投笔兴叹而已。

一九五一年九月

---

① 误译的事,有时即译者本人亦觉得莫名其妙,如近译《贝姨》,书印出后,忽发现原文的蓝衣服误译作绿衣服,不但正文错了,译者附注也跟着错了。这种文字上的色盲,真使译者为之大惊失"色"。

伏盖公寓

  一个夫家姓伏盖,娘家姓龚弗冷的老妇人,四十年来在巴黎开着一所兼包客饭的公寓,坐落在拉丁区与圣·玛梭城关之间的圣·日内维新街上。大家称为伏盖家的这所寄宿舍,男女老少,一律招留,从来没有为了风化问题受过飞短流长的攻击。可是三十年间也不曾有姑娘们寄宿,而且非要家庭给的生活费少得可怜,才能使一个青年男子住到这儿来。话虽如此,一八一九年上,正当这幕惨剧开场的时候,公寓里的确住着一个可怜的少女。虽然"惨剧"这个字眼被近来多愁善感,颂赞痛苦的文学用得那么滥,那么歪曲,以致无人相信,这儿可是不得不用。并非在真正的字义上说,这个故事有什么戏剧意味;但我这部书完成之后,京城内外也许有人会掉几滴眼泪。出了巴黎是不是还有人懂得这件作品,确是疑问。书中有许多考证与本地风光,只有住在蒙玛脱岗和蒙罗越高地中间的人能够领会。这个著名的盆地,墙上的石灰老是在剥落,阳沟内全是漆黑的泥浆;到处是真苦难,空欢喜,而且那么忙乱,不知要怎么重大的事故才能在那儿轰动一下。然而也有些东零西碎的痛苦,因为罪恶与德行混在一块而变得伟大庄严,使自私自利的人也要定一定神,生出一点同情心。可是他们的感触不过是一刹那的事,像匆匆忙忙吞下的一颗美果。文明好比一辆大车,和印度的神车一样①,碰到一颗比较不容易粉碎的心,略微耽搁了

---

① 印度每年逢 Vichnou 神纪念日,将神像置于车上游行,善男信女奉之若狂,甚至有攀附神车或置身轮下之举,以为如此则来世可托生于较高的阶级(Caste)。

一下,马上把它压碎了,又浩浩荡荡的继续前进。你们读者大概也是如此——雪白的手捧了这本书,埋在软绵绵的安乐椅里,想道:也许这部小说能够让我消遣一下。读完了高老头隐秘的痛史以后,你依旧胃口很好的用晚餐,把你的无动于衷推给作者负责,说作者夸张,渲染过分。殊不知这惨剧既非杜撰,亦非小说。一切都是真情实事①,真实到每个人都能在自己身上或者心里发现剧中的要素。

公寓的屋子是伏盖太太的产业,坐落在圣·日内维新街下段,正当地面从一个斜坡向弩箭街低下去的地方。坡度陡峭,马匹很少上下,因此挤在华·特·葛拉斯军医院和先贤祠之间的那些小街道格外清静。两座大建筑罩下一片黄黄的色调,改变了周围的气息;穹隆阴沉严肃,使一切都暗淡无光。街面上石板干燥,阳沟内没有污泥,没有水,沿着墙根生满了草。一到这个地方,连最没心事的人也会像所有的过路人一样无端端的不快活。一辆车子的声音在此简直是件大事;屋子死沉沉的,墙垣全带几分牢狱气息。一个迷路的巴黎人②在这一带只看见些公寓或者私塾,苦难或者烦恼,垂死的老人或是想作乐而不得不用功的青年。巴黎城中没有一个区域更丑恶,更没有人知道的了。特别是圣·日内维新街,仿佛一个古铜框子,跟这个故事再合适没有。为求读者了解起见,尽量用上灰黑的色彩和沉闷的描写也不嫌过分,正如游客参观初期基督徒墓窟的时候,走下一级级的石梯,日光随着暗淡,向导的声音越来越空洞。这个比较的确是贴切的。谁又能说,枯萎的心灵和空无一物的骷髅,究竟哪一样看上去更可怕呢?

公寓侧面靠街,前面靠小花园,屋子跟圣·日内维新街成直角。屋子正面和小园之间有条中间微凹的小石子路,大约宽两公尺;前面有一条平行的沙子铺的小路,两旁有凤吕草,夹竹桃和石榴树,种在蓝

---

① 原文是用的英文"All is true",且用斜体字。莎士比亚的悲剧《亨利八世》原名"All is true",巴尔扎克大概是借用此句。
② 真正的巴黎人是指住在塞纳河右岸的人。公寓所在地系左岸。迷路云云谓右岸的人偶尔漫步到左岸去的意思。

白二色的大陶盆内。小路靠街的一头有扇小门,上面钉一块招牌,写着:伏盖宿舍;下面还有一行:本店兼包客饭,男女宾客,一律欢迎。临街的栅门上装着一个声音刺耳的门铃。白天你在栅门上张望,可以看到小路那一头的墙上,画着一个模仿青色大理石的神龛,大概是本区画家的手笔。神龛内画着一个爱神像:浑身斑驳的釉彩,一般喜欢象征的鉴赏家可能认做爱情病的标记,那是在邻近的街坊上就可医治的。① 神像座子上模糊的铭文,令人想起雕像的年代,服尔德在一七七七年上回到巴黎大受欢迎的年代。那两句铭文是②:

不论你是谁,她总是你的师傅,
现在是,曾经是,或者将来是。

天快黑的时候,栅门换上板门。小园的宽度正好等于屋子正面的长度。园子两旁,一边是临街的墙,一边是和邻居分界的墙;大片的长春藤把那座界墙统统遮盖了,在巴黎城中格外显得清幽,引人注目。各处墙上都钉着果树和葡萄藤,瘦小而灰土密布的果实成为伏盖太太年年发愁的对象,也是和房客谈天的资料。沿着侧面的两堵墙各有一条狭小的走道,走道尽处是一片菩提树荫。伏盖太太虽是龚弗冷出身,"菩提树"三字老是念别音的,房客们用文法来纠正她也没用。两条走道之间,一大块方地上种着朝鲜蓟,左右是修成圆锥形的果树,四周又围着些莴苣,旱芹,酸菜。菩提树荫下有一张绿漆圆桌,周围放几个凳子。逢着大暑天,一般有钱喝咖啡的主顾,在热得可以孵化鸡子的天气到这儿来品尝咖啡。

四层楼外加阁楼的屋子用的材料是粗沙石,粉的那种黄颜色差不多使巴黎所有的屋子不堪入目。每层楼上开着五扇窗子,全是小块的玻璃;细木条子的遮阳撑起来高高低低,参差不一。屋子侧面有两扇

---

① 指附近圣·雅各城关的加波桑医院。
② 服尔德为梅仲宫堡园中的爱神像所作的铭文。

窗,楼下的两扇装有铁栅和铁丝网。正屋之后是一个二十尺宽的院子:猪啊,鸡啊,兔子啊,和和气气的混在一块儿;院子底上有所堆木柴的棚子。棚子和厨房的后窗之间挂一口凉橱,下面淌着洗碗池流出来的脏水。靠圣·日内维新街有扇小门,厨娘为了避免瘟疫不得不冲洗院子的时候,就把垃圾打这扇门里扫到街上。

　　房屋的分配本是预备开公寓的。底层第一间有两扇临街的窗子取光,通往园子的是一扇落地长窗。客厅侧面通到饭厅,饭厅和厨房中间是楼梯道,楼梯的踏级是用木板和彩色地砖拼成的。一眼望去,客室的景象再凄凉没有:几张沙发和椅子,上面包的马鬃布满是一条条忽而暗淡忽而发光的纹缕。正中放一张黑地白纹的云石面圆桌,桌上摆一套白磁小酒杯,金线已经剥落一大半,这种酒杯现在还到处看得到。房内地板很坏,四周的护壁板只有半人高,其余的地位糊着上油的花纸,画着《丹兰玛葛》①主要的几幕,一些有名的人物都着着彩色。两扇有铁丝网的窗子之间的壁上,画着加里泼梭款待于里斯的儿子的盛宴。② 四十年来这幅画老是给年轻的房客当作说笑的引子,把他们为了穷而不得不将就的饭食取笑一番,表示自己的身份比处境高出许多。石砌的壁炉架上有两瓶藏在玻璃罩下的旧纸花,中间放一座恶俗的半蓝不蓝的云石摆钟。壁炉内部很干净,可见除了重大事故,难得生火。

　　这间屋子有股说不出的味道,应当叫作公寓味道。那是一种闭塞的,霉烂的,酸腐的气味,叫人发冷,吸在鼻子里潮腻腻的,直往衣服里钻;那是刚吃过饭的饭厅的气味,酒菜和碗盏的气味,救济院的气味。老老少少的房客特有的气味,跟他们伤风的气味合凑成的令人作呕的成分,倘能加以分析,也许这味道还能形容。话得说回来,这间客室虽然教你恶心,同隔壁的饭厅相比,你还觉得客室很体面,芬芳,好比女太太们的上房呢。

---

① 《丹兰玛葛》系十七世纪法奈龙的名著。
② 即《丹兰玛葛》中的情节。

饭厅全部装着护壁,漆的颜色已经无从分辨,只有一块块油迹画出奇奇怪怪的形状。几口黏手的食器柜上摆着暗淡无光的破裂的水瓶,刻花的金属垫子,好几堆都奈窑的蓝边厚瓷盆。屋角有口小橱,分成许多标着号码的格子,存放寄膳客人满是污迹和酒痕的饭巾。在此有的是消毁不了的家具,没处安插而扔在这儿,跟那些文明的残骸留在瘤疾救济院里一样。你可以看到一个晴雨表,下雨的时候有一个教士出现;还有些令人倒胃的版画,配着黑漆描金的框子;一口镶铜的贝壳座钟;一只绿色火炉;几盏灰尘跟油混在一块儿的挂灯;一张铺有漆布的长桌,油腻之厚,足够爱淘气的医院实习生用手指在上面刻画姓名;几张断腿折臂的椅子;几块可怜的小脚毯,草辫老在散率而始终没有分离;还有些破烂的脚炉,洞眼碎裂,铰链零落,木座子像炭一样的焦黑。这些家具的古旧,龟裂,腐烂,摇动,虫蛀,残缺,老弱无能,奄奄一息,倘使详细描写,势必长篇累牍,妨碍读者对本书的兴趣,恐非性急的人所能原谅。红色的地砖,因为擦洗或上色之故,画满了高高低低的沟槽。总之,这儿是一派毫无诗意的贫穷,那种锱铢必较的,浓缩的,百孔千疮的贫穷;即使还没有泥浆,却已有了污迹;即使还没有破洞,还不会褴褛,却快要崩溃腐朽,变成垃圾。

这间屋子最有光彩的时间是早上七点左右,伏盖太太的猫赶在主人之前,先行出现,它跳上食器柜,把好几罐盖着碟子的牛奶闻嗅一番,呼啊呼啊的做它的早课。不久寡妇出现了,网纱做的便帽下面,露出一圈歪歪斜斜的假头发,懒洋洋的趿着愁眉苦脸的软鞋。她的憔悴而多肉的脸,中央耸起一个鹦鹉嘴般的鼻子,滚圆的小手,像教堂的耗子①一般胖胖的身材,膨脖饱满而颠颠耸耸的乳房,一切都跟这寒酸气十足而暗里蹲着冒险家的饭厅调和。她闻着室内暖烘烘的臭味,一点不觉得难受。她面貌像秋季初霜一样新鲜,眼睛四周布满皱纹,表情可以从舞女那样的满面笑容,一变而为债主那样的竖起眉毛,板起

---

① "教堂的耗子"原是一句俗语,指过分虔诚的人;因巴尔扎克以动物拟人的用意在本书中特别显著,故改按字面译。

脸孔。总之她整个的人品足以说明公寓的内容,正如公寓可以暗示她的人品。监狱少不了牢头禁卒,你想象中决不能有此无彼。这个小妇人的没有血色的肥胖,便是这种生活的结果,好像传染病是医院气息的产物。罩裙底下露出毛线编成的衬裙,罩裙又是用旧衣衫改的,棉絮从开裂的布缝中钻出来;这些衣衫就是客室,饭厅,和小园的缩影,同时也泄露了厨房的内容与房客的流品。她一出场,舞台面就完全了。五十岁左右的伏盖太太跟一切经过忧患的女人一样。无精打采的眼睛,假惺惺的神气像一个会假装恼怒,以便敲竹杠的媒婆,而且她也存心不择手段的讨便宜,倘若世界上还有什么乔治或毕希葛吕可以出卖,她是决计要出卖的。① 房客们却说她骨子里是个好人,他们听见她同他们一样咳嗽,哼哼,便相信她真穷。伏盖先生当初是怎么样的人,她从无一字提及。他怎样丢了家私的呢?她回答说是遭了厄运。他对她不好,只留给她一双眼睛好落眼泪,这所屋子好过活,还给了她不必同情别人灾祸的权利,因为她说,她什么苦难都受尽了。

　　一听见女主人急促的脚步声,胖子厨娘西尔维赶紧打点房客们的中饭。一般寄饭客人通常只包每月三十法郎的一顿晚饭。

　　这个故事开始的时代,寄宿的房客共有七位。二层楼上是全屋最好的两套房间,伏盖太太住了小的一套,另外一套住着古的太太,她过世的丈夫在共和政府时代当过军需官。和她同住的是一个年纪轻轻的少女,维多莉·泰伊番小姐,把古的太太当作母亲一般。这两位女客的膳宿费每年一千八百法郎。三层楼上的两套房间,分别住着一个姓波阿莱的老人,和一个年纪四十上下,戴假头发,鬓角染黑的男子,自称为退休的商人,叫作伏脱冷先生。四层楼上有四个房间:老姑娘米旭诺小姐住了一间;从前做粗细面条和淀粉买卖,大家叫作高老头的,住了另外一间;其余两间预备租给候鸟②,像高老头和米旭诺小姐般只能付四十五法郎一月膳宿费的穷学生;可是伏盖太太除非没有办

---

① 乔治与毕希葛吕均系法国大革命时代人物,因阴谋推翻拿破仑而被处死刑。
② 指短时期的过路客人。此语为作者以动物拟人的又一例。

法,不大乐意招留这种人,因为他们面包吃得太多。

那时代,两个房间中的一个,住着一位从安古兰末乡下到巴黎来读法律的青年,欧也纳·特·拉斯蒂涅。人口众多的老家,省吃俭用,熬出他每年一千二百法郎的生活费。他是那种因家境清寒而不得不用功的青年,从小就懂得父母的期望,自己在那里打点美妙的前程,考虑学业的影响,把学科迎合社会未来的动向,以便捷足先登,榨取社会。倘没有他的有趣的观察,没有他在巴黎交际场中无孔不入的本领,我们这故事就要缺乏真实的色彩;没有问题,这点真实性完全要归功于他敏锐的头脑,归功于他有种欲望,想刺探一桩惨事的秘密;而这惨事是制造的人和身受的人一致讳莫如深的。

四层楼的顶上有一间晾衣服的阁楼,还有做粗活的男仆克利斯朵夫和胖子厨娘西尔维的两间卧房。

除了七个寄宿的房客,伏盖太太旺季淡季统扯总有八个法科或医科的大学生,和两三个住在近段的熟客,包一顿晚饭。可以容纳一二十人的饭厅,晚餐时坐到十八个人;中饭只有七个房客,团团一桌的情景颇有家庭风味。每个房客趿着软鞋下楼,对包饭客人的衣着神气,隔夜的事故,毫无顾忌的议论一番。这七位房客好比伏盖太太特别宠爱的孩子,她按照膳宿费的数目,对各人定下照顾和尊敬的分寸,像天文家一般不差毫厘。这批萍水相逢的人心里都有同样的打算。三层楼的两位房客只付七十二法郎一月。这等便宜的价钱(唯有古的太太的房饭钱是例外),只能在圣玛赛城关,在产科医院和流民习艺所中间的那个地段找到。这一点,证明那些房客明里暗里全受着贫穷的压迫,因此这座屋子内部的悲惨景象,在住户们破烂的衣着上照样暴露。男人们穿着说不出颜色的大褂,像高等住宅区扔在街头巷尾的靴子,快要磨破的衬衫,有名无实的衣服。女人们穿着黯淡陈旧,染过而又褪色的服装;戴着补过的旧花边,用得发亮的手套,老是暗黄色的领围,经纬散率的围巾。衣服虽是这样,人却差不多个个生得很结实,抵抗过人世的风波;冷冷的狠巴巴的脸,好像用旧而不再流通的银币一般模糊;干瘪的嘴巴配着一副尖利的牙齿。你看到他们会体会到那些已经演过的和正在搬演的戏剧——并非在脚灯和布景前面上演的,而是一些活生生的,或是无声无息的,冰冷的,把人心搅得发热的,连续不断的戏剧。

老姑娘米旭诺,疲倦的眼睛上面戴着一个油腻的绿绸眼罩,扣在脑袋上的铜丝连怜悯之神也要为之大吃一惊。身体只剩一把骨头,穗子零零落落像眼泪一般的披肩,仿佛披在一副枯骨上面。当初她一定也俊俏过,现在怎么会形销骨立的呢?为了荒唐胡闹吗?有什么伤心事吗?过分的贪心吗?是不是谈爱情谈得太多了?有没有做过花粉生意?还是单单是个娼妓?她是否因为年轻的时候骄奢过度,而受到老年时路人侧目的报应?惨白的眼睛教人发冷,干瘪的脸孔带点儿凶相。尖厉的声音好似丛林中冬天将临时的蝉鸣。她自称服侍过一个患膀胱炎的老人,被儿女们当作没有钱而丢在一边。老人给她一千法郎的终身年金,至今他的承继人常常为此跟她争执,说她坏话。虽然她的面貌被情欲摧残得很厉害,肌肤之间却还有些白皙与细腻的遗迹,足见她身上还保存一点儿残余的美。

波阿莱先生差不多是架机器。他走在植物园的小道上像一个灰色的影子:戴着软绵绵的旧鸭舌帽,有气无力的抓着一根手杖,象牙球柄已经发黄了;褪色的大褂遮不了空荡荡的扎脚裤,只见衣摆在那里扯来扯去;套着蓝袜子,两条腿摇摇晃晃像喝醉了酒;上身露出腌臜的白背心,枯草似的粗纱颈围,跟绕在火鸡式脖子上别扭的领带,乱糟糟的搅在一起。看他那副模样,大家都心里思忖,这个幽灵是否跟在意大利大街上溜达的哥儿们同样属于泼辣放肆的白种民族?什么工作使他这样干瘪缩小的?什么情欲把他生满小球刺儿的脸变成了黑沉沉的猪肝色?这张脸画成漫画,简直不像是真的。他当过什么差事呢?说不定做过司法部的职员,经手过刽子手们送来的账单——执行逆伦犯所用的蒙面黑纱,刑台下铺的糠①,刑架上挂铡刀的绳子等等的

---

① 法国刑法规定,凡逆伦犯押赴刑场时,面上须蒙以黑纱以为识别。刑台下铺糠乃预备吸收尸身之血。

账单。也许他当过屠宰场收款员,或卫生处副稽查之类。总之,这家伙好比社会大磨坊里的一匹驴子,做了傀儡而始终不知道牵线的是谁,也仿佛多少公众的灾殃或丑事的轴心。总括一句,他是我们见了要说一声究竟这等人也少不得的人。这些被精神的或肉体的痛苦磨得色如死灰的脸相,巴黎的漂亮人物是不知道的。巴黎真是一片海洋,丢下探海锤也没法测量这海洋的深度。不论花多少心血到里面去搜寻去描写,不管海洋的探险家如何众多如何热心,都会随时找到一片处女地,一个新的洞穴,或是几朵鲜花,几颗明珠,一些妖魔鬼怪,一些闻所未闻,文学家想不到去探访的事。伏盖公寓便是这些奇怪的魔窟之一。

其中有两张脸跟多数房客和包饭的主顾成为显著的对比。维多莉·泰伊番小姐虽则皮色苍白,带点儿病态,像害干血痨的姑娘;虽则经常的忧郁,局促的态度,寒酸和娇弱的外貌,使她脱不了这幅画面的基本色调——痛苦;可是她的脸究竟不是老年人的脸,动作和声音究竟是轻灵活泼的。这个不幸的青年人仿佛一株新近移植的灌木,因为水土不宜而叶子萎黄了。黄里带红的脸色,灰黄的头发,过分纤瘦的腰身,颇有近代诗人在中世纪小雕像上发现的那种妩媚。灰中带黑的眼睛表现她有基督徒式的温柔与隐忍。朴素而经济的装束勾勒出年轻人的身材。她的好看是由于五官四肢配搭得巧。只要心情快乐,她可能非常动人;女人要有幸福才有诗意,正如穿扮齐整才显得漂亮。要是舞会的欢情把这张苍白的脸染上一些粉红的色调,要是讲究的生活使这对已经微微低陷的面颊重新丰满而泛起红晕,要是爱情使这双忧郁的眼睛恢复光彩,维多莉大可跟最美的姑娘们见个高低。她只缺少教女人返老还童的东西:衣衫和情书。她的故事足够写一本书。她的父亲自以为有不认亲生女儿的理由,不让她留在身边,只给六百法郎一年,又改变他财产的性质,以便全部传给儿子。维多莉的母亲在悲苦绝望之中死在远亲古的太太家里;古的太太便把孤儿当作亲女一样抚养长大。共和政府军需官的寡妇,不幸除了丈夫的预赠年金和公家的抚恤金以外一无所有,可能一朝丢下这个既无经验又无资财的少女,任凭社会摆布。好心的太太每星期带维多莉去望弥撒,每半个月去忏悔一次,让她将来至少能做一个虔诚的姑娘。这办法的确不错。有了宗教的热情,这个弃女将来也能有一条出路。她爱她的父亲,每年回家去转达母亲临终时对父亲的宽恕;每年父亲总是闭门不纳。能居间斡旋的只有她的哥哥,而哥哥四年之中没有来探望过她一次,也没有帮助过她什么。她求上帝使父亲开眼,使哥哥软心,毫无怨恨的为他们祈福。古的太太和伏盖太太只恨字典上咒骂的字眼太少,不够形容这种野蛮的行为。她们咒骂混账的百万富翁的时候,总听到维多莉说些柔和的话,好似受伤的野鸽,痛苦的叫喊仍然吐露着爱。

欧也纳·特·拉斯蒂涅纯粹是南方型的脸:白皮肤,黑头发,蓝眼睛。风度,举动,姿势,都显出他是大家子弟,幼年的教育只许他有高雅的习惯。虽然衣着朴素,平日尽穿隔年的旧衣服,有时也能装扮得风度翩翩的上街。平常他只穿一件旧大褂,粗背心;蹩脚的旧黑领带扣得马马虎虎,像一般大学生一样;裤子也跟上装差不多,靴子已经换过底皮。

在两个青年和其余的房客之间,那四十上下,鬓角染色的伏脱冷,正好是个中间人物。人家看到他那种人都会喊一声好家伙!肩头很宽,胸部很发达,肌肉暴突,方方的手非常厚实,手指中节生着一簇簇茶红色的浓毛。没有到年纪就打皱的脸似乎是性格冷酷的标记;但是看他软和亲热的态度,又不像冷酷的人。他的低中音嗓子,跟他嘻嘻哈哈的快活脾气刚刚配合,绝对不讨厌。他很殷勤,老堆着笑脸。什么锁钥坏了,他立刻拆下来,粗枝大叶的修理,上油,锉一阵磨一阵,装配起来,说:"这一套我是懂的。"而且他什么都懂:帆船,海洋,法国,外国,买卖,人物,时事,法律,旅馆,监狱。要是有人过于抱怨诉苦,他立刻凑上来帮忙。好几次他借钱给伏盖太太和某些房客;但受惠的人死也不敢赖他的债,因为他尽管外表随和,自有一道深沉而坚决的目光教人害怕。看那唾口水的功架,就可知道他头脑冷静的程度:要解决那四十上下，鬓角染色的伏脱冷，正好是个中间人物。

什么尴尬局面的话,一定是杀人不眨眼的。像严厉的法官一样,他的眼睛似乎能看透所有的问题,所有的心地,所有的感情。他的日常生活是中饭后出门,回来用晚饭,整个黄昏都在外边,到半夜前后回来,用伏盖太太给他的百宝钥匙开大门。百宝钥匙这种优待只有他一个人享受。他待寡妇也再好没有,叫她妈妈,搂着她的腰——可惜这种奉承对方体会得不够。老妈妈还以为这是轻而易举的事,殊不知唯有伏脱冷一个人才有那么长的胳膊,够得着她粗大的腰身。他另外一个特点是饭后喝一杯葛洛丽亚①,每个月很阔绰的花十五法郎。那般青年人固然卷在巴黎生活的旋涡内一无所见,那般老年人也固然对一切与己无干的事漠不关心,但即使不像他们那么肤浅的人,也不会注意到伏脱冷形迹可疑。旁人的事,他都能知道或者猜到;他的心思或营生,却没有一个人看得透。虽然他把亲热的态度,快活的性情,当作墙壁一般挡在他跟旁人之间,但他不时流露的性格颇有些可怕的深度。往往他发一阵可以跟于凡那②相比的牢骚,专爱挖苦法律,鞭挞上流社会,攻击它的矛盾,似乎他对社会抱着仇恨,心底里密不透风的藏着什么秘密事儿。

泰伊番小姐暗中偷觑的目光和私下的念头,离不了这个中年人跟那个大学生。一个是精力充沛,一个是长得俊美,她无意之间受到他们吸引。可是那两位好似一个也没有想到她,虽说天道无常,她可能一变而为陪嫁富裕的对象。并且,那些人也不愿意推敲旁人自称为的苦难是真是假。除了漠不关心之外,他们还因为彼此境况不同而提防人家。他们知道没有力量减轻旁人的痛苦,而且平时叹苦经得太多了,互相劝慰的话也早已说尽。像老夫妻一样的无话可谈,他们之间的关系只有机械的生活,等于没有上油的齿轮在那里互相推动。他们可以在路上遇到一个瞎子而头也不回的走过,也可以无动于衷的听人家讲一桩苦难,甚至把死亡看作一个悲惨局面的解决;饱经忧患的结

---

① 羼有酒精的咖啡或红茶。
② 公元一世纪时以讽刺尖刻著名的拉丁诗人。

果，大家对最惨痛的苦难都冷了心。这些伤心人中最幸福的还算伏盖太太，高高在上的管着这所私人救济院。唯有伏盖太太觉得那个小园是一座笑吟吟的树林；事实上，静寂和寒冷，干燥和潮湿，使园子像大草原一样广漠无垠。唯有为她，这所黄黄的，阴沉沉的，到处是账台的铜绿味的屋子，才充满愉快。这些牢房是属于她的。她喂养那批终身做苦役的囚犯，他们尊重她的权威。以她所定的价目，这些可怜虫在巴黎哪儿还能找到充足而卫生的饭食，以及即使不能安排得高雅舒适，至少可以收拾得干干净净的房间？哪怕她做出极不公道的事来，人家也只能忍受，不敢叫屈。

　　整个社会的分子在这样一个集团内当然应有尽有，不过是具体而微罢了。像学校或交际场中一样，饭桌上十八个客人中间有一个专受白眼的可怜虫，老给人家打哈哈的出气筒。欧也纳·特·拉斯蒂涅住到第二年开头，发觉在这个还得住上两年的环境中，最堪注目的便是那个出气筒，从前做面条生意的高里奥老头。要是画家来处理这个对像，一定会像史家一样把画面上的光线集中在他头上。半含仇恨的轻蔑，带着轻视的虐待，对苦难毫不留情的态度，为什么加之于一个最老的房客身上呢？难道他有什么可笑的或是古怪的地方，比恶习更不容易原谅吗？这些问题牵涉到社会上许多暴行。也许人的天性就喜欢教那些为了谦卑，为了懦弱，或者为了满不在乎而忍受一切的人，忍受一切。我们不是都喜欢把什么人或物做牺牲品，来证明我们的力量吗？最幼弱的生物，儿童，就会在大冷天按人家的门铃，或者提着脚尖在崭新的建筑物上涂写自己的名字。

　　六十九岁的高老头，在一八一三年上结束了买卖，住到伏盖太太这儿来。他先住古的太太的那套房间，每年付一千二百法郎膳宿费，那气派仿佛多五个路易①少五个路易都无所谓。伏盖太太预收了一笔补偿费，把那三间屋子整新了一番，添置一些起码家具，例如黄布窗帘，羊毛绒面的安乐椅，几张胶画，以及连乡村酒店都不要的糊壁纸。

---

① 路易为法国旧时金币，合二十至二十四法郎，随时代而异。

高老头

高老头那时还被尊称为高里奥先生,也许房东看他那种满不在乎的阔气,以为他是个不知市面的冤大头。高里奥搬来的时候箱笼充实,里外服装,被褥行头,都很讲究,表示这位告老的商人很会享福。十八件二号荷兰细布衬衫,教伏盖太太叹赏不止,面条商还在纱颈围上扣着两支大金刚钻别针,中间系一条小链子,愈加显出衬衣料子的细洁。他平时穿一套宝蓝衣服,每天换一件雪白的细格布背心,下面鼓起一个滚圆的大肚子在那儿翕动,把一条挂有各色坠子的粗金链子,震动得一蹦一跳。鼻烟匣也是金的,里面有一个装满头发的小圆匣子,仿佛他还有风流韵事呢。听到房东太太说他风流,他嘴边立刻浮起笑容,好似一个小财主听见旁人称赞他的爱物。他的柜子(他把这个名词跟穷人一样念别了音)装满许多家用的银器。伏盖寡妇殷勤的帮他整东西时,不由得眼睛发亮,什么勺子,羹匙,食品,油瓶,汤碗,盘子,镀金的早餐用具,以及美丑不一,有相当分量,他舍不得放手的东西。这些礼物使他回想起家庭生活中的大事。他抓起一个盘,跟一个盖上有两只小鸽亲嘴的小钵,对伏盖太太说:

"这是内人在我们结婚的第一周年送我的。好心的女人为此花掉了做姑娘时候的积蓄。噢,太太,要我动手翻土都可以,这些东西我决不放手。谢天谢地!这一辈子总可以天天早上用这个钵喝咖啡;我不用发愁,有现成饭吃的日子还长哩。"

末了,伏盖太太那双喜鹊眼还瞥见一叠公债票,约略加起来,高里奥这个好人每年有八千到一万法郎的进款。从那天起,龚弗冷家的姑奶奶,年纪四十八而只承认三十九的伏盖太太,打起主意来了。虽然高里奥的里眼角向外翻转,又是虚肿又是往下掉,他常常要用手去抹,她觉得这副相貌还体面,讨人喜欢。他的多肉而突出的腿肚子,跟他的方鼻子一样暗示他具备伏盖寡妇所重视的若干优点;而那张满月似的,又天真又痴呆的脸,也从旁证实。伏盖寡妇理想中的汉子应当精壮结实,能把全副精神花在感情方面。每天早晨,多艺学校①的理发匠

---

① 法国有名的最高学府之一,校址在先贤祠附近,离伏盖公寓甚近。

高老头那时还被尊称为高里奥先生。

来替高里奥把头发扑粉,梳成鸽翅式,在他的低额角上留出五个尖角,十分好看。虽然有点儿土气,他穿扮得十分整齐,倒起烟来老是一大堆,吸进鼻孔的神气表示他从来不愁烟壶里会缺少玛古巴①。所以高里奥搬进伏盖太太家的那一天,她晚上睡觉的时候便盘算怎样离开伏盖的坟墓,到高里奥身上去再生;她把这个念头放在欲火上烧烤,仿佛烤一只涂满油脂的竹鸡。再醮,把公寓出盘,跟这位布尔乔亚的精华结合,成为本区中一个显要的太太,替穷人募捐,星期日逛旭阿西,梭阿西,香蒂伊②;随心所欲的上戏院,坐包厢,无须再等房客在七月中弄几张作家的赠券送她;总而言之,她做着一般巴黎小市民的黄金梦。她有一个铜子一个铜子积起来的四万法郎,对谁也没有提过。当然,她觉得以财产而论,自己还是一个出色的对象。

"至于其他,我还怕比不上这家伙!"想到这儿她在床上翻了个身,仿佛有心表现一下美妙的身段,所以胖子西尔维每天早上看见褥子上有个陷下去的窝。

从这天起,约莫有三个月,伏盖寡妇利用高里奥先生的理发匠,在装扮上花了点心血,推说公寓里来往的客人都很体面,自己不能不修饰得和他们相称。她想出种种玩意儿要调整房客,声言从今以后只招待在各方面看来都是最体面的人。遇到生客上门,她便宣传说高里奥先生,巴黎最有名望最有地位的商界巨头,特别选中她的公寓。她分发传单,上面大书特书:伏盖宿舍,后面写着:"拉丁区最悠久最知名的包饭公寓。风景优美,可以远眺高勃冷盆地(那是要在四层楼上远眺的),园亭幽雅,菩提树夹道成荫。"另外还提到环境清静,空气新鲜的话。

这份传单替她招来了特·朗倍梅尼伯爵夫人,三十六岁,丈夫是一个死在战场上的将军;她以殉职军人的寡妇身份,等公家结算抚恤金。伏盖太太把饭菜弄得很精美,客厅里生火有六个月之久,传单上

---

① 当时最著名的一种鼻烟。
② 旭阿西,梭阿西,香蒂伊,均为巴黎近郊名胜。

的诺言都严格履行,甚至花了她的血本。伯爵夫人称伏盖太太为亲爱的朋友,说预备把特·伏曼朗男爵夫人和上校毕各阿梭伯爵的寡妇,她的两个朋友,介绍到这儿来;她们住在玛莱区①一家比伏盖公寓贵得多的宿舍里,租期快要满了。一朝陆军部各司署把手续办完之后,这些太太都是很有钱的。

"可是",她说,"衙门里的公事老不结束。"

两个寡妇晚饭之后一齐上楼,到伏盖太太房里谈天,喝着果子酒,嚼着房东留备自用的糖果。特·朗倍梅尼夫人大为赞成房东太太对高里奥的看法,认为确是高见,据说她一进门就猜到房东太太的心思;觉得高里奥是个十全十美的男人。

"啊!亲爱的太太,"伏盖寡妇对她说,"他一点毛病都没有,保养得挺好,还能给一个女人许多快乐哩。"

伯爵夫人对伏盖太太的装束很热心的贡献意见,认为还不能跟她的抱负配合。"你得武装起来。"她说。仔细计算一番之后,两个寡妇一同上王宫市场的木廊②,买了一顶饰有羽毛的帽子和一顶便帽。伯爵夫人又带她的朋友上小耶纳德铺子挑了一件衣衫和一条披肩。武装买齐,扎束定当之后,寡妇真像煨牛肉饭店的招牌③。她却觉得自己大为改观,添加了不少风韵,便很感激伯爵夫人,虽是生性吝啬,也硬要伯爵夫人接受一顶二十法郎的帽子;实际是打算托她去探探高里奥,替自己吹嘘一番。朗倍梅尼夫人很乐意当这个差事,跟老面条商做了一次密谈,想笼络他,把他勾引过来派自己的用场;可是种种的诱惑,对方即使不曾明白拒绝,至少是怕羞得厉害;他的伧俗把她气走了。

"我的宝贝,"她对她的朋友说,"你在这个家伙身上什么都挤不出来的!他那疑神疑鬼的态度简直可笑;这是个吝啬鬼,笨蛋,蠢货,

---

① 从十七世纪起,玛莱区属于巴黎高等住宅区。
② 一八二八年以前王宫市场内有一条走廊,都是板屋,开着小铺子,廊子的名字叫作木廊。
③ 饭店当时开在中学街,招牌上画一条牛,戴着帽子和披肩;旁边有一株树,树旁坐着一个女人。

只能讨人厌。"

高里奥先生和朗倍梅尼太太会面的经过,甚至使伯爵夫人从此不愿再同他住在一幢屋里。第二天她走了,把六个月的膳宿费都忘了,留下的破衣服只值五法郎。伏盖太太拼命寻访,总没法在巴黎打听到一些关于特·朗倍梅尼伯爵夫人的消息。她常常提起这件倒霉事儿,埋怨自己过于轻信,其实她的疑心病比猫还要重;但她像许多人一样,老是提防亲近的人而遇到第一个陌生人就上当。这种古怪的,也是实在的现象,很容易在一个人的心里找到根源。也许有些人,在共同生活的人身上再也得不到什么;把自己心灵的空虚暴露之后,暗中觉得受着旁人严厉的批判;而那些得不到的恭维,他们又偏偏极感需要,或者自己素来没有的优点,竭力想显得具备:因此他们希望争取陌生人的敬重或感情,顾不得将来是否会落空。更有一等人,天生势利,对朋友或亲近的人绝对不行方便,因为那是他们的义务,没有报酬的;不比替陌生人效劳,可以让自尊心满足一下;所以在感情圈内同他们离得越近的人,他们越不爱;离得越远,他们越殷勤。伏盖太太显然兼有上面两种性格,骨子里都是鄙陋的,虚伪的,恶劣的。

"我要是在这儿,"伏脱冷说,"包你不会吃这个亏!我会揭破那个女骗子的面皮,教她当场出彩。那种嘴脸我是一望而知的。"

像所有心路不宽的人一样,伏盖太太从来不能站在事情之外推究它的原因。她喜欢把自己的错处推在别人头上。受了那次损失,她认为老实的面条商是罪魁祸首;并且据她自己说,从此死了心。当她承认一切的挑引和搔首弄姿都归无用之后,她马上猜到了原因,以为这个房客像她所说的另有所欢。事实证明她那个美丽动人的希望只是一场空梦,在这家伙身上是什么都挤不出来的,正如伯爵夫人那句一针见血的话——她倒像是个内行呢。伏盖太太此后敌视的程度,当然远过于先前友谊的程度。仇恨的原因并非为了她的爱情,而是为了希望的破灭。个人向感情的高峰攀登,可能中途休息;从怨恨的险坡望下走,就难得留步了。然而高里奥先生是她的房客,寡妇不能不捺着受伤的自尊心不让爆发，把失望以后的长吁短叹藏起来，把报复的念头闷在肚里，好似修士受了院长的气。逢到小人要发泄感情，不问是好感是恶感，总是不断的玩小手段的。那寡妇凭着女人的狡猾，想出许多暗中捉弄的方法，折磨她的仇人。她先取消公寓里添加出来的几项小节目。

"用不着什么小黄瓜跟鳕鱼了。都是上当的东西！"她恢复旧章的那天早晨，这样吩咐西尔维。

可是高里奥先生自奉菲薄，正如一般白手成家的人，早年不得已的俭省已经成为习惯。素羹，或是肉汤，加上一盘蔬菜，一向是，而且永远就该是，他最称心的晚餐。因此伏盖太太要折磨她的房客极不容易，他简直无所谓嗜好，也就没法跟他为难。遇到这样一个无懈可击的人，她觉得无可奈何，只能瞧不起他，把她对高里奥的敌意感染别的房客；而他们为了好玩，竟然帮着她出气。

第一年将尽，寡妇对他十分猜疑，甚至在心里思忖：这个富有七八千法郎进款的商人，银器和饰物的精美不下于富翁的外室，为什么住到这儿来，只付一笔在他财产比例上极小的膳宿费？这第一年的大半时期，高里奥先生每星期总有一两次在外面吃晚饭；随后，不知不觉改为一个月两次。高里奥大爷那些甜蜜的约会，对伏盖太太的利益配合得太好了；所以他在家用餐的习惯越来越正常，伏盖太太不能不生气。这种改变被认为一方面由于他的财产慢慢减少，同时也由于他故意跟房东为难。小人许多最可鄙的习惯中间，有一桩是以为别人跟他们一样小气。不幸，第二年年终，高里奥先生竟证实了关于他的谰言，要求搬上三楼，膳宿费减为九百法郎。他需要极度撙节，甚至整整一冬屋里没有生火。伏盖寡妇要他先付后住，高里奥答应了，从此她便管他叫高老头。

关于他降级的原因，大家议论纷纷，可是始终猜不透！像那假伯爵夫人所说的，高老头是一个城府很深的家伙。一般头脑空空如也，并且因为只会胡扯而随便乱说的人，自有一套逻辑，认为不提自己私事的人决没有什么好事。在他们眼中，那么体面的富商一变而为骗子，风流人物一变而为老混蛋了。一忽儿，照那个时代搬入公寓的伏脱冷的说法，高老头是做交易所的，送完了自己的钱，还在那里靠公债做些小投机，这句话，在伏脱冷嘴里用的是有声有色的金融上的术语。一忽儿，他是个起码赌鬼，天天晚上去碰运气，赢他十来个法郎。一忽儿，他又是特务警察雇用的密探；但伏脱冷认为他还不够狡猾当这个差事。又有一说，高老头是个放印子钱的守财奴，再不然是一个追同号奖券①的人。总之，大家把他当作恶劣的嗜好，无耻，低能，所能产生的最神秘的人物。不过无论他的行为或恶劣的嗜好如何要不得，人家对他的敌意还不至于把他撵出门外：他从没欠过房饭钱。况且他也有他的用处，每个人快乐的或恶劣的心绪，都可用打趣或咕噜的方式借他来发泄。最近似而被众人一致认可的意见，是伏盖太太的那种说法。这个保养得那么好，一点毛病都没有，还能给一个女人许多快乐的人，据她说，实在是个古怪的好色鬼。伏盖寡妇的这种坏话有下面的事实做根据。

那个晦气星伯爵夫人白吃白住了半年，溜掉以后几个月，伏盖太太一天早上起身之前，听见楼梯上有绸衣窸窣的声音，一个年轻的女人轻轻巧巧的溜进高里奥房里，打开房门的方式又像有暗号似的。胖子西尔维立即上来报告女主人，说有个漂亮得不像良家妇女的姑娘，装扮得神仙似的，穿着一双毫无灰土的薄底呢靴，像鳗鱼一样从街上一直溜进厨房，问高里奥先生的房间在哪儿。伏盖太太带着厨娘去凑在门上偷听，耳朵里掠到几句温柔的话；两人会面的时间也有好一会。高里奥送女客出门，胖子西尔维马上抓起菜篮，装作上菜市的模样去跟踪这对情人。

她回来对女主人说："太太，高里奥先生一定钱多得作怪，才撑得起那样的场面。你真想不到吊刑街转角，有一辆漂亮马车等在那里，我看她上去的。"

---

① 买奖券时每次买同样的号码而增加本钱，叫作追同号奖券。

吃晚饭的时候,伏盖太太去拉了一下窗帘,把射着高里奥眼睛的那道阳光遮掉。①

"高里奥先生,你阳光高照,艳福不浅呢。"她说话之间暗指他早晨的来客,"吓!你眼力真好,她漂亮得很啊。"

"那是我的女儿呐。"他回答时那种骄傲的神气,房客都以为是老人故意遮面子。

一个月以后,又有一个女客来拜访高里奥先生。他女儿第一次来是穿的晨装,这次是晚餐以后,穿得像要出去应酬的模样。房客在客厅里聊天,瞥见一个美丽的金发女子,瘦瘦的身腰,极有丰韵,那种高雅大方的气度决不可能是高老头的女儿。

"哎啊!竟有两个!"胖子西尔维说。她完全认不出是同一个人。

过了几天,另外一个女儿,高大,结实,深色皮肤,黑头发,配着炯炯有神的眼睛,跑来见高里奥先生。

"哎啊!竟有三个!"西尔维说。

这第二个女儿初次也是早上来的,隔了几天又在黄昏时穿了跳舞衣衫,坐了车来。

"哎啊!竟有四个!"伏盖太太和西尔维一齐嚷着。她们在这位阔太太身上一点没有看出她上次早晨穿扮朴素的影子。

那时高里奥还付着一千二百法郎的膳宿费。伏盖太太觉得一个富翁养四五个情妇是挺平常的,把情妇充作女儿也很巧妙。他把她们叫到公寓里来,她也并不生气。可是那些女客既然说明了高里奥对她冷淡的原因,她在第二年年初便唤他做老雄猫。等到他降级到九百法郎之后,有一次她看见这些女客之中的一个下楼,就恶狠狠的问他打算把她的公寓当作什么地方。高老头回答说这位太太是他的大女儿。

"你女儿有两三打吗?"伏盖太太尖刻的说。

"我只有两个。"高老头答话的口气非常柔和,正如一个落难的人,

---

① 本书中所说的晚餐,在下午四点左右。公寓每日只开两餐。

高老头

什么贫穷的委屈都受得了。

快满第三年的时候,高老头还要节省开支,搬上四层楼,每个月的房饭钱只有四十五法郎了。他戒掉了鼻烟,打发了理发匠,头上也不再扑粉。高老头第一次不扑粉下楼,房东太太大吃一惊,直叫起来;他的头发原是灰中带绿的腌臜颜色。他的面貌被暗中的忧患磨得一天比一天难看,似乎成了饭桌上最忧郁的一张脸。如今是毫无疑问了:高老头是一个老色鬼。要不是医生本领高强,他的眼睛早就保不住,因为治他那种病的药品是有副作用的。他的头发所以颜色那么丑恶,也是由于他纵欲无度,和服用那些使他继续纵欲的药物之故。可怜虫的精神与身体的情形,使那些无稽之谈显得凿凿有据。漂亮的被褥衣物用旧了,他买十四铜子一码的棉布来代替。金刚钻,金烟匣,金链条,饰物,一样一样的不见了。他脱下宝蓝大褂跟那些华丽的服装,不分冬夏,只穿一件栗色粗呢大褂,羊毛背心,灰色毛料长裤。他越来越瘦,腿肚子掉了下去;从前因心满意足而肥胖的脸,不知打了多少皱裥;脑门上有了沟槽,牙床骨突了出来。他住到圣·日内维新街的第四年上,完全变了样。六十二岁时的面条商,看上去不满四十,又胖又肥的小财主,仿佛不久才荒唐过来,雄赳赳气昂昂,教路人看了也痛快,笑容也颇有青春气息;如今忽然像七十老翁,龙龙钟钟,摇摇晃晃,面如死灰。当初那么生气勃勃的蓝眼睛,变了黯淡的铁灰色,转成苍白,眼泪水也不淌了,殷红的眼眶好似在流血。有些人觉得他可憎,有些人觉得他可怜。一般年轻的医学生注意到他下唇低垂,量了量他面角的顶尖,再三戏弄他而什么话都探不出来之后,说他害着甲状腺肿大①。

有一天黄昏,吃过饭,伏盖太太挖苦他说:"啊,喂!她们不来看你了吗,你那些女儿?"口气之间显然怀疑他做父亲的身份。高老头一听

---

① 面角为生理学名词。侧面从耳孔至齿槽(鼻孔与口唇交接处)之水平线,正面从眼窝上部(即额角最突出处)至齿槽之垂直线,二线相遇所成之角,称为面角。人类之面角大,近于直角;兽类之面角小,近于锐角。面角的顶尖乃指眼窝上部。甲状腺肿大之生理现象往往为眼睛暴突,精神现象为感觉迟钝、智力衰退。

之下,浑身发抖,仿佛给房东太太刺了一针。

"有时候来的。"他声音抖动的回答。

"哎啊!有时你还看到她们!"那般大学生齐声嚷着,"真了不起,高老头!"

老人并没听见他的答话所引起的嘲笑,又恢复了迷迷糊糊的神气。光从表面上观察的人以为他老态龙钟。倘使对他彻底认识了,也许大家会觉得他的身心交瘁是个大大的疑案;可是认识他真是谈何容易。要打听高里奥是否做过面条生意,有多少财产,都不是难事;无奈那般注意他的老年人从来不走出本区的街坊,老躲在公寓里像牡蛎黏着岩石;至于旁人,巴黎生活特有的诱惑,使他们一走出圣·日内维新街便忘记了他们所调侃的可怜老头。头脑狭窄的人和漠不关心的年轻人,一致认为以高老头那种寒碜,那种蠢头蠢脑,根本谈不上有什么财产或本领。至于他称为女儿的那些婆娘,大家都接受伏盖太太的意见。像她那种每天晚上以嚼舌为事的老太婆,对什么事都爱乱猜,结果自有一套严密的逻辑,她说:

"要是高老头真有那么有钱的女儿,像来看他的那些女客,他决不会住在我四层楼上,每月只付四十五法郎的房饭钱,也不会穿得像穷人一样的上街了。"

没有一件事情可以推翻这个结论。所以到一八一九年十一月底,这幕惨剧爆发的时期,公寓里每个人都对可怜的老头儿有了极其肯定的意见。他压根儿不曾有过什么妻儿子女;荒淫的结果使他变成了一条蜗牛,一个人形的软体动物,据一个包饭客人,博物院职员说,应当列入加斯葛底番类①。跟高老头比较起来,波阿莱竟是老鹰一般,大有绅士气派了。波阿莱会说话,会理论,会对答;虽然他的说话,理论,对答,只是用不同的字眼重复旁人的话;但他究竟参加谈话,他是活的,还像有知觉的;不比高老头,照那博物院职员的说法,在寒暑表上永远

---

① 加斯葛底番为博物学上分类的名词。

指着零度。

　　欧也纳·特·拉斯蒂涅过了暑假回来,他的心情正和一般英俊有为的青年或是因家境艰难而暂时显得卓越的人一样。寄寓巴黎的第一年,法科学生考初级文凭的作业并不多,尽可享受巴黎的繁华。要知道每个戏院的戏码,摸出巴黎迷宫的线索,学会规矩,谈吐,把京城里特有的娱乐搅上瘾,走遍好好坏坏的地方,选听有趣的课程,背得出各个博物院的宝藏……一个大学生决不嫌时间太多。他会对无聊的小事情入迷,觉得伟大得了不得。他有他的大人物,例如法兰西学院的什么教授,拿了薪水吸引群众的人。他整着领带,对喜歌剧院楼厅里的妇女搔首弄姿。一样一样的入门以后,他就脱了壳,扩大眼界,终于体会到社会的各阶层是怎样交叠起来的。大太阳的日子,在天野大道上辐辏成行的车马,他刚会欣赏,跟着就眼红了。

　　欧也纳得了文学士和法学士学位,回乡过暑假的时节,已经不知不觉经过这些学习。童年的幻象,内地人的观念,完全消灭了。见识改换,雄心奋发之下,他看清了老家的情形。父亲,母亲,两个兄弟,两个妹妹,和一个除了养老金外别无财产的姑母,统统住在拉斯蒂涅家小小的田地上。年收三千法郎左右的田,进款并没把握,因为葡萄的行情跟着酒市上落,可是每年总得凑出一千二百法郎给他。家里一向为了疼他而瞒起的常年窘迫的景象;他把小时候觉得那么美丽的妹妹,和他认为美的典型的巴黎妇女所做的比较;压在他肩上的这个大家庭的渺茫的前途;眼见任何微末的农作物都珍藏起来的俭省的习惯;用榨床上的残渣剩滓制造的家常饮料,总之,在此无须一一列举的许多琐事,使他对于权位的欲望与出人头地的志愿,加强了十倍。像一切有志气的人,他发愿一切都要靠自己的本领去挣。但他的性格明明是南方人的性格:临到实行就狐疑不决,主意动摇了,仿佛青年人在汪洋大海中间,既不知向哪方面驶去,也不知把帆挂成怎样的角度。先是他想没头没脑的用功,后来又感到应酬交际的必要,发觉女子对社会生活影响极大,突然想投身上流社会,去征服几个可以做他后台的妇女。一个有热情有才气的青年,加上倜傥风流的仪表,和很容易教女人着迷的那种阳性的美,还愁找不到那样的女子吗?他一边在田野里散步一边不断转着这些念头。从前他同妹妹们出来闲逛完全无忧无虑,如今她们觉得他大大的变了。他的姑母特·玛西阿太太,当年也曾入宫觐见,认识一批名门贵族的领袖。野心勃勃的青年忽然记起姑母时常讲给他听的回忆中,有不少机会好让他到社会上去显露头角,这一点至少跟他在法学院的成就同样重要;他便盘问姑母,那些还能拉到关系的人是怎么样的亲戚。老姑太太把家谱上的各支各脉想了一想,认为在所有自私的阔亲戚中间,特·鲍赛昂子爵夫人大概最容易相与。她用老派的体裁写了封信交给欧也纳,说如果能接近这位子爵夫人,她自会帮他找到其余的亲戚。回到巴黎几天之后,拉斯蒂涅把姑母的信寄给特·鲍赛昂夫人,夫人寄来一张第二天的跳舞会的请帖,代替复信。

　　以上是一八一九年十一月底公寓里的大概情形。过了几天,欧也纳参加了特·鲍赛昂太太的舞会,清早两点左右回家。为了补偿损失的光阴,勇气十足的大学生一边跳舞一边发愿回去开夜车。他预备第一次在这个万籁无声的区域中熬夜,自以为精力充沛,其实只是见到豪华的场面的冲动。那晚他没有在伏盖太太家用餐,同居的人可能以为他要天亮回来,好像他有几次赴柏拉杜舞会①或奥迪安舞会,丝袜上溅满污泥,漆皮鞋走了样的回家。克利斯朵夫闩上大门之前,开出门来向街上瞧了瞧。拉斯蒂涅恰好在这时赶回,悄悄的上楼,跟在他后面上楼的克利斯朵夫却闹出许多响声。欧也纳进了卧房,卸了装,换上软鞋,披了一件破大褂,点起泥炭,急匆匆的准备用功。克利斯朵夫笨重的脚声还没有完,把青年人轻微的响动盖过了。

　　欧也纳没有开始读书,先出神的想了一会。他看出特·鲍赛昂子爵夫人是当今的阔太太之一,她的府第被认为圣·日耳曼区②最愉快

---

①　柏拉杜为舞厅名字,坐落最高法院对面,一八五五年时拆毁。

②　当时第一流贵族的住宅区。

的地方。以门第与财产而论,她也是贵族社会的一个领袖。靠了玛西阿姑母的力量,这个穷学生居然受到鲍府的优待,可还不知道这优待的作用多大。能够在那些金碧辉煌的客厅中露面,就等于一纸阀阅世家的证书。一朝踏进了这个比任何社会都不容易进去的地方,可以到处通行无阻。盛会中的鬓光钗影看得他眼睛都花了;他和子爵夫人仅仅寒暄了几句,便在那般争先恐后赴此晚会的巴黎女神中,发现了一个教青年人一见倾心的女子。阿娜斯大齐·特·雷斯多伯爵夫人生得端正,高大,被称为巴黎身腰最好看的美人之一。一对漆黑的大眼睛,美丽的手,有样的脚,举动之间流露出热情的火焰;这样一个女人,照特·龙格罗侯爵的说法,是一匹纯血种的马。泼辣的气息并没影响她的美,身腰丰满圆浑而并不肥胖。纯血种的马,贵种的美人,这些成语已经开始代替天上的安琪儿,仙女般的脸庞,以及新派公子哥儿早已唾弃不用的关于爱情的老神话。在拉斯蒂涅心目中,阿娜斯大齐·特·雷斯多夫人干脆就是一个迷人的女子。他想法在她的扇子上登记了两次①,并且在第一次四组舞时就有机会对她说:

"以后在哪儿跟你见面呢,太太?"说话之间那股热情冲动的劲儿,正是女人们最喜欢的。

"森林②啊,喜剧院啊,我家里啊,到处都可以。"她回答。

于是这南方的冒险家,在一场四组舞或华尔兹舞中间可能接触的范围内,竭力和这个动人心魄的伯爵夫人周旋。一经说明他是特·鲍赛昂太太的表弟,他心目中的那位贵妇人立刻邀请他,说随时可以上她家去玩儿。她对他最后一次的微笑,使他觉得登门拜访之举是少不了的了。宾客之中有的是当时出名放肆的男人,什么摩冷古,龙格罗,玛克辛·特·脱拉伊,特·玛赛,阿瞿达-宾多,王特奈斯,都是自命不凡、煊赫一世之辈,尽跟最风雅的妇女们厮混,例如勃朗同爵士夫人,特·朗日公爵夫人,特·甘尔迦罗哀伯爵夫人,特·赛里齐夫人,特·

---

① 当时舞会习惯,凡男子要求妇女同舞,必先预约,由女子在扇子上登记,依次轮值。
② 森林为近郊蒲洛涅森林的简称,巴黎上流社会游乐胜地。

特·雷斯多夫人干脆就是一个迷人的女子。

加里里阿诺公爵夫人,法洛伯爵夫人,特·朗蒂夫人,特·哀格勒蒙侯爵夫人,菲尔米阿尼夫人,特·李斯多曼侯爵夫人,特·埃斯巴侯爵夫人,特·摩弗里原士公爵夫人,葛朗里欧夫人。在这等场合,年轻人闹出不通世面的笑话是最糟糕的。拉斯蒂涅遇到的幸而不是一个嘲笑他愚昧无知的人,而是特·朗日公爵夫人的情人——特·蒙脱里伏侯爵,一位淳朴如儿童的将军,告诉他特·雷斯多伯爵夫人住在海尔特街。

年纪轻轻,渴想踏进上流社会,饥荒似的想弄一个女人,眼见高门大户已有两处打通了路子:在圣·日耳曼区能够跨进特·鲍赛昂子爵夫人的府第,在唐打区①能够在特·雷斯多伯爵夫人家出入!一眼之间望到一连串的巴黎沙龙,自以为相当英俊,足够博取女人的欢心而得到她的帮助与庇护!也自认为雄心勃勃,尽可像江湖卖技的汉子似的,走在绳索上四平八稳,飞起大腿作一番精彩表演,把一个迷人的女子当作一个最好的平衡棒,支持他的重心!脑中转着这些念头,那女人仿佛就巍巍然站在他的炭火旁边,站在法典与贫穷之间;在这种情形之下,谁又能不像欧也纳一样沉思遐想,探索自己的前途,谁又能不用成功的幻想点缀前途?他正在胡思乱想,觉得将来的幸福十拿九稳,甚至自以为已经在特·雷斯多太太身旁了;不料静悄悄的夜里忽然哼……的一声叹息,欧也纳听了几乎以为是垂死病人的痰厥。他轻轻开了门,走入甬道,瞥见高老头房门底下有一线灯光;他怕邻居病了,凑上锁孔张望,不料老人干的事非常可疑,欧也纳觉得为了公众安全,应当把自称为的面条商深更半夜干的勾当看个明白。原来高老头把一张桌子仰倒着,在桌子横档上缚了一个镀金的盘和一件好似汤钵一类的东西,另外用根粗绳绞着那些镌刻精工的器物,拼命拉紧,似乎要绞成金条。老人不声不响,用筋脉隆起的胳膊,靠绳索帮忙,扭着镀金的银器,像捏面粉一般。

---

① 当时新贵的住宅区,海尔特街即在此区域内。

"呦！好家伙！"拉斯蒂涅私下想着，挺起身子站了一会，"他是一个贼还是一个窝赃的？是不是为了遮人耳目，故意装疯作傻，过着叫花子般的生活？"

大学生又把眼睛凑上锁孔，只见高老头解开绳索，拿起银块，在桌上铺了一条毯子，把银块放在上面卷滚，非常利落的搓成一根条子。条子快搓成的时候，欧也纳心上想："难道他力气跟波兰王奥古斯德一样大吗？"

高老头伤心的瞧了瞧他的作品，掉下几滴眼泪，吹灭蜡烛，躺上床去，叹了一口气。

欧也纳私忖道："他疯了。"

"可怜的孩子！"高老头忽然叫了一声。

听到这一句，拉斯蒂涅认为这件事还是不声张为妙，觉得不该冒冒失失断定邻居是坏人。他正要回房，又听见一种难以形容的声音，大概是几个穿布底鞋的人上楼梯。欧也纳侧耳细听，果然有两个人不同的呼吸，既没有开门声，也没有脚步声，忽然三楼伏脱冷的屋内漏出一道微光。

"一所公寓里竟有这些怪事！"他一边想一边走下几级听着，居然还有洋钱的声音。一忽儿，灯光灭了，没有开门的声音，却又听到两个人的呼吸。他们慢慢的下楼，声音也就跟着低下去。

"谁啊？"伏盖太太打开卧房的窗子问。

"是我回来喔，伏盖妈妈。"伏脱冷大声回答。

"真怪！"欧也纳回到房内想，"克利斯朵夫明明把大门上了闩。在巴黎真要通宵不睡才弄得清周围的事。"

这些小事打断了他关于爱情的幻想，他开始用功了。可是，他先是猜疑高老头，心思乱了，而打扰得更厉害的是特·雷斯多太太的面貌不时出现，仿佛一个预告幸运的使者，结果他上床睡熟了。年轻人发狠要在夜里读书，十有九夜是睡觉完事的。要熬夜，一定要过二十岁。

第二天早上,巴黎浓雾蔽天,罩住全城,连最准时的人也弄错了时间。生意上的约会全失误了,中午十二点,大家还当是八点。九点半,伏盖太太在床上还没动弹。克利斯朵夫和胖子西尔维也起迟了,正在消消停停的喝他们的咖啡,里面羼着从房客的牛奶上撩起来的一层乳脂。西尔维把牛乳放在火上尽煮,教伏盖太太看不出他们揩油的痕迹。

克利斯朵夫把第一块烤面包浸在咖啡里,说道:"喂,西尔维,你知道,伏脱冷先生是个好人;昨晚又有两个客人来看他。太太要有什么疑心,你一个字都别提。"

"他有没有给你什么?"

"五法郎,算本月份的赏钱,意思叫我不要声张。"

西尔维回答:"除了他跟古的太太舍得花钱以外,旁的都想把新年里右手给的,左手拿回去!"

"哼!他们给的也是天晓得!"克利斯朵夫接着说,"一块起码洋钱,五法郎!高老头自己擦皮鞋擦了两年了。波阿莱那小气鬼根本不用鞋油,大概他宁可吞在肚里,舍不得揩他的破靴子。至于那瘦小的大学生,他只给两法郎。两法郎还不够我买鞋刷,临了他还卖掉他的旧衣服。真是没出息的地方!"

西尔维一小口一小口喝着咖啡:"话得说回来,咱们这个还算这一区的好差事哩。哎,克利斯朵夫,关于伏脱冷先生,人家有没有对你说过什么?"

"怎么没有!前几天街上有位先生和我说:你们那里住着一位鬓角染黑的胖子是不是?——我回答说:不,先生。他并没有染鬓角。他那样爱寻快活的人,才没有这个闲工夫呢。我把这个告诉了伏脱冷先生,他说:伙计,你对付得好!以后就这样说吧。顶讨厌是给人家知道我们的缺点,娶起亲来不麻烦吗?"

"也有人在菜市上哄我,要知道我有没有看见他穿衬衫。你想好笑不好笑!"西尔维忽然转过话头,"哟!华·特·葛拉斯已经敲九点三刻了,还没一个人动弹。"

"啊,喂!他们都出去啦。古的太太同她的小姑娘八点钟就上圣·丹蒂安拜老天爷去了。高老头夹着一个小包上街了。大学生要十点钟上完课才回来。我打扫楼梯的时候看他们出去的;我还给高老头的小包裹撞了一下,硬得像铁。这老头儿究竟在干什么呢?旁人耍弄他,当作陀螺一样,人倒是挺好的,比他们都强。他不给什么钱,可是我替他送信去的地方,那般太太酒钱给的很阔气,穿也穿得漂亮。"

"是他所说的那些女儿吗,嗯?统共有一打吧?"

"我一向只去过两家,就是到这儿来过的两个。"

"太太起来了,一忽儿就要叫叫嚷嚷的,我该上去了。你当心着牛奶,克利斯朵夫,仔细那猫儿。"

西尔维走进女主人的屋子。

"怎么?西尔维,已经十点差一刻了,你让我睡得像死人一样!真是从来没有的事!"

"那是浓雾作怪,浓得用刀劈也劈不开。"

"中饭怎么了?"①

"呕!那些房客都见了鬼,一太早就滚出去了。"

"说话要清楚,西尔维。应该说一大早。"

"哦!太太,你要我怎么说都可以。包你十点钟有饭吃。米旭诺跟波阿莱还没动弹。只有他们俩在家,睡得像猪一样。"

"西尔维,你把他们两个放在一块儿讲,好像……"

"好像什么?"西尔维大声痴笑起来,"两个不是一双吗?"

"真怪,西尔维,昨夜克利斯朵夫把大门上了闩,怎么伏脱冷先生还能进来?"

"不是的,太太。他听见伏脱冷先生回来,下去开门的。你当作……"

---

① 当是中饭比现在吃得早,大概在十一点(见皮尔南著:《一八三〇年代法国的日常生活》),但伏盖公寓的习惯,中饭比一般更早。

"把短袄给我,快快去弄饭。剩下的羊肉再加些番薯;饭后点心用煮熟梨子,挑两个小钱①一个的。"

过了一会,伏盖太太下楼了,她的猫刚刚一脚掀开罩盆,急匆匆的舐着牛奶。

"咪斯蒂格里!"她叫了一声,猫逃了,又回来在她腿边厮磨,"好,好,你拍马屁,你这老畜生!"

她接着又叫:"西尔维! 西尔维!"

"哎,哎,什么事呀,太太?"

"你瞧,猫喝掉了多少!"

"都是混账的克利斯朵夫不好,我早告诉他摆桌子,他到哪儿去了? 不用急,太太;那份牛奶倒在高老头的咖啡里吧。让我冲些水,他不会发觉的。他对什么都不在意,连吃什么都不知道。"

"他上哪儿去了,这怪物?"伏盖太太摆着盘子,问。

"谁知道? 大概在跟魔鬼打交道吧。"

"我睡得太多了。"伏盖太太说。

"可是太太,你新鲜得像一朵玫瑰……"

这时门铃一响,伏脱冷大声唱着,走进客厅:

我久已走遍了世界,
人家到处看见我呀……

"哦! 哦! 你早,伏盖妈妈。"他招呼了房东,又亲热的拥抱她。

"喂,放手呀。"

"干吗不说放肆呀!"他回答,"说啊,说我放肆啊! 哦,哦,我来帮你摆桌子。你看我多好! ……

---

① 所谓小钱是法国的一种旧铜币,价值等于一个铜子(Sou)的四分之一。

勾搭褐发和金发的姑娘，
爱一阵呀叹一声……

"我才看见一桩怪事……

……全是偶然……"①

寡妇道："什么事？"

"高老头八点半在太子街，拿了一套镀金餐具，走进一家收买旧食器旧肩章的银匠铺，卖了一笔好价钱。亏他不吃这行饭的人，绞出来的条子倒很像样呢。"

"真的？"

"当然真的。我有个伙计出远门，送他上了邮车回来，我看到高老头，就想等着瞧瞧是怎么回事。他回到本区格莱街上，走进鼎鼎大名放印子钱的高勃萨克家；你知道高勃萨克是个了不起的坏蛋，会把他老子的背脊梁雕成骰子的家伙！真是个犹太人，阿拉伯人，希腊人，波希米亚人，哼，你休想抢到他的钱，他把洋钱都存在银行里。"

"那么高老头去干什么？"

"干什么？吃尽当光！"伏脱冷回答，"这糊涂虫不惜倾家荡产去爱那些婊子……"

"他来了！"西尔维叫着。

"克利斯朵夫，你上来。"高老头招呼用人。

克利斯朵夫跟着高老头上楼，一忽儿下来了。

"你上哪儿去？"伏盖太太问。

"替高里奥先生跑一趟。"

"什么东西呀？"伏脱冷说着，从克利斯朵夫手中抢过一个信封，念

---

① 以上是尼古拉的喜歌剧《育公特》(1814)中的唱词。

道:送阿娜斯大齐·特·雷斯多伯爵夫人。他把信还给克利斯朵夫,问:"送哪儿呢?"

"海尔德街。他吩咐一定要面交伯爵夫人。"

"里面是什么东西?"伏脱冷把信照着亮处说,"钞票?不是的。"他把信封拆开一点,"哦,是一张债务清讫的借票。嘿!这老妖精倒有义气!"他伸出大手摸了摸克利斯朵夫的头发,把他的身体像骰子般骨碌碌的转了几下,"去吧,坏东西,你又好挣几个酒钱了。"

刀叉杯盘已经摆好。西尔维正在煮牛奶。伏盖太太生着火炉,伏脱冷在旁帮忙,嘴里哼着:

我久已走遍了世界,
　人家到处看见我呀……

一切准备停当,古的太太和泰伊番小姐回来了。

"这么早到哪儿去啦,漂亮的太太?"伏盖太太问。

"我们在圣·丹蒂安教堂祈祷。今儿不是要去泰伊番先生家吗?可怜的孩子浑身哆嗦,像一张树叶。"古的太太说着坐在火炉前面,鞋子搁在火门口冒起烟来。

"来烤火吧,维多莉。"伏盖太太说。

"小姐,"伏脱冷端了一把椅子给她,"求上帝使你父亲回心转意固然不错,可是不够。还得有个朋友去教这个丑八怪把头脑醒醒。听说这蛮子手头有三百万,偏偏不肯给你一份陪嫁。这年月,一个美人儿是少不得陪嫁的。"

"可怜的孩子,"伏盖太太接口道,"你那魔王老子不怕报应吗?"

一听这几句,维多莉眼睛湿了;伏盖太太看见古的太太对她摆摆手,就不出声了。

军需官的寡妇接着说:"只要我能见到他的面,和他说话,把他妻子的遗书交给他,也就罢了。我从来不敢冒险从邮局寄去;他认得我的笔迹……"

"哦!那些无辜的女人,遭着灾殃,受着欺侮,"①伏脱冷这么嚷着,忽然停下,说,"你现在就是落到这个田地!过几天让我来管这笔账,包你称心满意。"

"哦!先生,"维多莉一边说,一边对伏脱冷又畏怯又热烈的望了一眼,伏脱冷却毫不动心,"倘若你有方法见到家父,请你告诉他,说我把父亲的慈爱和母亲的名誉,看得比世界上所有的财宝都贵重。如果你能把他的铁石心肠劝转一些,我要在上帝面前为你祈祷,我一定感激不尽……"

"我久已走遍了世界……"伏脱冷用讽刺的口吻唱着。

这时高里奥,米旭诺小姐,波阿莱,都下楼了,也许都闻到了肉汁的味道,那是西尔维做来浇在隔夜的羊肉上的。七个同居的人正在互相问好,围着桌子坐下,时钟敲了十点,大学生的脚步也在门外响了。

"嗳,行啦,欧也纳先生,"西尔维说,"今儿你可以跟大家一块儿吃饭了。"

大学生招呼了同居,在高老头身旁坐下。

"我今天有桩意想不到的奇遇。"他说着夹了好些羊肉,割了一块面包——伏盖太太老在那里估计面包的大小。

"奇遇!"波阿莱叫道。

"哎!你大惊小怪干什么,老糊涂?"伏脱冷对波阿莱说,"难道他老人家不配吗?"

泰伊番小姐怯生生的对大学生瞧了一眼。

伏盖太太说道:"把你的奇遇讲给我们听吧。"

"昨天我去赴特·鲍赛昂子爵夫人的舞会,她是我的表姊,有一所华丽的住宅,每间屋子都铺满了绫罗绸缎。她举行一个盛大的跳舞会,把我乐得像一个皇帝……"

---

① 一八一一年有出戏就用这个题目,一八三〇年还上演。

"像黄雀。"伏脱冷打断了他的话。

"先生,"欧也纳气恼的问,"你这是什么意思?"

"我说黄雀,因为黄雀比皇帝快活得多。"

应声虫波阿莱说:"不错,我宁可做一只无忧无虑的黄雀,不要做皇帝,因为……"

"总之,"大学生截住了波阿莱的话,"我同舞会里最漂亮的一位太太跳舞,一位千娇百媚的伯爵夫人,真的,我从没见过那样的美人儿。她头上插着桃花,胸部又是最好看的花球,都是喷香的鲜花。啊唷!真要你们亲眼看见才行。一个女人跳舞跳上了劲,真是难画难描。唉!哪知今儿早上九点,我看见这位神仙似的伯爵夫人在格莱街上走。哦!我的心跳啦,以为……"

"以为她上这儿来,嗯?"伏脱冷对大学生深深的瞧了一眼,"其实她是去找放印子钱的高勃萨克老头。要是你在巴黎妇女的心窝里掏一下,包你先发现债主,后看见情夫。你的伯爵夫人叫作阿娜斯大齐·特·雷斯多,住在海尔特街。"

一听见这个名字,大学生瞪着伏脱冷。高老头猛的抬起头来,把他们俩瞧了一眼,又明亮又焦急的目光教大家看了奇怪。

"克利斯朵夫走晚了一步,她到过那儿了。"高里奥不胜懊恼的自言自语。

"我猜着了。"伏脱冷咬着伏盖太太的耳朵。

高老头糊里糊涂的吃着东西,根本不知道吃的什么;愣头傻脑,心不在焉到这个程度,他还从来不曾有过。

欧也纳问:"伏脱冷先生,她的名字谁告诉你的?"

伏脱冷回答:"嗳!嗳!既然高老头会知道,干吗我不能知道?"

"什么!高里奥先生?"大学生叫起来。

"真的?昨天晚上她很漂亮吗?"可怜的老人问。

"谁?"

"特·雷斯多太太。"

"你瞧这老东西眼睛多亮。"伏盖太太对伏脱冷说。

"他难道养着那个女人吗?"米旭诺小姐低声问大学生。

"哦!是的,她漂亮得了不得。"欧也纳回答高老头,高老头不胜艳羡的望着他,"要没有特·鲍赛昂太太,那位神仙般的伯爵夫人竟可以算全场的王后了;年轻人的眼睛只盯住她一个,我在她的登记表上已经是第十二名,没有一次四组舞没有她,旁的女人都气坏了。昨天她的确是最得意的人。常言道:天下之美,莫过于满帆的巨舶,飞奔的骏马,婆娑起舞的美女,真是一点不错。"

"昨天在爵府的高堂上,今儿早晨在债主的脚底下,这便是巴黎女人的本相。"伏脱冷说,"丈夫要供给不起她们挥霍,她们就出卖自己。要不就破开母亲的肚子,搜搜刮刮的拿去摆架子,总而言之,她们什么千奇百怪的事都做得出。唉,有的是,有的是!"

高老头听了大学生的话,眉飞色舞,像晴天的太阳,听到伏脱冷刻毒的议论,立刻沉下了脸。

伏盖太太道:"你还没说出你的奇遇呢。你刚才有没有跟她说话?她要不要跟你补习法律?"

欧也纳道:"她没有看见我;可是九点钟在格莱街上碰到一个巴黎顶美的美人儿,清早两点才跳完舞回家的女子,不古怪吗?只有巴黎才会碰到这等怪事。"

"吓!比这个更怪的事还多咧。"伏脱冷嚷道。

泰伊番小姐并没留神他们的话,只想着等会儿要去尝试的事。古的太太向她递了个眼色,教她去换衣服。她们俩一走,高老头也跟着走了。

"喂,瞧见没有?"伏盖太太对伏脱冷和其余的房客说,"他明明是给那些婆娘弄穷的。"

大学生叫道:"我无论如何不相信美丽的伯爵夫人是高老头的情妇。"

"我们并没要你相信啊,"伏脱冷截住了他的话,"你年纪太轻,还没熟悉巴黎。慢慢你会知道自有一般所谓痴情汉……"

（米旭诺小姐听了这一句，会心的瞧了瞧伏脱冷，仿佛战马听见了号角。）

"哎！哎！"伏脱冷停了一下，深深的瞪了她一眼，"咱们都不是有过一点儿小小的痴情吗？……"

（老姑娘低下眼睛，好似女修士见到裸体雕像。）

伏脱冷又道："再说，那些人啊，一朝有了一个念头就抓住不放。他们只认定一口井喝水，往往还是臭水；为了要喝这臭水，他们肯出卖老婆，孩子，或者把自己的灵魂卖给魔鬼。在某些人，这口井是赌场，是交易所，是收古画，收集昆虫，或者是音乐；在另外一些人，也许是做得一手好菜的女人。世界上所有的女人，他们都不在乎，一心一意只要满足自己风魔的那个。往往那女的根本不爱他们，凶悍泼辣，教他们付很高的代价换一点儿小小的满足。唉！唉！那些傻蛋可没有厌倦的时候，他们会把最后一床被窝送进当铺，换几个最后的钱去孝敬她。高老头便是这等人。伯爵夫人剥削他，因为他不会声张；这就叫作上流社会！可怜的老头儿只想着她。一出痴情的范围，你们亲眼看到，他简直是个蠢笨的畜生。提到他那一门，他眼睛就发亮，像金刚钻。这个秘密是容易猜到的。今儿早上他把镀金盘子送进银匠铺，我又看他上格莱街高勃萨克老头家。再看他的下文。回到这儿，他教克利斯朵夫送信给特·雷斯多太太，咱们都看见信封上的地址，里面是一张债务清讫的借票。要是伯爵夫人也去过那放债的家里，显见情形是紧急得很了。高老头很慷慨的替她还债。用不到多少联想，咱们就看清楚了。告诉你，年轻的大学生，当你的伯爵夫人嬉笑跳舞，搔首弄姿，把她的桃花一摇一摆，尖尖的手指拈着裙角的时候，她是像俗语所说的，大脚套在小鞋里，正想着她的或是她情人的，到了期付不出的借票。"

欧也纳叫道："你们这么一说，我非把事情弄清楚不可了。明儿我就上特·雷斯多太太家。"

"对,"波阿莱接口道,"明儿就得上特·雷斯多太太家。"

"说不定你会碰到高老头放了情分在那边收账呢!"

欧也纳不胜厌恶的说:"那么你们的巴黎竟是一个垃圾坑了。"

"而且是一个古怪的垃圾坑,"伏脱冷接着说,"凡是浑身污泥而坐在车上的都是正人君子,浑身污泥而搬着两条腿走的都是小人流氓。扒窃一件随便什么东西,你就给牵到法院广场上去展览,大家拿你当把戏看。偷上一百万,交际场中就说你大贤大德。你们花三千万养着宪兵队和司法人员来维持这种道德。妙极了!"

"怎么,"伏盖太太插嘴道,"高老头把他的镀金餐具熔掉了?"

"盖上有两只小鸽的是不是?"欧也纳问。

"是呀。"

"大概那是他心爱的东西,"欧也纳说,"他毁掉那只碗跟盘的时候,他哭了。我无意中看到的。"

"那是他看作性命一般的呢。"寡妇回答。

"你们瞧这家伙多痴情!"伏脱冷叫道,"那女人有本领迷得他心眼儿都痒了。"

大学生上楼了,伏脱冷出门了。过了一会,古的太太和维多莉坐上西尔维叫来的马车。波阿莱挽着米旭诺小姐,上植物园去消磨一天之中最舒服的两个钟点。

"哎哟!他们这不像结了婚?"胖子西尔维说,"今儿他们第一次一块儿出去。两口儿都是又干又硬,碰起来一定会爆出火星,像打火石一样呢。"

"米旭诺小姐真要当心她的披肩才好,"伏盖太太笑道,"要不就会像艾绒一样烧起来的。"

四点钟,高里奥回来了,在两盏冒烟的油灯下看见维多莉红着眼睛。伏盖太太听她们讲着白天去看泰伊番先生一无结果的情形。他因为给女儿和这个老太太纠缠不清,终于答应接见,好跟她们说个明白。

"好太太，"古的太太对伏盖太太说，"你想得到吗，他对维多莉连坐也不教坐，让她从头至尾站在那里。对我，他并没动火，可是冷冷的对我说，以后不必再劳驾上他的门；说小姐（不说他的女儿）越跟他麻烦（一年一次就说麻烦，这魔王！），越惹他厌；又说维多莉的母亲当初并没有陪嫁，所以她不能有什么要求；反正是许多狠心的话，把可怜的姑娘哭得泪人儿似的。她扑在父亲脚下，勇敢的说，她的劳苦哀求只是为了母亲，她愿意服从父亲的意旨，一点不敢抱怨，但求他把亡母的遗嘱读一遍。于是她呈上信去，说着世界上最温柔最诚心的话，不知她从哪儿学来的，一定是上帝的启示吧，因为可怜的孩子说得那么至情至性，把我听的人都哭昏了。哪想到老昏君铰着指甲，拿起可怜的泰伊番太太浸透眼泪的信，望壁炉里一扔，说道：好！他想扶起跪在地下的女儿，一看见她捧着他的手要亲吻，马上缩了回去。你看他多恶！他那脓包儿子跑进来，对他的亲妹妹理都不理。"

"难道他们是野兽吗？"高里奥插了一句。

"后来，"古的太太并没留意高老头的慨叹，"父子俩对我点点头走了，说有要事。这便是我们今天拜访的经过。至少，他见过了女儿。我不懂他怎么会不认她，父女相像得跟两滴水一样。"

包饭的和寄宿的客人陆续来了，彼此问好，说些无聊的废话。在巴黎某些社会中，这种废话，加上古怪的发音和手势，就算诙谐，主要是荒唐胡闹。这一类的俗语常常在变化，作为根据的笑料不到一个月就听不见了。什么政治事件，刑事案子，街上的小调，戏子的插科打诨，都可以做这种游戏的材料，把思想，言语，当作羽毛球一般抛来抛去。一种新发明的玩意儿叫作狄奥喇嘛（diorama），比透景像真画（panorama）把光学的幻景更推进一步；某些画室用这个字打哈哈，无论说什么，字尾总添上一个喇嘛（rama）。有一个年轻的画家在伏盖公寓包饭，把这笑料带了来。

"啊，喂！波阿莱先生，"博物院管事说，"你的健康喇嘛怎么啦？"不等他回答，又对古的太太和维多莉说："太太们，你们心里难受，是不是?"

"快开饭了吗?"荷拉斯·皮安训问,他是医科学生,拉斯蒂涅的朋友,"我的宝贝胃儿快要掉脚底下去了。"

"天冷得要冰喇嘛!"伏脱冷叫着,"让一让啊,高老头。该死!你的脚把火门全占了。"

皮安训道:"大名鼎鼎的伏脱冷先生,干吗你说冷得要冰喇嘛?那是不对的。应该说冷得要命喇嘛。"

"不,"博物院管事说,"应当说冷得要冰喇嘛,意思是说我的脚冷。"

"啊!啊!原来如此!"

"嘿!拉斯蒂涅侯爵大人阁下,胡扯法学博士来了,"皮安训一边嚷一边抱着欧也纳的脖子,教他透不过气来,——"哦!嗨!诸位,哦!嗨!"

米旭诺小姐轻轻的进来,一言不发对众人点点头,坐在三位太太旁边。

"我一看见她就打寒噤,这只老蝙蝠,"皮安训指着米旭诺低声对伏脱冷说,"我研究迦尔①的骨相学,发觉她有犹大的反骨。"

"你先生认识犹大吗?"伏脱冷问。

"谁没有碰到过犹大?"皮安训回答,"我敢打赌,这个没有血色的老姑娘,就像那些长条的虫,梁木都会给它们蛀空的。"

伏脱冷理着鬓角,说道:"这就叫作,孩子啊,

  那蔷薇,就像所有的蔷薇,
    只开了一个早晨。"

看见克利斯朵夫恭恭敬敬端了汤盂出来,波阿莱叫道:

---

① 迦尔(1758—1828),为德国医生,首创骨相学。

"啊！啊！出色的喇嘛汤来了。"

"对不起,先生，"伏盖太太道,"那是蔬菜汤。"

所有的青年人都大声笑了。

"输了,波阿莱!"

"波阿莱、莱、莱输了!"

"给伏盖妈妈记上两分。"伏脱冷道。

博物院管事问:"可有人注意到今儿早上的雾吗?"

皮安训道:"那是一场狂雾,惨雾,绿雾,忧郁的,闷塞的,高里奥式的雾。"

"高里奥喇嘛的雾，"画家道,"因为浑浑沌沌,什么都瞧不见。"

"喂,葛里奥脱老爷,提到你啦。"

高老头坐在桌子横头,靠近端菜的门。他抬起头来,把饭巾下面的面包凑近鼻子去闻,那是他偶然流露的生意上的老习惯。

"呦!"伏盖太太带着尖刻的口气,粗大的嗓子盖住了羹匙,盘子,和谈话的声音,"是不是面包不行?"

"不是的,太太。那用的是哀当卜面粉,头等货色。"

"你凭什么知道的?"欧也纳问。

"凭那种白,凭那种味道。"

"凭你鼻子里的味道,既然你闻着嗅着，"伏盖太太说,"你省俭到极点,有朝一日单靠厨房的气味就能过活的。"

博物院管事道:"那你不妨去领一张发明执照,倒好发一笔财哩。"

画家说:"别理他。他这么做,不过是教人相信他做过面条生意。"

"那么，"博物院管事又追问一句,"你的鼻子竟是一个提炼食物精华的蒸馏瓶了。"

"蒸——什么?"皮安训问。

"蒸饼。"

"蒸笼。"

"蒸汽。"

"蒸鱼。"

"蒸包子。"

"蒸茄子。"

"蒸黄瓜。"

"蒸黄瓜喇嘛。"

这八句回答从室内四面八方传来,像连珠炮似的,把大家笑得不可开交,高老头愈加目瞪口呆的望着众人,好像要想法懂一种外国话似的。

"蒸什么?"他问身旁的伏脱冷。

"蒸猪脚,朋友!"伏脱冷一边回答,一边往高里奥头上拍了一下,把他帽子压下去蒙住了眼睛。

可怜的老人被这下出其不意的攻击骇呆了,半晌不动。克利斯朵夫以为他已经喝过汤,拿走了他的汤盆。等到高老头掀起帽子,拿汤匙往身边掏的时候,一下碰到了桌子,引得众人哄堂大笑。

"先生,"老头儿说,"你真缺德,要是你敢再来捺我帽子的话……"

"那么老头儿,怎么样?"伏脱冷截住了他的话。

"那么,你总有一天要受大大的报应……"

"进地狱是不是?"画家问,"还是进那个关坏孩子的黑房?"

"喂,小姐,"伏脱冷招呼维多莉,"你怎么不吃东西?爸爸还是不肯让步吗?"

"简直是魔王。"古的太太说。

"总得要他讲个理才好。"伏脱冷说。

"可是,"跟皮安训坐得很近的欧也纳插嘴,"小姐大可为吃饭问题告一状,因为她不吃东西。嗨!嗨!你们瞧高老头打量维多莉小姐的神气。"

老人忘了吃饭,只顾端详可怜的女孩子;她脸上显出真正的痛苦,一个横遭遗弃的孝女的痛苦。

"好朋友,"欧也纳低声对皮安训说,"咱们把高老头看错了。他既不是一个蠢货,也不是毫无生气的人。拿你的骨相学来试一试吧,再告诉我你的意见。昨夜我看见他扭一个镀金盘子,像蜡做的一样轻便;此刻他脸上的神气表示他颇有点了不起的感情。我觉得他的生活太神秘了,值得研究一下。你别笑,皮安训,我说的是正经话。"

"不消说,"皮安训回答,"用医学的眼光看,这家伙是有格局的;我可以把他解剖,只要他愿意。"

"不,只要你量一量他的脑壳。"

"行,就怕他的傻气会传染。"

两 处 访 问

　　第二天,拉斯蒂涅穿得非常漂亮,下午三点光景出发到特·雷斯多太太家去了,一路上痴心妄想,希望无穷。因为有这种希望,青年人的生活才那么兴奋,激动。他们不考虑阻碍与危险,到处只看见成功;单凭幻想,把自己的生活变作一首诗;计划受到打击,他们便伤心苦恼,其实那些计划只不过是空中楼阁,漫无限制的野心。要不是他们无知,胆小,社会的秩序也没法维持了。欧也纳担着一百二十分的心,提防街上的泥土,一边走一边盘算跟特·雷斯多太太说些什么话,准备好他的聪明才智,想好一番敏捷的对答,端整了一套巧妙的措辞,像泰勒朗①式精辟的句子,以便遇到求爱的机会拿来应用,而能有求爱的机会就能建筑他的前程。不幸大学生还是被泥土玷污了,只能在王宫市场叫人上鞋油,刷裤子。他把以防万一的一枚银币找换时想道:

　　"我要是有钱,就可以坐在车上,舒舒服服的思索了。"

　　他终于到了海尔特街,向门上说要见特·雷斯多伯爵夫人。人家看他走过院子,大门外没有车马的声音,便轻蔑的瞧了他一眼;他存着终有一朝扬眉吐气的心,咬咬牙齿忍受了。院中停着一辆华丽的两轮车,披挂齐整的马在那儿跺脚。他看了挥金如土的奢华,暗示巴黎享乐生活的场面,已经自惭形秽,再加下人们的白眼,自然更难堪了。他马上心绪恶劣。满以为心窍大开、才思涌发的头脑,忽然闭塞了,神志

---

① 泰勒朗(1754—1838),为法国著名外交家。

也不清了。当差进去通报,欧也纳站在穿堂内一扇窗下,提着一只脚,肘子搁在窗子的拉手上,茫然望着窗外的院子。他觉得等了很久;要不是他有南方人的固执脾气,坚持下去会产生奇迹的那股劲儿,他早已跑掉了。

"先生,"当差出来说,"太太在上房里忙得很,没有给我回音;请先生到客厅里去等一会儿,已经有客在那里了。"

仆役能在一言半语之间批判主人或非难主人,拉斯蒂涅一边暗暗佩服这种可怕的本领,一边胸有成竹,推开当差走出来的门,想教那般豪仆看看他是认得府里的人物的,不料他莽莽撞撞走进一间摆油灯,酒架,烘干浴巾的器具的屋子,屋子通到一条黑洞洞的走廊和一座暗梯。他听到下人们在穿堂里匿笑,更慌了手脚。

"先生,客厅在这儿。"当差那种假装的恭敬似乎多加了一点讽刺的意味。

欧也纳性急慌忙退出来,撞在浴缸上,幸而帽子抓在手中,不曾掉在缸里。长廊尽头亮着一盏小灯,那边忽然开出一扇门,拉斯蒂涅听见特·雷斯多太太和高老头的声音,还带着一声亲吻。他跟着当差穿过饭厅,走进第一间客厅,发现一扇面临院子的窗,便去站在那儿。他想看看清楚,这个高老头是否真是他的高老头。他心跳得厉害,又想起伏脱冷那番可怕的议论。当差还在第二客室门口等他,忽然里面走出一个漂亮青年,不耐烦的说:

"我走了,莫利斯。告诉伯爵夫人,说我等了半个多钟点。"

这个放肆的男人——当然有他放肆的权利喽——哼着一支意大利歌曲的花腔,望欧也纳这边的窗子走过来,为了端详生客,也为了眺望院子。

"爵爷还是再等一会吧,太太事情已经完了。"莫利斯退往穿堂时说。

这时高老头从小扶梯的出口,靠近大门那边出现了。他提起雨伞准备撑开,没有注意大门开处,一个戴勋章的青年赶着一辆轻便马车直冲进来。高老头赶紧倒退一步,险些儿给撞翻。马被雨伞的绸盖吓了一下,向阶沿冲过去的时候,微微往斜刺里歪了一些。青年人怒气冲冲的回过头来,瞧了瞧高老头,在他没有出大门之前,对他点点头;那种礼貌就像对付一个有时要去求教的债主,又像对付一个不得不表敬意,而一转背就要为之脸红的下流坯。高老头亲热的答礼,好似很高兴。这些小节目都在一眨眼之间过去了。欧也纳全神贯注的瞧着,不觉得身边还有旁人,忽然听见伯爵夫人含嗔带怨的声音:

"嗳,玛克辛,你走啦?"伯爵夫人也没留意到楼下有车子进来。拉斯蒂涅转过身子,瞧见她娇滴滴的穿着件白开司棉外扣粉红结的梳妆衣,头上随便绾着一个髻,正是巴黎妇女的晨装。她身上发出一阵阵的香味,两眼水汪汪的,大概才洗过澡;经过一番调理,她愈加娇艳了。年轻人是把什么都看在眼里的,他们的精神是和女人的光彩融成一片的,好似植物在空气中吸取养料一般。欧也纳毋须接触,已经感觉到这位太太的手鲜嫩无比;微微敞开的梳妆衣有时露出一点儿粉红的胸脯,他的眼睛就在这上面打转。伯爵夫人用不到鲸鱼骨绑腰,一根带子就表现出柔软的腰肢;她的脖子教人疼爱,套着软底鞋的脚非常好看。玛克辛捧着她的手亲吻,欧也纳才瞧见了玛克辛,伯爵夫人才瞧见了欧也纳。

"啊!是你,拉斯蒂涅先生,我很高兴看到你。"她说话时那副神气,聪明人看了马上会服从的。

玛克辛望望欧也纳,又望望伯爵夫人,那态度分明是叫不识趣的生客走开。——"喂,亲爱的,把这小子打发掉吧。"傲慢无礼的玛克辛的眼神,等于这句简单明了的话。伯爵夫人窥探玛克辛的脸色,唯命是听的表情无意中泄漏了一个女人的全部心事。

拉斯蒂涅心里恨死了这个青年。先是玛克辛一头烫得很好的金黄头发,使他觉得自己的头发多么难看。其次,玛克辛的靴子又讲究又干净,不像他的沾了一层薄泥,虽然走路极其小心。最后,玛克辛穿着一件紧贴腰肢的外氅,像一个美丽的女人;欧也纳却在下午两点半已经穿上黑衣服了。从夏朗德省来的聪明的孩子，当然觉得这个高大细挑，淡眼睛，白皮肤的花花公子，会引诱没有父母的子弟倾家的人，靠了衣着占着上风。特·雷斯多太太不等欧也纳回答，便飞鸟似的走进另外一间客厅，衣裾招展，像一只蝴蝶。玛克辛跟着她，愤火中烧的欧也纳跟着玛克辛和伯爵夫人。在大客厅中间，和壁炉架离开几尺远的地方，三个人又碰在一块儿了。大学生明知要妨碍那讨厌的玛克辛，却顾不得特·雷斯多太太会不会生气，存心要跟这花花公子捣乱。他忽然记起在特·鲍赛昂太太的舞会里见过这青年，猜到他同伯爵夫人的关系。他凭着那种不是闯祸便是成功的少年人的胆气，私忖道："这是我的情敌，非打倒不可。"

啊！这冒失鬼！他不知道这位玛克辛·特·脱拉伊伯爵专门挑拨人家侮辱他，然后先下手为强，一枪把敌人打死。欧也纳虽是打猎的能手，但靶子棚里二十二个木人，还不能打倒二十个。

年轻的伯爵往壁炉旁边的长椅里倒下身子，拿起火钳，把柴火乱搅一阵，动作那么粗暴，那么烦躁，把阿娜斯大齐那张好看的脸马上变得难看了。她转身向着欧也纳，冷冷的带着质问意味瞪了他一眼，意思是说："干吗你还不走？"那在有教养的人是会立刻当作逐客令的。

欧也纳陪着笑脸，说道："太太，我急于要拜见你，是为了……"

他突然停住，客厅的门开了。那位赶轻便马车的先生忽然出现，光着头，也不招呼伯爵夫人，只是不大放心的瞧瞧欧也纳，跟玛克辛握了握手，说了声"你好"，语气的亲热弄得欧也纳莫名其妙。内地青年完全不知道三角式的生活多么有意思。

伯爵夫人指着她的丈夫对大学生说："这是特·雷斯多先生。"

欧也纳深深鞠了一躬。

"这一位，"她把欧也纳介绍给伯爵，"是特·拉斯蒂涅先生，因玛西阿家的关系，跟特·鲍赛昂太太是亲戚，我在她家上次的舞会里认识的。"

因玛西阿家的关系，跟特·鲍赛昂太太是亲戚，伯爵夫人因为要显出主妇的高傲，表示她府上的宾客没有一个无名小卒，而说得特别着重的两句话，发生了奇妙的作用，伯爵立刻放下那副冷淡的矜持的神气，招呼大学生道：

"久仰久仰。"

连玛克辛·特·脱拉伊伯爵也不安的瞧了瞧欧也纳，不像先前那么目中无人了。一个姓氏的力量竟像魔术棒一样，不但周围的人为之改容，便是大学生自己也头脑清醒，早先预备好的聪明机智都恢复过来了。巴黎上流社会的气氛对他原是漆黑一团，如今他灵机一动，忽然看清楚了。什么伏盖公寓，什么高老头，早已给忘得干干净净。

"我以为玛西阿一族已经没有人了。"特·雷斯多伯爵对欧也纳说。

"是的，先生。先伯祖特·拉斯蒂涅骑士，娶的是玛西阿家最后一位小姐。他们只生一个女儿，嫁给特·格拉朗蒲元帅，便是特·鲍赛昂太太的外祖父。我们一支是小房，先伯祖是海军中将，因为尽忠王事，把什么都丢了，就此家道中落。革命政府清算东印度公司的时候，竟不承认我们股东的权利。"

"令伯祖是不是在一七八九年前带领'报复号'的？"

"正是。"

"那么他该认得先祖了。当时先祖是'伏维克号'的舰长。"

玛克辛对特·雷斯多太太微微耸了耸肩膀，仿佛说："倘使他跟这家伙大谈海军，咱们可完啦。"阿娜斯大齐懂得这意思，拿出女人的看家本领，对他笑着说：

"你来，玛克辛，我有事请教你。你们两位尽管驾着'伏维克号'和'报复号'并排儿出海吧。"说罢她站起身子，向玛克辛做了个俏皮的暗号，玛克辛便跟着她往上房走去。这蹊跷的一对刚走到门口，伯爵忽然打断了跟欧也纳的谈话，很不高兴的叫道：

"阿娜斯大齐，你别走。你明明知道……"

"我就来，我就来，"她抢着回答，"我托玛克辛的事，一下子就说完的。"

她很快的回来了。凡是要自由行动的女子都不能不看准丈夫的性格,知道做到哪一步还不至于丧失丈夫的信任,也从来不在小事情上闹别扭。就跟这些女子一样,伯爵夫人一听丈夫的声音,知道这时候不能太太平平在内客室耽下去。而这番挫折的确是从欧也纳来的。因此伯爵夫人恨恨的对玛克辛指着大学生。玛克辛含讥带讽向伯爵夫妇和欧也纳说:

"嗳,你们谈正经,我不打搅了;再见吧。"说完他走了。

"别走啊,玛克辛!"伯爵嚷道。

"回头来吃饭吧。"伯爵夫人丢下欧也纳和伯爵,跟着玛克辛走进第一客室,耽搁了半晌,以为伯爵可能打发欧也纳走的。

拉斯蒂涅听见他们俩一忽儿笑,一忽儿谈话,一忽儿寂静无声,便在伯爵面前卖弄才华,或是恭维他,或是逗他高谈阔论,有心拖延时间,好再见伯爵夫人,弄清她同高老头的关系。欧也纳怎么都想不过来,这个爱上玛克辛而能摆布丈夫的女子,怎么会同老面条商来往。他想摸清底细,拿到一点儿把柄去控制这个标准的巴黎女人。

"阿娜斯大齐!"伯爵又叫起太太来了。

"算了吧,可怜的玛克辛,"她对那青年说,"没有法儿了,晚上见……"

"希望你,娜齐,"他咬着她耳朵,"把这小子打发掉。你梳妆衣敞开一下,他眼睛就红得像一团火;他会对你谈情说爱,连累你,临了教我不得不打死他。"

"你疯了吗,玛克辛?这些大学生可不是挺好的避雷针吗?当然我会教特·雷斯多对他头痛的。"

玛克辛大声笑着出去了,伯爵夫人靠着窗口看他上车,拉起缰绳,扬起鞭子,直到大门关上了她才回来。

"喂,亲爱的,"伯爵对她说,"这位先生家里的庄园就在夏朗德河上,离凡端伊不远。他的伯祖还认得我的祖父呢。"

"好极了,大家都是熟人。"伯爵夫人心不在焉的回答。

"还不止这一点呢。"欧也纳低声说。

"怎么?"她不耐烦的问。

"刚才我看见从这儿出去一位先生,和我住在一所公寓里,而且是隔壁房间,高里奥老头……"

一听到老头这个俏皮字儿,正在拨火的伯爵好似烫了手,把钳子往火里一扔,起身子说:

"先生,你可以称呼一声高里奥先生吧!"

看见丈夫烦躁,伯爵夫人脸上白一阵红一阵,狼狈不堪。她强作镇静,极力装着自然的声音说:"怎么会认识一个我们最敬爱的……"她顿住了,瞧着钢琴,仿佛心血来潮想起了什么,说道:"你喜欢音乐吗,先生?"

"喜欢得很。"欧也纳脸色通红,心慌意乱,迷迷糊糊的觉得自己闯了祸。

"你会唱歌吗?"她说着,走到钢琴前面,使劲按着所有的键子,从最低音的 do 到最高音的 fa,啦啦啦的响成一片。

"不会,太太。"

伯爵在屋里踱来踱去。

"可惜!不会唱歌在交际场中就少了一件本领。——Ca‑a‑ro,Ca‑a‑ro,Ca‑a‑a‑a‑ro, non dubita‑re.①"伯爵夫人唱着。

欧也纳说出高老头的名字,也等于挥动了一下魔术棒,同那句"跟特·鲍赛昂太太是亲戚"的魔术棒,作用正相反。他好比走进一个收藏家的屋子,靠了有力的介绍才得进门,不料粗心大意撞了一下摆满小雕像的古董橱,把三四个不曾十分粘牢的头撞翻了。他恨不得钻入地下。特·雷斯多太太冷冷的板着脸,神情淡漠的眼睛故意躲开闯祸的大学生。

---

① 意大利作曲家契玛洛沙(1749—1801)的歌剧《秘密结婚》中的唱词。

大学生道:"太太,你和特·雷斯多先生有事,请接受我的敬意,允许我……"

伯爵夫人赶紧做一个手势打断了欧也纳:"以后你每次光临我们总是挺欢迎的。"

欧也纳对主人夫妇深深的行了礼,虽然再三辞谢,还是被特·雷斯多先生一直送到穿堂。

"以后这位先生来,再不许通报!"伯爵吩咐莫利斯。

欧也纳跨下石级,发觉在下雨了。

"哼!"他心里想,"我跑来闹了一个笑话,既不知道原因,也不知范围;除此以外还得糟蹋我的衣服帽子。真应该乖乖的啃我的法律,一心一意做个严厉的法官。要体体面面的到交际场中混,先得办起两轮马车,雪亮的靴子,必不可少的行头,金链条,从早起就戴上六法郎一副的麂皮手套,晚上又是黄手套,我够得上这个资格吗?混账的高老头,去你的吧!"

走到大门口,一个马夫赶着一辆出租马车,大概才送了新婚夫妇回家,正想找几个外快;看见欧也纳没有雨伞,穿着黑衣服,白背心,又是白手套,上过油的靴子,便向他招招手。欧也纳憋着一肚子无名火,只想往已经掉下去的窟窿里钻,仿佛可以找到幸运的出路似的。他对马夫点点头,也不管袋里只剩一法郎零两个铜子,径自上了车。车厢里零零落落散着橘花和扎花的铜丝,证明新郎新娘才离开不久。

"先生上哪儿去呢?"车夫问。他已经脱下白手套。①

欧也纳私下想:"管他!既然花了钱,至少得利用一下!"便高声回答:"鲍赛昂府。"

"哪一个鲍赛昂府?"

一句话把欧也纳问住了。初出茅庐的漂亮哥儿不知道有两个鲍赛昂府,也不知道把他置之脑后的亲戚有那么多。

"特·鲍赛昂子爵,在……"

---

① 喜事车子的马夫通常穿一套特殊的礼服,还戴白手套。

他对马夫点点头……径自上了车。

"葛勒南街,"马夫侧了侧脑袋,接口说,"你知道,还有特·鲍赛昂伯爵和侯爵的府第,在圣·陶米尼葛街。"他一边吊起踏脚,一边补充。

"我知道。"欧也纳沉着脸回答。他把帽子往前座的垫子上一丢,想道:"今天大家都拿我打哈哈!吓……这次胡闹一下把我的钱弄光了。可是至少,我有了十足的贵族排场去拜访我那所谓的表姊了。高老头起码花了我十法郎,这老混蛋!真的,我要把今天的倒霉事儿告诉特·鲍赛昂太太,说不定会引她发笑呢。这老东西同那漂亮女人的该死的关系,她一定知道。与其碰那无耻女人的钉子——恐怕还得花一大笔钱——还不如去讨好我表姊。子爵夫人的姓名已经有那样的威力,她本人的权势更可想而知。还是走上面的门路吧。一个人想打天堂的主意,就该看准上帝下手!"

他思潮起伏,不知转着多少念头,上面的话只是一个简单的提纲。他望着雨景,镇静了些,胆气也恢复了些。他自忖虽然花掉了本月份仅存的十法郎,衣服鞋帽究竟保住了。一听马夫喊了声:"对不住,开门哪!"他不由得大为得意。金镶边大红制服的门丁,把大门拉得咕咕的直叫,拉斯蒂涅心满意足,眼看车子穿过门洞,绕进院子,在阶前玻璃棚下停住。马夫穿着大红滚边的蓝大褂,放下踏脚。欧也纳下车听见游廊里一阵匿笑。三四名当差在那里笑这辆恶俗的喜事车子。他们的笑声提醒了大学生,因为眼前就有现成的车马好比较。院中有一辆巴黎最华丽的轿车,套着两匹精壮的牲口,耳边插着蔷薇花,咬着嚼子,马夫头发补着粉,打着领带,拉着缰绳,好像怕牲口逃走似的。唐打区的雷斯多太太府上,停着一个二十六岁男子的轻巧两轮车,圣·日耳曼区又摆着一位爵爷的煊赫的仪仗,一副三万法郎还办不起来的车马。

"又是谁在这儿呢?该死!表姊一定也有她的玛克辛!"欧也纳到这时才明白,巴黎难得碰到没有主顾的女人,纵然流着血汗也征服不了那样一个王后。

他跨上台阶,心已经凉了一半。玻璃门迎着他打开了;那些当差都一本正经,像挨过一顿痛打的骡子。他上次参加的跳舞会,是在楼下大厅内举行的。在接到请柬和舞会之间,他来不及拜访表姊,所以不曾进入特·鲍赛昂太太的上房,今天还是第一遭瞻仰到那些精雅绝伦、别出心裁的布置;一个杰出的女子的心灵和生活习惯,都可以在布置上面看出来。有了特·雷斯多太太的客厅做比较,对鲍府的研究也就更有意思。下午四点半,子爵夫人可以见客了。再早五分钟,她就不会招待表弟。完全不懂巴黎规矩的欧也纳,走上一座金漆栏杆,大红毯子,两旁供满鲜花的大楼梯,进入特·鲍赛昂太太的上房;至于她的小史,巴黎交际场中交头接耳说得一天一个样子的许多故事之中的一页,他可完全不知道。

三年以来,子爵夫人和葡萄牙一个最有名最有钱的贵族,特·阿瞿达-宾多侯爵有来往。那种天真无邪的交情,对当事人真是兴味浓厚,受不了第三者打扰。特·鲍赛昂子爵本人也以身作则,不管心里如何,面上总尊重这蹊跷的友谊。在他们订交的初期,凡是下午两点来拜访子爵夫人的宾客,总碰到特·阿瞿达-宾多侯爵在座。特·鲍赛昂太太为了体统关系,不能闭门谢客,可是对一般的来客十分冷淡,目不转睛的老瞧着墙壁上面的嵌线,结果大家都懂得她在那里受罪。直到巴黎城中知道了两点至四点之间的访问要打搅特·鲍赛昂太太,她才得到清静。她上意大利剧院或者歌剧院,必定由鲍赛昂和特·阿瞿达-宾多两位先生陪着;老于世故的特·鲍赛昂先生把太太和葡萄牙人安顿停当之后,就托故走开。最近特·阿瞿达先生要同洛希斐特家的一位小姐结婚了,整个上流社会中只剩鲍赛昂太太一个人不曾知道。有几个女朋友向她隐隐约约提过几次;她只是打哈哈,以为朋友们妒忌她的幸福,想破坏。可是教堂的婚约公告①马上就得颁布。这位葡萄牙美男子,那天特意来想对子爵夫人宣布婚事,却始终不敢吐

---

① 西俗凡教徒结婚前一个月,教堂必前后颁布三次公告,征询大众对当事人之人品私德有无指摘。

出一个负心字儿。为什么？因为天下的难事莫过于对一个女子下这么一个哀的美敦。有些男人觉得在决斗场上给人拿着剑直指胸脯倒还好受，不像一个哭哭啼啼了两小时，再晕过去要人施救的女子难于应付。那时特·阿罪达侯爵如坐针毡，一心要溜，打算回去写信来告诉她；男女之间一刀两断的手续，书面总比口头好办。听见当差通报欧也纳·特·拉斯蒂涅先生来了，特·阿罪达侯爵快乐得直跳。一个真有爱情的女人猜疑起来，比寻欢作乐，更换口味还要心思灵巧。一朝到了被遗弃的关头，她对于一个姿势的意义，能够一猜就中，连马在春天的空气中嗅到刺激爱情的气息，也没有那么快。特·鲍赛昂太太一眼就觑破了那个不由自主的表情，微妙的，可是天真得可怕的表情。

欧也纳不知道在巴黎不论拜访什么人，必须先到主人的亲友那里，把丈夫的，妻子的，或儿女的历史打听明白，免得闹出笑话来，要像波兰俗语所说的，把五头牛套上你的车！就是说直要九牛二虎之力，才能拔出你的泥脚。在谈话中出乱子，在法国还没有名称，大概因为谣言非常普遍，大家认为不会再发生冒失的事。在特·雷斯多家闹了乱子以后——主人也不给他时间把五头牛套上车——也只有欧也纳才会莽莽撞撞闯进鲍赛昂家再去闯祸。所不同的是，他在前者家里教特·雷斯多太太和特·脱拉伊先生发窘，在这儿却是替特·阿罪达解了围。

一间小巧玲珑的客室，只有灰和粉红两种颜色，陈设精美而没有一点富贵气。欧也纳一进客室，葡萄牙人便向特·鲍赛昂太太说了声"再会"，急急的抢着往门边走。

"那么晚上见，"特·鲍赛昂太太回头向侯爵望了一眼，"我们不是要上滑稽剧院吗？"

"不能奉陪了。"他的手已经抓着门钮。

特·鲍赛昂太太站起身子，叫他走回来，根本没有注意欧也纳。欧也纳站在那儿，给华丽的排场弄得迷迷糊糊，以为进了天方夜谭的世界；他面对着这个连瞧也不瞧他的太太，不知道怎么办。子爵夫人举起右手食指做了个美妙的动作,指着面前的地位要侯爵站过来。这姿态有股热情的威势,侯爵不得不放下门钮走回来。欧也纳望着他,心里非常羡慕。

他私下想:"这便是轿车中的人物!哼!竟要骏马前驱,健仆后随,挥金如流水,才能博得巴黎女子的青睐吗?"奢侈的欲望像魔鬼般咬着他的心,攫取财富的狂热煽动他的头脑,黄金的饥渴使他喉干舌燥。他每季有一百三十法郎生活费;而父亲,母亲,兄弟,妹妹,姑母,统共每月花不到两百法郎。他把自己的境况和理想中的目标很快的比较了一下,心里愈加发慌了。

"为什么你不能上意大利剧院呢?"子爵夫人笑着问。

"为了正经事!今晚英国大使馆请客。"

"你可以先走一步啊。"

一个男人一开始欺骗,必然会接二连三的扯谎。特·阿瞿达先生笑着说:"你非要我先走不可吗?"

"当然。"

"嗳,我就是要你说这一句呀。"他回答时那种媚眼,换了别的女人都会被他骗过的。

他抓起子爵夫人的手亲了一下,走了。

欧也纳用手掠了掠头发,躬着身子预备行礼,以为特·鲍赛昂太太这一下总该想到他了。不料她身子往前一扑,冲入回廊,跑到窗前瞧特·阿瞿达先生上车;她侧耳留神,只听见跟班的小厮传令给马夫道:"上洛希斐特公馆。"

这几个字,加上特·阿瞿达坐在车厢里如释重负的神气,对子爵夫人不啻闪电和雷击。她回身进来,心惊肉跳。上流社会中最可怕的祸事就是这个。她走进卧室,坐下来抬起一张美丽的信纸,写道:

> 只要你在洛希斐特家吃饭而不是在英国使馆,你非和我解释清楚不可。我等着你。

有几个字母因为手指发抖而写走了样,她改了改,签上一个 C 字,那是她的姓名格兰·特·蒲尔高涅的缩写。然后她打铃叫人。

"雅各,"她咐咐当差,"你七点半上洛希斐特公馆去见特·阿瞿达侯爵。他在的话,把这条子交给他,不用等回音;要是不在,原信带回。"

"太太,客厅里还有人等着。"

"啊,不错!"她说完推门进去。

欧也纳已经觉得很不自在,终于瞧见子爵夫人的时候,她情绪激动的语气又搅乱了他的心。她说:

"对不起,先生,我刚才要写个字条,现在可以奉陪了。"

其实她自己也不知道说些什么,她心里正想着:"啊!他要娶洛希斐特小姐。可是他身子自由吗?今晚上这件亲事就得毁掉,否则我……噢!事情明天就解决了,急什么!"

"表姊……"欧也纳才叫了一声。

"唔?"子爵夫人傲慢的目光教大学生打了一个寒噤。

欧也纳懂得了这个"唔"。三小时以来他长了多少见识;一听见这一声,马上警惕起来,红着脸改口道:"太太。"他犹豫了一会又说:"请原谅,我真需要人家提拔,便是拉上一点儿远亲的关系也有用处。"

特·鲍赛昂太太微微一笑,笑得很凄凉:她已经感觉到在她周围酝酿的厄运。

"如果你知道我家庭的处境,"他接着说,"你一定乐意做神话中的仙女,替孩子们打破难关。"

她笑道:"哦,表弟,要我怎样帮忙呢?"

"我也说不上。恢复我们久已疏远的亲戚关系,在我已经是大大的幸运了。你使我心慌意乱,简直不知道我刚才说了些什么。我在巴黎只认识你一个人。噢!我要向你请教,求你当我是个可怜的孩子,愿意绕在你裙下,为你出生入死。"

"你能为我杀人么?"

"杀两个都可以。"欧也纳回答。

"孩子！真的,你是个孩子,"她忍住了眼泪。"你才会真诚的爱,你！"

"噢！"他甩了甩脑袋。

子爵夫人听了大学生这句野心勃勃的回答,不禁对他大为关切。这是南方青年第一次用心计。在特·雷斯多太太的蓝客厅和特·鲍赛昂太太的粉红客厅之间,他读完了三年的巴黎法。这部法典虽则没有人提过,却构成一部高等社会判例,一朝学成而善于运用的话,无论什么目的都可以达到。

"噢！我要说的话想起来了,在你的舞会里我认识了特·雷斯多太太,我刚才看了她来着。"

"那你大大的打搅她了。"特·鲍赛昂太太笑着说。

"唉！是呀,我一窍不通,你要不帮忙,我会教所有的人跟我作对。我看,在巴黎极难碰到一个年轻,美貌,有钱,风雅,而又没有主顾的女子;我需要这样一位女子,把你们解释得多么巧妙的人生开导我;而到处都有一个脱拉伊先生。我这番来向你请教一个谜的谜底,求你告诉我,我所闹的乱子究竟是甚么性质。我在那边提起了一个老头儿……"

"特·朗日公爵夫人来了。"雅各进来通报,打断了大学生的话,大学生做了一个大为气恼的姿势。

"你要想成功,"子爵夫人低声嘱咐他,"第一先不要这样富于表情。"

"喂！你好,亲爱的。"她起身迎接公爵夫人,握着她的手,感情洋溢,便是对亲姊妹也不过如此。公爵夫人也做出种种亲热的样子。

"这不是一对好朋友吗？"拉斯蒂涅心里想,"从此我可以有两个保护人了;这两位想必口味相仿,表姊关切我,这客人一定也会关切我的。"

"你真好,想到来看我,亲爱的安多纳德！"特·鲍赛昂太太说。

"我看见特·阿瞿达先生进了洛希斐特公馆,便想到你是一个人在家了。"

公爵夫人说出这些不祥的话,特·鲍赛昂太太既不咬嘴唇,也不脸红,而是目光镇静,额角反倒开朗起来。

"要是我知道你有客……"公爵夫人转身望着欧也纳,补上一句。

子爵夫人说:"这位是我的表弟欧也纳·特·拉斯蒂涅先生。你有没有蒙脱里伏将军的消息?昨天赛里齐告诉我,大家都看不见他了,今天他到过府上没有?"

大家知道公爵夫人热恋特·蒙脱里伏先生,最近被遗弃了;她听了这句问话十分刺心,红着脸回答:

"昨天他在爱丽舍宫。"

"值班吗?"①鲍赛昂太太问。

"格拉拉,你想必知道,"公爵夫人放出狡狯的目光,"特·阿瞿达先生和洛希斐特小姐的婚约,明天就要由教堂公布了?"

这个打击可太凶了,子爵夫人不禁脸色发白,笑着回答:

"哦,又是那些傻瓜造的谣言。干么特·阿瞿达先生要把葡萄牙一个最美的姓送给洛希斐特呢?洛希斐特家封爵还不过是昨天的事。"

"可是人家说贝尔德有二十万法郎利息的陪嫁呢。"

"特·阿瞿达先生是大富翁,决不会存这种心思。"

"可是,亲爱的,洛希斐特小姐着实可爱呢。"

"是吗?"

"还有,他今天在那边吃饭,婚约的条件已经谈妥;你消息这样不灵,好不奇怪!"

"哎,你究竟闹了什么乱子呢,先生?"特·鲍赛昂太太转过话头说,"这可怜的孩子刚踏进社会,我们才说的话,他一句也不懂。亲爱

---

① 爱丽舍宫当时是路易十八的侄子特·裴里公爵的府第。蒙脱里伏将军属于王家禁卫军,所以说"值班"。

的安多纳德,请你照应照应他。我们的事,明儿再谈,明儿一切都正式揭晓,你要帮我忙也更有把握了。"

公爵夫人傲慢的瞧了欧也纳一眼,那种眼风能把一个人从头到脚瞧尽,把他缩小,化为乌有。

"太太,我无意之间得罪了特·雷斯多太太。无意之间这四个字便是我的罪名。"大学生灵机一动,发觉眼前两位太太亲切的谈话藏着狠毒的讽刺,他接着说,"对那些故意伤害你们的人,你们会照常接见,说不定还怕他们;一个伤了人而不知伤到什么程度的家伙,你们当他是傻瓜,当他是什么都不会利用的笨蛋,谁都瞧不起他。"

特·鲍赛昂太太眼睛水汪汪的瞟了他一下。伟大的心灵往往用这种眼光表示他们的感激和尊严。刚才公爵夫人用拍卖行估价员式的眼风打量欧也纳,伤了他的心,现在特·鲍赛昂太太的眼神在他的伤口上涂了止痛的油膏。

欧也纳接着说:"你们才想不到呢,我才博得了特·雷斯多伯爵的欢心,因为,"他又谦恭又狡狯的转向公爵夫人,"不瞒你说,太太,我还不过是个可怜的大学生,又穷又孤独……"

"别说这个话,先生。哭诉是谁都不爱听的,我们女人又何尝爱听。"

"好吧!我只有二十二岁,应当忍受这个年纪上的苦难,何况我现在正在忏悔;哪里还有比这儿更美丽的忏悔室呢?我们在教士前面忏悔的罪孽,就是在这儿犯的。"

公爵夫人听了这段亵渎宗教的议论,把脸一沉,很想把这种粗俗的谈吐指斥一番,她对子爵夫人说:"这位先生才……"

特·鲍赛昂太太觉得表弟和公爵夫人都很好笑,也就老实不客气笑了出来。

"对啦,他才到巴黎来,正在找一个女教师,教他懂得一点儿风雅。"

"公爵夫人,"欧也纳接着说,"我们想找门路,把所爱的对象摸清根底,不是挺自然的吗?"(呸! 他心里想,这几句话简直像理发匠说的。)

公爵夫人说:"我想特·雷斯多太太是特·脱拉伊先生的女弟子吧。"

大学生说:"我完全不知道,太太,因此糊里糊涂闯了进去,把他们岔开了。幸而我跟丈夫混得不坏,那位太太也还客气,直到我说出我认识一个刚从他们后楼梯下去,在一条甬道底上跟伯爵夫人拥抱的人。"

"谁呀?"两位太太同时问。

"住在圣·玛梭区的一个老头儿,像我这穷学生一样一个月只有四十法郎的生活费,被大家取笑的可怜虫,叫作高里奥老头。"

"哦呀! 你这个孩子,"子爵夫人嚷道,"特·雷斯多太太便是高里奥家的小姐啊。"

"面条商的女儿,"公爵夫人接口说,"她跟一个糕饼师的女儿同一天入宫觐见。你不记得吗,格拉拉? 王上笑开了,用拉丁文说了句关于面粉的妙语,说那些女子,怎么说的,那些女子……"

"其为面粉也无异。"欧也纳替她说了出来。

"对啦。"公爵夫人说。

"啊! 原来是她的父亲。"大学生做了个不胜厌恶的姿势。

"可不是! 这家伙有两个女儿,他都喜欢得要命,可是两个女儿差不多已经不认他了。"

"那小的一个,"子爵夫人望着特·朗日太太说,"不是嫁给一个姓名像德国人的银行家,叫作特·纽沁根的男爵吗? 她名字叫但斐纳,头发淡黄,在歌剧院有个侧面的包厢,也上喜剧院,常常高声大笑引人家注意,是不是?"

公爵夫人笑道:"嗳,亲爱的,真佩服你。干吗你对那些人这样留神呢? 真要像特·雷斯多一样爱得发疯,才会跟阿娜斯大齐在面粉里打滚。嘿! 他可没有学会生意经。他太太落在特·脱拉伊手里,早晚要倒霉的。"

"她们不认父亲！"欧也纳重复了一句。

"嗳！是啊，"子爵夫人接着说，"不承认她们的亲爸爸，好爸爸。听说他给了每个女儿五六十万，让她们攀一门好亲事，舒舒服服的过日子。他自己只留下八千到一万法郎的进款，以为女儿永远是女儿，一朝嫁了人，他等于有了两个家，可以受到敬重，奉承。哪知不到两年，两个女婿把他赶出他们的圈子，当他是个要不得的下流东西……"

欧也纳冒出几颗眼泪。他最近还在家中体味到骨肉之爱，天伦之乐；他还没有失掉青年人的信仰，而且在巴黎文明的战场上还是第一天登台。真实的感情是极有感染力的：三个人都一声不出，愣了一会。

"唉！天哪，"特·朗日太太说，"这一类的事真是该死，可是我们天天看得到。总该有个原因吧？告诉我，亲爱的，你有没有想过，什么叫女婿？——女婿是我们替他白养女儿的男人。我们把女儿当作心肝宝贝，抚养长大，我们和她有着成千成万的联系。十七岁以前，她是全家的快乐天使，像拉马丁所说的洁白的灵魂，然后变作家庭的瘟神。女婿从我们手里把她抢走，拿她的爱情当作一把刀，把我们的天使心中所有拴着娘家的感情，活生生的一齐斩断。昨天女儿还是我们的性命，我们也还是女儿的性命；明天她便变作我们的仇敌。这种悲剧不是天天有吗？这里，又是媳妇对那个为儿子牺牲一切的公公肆无忌惮；那里，又是女婿把丈母撵出门外。我听见人家都在问，今日社会里究竟有些什么惨剧；唉，且不说我们的婚姻都变成了糊涂婚姻；关于女婿的惨剧不是可怕到极点吗？我完全明白那老面条商的遭遇，记得这个福里奥……"

"是高里奥，太太。"

"是啊，这莫里奥在大革命时代当过他们分会主席；那次有名的饥荒，他完全知道底细；当时面粉的售价比进价高出十倍，他从此发了财。那时他囤足面粉；光是我祖母的总管就卖给他一大批。当然，高里奥像所有那些人一样,是跟公安委员会分肥的。我记得总管还安慰祖母,说她尽可以太太平平的住在葛朗维里哀,她的麦子就是一张出色的公民证。至于把麦子卖给刽子手们①的洛里奥,只有一桩痴情,就是溺爱女儿。他把大女儿高高的供在特·雷斯多家里,把老二接种接在特·纽沁根男爵身上,纽沁根是个加入保王党的有钱的银行家。你们明白,在帝政时代,两个女婿看到家里有个老革命党并不讨厌;既然是拿破仑当权,那还可以将就。可是波旁家复辟之后,那老头儿就教特·雷斯多先生头疼了,尤其那个银行家。两个女儿或许始终爱着父亲,想在父亲跟丈夫之间委曲求全;她们在没有外客的时候招待高里奥,想出种种借口表示她们的体贴。'爸爸,你来呀。没有人打搅,我们舒服多了!'诸如此类的话。我相信,亲爱的,凡是真实的感情都有眼睛,都有聪明,所以那个大革命时代的可怜虫伤心死了。他看出女儿们觉得他丢了她们的脸;也看出要是她们爱丈夫,他却妨害了女婿,非牺牲不可。他便自己牺牲了,因为他是父亲,他自动退了出来。看到女儿因此高兴,他明白他做得很对。这小小的罪过实在是父女同谋的。我们到处都看到这种情形。在女儿的客厅里,陶里奥老头不是一个油脂的污迹吗?他在那儿感到拘束,闷得发慌。这个父亲的遭遇,便是一个最美的女子对付一个最心爱的男人也能碰到,如果她的爱情使他厌烦,他会走开,做出种种卑鄙的事来躲开她。所有的感情都会落到这个田地的。我们的心是一座宝库,一下子倒空了,就会破产。一个人把情感统统拿了出来,就像把钱统统花光了一样得不到人家原谅。这个父亲把什么都给了。二十年间他给了他的心血,他的慈爱;又在一天之间给了他的财产。柠檬榨干了,那些女儿把剩下的皮扔在街上。"

"社会真卑鄙,"子爵夫人低着眼睛,拉着披肩上的经纬。特·朗日太太讲这个故事的时候,有些话刺了她的心。

---

① 大革命时代的公安委员会是逮捕并处决反革命犯的机构,在保王党人口中就变了"刽子手"。公安委员会当时也严禁囤货,保王党人却说它同商人分肥。

"不是卑鄙!"公爵夫人回答,"社会就是那么一套。我这句话不过表示我看透了社会。实际我也跟你一般想法,"她紧紧握着子爵夫人的手,"社会是一个泥坑,我们得站在高地上。"

她起身亲了一下特·鲍赛昂太太的前额,说:

"亲爱的,你这一下真漂亮。血色好极了。"

然后她对欧也纳略微点点头,走了。

欧也纳想起那夜高老头扭绞镀金盘子的情形,说道:"高老头真伟大!"

特·鲍赛昂太太没有听见,她想得出神了。两人半天没有出声,可怜的大学生愣在那儿,既不敢走,又不敢留,也不敢开口。

"社会又卑鄙又残忍,"子爵夫人终于说,"只要我们碰到一桩灾难,总有一个朋友来告诉我们,拿把短刀掏我们的心窝,教我们欣赏刀柄。冷一句热一句,挖苦,奚落,一齐来了。啊!我可是要抵抗的。"她抬起头来,那种庄严的姿势恰好显出她贵妇人的身份,高傲的眼睛射出闪电似的光芒。——"啊!"她一眼瞧见了欧也纳,"你在这里!"

"是的,还没有走。"他不胜惶恐的回答。

"嗳,拉斯蒂涅先生,你得以牙还牙对付这个社会。你想成功吗?我帮你。你可以测量出来,女人堕落到什么田地,男人虚荣到什么田地。虽然人生这部书我已经读得烂熟,可是还有一些篇章不曾寓目。现在我全明白了。你越没有心肝,越高升得快。你得不留情的打击人家,叫人家怕你。只能把男男女女当作驿马,把它们骑得精疲力尽,到了站上丢下来;这样你就能达到欲望的最高峰。不是吗,你要没有一个女人关切,你在这儿便一文不值。这女人还得年轻,有钱,漂亮。倘使你有什么真情,必须像宝贝一样藏起,永远别给人家猜到,要不就完啦,你不但做不成刽子手,反过来要给人家开刀了。有朝一日你动了爱情,千万要守秘密!没有弄清楚对方的底细,决不能掏出你的心来。你现在还没有得到爱情;可是为保住将来的爱情,先得学会提防人家。

听我说,米盖尔……(她不知不觉说错了名字)①女儿遗弃父亲,巴望父亲早死,还不算可怕呢。那两姊妹也彼此忌妒得厉害。雷斯多是旧家出身,他的太太进过宫了,贵族社会也承认她了;可是她的有钱的妹妹,美丽的但斐纳·特·纽沁根夫人,银行家太太,却难过死了;忌妒咬着她的心,她跟姊姊貌合神离,比路人还不如;姊姊已经不是她的姊姊;两个人你不认我,我不认你,正如不认她们的父亲一样。特·纽沁根太太只消能进我的客厅,便是把圣·拉查街到葛勒南街一路上的灰土舐个干净也是愿意的。她以为特·玛赛能够帮她达到这个目的,便甘心情愿做他的奴隶,把他缠得头痛。哪知特·玛赛干脆不把她放在心上。你要能把她介绍到我这儿来,你便是她的心肝宝贝。以后你能爱她就爱她,要不就利用她一下也好。我可以接见她一两次,逢到盛大的晚会,宾客众多的时候;可是决不单独招待她。我看见她打个照呼就够了。你说出了高老头的名字,你把伯爵夫人家的大门关上了。是的,朋友,你尽管上雷斯多家二十次,她会二十次不在家。你被他们撵出门外了。好吧,你叫高老头替你介绍特·纽沁根太太吧。那位漂亮太太可以做你的幌子。一朝她把你另眼相看了,所有的女人都会一窝蜂的来追你。跟她竞争的对手,她的朋友,她的最知己的朋友,都想把你抢过去了。有些女人,只喜欢别的女子挑中的男人,好像那般中产阶级的妇女,以为戴上我们的帽子就有了我们的风度。所以那时你就能走红。在巴黎,走红就是万事亨通,就是拿到权势的宝钥。倘若女人觉得你有才气,有能耐,男人就会相信,只消你自己不露马脚。那时你多大的欲望都不成问题可以实现,你哪儿都走得进去。那时你会明白,社会不过是傻子跟骗子的集团。你别做傻子,也别做骗子。我把我的姓氏借给你,好比一根阿里安纳的线,引你进这座迷宫。② 别把我的姓污辱了,"她扭了扭脖子,气概非凡的对大学生瞧了一眼,"清清

---

① 米盖尔是她的情人阿瞿达侯爵的名字。
② 希腊神话:阿里安纳把一根线授给丹才,使他杀了牛首人身的米诺多,仍能以逃出迷宫。

白白的还给我。好,去吧,我不留你了。我们做女人的也有我们的仗要打。"

"要不要一个死心塌地的人替你去点炸药?"欧也纳打断了她的话。

"那又怎么样?"她问。

他拍拍胸脯,表姊对他笑了笑,他也笑了笑,走了。那时已经五点;他肚子饿了,只怕赶不上晚饭。这一担心,使他感到在巴黎平步青云,找到了门路的快乐。得意之下,他马上给自己的许多思想包围了。像他那种年龄的青年,一受委屈就会气得发疯,对整个社会抡着拳头,又想报复,又失掉了自信。拉斯蒂涅那时正为了你把伯爵夫人家的大门关上了那句话发急,心上想:"我要去试一试!如果特·鲍赛昂太太的话不错,如果我真的碰在门上,那么……哼!特·雷斯多夫人不论上哪一家的沙龙,都要碰到我。我要学击剑,放枪,把她的玛克辛打死!——可是钱呢?"他忽然问自己,"哪儿去弄钱呢?"特·雷斯多伯爵夫人家里铺张的财富,忽然在眼前亮起来。他在那儿见到一个高里奥小姐心爱的奢华,金碧辉煌的屋子,显而易见的贵重器物,暴发户的恶俗排场,像人家的外室那样的浪费。这幅迷人的图画忽然又给鲍赛昂府上的大家气派压倒了。他的幻想飞进了巴黎的上层社会,马上冒出许多坏念头,扩大他的眼界和心胸。他看到了社会的本相:法律跟道德对有钱的人全无效力,财产才是金科玉律。他想:"伏脱冷说得不错,有财便是德!"

到了圣·日内维新街,他赶紧上楼拿十法郎付了车钱,走入气味难闻的饭厅;十八个食客好似马槽前的牲口一般正在吃饭。他觉得这副穷酸相跟饭厅的景象丑恶已极。环境转变得太突兀了,对比太强烈了,格外刺激他的野心。一方面是最高雅的社会的新鲜可爱的面目,个个人年轻,活泼,有诗意,有热情,四周又是美妙的艺术品和阔绰的排场;另一方面是溅满污泥的阴惨的画面,人物的脸上只有被情欲扫荡过的遗迹。特·鲍赛昂太太因为被人遗弃,一怒之下给他的指导和出谋的计策,他一下子都回想起来,而眼前的惨相又等于给那些话添上注解。拉斯蒂涅决意分两路进攻去猎取财富:依靠学问,同时依靠爱情,成为一个有学问的博士,同时做一个时髦人物。可笑他还幼稚得很,不知道这两条路线是永远连不到一起的。

"你神气忧郁得很,侯爵大人。"伏脱冷说。他的眼风似乎把别人心里最隐藏的秘密都看得雪亮。

欧也纳答道:"我受不了这一类的玩笑,要在这儿真正当一个侯爵,应当有十万法郎进款;住伏盖公寓的就不是什么走运的人。"

伏脱冷瞧着拉斯蒂涅,倚老卖老而轻蔑的神气仿佛说:"小子!还不够我一口!"接着说:"你心绪不好,大概在漂亮的特·雷斯多太太那边没有得手。"

欧也纳道:"哼,因为我说出她父亲跟我们一桌子吃饭,她把我撵走了。"

饭桌上的人都面面相觑。高老头低下眼睛,掉转头去抹了一下。

"你把鼻烟撒在我眼里了。"他对邻座的人说。

"从今以后,谁再欺负高老头,就是欺负我。"欧也纳望着老面条商邻座的人说,"他比我们都强。当然我不说太太们。"他向泰伊番小姐补上一句。

这句话成为事情的转折点,欧也纳说话的神气使桌上的人不出声了。只有伏脱冷含讥带讽的回答:

"你要做高老头的后台,做他的经理,先得学会击剑跟放枪。"

"对啦,我就要这么办。"

"这么说来,你今天预备开场啰。"

"也许,"拉斯蒂涅回答,"不过谁都管不了我的事,既然我不想知道旁人黑夜里干些什么。"

伏脱冷斜着眼把拉斯蒂涅瞅了一下。

"老弟,要拆穿人家的把戏,就得走进戏棚子,不能在帐幔的缝子里张一张就算。别多说了,"他看见欧也纳快要发毛,补上一句,"你要他的眼风似乎把别人心里最隐藏的秘密都看得雪亮。

愿意谈谈，我随时可以奉陪。"

饭桌上大家冷冰冰的，不作声了。高老头听了大学生那句话，非常难受，不知道众人对他的心理已经改变，也不知道一个有资格阻止旁人虐待他的青年，挺身而出做了他的保护人。

"高里奥先生真是一个伯爵夫人的父亲吗？"伏盖太太低声问。

"同时也是一个男爵夫人的父亲。"拉斯蒂涅回答。

"他只好当父亲的角色，"皮安训对拉斯蒂涅说，"我已经打量过他的脑袋：只有一根骨头，一根父骨，他大概是天父吧。"

欧也纳心事重重，听了皮安训的俏皮话不觉得好笑。他要遵从特·鲍赛昂太太的劝告，盘算从哪儿去弄钱，怎样去弄钱。社会这片大草原在他面前又空旷又稠密，他望着出神了。吃完晚饭，客人散尽，只剩他一个人在饭厅里。

"你竟看到我的女儿么？"高老头非常感动的问。

欧也纳惊醒过来，抓着老人的手，很亲热的瞧着他回答：

"你是一个好人，正派的人。咱们回头再谈你的女儿。"

他不愿再听高老头的话，躲到卧房里给母亲写信去了。

　　亲爱的母亲，请你考虑一下，能不能再给我一次哺育之恩。我现在的情形可以很快的发迹；只是需要一千二百法郎，而且非要不可。对父亲一个字都不能提，也许他会反对，而如果我弄不到这笔钱，我将濒于绝望，以致自杀。我的用意将来当面告诉你，因为要你了解我目前的处境，简直要写上几本书才行。好妈妈，我没有赌钱，也没有欠债；可是你给我的生命，倘使你愿意保留的话，就得替我筹这笔款子。总而言之，我已见过特·鲍赛昂子爵夫人，她答应提拔我。我得应酬交际，可是没有钱买一副合式的手套。我能够只吃面包，只喝清水，必要时可以挨饿；但我不能缺少巴黎种葡萄的工具。将来还是青云直上还是留在泥地里，都在此一举。你们对我的期望，我全知道，并且要快快的实现。好妈妈，卖掉一些旧首饰吧，不久我买新的给你。我很知道家中的境况，你的牺牲，我是心中有数的；你也该相信我不是无端端的教你牺牲，那我简直是禽兽了。我的请求是迫不得已。咱们的前程全靠这一次的接济，拿了这个，我将上阵开仗，因为巴黎的生活是一场永久的战争。倘使为凑足数目而不得不出卖姑母的花边，那么请告诉她，我将来有最好看的寄给她。

他分别写信给两个妹妹，讨她们的私蓄，知道她们一定乐意给的。为了使她们在家里绝口不提，他故意挑拨青年人的好胜心，要她们懂得体贴。可是写完了这些信，他仍旧有点儿心惊肉跳，神魂不定。青年野心家知道像他妹妹那种与世隔绝，一尘不染的心灵多么高尚，知道自己这封信要给她们多少痛苦，同时也要给她们多少快乐；她们将怀着如何欢悦的心情，躲在庄园底里偷偷谈论她们疼爱的哥哥。他心中亮起一片光明，似乎看到她们私下数着小小的积蓄，看到她们卖弄少女的狡狯，为了好心而第一次玩弄手段，把这笔钱用匿名方式寄给他。他想："一个姊妹的心纯洁无比，它的温情是没有穷尽的!"他写了那样的信，觉得惭愧。她们许起愿心来何等有力! 求天拜地的冲动何等纯洁! 有一个牺牲的机会，她们还不快乐死吗? 如果他母亲不能凑足他所要的款子，她又要多么苦恼! 这些至诚的感情，可怕的牺牲，将要成为他达到特·纽沁根太太面前的阶梯；想到这些，他不由得落下几滴眼泪，等于献给家庭神坛的最后几炷香。他心乱如麻，在屋子里乱转。高老头从半开的门里瞧见他这副模样，进来问他：

"先生，你怎么啦?"

"唉! 我的邻居，我还没忘记做儿子做兄弟的本分，正如你始终尽着父亲的责任。你真有理由替伯爵夫人着急，她落在玛克辛·特·脱拉伊手里，早晚要断送她的。"

高老头嘟囔着退了出去，欧也纳不曾听清他说些什么。

第二天，拉斯蒂涅把信送往邮局。他到最后一刻还犹疑不决，但终于把信丢进邮箱,对自己说:"我一定成功!"这是赌棍的口头禅,大将的口头禅,这种相信运气的话往往是置人死命而不是救人性命的。过了几天,他去看特·雷斯多太太,特·雷斯多太太不见。去了三次,三次挡驾,虽则他都候玛克辛不在的时间上门。子爵夫人料得不错。大学生不再用功念书,只上堂去应卯划到,过后便溜之大吉。多数大学生都要临到考试才用功,欧也纳把第二第三年的学程并在一起,预备到最后关头再一口气认认真真读他的法律。这样他可以有十五个月的空闲好在巴黎的海洋中漂流,追求女人,或者捞一笔财产。

在那一星期内,他见了两次特·鲍赛昂太太,都是等特·阿瞿达侯爵的车子出门之后才去的。这位红极一时的女子,圣·日耳曼区最有诗意的人物,又得意了几天,把洛希斐特小姐和特·阿瞿达侯爵的婚事暂时搁浅。特·鲍赛昂太太深怕好景不长,在这最后几天中感情格外热烈;但就在这期间,她的祸事酝酿成熟了。特·阿瞿达侯爵跟洛希斐特家暗中同意,认为这一次的吵架与讲和大有好处,希望特·鲍赛昂太太对这头亲事思想上有个准备,希望特·鲍赛昂太太终于肯把每天下午的聚首为特·阿瞿达的前程牺牲,结婚不是男人一生中必经的阶段吗?所以特·阿瞿达虽然天天海誓山盟,实在是在做戏,而子爵夫人也甘心情愿受他蒙蔽。"她不愿从窗口里庄严的跳下去,宁可在楼梯上打滚。"她的最知己的朋友特·朗日公爵夫人这样说她。这些最后的微光照耀得相当长久,使子爵夫人还能留在巴黎,给年轻的表弟效劳——她对他的关切简直有点迷信,仿佛认为他能够带来好运。欧也纳对她表示非常忠心非常同情,而那是正当一个女人到处看不见怜悯和安慰的目光的时候。在这种情形之下,一个男人对女子说温柔的话,一定是别有用心。

拉斯蒂涅为了彻底看清形势,再去接近纽沁根家,想先把高老头从前的生活弄个明白。他搜集了一些确实的材料,可以归纳如下:

大革命之前,约翰-姚希姆·高里奥是一个普通的面条司务,熟练,省俭,相当有魄力,能够在东家在一七八九年第一次大暴动中遭劫以后,盘下铺子,开在于西安街,靠近麦子市场。他很识事务,居然肯当分会主席,使他的买卖得到那个危险时代一般有势力的人保护。这种聪明是他起家的根源。就在不知是真是假的大饥荒时代,巴黎粮食贵得惊人的那一时节里,他开始发财。那时民众在面包店前面拼命,而有些人照样太太平平向杂货商买到各式上等面食。

那一年,高里奥公民积了一笔资本,他以后做买卖也就像一切资力雄厚的人那样,处处占着上风。他的遭遇正是一切中等才具的遭遇。他的平庸占了便宜。并且直到有钱不再危险的时代,他的财富才揭晓,所以并没引起人家的妒羡。粮食的买卖似乎把他的聪明消耗完了。只要涉及麦子,面粉,粉粒,辨别品质,来路,注意保存,推测行市,预言收成的丰歉,用低价籴进谷子,从西西里,乌克兰去买来囤积,高里奥可以说没有敌手的。看他调度生意,解释粮食的出口法,进口法,研究立法的原则,利用法令的缺点等等,他颇有国务大臣的才器。办事又耐烦又干练,有魄力有恒心,行动迅速,目光犀利如鹰,什么都占先,什么都料到,什么都知道,什么都藏得紧,算计划策如外交家,勇往直前如军人。可是一离开他的本行,一出他黑魆魆的简陋的铺子,闲下来背靠门框站在阶沿上的时候,他仍不过是一个又蠢又粗野的工人,不会用头脑,感觉不到任何精神上的乐趣,坐在戏院里会打盹,总而言之,他是巴黎的那种陶里庞人①,只会闹笑话。这一类的人差不多完全相像,心里都有一股极高尚的情感。面条司务的心便是给两种感情填满的,吸干的,犹如他的聪明是为了粮食买卖用尽的。他的老婆是拉·勃里地方一个富农的独养女儿,是他崇拜赞美,敬爱无边的对象。高里奥赞美她生得又娇嫩又结实,又多情又美丽,跟他恰好是极端的对比。男人天生的情感,不是因为能随时保护弱者而感到骄傲吗?骄傲之外再加上爱,就可了解许多古怪的精神现象。所谓爱其实就是一般坦白的人对赐予他们快乐的人表示热烈的感激。过了七年

---

① 一七九〇年时有一著名喜剧《聋子》,主人翁叫作陶里庞,几乎受人欺骗,断送女儿的终身大事。

圆满的幸福生活,高里奥的老婆死了;这是高里奥的不幸,因为那时她正开始在感情以外对他有点儿影响。也许她能把这个死板的人栽培一下,教他懂得一些世道和人生。既然她早死,疼爱女儿的感情便在高里奥心中发展到荒谬的程度。死神夺去了他所爱的对象,他的爱就转移到两个女儿身上,她们开始的确满足了他所有的感情。尽管一般争着要把女儿嫁给他做填房的商人或庄稼人,提出多么优越的条件,他都不愿意续娶。他的岳父,他唯一觉得气味相投的人,很有把握的说高里奥发过誓,永远不做对不起妻子的事,哪怕在她身后。巴黎中央菜市场的人不了解这种高尚的痴情,拿来取笑,替高里奥起了些粗俗的诨号。有个人跟高里奥做了一笔交易,喝着酒,第一个叫出这个外号,当场给面条商一拳打在肩膀上,脑袋向前,一直翻倒在奥勃冷一块界石旁边。高里奥没头没脑的偏疼女儿,又多情又体贴的父爱,传布得遐迩闻名,甚至有一天,一个同行想教他离开市场以便操纵行情,告诉他说但斐纳被一辆马车撞翻了。面条商立刻面无人色地回家。他为了这场虚惊病了好几天。那造谣的人虽然并没受到凶狠的老拳,却在某次风潮中被逼破产,从此进不得市场。

两个女儿的教育,不消说是不会合理的了。富有每年六万法郎以上的进款,自己花不了一千二,高里奥的乐事只在于满足女儿们的幻想;最优秀的教师给请来培养她们高等教育应有的各种才艺;另外还有一个做伴的小姐;还算两个女儿运气,做伴的小姐是一个有头脑有品格的女子。两个女儿会骑马,有自备车辆,生活的奢华像一个有钱的老爵爷养的情妇,只要开声口,最奢侈的欲望,父亲也会满足她们,只要求女儿跟他亲热一下作为回敬。可怜的家伙,把女儿当作天使一流,当然是在他之上了。甚至她们给他的痛苦,他也喜欢。一到出嫁的年龄,她们可以随心所欲的挑选丈夫,各人可以有父亲一半的财产做陪嫁。特·雷斯多伯爵看中阿娜斯大齐生得美,她也很想当一个贵族太太,便离开父亲,跳进了高等社会。但斐纳喜欢金钱,嫁了纽沁根,一个原籍德国而在帝政时代封了男爵的银行家。高里奥依旧做他巴黎中央菜市场的人不了解这种高尚的痴情，拿来取笑，替高里奥起了些粗俗的诨号。

的面条商。不久,女儿女婿看他继续做那个买卖,觉得不痛快,虽然他除此以外,生命别无寄托。他们央求了五年,他才答应带着出盘铺子的钱跟五年的盈余退休。这笔资本所生的利息,便是他住进伏盖公寓的时代,伏盖太太估计到八千至一万的收入。看到女儿受着丈夫的压力,非但不招留他去住,还不愿公开在家招待他,绝望之下,他便搬进这个公寓。

受盘高老头铺子的缪莱先生供给的资料只有这一些。特·朗日公爵夫人对拉斯蒂涅说的种种猜测的话因此证实了。

这场暧昧而可怕的巴黎悲剧的序幕,在此结束。

初 见 世 面

十二月第一星期的末了,拉斯蒂涅接到两封信,一封是母亲的,一封是大妹妹的。那些一望而知的笔迹使他快乐得心跳,害怕得发抖。对于他的希望,两张薄薄的纸等于一道生死攸关的判决书。想到父母姊妹的艰苦,他固然有点害怕;可是她们对他的溺爱,他太有把握了,尽可放心大胆吸取她们最后几滴血。母亲的信是这样写的:

亲爱的孩子,你要的钱我寄给你了。但望好好的使用,下次即使要救你性命,我也不能瞒了父亲再张罗这样大的数目,那要动摇我们的命根,拿田地去抵押了。我不知道计划的内容,自然无从批评;但究竟是什么性质的计划,你不敢告诉我呢?要解释,用不着写上几本书,我们为娘的只要一句话就明白,而这句话可以免得我因为无从捉摸而牵肠挂肚。告诉你,来信使我非常痛苦。好孩子,究竟是什么情绪使你引起我这样的恐怖呢?你写信的时候大概非常难受吧,因为我看信的时候就很难受。你想干哪一行呢?难道你的前途,你的幸福,就在于装出你没有的身份,花费你负担不起的本钱,浪费你宝贵的求学的光阴,去见识那个社会吗?孩子,相信你母亲吧,拐弯抹角的路决无伟大的成就。像你这种情形的青年,应当以忍耐与安命为美德。我不埋怨你,我不愿我们的贡献对你有半点儿苦味。我的话是一个又相信儿子,又有远见的母亲的话。你知道你的责任所在,我也知道你的心是纯洁的,你的用意是极好的。所以我很放心的对你说:好,亲爱的,去干吧!我战战兢兢,因为我是母亲;但你每走一步,我们的愿望和祝福总是陪你一步。谨慎小心呀,亲爱的孩子。你应当像大人一般明哲,你心爱的五个人①的命运都在你的肩上。是啊,我们的财富都在你身上,正如你的幸福就是我们的幸福。我们都求上帝帮助你的计划。你的姑母真是好到极点,她甚至懂得你关于手套的话。她很快活的说,她对长子特别软心。欧也纳,你应该深深的爱她,她为你所做的事,等你成功以后再告诉你,否则她的钱要使你烫手的。你们做孩子的还不知道什么叫作牺牲纪念物!可是我们哪一样不能为你牺牲呢?她要我告诉你,说她亲你的前额,希望你常常快乐。倘不是手指害痛风症,她也要写信给你呢。父亲身体很好。今年的收成超过了我们的希望。再会了,亲爱的孩子,关于你妹妹们的事,我不说了,洛尔另外有信给你。她喜欢拉拉扯扯的谈家常,我就让她去了。但求上天使你成功!噢!是的,你非成功不可,欧也纳,你使我太痛苦了,我再也受不了第二次。因为巴望能有财产给我的孩子,我才懂得贫穷的滋味。好了,再会吧。切勿杳无音信。接受你母亲的亲吻吧。

欧也纳念完信,哭了。他想到高老头扭掉镀金盘子,卖了钱替女儿还债的情景。"你的母亲也扭掉了她的首饰,"他对自己说,"姑母卖掉纪念物的时候一定也哭了。你有什么权利诅咒阿娜斯大齐呢?她为了情人,你为了只顾自己的前程,你比她强在哪里?"大学生肚子里有些热不可当的感觉。他想放弃上流社会,不拿这笔钱。这种良心上的责备正是心胸高尚的表现,一般人批判同胞的时候不大理会这一点,唯有天上的安琪儿才会考虑到,所以人间的法官所判的罪犯,常常会得到天使的

---

① 父亲,母亲,两个妹妹,两个兄弟,一个姑母,应当是七个人。

初见世面

赦免。拉斯蒂涅拆开妹子的信,天真而婉转的措辞使他心里轻松了些。

　　亲爱的哥哥,你的信来得正好,阿迦德和我,想把我们的钱派做多少用场,简直决不定买哪样好了。你像西班牙王的仆人一样,打碎了主子的表,倒反解决了他的难题;你一句话教我们齐了心。真的,为了选择问题,我们老是在拌嘴,可做梦也想不到,原来只有一项用途真正能满足我们所有的欲望。阿迦德快活得直跳起来。我们俩乐得整天疯疯癫癫,以至于(姑母的说法)妈妈扮起一本正经的脸来问:"什么事呀,两位小姐?"如果我们因此受到一言半语的埋怨,我相信我们还要快活呢。一个女子为了所爱的人受苦才是乐事! 只有我在快乐之中觉得不痛快,有点儿心事。将来我决不是一个贤慧的女人,我太会花钱,买了两根腰带,一支穿引胸衣小孔的美丽的引针,一些无聊东西,因此我的钱没有胖子阿迦德多;她很省俭,把洋钱一块块积起来像喜鹊一样。①她有两百法郎! 我么,可怜的朋友,我只有一百五十。我大大的遭了报应,真想把腰带扔在井里,从此我用到腰带心中就要不舒适了。唉,我揩了你的油。阿迦德真好,她说:"咱们把三百五十法郎合在一块儿寄给他吧!"实际情形恕不详细奉告! 我们依照你的吩咐,拿了这笔了不得的款子假装出去散步,一上大路,直奔吕番克村,把钱交给驿站站长格冷贝先生。回来我们身轻如燕。阿迦德问我:"是不是因为快乐我们身体这样轻?"我们不知讲了多少话,恕不细述了。反正谈的是你巴黎佬的事。噢! 好哥哥,我们真爱你! 要说守秘密吧,像我们这样的调皮姑娘,据姑母说,什么都做得出来,就是守口如瓶也办得到。母亲和姑母偷偷摸摸的上安古兰末,两人对旅行的目标绝口不提,动身之前,还经过一次长时期的会议,我们和男爵大人都不准参加。在拉斯蒂涅国里,大家纷

---

①　西方各国传说,喜鹊爱金属发光之物,乡居人家常有金属物被喜鹊衔去之事。

纷猜测。公主们给王后陛下所绣的小孔纱衫,极秘密的赶起来,把两条边补足了。凡端伊方面决定不砌围墙,用篱笆代替。小百姓要损失果子,再没有钉在墙上的果树,但外人可以赏玩一下园内的好风景。如果王太子需要手帕,特·玛西阿母后在多年不动的库房里,找出了一匹遗忘已久的上等荷兰细布;阿迦德和洛尔两位公主,正在打点针线和老是冻得红红的手,听候太子命令。唐·亨利和唐·迦勃里哀两位小王子还是那么淘气:狂吞葡萄酱,惹姊姊们冒火,不肯念书,喜欢掏鸟窠,吵吵嚷嚷,冒犯禁令去砍伐柳条,做枪做棒。教皇的专使,俗称为本堂教士,威吓说要驱逐他们出教,如果他们再放着神圣的文法不学而去舞枪弄棒。再会吧,亲爱的哥哥,我这封信表示我对你全心全意的祝福,也表示我对你的友爱得到了极大的满足。你将来回家,一定有许多事情告诉我!你什么都不会瞒我,是不是?我是大妹妹呀。姑母曾经透露一句,说你在交际场中颇为得意。

只讲起一个女子,其余便只字不提。

只字不提,当然是对我们啰!喂!欧也纳,你需要的话,我们可以省下手帕的布替你做衬衣。关于这一点,快快来信。倘若你马上要做工很好的漂亮衬衫,我们得立刻赶做;有什么我们不知道的巴黎式样,你寄个样子来,尤其袖口。再会了,再会了!我吻你的左额,那是专属于我的。另外一张信纸我留给阿迦德,她答应凡是我写的话决不偷看。可是为保险起见,她写的时候我要在旁监视。

爱你的妹妹　洛尔·特·拉斯蒂涅

"哦!是啊,是啊,"欧也纳心里想,"无论如何非发财不可!奇珍异宝也报答不了这样的忠诚。我得把世界上所有的幸福都带给她们。"他停了一会又想:"一千五百五十法郎,每个法郎都得用在刀口上!洛尔说得不错。该死!我只有粗布衬衫。为了男人的幸福,女孩子家真像小偷一样机灵。她那么天真,为我设想却那么周到,犹如天上的安琪儿,根本不懂得尘世的罪过便宽恕了。"

于是世界是他的了!先把裁缝叫来,探过口气,居然答应赊账。见过了脱拉伊先生,拉斯蒂涅懂得裁缝对青年人的生活影响极大。为了账单,裁缝要不是一个死冤家,便是一个好朋友,总是走极端的。欧也纳所找的那个,懂得人要衣装的老话,自命为能够把青年人捧出山。后来拉斯蒂涅感激之余,在他那套巧妙的谈吐里有两句话,使那个成衣匠发了财:

"我知道有人靠了他做的两条裤子,攀了一门有两万法郎陪嫁的亲事。"

一千五百法郎现款,再加可以赊账的衣服!这么一来,南方的穷小子变得信心十足。他下楼用早餐的时候,自有一个年轻人有了几文的那种说不出的神气。钱落到一个大学生的口袋里,他马上觉得有了靠山。走路比从前有劲得多,杠杆有了着力的据点,眼神丰满,敢于正视一切,全身的动作也灵活起来;隔夜还怯生生的,挨了打不敢还手;此刻可有胆子得罪内阁总理了。他心中有了不可思议的变化:他无所不欲,无所不能,想入非非的又要这样又要那样,兴高采烈,豪爽非凡,话也多起来了。总之,从前没有羽毛的小鸟如今长了翅膀。没有钱的大学生拾取一星半点的欢娱,像一条狗冒着无穷的危险偷一根骨头,一边咬着嚼着,吮着骨髓,一边还在跑。等到小伙子袋里有了几枚不容易招留的金洋,就会把乐趣细细的体味,咀嚼,得意非凡,魂灵儿飞上半天,再不知穷苦二字怎讲。整个巴黎都是他的了。那是样样闪着金光,爆出火花的年龄!成年以后的男女哪还有这种快活劲儿!那是欠债的年龄,提心吊胆的年龄!而就因为提心吊胆,一切欢乐才格外有意思!凡是不熟悉塞纳河左岸,没有在拉丁区混过的人,根本不懂得人生!

拉斯蒂涅咬着伏盖太太家一个铜子一个的煮熟梨,心上想:"嘿!

巴黎的妇女知道了,准会到这儿来向我求爱。"

这时棚门上的铃声一响,驿车公司的一个信差走进饭厅。他找欧也纳·特·拉斯蒂涅先生,交给他两只袋和一张签字的回单。欧也纳被伏脱冷深深的瞅了一眼,好像被鞭子抽了一下。

伏脱冷对他说:"那你可以去找老师学击剑打枪了。"

"金船到了。"伏盖太太瞧着钱袋说。

米旭诺小姐不敢对钱袋望,唯恐人家看出她贪心。

"你的妈妈真好。"古的太太说。

"他的妈妈真好。"波阿莱马上跟了一句。

"对啊,妈妈连血都挤出来了。"伏脱冷道,"现在你可以胡闹,可以交际,去钓一笔陪嫁,跟那些满头桃花的伯爵夫人跳舞了。可是听我的话,小朋友,靶子场非常去不可。"

伏脱冷做了一个瞄准的姿势。拉斯蒂涅想拿酒钱给信差,一个钱都掏不出来。伏脱冷拿一个法郎丢给来人。

"你的信用是不错的。"他望着大学生说。

拉斯蒂涅只得谢了他,虽然那天从鲍赛昂家回来,彼此抢白过几句以后,他非常讨厌这个家伙。在那八天之内,欧也纳和伏脱冷见了面都不作声,彼此只用冷眼观察。大学生想来想去也不明白是怎么回事。大概思想的放射,总是以孕育思想的力量为准的,头脑要把思想送到什么地方,思想便落在什么地方,准确性不下于从炮身里飞出去的弹丸,效果却各各不同。有些娇嫩的个性,思想可以钻进去损坏组织;也有些武装坚强的个性,铜墙铁壁式的头脑,旁人的意志打上去只能颓然堕下,好像炮弹射着城墙一样;还有软如棉花的个性,旁人的思想一碰到它便失掉作用,犹如炮弹落在堡垒外面的泥沟里。拉斯蒂涅的那种头脑却是装满了火药,一触即发,他朝气太旺,不能避免思想放射的作用,接触到别人的感情,不能不感染,许多古怪的现象在他不知不觉之间种在他心里。他的精神视觉像他的山猫眼睛一样明澈;每种灵敏的感官都有那种神秘的力量,能够感知遥远的思想,也具有那种

"你的信用是不错的。"他望着大学生说。

反应敏捷,往返自如的弹性;我们在优秀的人物身上,善于把握敌人缺点的战士身上,就是佩服这种弹性。并且一个月以来,欧也纳所发展的优点跟缺点一样多。他的缺点是社会逼出来的,也是满足他日趋高涨的欲望所必需的。在他的优点中间,有一项是南方人的兴奋活泼,喜欢单刀直入解决困难,受不了不上不下的局面;北方人把这个优点称为缺点,他们以为这种性格如果是缪拉成功的秘诀,也是他丧命的原因。① 我们所得的结论是:如果一个南方人倘把北方人的狡猾和洛阿河彼岸②的勇猛联合起来,就可成为全才,坐上瑞典的王位了。③因此,拉斯蒂涅决不能长久处于伏脱冷的炮火之下,而不弄清楚这家伙究竟为敌为友。他常常觉得这怪人看透他的情欲,看透他的心思,而这怪人自己却把一切藏得那么严,其深不可测正如无所不知,无所不见,而一言不发的斯芬克斯。这时欧也纳荷包里有了几文,想反抗了。伏脱冷喝完了最后几口咖啡,预备起身出去,欧也纳说:

"对不起,请你等一下。"

"干吗?"伏脱冷回答,一边戴上他的阔边大帽,提起铁手杖。平时他常常拿这根手杖在空中舞动,大有三四个强盗来攻击也不怕的神气。

"我要还你钱。"拉斯蒂涅说着,急急忙忙解开袋子,数出一百四十法郎给伏盖太太,说道:"账算清,朋友亲。到今年年底为止,咱们两讫了。再请兑五法郎零钱给我。"

"朋友亲,账算清。"波阿莱瞧着伏脱冷重复了一句。

"这儿还你一法郎。"拉斯蒂涅把钱授给那个戴假头发的斯芬克斯。

---

① 缪拉为法国南方人,拿破仑之妹婿,帝政时代名将之一,曾为拿波里王,终为奥军俘获枪决,以大胆勇猛出名。
② 洛阿河彼岸事实上还不能算法国南部;巴尔扎克笔下的南方,往往范围比一般更广。
③ 指裴拿陶德,也是法国南方人,拿破仑部下名将。后投奔瑞典,终为瑞典国王,迄今瑞典王室仍为裴氏嫡系。

"好像你就怕欠我的钱,嗯?"伏脱冷大声说着,犀利的目光直瞧到他心里;那副涎皮赖脸的挖苦人的笑容,欧也纳一向讨厌,想跟他闹了好几回了。

"嗳……是的。"大学生回答,提着两只钱袋预备上楼了。

伏脱冷正要从通到客厅的门里出去,大学生想从通到楼梯道的门里出去。

"你知道么,特·拉斯蒂涅喇嘛侯爵大人,你的话不大客气?"伏脱冷说着,砰的一声关上客厅的门,迎着大学生走过来。大学生冷冷的瞅着他。

拉斯蒂涅带上饭厅的门,拉着伏脱冷走到楼梯脚下。楼梯间有扇直达花园的板门,嵌着长玻璃,装着铁栅。西尔维正从厨房出来,大学生当着她的面说:

"伏脱冷先生,我不是侯爵,也不是什么拉斯蒂涅喇嘛。"

"他们要打架了。"米旭诺小姐不关痛痒的说。

"打架!"波阿莱跟着说。

"噢,不会的。"伏盖太太摩挲着她的一堆洋钱回答。

"他们到菩提树下去了,"维多莉小姐叫了声,站起来向窗外张望,"可怜的小伙子没有错啊。"

古的太太说:"上楼吧,亲爱的孩子,别管闲事。"

古的太太和维多莉起来走到门口,西尔维迎面拦住了去路,说道:

"什么事啊?伏脱冷先生对欧也纳先生说:咱们来评个理吧!说完抓着他的胳膊,踏着我们的朝鲜蓟走过去了。"

这时伏脱冷出现了。——"伏盖妈妈,"他笑道,"不用怕,我要到菩提树下去试试我的手枪。"

"哎呀!先生,"维多莉合着手说,"干吗你要打死欧也纳先生呢?"

伏脱冷退后两步,瞧着维多莉。

"又是一桩公案,"他那种嘲弄的声音把可怜的姑娘羞得满面通红,"这小伙子很可爱是不是?你教我想起了一个主意。好,让我来成全你们俩的幸福吧,美丽的孩子。"

古的太太抓起女孩子的胳膊,一边走一边凑在她耳边说:

"维多莉,你今儿真是莫名其妙。"

伏盖太太道:"我不愿意人家在我这里打枪,你要惊动邻居,老清早叫警察上门了!"

"哦!放心,伏盖妈妈,"伏脱冷回答,"你别慌,我们到靶子场去就是了。"说罢他追上拉斯蒂涅,亲热的抓了他的手臂:

"等会你看我三十五步之外接连五颗子弹打在黑桃 A① 的中心,你不至于泄气吧?我看你有点生气了,那你可要糊里糊涂送命的呢。"

"你不敢啦?"欧也纳说。

"别惹我。"伏脱冷道,"今儿天气不冷,来这儿坐吧。"他指着几只绿漆的凳子,"行,这儿不会有人听见了。我要跟你谈谈。你是一个好小子,我不愿意伤了你。咱家鬼——(吓!该死!)咱家伏脱冷可以赌咒,我真喜欢你。为什么?我会告诉你的。现在只要你知道,我把你认识得清清楚楚,好像你是我生的一般。我可以给你证明。哎,把袋子放在这儿吧。"他指着圆桌说。

拉斯蒂涅把钱袋放在桌上,他不懂这家伙本来说要打死他,怎么又忽然装作他的保护人。

"你很想知道我是谁,干过什么事,现在又干些什么。你太好奇了,孩子。哎,不用急。我的话长呢。我倒过霉。你先听着,等会再回答。我过去的身世,倒过霉三个字儿就可以说完了。我是谁?伏脱冷。做些什么?做我爱做的事。完啦。你要知道我的性格吗?只要对我好的或是我觉得投机的人,我对他们和气得很。这种人可以百无禁忌,尽管在我小腿上踢几脚,我也不会说一声哼,当心!可是,小乖

---

① 黑桃为扑克牌的一种花色,A 为每种花色中最大的牌。此处是指打枪的靶子。

乖!那些跟我找麻烦的人,或是我觉得不对劲的,我会凶得像魔鬼。还得告诉你,我把杀人当作——呸……这样的玩意儿!"说着他唾了一道口水,"不过我的杀人杀得很得体,倘使非杀不可的话。我是你们所说的艺术家。别小看我,我念过贝凡纽多·彻里尼①的《回忆录》,还是念的意大利文的原著!他是一个会作乐的好汉,我跟他学会了模仿天意,所谓天意,就是不分青红皂白把我们乱杀一阵。我也学会了到处爱美。你说:单枪匹马跟所有的人作对,把他们一齐打倒,不是挺美吗?对你们这个乱七八糟的社会组织,我仔细想过。告诉你,孩子,决斗是小娃娃的玩意儿,简直胡闹。两个人中间有一个多余的时候,只有傻瓜才会听凭偶然去决定。决斗吗?就像猜铜板!呃!我一口气在黑桃A的中心打进五颗子弹,一颗钉着一颗,还是在三十五步之外!有了这些小本领,总以为打中个把人是没问题的了。唉!哪知我隔开二十步打一个人竟没有中。对面那混蛋,一辈子没有拿过手枪,可是你瞧!"他说着解开背心,露出像熊背一样多毛的胸脯,生着一簇教人又恶心又害怕的黄毛,"那乳臭未干的小子竟然把我的毛烧焦了。"他把拉斯蒂涅的手指按在他乳房的一个窟窿上,"那时我还是一个孩子,像你这个年纪,二十一岁。我还相信一些东西,譬如说,相信一个女人的爱情,相信那些弄得你七荤八素的荒唐事儿。我们交起手来,你可能把我打死。假定我躺在地下了,你怎么办?得逃走啰,上瑞士去,白吃爸爸的,而爸爸也没有几文。你现在的情形,让我来点醒你;我的看法高人一等,因为我有生活经验,知道只有两条路好走:不是糊里糊涂的服从,就是反抗。我,还用说吗?我对什么都不服从。照你现在这个派头,你知道你需要什么,一百万家财,而且要快;不然的话,你尽管胡思乱想,一切都是水中捞月,白费!这一百万,我来给你吧。"他停了一下,望着欧也纳,"啊!啊!现在你对伏脱冷老头的神气好一些了。一听我那句话,你就像小姑娘听见人家说了声:晚上见,便理理

---

① 贝凡纽多·彻里尼(1500—1571),十六世纪意大利版画家、雕塑家,以生活放浪冒险著称于世。

毛,舔舔嘴唇,有如喝过牛奶的猫咪。这才对啦。来,来,咱们合作吧。先算算你那笔账,小朋友。家乡,咱们有爸爸,妈妈,祖姑母,两个妹妹(一个十八一个十七),两个兄弟(一个十五一个十岁),这是咱们的花名册。祖姑母管教两个妹妹,神甫教两个兄弟拉丁文。家里总是多喝栗子汤,少吃白面包;爸爸非常爱惜他的裤子,妈妈难得添一件冬衣和夏衣,妹妹们能将就便将就了。我什么都知道,我住过南方。要是家里每年给你一千二,田里的收入统共只有三千,那么你们的情形就是这样。咱们有一个厨娘,一个当差,面子总要顾到,爸爸还是男爵呢。至于咱们自己,咱们有野心,有鲍赛昂家撑腰,咱们拼着两条腿走去,心里想发财,袋里空空如也;嘴里吃着伏盖妈妈的起码饭菜,心里爱着圣·日耳曼区的山珍海味;睡的是破床,想的是高堂大厦!我不责备你的欲望。我的小心肝,野心不是个个人有的。你去问问娘儿们,她们追求的是怎么样的男人,还不是野心家?野心家比旁的男子腰粗臂胖,血中铁质更多,心也更热。女人强壮的时候真快乐,真好看,所以在男人中专挑有力气的爱,便是给他压坏也甘心。我一项一项举出你的欲望,好向你提出问题。问题是这样:咱们肚子饿得像狼,牙齿又尖又快,怎么办才能弄到大鱼大肉?第一要吞下《法典》,那可不是好玩的事,也学不到什么;可是这一关非过不可。好,就算过了关,咱们去当律师,预备将来在重罪法庭当一个庭长,把一些英雄好汉,肩膀上刺了T. F.①打发出去,好让财主们太太平平的睡觉。这可不是味儿,而且时间很长。先得在巴黎愁眉苦脸的熬两年,对咱们馋涎欲滴的美果只许看,不许碰。老想要而要不到,才磨人呢。倘若你面无血色,性格软绵绵的像条虫,那还不成问题;不幸咱们的血像狮子的一样滚烫,胃口奇好,一天可以胡闹二十次。这样你就受罪啦,受好天爷地狱里最凶的刑罚啦。就算你安分守己,只喝牛奶,做些哀伤的诗;可是熬尽了千辛万苦,憋着一肚子怨气之后,你总得,不管你怎样的胸襟高旷,先要

---

① 苦役犯肩上黥印"T. F."两个字母,为"苦役"二字的缩写。

在一个混蛋手下当代理检察，在什么破落的小城里，政府丢给你一千法郎薪水，好像把残羹冷饭扔给一条肉铺里的狗。你的职司是盯在小偷背后狂吠，替有钱的人辩护，把有心肝的送上断头台。你非这样不可！要没有靠山，你就在内地法院里发霉。到三十岁，你可以当一名年俸一千二的推事，倘若捧住饭碗的话。熬到四十岁，娶一个磨坊主人的女儿，带来六千上下的陪嫁。得啦，谢谢吧。要是有靠山，三十岁上你便是检察官，五千法郎薪水，娶的是市长的女儿。再玩一下卑鄙的政治手段，譬如读选举票，把自由党的玛虞哀念作保王党的维莱（既然押韵，用不着良心不安），你可以在四十岁上升做首席检察官，还能当议员。你要注意，亲爱的孩子，这么做是要咱们昧一下良心，吃二十年苦，无声无息的受二十年难，咱们的姊妹只能当老姑娘终身。还得奉告一句：首席检察官的缺份，全法国统共只有二十个，候补的有两万，其中尽有些不要脸的，为了升官发财，不惜出卖妻儿子女。如果这一行你觉得倒胃口，那么再来瞧瞧旁的。特·拉斯蒂涅男爵有意当律师吗？噢！好极了！先得熬上十年，每月一千法郎开销，要一套藏书，一间事务所，出去应酬，卑躬屈膝的巴结诉讼代理人，才能招揽案子，到法院去吃灰。要是这一行能够使你出头，那也罢了；可是你去问一问，五十岁左右每年挣五万法郎以上的律师，巴黎有没有五个？吓！与其受这样的委屈，还不如去当海盗。再说，哪儿来的本钱？这都泄气得很。不错，还有一条出路是女人的陪嫁。哦，你愿意结婚吗？那等于把一块石头挂上自己的脖子。何况为了金钱而结婚，咱们的荣誉感，咱们的志气，又放到哪儿去？还不如现在就反抗社会！像一条蛇似的躺在女人前面，舐着丈母的脚，做出叫母猪也害臊的卑鄙事情，呸！这样要能换到幸福，倒还罢了。但这种情形之下娶来的老婆，会教你倒霉得像阴沟盖。跟自己的老婆斗还不如同男人打架。这是人生的三岔口，朋友，你挑吧。你已经挑定了，你去过表亲鲍赛昂家，嗅到了富贵气。你也去过高老头的女儿雷斯多太太家，闻到了巴黎妇女的味道。那天你回来，脸上明明白白写着几个字：往上爬！不顾一切的往上爬。我暗中叫好，心里想这倒是一个配我脾胃的汉子。你要用钱，哪儿去找呢？你抽了姊妹的血。做弟兄的多多少少全骗过姊妹的钱。你家乡多的是栗子，少的是洋钱，天知道怎么弄来的一千五百法郎，往外溜的时候跟大兵出门抢劫一样快，钱完了怎么办？用功吗？用功的结果，你现在明白了，是给波阿莱那等角色老来在伏盖妈妈家租间屋子。跟你情形相仿的四五万青年，此刻都有一个问题要解决：赶快挣一笔财产。你是其中的一个。你想：你们要怎样的拼命，怎样的斗争；势必你吞我，我吞你，像一个瓶里的许多蜘蛛，因为根本没有四五万个好缺份。你知道巴黎的人怎么打天下的？不是靠天才的光芒，就是靠腐蚀的本领。在这个人堆里，不像炮弹一般轰进去，就得像瘟疫一般钻进去。清白老实一无用处。在天才的威力之下，大家会屈服；先是恨他，毁谤他，因为他一口独吞，不肯分肥；可是他要坚持的话，大家便屈服了；总而言之，没法把你埋在土里的时候，就向你磕头。雄才大略是少有的，遍地风行的是腐化堕落。社会上多的是饭桶，而腐蚀便是饭桶的武器，你到处觉得有它的刀尖。有些男人，全部家私不过六千法郎薪水，老婆的衣着花到一万以上。收入只有一千二的小职员也会买田买地。你可以看到一些女人出卖身体，为的要跟贵族院议员的公子，坐了车到长野跑马场的中央大道上去奔驰。女婿有了五万法郎进款，可怜的脓包高老头还不得不替女儿还债，那是你亲眼目睹的。你试着瞧吧，在巴黎走两三步路要不碰到这一类的鬼玩意才怪。我敢把脑袋跟这一堆生菜打赌，你要碰到什么你中意的女人，不管是谁，不管怎样有钱，美丽，年轻，你马上掉在黄蜂窠里。她们受着法律束缚，什么事都得跟丈夫明争暗斗。为了情人，衣着，孩子，家里的开销，虚荣，所玩的手段，简直说不完，反正不是为了高尚的动机。所以正人君子是大众的公敌。你知道什么叫作正人君子吗？在巴黎，正人君子是不声不响，不愿分赃的人。至于那批可怜的公共奴隶，到处做苦工而没有报酬的，还没有包括在内；我管他们叫作相信上帝的傻瓜。当然这是德行的最高峰，愚不可及的好榜样，同时也是苦海。

倘若上帝开个玩笑,在最后审判时缺席一下,那些好人包你都要愁眉苦脸!因此,你要想快快发财,必须现在已经有钱,或者装作有钱。要弄大钱,就该大刀阔斧的干,要不就完事大吉。三百六十行中,倘使有十几个人成功得快,大家便管他们叫作贼。你自己去找结论吧。人生就是这么回事。跟厨房一样腥臭。要捞油水不能怕弄脏手,只消事后洗干净;今日所谓道德,不过是这一点。我这样议论社会是有权利的,因为我认识社会。你以为我责备社会吗?绝对不是。世界一向是这样的。道德家永远改变不了它。人是不完全的,不过他的作假有时多有时少,一般傻子便跟着说风俗淳朴了,或是浇薄了。我并不帮平民骂富翁,上中下三等的人都是一样的人。这些高等野兽,每一百万中间总有十来个狠家伙,高高的坐在一切之上,甚至坐在法律之上,我便是其中之一。你要有种,你就扬着脸一直线往前冲。可是你得跟妒忌,毁谤,庸俗斗争,跟所有的人斗争。拿破仑也碰到一个叫作奥勃里的陆军部长,差一点把他送往殖民地。① 你自己忖一忖吧!看你是否能每天早上起来,比隔夜更有勇气。倘然是的话,我可以给你提出一个谁也不会拒绝的计划。喂,你听着。我有个主意在这儿。我想过一种长老生活,在美国南部弄一大块田地,就算十万阿尔邦②吧。我要在那边种植,买奴隶,靠了卖牛,卖烟草,卖林木的生意挣他几百万,把日子过得像小皇帝一样;那种随心所欲的生活,蹲在这儿破窑里的人连做梦也做不到的。我是一个大诗人。我的诗不是写下来的,而是在行动和感情上表现的。此刻我有五万法郎,只够买四十名黑人。我需要二十万法郎,因为我要两百个黑人,才能满足我长老生活的瘾。黑人,你懂不懂?那是一些自生自发的孩子,你爱把他们怎办就怎办,决没有一个好奇的检察官来过问。有了这笔黑资本,十年之内可以挣到三四百万。我要成功了,就没有人盘问我出身。我就是四百万先生,合

---

① 一七九四年的拿破仑被国防委员会委员奥勃里解除意大利方面军的炮兵指挥。
② 阿尔邦为古量度名,约等于三十至五十公亩,因地域而异。在法国,一般相当于四十二公亩。

众国公民。那时我才五十岁,不至于发霉,我爱怎么玩儿就怎么玩儿。总而言之,倘若我替你弄到一百万陪嫁,你肯不肯给我二十万?两成佣金,不算太多吧?你可以教小媳妇儿爱你。一朝结了婚,你得表示不安,懊恼,半个月工夫装作闷闷不乐。然后,某一天夜里,先来一番装腔作势,再在两次亲吻之间,对你老婆说出有二十万的债,当然那时要把她叫作心肝宝贝啰!这种戏文天天都有一批最优秀的青年在搬演。一个少女把心给了你,还怕不肯打开钱袋吗?你以为你损失了吗?不。一桩买卖就能把二十万挣回来。凭你的资本,凭你的头脑,挣多大的家财都不成问题。于是乎①,你在六个月中就能造成你的幸福,造成了一个小娇娘的幸福,还有伏脱冷老头的幸福,还有你父母姊妹的幸福,他们此刻不是缺少木柴,手指冻得发疼吗?我的提议跟条件,你不用大惊小怪!巴黎六十件美满的婚姻,总有四十七件是这一类的交易。公证人公会曾经强逼某先生……"

"要我怎么办呢?"拉斯蒂涅急不可待的打断了伏脱冷的话。

"噢,用不着你多费心的。"伏脱冷回答的时候,那种高兴好比一个渔翁觉得鱼儿上了钩,"你听我说!凡是可怜的,遭难的女子,她的心等于一块极需要爱情的海绵,只消一滴感情,立刻膨胀。追求一个孤独,绝望,贫穷,想不到将来有大家私的姑娘,呃!那简直是拿了一手同花顺子②,或是知道了头奖的号码去买奖券,或是得了消息去做公债。你的亲事就像在三合土上打了根基。一朝有几百万家财落在那姑娘头上,她会当作泥土一般扔在你脚下,说道:'拿吧,我的心肝!拿吧,阿陶夫!阿弗莱!拿吧,欧也纳!'只消阿陶夫,阿弗莱,或者欧也纳有那聪明的头脑肯为她牺牲。所谓牺牲,不过是卖掉一套旧衣服,换几个钱一同上蓝钟饭铺吃一顿香菌包子;晚上再到滑稽剧院看一场戏;或者把表送往当铺,买一条披肩送她。那些爱情的小玩意儿,无须跟你细说;多少女人都喜欢那一套,譬如写情书的时候,在信笺上洒几

---

① 原文是拉丁文,旧时逻辑学及修辞学中的套头语,表示伏脱冷也念过书。
② 同花顺子为纸牌中最高级的大牌。

滴水冒充眼泪等等,我看你似乎完全懂得调情的把戏。你瞧,巴黎仿佛新大陆上的森林,有无数的野蛮民族在活动,什么伊林诺人,许龙人,都在在社会上打猎过活。你是个追求百万家财的猎人,得用陷阱,用鸟笛,用哨子去猎取。打猎的种类很多:有的猎取陪嫁;有的猎取破产后的清算①;有的出卖良心,有的出卖无法抵抗的订户。② 凡是满载而归的人都被敬重,庆贺,受上流社会招待。说句公平话,巴黎的确是世界上最好客的城市。如果欧洲各大京城高傲的贵族,不许一个声名狼藉的百万富翁跟他们称兄道弟,巴黎自会对他张开臂膀,赴他的宴会,吃他的饭,跟他碰杯,祝贺他的丑事。"

"可是哪儿去找这样一个姑娘呢?"欧也纳问。

"就在眼前,听你摆布!"

"维多莉小姐吗?"

"对啦!"

"怎么?"

"她已经爱上你了,你那个特·拉斯蒂涅男爵夫人!"

"她一个子儿都没有呢。"欧也纳很诧异的说。

"噢!这个吗?再补上两句,事情就明白了。泰伊番老头在大革命时代暗杀过他的一个朋友;他是跟咱们一派的好汉,思想独往独来。他是银行家,弗莱特烈-泰伊番公司的大股东;他想把全部家产传给独养儿子,把维多莉一脚踢开。咱家我,可不喜欢这种不平事儿。我好似堂吉诃德,专爱锄强扶弱。如果上帝的意志要召回他的儿子,泰伊番自会承认女儿;他好歹总要一个继承人,这又是人类天生的傻脾气;可是他不能再生孩子,我知道。维多莉温柔可爱,很快会把老子哄得回心转意,用感情弄得他团团转,像个德国陀螺似的。你对她的爱情,她感激万分,决不会忘掉,她会嫁给你。我么,我来替天行道,教上

---

① 资本主义社会中有的商人是靠倒闭清算而发财的。
② 出卖良心是指受贿赂的选举,出卖订户指报馆老板出让报纸。

帝发愿。我有个生死之交的朋友,洛阿军团①的上校,最近调进王家卫队。他听了我的话加入极端派的保王党,他才不是固执成见的糊涂蛋呢。顺便得忠告你一句,好朋友,你不能拿自己的话当真,也不能拿自己的主张当真。有人要收买你的主张,不妨出卖。一个自命为从不改变主张的人,是一个永远走直线的人,相信自己永远正确的大傻瓜。世界上没有原则,只有事故;没有法律,只有时势;高明的人同事故跟时势打成一片,任意支配。倘若真有什么固定的原则跟法律,大家也不能随时更换,像咱们换衬衫一样容易了。一个人用不着比整个民族更智慧。替法国出力最少的倒是受人膜拜的偶像,因为他老走激进的路;其实这等人至多只能放在博物院中跟机器一块儿,挂上一条标签,叫他做拉斐德②,至于给每个人丢石子的那位亲王,根本瞧不起人类,所以人家要他发多少誓便发多少誓;他却在维也纳会议中使法国免于瓜分;他替人争了王冠,人家却把污泥丢在他脸上。③噢!什么事的底细我都明白;人家的秘密我知道的才多呢!不用多说了。只消有一天能碰到三个人对一条原则的运用意见一致,我就佩服,我马上可以采取一个坚决的主张;可是不知何年何月才有这么一天呢!对同一条法律的解释,法庭上就没有三个推事意见相同。言归正传,说我那个朋友吧。只消我开声口,他会把耶稣基督重新钉上十字架。凭我伏脱冷老头一句话,他会跟那个小子寻事,他——对可怜的妹子连一个子儿都不给,哼!——……然后……"

伏脱冷站起身子,摆着姿势,好似一个剑术教师准备开步的功架:

"然后,请他回老家!"

"怕死人了!"欧也纳道,"你是开玩笑吧,伏脱冷先生?"

"呦!呦!呦!别紧张,"他回答,"别那么孩子气。你要是愿意,

---

① 滑铁卢一仗以后,拿破仑的一部分军队改编为洛阿军团。
② 拉斐德一生并无重大贡献而声名不衰,政制屡更,仍无影响。
③ 指泰勒朗,在拿破仑时代以功封为亲王,王政时代仍居显职,可谓三朝元老。路易十八能复辟,泰勒朗在幕后出了很大的力量。

尽管去生气,去冒火!说我恶棍,坏蛋,无赖,强盗,都行,只别叫我骗子,也别叫我奸细!来吧,开口吧,把你的连珠炮放出来吧!我原谅你,在你的年纪上那是挺自然的!我就是过来人!不过得仔细想一想。也许有一天你干的事比这个更要不得,你会去拍漂亮女人的马屁,接受她的钱。你已经在这么想了。因为你要不在爱情上预支,你的梦想怎么能成功?亲爱的大学生,德行是不可分割的,是则是,非则非,一点没有含糊。有人说罪过可以补赎,可以用忏悔来抵销!哼,笑话!为要爬到社会上的某一级而去勾引一个女人,离间一家的弟兄,总之为了个人的快活和利益,明里暗里所干的一切卑鄙勾当,你以为合乎信仰,希望,慈悲三大原则吗?一个纨绔子弟引诱未成年的孩子一夜之间夺去人家一半家产,凭什么只判两个月徒刑?一个可怜的穷鬼在加重刑罚的情节①中偷了一千法郎,凭什么就判终身苦役?这是你们的法律。没有一条不荒谬。戴了黄手套说漂亮话的人物,杀人不见血,永远躲在背后;普通的杀人犯却在黑夜里用铁棍撬门进去,那明明是犯了加重刑罚的条款了。我现在向你提议的,跟你将来所要做的,差别只在于见血不见血。你还相信世界上真有什么固定不变的东西!嗳!千万别把人放在眼里,倒应该研究一下民法上哪儿有漏洞。只要不是彰明较著发的大财,骨子里都是大家遗忘了的罪案,只是案子做得干净罢了。"

"别说了,先生,我不能再听下去,你要教我对自己都怀疑了,这时我只能听感情指导。"

"随你吧,孩子。我只道你是个硬汉;我再不跟你说什么了。不过,最后交代你一句,"他目不转睛的瞪着大学生,"我的秘密交给你了。"

"不接受你计划,当然会忘掉的。"

"说得好,我听了很高兴。不是么,换了别人,就不会这么谨慎体

---

① "加重刑罚的情节"为法律术语,例如手持武器,夜入人家,在刑事上即为加重刑罚的情节。

贴了。别忘了我这番心意。等你半个月。要就办,不就算了。"

眼看伏脱冷挟着手杖,若无其事的走了,拉斯蒂涅不禁想道:"好一个铁石心肠的家伙!特·鲍赛昂太太文文雅雅对我说的,他赤裸裸的说了出来。他拿钢铁般的利爪把我的心撕得粉碎。干吗我要上特·纽沁根太太家去?我刚转好念头,他就猜着了。关于德行,这强盗坏三言两语告诉我的,远过于多少人物多少书本所说的。如果德行不允许妥协,我岂不是偷盗了我的妹妹?"

他把钱袋往桌上一扔,坐下来胡思乱想。

"忠于德行,就是做一个伟大的殉道者!喝!个个人相信德行,可是谁是有德行的?民众崇拜自由,可是自由的人民在哪儿?我的青春还像明净无云的蓝天,可是巴望富贵,不就是决定扯谎,屈膝,在地下爬,逢迎吹拍,处处作假吗?不就是甘心情愿听那般扯过谎,屈过膝,在地下爬过的人使唤吗?要加入他们的帮口,先得侍候他们。呸!那不行。我要规规矩矩,清清白白的用功,日以继夜的用功,凭劳力来挣我的财产。这是求富贵最慢的路,但我每天可以问心无愧的上床。白璧无瑕,像百合一样的纯洁,将来回顾一生的时候,岂不挺美?我跟人生,还像一个青年和他的未婚妻一样新鲜。伏脱冷却教我看到婚后十年的情景。该死!我越想越糊涂了。还是甚么都不去想,听凭我的感情指导吧。"

胖子西尔维的声音赶走了欧也纳的幻想,她报告说裁缝来了。他拿了两口钱袋站在裁缝前面,觉得这个场面倒也不讨厌。试过夜礼服;又试一下白天穿的新装,他马上变了一个人。

他心上想:"还怕比不上特·脱拉伊?还不是一样的绅士气派?"

"先生,"高老头走进欧也纳的屋子说,"你可是问我特·纽沁根太太上哪些地方应酬吗?"

"是啊。"

"下星期一,她要参加特·加里里阿诺元帅的跳舞会。要是你能够去,请你回来告诉我,她们姊妹俩是不是玩得痛快,穿些什么衣衫,总之,你要样样说给我听。"

"你怎么知道的?"欧也纳让他坐在火炉旁边问他。

"她的老妈子告诉我的。从丹兰士和公斯当斯①那边,我打听出她们的一举一动。"他像一个年轻的情人因为探明了情妇的行踪,对自己的手段非常得意,"你可以看到她们了,你!"他的艳羡与痛苦都天真的表现了出来。

"还不知道呢,"欧也纳回答,"我要去见特·鲍赛昂太太,问她能不能把我介绍给元帅夫人。"

欧也纳想到以后能够穿着新装上子爵夫人家,不由得暗中欢喜。伦理学家所谓人心的深渊,无非指一些自欺欺人的思想,不知不觉只顾自己利益的念头。那些突然的变化,来一套仁义道德的高调,又突然回到老路上去,都是迎合我们求快乐的愿望的。眼看自己穿扮齐整,手套靴子样样合格之后,拉斯蒂涅又忘了敦品励学的决心。青年人陷于不义的时候,不敢对良心的镜子照一照;成年人却不怕正视;人生两个阶段的不同完全在于这一点。

几天以来,欧也纳和高老头这对邻居成了好朋友。他们心照不宣的友谊,伏脱冷和大学生的不投机,其实都出于同样的心理。将来倘有什么大胆的哲学家,想肯定我们的感情对物质世界的影响,一定能在人与动物的关系中找到不少确实的例子,证明感情并不是抽象的。譬如说,看相的人推测一个人的性格,决不能一望而知,像狗知道一个陌生人对它的爱憎那么快。有些无聊的人想淘汰古老的字眼,可是物以类聚这句成语始终挂在每个人的嘴边。受到人家的爱,我们是感觉到的。感情在无论什么东西上面都能留下痕迹,并且能穿越空间。一封信代表一颗灵魂,等于口语的忠实的回声,所以敏感的人把信当作爱情的至宝。高老头的盲目的感情,已经把他像狗一样的本能发展到出神入化,自然能体会大学生对他的同情,钦佩和好意。可是初期的

---

① 丹兰士是特·纽沁根太太的贴身女仆,公斯当斯是特·雷斯多太太的贴身女仆。

友谊还没有到推心置腹的阶段。欧也纳以前固然表示要见特·纽沁根太太,却并不想托老人介绍,而仅仅希望高里奥漏出一点儿口风给他利用。高老头也直到欧也纳访问了阿娜斯大齐和特·鲍赛昂太太回来,当众说了那番话,才和欧也纳提起女儿。他说:

"亲爱的先生,你怎么能以为说出了我的名字,特·雷斯多太太便生你的气呢?两个女儿都很孝顺,我是个幸福的父亲。只是两个女婿对我不好。我不愿意为了跟女婿不和,教两个好孩子伤心;我宁可暗地里看她们。这种偷偷摸摸的快乐,不是那些随时可以看到女儿的父亲所能了解的。我不能那么办,你懂不懂?所以碰到好天气,先问过老妈子女儿是否出门,我上天野大道去等。车子来的时候,我的心跳起来;看她们穿扮那么漂亮,我多高兴。她们顺便对我笑一笑,噢!那就像天上照下一道美丽的阳光,把世界镀了金。我待在那儿,她们还要回来呢。是呀,我又看见她们了!呼吸过新鲜空气,脸蛋儿红红的。周围的人说:'哦!多漂亮的女人!'我听了多开心。那不是我的亲骨血吗?我喜欢替她们拉车的马,我愿意做她们膝上的小狗。她们快乐,我才觉得活得有意思。各有各的爱的方式,我那种爱又不妨碍谁,干吗人家要管我的事?我有我享福的办法。晚上去看女儿出门上跳舞会,难道犯法吗?要是去晚了,知道'太太已经走了',那我才伤心死呢!有一晚我等到清早三点,才看到两天没有见面的娜齐。我快活得几乎晕过去!我求你,以后提到我,一定得说我女儿孝顺。她们要送我各式各样的礼物,我把她们拦住了,我说:'不用破费呀!我要那些礼物干什么?我一样都不缺少。'真的,亲爱的先生,我是什么东西?不过是一个臭皮囊罢了,只是一颗心老跟着女儿。"

那时欧也纳想出门先上杜伊勒里公园遛遛,然后到了时间去拜访特·鲍赛昂太太。高老头停了一忽又说:"将来你见过了特·纽沁根太太,告诉我你在两个之中更喜欢哪一个。"

这次的散步是欧也纳一生的关键。有些女人注意到他了:他那么美,那么年轻,那么体面,那么风雅!一看到自己成为路人赞美的目标,那时欧也纳想出门先上杜伊勒里公园遛遛。

立刻忘了被他罗掘一空的姑母姊妹,也忘了良心的指摘。他看见头上飞过那个极像天使的魔鬼,五色翅膀的撒旦,一路撒着红宝石,把黄金的箭射在宫殿前面,把女人们涂得大红大紫,把简陋的王座蒙上恶俗的光彩;他听着那个虚荣的魔鬼唠叨,把虚幻的光彩认为权势的象征。伏脱冷的议论尽管那样的玩世不恭,已经深深的种在他心头,好比处女的记忆中有个媒婆的影子,对她说过:"黄金和爱情,滔滔不尽!"

懒洋洋的溜达到五点左右,欧也纳去见特·鲍赛昂太太,不料碰了个钉子,青年人无法抵抗的那种钉子。至此为止,他觉得子爵夫人非常客气,非常殷勤;那是贵族教育的表现,不一定有什么真情实意的。他一进门,特·鲍赛昂太太便做了个不高兴的姿势,冷冷的说:

"特·拉斯蒂涅先生,我不能招待你,至少在这个时候!我忙得很……"

对于一个能察言观色的人,而拉斯蒂涅已经很快的学会了这一套,这句话,这个姿势,这副眼光,这种音调,原原本本说明了贵族阶级的特性和习惯;他在丝绒手套下面瞧见了铁掌,在仪态万方之下瞧见了本性和自私,在油漆之下发现了木料。总之他听见了从王上到末等贵族一贯的口气:我是王。以前欧也纳把她的话过于当真,过于相信她的心胸宽大。不幸的人只道恩人与受恩的人是盟友,以为一切伟大的心灵完全平等。殊不知使恩人与受恩的人同心一体的那种慈悲,是跟真正的爱情同样绝无仅有,同样不受了解的天国的热情,两者都是优美的心灵慷慨豪爽的表现。拉斯蒂涅一心想踏进特·加里里阿诺公爵夫人的舞会,也就忍受了表姊的脾气。

"太太,"他声音颤巍巍的说,"没有要紧事儿,我也不敢来惊动你,你包涵点儿吧,我回头再来。"

"行,那么你来吃饭吧。"她对刚才的严厉有点不好意思了,因为这位太太的好心的确不下于她的高贵。

虽则突然之间的转圜使欧也纳很感动,他临走仍不免有番感慨:"爬就是了,什么都得忍受。连心地最好的女子一刹那间也会忘掉友谊的诺言,把你当破靴似的扔掉,旁的女人还用说吗?各人自扫门前雪,想不到竟是如此!不错,她的家不是铺子,我不该有求于她。真得像伏脱冷所说的,像一颗炮弹似的轰进去!"

想到要在子爵夫人家吃饭的快乐,大学生的牢骚也就没有了。就是这样,好似命中注定似的,他生活中一切琐琐碎碎的事故,都逼他如伏脱冷所说的,在战场上为了不被人杀而不得不杀人,为了不受人骗而不得不骗人,把感情与良心统统丢开,戴上假面具,冷酷无情的玩弄人,神不知鬼不觉的去猎取富贵。

他回到子爵夫人家,发现她满面春风,又是向来的态度了。两人走进饭厅,子爵早已等在那儿。大家知道,王政时代是饮食最奢侈的时代。特·鲍赛昂先生什么都玩腻了,除了讲究吃喝以外,再没有旁的嗜好;他在这方面跟路易十八和台斯加公爵①是同道。他饭桌上的奢侈是外表和内容并重的。欧也纳还是第一遭在世代簪缨之家用餐,没有见识过这等场面。舞会结束时的夜宵在帝政时代非常时行,军人们非饱餐一顿,养足精神,应付不了国内国外的斗争。当时的风气把这种夜宵取消了。欧也纳过去只参加过舞会。幸亏他态度持重——将来他在这一点上很出名,而那时已经开始有些气度——并没显得大惊小怪。可是眼见镂刻精工的银器,席面上那些说不尽的讲究,第一次领教到毫无声响的侍应,一个富于想象的人怎么能不羡慕无时无刻不高雅的生活,而不厌弃他早上所想的那种清苦生涯呢!他忽然想到公寓的情形,觉得厌恶之极,发誓正月里非搬家不可:一则换一所干净的屋子,一则躲开伏脱冷,免得精神上受他的威胁。头脑清楚的人真要问,巴黎既有成千成万,有声无声的伤风败俗之事,怎么国家会如此糊涂,把学校放在这个城里,让青年人聚集在一起?怎么美丽的妇

---

① 台斯加公爵生于一七四七年,一七七四年为宫中掌膳大臣。路易十八复辟后,仍任原职,以善于烹调著名。相传某次与王共同进膳后以不消化病卒。路易十八闻讯,自诩"胃力比那个可怜的台斯加强多了"。

女还会受到尊重？怎么兑换商堆在铺面上的黄金不至于从木钟①里不翼而飞？再拿青年人很少犯罪的情形来看，那些耐心的饥荒病者拼命压制馋痨的苦功，更令人佩服了！穷苦的大学生跟巴黎的斗争，好好描写下来，便是现代文明最悲壮的题材。

特·鲍赛昂太太瞅着欧也纳逗他说话，他却始终不肯在子爵面前开一声口。

"你今晚陪我上意大利剧院去吗？"子爵夫人问她的丈夫。

"能够奉陪在我当然是桩快乐的事，"子爵的回答殷勤之中带点儿俏皮，欧也纳根本没有发觉，"可惜我要到多艺剧院去会朋友。"

"他的情妇啰。"她心里想。

"阿瞿达今晚不来陪你吗？"子爵问。

"不。"她回答的神气不大高兴。

"嗳，你一定要人陪的话，不是有拉斯蒂涅先生在这里吗？"

子爵夫人笑盈盈的望着欧也纳，说道："对你可不大方便吧？"

"夏多勃里昂先生说过：法国人喜欢冒险，因为冒险之中有光荣。"欧也纳弯了弯身回答。

过了一会，欧也纳坐在特·鲍赛昂太太旁边，给一辆飞快的轿车送往那个时髦剧院。他走进一个正面的包厢，和子爵夫人同时成为无数手眼镜的目标，子爵夫人的装束美艳无比。欧也纳几乎以为进了神仙世界。再加销魂荡魄之事接踵而至。

子爵夫人问道："你不是有话跟我说吗？呦！你瞧，特·纽沁根太太就离我们三个包厢。她的姊姊同特·脱拉伊先生在另外一边。"

子爵夫人说着对洛希斐特小姐的包厢瞟了一眼，看见特·阿瞿达先生并没在座，顿时容光焕发。

"她可爱得很。"欧也纳瞧了瞧特·纽沁根太太。

"她的眼睫毛黄得发白。"

---

① 木钟为当时兑换商堆放金币之器物，有如吾国旧时之钱板。

"不错,可是多美丽的细腰身!"

"手很大。"

"噢!眼睛美极了!"

"脸太长。"

"长有长的漂亮。"

"真的吗?那是她运气了。你瞧她手眼镜举起放下的姿势!每个动作都脱不了高里奥气息。"子爵夫人这些话使欧也纳大为诧异。

特·鲍赛昂太太擎着手眼镜照来照去,似乎并没注意特·纽沁根太太,其实是把每个举动瞧在眼里。剧院里都是漂亮人物。可是特·鲍赛昂太太的年轻,俊俏,风流的表弟,只注意但斐纳·特·纽沁根一个,叫但斐纳看了着实得意。

"先生,你对她尽瞧下去,要给人家笑话了。这样不顾一切的死盯人是不会成功的。"

"亲爱的表姊,我已经屡次承蒙你照应,倘使你愿意成全我的话,只请你给我一次惠而不费的帮助。我已经入迷了。"

"这么快?"

"是的。"

"就是这一个吗?"

"还有什么旁的地方可以施展我的抱负呢?"他对表姊深深的望了一眼,停了一忽又道,"特·加里里阿诺公爵夫人跟特·裴里夫人很要好。你见到她的时候,请你把我介绍给她,带我去赴她下星期一的跳舞会。我可以在那儿碰到特·纽沁根太太,试试我的本领。"

"好吧,既然你已经看中她,你的爱情一定顺利。瞧,特·玛赛在特·迦拉蒂沃纳公主的包厢里。特·纽沁根太太在受罪啦,她气死啦。要接近一个女人,尤其银行家的太太,再没比这个更好的机会了。唐打区的妇女都是喜欢报复的。"

"你碰到这情形又怎么办?"

"我么,我就不声不响的受苦。"

这时特·阿瞿达侯爵走进特·鲍赛昂太太的包厢。

他说:"因为要来看你,我把事情都弄糟啦,我先提一声,免得我白白牺牲。"

欧也纳觉得子爵夫人脸上的光辉是真爱情的表示,不能同巴黎式的调情打趣,装腔作势混为一谈。他对表姊钦佩之下,不说话了,叹了口气把座位让给阿瞿达,心里想:"一个女人爱到这个地步,真是多高尚,多了不起!这家伙为了一个玩具式的娃娃把她丢了,真教人想不通。"他像小孩子一样气愤之极,很想在特·鲍赛昂太太脚下打滚,恨不得有魔鬼般的力量把她抢到自己心坎里,像一只鹰在平原上把一头还没断奶的小白山羊抓到窠里去。在这个粉白黛绿的博物院中没有一幅属于他的画,没有一个属于他的情妇,他觉得很委屈。他想:"有一个情妇等于有了王侯的地位,有了权势的标识!"他望着特·纽沁根太太,活像一个受了侮辱的男子瞪着敌人。子爵夫人回头使了个眼色,对他的知情识趣表示不胜感激。台上第一幕刚演完。

她问阿瞿达:"你和特·纽沁根太太相熟,可以把拉斯蒂涅先生介绍给她吗?"

侯爵对欧也纳说:"哦,她一定很高兴见见你的。"

漂亮的葡萄牙人起身挽着大学生的手臂,一眨眼便到了特·纽沁根太太旁边。

"男爵夫人,"侯爵说道,"我很荣幸能够给你介绍这位欧也纳·特·拉斯蒂涅骑士,特·鲍赛昂太太的表弟。他对你印象非常深刻,我有心成全他,让他近前来瞻仰瞻仰他的偶像。"

这些话多少带点打趣和唐突的口吻,可是经过一番巧妙的掩饰,永远不会使一个女人讨厌。特·纽沁根太太微微一笑,把丈夫刚走开而留下的座位让欧也纳坐了。

她说:"我不敢请你留在这儿,一个人有福分跟特·鲍赛昂太太在一起,是不肯走开的。"

"可是,太太,"欧也纳低声回答,"如果我要讨表姊的欢心,恐怕就该留在你身边。"他又提高嗓子,"侯爵来到之前,我们正谈着你,谈着你大方高雅的风度。"

特·阿瞿达先生抽身告辞了。

"真的,先生,你留在我这儿吗?"男爵夫人说,"那我们可以相熟了,家姊和我提过你,真是久仰得很!"

"那么她真会作假,她早已把我挡驾了。"

"怎么呢?"

"太太,我应当把原因告诉你;不过要说出这样一桩秘密,先得求你包涵。我是令尊大人的邻居,当初不知道特·雷斯多太太是他的女儿。我无意中,冒冒失失提了一句,把令姊和令姊夫得罪了。你真想不到,特·朗日公爵夫人和我的表姊,认为这种背弃父亲的行为多么不合体统。我告诉她们经过情形,她们笑坏了。特·鲍赛昂太太把你同令姊做比较,说了你许多好话,说你待高里奥先生十分孝顺。真是,你怎么能不孝顺他呢?他那样的疼你,叫我看了忌妒。今儿早上我和令尊大人谈了你两小时。刚才陪表姊吃饭的时候,我脑子里还装满了令尊的那番话,我对表姊说:'我不相信你的美貌能够跟你的好心相比。'大概看到我对你这样仰慕,特·鲍赛昂太太才特意带我上这儿来,以她那种惯有的殷勤对我说,我可以有机会碰到你。"

"先生,"银行家太太说,"承你的情,我感激得很。不久我们就能成为老朋友了。"

"你说的友谊固然不是泛泛之交,我可永远不愿意做你的朋友。"

初出茅庐的人这套印版式的话,女人听了总很舒服,唯有冷静的头脑才会觉得这话空洞贫乏。一个青年人的举动,音调,目光,使那些废话变得有声有色。特·纽沁根太太觉得拉斯蒂涅风流潇洒。她像所有的女子一样,没法回答大学生那些单刀直入的话,扯到旁的事情上去了。

"是的,姊姊对可怜的父亲很不好。他却是像上帝一样的疼我们。特·纽沁根先生只许我在白天接待父亲,我没有法儿才让步的。可是我为此难过了多少时候,哭了多少回。除了平时虐待之外,这种霸道也是破坏我们夫妇生活的一个原因。旁人看我是巴黎最幸福的女子，实际却是最痛苦的。我对你说这些话，你一定以为我疯了。可是你认识我父亲，不能算外人了。"

"噢！"欧也纳回答，"像我这样愿意把身心一齐捧给你的人，你永远不会碰到第二个。你不是要求幸福么？"他用那种直扣心弦的声音说，"啊！如果女人的幸福是要有人爱，有人疼；有一个知己可以诉说心中的欲望，梦想，悲哀，喜悦；把自己的心，把可爱的缺点和美妙的优点一齐显露出来，不怕被人拿去利用；那么请相信我，这颗赤诚的心只能在一个年轻的男子身上找到，因为他有无穷的幻想，只消你有一点儿暗示，他便为你赴汤蹈火。他还不知道天高地厚，也不想知道，因为你便是他整个的世界。我啊，请不要笑我幼稚，我刚从偏僻的内地来，不懂世故，只认识一般心灵优美的人；我没有想到什么爱情。承我的表姊瞧得起，把我看作心腹；从她那儿我才体会到热情的宝贵；既然没有一个女人好让我献身，我就像薛吕班①一样爱慕所有的女人。可是我刚才进来一看见你，便像触电似的被你吸住了。我想你已经想了好久！可做梦也想不到你会这样的美。特·鲍赛昂太太叫我别尽瞧着你，她可不知道你美丽的红唇，洁白的皮色，温柔的眼睛，叫人没有法子不看。你瞧，我也对你说了许多疯话，可是请你让我说吧。"

女子最喜欢这些絮絮叨叨的甜言蜜语，连最古板的妇女也会听进去，即使她们不应该回答。这么一开场，拉斯蒂涅又放低声音，说了一大堆体己话；特·纽沁根太太的笑容明明在鼓励他。她不时对特·迦拉蒂沃纳公主包厢里的特·玛赛瞟上一眼。拉斯蒂涅陪着特·纽沁根太太，直到她丈夫来找她回去的时候。

"太太，"欧也纳说，"在特·加里里阿诺公爵夫人的舞会之前，我希望能够去拜访你。"

"既然内人请了你，她一定欢迎你的。"特·纽沁根男爵说。一看

---

① 十八世纪博马舍的喜剧《费加罗的婚礼》中的人物，年少风流，善于钟情。

这个臃肿的亚尔萨斯人的大圆脸，你就知道他是个老滑头。

特·鲍赛昂太太站起来预备和阿瞿达一同走了。欧也纳一边过去作别，一边想："事情进行得不错；我对她说'你能不能爱我？'她并不怎么吃惊。缰绳已经扣好，只要跳上去就行了。"他不知道男爵夫人根本心不在焉，正在等特·玛赛的一封信，一封令人心碎的决裂的信。欧也纳误会了这意思，以为自己得手了，满心欢喜，陪子爵夫人走到戏院外边的廊下，大家都在那儿等车。

欧也纳走后，阿瞿达对子爵夫人笑着说："你的表弟简直换了一个人。他要冲进银行去了。看他像鳗鱼一般灵活，我相信他会抖起来的。也只有你会教他挑中一个正需要安慰的女人。"

"可是，"特·鲍赛昂太太回答，"先得知道她还爱不爱丢掉她的那一个。"

欧也纳从意大利剧院走回圣·日内维新街，一路打着如意算盘。他刚才发现特·雷斯多太太注意他，不管他在子爵夫人的包厢里，还是在特·纽沁根太太包厢里，他料定从此那位伯爵夫人不会再把他挡驾了。他也预计一定能够讨元帅夫人喜欢，这样他在巴黎高等社会的中心就有了四个大户人家好来往。他已经懂得，虽然还不知道用什么方法，在这个复杂的名利场中，必须抓住一个机纽，才能高高在上的控制机器；而他自问的确有教轮子搁浅的力量。"倘若特·纽沁根太太对我有意，我会教她怎样控制她的丈夫。那家伙是做银钱生意的，可以帮我一下子发一笔大财。"这些念头，他并没想得这样露骨，他还不够老练，不能把局势看清，估计，细细的筹划；他的主意只像轻云一般在天空飘荡，虽没有伏脱冷的计划狠毒，可是放在良心的坩埚内熔化之下，也未必能提出多少纯粹的分子了。一般人就是从这一类的交易开始，终于廉耻荡然，而今日社会上也相习成风，恬不为怪。方正清白，意志坚强，疾恶如仇，认为稍出常规便是罪大恶极的人物，在现代比任何时代都寥落了。过去在文学上有两部杰作代表这等清白的性格，一是莫里哀的阿尔赛斯特，一是比较晚近的华尔特·司各特的迪恩斯父女。也许性质相反的作品，把一个上流人物，一个野心家如何抹杀良心，走邪路，装了伪君子而达到目的，曲曲折折描写下来，会一样的美，一样的动人心魄。

拉斯蒂涅走到公寓门口，已经对纽沁根太太着了迷，觉得她身段窈窕，像燕子一样轻巧。令人心醉的眼睛，仿佛看得见血管而像丝织品一样细腻的皮肤，迷人的声音，金黄的头发，他都一一回想起来；也许他走路的时候全身的血活动了，使脑海中的形象格外富于诱惑性。他粗手粗脚的敲着高老头的房门，喊：

"喂，邻居，我见过但斐纳太太了。"

"在哪儿？"

"意大利剧院。"

"她玩得怎么样？请进来喔。"老人没穿好衣服就起来开了门，赶紧睡下。

"跟我说呀，她怎么样？"他紧跟着问。

欧也纳还是第一次走进高老头的屋子。欣赏过女儿的装束，再看到父亲住的丑地方，他不由得做了个吃惊的姿势。窗上没有帘子，糊壁纸好几处受了潮气而脱落，卷缩，露出煤烟熏黄的石灰。老头儿躺在破床上，只有一条薄被，压脚的棉花毯是用伏盖太太的旧衣衫缝的。地砖潮湿，全是灰。窗子对面，一口旧红木柜子，带一点儿鼓形，铜拉手是蔓藤和花叶纠结在一处的形状；一个木板面子的洗脸架，放着脸盆和水壶，旁边是全套剃胡子用具。壁角放着几双鞋；床头小几，底下没有门，面上没有云石；壁炉没有生过火的痕迹，旁边摆一张胡桃木方桌，高老头毁掉镀金盘子就是利用桌上的横档。一口破书柜上放着高老头的帽子。这套破烂家具还包括两把椅子，一张草垫陷下去的大靠椅。红白方格的粗布床幔，用一条破布吊在天花板上。便是最穷的捎客住的阁楼，家具也比高老头在伏盖家用的好一些。你看到这间屋子会身上发冷，胸口发闷；像监狱里阴惨惨的牢房。幸而高老头没有留意欧也纳把蜡烛放在床几上时的表情。他翻了个身，把被窝一直盖到下巴颏儿。

"哎,你说,两姊妹你喜欢哪一个?"

"我喜欢但斐纳太太,"大学生回答,"因为她对你更孝顺。"

听了这句充满感情的话,老人从床上伸出胳膊,握着欧也纳的手,很感动的说:

"多谢多谢,她对你说我什么来着?"

大学生把男爵夫人的话背了一遍,渲染一番,老头儿好像听着上帝的圣旨。

"好孩子!是呀,是呀,她很爱我啊。可是别相信她说阿娜斯大齐的话,姊妹俩为了我彼此忌妒,你明白么?这更加证明她们的孝心。娜齐也很爱我,我知道的。父亲对儿女,就跟上帝对咱们一样。他会钻到孩子们的心底里去,看他们存心怎么样。她们两人心地一样好。噢!要再有两个好女婿,不是太幸福了吗?世界上没有全福的。倘若我住在她们一起,只要听到她们的声音,知道她们在那儿,看到她们走进走出;像从前在我身边一样,那我简直乐死了。她们穿得漂亮吗?"

"漂亮。可是,高里奥先生,既然你女儿都嫁得这么阔,你怎么还住在这样一个贫民窟里?"

"嘿,"他装作满不在乎的神气说,"我住得再好有什么相干?这些事情我竟说不上来;我不能接连说两句有头有尾的话。总而言之,一切都在这儿。"他拍了拍心窝,"我么,我的生活都在两个女儿身上。只要她们能玩儿,快快活活,穿得好,住得好;我穿什么衣服,睡什么地方,有什么相干?反正她们暖和了,我就不觉得冷;她们笑了,我就不会心烦;只有她们伤心了我才伤心。你有朝一日做了父亲,听见孩子们喊喊喳喳,你心里就会想:'这是从我身上出来的!'你觉得这些小生命每滴血都是你的血,是你的血的精华——不是么!甚至你觉得跟她们的皮肉连在一块儿,她们走路,你自己也在动作。无论哪儿都有她们的声音在答应我。她们眼神有点儿不快活,我的血就冻了。你终有一天知道,为了她们的快乐而快乐,比你自己快乐更快乐。我不能向你解释这个,只能说心里有那么一股劲,教你浑身舒畅。总之,我一个人过着三个人的生活。我再告诉你一件古怪事儿好不好?我做了父亲,才懂得上帝。他无处不在,既然世界是从他来的。先生,我对女儿便是这样的无处不在。不过我爱我的女儿,还胜过上帝爱人类;因为人不像上帝一样的美,我的女儿却比我美得多。我跟她们永远心贴着的,所以我早就预感到,你今晚会碰到她们。天哪!要是有个男人使我的小但斐纳快活,把真正的爱情给她,那我可以替那个男人擦靴子,跑腿。我从她老妈子那里知道,特·玛赛那小子是条恶狗,我有时真想扭断他的脖子。哼,他竟不知道爱一个无价之宝的女人,夜莺般的声音,生得像天仙一样!只怪她没有眼睛,嫁了个亚尔萨斯死胖子。姊妹俩都要俊俏温柔的后生才配得上,可是她们的丈夫都是她们自己挑的。"

那时高老头伟大极了。欧也纳从没见过他表现那种慈父的热情。感情有股熏陶的力量;一个人不论如何粗俗,只要表现出一股真实而强烈的情感,就有种特殊的气息,使容貌为之改观,举动有生气,声音有音色。往往最蠢的家伙,在热情鼓动之下,即使不能在言语上,至少能在思想上达到雄辩的境界,他仿佛在光明的领域内活动。那时老人的声音举止,感染力不下于名演员。归根结底,我们优美的感情不就是意志的表现么?

"告诉你,"欧也纳道,"她大概要跟特·玛赛分手了,你听了高兴吗?那花花公子丢下她去追迦拉蒂沃纳公主。至于我,我今晚已经爱上了但斐纳太太。"

"哦!"高老头叫着。

"是呀。她并不讨厌我。咱们谈情谈了一小时,后天星期六我要去看她。"

"哦!亲爱的先生,倘使她喜欢你,我也要喜欢你呢!你心肠好,不会给她受罪。你要欺骗她,我就割掉你的脑袋。一个女人一生只爱一次,你知道不知道?天!我净说傻话,欧也纳先生。你在这儿冷得很。哎啊！你跟她谈过话喽,她教你对我说些什么呢?"

"一句话也没有。"欧也纳心里想,可是他高声回答,"她告诉我,说她很亲热的拥抱你。"

"再见吧,邻居。希望你睡得好,做好梦。凭你刚才那句话,我就会做好梦了。上帝保佑你万事如意!今晚你简直是我的好天使,我在你身上闻到了女儿的气息。"

欧也纳睡下时想道:"可怜的老头儿,哪怕铁石心肠也得被他感动呢。他的女儿可一点没有想到他,当他外人一样。"

自从这次谈话以后,高老头把他的邻居看作一个朋友,一个意想不到的心腹。他们的关系完全建筑在老人的父爱上面;没有这一点,高老头跟谁也不会亲近的。痴情汉的计算从来不会错误。因为欧也纳受到但斐纳的重视,高老头便觉得跟这个女儿更亲近了些,觉得她对自己的确更好一些。并且他已经把这个女儿的痛苦告诉欧也纳,他每天都要祝福一次的但斐纳从来没有得到甜蜜的爱情。照他的说法,欧也纳是他遇到的最可爱的青年,他也似乎预感到,欧也纳能给但斐纳从来未有的快乐。所以老人对邻居的友谊一天天的增加,要不然,我们就无从得知这件故事的终局了。

第二天,高老头在饭桌上不大自然的瞧着欧也纳的神气,和他说的几句话,平时同石膏像一样而此刻完全改变了的面容,使同住的人大为奇怪。伏脱冷从密谈以后还是初次见到大学生,似乎想猜透他的心思。隔夜睡觉之前,欧也纳曾经把眼前阔大的天地估量一番,此刻记起伏脱冷的计划,自然联想到泰伊番小姐的陪嫁,不由得瞧着维多莉,正如一个极规矩的青年瞧一个有钱的闺女。碰巧两人的眼睛遇在一块。可怜的姑娘当然觉得欧也纳穿了新装挺可爱。双方的目光意味深长,拉斯蒂涅肯定自己已经成为她心目中的对象;少女们不是都有些模糊的欲望,碰到第一个迷人的男子就想求得满足吗?欧也纳听见有个声音在耳边叫:"八十万!八十万!"可是又突然想到隔夜的事,认为自己对纽沁根太太别有用心的热情,确乎是一帖解毒剂,可以压制他不由自主的邪念。

他说:"昨天意大利剧院演唱洛西尼的《赛维勒的理发师》,我从没听过那么美的音乐。喝!在意大利剧院有个包厢多舒服!"

高老头听了,马上竖起耳朵,仿佛一条狗看到了主人的动作。

"你们真开心,"伏盖太太说,"你们男人爱怎么玩儿就怎么玩儿。"

"你怎么回来的?"伏脱冷问。

"走回来的。"

"哼,"伏脱冷说,"要玩就得玩个痛快。我要坐自己的车,上自己的包厢,舒舒服服的回来。要就全套,不就拉倒!这是我的口号。"

"这才对啦。"伏盖太太凑上一句。

"你要到特·纽沁根太太家去吧,"欧也纳低声对高里奥说,"她一定很高兴看到你,会向你打听我许多事。我知道她一心希望我的表姊特·鲍赛昂子爵夫人招待她。你不妨告诉她,说我太爱她了,一定使她满足。"

拉斯蒂涅赶紧上学校,觉得在这所怕人的公寓里耽得越少越好。他差不多闲荡了一整天,头里热烘烘的,像抱着热烈的希望的年轻人一样。他在卢森堡公园内从伏脱冷的议论想开去,想到社会和人生,忽然碰到他的朋友皮安训。

"你干吗一本正经的板着脸?"医学生说着,抓着他的胳膊往卢森堡宫前面走去。

"脑子里净想些坏念头,苦闷得很。"

"什么坏念头?那也可以治啊。"

"怎么治?"

"只要屈服就行了。"

"你不知道怎么回事,只管打哈哈。你念过卢梭没有?"

"念过。"

"他著作里有一段,说倘使身在巴黎,能够单凭一念之力,在中国高老头在饭桌上不大自然的瞧着欧也纳的神气。

杀掉一个年老的满大人①,因此发财;读者打算怎么办?你可记得?"

"记得。"

"那么你怎么办?"

"噢!满大人我已经杀了好几打了。"

"说正经话,如果真有这样的事,只消你点点头就行,你干不干?"

"那满大人是不是老得很了?呃,老也罢,少也罢,痨病也罢,健康也罢,我吗,吓!我不干。"

"你是个好人,皮安训。不过要是你爱上一个女人,爱得你肯把灵魂翻身,而你非得有钱,有很多的钱,供给她衣着,车马,满足她一切想入非非的欲望,那你怎么办?"

"嗳,你拿走了我的理性,还要我用理性来思想!"

"皮安训,我疯了,你把我治一治吧。我有两个妹子,又美又纯洁的天使,我要她们幸福。从今儿起五年之间,哪儿去弄二十万法郎给她们做陪嫁?你瞧,人生有些关口非大手大脚赌一下不可,不能为了混口苦饭吃而蹉跎了幸福。"

"每个人踏进社会的时候都遇到这种问题。而你想快刀斩乱麻,马上成功。朋友,要这样子,除非有亚历山大那样的雄才大略,要不然你会坐牢。我么,我情愿将来在内地过平凡的生活,老老实实接替父亲的位置。在最小的小圈子里,跟在最大的大环境里,感情同样可以得到满足。拿破仑吃不了两顿晚饭,他的情妇也不能比加波桑医院的实习医生多几个。咱们的幸福,朋友,离不了咱们的肉体;幸福的代价每年一百万也罢,两千法郎也罢,实际的感觉总是那么回事。所以我不想要那个中国人的性命。"

"谢谢你,皮安训,我听了你的话怪舒服。咱们永远是好朋友。"

"喂,"医学生说,"我刚才在植物园上完居维哀②的课出来,看见

---

① 十八、十九世纪的法国人通常把中国的大官称为"满大人",因此那时是清王朝。

② 居维哀(1769—1832),著名博物学者。从十八世纪末期起,巴黎的"植物园"亦称"博物馆",没有生物、化学、植物学等的自然科学讲座及实验室。

米旭诺和波阿莱坐在一张凳上,同一个男人谈话。去年国会附近闹事的时候,我见过那家伙,很像一个暗探,冒充靠利息过活的布尔乔亚。你把米旭诺和波阿莱研究一下吧,以后我再告诉你为什么。再见,我要去上四点钟的课了。"

欧也纳回到公寓,高老头正等着他。

"你瞧,"那老人说,"她有信给你。你看她那一笔字多好!"

欧也纳拆开信来。

先生,家严说你喜欢意大利音乐,如果你肯赏光驾临我的包厢,我将非常欣幸。星期六我们可以听到福杜和班莱葛里尼①,相信你不会拒绝的。特·纽沁根先生和我,一致请你到舍下来用便饭。倘蒙俯允,他将大为高兴,因为他可以摆脱丈夫的苦役,不必再陪我上戏院了。毋须赐复,但候光临,并请接受我的敬意。

D. N.

欧也纳念完了信,老人说:"给我瞧瞧。"他嗅了嗅信纸又道,"你一定去的,是不是? 嗯,好香! 那是她手指碰过的啊!"

欧也纳私下想:"照理女人不会这样进攻男人的。她大概想利用我来挽回特·玛赛,心中有了怨恨才会做出这种事来。"

"喂,你想什么呀?"高老头问。

欧也纳不知道某些女子的虚荣简直像发狂一样,为了踏进圣·日耳曼区阀阅世家的大门,一个银行家的太太做什么牺牲都肯。那时的风气,能出入圣·日耳曼区贵族社会的妇女,被认为高人一等。大家把那个社会的人叫作小王宫的太太们,领袖群伦的便是特·鲍赛昂太太,特·朗日公爵夫人,特·莫弗利原士公爵夫人。唐打区的妇女想挤进那个群星照耀的高等社会的狂热,只有拉斯蒂涅一个人不曾得

---

① 前者为女高音,后者为男低音,都是当时有名的歌唱家。

知。但他对但斐纳所存的戒心,对他不无好处,因为他能保持冷静,能够向人家提出条件而不至于接受人家的条件。

"噢!是的,我一定去。"欧也纳回答高老头。

因此他是存着好奇心去看纽沁根太太,要是那女的瞧他不起,他反而要为了热情冲动而去了。虽然如此,他还是心焦得很,巴不得明天出发的时间快点儿来到。青年人初次弄手段也许和初恋一样甜蜜。胜券可操的把握使人喜悦不尽,这种喜悦男人并不承认,可是的确造成某些妇女的魅力。容易成功和难于成功同样能刺激人的欲望。两者都是引起或者培养男子的热情的。爱情世界也就是分成这两大阵地。也许这个分野是气质促成的,因为气质支配着人与人的关系。忧郁的人需要女子若即若离的卖弄风情来提神;而神经质或多血质的人碰到女子抵抗太久了,说不定会掉头不顾。换句话说,哀歌主要是淋巴质的表现,正如颂歌是胆质的表现。①

欧也纳一边装扮,一边体味那些小小的乐趣,青年们怕人取笑,一般都不敢提到这种得意,可是虚荣心特别感到满足。他梳头发的时候,想到一个漂亮女子的目光会在他漆黑的头发卷中打转。他做出许多怪模怪样,活像一个更衣去赴跳舞会的小姑娘。他解开上衣,沾沾自喜的瞧着自己的细腰身,心上想:"当然,不如我的还多呢!"公寓中全班人马正围着桌子吃饭,他下楼了,喜洋洋的受到众人喝彩。看见一个人穿扮齐整而大惊小怪,也是包饭公寓的一种风气。有人穿一套新衣,每个人就得开声口。

"得,得,得,得。"皮安训把舌头抵着上颚作响,好似催马快走一般。

"吓!好一个王孙公子的派头!"伏盖太太道。

"先生是去会情人吧?"米旭诺小姐表示意见。

"怪样子!"画家嚷道。

---

① 淋巴质指纤弱萎靡的气质;胆质指抑郁易怒的气质,这是西洋老派医学的一种说法。

"候候你太太。"博物院管事说。

"先生有太太了?"波阿莱问。

"柜子里里的太太,好走水路,包不褪色,二十五法郎起码,四十法郎为止,新式花样,不怕冲洗,上好质地,半丝线,半棉料,半羊毛,包医牙痛,包治王家学会钦定的疑难杂症!对小娃娃尤其好,头痛,充血,食道病,眼病,耳病,特别灵验。"伏脱冷用滑稽的急口令,和江湖卖艺的腔调叫着,"这件妙物要多少钱看一看呀?两个铜子吗?不,完全免费。那是替蒙古大皇帝造的,全欧洲的国王都要瞧一眼的!大家来吧!向前走,买票房在前面,喂,奏乐,勃龙,啦,啦,脱冷!啦,啦,蓬!蓬!喂,吹小笛子的,你把音吹走了,等我来揍你!"

"天哪!这个人多好玩,"伏盖太太对古的太太说,"有他在一块儿永远不会觉得无聊。"

正在大家说笑打诨的时候,欧也纳发觉泰伊番小姐偷偷瞅了他一眼,咬了咬古的太太的耳朵。

西尔维道:"车来了。"

皮安训问:"他上哪儿吃饭呀?"

"特·纽沁根太太家里。"

"高里奥先生的女儿府上。"大学生补上一句。

大家的目光立刻转向老面条商,老面条商不胜艳羡的瞧着欧也纳。

拉斯蒂涅到了圣·拉查街。一座轻巧的屋子,十足地道的银行家住宅,单薄的廊柱,毫无气派的回廊,就是巴黎的所谓漂亮。不惜工本的讲究,人造云石的装饰,五彩云石镶嵌的楼梯台。小客厅挂满意大利油画,装饰像咖啡馆。男爵夫人愁容满面而勉强掩饰的神气不是假装的,欧也纳看了大为关心。他自以为一到就能叫一个女人快乐,不料她竟是愁眉不展。这番失望刺激了他的自尊心。他把她心事重重的神色打趣了一番,说道:

"太太,我没有资格要你信任我。要是我打搅你,请你老实说。"

"哦！你别走。你一走就剩我一个人在家了。纽沁根在外边应酬,我不愿意孤零零的待在这儿。我闷得慌,需要散散心才好。"

"有什么事呢?"

她道:"绝对不能告诉你。"

"我就想知道,就想参加你的秘密。"

"或许……"她马上改口道,"噢,不行。夫妇之间的争吵应当深深的埋在心里。前天我不是跟你提过吗?我一点不快活。黄金的枷锁是最重的。"

一个女人在一个青年面前说她苦恼,而如果这青年聪明伶俐,服装齐整,袋里有着一千五百法郎闲钱的话,他就会像欧也纳一般想法而得意扬扬了。

欧也纳回答:"你又美又年轻,又有钱又有爱情,还要什么呢?"

"我的事不用提了。"她沉着脸摇摇头,"等会我们一块儿吃饭,就是我们两个。吃过饭去听最美的音乐。"她站起身子,抖了抖绣着富丽的波斯图案的白开司米衣衫,问:"你觉得我怎么样?"

"可爱极了,我要你整个儿属于我呢。"

"那你倒霉了。"她苦笑道,"这儿你一点看不出苦难,可是尽管有这样的外表,我苦闷到极点,整夜睡不着觉,我要变得难看了。"

大学生道:"哦!不会的。可是我很想知道,究竟是什么痛苦连至诚的爱情都消除不了?"

她说:"告诉你,你就要躲开了。你喜欢我,不过是男人对女人表面上的殷勤;真爱我的话,你会马上痛苦得要死。所以我不应该说出来。咱们谈旁的事吧。来,瞧瞧我的屋子。"

"不,还是留在这儿。"欧也纳说着,挨着特·纽沁根太太坐在壁炉前面一张双人椅里,大胆抓起她的手来。

她让他拿着,还用力压他的手,表示她心中骚动得厉害。

"听我说,"拉斯蒂涅道,"你要有什么伤心事儿,就得告诉我。我要向你证明,我是为爱你而爱你的。你得把痛苦对我说,让我替你出力,哪怕要杀几个人都可以;要不我就一去不回的走了。"

她忽然想起一个无可奈何的念头,拍拍额角,说道:"嗳,好,让我立刻来试你一试。"

她心上想:"是的,除此以外也没有办法了。"她打铃叫人。

"先生的车可是套好了?"她问当差。

"套好了,太太。"

"我要用。让他用我的车吧。等七点钟再开饭。"

"喂,来吧。"她招呼欧也纳。

欧也纳坐在特·纽沁根先生的车里陪着这位太太,觉得像做梦一样。

她吩咐车夫:"到王宫市场,靠近法兰西剧院。"

一路上她心绪不宁,也不搭理欧也纳无数的问话。他弄不明白那种沉默的,痴呆的,一味撑拒的态度是什么意思。

"一眨眼就抓不住她了。"他想。

车子停下的时候,男爵夫人瞪着大学生的神色使他住了嘴,不敢再胡说八道,因为那时他已经控制不了自己。

"你是不是很爱我?"她问。

"是的。"他强作镇静的回答。

"不论我叫你干什么,你不会看轻我吗?"

"不会。"

"你愿意听我指挥吗?"

"连眼睛都不眨一眨。"

"你有没有上过赌场?"她的声音发抖了。

"从来没有。"

她说:"啊!我放心了。你的运道一定好。我荷包里有一百法郎;一个这么幸福的女子,全部财产就是这一点。你拿着到赌场去,我不知道在哪儿,反正靠近王宫市场。你把这一百法郎去押轮盘赌,要就输光了回来,要就替我赢六千法郎。等你回来,我再把痛苦说给你听。"

"我现在要去做的事我一点都不懂,可是我一定照办。"他回答的口气很高兴,他暗暗的想,"教我干了这种事,她什么都不会拒绝我了。"

欧也纳揣着美丽的钱袋,向一个卖旧衣服的商人问了最近的赌场地址,找到九号门牌,奔上楼去。侍者接过他的帽子,他走进屋子问轮盘在哪儿。一般老赌客好不诧异的瞧着他由侍者领到一张长桌前面,又听见他大大方方的问,赌注放在什么地方。

一个体面的白发老人告诉他:"三十六门随你押,押中了,一赔三十六。"

欧也纳想到自己的年龄,把一百法郎押在二十一的数字上。他还来不及定一定神,只听见一声惊喊,已经中了。

那老先生对他说:"把钱收起来吧,这个玩意儿决不能连赢两回的。"

欧也纳接过老人授给他的耙,把三千六百法郎拨到身边。他始终不明白这赌博的性质,又连本带利押在红上。① 周围的人看他继续赌下去,很眼痒的望着他。轮盘一转,他又赢了,庄家赔了他三千六百法郎。

老先生咬着他的耳朵说:"你有了七千二百法郎了。你要是相信我,你赶快走。今儿红已经出了八次。倘使你肯酬谢我的忠告,希望你发发善心,救济我一下。我是拿破仑的旧部,当过州长,现在潦倒了。"

拉斯蒂涅糊里糊涂让白发老头拿了两百法郎,自己揣着七千法郎下楼。他对这个玩意儿还是一窍不通,只奇怪自己的好运道。

他等车门关上,把七千法郎捧给特·纽沁根太太,说道:"哎哟!你现在又要带我上哪儿啦?"

---

① 轮盘赌的规则:押在一至三十六的数字上,押中是一赔三十六;押在红、黑、单、双上,押中是一赔一。

但斐纳发疯似的搂着他,拥抱他,兴奋得不得了,可不是爱情的表现。

"你救了我!"她说,快乐的眼泪簌落落的淌了一脸,"让我统统告诉你吧,朋友。你会和我做朋友的是不是?你看我有钱,阔绰,什么都不缺,至少在表面上。唉!你怎知道纽沁根连一个子儿都不让我支配!他只管家里的开销,我的车子和包厢。可是他给的衣着费是不够的,他有心逼得我一个钱都没有。我太高傲了,不愿意央求他。要他的钱,就得依他的条件;要是接受那些条件,我简直算不得人了。我自己有七十万财产,怎么会让他剥削到这步田地?为了高傲,为了气愤。刚结婚的时候,我们那么年轻那么天真!向丈夫讨钱的话,说出来仿佛要撕破嘴巴,我始终不敢出口,只能花着我的积蓄和可怜的父亲给我的钱;后来我只能借债。结婚对我是最可怕的骗局,我没法跟你说;只消告诉你一句:要不是我和纽沁根各有各的屋子,我竟会跳楼。为了首饰,为了满足我的欲望所欠的债(可怜的父亲把我们宠惯了,一向要什么有什么),要对丈夫说出来的时候,我真是受难,可是我终于进足勇气说了。我不是有自己的一份财产吗?纽沁根却大生其气,说我要使他倾家荡产了,一大串的混账话,我听了恨不得钻入地下。当然,他得了我的陪嫁,临了不能不替我还债;可是从此以后把我的零用限了一个数目,我为了求个太平也就答应了。从那时起,我满足了那个男人的虚荣心,你知道我说的是谁。即使我被他骗了,我还得说句公道话,他的性格是高尚的。可是他终于狠心的把我丢了!男人给过一个遭难的女子大把的金钱,永远不应该抛弃她!应当永远爱她!你只有二十一岁,高尚,纯洁,你或许要问:一个女人怎么能接受一个男人的钱呢?唉,天哪!同一个使我们幸福的人有难同当,有福同享,不是挺自然的吗?把自己整个的给了人,还会顾虑这整个中间的一小部分吗?只有感情消灭之后,金钱才成为问题。两人不是海誓山盟,生死不渝的吗?自以为有人疼爱的时候,谁想到有分手的一天?既然你们发誓说你们的爱是永久的,干吗再在金钱上分得那么清?你不知道我今天怎样的难受,纽沁根斩钉截铁的拒绝我六千法郎,可是他按月就得送这样一笔数目给他的情妇,一个歌剧院的歌女。我想自杀,转过最疯狂的念头。有时我竟羡慕一个女用人,羡慕我的老妈子。找父亲去吗?发疯!阿娜斯大齐和我已经把他榨干了;可怜的父亲,只要他能值六千法郎,他把自己出卖都愿意。现在我只能使他干急一阵。想不到你救了我,救了我的面子,救了我的性命。那时,我痛苦得糊里糊涂了。唉,先生,我不能不对你做这番解释,我简直疯了,才会教你去做那样的事。刚才你走了以后,我真想走下车子逃……逃哪儿去?我不知道。巴黎的妇女半数就是过的这种生活:表面上穷奢极侈,暗里心事担得要死。我认得一般可怜虫比我更苦。有的不得不叫铺子开花账,有的不得不偷盗丈夫;有些丈夫以为两千法郎的开司米只值五百,有的以为五百法郎的开司米值到两千。还有一般可怜的妇女教儿女挨饿,好搜括些零钱做件衣衫。我可从没干过这些下流的骗局。这次是我最后一次的苦难了。有些女人为了控制丈夫,不惜把自己卖给丈夫,我至少是自由的!我很可以教纽沁根在我身上堆满黄金,可是我宁愿伏在一个我敬重的男人怀里痛哭。啊!今晚上特·玛赛再不能把我看作他出钱包养的女人了。"

她双手捧着脸,不让欧也纳看见她哭。他却拿掉她的手,细细瞧着她,觉得她庄严极了。

她说:"把金钱和爱情混在一块儿,不是丑恶极了吗?你不会爱我的了。"

使女人显得多么伟大的好心,现在的社会组织逼她们犯的过失,两者交错之下,使欧也纳心都乱了。他一边用好话安慰她,一边暗暗赞叹这个美丽的女子,她的痛苦的呼号竟会那么天真那么冒失。

她说:"你将来不会拿这个来要挟我吧?你得答应我。"

"嗳,太太,我不是这等人。"

她又感激又温柔的拿他的手放在心口:"你使我恢复了自由,快乐。过去我老受着威胁。从此我要生活朴素,不乱花钱了。你一定喜欢我这么办是不是？这一部分你留着，"她自己只拿六张钞票，"我还欠你三千法郎，因为我觉得要跟你平分才对。"

欧也纳像小姑娘一样再三推辞。男爵夫人说："你要不肯做我的同党，我就把你当作敌人。"他只得收下，说道："好，那么我留着以防不测吧。"

"噢！我就怕听这句话，"她脸色发白的说，"你要瞧得起我，千万别再上赌场。我的天！由我来教坏你！那我要难受死哩。"

他们回到家里。苦难与奢华的对比，大学生看了头脑昏昏沉沉，伏脱冷那些可怕的话又在耳朵里响起来了。

男爵夫人走进卧室，指着壁炉旁边一张长靠椅说："你坐一会儿，我要写一封极难措辞的信。你替我出点儿主意吧。"

"干脆不用写。把钞票装入信封，写上地址，派你老妈子送去就行了。"

"哦！你真是一个宝贝。这便叫作有教养！这是十足地道的鲍赛昂作风。"她笑着说。

"她多可爱！"越来越着迷的欧也纳想。他瞧了瞧卧房，奢侈的排场活像一个有钱的交际花的屋子。

"你喜欢这屋子吗？"她一边打铃一边问。

"丹兰士，把这封信当面交给特·玛赛先生。他要不在家，原封带回。"

丹兰士临走把大学生俏皮的瞅了一眼。晚饭开出了，拉斯蒂涅让特·纽沁根太太挽着手臂带到一间精致的饭厅，在表姊家瞻仰过的讲究的饮食，在这儿又见识了一次。

"逢着意大利剧院演唱的日子，你就来吃饭，陪我上剧院。"

"这种甜蜜的生活要能长久下去，真是太美了；可怜我是一个清寒的学生，还得挣一份家业哪。"

"你一定成功的。"她笑道，"你瞧，一切都有办法；我就想不到自己会这样快活。"

女人的天性喜欢用可能来证明不可能,用预感来取消事实。特·纽沁根太太和拉斯蒂涅走进意大利剧院包厢的时候,她心满意足,容光焕发,使每个人看了都能造些小小的谣言,非但女人没法防卫,而且会教人相信那些凭空捏造的放荡生活确有其事。直要你认识巴黎之后,才知道大家说的并不是事实,而事实是大家不说的。欧也纳握着男爵夫人的手,两人用握手的松紧代替谈话,交换他们听了音乐以后的感觉。这是他们俩销魂荡魄的一晚。他们一同离开剧院,特·纽沁根太太把欧也纳送到新桥,一路在车中挣扎,不肯把她在王宫市场那么热烈的亲吻再给他一个。欧也纳埋怨她前后矛盾,她回答说:

"刚才是感激那个意想不到的恩惠,现在却是一种许愿了。"

"而你就不肯许一个愿,没良心的!"

他恼了。于是她伸出手来,不耐烦的姿势使情人愈加动心;而他捧了手亲吻时不大乐意的神气,她也看了很得意。她说:

"星期一跳舞会上见!"

欧也纳踏着月光回去,开始一本正经的思索。他又喜又恼:喜的是这桩奇遇大概会给他钓上一个巴黎最漂亮最风流的女子,正好是他心目中的对象;恼的是他的发财计划完全给推翻了。他前天迷迷糊糊想的主意,此刻才觉得自己真有这么个念头。一个人要失败之后,方始发觉他欲望的强烈。欧也纳越享受巴黎生活,越不肯自甘贫贱。他把袋里一千法郎的钞票捻来捻去,找出无数自欺欺人的理由想据为己有。终于他到了圣·日内维新街,走完楼梯,看见有灯光。高老头虚掩着房门,点着蜡烛,使大学生不致忘记跟他谈谈他的女儿。欧也纳毫无隐瞒的全说了。

高老头妒忌到极点,说道:"嗳,她们以为我完了,我可还有一千三百法郎利息呢!可怜的孩子,怎么不到我这儿来!我可以卖掉存款,在本钱上拿一笔款子出来,余下的钱改做终身年金。干吗你不来告诉我她为难呢,我的邻居?你怎么能有那种心肠,拿她的区区一百法郎到赌台上去冒险?这简直撕破了我的心!唉,所谓女婿就是这种东西!

欧也纳踏着月光回去。

嘿,要给我抓住了,我一定把他们勒死。天!她竟哭了吗?"

"就伏在我背心上哭的。"欧也纳回答。

"噢!把背心给我。怎么!你的背心上有我的女儿,有我心疼的但斐纳的眼泪!她小时候从来不哭的。噢!我给你买件新的吧,这一件你别穿了,给我吧。婚书上规定,她可以自由支配她的财产。我要去找诉讼代理人但尔维,明天就去。我一定要把她的财产划出来另外存放。我是懂法律的,我还能像老虎一样张牙舞爪呢。"

"喂,老丈,这是她分给我的一千法郎。你放在背心袋里,替她留着吧。"

高里奥瞪着欧也纳,伸出手来,一颗眼泪掉在欧也纳手上。

"你将来一定成功,"老人说,"你知道,上帝是赏罚分明的。我明白什么叫作诚实不欺,我敢说像你这样的人很少很少。那么你也愿意做我亲爱的孩子喽?好吧,去睡吧。你还没有做父亲,不会睡不着觉。唉,她哭了,而我,为了不肯教她们落一滴眼泪,连圣父,圣子,圣灵都会一齐出卖的人,正当她痛苦的时候,我竟若无其事的在这儿吃饭,像傻瓜一样!"

欧也纳一边上床一边想:"我相信我一生都可以做个正人君子。凭良心干,的确是桩快乐的事。"

也许只有信仰上帝的人才会暗中行善,而欧也纳是信仰上帝的。

鬼　上　当

　　第二天到了舞会的时间，拉斯蒂涅到特·鲍赛昂太太家，由她带去介绍给特·加里里阿诺太太。他受到元帅夫人极殷勤的招待，又遇见了特·纽沁根太太。她特意装扮得要讨众人喜欢，以便格外讨欧也纳喜欢。她装作很镇静，暗中却是非常焦心的等欧也纳瞟她一眼。你要能猜透一个女人的情绪，那个时间便是你最快乐的时间。人家等你发表意见，你偏偏沉吟不语；明明心中高兴，你偏偏不动声色；人家为你担心，不就是承认她爱你吗？眼看她惊惶不定，然后你微微一笑加以安慰，不是最大的乐事吗？——这些玩意儿谁不喜欢来一下呢？在这次盛会中，大学生忽然看出了自己的地位，懂得以特·鲍赛昂太太公开承认的表弟资格，在上流社会中已经取得身份。大家以为他已经追上特·纽沁根太太，对他另眼相看，所有的青年都不胜艳羡的瞅着他。看到这一类的目光，他第一次体味到踌躇满志的快感。从一间客厅走到另外一间，在人丛中穿过的时候，他听见人家在夸说他的艳福。女太太们预言他前程远大。但斐纳唯恐他被别人抢去，答应等会儿把前天坚决拒绝的亲吻给他。拉斯蒂涅在舞会中接到好几户人家邀请。表姊介绍他几位太太，都是自命风雅的人物，她们的府上也是挺有趣的交际场所。他眼看自己在巴黎最高级最漂亮的社会中露了头角。这个初次登场就大有收获的晚会，在他是到老不会忘记的，正如少女忘不了她特别走红的一个跳舞会。

第二天用早餐的时候,他把得意事儿当众讲给高老头听。伏脱冷却是狞笑了一下。

"你以为,"那个冷酷的逻辑学家叫道,"一个公子哥儿能够待在圣·日内维新街,住伏盖公寓吗?不消说,这儿在各方面看都是一个上等公寓,可决不是时髦地方。我们这公寓殷实,富足,兴隆发达,能够做拉斯蒂涅的临时公馆非常荣幸;可是到底是圣·日内维新街,纯粹是家庭气息,不知道什么叫作奢华。我的小朋友,"伏脱冷又装出倚老卖老的挖苦的神气说,"你要在巴黎拿架子,非得有三匹马,白天有辆篷车,晚上有辆轿车,统共是九千法郎的置办费。倘若你只在成衣铺花三千法郎,香粉铺花六百法郎,鞋匠那边花三百,帽子匠那边花三百,你还大大的够不上咧。要知道光是洗衣服就得花上一千。时髦小伙子的内衣决不能马虎,那不是大众最注目的吗?爱情和教堂一样,祭坛上都要有雪白的桌布才行。这样,咱们的开销已经到一万四,还没算进打牌,赌东道,送礼等等的花费;零用少了两千法郎是不成的。这种生活,我是过来人,要多少开支,我知道得清清楚楚。除掉这些必不可少的用途,再加六千法郎伙食,一千法郎房租。嗳,孩子,这样就得两万五一年,要不就落得给人家笑话;咱们的前途,咱们的风头,咱们的情妇,一股脑儿甭提啦!我还忘了听差跟小厮呢!难道你能教克利斯朵夫送情书吗?用你现在这种信纸写信吗?那简直是自寻死路。相信一个饱经世故的老头儿吧!"他把他的低嗓子加强了一点,"要就躲到你清高的阁楼上去,抱了书本用功;要就另外挑一条路。"

伏脱冷说罢,睨着泰伊番小姐眨眨眼睛;这副眼神等于把他以前引诱大学生的理论重新提了一下,总结了一下。

一连多少日子,拉斯蒂涅过着花天酒地的生活,差不多天天和特·纽沁根太太一同吃饭,陪她出去交际。他早上三四点回家,中午起来梳洗,晴天陪着但斐纳去逛森林。他浪费光阴,尽量的模仿,学习,享受奢侈,其狂热正如雌枣树的花萼拼命吸收富有生殖力的花粉。他赌的输赢很大,养成了巴黎青年挥霍的习惯。他拿第一次赢来的钱寄了一千五百法郎还给母亲姊妹,加上几件精美的礼物。虽然他早已表示要离开伏盖公寓,但到正月底还待在那儿,不晓得怎么样搬出去。青年人行事的原则,初看简直不可思议,其实就因为年轻,就因为发疯似的追求快乐。那原则是:不论穷富,老是缺少必不可少的生活费,可是永远能弄到钱来满足想入非非的欲望。对一切可以赊账的东西非常阔绰,对一切现付的东西吝啬得不得了;而且因为心里想的,手头没有,似乎故意浪费手头所有的来出气。我们还可以说得更明白些:一个大学生爱惜帽子远过于爱惜衣服。成衣匠的利子厚,肯放账;帽子匠利子薄,所以是大学生不得不敷衍的最疙瘩的人。坐在戏院花楼上的小伙子,在漂亮妇女的手眼镜中尽管显出辉煌耀眼的背心,脚上的袜子是否齐备却大有问题,袜子商又是他荷包里的一条蛀虫。那时拉斯蒂涅便是这种情形。对伏盖太太老是空空如也,对虚荣的开支老是囊橐充裕;他的财源的荣枯,同最天然的开支绝不调和。为了自己的抱负,这腌臜的公寓常常使他觉得委屈,但要搬出去不是得付一个月的房饭钱给房东,再买套家具来装饰他花花公子的寓所吗?这笔钱就永远没有着落。拉斯蒂涅用赢来的钱买些金表金链,预备在紧要关头送进当铺,送给青年人的那个不声不响的,知趣的朋友,这是他张罗赌本的办法;但临到要付房饭钱,采办漂亮生活必不可少的工具,就一筹莫展了,胆子也没有了。日常的需要,为了衣食住行所欠的债,都不能使他触动灵机。像多数过一天算一天的人,他总要等到最后一刻,才会付清布尔乔亚认为神圣的欠账,好似米拉波①,非等到面包账变成可怕的借据决不清偿。那时拉斯蒂涅正把钱输光了,欠了债。大学生开始懂得,要没有固定的财源,这种生活是混不下去的。但尽管经济的压迫使他喘不过气来,他仍舍不得这个逸乐无度的生活,无论付什么代价都想维持下去。他早先假定的发财机会变了一场空梦,实际的障碍越来越大。窥到纽沁根夫妇生活的内幕之后,他发觉若要把爱情变

---

① 米拉波(1749—1791),法国大革命时政治家,演说家,早年以生活放浪著名。

作发财的工具,就得含垢忍辱,丢开一切高尚的念头;可是青年人的过失是全靠那些高尚的念头抵消的。表面上光华灿烂的生活,良心受着责备,片刻的欢娱都得用长时期的痛苦补赎的生活,他上了瘾了,滚在里头了,他像拉·布吕耶尔的糊涂虫一般,把自己的床位铺在泥洼里;但也像糊涂虫一样,那时还不过弄脏了衣服。①

"咱们的满大人砍掉了吧?"皮安训有一天离开饭桌时问他。

"还没有。可是喉咙里已经起了痰。"

医学生以为他这句话是开玩笑,其实不是的。欧也纳好久没有在公寓里吃晚饭了,这天他一路吃饭一路出神,上过点心,还不离席,挨在泰伊番小姐旁边,还不时意味深长的瞟她一眼。有几个房客还在桌上吃胡桃,有几个踱来踱去,继续谈话。大家离开饭厅的早晚,素来没有一定,看各人的心思,对谈话的兴趣,以及是否吃得过饱等等而定。在冬季,客人难得在八点以前走完;等大家散尽了,四位太太还得待一会儿,她们刚才有男客在座,不得不少说几句,此刻特意要找补一下。伏脱冷先是好像急于出去,接着注意到欧也纳满肚子心事的神气,便始终留在饭厅内欧也纳看不见的地方,欧也纳当他已经离开了。后来他也不跟最后一批房客同走,而是很狡猾的躲在客厅里。他看出大学生的心事,觉得他已经到了紧要关头。

的确,拉斯蒂涅那时正像多少青年一样,陷入了僵局。特·纽沁根太太不知是真爱他呢还是特别喜欢调情,她拿出巴黎女子的外交手腕,教拉斯蒂涅尝遍了真正的爱情的痛苦。冒着大不韪当众把特·鲍赛昂太太的老表抓在身边之后,她反倒迟疑不决,不敢把他似乎已经享有的权利,实实在在的给他。一个月以来,欧也纳的欲火被她一再挑拨,连心都受到伤害了。初交的时候,大学生自以为居于主动的地位,后来特·纽沁根太太占了上风,故意装腔作势,勾起欧也纳所有善善恶恶的心思,那是代表一个巴黎青年的两三重人格的。她这一套是

---

① 拉·布吕耶尔(1645—1696),法国作家,其著作中的糊涂虫,名叫曼那葛,曾有种种笑柄。但上述一事并不在内,恐系作者误记。

不是有计划的呢？不是的，女人即使在最虚假的时候也是真实的，因为她总受本能支配。但斐纳落在这青年人掌握之中，原是太快了一些；她所表示的感情也过分了些；也许她事后觉得有失尊严，想收回她的情分，或者暂时停止一下。而且，一个巴黎女人在爱情冲昏了头，快要下水之前，临时踌躇不决，试试那个她预备以身相许的人的心，也是应有之事。特·纽沁根太太既然上过一次当，一个自私的青年辜负她的一片忠心；她现在提防人家更是应该的。或许欧也纳因为得手太快而表示的大模大样的态度，使她看出有一点儿轻视的意味，那是他们微妙的关系促成的。她大概要在这样一个年纪轻轻的男人面前拿出一点威严，拿出一点大人气派；过去她在那个遗弃她的男人前面，做矮子做得太久了。正因为欧也纳知道她曾经落过特·玛赛之手，她不愿意他把自己当作容易征服的女人。并且在一个人妖，一个登徒子那儿尝过那种令人屈辱的乐趣以后，她觉得在爱情的乐园中闲逛一番另有一种说不出的甜蜜：欣赏一下所有的景致，饱听一番颤抖的声音，让清白的微风抚弄一会，她都认为是迷人的享受。纯正的爱情要替不纯正的爱情赎罪。这种不合理的情形永远不会减少，如果大家不了解初次的欺骗把一个少妇鲜花般的心摧残得多么厉害。不管但斐纳究竟是什么意思，总之她在玩弄拉斯蒂涅，而且引以为乐；因为她知道他爱她，知道只要她老人家高兴，可以随时消灭她情人的悲哀。欧也纳为了自尊心，不愿意初次上阵就吃败仗，便毫不放松的紧追着，仿佛猎人平生第一次过圣·于倍节①，非要打到一只火鸡不可。他的焦虑，受伤的自尊心，真真假假的绝望，使他越来越丢不掉那个女人。全巴黎都认为纽沁根太太是他的了，其实他和她并不比第一天见面时更接近。他还没有懂得，一个女人卖弄风情所给人的好处，有时反而由于她的爱情所给人的快乐，所以他憋着一肚子无名火。虽说在女人对爱情欲迎故拒之际，拉斯蒂涅能尝到第一批果实，可是那些果子是青的，带酸

---

① 即猎人节，十一月三日。

的,咬在嘴里特别有味,所以代价也特别高。有时,眼看自己没有钱,没有前途,就顾不得良心的呼声而想到伏脱冷的计划,想和泰伊番小姐结婚,得她的家财。那天晚上他又是穷得一筹莫展,几乎不由自主的要接受可怕的斯芬克斯的计策了。他一向觉得那家伙的目光有勾魂摄魄的魔力。

波阿莱和米旭诺小姐上楼的时节,拉斯蒂涅以为除了伏盖太太和坐在壁炉旁边迷迷糊糊编织毛线套袖的古的太太以外,再没有旁人,便脉脉含情的瞅着泰伊番小姐,把她羞得低下头去。

"你难道也有伤心事吗,欧也纳先生?"维多莉沉默了一会说。

"哪个男人没有伤心事!"拉斯蒂涅回答,"我们这些时时刻刻预备为人牺牲的年轻人,要是能得到爱,得到赤诚的爱作为酬报,也许我们就不会伤心了。"

泰伊番小姐的回答只是毫不含糊的瞧了他一眼。

"小姐,你今天以为你的心的确如此这般;可是你敢保险永远不变吗?"

可怜的姑娘浮起一副笑容,好似灵魂中涌出一道光,把她的脸照得光艳动人。欧也纳想不到挑动了她这么强烈的感情,大吃一惊。

"嗳!要是你一朝有了钱,有了幸福,有了一笔大家私从云端里掉在你头上,你还会爱一个你落难时候喜欢的穷小子吗?"

她姿势很美的点了点头。

"还会爱一个怪可怜的青年吗?"

又是点头。

"喂,你们胡扯些什么?"伏盖太太叫道。

"别打搅我们,"欧也纳回答,"我们谈得很投机呢。"

"敢情欧也纳·特·拉斯蒂涅骑士和维多莉·泰伊番小姐私订终身了吗?"伏脱冷低沉的嗓子突然在饭厅门口叫起来。

古的太太和伏盖太太同时说:"哟!你吓了我们一跳。"

"我挑的不算坏吧。"欧也纳笑着回答。伏脱冷的声音使他非常难受,他从来不曾有过那样可怕的感觉。

"嗳,你们两位别缺德啦!"古的太太说,"孩子,咱们该上楼了。"

伏盖太太跟着两个房客上楼,到她们屋里去消磨黄昏,节省她的灯烛柴火。饭厅内只剩下欧也纳和伏脱冷两人面面相对。

"我早知道你要到这一步的,"那家伙声色不动的说,"可是你听着! 我是非常体贴人的。你心绪不大好,不用马上决定。你欠了债。我不愿意你为了冲动或是失望投到我这儿来,我要你用理智决定。也许你手头缺少几千法郎,嗯,你要吗?"

那魔鬼掏出皮夹,捡了三张钞票对大学生扬了一扬。欧也纳正窘得要命,欠着特·阿瞿达侯爵和特·脱拉伊伯爵两千法郎赌债。因为还不出钱,虽则大家在特·雷斯多太太府上等他,他不敢去。那是不拘形迹的集会,吃吃小点心,喝喝茶,可是在韦斯脱牌桌上可以输掉六千法郎。

"先生,"欧也纳好容易忍着身体的抽搐,说道,"自从你对我说了那番话,你该明白我不能再领你的情。"

"好啊,说得好,教人听了怪舒服的。"那个一心想勾引他的人回答,"你是个漂亮小伙子,想得周到,像狮子一样高傲,像少女一样温柔。你这样的俘虏才配魔鬼的胃口呢。我就喜欢这种性格的年轻人。再加上几分政治家的策略,你就能看到社会的本相了。只要玩几套清高的小戏法,一个高明的人能够满足他所有的欲望,教台下的傻瓜连声喝彩。要不了几天,你就是我的人了。哦! 你要愿意做我的徒弟,管教你万事如意,想什么就来什么,并且马上到手,不论是名,是利,还是女人。凡是现代文明的精华,都可以拿来给你享受。我们要疼你,惯你,当你心肝宝贝,拼了命来让你寻欢作乐。有什么阻碍,我们替你一律铲平。倘使你再有顾虑,那你是把我当作坏蛋了?哼! 你自以为清白,一个不比你少清白一点的人,特·丢兰纳先生,跟强盗们做着小生意,并不觉得有伤体面。你不愿意受我的好处,嗯? 那容易,你先把这几张烂票子收下,"伏脱冷微微一笑,掏出一张贴好印花税的白纸,

"你写:兹借到三千五百法郎,准一年内归楚。再填上日子! 利息相当高,免得你多心。你可以叫我犹太人,用不着再见我情了。今天你要瞧不起我也由你,以后你一定会喜欢我。你可以在我身上看到那些无底的深渊,广大无边的感情,傻子们管这些叫作罪恶;可是你永远不会觉得我没有种,或者无情无义。总之,我既不是小卒,也不是呆笨的士、象,而是冲锋的车,告诉你!"

"你究竟是什么人?简直是生来跟我捣乱嘛!"欧也纳叫道。

"哪里!我是一个好人,不怕自己弄脏手,免得你一辈子陷在泥坑里。你问我这样热心为什么?嗳,有朝一日我会咬着你耳朵,轻轻告诉你的。我替你拆穿了社会上的把戏和诀窍,你就害怕;可是放心,这是你的怯场,跟新兵第一次上阵一样,马上会过去的。你慢慢自会把大众看作甘心情愿替自封为王的人当炮灰的大兵。可是时世变了。从前你对一个好汉说:给你三百法郎,替我去砍掉某人;他凭一句话把一个人送回了老家,若无其事的回家吃饭。如今我答应你偌大一笔家私,只要你点点头,又不连累你什么,你却是三心二意,委决不下。这年头真没出息。"

欧也纳立了借据,拿了钞票。

伏脱冷又说:"哎,来,来,咱们总得讲个理。几个月之内我要动身上美洲去种我的烟草了。我会捎雪茄给你。我有了钱,我会帮你忙。要是没有孩子(很可能,我不想在这个世界上留种),我把遗产传给你。够朋友吗?我可是喜欢你呀,我。我有那股痴情,要为一个人牺牲。我已经这样干过一回了。你看清楚没有,孩子?我生活的圈子比旁人的高一级。我认为行动只是手段,我眼里只看见目的。一个人是什么东西?——得!——"他把大拇指甲在牙齿上弹了一下,"一个人不是高于一切,就是分文不值。叫作波阿莱的时候,他连分文不值还谈不上,你可以像掐死一只臭虫一般掐死他,他干瘪,发臭。像你这样的人却是一个上帝,那可不是一架皮包的机器,而是有最美的情感在其中活动的舞台。我是单凭情感过活的。一宗情感,在你思想中不就等于整个世界吗？你瞧那高老头，两个女儿就是他整个的天地，就是他生活的指路标。我么，挖掘过人生之后，觉得世界上真正的情感只有男人之间的友谊。我醉心的是比哀和耶非哀。《威尼斯转危为安》①我全本背得出。一个伙计对你说：来，帮我埋一个尸首！你跟着就跑，鼻子都不哼一哼，也不唠唠叨叨对他谈什么仁义道德；这样有血性的人，你看到过几个？咱家我就干过这个。我并不对每个人都这么说。你是一个高明的人，可以对你无所不谈，你都能明白。这个满是癞蛤蟆的泥塘，你不会老待下去的。得了吧，一言为定。你一定会结婚的。咱们各自拿着枪杆冲吧！嘿，我的决不是银样镴枪头，你放心！"

伏脱冷根本不想听欧也纳说出一个不字，径自走了，让他定定神。他似乎懂得这种忸怩作态的心理：人总喜欢小小的抗拒一下，对自己的良心有个交代，替以后的不正当行为找个开脱的理由。

"他怎么办都由他，我一定不娶泰伊番小姐！"欧也纳对自己说。

他想到可能和这个素来厌恶的人联盟，心中火辣辣的非常难受；但伏脱冷那些玩世不恭的思想，把社会踩在脚底下的胆量，使他越来越觉得那家伙了不起。他穿好衣服，雇了车上特·雷斯多太太家去了。几天以来，这位太太对他格外殷勤，因为他每走一步，和高等社会的核心接近一步，而且他似乎有朝一日会声势浩大。他付清了特·脱拉伊和特·阿瞿达两位的账，打了一场夜牌，输的钱都赢了回来。需要趱奔前程的人多半相信宿命；欧也纳就有这种迷信，认为他运气好是上天对他始终不离正路的报酬。第二天早上，他赶紧问伏脱冷借据有没有带在身边。一听到说是，他便不胜欣喜的把三千法郎还掉了。

"告诉你，事情很顺当呢。"伏脱冷对他说。

"我可不是你的同党。"

"我知道，我知道，"伏脱冷打断了他的话，"你还在闹孩子脾气，看戏只看场子外面的小丑。"

---

① 《威尼斯转危为安》是英国十七世纪作家奥特韦写的悲剧，比哀与耶非哀是其中主角，以友谊深挚著称。

两天以后,波阿莱和米旭诺小姐,在植物园一条冷僻的走道中坐在太阳底下一张凳上,同医学生很有理由猜疑的一位先生说着话。

"小姐,"龚杜罗先生说,"我不懂你哪儿来的顾虑。警察部长大人阁下……"

"哦!警察部长大人阁下……"波阿莱跟着说了一遍。

"是的,部长大人亲自在处理这件案子。"龚杜罗又道。

这个自称为蒲风街上的财主说出警察二字,在安分良民的面具之下露出本相之后,退职的小公务员波阿莱,虽然毫无头脑,究竟是畏首畏尾不敢惹是招非的人,还会继续听下去,岂不是谁都觉得难以相信?其实是挺自然的。你要在愚夫愚妇中间了解波阿莱那个特殊的种族,只要听听某些观察家的意见,不过这意见至今尚未公布。世界上有一类专吃公事饭的民族,在衙门的预算表上列在第一至第三级之间的。第一级,年俸一千二,打个譬喻说,在衙门里仿佛冰天雪地中的格陵兰①;第三级,年俸三千至六千,气候比较温和,虽然种植不易,什么津贴等等也能存在了。这仰存鼻息的一批人自有许多懦弱与下贱的特点,最显著的是对本衙门的大头儿有种不由自主的,机械的,本能的恐惧。小公务员之于大头儿,平时只认识一个看不清的签名式。而在那般俯首帖耳的人看来,部长大人阁下几个字代表一种神圣的,没有申诉余地的威权。小公务员心目中的部长,好比基督徒心目中的教皇,做的事永远不会错的。部长的行为,言语,一切用他名义所说的话,都有部长的一道毫光;那个绣花式的签名把什么都遮盖了,把他命令人家做的事都变得合法了。大人这个称呼证明他用心纯正,意念圣洁;一切荒谬绝伦的主意,只消出之于大人之口便百无禁忌。那些可怜虫为了自己的利益所不肯做的事,一听到大人二字就赶紧遵命。衙门像军队一样,大家只知道闭着眼睛服从。这种制度不许你的良心抬头,灭绝你的人性,年深月久,把一个人变成政府机构中的一只螺丝。老

---

① 北极圈内的大岛,与冰岛相对,气候严寒,大部为冰雪所蔽。

"小姐,"龚杜罗先生说,"我不懂你哪儿来的顾虑。警察部长大人阁下……"

于世故的龚杜罗到了要显原形的时候,马上像念咒一般说出大人二字唬一下波阿莱,因为他早已看出他是个吃过公事饭的脓包,并且觉得波阿莱是男性的米旭诺,正如米旭诺是女性的波阿莱。

"既然部长阁下,部长大人……那事情完全不同了。"波阿莱说。

那冒充的小财主回头对米旭诺说:"先生这话,你听见吗?你不是相信他的吗?部长大人已经完全确定,住在伏盖公寓的伏脱冷便是多隆苦役监的逃犯,绰号叫作鬼上当。"

"哦哟!鬼上当!"波阿莱道,"他有这个绰号,一定是运气很好喽。"

"对,"暗探说,"他这个绰号是因为犯了几桩非常大胆的案子都能死里逃生。你瞧,他不是一个危险分子吗?他有好些长处使他成为了不起的人物。进了苦役监之后,他在帮口里更有面子了。"

"那么他是一个有面子的人了。"波阿莱道。

"嘿!他挣面子是另有一功的!他很喜欢一个小白脸,意大利人,爱赌钱,犯了伪造文书的罪,结果由他顶替了。那小伙子从此进了军队,变得很规矩。"

米旭诺小姐说:"既然部长大人已经确定伏脱冷便是鬼上当,还需要我干什么?"

"对啦,对啦!"波阿莱接着说,"要是部长,像你说的,切实知道……"

"谈不到切实,不过是疑心。让我慢慢说给你听吧。鬼上当的真姓名叫作约各·高冷,是三处苦役场囚犯的心腹,经理,银行老板。他在这些生意上赚到很多钱,干那种事当然要一表人才喽。"

波阿莱道:"哎,哎,小姐,你懂得这个双关语吗?先生叫他一表人才,因为他身上鞭过印,有了标记。"

暗探接下去说:"假伏脱冷收了苦役犯的钱,代他们存放,保管,预备他们逃出以后使花;或者交给他们的家属,要是他们在遗嘱上写明的话;或者交给他们的情妇,将来托他出面领钱。"

波阿莱道："怎么！他们的情妇？你是说他们的老婆吧？"

"不，先生，苦役监的犯人普通只有不合法的配偶，我们叫作姘妇。"

"那他们过的是姘居生活喽？"

"还用说吗？"

波阿莱道："嗯，这种荒唐事儿，部长大人怎么不禁止呢？既然你荣幸得很，能见到部长，你又关切公众的福利，我觉得你应当把这些犯人的不道德行为提醒他。那种生活真是给社会一个很坏的榜样。"

"可是先生，政府送他们进苦役监并不是把他们作为道德的模范呀。"

"不错。可是先生，允许我……"

"嗳，好乖乖，你让这位先生说下去啊。"米旭诺小姐说。

"小姐，你知道，搜出一个违禁的钱库——听说数目很大——政府可以得到很大的利益。鬼上当经管大宗的财产，所收的赃不光是他的同伴的，还有万字帮的。"

"怎么！那些贼党竟有上万吗？"波阿莱骇然叫起来。

"不是这意思，万字帮是一个高等窃贼的团体，专做大案子的，不上一万法郎的买卖从来不干。帮口里的党徒都是刑事犯中间最了不起的人物。他们熟读《法典》，从来不会在落网的时候被判死刑。高冷是他们的心腹，是他们的参谋。他神通广大，有他的警卫组织，爪牙密布，神秘莫测。我们派了许多暗探监视了他一年，还摸不清他的底细。他凭他的本领和财力，能够经常为非作歹，张罗犯罪的资本，让一批恶党不断的同社会斗争。抓到鬼上当，没收他的基金，等于把恶势力斩草除根。因此这桩侦探工作变了一件国家大事，凡是出力协助的人都有光荣。就是你先生，有了功也可以再进衙门办事，或者当个警察局的书记，照样能拿你的养老金。"

"可是为什么，"米旭诺小姐问，"鬼上当不拿着他保管的钱逃走呢？"

暗探说:"噢!他无论到哪儿都有人跟着,万一他盗窃苦役犯的公款,就要被打死。况且卷逃一笔基金不像拐走一个良家妇女那么容易。再说,高冷是条好汉,决不干这样的勾当,他认为那是极不名誉的事。"

"你说得不错,先生,那他一定要声名扫地了。"波阿莱凑上两句。

米旭诺小姐说:"听了你这些话,我还是不懂干吗你们不直接上门抓他。"

"好吧,小姐,我来回答你……可是,"他咬着她耳朵说,"别让你的先生打断我,要不咱们永远讲不完。居然有人肯听这个家伙的话,大概他很有钱吧。——鬼上当到这儿来的时候,冒充安分良民,装作巴黎的小财主,住在一所极普通的公寓里;他狡猾得很,从来不会没有防备,因此伏脱冷先生是一个很体面的人物,做着了不起的买卖。"

"当然啰。"波阿莱私下想。

"部长不愿意把事情弄错,抓了一个真伏脱冷,得罪巴黎的商界和舆论。要知道警察总监的地位也是不大稳的,他有他的敌人,一有错儿,钻谋他位置的人就会挑拨进步党人大叫大嚷的,轰他下台。所以对付这件事要像对付高阿涅案子的圣·埃兰假伯爵一样①;要真有一个圣·埃兰伯爵的话,咱们不是糟了吗?因此咱们得证实他的身份。"

"对。可是你需要一个漂亮女人啊。"米旭诺小姐抢着说。

暗探说:"鬼上当从来不让一个女人近身;告诉你,他是不喜欢女人的。"

"这么说来,我还有什么作用,值得你给我两千法郎去替你证实?"

陌生人说:"简单得很。我给你一个小瓶,装着特意配好的酒精,能够教人像中风似的死过去,可没有生命危险。那个药可以掺在酒里

---

① 高阿涅冒充圣·埃兰伯爵招摇撞骗。一八〇二年以窃罪被捕,判苦役十四年。一八〇五年,越狱,以假身份证投军,参与作战,数次受伤,升擢至团长,王政时代充任塞纳州宪兵队中校,受勋累累,同时仍暗中为贼党领袖。某次在杜伊勒里花园检阅时,被人识破,判处终身苦役。此案当时曾轰动一时。

或是咖啡里。等他一晕过去,你立刻把他放倒在床上,解开他衣服,装作看看他有没有断气。趁没有人的时候,你在他肩上打一下——啪——一声,印的字母马上会显出来。"

"那可一点儿不费事。"波阿莱说。

"唉,那么你干不干呢?"龚杜罗问老姑娘。

"可是,亲爱的先生,要没有字显出来,我还能有两千法郎到手吗?"

"不。"

"那么怎样补偿我呢?"

"五百法郎。"

"为这么一点儿钱干这么一件事!良心上总是一块疙瘩,而我是要良心平安的,先生。"

波阿莱说:"我敢担保,小姐除了非常可爱非常聪明之外,还非常有良心。"

米旭诺小姐说:"还是这么办吧,他要真是鬼上当,你给我三千法郎;不是的话一个子儿都不要。"

"行,"龚杜罗回答,"可是有个条件,事情明儿就得办。"

"不能这么急,先生,我还得问问我的忏悔师。"

"你调皮,嗯!"暗探站起身来说,"那么明儿见。有什么要紧事儿找我,可以到圣·安纳小街,圣·夏班院子底上,穿窿底下只有一扇门,到那儿问龚杜罗先生就行了。"

皮安训上完居维哀的课回来,无意中听到鬼上当这个古怪字儿,也听见那有名的暗探所说的行。

"干吗不马上答应下来?三千法郎的终身年金,一年不是有三百法郎利息吗?"波阿莱问米旭诺。

"干吗!该想一想呀。倘使伏脱冷果真是鬼上当,跟他打交道也许好处更多。不过问他要钱,就等于给他通风报信,他会溜之大吉。那可两面前空,糟糕透啦!"

"你通知他也不行的,"波阿莱接口道,"那位先生不是说已经有人监视他吗?而你可什么都损失了。"

米旭诺小姐心里想:"并且我也不喜欢这家伙,他老对我说些不客气的话。"

波阿莱又说:"你还是那样办吧。我觉得那位先生挺好,衣服穿得整齐。他说得好,替社会去掉一个罪犯,不管他怎样义气,在我们总是服从法律。江山易改,本性难移。谁保得住他不会一时性起,把我们一齐杀掉?那才该死呢!他杀了人,我们是要负责任的,且不说咱们的命先要送在他手里。"

米旭诺小姐一肚子心事,没有工夫听波阿莱那些断断续续的话,好似没有关严的水龙头上漏出一滴一滴的水。这老头儿一朝说开了场,米旭诺小姐要不加阻拦,就会像开了发条的机器,嘀嘀咕咕永远没得完。他提出了一个主题,又岔开去讨论一些完全相反的主题,始终没有结论。回到伏盖公寓门口,他东拉西扯,旁征博引,正讲着在拉哥罗先生和莫冷太太的案子里他如何出庭替被告做证的故事。进得门来,米旭诺瞥见欧也纳跟泰伊番小姐谈得那么亲热那么有劲,连他们穿过饭厅都没有发觉。

"事情一定要到这一步的,"米旭诺对波阿莱说,"他们俩八天以来眉来眼去,恨不得把灵魂都扯下来。"

"是啊,"他回答,"所以她给定了罪。"

"谁?"

"莫冷太太喽。"

"我说维多莉小姐,你回答我莫冷太太。谁是莫冷太太?"米旭诺一边说一边不知不觉走进了波阿莱的屋子。

波阿莱问:"维多莉小姐有什么罪?"

"怎么没有罪?她不该爱上欧也纳先生,不知后果,没头没脑的瞎撞,可怜的傻孩子!"

欧也纳白天被特·纽沁根太太磨得绝望了。他内心已经完全向伏脱冷屈服,既不愿意推敲一下这个怪人对他的友谊是怎么回事,也不想想这种友谊的结果。一小时以来,他和泰伊番小姐信誓旦旦,亲热得了不得;他已经一脚踏进泥洼,只有奇迹才能把他拉出来。维多莉听了他的话以为听到了安琪儿的声音,天国的门开了,伏盖公寓染上了神奇的色彩,像舞台上的布景。她爱他,他也爱她,至少她是这样相信!在屋子里没有人窥探的时候,看到拉斯蒂涅这样的青年,听着他说话,哪个女人不会像她一样的相信呢?至于他,他和良心做着斗争,明知自己在做一桩坏事,而且是有心的做,心里想只要将来使维多莉快乐,他这点儿轻微的罪过就能补赎;绝望之下,他流露出一种悲壮的美,把心中所有地狱的光彩一齐放射出来。算他运气,奇迹出现了:伏脱冷兴冲冲的从外边进来,看透了他们的心思。这对青年原是由他恶魔般的天才撮合的,可是他们这时的快乐,突然被他粗声大气,带着取笑意味的歌声破坏了。

　　我的芳希德多可爱,
　　你瞧她多么朴实……①

维多莉一溜烟逃了。那时她心中的喜悦足够抵消她一生的痛苦。可怜的姑娘!握一握手,脸颊被欧也纳的头发厮磨一下,贴着她耳朵(连大学生嘴唇的暖气都感觉到)说的一句话,压在她腰里的一条颤巍巍的手臂,印在她脖子上的一个亲吻……在她都成为心心相印的记号;再加隔壁屋里的西尔维随时可能闯入这间春光烂漫的饭厅,那些热情的表现就比有名的爱情故事中的海誓山盟更热,更强烈,更动心。这些微不足道的小事,在一个每十五天忏悔一次的姑娘,已经是天大的罪过了。即使她将来有了钱,有了快乐,整个委身于人的时节,流露的真情也不能同这个时候相比。

---

① 维阿的喜歌剧《两个忌妒的人》(1813)中的唱词。

"事情定局了,"伏脱冷对欧也纳道,"两位哥儿已经打过架。一切都进行得很得体。是为了政见不同。咱们的鸽子侮辱了我的老鹰,明天在葛里娘谷堡垒交手。八点半,正当泰伊番小姐在这儿消消停停拿面包浸在咖啡里的时候,就好承继她父亲的慈爱和财产。你想不奇怪吗!泰伊番那小子的剑法很高明,他狠天狠地,像抓了一手大牌似的,可是休想逃过我的杀手锏。你知道,我有一套挑起剑来直刺脑门的家数,将来我教给你,有用得很呢。"

拉斯蒂涅听着愣住了,一句话都说不上来。这时高老头,皮安训,和别的几个包饭客人进来了。

"你这样我才称心呢,"伏脱冷对他道,"你做的事,你心中有数。行啦,我的小老鹰!你将来一定能支配人;你又强,又痛快,又勇敢;我佩服你。"

伏脱冷想握他的手,拉斯蒂涅急忙缩回去;他脸色发白,倒在椅子里,似乎看到眼前淌着一堆血。

"啊!咱们的良心还在那儿嘀咕,"伏脱冷低声说,"老头儿有三百万,我知道他的家私。这样一笔陪嫁尽可把你洗刷干净,跟新娘的礼服一样白;那时你自己也会觉得问心无愧呢。"

拉斯蒂涅不再迟疑,决定当夜去通知泰伊番父子。伏脱冷走开了,高老头凑在他耳边说:

"你很不高兴,孩子。我来给你开开心吧,你来!"说完老人在灯上点了火把,欧也纳存着好奇心跟他上楼。

高老头问西尔维要了大学生的钥匙,说道:"到你屋子里去。今天早上你以为她不爱你了,嗯?她硬要你走了,你生气了,绝望了。傻子!她等我去呢。明白没有?我们约好要去收拾一所小巧玲珑的屋子,让你三天之内搬去住。你不能出卖我哪。她要瞒着你,到时教你喜出望外,我可是忍不住了。你的屋子在阿多阿街,离圣·拉查街只有两步路。那儿包你像王爷一般舒服。我们替你办的家具像新娘用的。一个月工夫,我们瞒着你做了好多事。我的诉讼代理人已经在交涉,将来我女儿一年有三万六千收入,是她陪嫁的利息,我要女婿把她的八十万法郎投资在房地产上面。"

欧也纳不声不响,抱着手臂在他乱七八糟的小房间里踱来踱去。高老头趁大学生转身的当儿,把一个红皮匣子放在壁炉架上,匣子外面有特·拉斯蒂涅家的烫金的纹章。

"亲爱的孩子,"可怜的老头儿说,"我全副精神对付这些事。可是,你知道,我也自私得很,你的搬家对我也有好处。嗯,你不会拒绝我吧,倘使我有点儿要求?"

"什么事?"

"你屋子的六层楼上有一间卧房,也是归你的,我想住在那里,行吗?我老了,离开女儿太远了。我不会打搅你的,光是住在那儿。你每天晚上跟我谈谈她。你说,你不会讨厌吧?你回家的时候,我睡在床上听到你的声音,心里想:他才见过我的小但斐纳,带她去跳舞,使她快乐。——要是我病了,听你回来,走动,出门,等于给我心上涂了止痛膏。你身上有我女儿的气息!我只要走几步路就到天野大道,她天天在那儿过,我可以天天看到她,不会再像从前那样迟到了。也许她还会上你这儿来!我可以听到她,看她穿着梳妆衣,趑着细步,像小猫一样可爱的走来走去。一个月到现在,她又恢复了从前小姑娘的模样,快活,漂亮,她的心情复原了,你给了她幸福。哦!什么办不到的事,我都替你办。她刚才回家的路上对我说:爸爸,我真快活!——听她们一本正经的叫我父亲,我的心就冰冷;一叫我爸爸,我又看到了她们小时候的样子,回想起从前的事。我觉得自己还是十足十的父亲,她们还没有给旁人占去!"

老头儿抹了抹眼泪。

"好久我没听见她们叫我爸爸了,好久没有挽过她们的胳膊了。唉!是呀,十年工夫我没有同女儿肩并肩的一块儿走了。挨着她的裙子,跟着她的脚步,沾到她的暖气,多舒服啊!今儿早上我居然能带了但斐纳到处跑,同她一块儿上铺子买东西,又送她回家。噢!你一定得收留我!你要人帮忙的时候,有我在那儿,就好伺候你啦。倘若那个亚尔萨斯臭胖子死了,倘若他的痛风症乖乖的跑进了他的胃,我女儿不知该多么高兴呢!那时你可以做我的女婿,堂而皇之做她的丈夫了。唉!她那么可怜,一点儿人生的乐趣都没有尝到,所以我什么都原谅她。好天爷总该保佑慈爱的父亲吧。"他停了一会,侧了侧脑袋又说,"她太爱你了,上街的时候她跟我提到你:是不是,爸爸,他好极了!他多有良心!有没有提到我呢!——呃,从阿多阿街到巴诺拉玛巷,拉拉扯扯不知说了多少!总之,她把她的心都倒在我的心里。整整一个上午我快乐极了,不觉得老了,我的身体还不到一两重。我告诉她,你把一千法郎交给了我。哦!我的小心肝听着哭了。"

拉斯蒂涅站在那儿不动,高老头忍不住了,说道:

"嗳,你壁炉架上放的什么呀?"

欧也纳愣头愣脑的望着他的邻居。伏脱冷告诉他明天要决斗了;高老头告诉他,渴望已久的梦想要实现了。两个那么极端的消息,使他好像做了一场噩梦。他转身瞧了瞧壁炉架,看到那小方匣子,马上打开,发现一张纸条下面放着一只勃勒甘牌子的表。纸上写着:

我要你时时刻刻想到我,因为……

但斐纳

最后一句大概暗指他们俩某一次的争执,欧也纳看了大为感动。拉斯蒂涅的纹章是在匣子里边用釉彩堆成的。这件想望已久的装饰品,链条,钥匙,式样,图案,他件件中意。高老头在旁乐得眉飞色舞。他准是答应女儿把欧也纳惊喜交集的情形告诉她听的;这些年轻人的激动也有老人的份,他的快乐也不下于他们两人。他已经非常喜欢拉斯蒂涅了,为了女儿,也为了拉斯蒂涅本人。

"你今晚一定要去看她,她等着你呢。亚尔萨斯臭胖子在他舞女那儿吃饭。嗳,嗳,我的代理人向他指出事实,他愣住了。他不是说爱我女儿爱得五体投地么？哼，要是他碰一碰她，我就要他的命。一想到我的但斐纳……（他叹了口气）我简直气得要犯法；呸，杀了他不能说杀了人，不过是牛头马面的一个畜生罢了。你会留我一块儿住的，是不是？"

"是的，老丈，你知道我是喜欢你的……"

"我早看出了，你并没觉得我丢你的脸。来，让我拥抱你。"他搂着大学生，"答应我，你得使她快乐！今晚你一定去了？"

"噢，是的。我先上街去一趟，有件要紧事儿，不能耽误。"

"我能不能帮忙呢？"

"哦，对啦！我上纽沁根太太家，你去见泰伊番老头，要他今天晚上给我约个时间，我有件紧急的事和他谈。"

高老头脸色变了，说道："楼下那些混蛋说你追求他的女儿，可是真的，小伙子？该死！你可不知什么叫作高里奥的老拳呢。你要欺骗我们，就得教你尝尝味儿了。哦！那是不可能的。"

大学生道："我可以赌咒，世界上我只爱一个女人，连我自己也只是刚才知道。"

高老头道："啊，那才好呢！"

"可是，"大学生又说，"泰伊番的儿子明天要同人决斗，听说他会送命的。"

高老头道："那跟你有什么相干？"

欧也纳道："噢！非告诉他不可，别让他的儿子去……"

伏脱冷在房门口唱起歌来，打断了欧也纳的话：

  噢，理查，噢，我的陛下，
  世界把你丢啦……①

---

① 格雷德里的喜歌剧《狮心王理查》中的唱词。

勃龙！勃龙！勃龙！勃龙！勃龙！

　　我久已走遍了世界，
　　人家到处看见我呀……

脱啦,啦,啦,啦……
"诸位先生,"克利斯朵夫叫道,"汤冷了,饭厅上人都到齐了。"
"喂,"伏脱冷喊,"来拿我的一瓶波尔多①去。"
"你觉得好看吗,那只表?"高老头问,"她挑的不差可不是?"
伏脱冷,高老头,和拉斯蒂涅三个人一同下楼,因为迟到,在饭桌上坐在一处。吃饭的时候,欧也纳一直对伏脱冷很冷淡;可是伏盖太太觉得那个挺可爱的家伙从来没有这样的谈锋。他诙谑百出,把桌上的人都引得非常高兴。这种安详,这种镇静,欧也纳看着害怕了。
"你今儿交了什么运呀,快活得像云雀一样?"伏盖太太问。
"我做了好买卖总是快活的。"
"买卖?"欧也纳问。
"是啊。我交出了一部分货,将来好拿一笔佣金。"他发觉老姑娘在打量他,便问,"米旭诺小姐,你这样盯着我,是不是我脸上有什么地方教你不舒服?老实告诉我,为了讨你欢喜,我可以改变的。"
他又瞅着老公务员说:"波阿莱,咱们不会因此生气的,是不是?"
"真是!你倒好替雕刻家做模特儿,让他塑一个滑稽大家的像呢。"青年画家对伏脱冷道。
"不反对!只要米旭诺小姐肯给人雕做拉希公墓②的爱神。"伏脱冷回答。
"那么波阿莱呢?"皮安训问。

---

① 波尔多为法国西部港口,产红葡萄酒有名,通常即以此地名称呼红酒。
② 拉希公墓为巴黎最大的公共坟场。

"噢！波阿莱就扮作波阿莱。他是果园里的神道，是梨的化身。①"伏脱冷回答。

"那你是坐在梨跟酪饼之间了。"皮安训说。

"都是废话，"伏盖太太插嘴道，"还是把你那瓶波尔多献出来吧，又好健胃又好助兴。那个瓶已经在那儿伸头探颈了！"

"诸位，"伏脱冷道，"主席叫我们遵守秩序。古的太太和维多莉小姐虽不会对你们的胡说八道生气，可不能侵犯无辜的高老头。我请大家喝一瓶波尔多，那是靠着拉斐德先生的大名而格外出名的。我这么说可毫无政治意味。②——来呀，你这傻子！"他望着一动不动的克利斯朵夫叫，"这儿来，克利斯朵夫！怎么你没听见你名字？傻瓜！把酒端上来！"

"来啦，先生。"克利斯朵夫捧着酒瓶给他。

伏脱冷给欧也纳和高老头各各斟了一杯，自己也倒了几滴。两个邻居已经在喝了，伏脱冷拿起杯子辨了辨味道，忽然扮了个鬼脸：

"见鬼！见鬼！有瓶塞子味儿。克利斯朵夫，这瓶给你吧，另外去拿，在右边，你知道？咱们一共十六个，拿八瓶下来。"

"既然你破钞，"画家说，"我也来买一百个栗子。"

"哦！哦！"

"啵！啵！"

"哎！哎！"

每个人大惊小怪的叫嚷，好似花筒里放出来的火箭。

"喂，伏盖妈妈，来两瓶香槟。"伏脱冷叫。

"亏你想得出，干吗不把整个屋子吃光了？两瓶香槟！十二法郎！我哪儿去挣十二法郎！不成，不成。要是欧也纳先生肯会香槟的账，

---

① Poire（梨）与 Poiret（波阿莱）谐音，故以此为戏。
② 夏多－拉斐德为波尔多有名的酿酒区，有一种出名的红酒就用这个名称，大概伏脱冷请大家喝的就是这一种。当时又有法兰西银行总裁名叫拉斐德，故以谐音作戏谑语。

我请大家喝果子酒。"

"吓！他的果子酒像秦皮汁一样难闻。"医学生低声说。

拉斯蒂涅道："别说了，皮安训，我听见秦皮汁三个字就恶心……行！去拿香槟，我付账就是了。"

"西尔维，"伏盖太太叫，"拿饼干跟小点心来。"

伏脱冷道："你的小点心太大了，而且出毛了。还是拿饼干来吧。"

一霎时，波尔多斟遍了，饭桌上大家提足精神，越来越开心。粗野疯狂的笑声夹着各种野兽的叫声。博物院管事学巴黎街上的一种叫卖声，活像猫儿叫春。立刻八个声音同时嚷起来：

"磨刀哇！磨刀哇！"

"鸟粟子嗷！"

"卷饼唉，太太们，卷饼唉！"

"修锅子，补锅子！"

"船上来的鲜鱼嗷！鲜鱼嗷！"

"要不要打老婆，要不要拍衣服？"

"有旧衣服，旧金线，旧帽子卖哦？"

"甜樱桃啊甜樱桃！"

最妙的是皮安训用鼻音哼的"修阳伞哇"！

几分钟之内，哗里哗啦，沸沸扬扬，把人脑袋都涨破了。你一句我一句，无非是瞎说八道，像一出大杂耍。伏脱冷一边当指挥一边冷眼觑着欧也纳和高里奥。两人好像已经醉了，靠着椅子，一本正经望着这片从来未有的混乱，很少喝酒，都想着晚上要做的事，可是都觉得身子抬不起来。伏脱冷在眼梢里留意他们的神色，等到他们眼睛迷迷糊糊快要闭上了，他贴着拉斯蒂涅的耳朵说：

"喂，小家伙，你还要不过伏脱冷老头呢。他太喜欢你了，不能让你胡闹。一朝我决心要干什么事，只有上帝能拦住我。嘿！咱们想给泰伊番老头通风报信，跟小学生一样糊涂！炉子烧热了，面粉捏好了，面包放上铲子了；明儿咱们就可以咬在嘴里，丢着面包心子玩儿了，你竟想捣乱吗?不成不成,生米一定得煮成熟饭!心中要有什么小小的不舒服,等你吃的东西消化了,那点儿不舒服也就没有啦。咱们睡觉的时候,上校弗朗舍西尼伯爵剑头一挥,替你把米希尔·泰伊番的遗产张罗好啦。维多莉继承了她的哥哥,一年有小小的一万五千收入。我已经打听清楚,光是母亲的遗产就有三十万以上……"

欧也纳听着这些话不能回答,只觉得舌尖跟上颚粘在一块,身子重甸甸的,瞌睡得要死。他只能隔了一重明晃晃的雾,看见桌子和同桌的人的脸。不久,声音静下来,客人一个一个的散了,临了只剩下伏盖太太,古的太太,维多莉,伏脱冷和高老头。拉斯蒂涅好似在梦中,瞥见伏盖太太忙着倒瓶里的余酒,把别的瓶子装满。

寡妇说:"嗳!他们疯疯癫癫,多年轻啊!"

这是欧也纳听到的最后一句话。

西尔维道:"只有伏脱冷先生才会教人这样快活,哟!克利斯朵夫打鼾打得像陀螺一样。"

"再见,伏盖妈妈,我要到大街上看玛蒂演《荒山》去了,那是把《孤独者》改编的戏。倘使你愿意,我请你和这些太太们一块儿去。"

古的太太回答:"我们不去,谢谢你。"

伏盖太太说:"怎么,我的邻居!你不想看《孤独者》改编的戏?那是阿达拉·特·夏多勃里昂①写的小说,我们看得津津有味,去年夏天在菩提树下哭得像玛特兰纳,而且是一部伦理作品,正好教育教育你的小姐呢。"

维多莉回答:"照教会的规矩,我们不能看喜剧。"

"哦,这两个都人事不知了。"伏脱冷把高老头和欧也纳的脑袋滑稽的摇了一下。

他扶着大学生的头靠在椅背上,让他睡得舒服些,一边热烈的亲了亲他的额角,唱道:

---

① 伏盖太太毫无知识,把作者的姓名弄得七颠八倒,和作品混而为一。

高老头

> 睡吧,我的心肝肉儿!
> 我永远替你们守护。①

维多莉道:"我怕他害病呢。"

伏脱冷道:"那你在这里照应他吧。"又凑着她的耳朵说,"那是你做贤妻的责任。他真爱你啊,这小伙子。我看,你将来会做他的小媳妇儿。"他又提高了嗓子:"末了,他们在地方上受人尊敬,白头偕老,子孙满堂。所有的爱情故事都这样结束的。哎,妈妈,"他转身搂着伏盖太太,"去戴上帽子,穿上漂亮的小花绸袍子,披上当年伯爵夫人的披肩。让我去替你雇辆车。"说完他唱着歌出去了:

> 太阳,太阳,神明的太阳,
> 是你晒熟了南瓜的瓜瓤……②

伏盖太太说:"天哪!你瞧,古的太太,这样的男人才教我日子过得舒服呢。"她又转身对着面条商说:"哟,高老头去啦。这啬鬼从来没想到带我上哪儿去过。我的天,他要倒下来啦。上了年纪的人再失掉理性,太不像话!也许你们要说,没有理性的人根本丢不了什么。西尔维,扶他上楼吧。"

西尔维抓着老人的胳膊扶他上楼,当他铺盖卷似的横在床上。

"可怜的小伙子,"古的太太说着,把欧也纳挡着眼睛的头发撩上去,"真像个女孩子,还不知道喝醉是怎么回事呢。"

伏盖太太道:"啊!我开了三十一年公寓,像俗话说的,手里经过的年轻人也不少了;像欧也纳先生这么可爱,这么出众的人才,可从来没见过。瞧他睡得多美!把他的头放在你肩上吧,古的太太。呃,他倒在维多莉小姐肩上了。孩子们是有神道保佑的。再侧过一点,他就

---

① 阿梅台·特·菩柏朗的有名的情歌中的词句,一八一九年被采入一出歌舞剧。
② 当时工场里流行的小调。

碰在椅背的葫芦上啦。他们俩配起来倒是挺好的一对。"

古的太太道:"好太太,别胡说,你的话……"

伏盖太太回答:"呃!他听不见的。来,西尔维,帮我去穿衣服,我要戴上我的大胸褡。"

西尔维道:"哎哟!太太,吃饱了饭戴大胸褡!不,你找别人吧,我下不了这毒手。你这么不小心是有性命危险的。"

"管他,总得替伏脱冷先生挣个面子。"

"那你对承继人真是太好了。"

寡妇一边走一边吆喝:"嗳,西尔维,别顶嘴啦。"

厨娘对维多莉指着女主人,说:"在她那个年纪!"

饭厅里只剩下古的太太和维多莉,欧也纳靠在维多莉肩膀上睡着。静悄悄的屋里只听见克利斯朵夫的打鼾声,相形之下,欧也纳的睡眠越加显得恬静,像儿童一般妩媚。维多莉脸上有种母性一般的表情,好像很得意;因为她有机会照顾欧也纳,借此发泄女人的情感,同时又能听到男人的心在自己的心旁跳动,而没有一点犯罪的感觉。千思百念在胸中涌起,跟一股年轻纯洁的热流接触之下,她情绪激动,说不出有多么快活。

古的太太紧紧握着她的手说:"可怜的好孩子!"

天真而苦恼的脸上罩着幸福的光轮,老太太看了暗暗称赏。维多莉很像中世纪古拙的画像,没有琐碎的枝节,沉着有力的笔触只着重面部,黄黄的皮色仿佛反映着天国的金光。

维多莉摸着欧也纳的头发说:"他只不过喝了两杯呀,妈妈。"

"孩子,他要是胡闹惯的,酒量就会跟别人一样了。他喝醉倒是证明他老实。"

街上传来一辆车子的声音。

年轻的姑娘说:"妈妈,伏脱冷先生来了。你来扶一扶欧也纳先生。我不愿意给那个人看见。他说话教人精神上受污辱,瞧起人来教人受不了,仿佛剥掉人的衣衫一样。"

古的太太说:"不,你看错了!他是个好人,有点像过去的古的先生,虽然粗鲁,本性可是不坏,他是好人歹脾气。"

在柔和的灯光抚弄之下,两个孩子正好配成一幅图画。伏脱冷悄悄的走进来,抱了手臂,望着他们说道:

"哎哟!多有意思的一幕,喔!给《保尔和维吉妮》的作者贝纳丹·德·圣比埃尔看到了,一定会写出好文章来。青春真美,不是吗,古的太太?"他又端详了一会欧也纳,说道:"好孩子,睡吧。有时福气就在睡觉的时候来的。"他又回头对寡妇道:"太太,我疼这个孩子,不但因为他生得清秀,还因为他心好。你瞧他不是一个希吕彭靠在天使肩上么?真可爱!我要是女人,我愿意为了他而死,(哦,不!不这么傻!)愿意为了他而活!这样欣赏他们的时候,太太,"他贴在寡妇耳边悄悄的说,"不由不想到他们是天生一对,地造一双。"然后他又提高了嗓子,"上帝给我们安排的路是神秘莫测的,他是鉴察人心,试验人肺腑。① 孩子们,看到你们俩都一样的纯洁,一样的有情有义,我相信一朝结合了,你们决不会分离。上帝是正直的。"他又对维多莉说:"我觉得你很有福相,给我瞧瞧你的手,小姐。我会看手相,人家的好运气常常被我说准的。哎唷!你的手怎么啦?真的,你马上要发财了,爱你的人也要托你的福了。父亲会叫你回家,你将来要嫁给一个年轻的人,又漂亮又有头衔,又爱你!"

妖娆的伏盖寡妇下楼了,沉重的脚步声打断了伏脱冷的预言。

"瞧啊,伏盖妈妈美丽得像一颗明明明……明星,包扎得像根红萝卜。不有点儿气急吗?"他把手按着她胸口说,"啊,胸脯绑得很紧了,妈妈。不哭则已,一哭准会爆炸;可是放心,我会像古董商一样把你仔仔细细捡起来的。"

寡妇咬着古的太太的耳朵说:"他真会讲法国式的奉承话,这家伙!"

---

① 此二语借用《圣经·耶利米书》第十七章原文。

"瞧啊!伏盖妈妈美丽得像一颗明明明……明星。"

"再见,孩子们,"伏脱冷转身招呼欧也纳和维多莉,一只手放在他们头上,"我祝福你们!相信我,小姐,一个规矩老实的人的祝福是有道理的,包你吉利,上帝会听他的话的。"

"再见,好朋友。"伏盖太太对她的女房客说,又轻轻补上一句,"你想伏脱冷先生对我有意思吗?"

"噢!噢!"

他们走后,维多莉瞧着自己的手叹道:

"唉!亲爱的妈妈,倘若真应了伏脱冷先生的话!"

老太太回答:"那也不难,只消你那魔鬼哥哥从马上倒栽下来就成了。"

"噢!妈妈!"

寡妇道:"我的天!咒敌人也许是桩罪过,好,那么我来补赎吧。真的,我很愿意给他送点儿花到坟上去。他那个坏良心,没有勇气替母亲说话,只晓得拿她的遗产,夺你的家私。当时你妈妈陪嫁很多,算你倒霉,婚约上没有提。"

维多莉说:"要拿人家的性命来换我的幸福,我心上永远不会安乐的。倘使要我幸福就得去掉我哥哥,那我宁可永久住在这儿。"

"伏脱冷先生说得好,谁知道全能的上帝高兴教我们走哪条路呢?——你瞧他是信教的,不像旁人提到上帝比魔鬼还要不敬。"

她们靠着西尔维帮忙,把欧也纳抬进卧房,放倒在床上;厨娘替他脱了衣服,让他舒舒服服的睡觉。临走,维多莉趁老太太一转身,在欧也纳额上亲了一亲,觉得这种偷偷摸摸的罪过真有说不出的快乐。她瞧瞧他的卧室,仿佛把这一天上多多少少的幸福归纳起来,在脑海中构成一幅图画,让自己老半天的看着出神。她睡熟的时候变成了巴黎最快乐的姑娘。

伏脱冷在酒里下了麻醉药,借款待众人的机会灌醉了欧也纳和高老头,这一下他可断送了自己。半醉的皮安训忘了向米旭诺追问鬼上当那个名字。要是他说了,伏脱冷,或者约各·高冷——在此我们不妨对苦役监中的大人物还他的真名实姓——一定会马上提防。后来，米旭诺小姐认为高冷性情豪爽，正在盘算给他通风报信让他在半夜里逃走是不是更好的时候，听到拉希公墓上的爱神那个绰号，便突然改变主意。她吃过饭由波阿莱陪着出门，到圣·安纳街找那有名的特务头子去了，心里还以为他不过是个名叫龚杜罗的高级职员。特务长见了她挺客气。把一切细节说妥之后，米旭诺小姐要求那个检验黥印的药品。看到圣·安纳街的大人物在书桌抽斗内找寻药品时那种得意的态度，米旭诺才懂得这件事情的重要性还不止在于掩捕一个普通的逃犯。她仔细一想，觉得警察当局还希望根据苦役监内线的告密，赶得上没收那笔巨大的基金。她把这点疑心向那老狐狸说了，他却笑了笑，有心破除老姑娘的疑心。

"你想错了，"他说，"在贼党里，高冷是一个从未有过的最危险的博士，我们要抓他是为这一点。那些坏蛋也都知道；他是他们的军旗，他们的后台，他们的拿破仑；他们都爱戴他。这家伙永远不会把他的老根丢在葛兰佛广场①上的。"

米旭诺听了莫名其妙，龚杜罗给她解释，他用的两句土话是贼党里极有分量的切口，他们早就懂得一个人的脑袋可有两种看法：博士是一个活人的头脑，是他的参谋，是他的思想；老根是个轻蔑的字眼，表示头颅落地之后毫无用处。

他接着说："高冷拿我们打哈哈。对付那些英国钢条般的家伙，我们也有一个办法，只要他们在逮捕的时候稍微抵抗一下，立刻把他干掉。我们希望高冷明天动武，好把他当场格杀。这么一来，诉讼啊，看守的费用啊，监狱里的伙食啊，一概可以省掉，同时又替社会除了害。起诉的手续，证人的传唤，旅费津贴，执行判决，凡是对付这些无赖的合法步骤所花的钱，远不止你到手的三千法郎。并且还有节省时间的问题。一刀戳进鬼上当的肚子，可以消弭上百件的罪案，教多少无赖

---

① 葛兰佛广场为巴黎执行死刑的地方，也是公共庆祝的集会场所。

不敢越过轻罪法庭的范围。这就叫作警政办得好。照真正慈善家的理论，这种办法便是预防犯罪。"

"这就是替国家出力呀。"波阿莱道。

"对啦，你今晚的话才说得有理了。是呀，我们当然是替国家出力啰。外边的人对我们很不公平，其实我们暗中帮了社会多少的忙。再说，一个人不受偏见约束才算高明，违反成见所做的好事自然免不了害处，能忍受这种害处才是基督徒。你瞧，巴黎终究是巴黎。这句话就说明了我的生活。小姐，再见吧。明天我带着人在植物园等。你叫克利斯朵夫上蒲风街我前次住的地方找龚杜罗先生就得了。先生，将来你丢了东西，尽管来找我，包你物归原主。我随时可以帮忙。"

"嗳，"波阿莱走到外边对米旭诺小姐说，"世界上竟有些傻子，一听见'警察'两字就吓得魂不附体。可是这位先生多和气，他要你做的事情又像打招呼一样简单。"

第二天是伏盖公寓历史上最重大的日子。至此为止，平静的公寓生活中最显著的事件，是那个假伯爵夫人像彗星一般的出现。可是同这一日天翻地覆的事（从此成为伏盖太太永久的话题）一比，一切都黯淡无光了。先是高里奥和欧也纳一觉睡到十一点。伏盖太太半夜才从快乐剧场回家，早上十点半还在床上。喝了伏脱冷给的剩酒，克利斯朵夫的酣睡耽误了屋里的杂务。波阿莱和米旭诺小姐并不抱怨早饭开得晚。维多莉和古的太太也睡了晚觉。伏脱冷八点以前就出门，直到开饭才回来。十一点一刻，西尔维和克利斯朵夫去敲各人的房门请吃早饭，居然没有一个人说什么不满意的话。两个仆人一走开，米旭诺小姐首先下楼，把药水倒入伏脱冷自备的银杯，那是装满了他冲咖啡用的牛奶，跟旁人的一起炖在锅子上的。老姑娘算好利用公寓里这个习惯下手。七个房客过了好一会才到齐。欧也纳伸着懒腰最后一个下楼，正碰上特·纽沁根太太的信差送来一封信，写的是：

朋友，我对你并不生气，也不觉得我有损尊严。我等到半夜二点,等一个心爱的人!受过这种罪的人决不会教人家受。我看出你是第一次恋爱。你碰到了什么事呢?我真急死了。要不怕泄露心中的秘密,我就亲自来了,看看你遇到的究竟是凶是吉。可是在那个时候出门,不论步行或是坐车,岂不是断送自己?我这才觉得做女人的苦。我放心不下,请你告诉我为什么父亲对你说了那些话之后,你竟没有来。我要生你的气,可是会原谅你的。你病了么?为什么住得这样远?求你开声口吧。希望马上就来。倘若有事,只消回我一个字:或者说就来,或者说害病。不过你要不舒服的话,父亲会来通知我的。那么究竟是怎么回事呢?……

"是啊,怎么回事呢?"欧也纳叫了起来。他搓着没有念完的信,冲进饭厅,问:"几点了?"

"十一点半。"伏脱冷一边说一边把糖放进咖啡。

那逃犯冷静而迷人的眼睛瞪着欧也纳。凡是天生能勾魂摄魄的人都有这种目光,据说能镇压疯人院中的武痴。欧也纳不禁浑身哆嗦。街上传来一辆马车的声音,泰伊番先生家一个穿号衣的当差神色慌张的冲进来,古的太太一眼便认出了。

"小姐,"他叫道,"老爷请您回去,家里出了事。弗莱特烈先生跟人决斗,脑门上中了一剑,医生认为没有希望了,恐怕您来不及跟他见面了,已经昏迷了。"

伏脱冷叫道:"可怜的小伙子!有了三万一年的收入,怎么还能打架?年轻人真不懂事。"

"吓,老兄!"欧也纳对他嚷道。

"怎么,你这个大孩子?巴黎哪一天没有人决斗?"伏脱冷一边回答一边若无其事的喝完咖啡。米旭诺小姐全副精神看他这个动作,听到那件惊动大众的新闻也不觉得震动。

古的太太说:"我跟你一块儿去,维多莉。"

她们俩帽子也没戴,披肩也没拿,径自跑了。维多莉临走噙着泪对欧也纳望了一眼,仿佛说:"想不到我们的幸福要教我流泪!"

伏盖太太道:"呃,你竟是未卜先知了,伏脱冷先生?"

约各·高冷回答:"我是先知,我是一切。"

伏盖太太对这件事又说了一大堆废话:"不是奇怪吗!死神来寻到我们,连商量都不跟我们商量一下。年轻人往往走在老年人之前。我们女人总算运气,用不着决斗;可是也有男人没有的病痛。我们要生孩子,而做母亲的苦难是很长的!维多莉真福气!这会儿她父亲没有办法啦,只能让她承继啰。"

"可不是!"伏脱冷望着欧也纳说,"昨天两手空空,今儿就有了几百万!"

伏盖太太叫道:"喂,欧也纳先生,这一下你倒是中了头彩啦。"

听到这一句,高老头瞧了瞧欧也纳,发现他手中还拿着一封团皱的信。

"你还没有把信念完呢!……这是什么意思?难道你也跟旁人一样吗?"他问欧也纳。

"太太,我永远不会娶维多莉小姐。"欧也纳回答伏盖太太的时候,不胜厌恶的口气教在场的人都觉得奇怪。

高老头抓起大学生的手握着,恨不得亲它一下。

伏脱冷道:"哦,哦!意大利人有句妙语,叫做听时间安排!"

"我等回音呢。"纽沁根太太的信差催问拉斯蒂涅。

"告诉太太说我会去的。"

信差走了。欧也纳心烦意躁,紧张到极点,再也顾不得谨慎不谨慎了。他高声自言自语:"怎么办?一点儿没有证据!"

伏脱冷微微笑着。他吞下的药品已经发作,只是逃犯的身体非常结实,还能站起来瞧着拉斯蒂涅,沉着嗓子说:

"孩子,福气就在睡觉的时候来的。"

说完他直僵僵的倒在地下。

欧也纳道:"果真是神灵不爽!"

"哎哟！他怎么啦？这个可怜的亲爱的伏脱冷先生？"

米旭诺小姐叫道："那是中风啊。"

"喂，西尔维，请医生去。"寡妇吩咐，"拉斯蒂涅先生，你快去找皮安训先生。说不定西尔维碰不到我们的葛兰泼莱医生。"

拉斯蒂涅很高兴借此机会逃出这个可怕的魔窟，便连奔带跑的溜了。

"克利斯朵夫，你上药铺去要些治中风的药。"

克利斯朵夫出去了。

"哎，喂，高老头，帮我们抬他上楼，抬到他屋里去。"

大家抓着伏脱冷，七手八脚抬上楼梯，放在床上。

高里奥说："我帮不了什么忙，我要看女儿去了。"

"自私的老头儿！"伏盖太太叫道，"去吧，但愿你不得好死，孤零零的像野狗一样！"

"瞧瞧你屋子里可有乙醚。"米旭诺小姐一边对伏盖太太说，一边和波阿莱解开伏脱冷的衣服。

伏盖太太下楼到自己卧房去，米旭诺小姐就可以为所欲为了。

她吩咐波阿莱："赶快，脱掉他的衬衫，把他翻过来！你至少也该有点儿用处，总不成叫我看到他赤身露体。你老待在那里干吗？"

伏脱冷给翻过身来，米旭诺照准他肩头一巴掌打过去，鲜红的皮肤上立刻白白的泛出两个该死的字母。

"吓！一眨眼你就得了三千法郎赏格。"波阿莱说着，扶住伏脱冷，让米旭诺替他穿上衬衣。——他把伏脱冷放倒在床上，又道："呃，好重啊！"

"别多嘴！瞧瞧有什么银箱没有？"老姑娘性急慌忙的说，一双眼睛拼命打量屋里的家具，恨不得透过墙壁才好。

她又道："最好想个理由打开这口书柜！"

波阿莱回答："恐怕不大好吧？"

"为什么不大好？贼赃是公的，不能说是谁的了。可惜来不及，已经听到伏盖的声音了。"

伏盖太太说:"乙醚来了。哎,今天的怪事真多。我的天!这个人是不会害病的,他白得像子鸡一样。"

"像子鸡?"波阿莱接了一句。

寡妇把手按着伏脱冷的胸口,说:"心跳得很正常。"

"正常?"波阿莱觉得很诧异。

"是呀,跳得挺好呢。"

"真的吗?"波阿莱问。

"妈妈呀!他就像睡着一样。西尔维已经去请医生了。喂,米旭诺小姐,他把乙醚吸进去了。大概是抽筋。脉搏很好;身体像土耳其人一样棒。小姐,你瞧他胸口的毛多浓;好活到一百岁呢,这家伙!头发也没有脱。呦!是胶在上面的,他戴了假头发,原来的头发是土红色的。听说红头发的人不是好到极点,就是坏到极点!他大概是好的了,他?"

"好!好吊起来。"波阿莱道。

"你是说他好吊在漂亮女人的脖子上吧?"米旭诺小姐抢着说,"你去吧,先生。你们闹了病要人伺候,那就是我们女人的事了。你还是到外边去遛遛吧。这儿有我跟伏盖太太照应就行了。"

波阿莱一声没出,轻轻的走了,好像一条狗给主人踢了一脚。

拉斯蒂涅原想出去走走,换换空气。他闷得发慌。这桩准时发生的罪案,隔夜他明明想阻止的;后来怎么的呢?他应该怎办呢?他唯恐在这件案子中做了共谋犯。想到伏脱冷那种若无其事的态度,他还心有余悸。他私下想:

"要是伏脱冷一声不出就死了呢?"

他穿过卢森堡公园的走道,好似有一群猎犬在背后追他,连它们的咆哮都听得见。

"喂,朋友,"皮安训招呼他,"你有没有看到《舵工报》?"

《舵工报》是天梭先生主办的激进派报纸,在晨报出版后几小时另出一张地方版,登载当天的新闻,在外省比别家报纸的消息要早二十四小时。

高乡医院的实习医生接着说:"有段重要新闻:泰伊番的儿子和前帝国禁卫军的弗朗舍西尼伯爵决斗,额上中了一剑,深两寸。这么一来,维多莉小姐成了巴黎最有陪嫁的姑娘了。哼!要是早知道的话!死了个人倒好比开了个头奖!听说维多莉对你很不错,可是真的?"

"别胡说,皮安训,我永远不会娶她。我爱着一个妙人儿,她也爱着我,我……"

"你这么说好像拼命压制自己,唯恐对你的妙人儿不忠实。难道真有什么女人,值得你牺牲泰伊番老头的家私么?倒要请你指给我瞧瞧。"

拉斯蒂涅嚷道:"难道所有的魔鬼都盯着我吗?"

皮安训道:"那么你又在盯谁呢?你疯了么?伸出手来,让我替你按按脉。呦,你在发烧呢。"

"赶快上伏盖妈妈家去吧,"欧也纳说,"刚才伏脱冷那混蛋晕过去了。"

"啊!我早就疑心,你给我证实了。"皮安训说着,丢下拉斯蒂涅跑了。

拉斯蒂涅遛了大半天,非常严肃。他似乎把良心翻来覆去查看了一遍。尽管他迟疑不决,细细考虑,到底真金不怕火,他的清白总算经得起严格的考验。他记起隔夜高老头告诉他的心腹话,想起但斐纳在阿多阿街替他预备的屋子;拿出信来重新念了一遍,吻了一下,心上想:

"这样的爱情正是我的救星。可怜老头儿有过多少伤心事;他从来不提,可是谁都一目了然!好吧,我要像照顾父亲一般的照顾他,让他享享福。倘使她爱我,她白天会常常到我家里来陪他的。那高个子的雷斯多太太真该死,竟会把老子当作门房看待。亲爱的但斐纳!她对老人家孝顺多了,她是值得我爱的。啊!今晚上我就可以快乐了!"

他掏出表来，欣赏了一番。

"一切都成功了。两个人真正相爱永久相爱的时候，尽可以互相帮助，我尽可以收这个礼。再说，将来我一定飞黄腾达，无论什么我都能百倍的报答她。这样的结合既没有罪过，也没有什么能教最严格的道学家皱一皱眉头的地方。多少正人君子全有这一类的男女关系！我们又不欺骗谁，欺骗才降低我们的人格。扯谎不就表示投降吗？她和丈夫已经分居好久。我可以对那个亚尔萨斯人说，他既然不能使妻子幸福，就应当让给我。"

拉斯蒂涅心里七上八下，争执了很久。虽然青年人的善念终于得胜了，他仍不免在四点半左右，天快黑的时候，存着按捺不下的好奇心，回到发誓要搬走的伏盖公寓。他想看看伏脱冷有没有死。

皮安训把伏脱冷灌了呕吐剂，叫人把吐出来的东西送往医院化验。米旭诺竭力主张倒掉，越发引起皮安训的疑心。并且伏脱冷也复原得太快，皮安训更疑心这个嘻嘻哈哈的家伙是遭了暗算。拉斯蒂涅回来，伏脱冷已经站在饭厅内火炉旁边。包饭客人到的比平时早，因为知道了泰伊番儿子的事，想来打听一番详细情形以及对维多莉的影响。除了高老头，全班人马都在那儿谈论这件新闻。欧也纳进去，正好跟不动声色的伏脱冷打了个照面，被他眼睛一瞪，直瞧到自己心里，挑起些邪念，使他心惊肉跳，打了个寒噤。那逃犯对他说：

"喂，亲爱的孩子，死神向我认输的日子还长哩。那些太太们说我刚才那场脑充血，连牛都吃不住，我可一点事儿都没有。"

伏盖寡妇叫道："别说牛，连公牛都受不了。"①

"你看我没有死觉得很不高兴吗？"伏脱冷以为看透了拉斯蒂涅的心思，凑着他耳朵说，"那你倒是个狠将了！"

"嗯，真的，"皮安训说，"前天米旭诺小姐提起一个人绰号叫作鬼上当，这个名字对你倒是再合适没有。"

---

① 伏脱冷所说的牛（boeuf）是去势的牛，伏盖太太说的是公牛（taureau），即斗牛用的牛。

他们的手都插在衣袋里,抓着上好子弹的手枪。

这句话对伏脱冷好似晴天霹雳,他顿时脸色发白,身子晃了几晃,那双勾魂摄魄的眼睛射在米旭诺脸上,好似一道阳光;这股精神的威势吓得她腿都软了,歪歪斜斜的倒在一张椅子里。逃犯扯下平时那张和善的脸,露出狰狞可怖的面目。波阿莱觉得米旭诺遭了危险,赶紧向前,站在她和伏脱冷之间。所有的房客还不知道这出戏是怎么回事,莫名其妙的愣住了。这时外面响起好几个人的脚步声和士兵的枪柄跟街面上的石板碰击的声音。正当高冷不由自主的望着墙壁和窗子,想找出路的时候,客厅门口出现了四个人。为首的便是那特务长,其余三个是警务人员。

"兹以法律与国王陛下之名……"一个警务人员这么念着,以下的话被众人一片惊讶的声音盖住了。

不久,饭厅内寂静无声,房客闪开身子,让三个人走进屋内。他们的手都插在衣袋里,抓着上好子弹的手枪。跟在后面的两个宪兵把守客厅的门;另外两个在通往楼梯道的门口出现。好几个士兵的脚步声和枪柄声在前面石子道上响起来。鬼上当完全没有逃走的希望了,所有的目光都不由自主的盯着他一个人。特务长笔直的走过去,对准他的脑袋用力打了一巴掌,把假头发打落了。高冷丑恶的面貌马上显了出来。土红色的短头发表示他的强悍和狡猾,配着跟上半身气息一贯的脑袋和脸庞,意义非常清楚,仿佛被地狱的火焰照亮了。整个的伏脱冷,他的过去,现在,将来,倔强的主张,享乐的人生观,以及玩世不恭的思想,行动,和一切都能担当的体格给他的气魄,大家全明白了。全身的血涌上他的脸,眼睛像野猫一般发亮。他使出一股犷野的力抖擞一下,大吼一声,把所有的房客吓得大叫。一看这个狮子般的动作,暗探们借着众人叫喊的威势,一齐掏出手枪。高冷一见枪上亮晶晶的火门,知道处境危险,便突然一变,表现出人的最高的精神力量。那种场面真是又丑恶又庄严!他脸上的表情只有一个譬喻可以形容,仿佛一口锅炉贮满了足以翻江倒海的水汽,一眨眼之间被一滴冷水化得无影无踪。消灭他一腔怒火的那滴冷水,不过是一个快得像闪电般的念

头。他微微一笑,瞧着自己的假头发,对特务长说:

"哼,你今天不客气啊。"

他向那些宪兵点点头,把两只手伸了出来。

"来吧,宪兵,拿手铐来吧。请在场的人做证,我没有抵抗。"

这一幕的经过,好比火山的熔液和火舌突然之间窜了出来,又突然之间退了回去。满屋的人看了,不由得唧唧哝哝表示惊叹。

逃犯望着那有名的特务长说:"这可破了你的计,你这小题大做的家伙!"

"少废话,衣服剥下来。"那个圣·安纳街的人物满脸瞧不起的吆喝。

高冷说:"干吗?这儿还有女太太。我又不赖,我投降了。"

他停了一会,瞧着全场的人,好像一个演说家预备发表惊人的言论。

"你写吧,拉夏班老头。"他招呼一个白头发的矮老头。老人从公事包里掏出逮捕笔录,在桌旁坐下。"我承认是约各·高冷,诨名鬼上当,判过二十年苦役。我刚才证明我并没盗窃虚名,辜负我的外号。"他又对房客们说,"只要我举一举手,这三个奸细就要教我当场出彩,弄脏伏盖妈妈的屋子。这般坏蛋专门暗箭伤人!"

伏盖太太听到这几句大为难受,对西尔维道:"我的天!真要教人吓出病来了;我昨天还跟他上快活剧院呢。"

"放明白些,妈妈,"高冷回答,"难道昨天坐了我的包厢就倒霉了吗?难道你比我们强吗?我们肩膀上背的丑名声,还比不上你们心里的坏主意,你们这些烂社会里的蛆!你们之中最优秀的对我也抵抗不了。"

他的眼睛停在拉斯蒂涅身上,温柔的笑了笑;那笑容同他粗野的表情成为奇怪的对照。

"你知道,我的宝贝,咱们的小交易还是照常,要是接受的话!"说着他唱起来:

> 我的芳希德多可爱,
> 你瞧她多么朴实。

"你放心,我自有办法收账。人家怕我,决不敢揩我的油。"

他这个人,这番话,把苦役监中的风气,亲狎,下流,令人触目惊心的气概,忽而滑稽忽而可怕的谈吐,突然表现了出来。他这个人不仅仅是一个人了,而是一个典型,代表整个堕落的民族,野蛮而又合理,粗暴而又能屈能伸的民族。一刹那间高冷变成一首恶魔的诗,写尽人类所有的情感,只除掉忏悔。他的目光有如撒旦的目光,他像撒旦一样永远要拼个你死我活。拉斯蒂涅低下头去,默认这个罪恶的联系,补赎他过去的邪念。

"谁出卖我的?"高冷的可怕的目光朝着众人扫过去,最后盯住了米旭诺小姐,说道:"哼,是你!假仁假义的老妖精,你暗算我,骗我中风,你这个奸细!我一句话,包你八天之内脑袋搬家。可是我饶你,我是基督徒。而且也不是你出卖我的。那么是谁呢?"

他听见警务人员在楼上打开他的柜子,拿他的东西,便道:"嘿!嘿!你们在上面搜查。鸟儿昨天飞走了,窠也搬空了!你们找不出什么来的。账簿在这儿,"他拍拍脑门,"呃,出卖我的人,我知道了。一定是丝线那个小坏蛋,对不对,捕快先生?"他问特务长,"想起我们把钞票放在这儿的日子,一定是他。哼,什么都没有了,告诉你们这般小奸细!至于丝线哪,不出半个月就要他的命,你们派全部宪兵去保镖也是白搭。——这个米旭诺,你们给了她多少?两三千法郎吧?我可不止值这一些,告诉你这个母夜叉,丑八怪,公墓上的爱神!你要是通知了我,可以到手六千法郎。嗯,你想不到吧,你这个卖人肉的老货!我倒愿意那么办,开销六千法郎,免得旅行一趟,又麻烦,又损失钱。"

他一边说一边让人家戴上手铐,"这些家伙要拿我开心,尽量拖延日子,折磨我。要是马上送我进苦役监,我不久就好重新办公,才不怕这些傻瓜的警察老爷呢。在牢里,弟兄们把灵魂翻身都愿意,只要能让他们的大哥走路,让慈悲的鬼上当远走高飞!你们之中可有人像我一样,有一万多弟兄肯替你拼命的?"他骄傲的问,又拍拍心口,"这里面着实有些好东西,我从来没出卖过人!喂,假仁假义的老妖精,"他叫老姑娘,"你瞧他们都怕我,可是你哪,只能教他们恶心。好吧,领你的赏格去吧。"

他停了一会,打量着那些房客,说道:

"你们蠢不蠢,你们!难道从来没见过苦役犯?一个像我高冷气派的苦役犯,可不像别人那样没心没肺。我是卢梭的门徒,我反抗社会契约①那样的大骗局。我一个人对付政府,跟上上下下的法院,宪兵,预算作对,弄得他们七荤八素。"

"该死!"画家说,"把他画下来倒是挺美的呢。"

"告诉我,你这刽子手大人的跟班,你这个寡妇总监,"(寡妇是苦役犯替断头台起的又可怕又有诗意的名字。)他转身对特务长说,"大家客客气气!告诉我,是不是丝线出卖我的?我不愿意冤枉他,教他替别人抵命。"

这时警务人员在楼上抄遍了他的卧室,一切登记完毕,进来对他们的主任低声说话。逮捕笔录也已经写好。

"诸位,"高冷招呼同住的人,"他们要把我带走了。我在这儿的时候,大家都对我很好,我永远不会忘记。现在告辞了。将来我会寄普罗旺斯②的无花果给你们。"

他走了几步,又回头瞧了瞧拉斯蒂涅。

"再会,欧也纳,"他的声音又温柔又凄凉,跟他长篇大论的粗野口吻完全不同,"要有什么为难,我给你留下一个忠心的朋友。"

他虽然戴了手铐,还能摆出剑术教师的架式,喊着:"一,二!"③然后往前跨了一步,又说:

---

① 社会契约即卢梭著的《民约论》。
② 普罗旺斯为法国南部各州的总名,多隆监狱即在此区域内。
③ "一,二!"为剑术教师教人开步时的口令。

"有什么倒霉事儿,尽管找他。人手和钱都好调度。"

这怪人的最后几句说得十分滑稽,除了他和拉斯蒂涅之外,谁都不明白。警察,士兵,警务人员一齐退出屋子,西尔维一边用酸醋替女主人擦太阳穴,一边瞧着那般诧异不止的房客,说道:

"不管怎么样,他到底是个好人!"

大家被这一幕引起许多复杂的情绪,迷迷糊糊愣在那里,听了西尔维的话方始惊醒过来,然后你望着我,我望着你,不约而同的把眼睛都盯在米旭诺小姐身上。她像木乃伊一样的干瘪,又瘦又冷,缩在火炉旁边,低着眼睛,只恨眼罩的阴影不够遮掩她两眼的表情。众人久已讨厌这张脸,这一下突然明白了讨厌的原因。屋内隐隐然起了一阵嘀咕声,音调一致,表示反感也全场一致。米旭诺听见了,仍旧留在那里。皮安训第一个探过身去对旁边的人轻轻的说:

"要是这婆娘再同我们一桌子吃饭,我可要跑了。"

一刹那间,除了波阿莱,各人赞成医学生的主张;医学生看见大众同意,走过去对波阿莱说:

"你和米旭诺小姐特别有交情,你去告诉她马上离开这儿。"

"马上?"波阿莱不胜惊讶的重复了一遍。

接着他走到老姑娘身旁,咬了咬她的耳朵。

"我房饭钱完全付清,我出我的钱住在这儿,跟大家一样!"她说完把全体房客毒蛇似的扫了一眼。

拉斯蒂涅说:"那容易得很,咱们来摊还她好了。"

她说:"你先生帮着高冷,哼,我知道为什么。"她瞅着大学生的眼光又恶毒又带着质问的意味。

欧也纳跳起来,仿佛要扑上去掐死老姑娘。米旭诺眼神中那点子阴险,他完全体会到,而他内心深处那些不可告人的邪念,也给米旭诺的目光照得雪亮。

房客们叫道:"别理她。"

拉斯蒂涅抱着手臂,一声不出。

"喂,把犹大小姐的事给了一了吧,"画家对伏盖太太说,"太太,你不请米旭诺走,我们走了,还要到处宣扬,说这儿住的全是苦役犯和奸细。不然的话,我们可以替你瞒着;老实说,这是在最上等的社会里也免不了的,除非在苦役犯额上刺了字,让他们没法冒充巴黎的布尔乔亚去招摇撞骗。"

听到这番议论,伏盖太太好像吃了仙丹,立刻精神抖擞,站起身子,把手臂一抱,睁着雪亮的眼睛,没有一点哭过的痕迹。

"嗳,亲爱的先生,你是不是要我的公寓关门?你瞧伏脱冷先生……哎哟!我的天!"她打住了话头,叫道,"我一开口就叫出他那个冒充规矩人的姓名!……一间屋空了,你们又要叫我多空两间。这时候大家都住定了,要我召租不是抓瞎吗!"

皮安训叫道:"诸位,戴上帽子走吧,上索蓬纳广场弗利谷多饭铺去!"

伏盖太太眼睛一转,马上打好算盘,骨碌碌的一直滚到米旭诺前面。

"喂,我的好小姐,好姑娘,你不见得要我关门吧,嗯?你瞧这些先生把我逼到这个田地;你今晚暂且上楼……"

"不行不行,"房客一齐叫着,"我们要她马上出去。"

"她饭都没吃呢,可怜的小姐。"波阿莱用了哀求的口吻。

"她爱上哪儿吃饭就哪儿吃饭。"好几个声音回答。

"滚出去,奸细!"

"奸细们滚出去!"

波阿莱这脓包突然被爱情鼓足了勇气,说道:"诸位,对女性总得客气一些!"

画家道:"奸细还有什么性别!"

"好一个女性喇嘛!"

"滚出去喇嘛!"

"诸位,这不像话。叫人走路也得有个体统。我们已经付清房饭钱,我们不走。"波阿莱说完,戴上便帽,走去坐在米旭诺旁边一张椅子上;伏盖太太正在说教似的劝她。

画家装着滑稽的模样对波阿莱说:"你放赖,小坏蛋,去你的吧!"

皮安训道:"喂,你们不走,我们走啦。"

房客们一窝蜂向客厅拥去。

伏盖太太嚷道:"小姐,你怎么着?我完了。你不能耽下去,他们会动武呢。"

米旭诺小姐站起身子。

——"她走了!"——"她不走!"——"她走了!"——"她不走!"

此呼彼应的叫喊,对米旭诺越来越仇视的说话,使米旭诺低声同伏盖太太办过交涉以后,不得不走了。

她用恐吓的神气说:"我要上皮诺太太家去。"

"随你,小姐,"伏盖太太回答,她觉得这房客挑的住所对她是恶毒的侮辱,因为皮诺太太的公寓是和她竞争的,所以她最讨厌,"上皮诺家去吧,去试试她的酸酒跟那些饭摊上买来的菜吧。"

全体房客分作两行站着,一点声音都没有。波阿莱好不温柔的望着米旭诺小姐,迟疑不决的神气非常天真,表示他不知怎么办,不知应该跟她走呢还是留在这儿。看米旭诺一走,房客们兴高采烈,又看到波阿莱这个模样,便互相望着哈哈大笑。

画家叫道:"唧,唧,唧,波阿莱,喂,唷,啦,喂唷!"

博物院管事很滑稽的唱起一支流行歌曲的头几句:

　　动身上叙利亚,那年轻俊俏的杜奴阿……

皮安训道:"走吧,你心里想死了,真叫作:嗜好所在,锲而不舍。"

助教说:"这句维吉尔的名言翻成普通话,就是各人跟着各人的相好走。"

米旭诺望着波阿莱,做了一个挽他手臂的姿势;波阿莱忍不住了,过去搡着老姑娘,引得众人哄堂大笑。

"好啊,波阿莱!"

"这个好波阿莱哪!"

"阿波罗-波阿莱!"

"战神波阿莱!"

"英勇的波阿莱!"

这时进来一个当差,送一封信给伏盖太太。她念完立刻软瘫似的倒在椅子里。

"我的公寓给天雷打了,烧掉算啦。泰伊番的儿子三点钟断了气。我老是巴望那两位太太好,咒那个可怜的小伙子,现在我遭了报应。古的太太和维多莉叫人来拿行李,搬到她父亲家去。泰伊番先生答应女儿招留古的寡妇做伴。哎哟!多了四间空屋,少了五个房客!"她坐下来预备哭了,叫着:"晦气星进了我的门了!"

忽然街上又有车子的声音。

"又是什么倒霉的事来啦。"西尔维道。

高里奥突然出现,红光满面,差不多返老还童了。

"高里奥坐车!"房客一齐说,"真是世界末日到了!"

欧也纳坐在一角出神,高老头奔过去抓着他的胳膊,高高兴兴的说:"来啊。"

"你不知道出了事么?"欧也纳回答,"伏脱冷是一个逃犯,刚才给抓了去;泰伊番的儿子死了。"

"哎!那跟我们什么相干?我要同女儿一起吃饭,在你屋子里!听见没有?她等着你呢,来吧!"

他用力抓起拉斯蒂涅的手臂,死拖活拉,好像把拉斯蒂涅当作情妇一般的绑走了。

"咱们吃饭吧。"画家叫着。

每个人拉开椅子,在桌边坐下。

胖子西尔维道:"真是,今天样样倒霉。我的黄豆煮羊肉也烧焦了。也罢,就请你们吃焦的吧。"

伏盖太太看见平时十八个人的桌子只坐了十个,没有勇气说话了;每个人都想法安慰她,逗她高兴。先是包饭客人还在谈伏脱冷和当天的事,不久顺着谈话忽东忽西的方向,扯到决斗,苦役监,司法,牢狱,需要修正的法律等等上去了。说到后来,跟什么高冷,维多莉,泰伊番,早已离开十万八千里。他们十个人叫得二十个人价响,似乎比平时人更多;今天这顿晚饭和隔天那顿晚饭就是这么点儿差别。这批自私的人已经恢复了不关痛痒的态度,等明天再在巴黎的日常事故中另找一个倒霉鬼做他们的牺牲品。便是伏盖太太也听了胖子西尔维的话,存着希望安静下来。

这一天从早到晚对欧也纳是一连串五花八门的幻境;他虽则个性很强,头脑清楚,也不知道怎样整理他的思想;他经过了许多紧张的情绪,上了马车坐在高老头身旁,老人那些快活得异乎寻常的话传到他耳朵里,简直像梦里听到的。

"今儿早上什么都预备好了。咱们三个人就要一块儿吃饭了,一块儿!懂不懂?四年工夫我没有跟我的但斐纳,跟我的小但斐纳吃饭了。这一回她可以整个晚上陪我了。我们从早上起就在你屋子里,我脱了衣衫,像小工一般做活,帮着搬家具。啊!啊!你不知道她在饭桌上才殷勤呢,她曾招呼我:嗳,爸爸,尝尝这个,多好吃!可是我吃不下。噢!已经有那么久,我没有像今晚这样可以舒舒服服同她在一起了!"

欧也纳说:"怎么,今天世界真是翻了身吗?"

高里奥说:"什么翻了身?世界从来没这样好过。我在街上只看见快活的脸,只看见人家在握手,拥抱;大家都高兴得不得了,仿佛全要上女儿家吃饭,吃一顿好饭似的。你知道,她是当我的面向英国咖啡馆的总管点的菜。嗳!在她身边,黄连也会变成甘草咧。"

"我现在才觉得活过来了。"欧也纳道。

"喂,马夫,快一点呀,"高老头推开前面的玻璃叫,"快点儿,十分钟赶到,我给五法郎酒钱。"

马夫听着,加了几鞭,他的马便在巴黎街上闪电似的飞奔起来。

高老头说:"他简直不行,这马夫。"

拉斯蒂涅问道:"你带我上哪儿去啊?"

高老头回答:"你府上啰。"

车子在阿多阿街停下。老人先下车,丢了十法郎给马夫,那种阔绰活现出一个单身汉得意之极,什么都不在乎。

"来,咱们上去吧。"他带着拉斯蒂涅穿过院子,走上三楼的一个公寓,在一幢外观很体面的新屋子的后半边。高老头不用打铃。特·纽沁根太太的老妈子丹兰士已经来开门了。欧也纳看到一所单身汉住的精雅的屋子,包括穿堂,小客厅,卧室,和一间面临花园的书房。小客厅的家具和装修,精雅无比。在烛光下面,欧也纳看见但斐纳从壁炉旁边一张椅子上站起来,把遮火的团扇①放在壁炉架上,声音非常温柔的招呼他:

"非得请你才来吗,你这位莫名其妙的先生!"

丹兰士出去了。大学生搂着但斐纳紧紧抱着,快活得哭了。这一天,多少刺激使他的心和头脑都疲倦不堪,加上眼前的场面和公寓里的事故对比之下,拉斯蒂涅更加容易激动。

"我知道他是爱你的。"高老头悄悄的对女儿说。欧也纳软瘫似的倒在沙发上,一句话都说不出来,也弄不清这最后一幕幻境,怎么变出来的。

"你来瞧瞧。"特·纽沁根太太抓了他的手,带他走进一间屋子,其中的地毯,器具,一切细节都教他想到但斐纳家里的卧房,不过小了一点。

"还少一张床。"拉斯蒂涅说。

"是的,先生。"她红着脸,紧紧握了握他的手。

---

① 当时妇女握在手中用以遮蔽火炉热气的团扇。

欧也纳望着但斐纳,他还年轻,懂得女人动了爱情自有真正的羞恶之心表现出来。他附在她耳边说:

"你这种妙人儿,真值得人家一辈子的疼爱。我敢说这个话,因为我们两个心心相印。爱情越热烈越真诚,越应当含蓄隐蔽,不露痕迹。我们决不能对外人泄露秘密。"

"哦!我不是什么外人啊,我!"高老头咕噜着说。

"你知道你便是我们……"

"对啦,我就希望这样。你们不会提防我的,是不是?我走来走去,像一个无处不在的好天使,你们只知道有他,可是看不见他。嗳,但斐纳,尼奈特,但但!我当初告诉你:阿多阿街有所漂亮屋子,替他布置起来吧!——不是说得很对么?你还不愿意。啊!你的生命是我给的,你的快乐还是我给的。做父亲的要幸福,就得永远的给。永远的给,这才是父亲的所以成其为父亲。"

"怎么呢?"欧也纳问。

"是呀,她早先不愿意,怕人家说闲话,仿佛'人家'抵得上自己的幸福!所有的女人都恨不得要学但斐纳的样呢……"

高老头一个人在那儿说话,特·纽沁根太太带拉斯蒂涅走进书房,给人听到一个亲吻的声音,虽是那么轻轻的一吻。书房和别间屋子一样精雅;每间屋里的动用器具也已经应有尽有。

"你说,我们是不是猜中了你的心意?"她回到客厅吃晚饭时问。

"当然。这种全套的奢华,这些美梦的实现,年少风流的生活的诗意,我都彻底领会到,不至于没有资格享受;可是我不能受你,我还太穷,不能……"

"嗯嗯!你已经在反抗我了。"她装着半正经半玩笑的神气说,有模有样的噘着嘴。逢到男人有所顾虑的时候,女人多半用这个方法对付。

欧也纳这一天非常严肃的拷问过自己,伏脱冷的被捕又使他发觉差点儿一失足成千古恨,因此加强了他的高尚的心胸与骨气,不愿轻易接受礼物。但斐纳尽管撒娇,和他争执,他也不肯让步。他只觉得非常悲哀。

"怎么!"特·纽沁根太太说,"你不肯受?你不肯受是什么意思,你知道吗?那表示你怀疑我们的前途,不敢和我结合。你怕有朝一日会欺骗我!倘使你爱我,倘使我……爱你,干吗你对这么一些薄意就不敢受?要是你知道我怎样高兴替你布置这个单身汉的家,你就不会推三阻四,马上要向我道歉了。你有钱存在我这儿,我把这笔钱花得很正当,这不就得了吗?你自以为胸襟宽大,其实并不。你所要求的还远不止这些……(她瞥见欧也纳有道热情奋发的目光)而为了区区小事就扭捏起来。倘使你不爱我,那么好,就别接受。我的命运只凭你一句话。你说呀!"她停了一会,转过来向她父亲说:"喂,父亲,你开导开导他。难道他以为我对于我们的名誉不像他那么顾虑吗?"

高老头看着,听着这场怪有意思的拌嘴,傻呵呵的笑着。

但斐纳抓着欧也纳的手臂又说:"孩子,你正走到人生的大门,碰到多数男人没法打破的关口,现在一个女人替你打开了,你退缩了!你知道,你是会成功的,你能挣一笔大大的家业;瞧你美丽的额角,明明是飞黄腾达的相貌。今天欠我的,那时不是可以还我么?古时宫堡里的美人不是把盔甲,刀剑,骏马,供给骑士,让他们用她的名义到处去比武吗?嗳!欧也纳,我此刻送给你的是现代的武器,胸怀大志的人必不可少的工具。哼,你住的阁楼也够体面的了,倘使跟爸爸的屋子相像的话。哎,哎!咱们不吃饭了吗?你要我心里难受是不是?你回答我呀!"她摇摇他的手,"天哪!爸爸,你来叫他打定主意,要不然我就走了,从此不见他了。"

高老头从迷惘中醒过来,说道:"好,让我来叫你决定。亲爱的欧也纳先生,你不是会向犹太人借钱吗?"

"那是不得已呀。"

"好,就要你说这句话,"老人说着,掏出一只破皮夹,"那么我来做犹太人。这些账单是我付的,你瞧。屋子里全部的东西,账都清了。

也不是什么大数目,至多五千法郎,算是我借给你的。我不是女人,你总不会拒绝了吧。随便写个字做凭据,将来还我就行啦。"

几颗眼泪同时在欧也纳和但斐纳眼中打转,他们俩面面相觑,愣住了。拉斯蒂涅握着老人的手。

高里奥道:"哎哟,怎么!你们不是我的孩子吗?"

特·纽沁根太太道:"可怜的父亲,你哪儿来的钱呢?"

"嗳!问题就在这里。你听了我的话决意把他放在身边,像办嫁妆似的买东买西,我就想:她要为难了!代理人说,向你丈夫讨回财产的官司要拖到六个月以上。好!我就卖掉长期年金一千三百五十法郎的本金;拿出一万五存了一千二的终身年金①,有可靠的担保;余下的本金付了你们的账。我么,这儿楼上有间每年一百五十法郎的屋子,每天花上两法郎,日子就过得像王爷一样,还能有多余。我什么都不用添置,也不用做衣服。半个月以来我肚里笑着想:他们该多么快活啊!嗯,你们不是快活吗?"

"哦!爸爸,爸爸!"特·纽沁根太太扑在父亲膝上,让他抱着。

她拼命吻着老人,金黄的头发在他腮帮上厮磨,把那张光彩奕奕,眉飞色舞的老脸洒满了眼泪。

她说:"亲爱的父亲,你才是一个父亲!天下哪找得出第二个像你这样的父亲!欧也纳已经非常爱你,现在更要爱你了!"

高老头有十年工夫,不曾觉得女儿的心贴在他的心上跳过,他说:"噢!孩子们,噢,小但斐纳,你叫我快活死了!我的心胀破了。喂!欧也纳先生,咱们两讫了!"

老人抱着女儿,发疯似的蛮劲使她叫起来:

"哎,你把我掐痛了。"

"把你掐痛了?"他说着,脸色发了白,瞅着她,痛苦得了不得。这个父性基督的面目,只有大画家笔下的耶稣受难的图像可以相比。高老头轻轻的亲吻女儿的脸,亲着他刚才掐得太重的腰部。他又笑盈盈

---

① 终身年金为特种长期存款,按年支息,待存款人故世后本金即没收,故利率较高。

的,带着探问的口吻:

"不,不,我没有掐痛你;倒是你那么叫嚷使我难受。"他一边小心翼翼的亲着女儿,一边咬着她耳朵,"花的钱不止这些呢,咱们得瞒着他,要不然他会生气的。"

老人的牺牲精神简直无穷无尽,使欧也纳愣住了,只能不胜钦佩的望着他。那种天真的钦佩在青年人心中就是有信仰的表现。

他叫道:"我决不辜负你们。"

"噢,欧也纳,你说得好。"特·纽沁根太太亲了亲他的额角。

高老头道:"他为了你,拒绝了泰伊番小姐和她的几百万家私。是的,那姑娘是爱你的;现在她哥哥一死,她就和克莱宙斯①一样有钱了。"

拉斯蒂涅道:"呃!提这个做什么!"

"欧也纳,"但斐纳凑着他的耳朵说,"今晚上我还觉得美中不足。可是我多爱你,永远爱你!"

高老头叫道:"你们出嫁到现在,今天是我最快乐的日子了。好天爷要我受多少苦都可以,只要不是你们教我受的。将来我会想到:今年二月里我有过一次幸福,那是别人一辈子都没有的。你瞧我啊,但斐纳!"他又对欧也纳说:"你瞧她多美!你有没有碰到过有她那样好看的皮色,小小的酒窝的女人?没有,是不是?嗳,这个美人儿是我生出来的呀。从今以后,你给了她幸福,她还要漂亮呢。欧也纳,你如果要我的那份儿天堂,我给你就是,我可以进地狱。吃饭吧,吃饭吧。"他嚷着,不知道自己说些什么,"啊,一切都是咱们的了。"

"可怜的父亲!"

"我的儿啊,"他起来向她走去,捧着她的头亲她的头发,"你不知道要我快乐多么容易!只要不时来看我一下,我老是在上面,你走一步路就到啦。你得答应我!"

"是的,亲爱的父亲。"

---

① 克莱宙斯为公元前六世纪时小亚细亚利提阿最后一个国王,以广有财富著名。

"再说一遍。"

"是的,好爸爸。"

"行啦行啦,由我的性子,会教你说上一百遍。咱们吃饭吧。"

整个黄昏大家像小孩子一样闹着玩儿,高老头的疯癫也不下于他们俩。他躺在女儿脚下,亲她的脚,老半天盯着她的眼睛,把脑袋在她衣衫上厮磨;总之他像一个极年轻极温柔的情人一样风魔。

"你瞧,"但斐纳对欧也纳道,"我们和父亲在一起,就得整个儿给他。有时的确麻烦得很。"

这句话是一切忘恩负义的根源,可是欧也纳已经几次三番妒忌老人,也就不能责备她了。他向四下里望了望,问:

"屋子什么时候收拾完呢?今晚我们还得分手么?"

"是的。明儿你来陪我吃饭,"她对他使了个眼色,"那是意大利剧院上演的日子。"

高老头道:"那么我去买楼下的座儿。"

时间已经到半夜。特·纽沁根太太的车早已等着。高老头和大学生回到伏盖家,一路谈着但斐纳,越谈越上劲,两股强烈的热情在那里互相比赛。欧也纳看得很清楚,父爱绝对不受个人利害的玷污,父爱的持久不变和广大无边,远过于情人的爱。在父亲心目中,偶像永远纯洁,美丽,过去的一切,将来的一切,都能加强他的崇拜。他们回家发现伏盖太太待在壁炉旁边,在西尔维和克利斯朵夫之间。老房东坐在那儿,好比玛里于斯坐在迦太基的废墟之上。① 她一边对西尔维怨叹,一边等待两个硕果仅存的房客。虽然拜伦把泰斯②的哀怨描写得很美,以深刻和真实而论,远远不及伏盖太太的怨叹呢。

"明儿早上只要预备三杯咖啡了,西尔维!屋子里荒荒凉凉的,怎么不伤心?没有了房客还像什么生活!公寓里的人一下子全跑光了。

---

① 古罗马执政玛里于斯被舒拉战败,逃往非洲时曾逗留于迦太基废墟上,回想战败的经过,唏嘘凭吊。西方俗谚常以此典故为不堪回首之喻。
② 十六世纪意大利大诗人泰斯,在十九世纪浪漫派心目中代表被迫害的天才。

生活就靠那些衣食饭碗呀。我犯了什么天条要遭这样的飞来横祸呢？咱们的豆子和番薯都是预备二十个人吃的。想不到还要招警察上门！咱们只能尽吃番薯的了！只能把克利斯朵夫歇掉的了！"

克利斯朵夫从睡梦中惊醒过来，问了声：

"太太？"

"可怜的家伙！简直像条看家狗。"西尔维道。

"碰到这个淡月，大家都安顿好了，哪还有房客上门？真叫我急疯了。米旭诺那老妖精把波阿莱也给拐走了！她对他怎么的，居然叫他服服帖帖，像小狗般跟着就走？"

"呦！"西尔维侧了侧脑袋，"那些老姑娘自有一套鬼本领。"

"那个可怜的伏脱冷先生，他们说是苦役犯，嗳，西尔维，怎么说我还不信呢。像他那样快活的人，一个月喝十五法郎的葛洛莉亚，付账又从来不脱期！"

克利斯朵夫道："又那么慷慨！"

西尔维道："大概弄错了吧？"

"不，他自己招认了，"伏盖太太回答，"想不到这样的事会出在我家里，连一只猫儿都看不见的区域里！真是，我在做梦了。咱们眼看路易十六出了事，眼看皇帝①下了台，眼看他回来了又倒下去了，这些都不稀奇；可是有什么理由教包饭公寓遭殃呢？咱们可以不要王上，却不能不吃饭；龚弗冷家的好姑太太把好茶好饭款待客人……除非世界到了末日……唉，对啦，真是世界的末日到啦。"

西尔维叫道："再说那米旭诺小姐，替你惹下了大祸，反而拿到三千法郎的赏金！"

伏盖太太道："甭提了，简直是个女流氓！还要火上加油，住到皮诺家去！哼，她什么都做得出，一定干过混账事儿，杀过人，偷过东西，倒是她该送进苦役监，代替那个可怜的好人……"

---

① 十九世纪的法国人对拿破仑通常简称为皇帝，即使在下野以后仍然保持此习惯。

说到这里,欧也纳和高老头打铃了。

"啊!两个有义气的房客回来了。"伏盖太太说着,叹了口气。

两个有义气的房客已经记不大清公寓里出的乱子,直截了当的向房东宣布要搬往唐打区。

"唉,西尔维,"寡妇说,"我最后的王牌也完啦。你们两位要了我的命了!简直是当胸一棍。我这里好似有根铁棒压着。真的,我要发疯了。那些豆子又怎么办?啊!好,要是只剩下我一个人,你明儿也该走了,克利斯朵夫。再会吧,先生们,再会吧。"

"她怎么啦?"欧也纳问西尔维。

"噢!出了那些事,大家都跑了,她急坏了。哎,听呀,她哭起来了。哭一下对她倒是好的。我服侍她到现在,还是第一回看见她落眼泪呢。"

第二天,伏盖太太像她自己所说的,想明白了。固然她损失了所有的房客,生活弄得七颠八倒,非常伤心,可是她神志很清,表示真正的痛苦,深刻的痛苦,利益受到损害,习惯受到破坏的痛苦是怎么回事。一个情人对情妇住过的地方,在离开的时候那副留恋不舍的目光,也不见得比伏盖太太望着空荡荡的饭桌的眼神更凄惨。欧也纳安慰她,说皮安训住院实习的时期几天之内就满了,一定会填补他的位置;还有博物院管事常常羡慕古的太太的屋子;总而言之,她的人马不久仍旧会齐的。

"但愿上帝听你的话,亲爱的先生!不过晦气进了我的屋子,十天以内必有死神光临,你等着瞧吧,"她把阴惨惨的目光在饭厅内扫了一转,"不知轮着哪一个!"

"还是搬家的好。"欧也纳悄悄的对高老头说。

"太太,"西尔维慌慌张张跑来,"三天不看见咪斯蒂格里了。"

"啊!好,要是我的猫死了,要是它离开了我们,我……"

可怜的寡妇没有把话说完,合着手仰在椅背上,被这个可怕的预兆吓坏了。

"啊！两个有义气的房客回来了。"伏盖太太说着，叹了口气。

两 个 女 儿

晌午,正当邮差走到先贤祠区域的时候,欧也纳收到一封封套很精致的信,火漆上印着鲍赛昂家的纹章。信内附一份给特·纽沁根夫妇的请帖;一个月以前预告的盛大的舞会快举行了。另外有个字条给欧也纳:

> 我想,先生,你一定很高兴代我向特·纽沁根太太致意。我特意寄上你要求的请柬,我很乐意认识特·雷斯多太太的妹妹。替我陪这个美人儿来吧,希望你别让她把你的全部感情占了去,你该回敬我的着实不少哩。
>
> 特·鲍赛昂子爵夫人

欧也纳把这封短简念了两遍,想道:"特·鲍赛昂太太明明表示不欢迎特·纽沁根男爵。"

他赶紧上但斐纳家,很高兴能给她这种快乐,说不定还会得到酬报呢。特·纽沁根太太正在洗澡。拉斯蒂涅在内客室等。一个想情人想了两年的急色儿,等在那里当然极不耐烦。这等情绪,年轻人也不会碰到第二次。男人对于他所爱的第一个十足地道的女子,就是说符合巴黎社会的条件的,光彩耀目的女子,永远觉得天下无双。巴黎的爱情和旁的爱情没有一点儿相同。每个人为了体统关系,在所谓毫无利害作用的感情上所标榜的门面话，男男女女是没有一个人相信的。在这儿，女人不但应当满足男人的心灵和肉体，而且还有更大的义务，要满足人生无数的虚荣。巴黎的爱情尤其需要吹捧，无耻，浪费，哄骗，摆阔。在路易十四的宫廷中，所有的妇女都羡慕拉·华梨哀小姐，因为她的热情使那位名君忘了他的袖饰值到六千法郎一对，把它撕破了来汲引特·凡尔蒙陶阿公爵①。以此为例，我们对别人还有什么话可说呢！你得年轻，有钱，有头衔，要是可能，金钱名位越显赫越好；你在偶像面前上的香越多，假定你能有一个偶像的话，她越宠你。爱情是一种宗教，信奉这个宗教比信奉旁的宗教代价高得多；并且很快就会消失，信仰过去的时候像一个顽皮的孩子，还得到处闯些祸。感情这种奢侈唯有阁楼上的穷小子才有；除了这种奢侈，真正的爱还剩下什么呢？倘若巴黎社会那些严格的法规有什么例外，那只能在孤独生活中，在不受人情世故支配的心灵中找到。这些心灵仿佛是靠近明净的，瞬息即逝而不绝如缕的泉水过活的；他们守着绿荫，乐于倾听另一世界的语言，他们觉得这是身内身外到处都能听到的；他们一边怨叹浊世的枷锁，一边耐心等待自己的超升。拉斯蒂涅却像多数青年一样，预先体验到权势的滋味，打算有了全副武装再跃登人生的战场；他已经染上社会的狂热，也许觉得有操纵社会的力量，但既不明白这种野心的目的，也不知道实现野心的方法。要是没有纯洁和神圣的爱情充实一个人的生命，那么，对权势的渴望也能促成美妙的事业——只要能摆脱一切个人的利害，以国家的光荣为目标。可是大学生还没有达到瞻望人生而加以批判的程度。在内地长大的儿童往往有些清新隽永的念头，像绿荫一般荫庇他们的青春，至此为止拉斯蒂涅还对那些念头有所留恋。他老是踌躇不决，不敢放胆在巴黎下海。尽管好奇心很强，他骨子里仍忘不了一个真正的乡绅在古堡中的幸福生活。虽然如此，他隔夜逗留在新屋子里的时候，最后一些顾虑已经

---

① 拉·华梨哀为路易十四的情妇，特·凡尔蒙陶阿公爵是他们的私生子。

消灭。前一个时期他已经靠着出身到处沾光,如今又添上一个物质优裕的条件,使他把内地人的壳完全脱掉了,悄悄的爬到一个地位,看到一个美妙的前程。因此,在这间可以说一半是他的内客室中懒洋洋的等着但斐纳,欧也纳觉得自己和去年初到巴黎时大不相同,回顾之下,他自问是否换了一个人。

"太太在寝室里。"丹兰士进来报告,吓了他一跳。

但斐纳横在壁炉旁边一张双人沙发上,气色鲜艳,精神饱满;罗绮被体的模样令人想到印度那些美丽的植物,花还没有谢,果子已经结了。

"哎,你瞧,咱们又见面了。"她很感动的说。

"猜猜我给你带了什么来着。"欧也纳说着,坐在她身旁,拿起她的手亲吻。

特·纽沁根太太念着请帖,做了一个快乐的手势。虚荣心满足了,她水汪汪的眼睛望着欧也纳,把手臂勾着他的脖子,发狂似的把他拉过来。

"倒是你(好宝贝!她凑上耳朵叫了一声。丹兰士在更衣室里,咱们得小心些!),倒是你给了我这个幸福!是的,我管这个叫作幸福。从你那儿得来的,当然不光是自尊心的满足。没有人肯介绍我进那个社会。也许你觉得我渺小,虚荣,轻薄,像一个巴黎女子;可是你知道,朋友,我准备为你牺牲一切;我所以格外想踏进圣·日耳曼区,还是因为你在那个社会里。"

"你不觉得吗,"欧也纳问,"特·鲍赛昂太太暗示她不预备在舞会里见到特·纽沁根男爵?"

"是啊,"男爵夫人把信还给欧也纳,"那些太太就有这种放肆的天才。可是管他,我要去的。我姊姊也要去,她正在打点一套漂亮的服装。"她又放低了声音说,"告诉你,欧也纳,因为外边有闲话,她特意要去露露面。你不知道关于她的谣言吗?今儿早上纽沁根告诉我,昨天俱乐部里公开谈着她的事,天哪!女人的名誉,家庭的名誉,真是太脆弱了！姊姊受到侮辱，我也跟着丢了脸。听说特·脱拉伊先生签在外边的借票有十万法郎，都到了期，要被人控告了。姊姊迫不得已把她的钻石卖给一个犹太人，那些美丽的钻石你一定看见她戴过，还是她婆婆传下来的呢。总而言之，这两天大家只谈论这件事儿。难怪阿娜斯大齐要定做一件金银线织锦缎的衣衫，到鲍府去出风头，戴着她的钻石给人看。我不愿意被她比下去。她老是想压倒我，从来没有对我好过；我帮过她多少忙，她没有钱的时候总给她通融。好啦，别管闲事了，今天我要痛痛快快的乐一下。"

早上一点，拉斯蒂涅还在特·纽沁根太太家，她恋恋不舍的和他告别，暗示未来的欢乐的告别。她很伤感的说：

"我真害怕，真迷信；不怕你笑话，我只觉得心惊胆战，唯恐我消受不了这个福气，要碰到什么飞来横祸。"

欧也纳道："孩子！"

她笑道："啊！今晚是我变作孩子了。"

欧也纳回到伏盖家，想到明天一定能搬走，又回味着刚才的幸福，便像许多青年一样，一路上做了许多美梦。

高老头等拉斯蒂涅走过房门的时候问道："喂，怎么呢？"

"明儿跟你细谈。"

"从头至尾都得告诉我啊。好，去睡吧，明儿咱们开始过快乐生活了。"

第二天，高里奥和拉斯蒂涅只等运输行派人来，就好离开公寓。不料中午时分，圣·日内维新街上忽然来了一辆车，停在伏盖家门口。特·纽沁根太太下来，打听父亲是否还在公寓。西尔维回答说是，她便急急上楼。欧也纳正在自己屋里，他的邻居却没有知道。吃中饭的时候，他托高老头代搬行李，约定四点钟在阿多阿街相会。老人出去找搬夫，欧也纳匆匆到学校去应了卯，又回来和伏盖太太算账，不愿意把这件事去累高老头，恐怕他固执，要代付欧也纳的账。房东太太不在家。欧也纳上楼瞧瞧有没有忘了东西，发觉这个念头转得不差，因为在抽斗内找出那张当初给伏脱冷的不写抬头人的借据,还是清偿那天随手扔下的。因为没有火,正想把借据撕掉,他忽然听出但斐纳的口音,便不愿意再有声响,马上停下来听,以为但斐纳不会再有什么秘密要隐瞒他的了。刚听了几个字,他觉得父女之间的谈话出入重大,不能不留神听下去。

"啊!父亲,"她道,"怎么老天爷没有叫你早想到替我追究产业,弄得我现在破产!我可以说话么?"

"说吧,屋子里没有人。"高老头声音异样的回答。

"你怎么啦,父亲?"

老人说:"你这是给我当头一棒。上帝饶恕你,孩子!你不知道我多爱你,你知道了就不会脱口而出,说这样的话了,况且事情还没有到绝望的地步。有什么大不了的事,教你这时候赶到这儿来?咱们不是等会就在阿多阿街相会吗?"

"唉!父亲,大祸临头,顷刻之间还做得了什么主!我急坏了!你的代理人把早晚要发觉的倒霉事儿,提早发觉了。你生意上的老经验马上用得着;我跑来找你,好比一个人淹在水里,哪怕一根树枝也抓着不放的了。但尔维先生看到纽沁根种种刁难,便拿起诉恐吓他,说法院立刻会批准分产的要求。纽沁根今天早上到我屋里来,问我是不是要同他两个一齐破产。我回答说,这些事我完全不懂,我只晓得有我的一份产业,应当由我掌管,一切交涉都该问我的诉讼代理人,我自己什么都不明白,什么都不能谈。你不是盼咐我这样说的吗?"

高老头回答说:"对!"

"唉!可是他告诉我生意的情形。据说他拿我们两人的资本一齐放进了才开头的企业,为了那个企业,必得放出大宗款子在外边。倘若我强迫他还我陪嫁,他就要宣告清理;要是我肯等一年,他以名誉担保能还我几倍或者三倍的财产,因为他把我的钱经营了地产,等那笔买卖结束了,我就可以支配我的全部产业。亲爱的父亲,他说得很真诚,我听着害怕了。他求我原谅他过去的行为,愿意让我自由,答应我爱怎办就怎办，只要让他用我的名义全权管理那些事业。为证明他的诚意，他说确定我产权的文件，我随时可以托但尔维先生检查。总之他自己缚手缚脚的交给我了。他要求再当两年家，求我除了他规定的数目以外，绝对不花钱。他对我证明，他所能办到的只是保全面子，他已经打发了他的舞女，不得不尽量暗中撙节，才能支持到投机事业结束，而不至于动摇信用。我跟他闹，装作完全不信，一步一步的逼他，好多知道些事情；他给我看账簿，最后他哭了，我从来没看见一个男人落到那副模样。他急坏了，说要自杀，疯疯癫癫的教我看了可怜。"

"你相信他的胡扯吗？"高老头叫道，"他这是做戏！我生意上碰到过德国人，几乎每个都规矩，老实，天真；可是一朝装着老实样儿跟你耍手段，耍无赖的时候，他们比别人更凶。你丈夫哄你。他觉得给你逼得无路可走了，便装死；他要假借你的名义，因为比他自己出面更自由。他想利用这一点规避生意上的风波。他又坏又刁，真不是东西。不行，不行！看到你两手空空我是不愿意进坟墓的。我还懂得些生意经。他说把资金放在某些企业上，好吧，那么他的款子一定有证券，借票，合同等等做凭据！叫他拿出来跟你算账！咱们会挑最好的投机事业去做，要冒险也让咱们自己来。咱们要拿到追认文书，写明但斐纳·高里奥，特·纽沁根男爵的妻子，产业自主。他把我们当傻瓜吗，这家伙？他以为我知道你没有了财产，没有了饭吃，能够忍受到两天吗？唉！我一天，一夜，两小时都受不了！你要真落到那个田地，我还能活吗？嗳，怎么，我忙上四十年，背着面粉袋，冒着大风大雨，舍不得吃，舍不得穿，样样为了你们，为我的两个天使——我只要看到你们，所有的辛苦，所有的重担都轻松了；而今日之下，我的财产，我的一辈子都变成一阵烟！真是气死我了！凭着天上地下所有的神灵起誓，咱们非弄个明白不可，非把账目，银箱，企业，统统清查不可！要不是有凭有据，知道你的财产分文不缺，我还能睡觉吗？还能躺下去吗？还能吃东西吗？谢谢上帝，幸亏婚约上写明你是财产独立的；幸亏有但尔维先生做你的代理人，他是一个规矩人。请上帝做证！你非到老都有你那一百万家私不可,非有你每年五万法郎的收入不可,要不然我就在巴黎闹他一个满城风雨,嘿!嘿!法院要不公正,我向国会请愿。知道你在银钱方面太平无事,才会减轻我的一切病痛,才能排遣我的悲伤。钱是性命。有了钱就有了一切。他对我们胡扯些什么,这亚尔萨斯死胖子?但斐纳,对这只胖猪,一个子儿都不能让,他从前拿锁链缚着你,磨得你这么苦。现在他要你帮忙了吧,好!咱们来抽他一顿,叫他老实一点。天哪,我满头是火,脑壳里有些东西烧起来了。怎么,我的但斐纳躺在草垫上!噢!我的斐斐纳!——该死!我的手套呢?哎,走吧,我要去把什么都看个清楚,账簿,营业,银箱,信札,而且当场立刻!直要知道你财产没有了危险,经我亲眼看过了,我才放心。"

"亲爱的父亲!得小心哪。倘若你想借这件事出气,显出过分跟他作对的意思,我就完啦。他是知道你的,认为我担心财产,完全是出于你的授意。我敢打赌,他不但现在死抓我的财产,而且还要抓下去。这流氓会拿了所有的资金,丢下我们溜之大吉的,他也知道我不肯因为要追究他而丢我自己的脸。他又狠又没有骨头。我把一切都想透了。逼他太甚,我是要破产的。"

"难道他是个骗子吗?"

"唉!是的,父亲,"她倒在椅子里哭了,"我一向不愿意对你说,免得你因为把我嫁了这种人而伤心!他的良心,他的私生活,他的精神,他的肉体,都是搭配好的!简直可怕,我又恨他又瞧不起他。你想,下流的纽沁根对我说了那番话,我还能敬重他吗?在生意上干得出那种勾当的人是没有一点儿顾虑的;因为我看透了他的心思,我才害怕。他明明白白答应我,他,我的丈夫,答应我自由,你懂得是什么意思?就是说我要在他倒霉的时候肯让他利用,肯出头顶替,他可以让我自由。"

高老头叫道:"可是还有法律哪!还有葛兰佛广场给这等女婿预备着呢;要没有刽子手,我就亲自动手,割下他的脑袋。"

"不，父亲，没有什么法律能对付这个人的。丢开他的花言巧语，听听他骨子里的话吧！——要你就完事大吉，一个子儿都没有，因为我不能丢了你而另外找个同党；要你就让我干下去，把事情弄成功。——这还不明白吗？他还需要我呢。我的为人他是放心的，知道我不会要他的财产，只想保住我自己的一份。我为了避免破产，不得不跟他做这种不清白的，盗窃式的勾结。他收买我的良心，代价是听凭我同欧也纳自由来往。——我允许你胡来，你得让我犯罪，教那些可怜虫倾家荡产！——这话还说得不明白吗？你知道他所谓的企业是怎么回事？他买进空地，教一些傀儡去盖屋子。他们一方面跟许多营造厂订分期付款的合同，一方面把屋子低价卖给我丈夫。然后他们向营造厂宣告破产，赖掉未付的款子。纽沁根银号这块牌子把可怜的营造商骗上了。这一点我是懂得的，我也懂得。为预防有朝一日要证明他已经付过大宗款子，纽沁根把巨额的证券送到了阿姆斯特丹、拿波里、维也纳。咱们怎么能抢回来呢？"

欧也纳听见高老头沉重的膝盖声，大概是跪在地下了。

老头儿叫道："我的上帝，我什么地方触犯了你，女儿才会落在这个混蛋手里，由他摆布？孩子，原谅我吧！"

但斐纳道："是的，我陷入泥坑，或许也是你的过失。我们出嫁的时候都没有头脑！社会，买卖，男人，品格，我们懂了哪一样？做父亲的应该代我们考虑。亲爱的父亲，我不埋怨你，原谅我说出那样的话。一切都是我的错。得了，爸爸，别哭啦。"她亲着老人的额角。

"你也别哭啦，我的小但斐纳。把你的眼睛给我，让我亲一亲，抹掉你的眼泪。好吧！我去找那大头鬼，把他一团糟的事理出个头绪来。"

"不，还是让我来吧；我会对付他。他还爱我呢！唉！好吧，我要利用这一点影响，教他马上放一部分资金在不动产上面。说不定我能教他用纽沁根太太的名义，在亚尔萨斯买些田，他是看重本乡的。不过明儿你得查一查他的账目跟业务。但尔维先生完全不懂生意一道。

哦,不,不要明天,我不愿意惹动肝火。特·鲍赛昂太太的跳舞会就在后天,我要调养得精神饱满,格外好看,替亲爱的欧也纳挣点儿面子!来,咱们去瞧瞧他的屋子。"

一辆车在圣·日内维新街停下,楼梯上传来特·雷斯多太太的声音。"我父亲在家吗?"她问西尔维。

这一下倒是替欧也纳解了围,他本想倒在床上装睡了。

但斐纳听出姊姊的口音,说道:"啊!父亲,没有人和你提到阿娜斯大齐吗?仿佛她家里也出了事呢。"

"怎么!"高老头道,"那是我末日到了。真叫作祸不单行,可怜我怎么受得了呢!"

"你好,父亲,"伯爵夫人进来叫,"哟!你在这里,但斐纳。"

特·雷斯多太太看到了妹妹,局促不安。

"你好,娜齐。你觉得我在这儿奇怪吗?我是跟父亲天天见面的,我。"

"从哪时起的?"

"要是你来这儿,你就知道了。"

"别挑错儿啦,但斐纳。"伯爵夫人的声音差不多要哭出来,"我苦极了,我完了,可怜的父亲!哦!这一次真完了!"

"怎么啦,娜齐?"高老头叫起来,"说给我们听吧,孩子。哎哟,她脸色不对了。但斐纳,快,快去扶住她,小乖乖,你对她好一点,我更喜欢你。"

"可怜的娜齐,"但斐纳扶着姊姊坐下,说,"你讲吧!你瞧,世界上只有我们俩始终爱着你,一切原谅你。瞧见没有,骨肉的感情才是最可靠的。"她给伯爵夫人嗅了盐,醒过来了。

"我要死啦,"高老头道,"来,你们俩都走过来。我冷啊。"他拨着炭火,"什么事,娜齐?快快说出来。你要我的命了……"

"唉!我丈夫全知道了。父亲,你记得上回玛克辛那张借票吗?那不是他的第一批债。我已经替他还过不少。正月初,我看他愁眉苦脸,对我什么都不说;可是爱人的心事最容易看透,一点儿小事就够了,何况还有预感。他那时格外多情,格外温柔,我总是一次比一次快乐。可怜的玛克辛! 他后来告诉我,原来他暗中和我诀别,想自杀。我拼命逼他,苦苦央求,在他前面跪了两小时,他才说出欠了十万法郎! 哦! 爸爸,十万法郎! 我疯了。你拿不出这笔钱,我又什么都花光了……"

"是的,"高老头说,"我没有办法,除非去偷。可是我会去偷的呀,娜齐! 会去偷的呀!"

姊妹俩听着不出声了。这句凄惨的话表示父亲的感情无能为力,到了痛苦绝望的地步,像一个人临终的痰厥,也像一颗石子丢进深渊,显出它的深度。天下还有什么自私自利的人,能够听了无动于衷呢?

"因此,父亲,我挪用了别人的东西,筹到了款子。"伯爵夫人哭着说。

但斐纳感动了,把头靠在姊姊的脖子上,她也哭了。

"那么外边的话都是真的了?"但斐纳问。

娜齐低下头去,但斐纳抱着她,温柔的亲吻,把她搂在胸口,说道:"我心中对你只有爱,没有责备。"

高老头有气无力的说:"你们两个小天使,干吗直要患难临头才肯和好呢?"

伯爵夫人受着热情的鼓励,又道:"为了救玛克辛的命,也为了救我的幸福,我跑去找你们认识的那个人,跟魔鬼一样狠心的高勃萨克,拿雷斯多看得了不起的,家传的钻石,他的,我的,一齐卖了。卖了! 懂不懂? 玛克辛得救了! 我完啦。雷斯多全知道了。"

高老头道:"怎么知道的? 谁告诉他的? 我要这个人的命!"

"昨天他叫我到他屋子去。——他说,阿娜斯大齐……(我一听声音就猜着了)你的钻石在哪儿? ——在我屋里啊。——不,他瞅着我说,在这儿,在我的柜子上。——他把手帕蒙着的匣子给我看,说道:你知道从哪儿来的吧? ——我双膝跪下……哭着问他要我怎么死。"

"是的,"高老头说,"我没有办法,除非去偷。"

"哎哟,你说这个话!"高老头叫起来,"皇天在上,哼!只要我活着,我一定把那个害你们的人,用文火来慢慢的烤,把他割做一片一片,像……"

高老头忽然不响,话到了喉咙说不出了。娜齐又道:

"临了他要我做的事比死还难受。天!但愿做女人的永远不会听到那样的话!"

"我要杀他,"高老头冷冷的说,"可恨他欠我两条命,而他只有一条;以后他又怎么说呢?"高老头望着阿娜斯大齐问。

伯爵夫人停了一忽儿说道:"他瞧着我说:——阿娜斯塔齐,我可以一笔勾销,和你照旧同居;我们有孩子。我不打死脱拉伊,因为不一定能打中;用别的方法消灭他又要触犯刑章。在你怀抱里打他吧,教孩子们怎么见人?为了使孩子们,孩子们的父亲,跟我,一个都不伤,我有两个条件。你先回答我:孩子中间有没有我的?——我回答说有。他问:哪一个?——欧纳斯德,最大的。——好,他说,现在你得起誓,从今以后服从我一件事。(我便起了誓。)多咱我要求你,你就得在你产业的卖契上签字。"

"不能签呀,"高老头叫着,"永远不能签这个字。吓!雷斯多先生,你不能使女人快活,她自己去找;你自己不惭愧,反倒要责罚她?……哼,小心点儿!还有我呢,我要到处去等他。娜齐,你放心。啊,他还舍不得他的后代!好吧,好吧。让我掐死他的儿子,哎哟!天打的!那是我的外孙呀。那么这样吧,我能够看到小娃娃,我把他藏在乡下,你放心,我会照顾他的。我可以逼这个魔鬼投降,对他说:咱们来拼一拼吧!你要儿子,就得还我女儿财产,让她自由。"

"我的父亲!"

"是的,你的父亲!唉,我是一个真正的父亲。这流氓贵族不来伤害我女儿也还罢了。天打的!我不知道我的气多大。我像老虎一样,恨不得把这两个男人吃掉。哦呀!孩子们,你们过的这种生活!我急疯了。我两眼一翻,你们还得了!做父亲的应该和女儿活得一样长久。上帝啊,你把世界弄得多糟!人家还说你圣父有个圣子呢。你正应当保护我们,不要在儿女身上受苦。亲爱的小天使,怎么!直要你们遭了难我才能见到你们么?你们只拿眼泪给我看。嗳,是的,你们是爱我的,我知道。来吧,到这儿来哭诉吧,我的心大得很,什么都容得下。是的,你们尽管戳破我的心,撕作几片,还是一片片父亲的心。我恨不得代你们受苦。啊!你们小时候多么幸福!……"

"只有那个时候是我们的好日子,"但斐纳说,"在阁楼面粉袋上打滚的日子到哪里去了?"

"父亲!事情还没完呢,"阿娜斯大齐咬着老人的耳朵,吓得他直跳起来,"钻石没有卖到十万法郎。玛克辛给告上了。我们还缺一万二。他答应我以后安分守己,不再赌钱。你知道,除了他的爱情,我在世界上一无所有;我又付了那么高的代价,失掉这爱情,我只能死了。我为他牺牲了财产,荣誉,良心,孩子。唉!你至少想想办法,别让玛克辛坐牢,丢脸;我们得支持他,让他在社会上混出一个局面来。现在他不但要负我幸福的责任,还要负不名一文的孩子们的责任。他进了圣·贝拉伊①,一切都完啦。"

"我没有这笔钱呀,娜齐。我什么都没有了,没有了!真是世界末日到了。哦呀,世界要坍了,一定的。你们去吧,逃命去吧!呃!我还有银搭扣,六套银的刀叉,我当年第一批买的,最后,我只有一千两百的终身年金……"

"你的长期存款哪儿去了?"

"卖掉了,只留下那笔小数目做生活费。我替但斐纳布置一个屋子,需要一万二。"

"在你家里吗,但斐纳?"特·雷斯多太太问她的妹妹。

高老头说:"问这个干吗!反正一万二已经花掉了。"

伯爵夫人说:"我猜着了。那是为了特·拉斯蒂涅先生。唉!可

---

① 当时拘留债务人的监狱,一八二七年起改为政治犯的监狱。

怜的但斐纳,得了吧。瞧瞧我到了什么田地。"

"亲爱的,特·拉斯蒂涅先生不会教情妇破产。"

"谢谢你,但斐纳,想不到在我危急的关头你会这样;不错,你从来没有爱过我。"

"她爱你的,娜齐,"高老头说,"我们刚才谈到你,她说你真美,她自己不过是漂亮罢了。"

伯爵夫人接着说:"她!那么冷冰冰的,好看?"

"由你说吧,"但斐纳红着脸回答,"可是你怎么对我呢?你不认我妹妹,我希望要走动的人家,你都给我断绝门路,一有机会就教我过不去。我,有没有像你这样把可怜的父亲一千又一千的骗去,把他榨干了,逼他落到这个田地?瞧吧,这是你的成绩,姊姊。我却是尽可能的来看父亲,并没把他撵出门外,等到要用着他的时候再来舐他的手。他为我花掉一万二,事先我完全不知道。我没有乱花钱,你是知道的。并且即使爸爸送东西给我,我从来没有向他要过。"

"你比我幸福,特·玛赛先生有钱,你肚里明白。你老是像黄金一样吝啬。再会吧,我没有姊妹,也没有……"

高老头喝道:"别说了,娜齐!"

但斐纳回答娜齐:"只有像你这样的姊妹才会跟着别人造我谣言,你这种话已经没有人相信了。你是野兽。"

"孩子们,孩子们,别说了,要不我死在你们前面了。"

特·纽沁根太太接着说:"得啦,娜齐,我原谅你,你倒了霉。可是我不像你这么做人。你对我说这种话,正当我想拿出勇气帮助你的时候,甚至想走进丈夫的屋子求他,那是我从来不肯做的,哪怕为了我自己或者为了……这个总该对得起你九年以来对我的阴损吧?"

父亲说:"孩子们,我的孩子们,你们拥抱呀!你们是一对好天使呀!"

"不,不,你松手,"伯爵夫人挣脱父亲的手臂,不让他拥抱,"她对我比我丈夫还狠心。大家还要说她大贤大德呢!"

特·纽沁根太太回答:"哼,我宁可人家说我欠特·玛赛先生的钱,不愿意承认特·脱拉伊先生花了我二十多万。"

伯爵夫人向她走近一步,叫道:"但斐纳!"

男爵夫人冷冷的回答:"你诬蔑我,我只对你说老实话。"

"但斐纳!你是一个……"

高老头扑上去拉住娜齐,把手掩着她的嘴。

娜齐道:"哎唷!父亲,你今天碰过了什么东西?"

"哟,是的,我忘了,"可怜的父亲把手在裤子上抹了一阵,"我不知道你们会来,我正要搬家。"

他很高兴受这一下抱怨,把女儿的怒气转移到自己身上。他坐下说:

"唉!你们撕破了我的心。我要死了,孩子们!脑子里好像有团火在烧。你们该和和气气,相亲相爱。你们要我命了。但斐纳,娜齐,得了吧,你们俩都有是都有不是。喂,但但尔,"他含着一包眼泪望着男爵夫人,"她要一万两千法郎,咱们来张罗吧。你们别这样的瞪眼呀。"

他跪在但斐纳面前,凑着她耳朵说:

"让我高兴一下,你向她赔个不是吧,她比你更倒霉是不是?"

父亲的表情痛苦得像疯子和野人,但斐纳吓坏了,说道:

"可怜的娜齐,是我错了,来,拥抱我吧……"

高老头道:"啊!这样我心里才好过一些。可是哪儿去找一万两千法郎呢?也许我可以代替人家服兵役。"

"啊!父亲!不能,不能。"两个女儿围着他喊。

但斐纳说:"你这种念头只有上帝报答你,我们粉身碎骨也补报不了!不是么,娜齐?"

"再说,可怜的父亲,即使代替人家服兵役也不过杯水车薪,无济于事。"娜齐回答。

老人绝望之极,叫道:"那么咱们卖命也不成吗?只要有人救你,娜齐,我肯为他拼命,为他杀人放火。我愿意像伏脱冷一样进苦役场!我……"他忽然停住,仿佛被雷劈了一样。他扯着头发又道:"什么都光了!我要知道到哪儿去偷就好啦。不过要寻到一个能偷的地方也不容易。抢银行吧,又要人手又要时间。唉,我应该死了,只有死了。不中用了,再不能说是父亲了!不能了。她来向我要,她有急用!而我,该死的东西,竟然分文没有。啊!你把钱存了终身年金,你这老混蛋,你忘了女儿吗?难道你不爱她们了吗?死吧,像野狗一样的死吧!对啦,我比狗还不如,一条狗也不至于干出这种事来!哎哟!我的脑袋烧起来啦。"

"噢!爸爸,使不得,使不得。"姊妹俩拦着他,不让他把脑袋往墙上撞。

他号啕大哭。欧也纳吓坏了,抓起当初给伏脱冷的借据,上面的印花本来超过原来借款的数目;他改了数字,缮成一张一万二的借据,写上高里奥的抬头,拿着走过去。

"你的钱来了,太太,"他把票据递给她,"我正在睡觉,被你们的谈话惊醒了,我才知道我欠着高里奥先生这笔钱。这儿是张票据,你可以拿去周转,我到期准定还清。"

伯爵夫人拿了票据,一动不动;她脸色发白,浑身哆嗦,气愤到极点,叫道:

"但斐纳,我什么都能原谅你,上帝可以做证!可是这一手哪!吓,你明知道他先生在屋里!你竟这样卑鄙,借他来报仇,让我把自己的秘密,生活,孩子的底细,我的耻辱,名誉,统统交在他手里!去吧,我不认得你这个人,我恨你,我要好好的收拾你……"她气得说不上话,喉咙都干了。

"嗳,他是我的儿子啊,是咱们大家的孩子,是你的兄弟,你的救星啊,"高老头叫着,"来拥抱他,娜齐!瞧,我拥抱他呢。"他说着拼命抱着欧也纳,"噢!我的孩子!我不但要做你的父亲,还要代替你所有的家属。我恨不得变作上帝,把世界丢在你脚下。来,娜齐,来亲他!他不是个凡人,是个天使,真正的天使。"

但斐纳说:"别理她,父亲,她疯了。"

特·雷斯多太太说:"疯了！疯了！你呢？"

"孩子们,你们这样下去,我要死了。"老人说着,像中了一颗子弹似的往床上倒下。"她们逼死我了！"他对自己说。

欧也纳被这场剧烈的吵架弄得失魂落魄,一动不动愣在那里。但斐纳急急忙忙替父亲解开背心。娜齐毫不在意,她的声音,目光,姿势,都带着探问的意味,叫了声欧也纳:

"先生——"

他不等她问下去就回答:"太太,我一定付清,决不声张。"

老人晕过去了,但斐纳叫道:

"娜齐！你把父亲逼死了！"

娜齐却是往外跑了。

"我原谅她,"老人睁开眼来说,"她的处境太可怕了,头脑再冷静的人也受不住。你安慰安慰娜齐吧,对她好好的,你得答应我,答应你快死的父亲。"他紧紧握着但斐纳的手说。

但斐纳大吃一惊,说道:"你怎么啦？"

父亲说:"没有什么,没有什么。就会好的。觉得有些东西压在我脑门上,大概是头痛。可怜的娜齐,将来怎么办呢？"

这时伯爵夫人回进屋子,跪倒在父亲脚下,叫道:

"原谅我吧！"

"唉,"高老头回答,"你现在叫我更难受了。"

伯爵夫人含着泪招呼拉斯蒂涅:"先生,我一时急昏了头,冤枉了人,你对我真像兄弟一样么？"她向他伸出手来。

"娜齐,我的小娜齐,把一切都忘了吧。"但斐纳抱着她叫。

"我不会忘掉的,我！"

高老头嚷道:"你们都是天使,你们使我重见光明,你们的声音使我活过来了。你们再拥抱一下吧。嗳,娜齐,这张借据能救了你吗？"

"但愿如此。喂,爸爸,你能不能给个背书?"

"对啦,我真该死,忘了签字!我刚才不舒服,娜齐,别恨我啊。你事情完了,马上派人来说一声。不,还是我自己来吧。哦,不!我不能来,我不能看见你丈夫,我会当场打死他的。他休想抢你的财产,还有我呢。快去吧,孩子,想法教玛克辛安分些。"

欧也纳看着呆住了。

特·纽沁根太太说:"可怜的娜齐一向暴躁,她心是好的。"

"她是为了借票的背书回来的。"欧也纳凑在但斐纳的耳边说。

"真的吗?"

"但愿不是,你可不能不防她一着。"他抬起眼睛,仿佛把不敢明说的话告诉了上帝。

"是的,她专门装腔,可怜父亲就相信她那一套。"

"你觉得怎么啦?"拉斯蒂涅问老人。

"我想睡觉。"他回答。

欧也纳帮着高里奥睡下。老人抓着但斐纳的手睡熟的时候,她预备走了,对欧也纳说:

"今晚在意大利剧院等你。到时你告诉我父亲的情形。明儿你得搬家了,先生。让我瞧瞧你的屋子吧。"她一进去便叫起来,"哟!要命!你比父亲使得还要坏。欧也纳,你心地太好了。我更要爱你。可是孩子,倘使你想挣一份家业,就不能把一万两千法郎随便往窗外扔。特·脱拉伊先生是个赌棍,姊姊不愿意看清这一点。一万二!他会到输一座金山或者赢一座金山的地方去张罗的。"

他们听见哼了一声,便回到高里奥屋里。他似乎睡熟了;两个情人走近去,听见他说了声:

"她们在受罪啊!"

不管他是睡着还是醒着,说那句话的口气大大的感动了女儿,她走到破床前面亲了亲他的额角。他睁开眼来说:

"哦!是但斐纳!"

"嗳，你觉得怎么样？"她问。

"还好，你别担心，我就要上街的。得啦，得啦，孩子们，你们尽管去快活吧。"

欧也纳送但斐纳回家，因为不放心高里奥，不肯陪她吃饭。他回到伏盖公寓，看见高老头起来了，正预备吃饭。皮安训挑了个好仔细打量面条商的座位，看他嗅着面包辨别面粉的模样，发觉他的行动已经身不由主，便做了个凄惨的姿势。

"坐到我这边来，实习医师。"欧也纳招呼他。

皮安训很乐意搬个位置，可以和老头儿离得更近。

"他什么病呀？"欧也纳问。

"除非我看错，他完啦！他身上有些出奇的变化，恐怕马上要脑溢血了。下半个脸还好，上半部的线条统统往脑门那边吊上去了。那古怪的眼神也显得血浆已经进了脑子。你瞧他眼睛不是像布满无数的微尘吗？明儿我可以看得更清楚些。"

"还有救吗？"

"没有救了。也许可以拖几天，倘使能把反应限制在身体的末梢，譬如说，限制在大腿部分。明天晚上要是病象不停止，可怜虫就完啦。他怎么发病的，你知道没有？一定精神上受了剧烈的打击。"

"是的。"欧也纳说着，想起两个女儿接二连三的打击父亲的心。

"至少但斐纳是孝顺的！"他私下想。

晚上在意大利剧院，他说话很小心，唯恐特·纽沁根太太惊慌。

"你不用急，"她听了开头几句就回答，"父亲身体很强壮。不过今儿早上我们给他受了些刺激。我们的财产成了问题，你可知道这件倒霉事儿多么严重？要不是你的爱情使我感觉麻木，我竟活不下去了。爱情给了我生活的乐趣，现在我只怕失掉爱情。除此以外，我觉得一切都无所谓，世界上我什么都不爱了。你是我的一切。倘若我觉得有了钱快乐，那也是为了更能讨你喜欢。说句不怕害臊的话，我的爱情胜过我的孝心。我不知道为什么。我整个生命都在你身上。父亲给了我一颗心,可是有了你,它才会跳。全世界责备我,我也不管!你是没有权利恨我的,我为了不可抵抗的感情犯的罪,只要你能替我补赎就行了。你把我当作没有良心的女儿吗?噢,不是的。怎么能不爱一个像我们那样的好爸爸呢?可是我们可叹的婚姻的必然的后果,我能瞒着他吗?干吗他当初不拦阻我们?不是应该由他来替我们着想吗?今天我才知道他和我们一样痛苦;可是有什么办法?安慰他吗?安慰不了什么。咬紧牙齿忍耐吗?那比我们的责备和诉苦使他更难受。人生有些局面,简直样样都是辛酸。"

真正的感情表现得这么坦白,欧也纳听着很感动,一声不出。固然巴黎妇女往往虚伪,非常虚荣,只顾自己,又轻浮又冷酷;可是一朝真正动了心,能比别的女子为爱情牺牲更多的感情,能摆脱一切的狭窄卑鄙,变得伟大,达到高超的境界。并且,等到有一股特别强烈的感情把女人跟天性(例如父母与子女的感情)隔离了,有了距离之后,她批判天性的时候所表现的那种深刻和正确,也教欧也纳暗暗吃惊。特·纽沁根太太看见欧也纳不声不响,觉得心中不快,问道:

"你想什么呀?"

"我在体味你的话,我一向以为你爱我不及我爱你呢。"

她微微一笑,竭力遮掩心中的快乐,免得谈话越出体统。年轻而真诚的爱自有一些动人心魄的辞令,她从来没有听见过。再说几句,她就要忍不住了。

她改变话题,说道:"欧也纳,难道你不知道那个新闻吗?明天,全巴黎都要到特·鲍赛昂太太家,洛希斐特同特·阿瞿达侯爵约好,一点消息不让走漏;王上明儿要批准他们的婚约,你可怜的表姊还蒙在鼓里。她不能取消舞会,可是侯爵不会到场了。到处都在谈这件事。"

"大家取笑一个人受辱,暗地里却就在促成这种事!你不知道特·鲍赛昂太太要为之气死吗?"

但斐纳笑道:"不会的,你不知道这一类妇女。可是全巴黎都要到她家里去,我也要去——托你的福!"

"巴黎有的是谣言,说不定又是什么捕风捉影的事。"

"咱们明天便知分晓。"

欧也纳没有回伏盖公寓。他没有那个决心不享受一下他的新居。隔天他半夜一点钟离开但斐纳,今儿是但斐纳在清早两点左右离开他回家。第二天他起得很晚,中午等特·纽沁根太太来一块儿用餐。青年人都是只顾自己快活的,欧也纳差不多忘了高老头。在新屋里把精雅绝伦的东西一件一件使用过来,真是其乐无穷。再加特·纽沁根太太在场,更抬高了每样东西的价值。四点光景,两个情人记起了高老头,想到他有心搬到这儿来享福。欧也纳认为倘若老人病了,应当赶紧接过来。他离开但斐纳奔回伏盖家。高里奥和皮安训两人都不在饭桌上。

"啊,喂,"画家招呼他,"高老头病倒了,皮安训在楼上看护。老头儿今天接见了他一个女儿,特·雷斯多喇嘛伯爵夫人,之后他出去了一趟,加重了病。看来咱们要损失一件美丽的古董了。"

拉斯蒂涅冲上楼梯。

"喂,欧也纳先生!"

"欧也纳先生!太太请你。"西尔维叫。

"先生,"寡妇说,"高里奥先生和你应该是二月十五搬出的,现在已经过期三天,今儿是十八了,你们得再付一个月。要是你肯担保高老头,只请你说一声就行。"

"干吗?你不相信他吗?"

"相信!倘使老头儿昏迷了,死了,他的女儿们连一个子儿都不会给我的。他的破烂东西统共不值十法郎。今儿早上他把最后的餐具也卖掉了,不知为什么。他脸色像青年人一样。上帝原谅我,我只道他搽着胭脂,返老还童了呢。"

"一切由我负责。"欧也纳说着心慌得厉害,唯恐出了乱子。

他奔进高老头的屋子。老人躺在床上,皮安训坐在旁边。

"你好,老丈。"

老人对他温柔的笑了笑,两只玻璃珠子般的眼睛望着他,问:

"她怎么样?"

"很好,你呢?"

"不坏。"

"别让他劳神。"皮安训把欧也纳拉到屋子的一角嘱咐他。

"怎么啦?"欧也纳问。

"除非奇迹才有办法。脑溢血已经发作。现在贴着芥子膏药;幸而他还有感觉,药性已经起了作用。"

"能不能把他搬个地方?"

"不行。得留在这儿,不能有一点儿动作和精神上的刺激……"

欧也纳说:"皮安训,咱们俩来照顾他吧。"

"我已经请医院的主任医师来过。"

"结果呢?"

"要明儿晚上知道。他答应办完了公就来。不幸这倒霉蛋今儿早上胡闹了一次,他不肯说为什么。他脾气犟得像匹驴。我跟他说话,他装不听见,装睡,给我一个不理不答;倘使睁着眼睛,就一味的哼哼。他早上出去了,在城里乱跑,不知到了哪儿去。他把值钱的东西统统拿走了,做了些该死的交易,弄得精疲力尽!他女儿之中有一个来过这儿。"

"伯爵夫人吗?是不是大个子,深色头发,眼睛很精神很好看,身腰软软的,一双脚很有样的那个?"

"是的。"

拉斯蒂涅道:"让我来陪他一会。我盘问他,他会告诉我的。"

"我趁这时候去吃饭。千万别让他太兴奋,咱们还有一线希望呢。"

"你放心。"

高老头等皮安训走了,对欧也纳说:"明儿她们好痛痛快快的乐一下了。她们要参加一个盛大的跳舞会。"

"老丈,你今儿早上干了什么,累成这个样子躺在床上?"

"没有干什么。"

"阿娜斯大齐来过了吗?"拉斯蒂涅问。

"是的。"高老头回答。

"哎!别瞒我啦。她又问你要什么?"

"唉!"他迸足了力气说,"她很苦呀,我的孩子!自从出了钻石的事,她一个子儿都没有了。她为那个跳舞会定做了一件金线铺绣衣衫,好看到极点。不料那下流的女裁缝不肯赊账,结果老妈子垫了一千法郎定洋。可怜娜齐落到这步田地!我的心都碎了。老妈子看见雷斯多不相信娜齐,怕垫的钱没有着落,串通了裁缝,要等一千法郎还清才肯送衣服来。舞会便是明天,衣衫已经做好,娜齐急得没有法了。她想借我的餐具去抵押。雷斯多非要她上那个舞会去,教全巴黎瞧瞧那些钻石,外边说是她卖掉了。你想她能对那个恶鬼说:我欠着一千法郎,替我付一付吧。当然不能。我明白这个道理。但斐纳明儿要打扮得天仙似的,娜齐当然不能比不上妹妹。并且她哭得泪人儿似的,可怜的孩子!昨天我拿不出一万两千法郎,已经惭愧死了,我要拼这条苦命来补救。过去我什么都咬着牙齿忍受,但这一回没有钱,真是撕破了我的心。吓!我马上打定主意,把我的钱重新调度一下,拼凑一下;银搭扣和餐具卖了六百法郎,我的终身年金向高勃萨克押了四百法郎,一年为期。也行!我光吃面包就得了!年轻的时候我就是这样的,现在也还可以。至少我的娜齐能快快活活的消磨一晚啦,能花枝招展的去出风头啦。一千法郎钞票已经放在我床头。想着头底下藏着娜齐喜欢的东西,我心里就暖和。现在她可以撵走可恶的维多阿了,哼!用人不相信主人,还像话!明儿我就好啦,娜齐十点钟要来的。我不愿意她们以为我害了病。那她们要不去跳舞,来服侍我了。娜齐会拥抱我像拥抱她的孩子,她跟我亲热一下,我的病就没有啦。再说,在药铺子里我不是也能花掉上千法郎吗?我宁可给包医百病的娜齐的。至少我还能使她在苦难中得到点安慰,我存了终身年金的过失也能补救一下。她掉在窟窿里,我没有能力救她出来。哦!我要再去做买卖,上奥特赛去买谷子。那边的麦子比这儿贱三倍。麦子进口是禁止的;可是定法律的先生们并没禁止用麦子做的东西进口哪,吓!吓!今儿早上我想出来了!做淀粉买卖还有很大的赚头。"

"他疯了。"欧也纳望着老人想。

"得啦,你歇歇吧,别说话……"

皮安训上楼,欧也纳下去吃饭。接着两人轮流守夜,一个念医书,一个写信给母亲姊妹。

第二天,病人的症状,据皮安训说,略有转机,可是需要不断治疗,那也唯有两个大学生才能胜任。老人骨瘦如柴的身上除了安放许多水蛭以外,又要用水罨,又要用热水洗脚,种种的治疗,不是两个热心而强壮的青年人休想对付得了。特·雷斯多太太没有来,派了当差来拿钱。

"我以为她会亲自来的呢。也好,免得她看见我病了操心。"高老头说。女儿不来,他倒好像很高兴似的。

晚上七点,丹兰士送来一封但斐纳的信。

> 你在干什么呀,朋友?才相爱,难道就对我冷淡了吗?在肝胆相照的那些心腹话中,你表现的心灵太美了,我相信你是永久忠实的,感情的微妙,你了解太深刻了,正如你听摩才的祷告①时说的:对某些人,这不过是音符,对另外一些人却是音乐的最高境界!别忘了我今晚等你一同赴特·鲍赛昂夫人的舞会。特·阿瞿达先生的婚约,今天早上在宫中签了,可怜子爵夫人到两点才知道。全巴黎的妇女都要拥到她家里去,好似群众挤到葛兰佛广场去看执行死刑。你想,去瞧这位太太能否掩藏她的痛苦,能否视死如归,不是太惨了吗?朋友,倘使我从前去过她的家,今天我

---

① 洛西尼歌剧《摩才》中最精彩的一幕。

决计不去了;但她今后一定不再招待宾客,我过去所有的努力不是白费了吗?我的情形和别人不同,况且我也是为你去的。我等你。要是两小时内你还不在我身边,我不知道是否能原谅你。

拉斯蒂涅拿起笔来回答:

我等医生来,要知道你父亲还能活不能活。他快死了。我会把医生的判决通知你,恐怕竟是死刑。你能不能赴舞会,到时你斟酌吧。请接受我无限的温情。

八点半,医生来了,认为虽然没有什么希望,也不至于马上就死。他说还有好几次反复,才决定老人的生命和神志。

"他还是快一点死的好。"这是医生的最后一句话。

欧也纳把高老头交托给皮安训,向特·纽沁根太太报告凶讯去了;他家庭观念还很重,觉得一切娱乐这时都应该停止。

高老头好似迷迷糊糊的睡着了,在拉斯蒂涅出去的时候忽然坐起来叫着:"告诉她,教她尽管去玩儿。"

拉斯蒂涅愁眉苦脸的跑到但斐纳前面。她头也梳好了,鞋也穿好了,只等套上跳舞衣衫。可是最后的修整,像画家收拾作品的最后几笔,比用颜色打底子更费功夫。

"嗯,怎么,你还没有换衣服?"她问。

"可是太太,你的父亲……"

"又是我的父亲,"她截住了他的话,"应该怎么对待父亲,不用你来告诉我。我认识他这么多年了。欧也纳,甭说啦。你先穿扮了,我才听你的话。丹兰士在你家里一切都准备好了;我的车套好在那儿,你坐着去,坐着回来。到跳舞会去的路上,再谈父亲的事。我们非要早点儿动身不可,如果困在车马阵里,包管十一点才能进门。"

"太太!"

"去吧！甭说啦。"她说着奔进内客室去拿项链。

"嗳，去啊，欧也纳先生，你要惹太太生气了。"丹兰士一边说一边推他走。他可是被这个风雅的忤逆女儿吓呆了。

他一路穿衣一路想着最可怕最丧气的念头。他觉得社会好比一个大泥淖，一脚踩了进去，就陷到脖子。他想：

"他们连犯罪也是没有骨气没有血性的！伏脱冷伟大得多哩。"

他看到人生的三个面目：服从，斗争，反抗；家庭，社会，伏脱冷。他决不定挑哪条路。服从吗？受不了；反抗吗？做不到；斗争吗？没有把握。他又想到自己的家，恬静的生活，纯洁的感情，过去在疼爱他的人中间消磨的日子。那些亲爱的人按部就班照着日常生活的规律，在家庭中找到一种圆满的，持续不断的，没有苦闷的幸福。他虽有这些高尚的念头，可没有勇气向但斐纳说出他纯洁的信仰，不敢利用爱情强迫她走上道德的路。他才开始受到的教育已经见效，为了爱情，他已经自私了。他凭着他的聪明，识透了但斐纳的心，觉得她为了参加跳舞会，不怕踩着父亲的身体走过去；而他既没有力量开导她，也没有勇气得罪她，更没有骨气离开她。

"在这个情形之下使她理屈，她永远不会原谅我的。"他想。

然后他又推敲医生的话，觉得高老头也许并不像他想象的那么危险；总之他找出许多为凶手着想的理由，替但斐纳开脱。先是她不知道父亲的病情。即使她去看他，老人自己也要逼她回去参加跳舞会的。呆板的礼教只知道死抓公式，责备那些显而易见的过失；其实家庭中各人的性格，利害观念，当时的情势，都千变万化，可能造成许多特殊情形，宽恕那些表面上的罪过。欧也纳要骗自己，预备为了情妇而抹杀良心。两天以来，他的生活大起变化。女人搅乱了他的心，压倒了家庭，一切都为着女人牺牲了。拉斯蒂涅和但斐纳是在干柴烈火，使他们极尽绸缪的情形之下相遇的。欢情不但没有消灭情欲，反而把充分培养的情欲挑拨得更旺。欧也纳占有了这个女人，才发觉过去对她不过是肉的追求，直到幸福到手的第二天方始对她有爱情。也许爱情只是对欢娱所表示的感激。她下流也罢,高尚也罢,他反正爱极了这个女人,为了他给她的快乐,也为了他得到的快乐,而但斐纳的爱拉斯蒂涅,也像坦塔罗斯爱一个给他充饥疗渴的天使一样。①

欧也纳穿了跳舞服装回去,特·纽沁根太太问道:

"现在你说吧,父亲怎么啦?"

"不行哪。你要真爱我,咱们马上去看他。"

她说:"好吧,等跳舞回来。我的好欧也纳,乖乖的,别教训我啦,来吧。"

他们动身了。车子走了一程,欧也纳一声不出。

"你怎么啦?"她问。

"我听见你父亲痰都涌上来了。"他带着气恼的口吻回答。

接着他用青年人的慷慨激昂的辞令,说出特·雷斯多太太如何为了虚荣心下毒手,父亲如何为了爱她而闹出这场危险的病,娜齐的金线舞衫付出了如何可怕的代价。但斐纳听着哭了。

"我要难看了。"

这么一想,她眼泪干了,接着说:

"我要去服侍父亲,守在他床头。"

拉斯蒂涅道:"啊!这样我才称心哩。"

鲍赛昂府四周被五百多辆车上的灯照得通明雪亮。大门两旁各站着一个气吁吁的警察。这个名门贵妇栽了斤斗,无数上流社会的人都要来瞧她一瞧。特·纽沁根太太和拉斯蒂涅到的时候,楼下一排大厅早已黑压压的挤满了人。当年大公主跟特·洛尚公爵的婚约被路易十四否决以后,宫廷里全班人马曾经拥到公主府里;从此还没有一件情场失意的悲剧像鲍赛昂夫人的那么轰动过。那位天潢贵胄,蒲高涅王室的最后一个女儿②,并没有一点儿受痛苦打击的模样。当初她

---

① 坦塔罗斯为希腊神话中吕狄亚国王,因杀子飨神,被罚永久饥渴:俯饮河水,水即不见;仰取果实,高不可攀。
② 作者假定特·鲍赛昂夫人的母家是蒲高涅王族。中世纪时与十五世纪时,蒲高涅族曾两次君临法国。

为了点缀她爱情的胜利,曾经敷衍这个虚荣浅薄的社会;现在到了最后一刻,她依旧高高在上,控制这个社会。每间客厅里都是巴黎最美的妇女,个个盛装艳服,堆着笑脸。宫廷中最显要的人物,各国的大使公使,部长,名流,挂满了十字勋章,系着五光十色的绶带,争先恐后拥在子爵夫人周围。乐队送出一句又一句的音乐,在金碧辉煌的天顶下缭绕;可是在女后心目中,这个地方已经变成一片荒凉。鲍赛昂太太站在第一间客厅的门口,迎接那些自称为她的朋友的人。全身穿着白衣服,头上简简单单的盘着发辫,没有一点装饰,她安闲静穆,既没有痛苦,也没有高傲,也没有假装的快乐。没有一个人能看透她的心思。几乎像一座尼沃贝①的石像。她对几个熟朋友的笑容有时带点儿嘲弄的意味;但是在众人眼里,她始终和平常一样,同她被幸福的光辉照耀的时候一样。这个态度叫一般最麻木的人也看了佩服,犹如古时的罗马青年对一个含笑而死的斗兽士喝彩。上流社会似乎特意装点得花团锦簇,来跟它的一个母后告别。

她和拉斯蒂涅说:"我只怕你不来呢。"

拉斯蒂涅觉得这句话有点埋怨的意思,声音很激动的回答:"太太,我是预备最后一个走的。"

"好,"她握着他的手说,"这儿我能够信托的大概只有你一个人。朋友,对一个女人能永久爱下去,就该爱下去。别随便丢了她。"

她挽着拉斯蒂涅的手臂走进一间打牌的客室,带他坐在一张长沙发上,说道:

"请你替我上侯爵那儿送封信去。我叫当差带路。我向他要还我的书信,希望他全部交给你。拿到之后你上楼到卧室去等我。他们会通知我的。"

她的好朋友特·朗日公爵夫人也来了,她站起身来迎接。拉斯蒂

---

① 尼沃贝相传为弗里奥女王,生有七子七女,以子女繁衍骄人,被狄阿纳与阿波罗将其七子七女杀尽。尼沃贝痛苦至极,化为石像。希腊雕塑中有十四座一组的雕像,统称为《尼沃贝及其子女》。今人以尼沃贝象征母性的痛苦。

她和拉斯蒂涅说:"我只怕你不来呢。"

涅出发上洛希斐特公馆,据说侯爵今晚就在那边。他果然找到了阿瞿达,跟他一同回去,侯爵拿出一个匣子,说道:

"统统在这儿了。"

他好像要对欧也纳说话,也许想打听跳舞会和子爵夫人的情形,也许想透露他已经对婚姻失望——以后他也的确失望;不料他眼中忽然亮起一道骄傲的光,拿出可叹的勇气来,把他最高尚的感情压了下去。

"亲爱的欧也纳,别跟她提到我。"

他紧紧握了握拉斯蒂涅的手,又恳切又伤感,意思催他快走。欧也纳回到鲍赛昂府,给带进子爵夫人的卧房,房内是准备旅行的排场。他坐在壁炉旁边,望着那杉木匣子非常伤心。在他心中,特·鲍赛昂太太的身份不下于《伊利亚特》史诗中的女神。

"啊!朋友。"子爵夫人进来把手放在拉斯蒂涅肩上。

她流着泪,仰着眼睛,一只手发抖,一只手举着。她突然把匣子放在火上,看它烧起来。

"他们都在跳舞!他们都准时而到,偏偏死神不肯就来。——嘘!朋友。"拉斯蒂涅想开口,被她拦住了。她说:"我永远不再见巴黎,不再见人了。清早五点,我就动身,到诺曼底乡下去躲起来。从下午三点起,我忙着种种准备,签署文书,料理银钱杂务;我没有一个人能派到……"

她停住了。

"我知道他一定在……"

她难过得不行了,又停住了。这时一切都是痛苦,有些字眼简直说不出口。

"我早打算请你今晚帮我最后一次忙。我想送你一件纪念品。我时常想到你,觉得你心地好,高尚,年轻,诚实,那些品质在这个社会里是少有的。希望你有时也想到我。"她向四下里瞧了一下,"哦,有了,这是我放手套的匣子。每次我上舞会或戏院之前拿手套的时候,总觉得自己很美,因为那时我是幸福的;我每次碰到这匣子,总对它有点儿温情,它多少有我的一点儿气息,有当年的整个鲍赛昂夫人在内。你收下吧。我等会叫人送到阿多阿街去。特·纽沁根太太今晚漂亮得很,你得好好的爱她。朋友,我们尽管从此分别了,你可以相信我远远的祝福你。你对我多好。我们下楼吧,我不愿意人家以为我在哭。以后的日子长呢,一个人的时候,谁也不会来追究我的眼泪了。让我再瞧一瞧这间屋子。"

说到这儿她停住了。她把手遮着眼睛,抹了一下,用冷水浸过,然后挽着大学生的手臂,说道:"走吧!"

特·鲍赛昂太太,以这样英勇的精神忍受痛苦,拉斯蒂涅看了感情激动到极点。回到舞会,他同特·鲍赛昂太太在场子里绕了一转。这位恳切的太太借此表示她最后一番心意。

不久他看见了两姊妹,特·雷斯多太太和特·纽沁根太太。伯爵夫人戴着全部钻石,气概非凡,可是那些钻石决不会使她好受,而且也是最后一次穿戴了。尽管爱情强烈,态度骄傲,她到底受不住丈夫的目光。这种场面更增加拉斯蒂涅的伤感。在姊妹俩的钻石下面,他看到高老头躺的破床。子爵夫人误会了他的快快不乐的表情,抽回手臂,说道:"去吧!我不愿意你为我牺牲快乐。"

欧也纳不久被但斐纳邀了去。她露了头角,好不得意。她一心要讨这个社会喜欢,既然如愿以偿,也就急于拿她的成功献在大学生脚下。

"你觉得娜齐怎么样?"她问。

"她吗,"欧也纳回答,"她预交了她父亲的性命。"

清早四点,客厅的人渐渐稀少。不久音乐也停止了。大客厅中只剩特·朗日公爵夫人和拉斯蒂涅。特·鲍赛昂先生要去睡觉了,子爵夫人和他作别,他再三说:

"亲爱的,何必隐居呢,在你这个年纪!还是同我们一块儿住下吧。"

告别完了,她走到大客厅,以为只有大学生在那儿;一看见公爵夫人,不由得叫了一声。

"我猜到你的意思,格拉拉,"特·朗日太太说,"你要一去不回的走了;你未走之前,我有番话要跟你说,我们之间不能有一点儿误会。"

特·朗日太太挽着特·鲍赛昂太太的手臂走到隔壁的客厅里,含着泪望着她,把她抱着,亲她的面颊,说道:

"亲爱的,我不愿意跟你冷冰冰的分手,我良心上受不了。你可以相信我,像相信你自己一样。你今晚很伟大,我自问还配得上你,还要向你证明这一点。过去我有些对不起你的地方,我没有始终如一,亲爱的,请你原谅。一切使你伤心的行为,我都向你道歉;我愿意收回我说过的话。患难成知己,我不知道我们俩哪一个更痛苦。特·蒙脱里伏先生今晚没有上这儿来,你明白没有?格拉拉,到过这次舞会的人永远忘不了你。我吗,我在做最后的努力;万一失败,就进修道院!你又上哪儿呢,你?"

"上诺曼底,躲到古撒尔乡下去,去爱,去祈祷,直到上帝把我召回为止。"

子爵夫人想起欧也纳等着,便招呼他:

"拉斯蒂涅先生,你来吧。"

大学生弯着身子握了表姊的手亲吻。

特·鲍赛昂太太说:"安多纳德,告辞了!但愿你幸福。"她转身对着大学生说:"至于你,你已经幸福了,你年轻,还能有信仰。没想到我离开这个社会的时候,像那般幸运的死者,周围还有些虔诚的真诚的心!"

拉斯蒂涅目送特·鲍赛昂夫人坐上旅行的轿车,看她泪眼晶莹同他做了最后一次告别。由此可见社会上地位最高的人,并不像那般趋奉群众的人说的,能逃出感情的规律而没有伤心痛苦的事。五点光景,欧也纳冒着又冷又潮湿的天气走回伏盖公寓。他的教育受完了。

拉斯蒂涅走进邻居的屋子,皮安训和他说:"可怜的高老头没有救了。"

　　欧也纳把睡熟的老人望了一眼,回答说:"朋友,既然你能克制欲望,就走你平凡的路吧。我入了地狱,而且得留在地狱。不管人家把上流社会说得怎么坏,你相信就是!没有一个讽刺作家能写尽隐藏在金银珠宝底下的丑恶。"

父 亲 的 死

第二天下午两点左右,皮安训要出去,叫醒拉斯蒂涅,接他的班。高老头的病势上半天又加重许多。

"老头儿活不到两天了,也许还活不到六小时,"医学生道,"可是他的病,咱们不能置之不理。还得给他一些费钱的治疗。咱们替他当看护是不成问题,我可没有钱。他的衣袋,柜子,我都翻遍了,全是空的。他神志清楚的时候我问过他,他说连一个子儿都没有了。你身上有多少,你?"

"还剩二十法郎,我可以去赌,会赢的。"

"输了怎办?"

"问他的女婿女儿去要。"

皮安训道:"他们不给又怎办?眼前最急的还不是钱,而是要在他身上贴滚热的芥子膏药,从脚底直到大腿的半中间。他要叫起来,那还有希望。你知道怎么做的。再说,克利斯朵夫可以帮你忙。我到药剂师那儿去做个保,赊欠药账。可惜不能送他进我们的医院,招呼得好一些。来,让我告诉你怎办;我不回来,你不能离开他。"

他们走进老人的屋子,欧也纳看到他的脸变得没有血色,没有生气,扭作一团,不由得大吃一惊。

"喂,老丈,怎么样?"他靠着破床弯下身去问。

高里奥眨巴着黯淡的眼睛,仔细瞧了瞧欧也纳,认不得他。大学生受不住了,眼泪直涌出来。

"皮安训,窗上可要挂个帘子?"

"不用。气候的变化对他已经不生影响。他要有冷热的知觉倒好了。可是咱们还得生个火,好煮药茶,还能做好些旁的用处。等会我叫人送些柴草来对付一下,慢慢再张罗木柴。昨天一昼夜,我把你的柴跟老头儿的泥炭都烧完了。屋子潮得厉害,墙壁都在淌水,还没完全烘燥呢。克利斯朵夫把屋子打扫过了,简直像马房,臭得要命,我烧了些松子。"

拉斯蒂涅叫道:"我的天!想想他的女儿哪!"

"他要喝水的话,给他这个,"医学生指着一把大白壶,"倘若他哼哼唧唧的叫苦,肚子又热又硬,你就叫克利斯朵夫帮着给他来一下……你知道的。万一他兴奋起来说许多话,有点儿精神错乱,由他去好了。那倒不是坏现象,可是你得叫克利斯朵夫上医院来。我们的医生,我的同事,或是我,我们会来给他做一次灸。今儿早上你睡觉的时候,我们会诊过一次,到的有迦尔博士的一个学生,圣父医院的主任医师跟我们的主任医师。他们认为颇有些奇特的症候,必须注意病势的进展,可以弄清科学上的几个要点。有一位说,血浆的压力要是特别加在某个器官上,可能发生一些特殊的现象。所以老头儿一说话,你就得留心听,看是哪一类的思想,是记忆方面的,智力方面的,还是判断方面的;看他注意物质的事还是情感的事;是否计算,是否回想过去;总之你想法给我们一个准确的报告。病势可能急转直下,他会像现在这样人事不知的死去。这一类的病怪得很。倘若在这个地方爆发,"皮安训指了指病人的后脑,"说不定有些出奇出怪的病状:头脑某几个部分会恢复机能,一下子死不了。血浆能从脑里回出来,至于再走什么路,只有解剖尸体才能知道。残废院内有个痴呆的老人,充血跟着脊椎骨走;人痛苦得不得了,可是活在那儿。"

高老头忽然认出了欧也纳,说道:

"她们玩得痛快吗?"

父亲的死

"哦!他只想着他的女儿,"皮安训道,"昨夜他和我说了上百次:她们在跳舞呢!她的跳舞衣衫有了。——他叫她们的名字。那声音把我听得哭了,真是要命!他叫:但斐纳!我的小但斐纳!娜齐!真的!简直叫你止不住眼泪。"

"但斐纳,"老人接口说,"她在这儿,是不是?我知道的。"

他眼睛忽然骨碌碌的乱转,瞪着墙壁和房门。

"我下去叫西尔维预备芥子膏药,"皮安训说,"这是替他上药的好机会。"

拉斯蒂涅独自陪着老人,坐在床脚下,定睛瞧着这副嘴脸,觉得又害怕又难过。

"特·鲍赛昂太太逃到乡下去了,这一个又要死了,"他心里想,"美好的灵魂不能在这个世界上待久的。真是,伟大的感情怎么能跟一个猥琐,狭小,浅薄的社会沆瀣一气呢?"

他参加的那个盛会的景象在脑海中浮起来,同眼前这个病人垂死的景象成为对比。皮安训突然奔进来叫道:

"喂,欧也纳,我才见到我们的主任医师,就奔回来了!要是他忽然清醒,说起话来,你把他放倒在一长条芥子膏药上,让芥末把颈窝到腰部下面一齐裹住;再教人通知我们。"

"亲爱的皮安训!"欧也纳说。

"哦!这是为了科学。"医学生说,他的热心像一个刚改信宗教的人。

欧也纳说:"那么只有我一个人是为了感情照顾他了。"

皮安训听了并不生气,只说:"你要看到我早上的模样,就不会说这种话了。告诉你,朋友,开业的医生眼里只有疾病,我还看见病人呢。"

他走了。欧也纳单独陪着病人,唯恐高潮就要发作。不久高潮果然来了。

"啊!是你,亲爱的孩子。"高老头认出了欧也纳。

"你好些吗?"大学生拿着他的手问。

"好一些。刚才我的脑袋好似夹在钳子里,现在松一点儿了。你可曾看见我的女儿?她们马上要来了,一知道我害病,会立刻赶来的。从前在于西安街,她们服侍过我多少回!天哪!我真想把屋子收拾干净,好招待她们。有个年轻人把我的泥炭烧完了。"

欧也纳说:"我听见克利斯朵夫的声音,他替你搬木柴来,就是那个年轻人给你送来的。"

"好吧!可是拿什么付账呢?我一个钱都没有了,孩子。我把一切都给了,一切。我变了叫花子了。至少那件金线衫好看吗?(啊唷!我痛!)谢谢你,克利斯朵夫。上帝会报答你的,孩子;我啊,我什么都没有了。"

欧也纳凑着男用人的耳朵说:"我不会让你和西尔维白忙的。"

"克利斯朵夫,是不是我两个女儿告诉你就要来了?你再去一次,我给你五法郎。对她们说我觉得不好,我临死之前还想拥抱她们,再看她们一次。你这样去说吧,可是别过分吓了她们。"

克利斯朵夫看见欧也纳对他递了个眼色,便动身了。

"她们要来了,"老人又说,"我知道她们的脾气。好但斐纳,我死了,她要怎样的伤心呀!还有娜齐也是的。我不愿意死,因为不愿意让她们哭。我的好欧也纳,死,死就是再也看不见她们。在那个世界里,我要闷得发慌哩。看不见孩子,做父亲的等于入了地狱;自从她们结了婚,我就尝着这个味道。我的天堂是于西安街。嗳!喂,倘使我进了天堂,我的灵魂还能回到她们身边吗?听说有这种事情,可是真的?我现在清清楚楚看见她们在于西安街的模样。她们一早下楼,说:爸爸,你早。我把她们抱在膝上,用种种花样逗她们玩儿,跟她们淘气。她们也跟我亲热一阵。我们天天一块儿吃中饭,一块儿吃晚饭,总之那时我是父亲,看着孩子直乐。在于西安街,她们不跟我讲嘴,一点不懂人事,她们很爱我。天哪!干吗她们要长大呢?(哎唷!我痛啊;头里在抽。)啊!啊!对不起。孩子们!我痛死了;要不是真痛,我不会叫的,你们早已把我训练得不怕痛苦了。上帝呀!只消我能握着她们的手,我就不觉得痛啦。你想她们会来吗?克利斯朵夫蠢极了!我该自己去的。他倒有福气看到她们。你昨天去了跳舞会,你告诉我呀,她们怎么样?她们一点不知道我病了,可不是?要不她们不肯去跳舞了,可怜的孩子们!噢!我再也不愿意害病了。她们还少不了我呢。她们的财产遭了危险,又是落在怎样的丈夫手里!把我治好呀,治好呀!(噢!我多难过!哟!哟!哟!)你瞧,非把我医好不行,她们需要钱,我知道到哪儿去挣。我要上奥特赛去做淀粉。我才精明呢,会赚他几百万。(哦呀!我痛死了!)"

高里奥不出声了,仿佛集中全身的精力熬着痛苦。

"她们在这儿,我不会叫苦了,干吗还要叫苦呢?"

他迷迷糊糊昏沉了好久。克利斯朵夫回来,拉斯蒂涅以为高老头睡熟了,让用人高声回报他出差的情形。

"先生,我先上伯爵夫人家,可没法跟她说话,她和丈夫有要紧事儿。我再三央求,特·雷斯多先生亲自出来对我说:高里奥先生快死了是不是?哎,再好没有。我有事,要太太待在家里。事情完了,她会去的。——他似乎很生气,这位先生。我正要出来,太太从一扇我看不见的门里走到穿堂,告诉我:克利斯朵夫,你对我父亲说,我同丈夫正在商量事情,不能来。那是有关我孩子们生死的问题。但等事情一完,我就去看他。——说到男爵夫人吧,又是另外一桩事儿!我没有见到她,不能跟她说话。老妈子说:啊!太太今儿早上五点一刻才从跳舞会回来;中午以前叫醒她,一定要挨骂的。等会她打铃叫我,我会告诉她,说她父亲的病更重了。报告一件坏消息,不会嫌太晚的。——我再三央求也没用。哎,是呀,我也要求见男爵,他不在家。"

"一个也不来,"拉斯蒂涅嚷道,"让我写信给她们。"

"一个也不来,"老人坐起来接着说,"她们有事,她们在睡觉,她们不会来的。我早知道了。直要临死才知道女儿是什么东西!唉!朋友,你别结婚,别生孩子!你给他们生命,他们给你死。你带他们到世界上来,他们把你从世界上赶出去。她们不会来的!我已经知道了十年。有时我心里这么想,只是不敢相信。"

他每只眼中冒出一颗眼泪,滚在鲜红的眼皮边上,不掉下来。

"唉!倘若我有钱,倘若我留着家私,没有把财产给她们,她们就会来,会用她们的亲吻来舐我的脸!我可以住在一所公馆里,有漂亮的屋子,有我的仆人,生着火;她们都要哭做一团,还有她们的丈夫,她们的孩子。这一切我都可以到手。现在可什么都没有。钱能买到一切,买到女儿。啊!我的钱到哪儿去了?倘若我还有财产留下,她们会来伺候我,招呼我;我可以听到她们,看到她们。啊!欧也纳,亲爱的孩子,我唯一的孩子,我宁可给人家遗弃,宁可做个倒霉鬼!倒霉鬼有人爱,至少那是真正的爱!啊,不,我要有钱,那我可以看到她们了。唉,谁知道?她们两个的心都像石头一样。我把所有的爱在她们身上用尽了,她们对我不能再有爱了。做父亲的应该永远有钱,应该拉紧儿女的缰绳,像对付狡猾的马一样。我却向她们下跪。该死的东西!她们十年来对我的行为,现在到了顶点。你不知道她们刚结婚的时候对我怎样的奉承体贴!(噢!我痛得像受毒刑一样!)我才给了她们每人八十万,她们和她们的丈夫都不敢怠慢我。我受到好款待:好爸爸,上这儿来;好爸爸,往那儿去。她们家永远有我的一份刀叉。我同她们的丈夫一块儿吃饭,他们对我很恭敬,看我手头还有一些呢。为什么?因为我生意的底细,我一句没提。一个给了女儿八十万的人是应该奉承的。他们对我那么周到,体贴,那是为我的钱啊。世界并不美。我看到了,我!她们陪我坐着车子上戏院,我在她们的晚会里爱待多久就待多久。她们承认是我的女儿,承认我是她们的父亲。我还有我的聪明呢,嗨,什么都没逃过我的眼睛。我什么都感觉到,我的心碎了。我明明看到那是假情假意;可是没有办法。在她们家,我就不像在这儿饭桌上那么自在。我什么话都不会说。有些漂亮人物咬着我女婿的耳朵问:

——那位先生是谁啊?

高里奥不出声了,仿佛集中全身的精力熬着痛苦。

——他是财神,他有钱。

——啊,原来如此!

"人家这么说着,恭恭敬敬瞧着我,就像恭恭敬敬瞧着钱一样。即使我有时叫他们发窘,我也补赎了我的过失。再说,谁又是十全的呢?(哎唷!我的脑袋简直是块烂疮!)我这时的痛苦是临死以前的痛苦,亲爱的欧也纳先生,可是比起当年娜齐第一次瞪着我给我的难受,眼前的痛苦算不了什么。那时她瞪我一眼,因为我说错了话,丢了她的脸;唉,她那一眼把我全身的血管都割破了。我很想懂得交际场中的规矩;可是我只懂得一样:我在世界上是多余的。第二天我上但斐纳家去找安慰,不料又闹了笑话,惹她冒火。我为此急疯了。八天工夫我不知道怎么办。我不敢去看她们,怕受埋怨。这样,我便进不了女儿的大门。哦!我的上帝!既然我吃的苦,受的难,你全知道,既然我受的千刀万剐,使我头发变白,身子磨坏的伤,你都记在账上,干吗今日还要我受这个罪?就算太爱她们是我的罪过,我受的刑罚也足够补赎了。我对她们的慈爱,她们都狠狠的报复了,像刽子手一般把我上过毒刑了。唉!做老子的多蠢!我太爱她们了,每次都回头去迁就她们,好像赌棍离不开赌场。我的嗜好,我的情妇,我的一切,便是两个女儿,她们俩想要一点儿装饰品什么的,老妈子告诉了我,我就去买来送给她们,巴望得到些好款待!可是她们看了我在人前的态度,照样来一番教训。而且等不到第二天!喝,她们为着我脸红了。这是给儿女受好教育的报应。我活了这把年纪,可不能再上学校啦。(我痛死了,天哪!医生呀!医生呀!把我脑袋劈开来,也许会好些。)我的女儿呀,我的女儿呀,娜齐,但斐纳!我要看她们。叫警察去找她们来,抓她们来!法律应该帮我的,天性,民法,都应该帮我。我要抗议。把父亲踩在脚下,国家不要亡了吗?这是很明白的。社会,世界,都是靠父道做轴心的;儿女不孝父亲,不要天翻地覆吗?哦!看到她们,听到她们,不管她们说些什么,只要听见她们的声音,尤其但斐纳,我就不觉得痛苦。等她们来了,你叫她们别那么冷冷的瞧我。啊!我的好朋友,欧也纳先生,看到她们眼中的金光变得像铅一样不灰不白,你真不知道是什么味儿。自从她们的眼睛对我不放光辉之后,我老在这儿过冬天;只有苦水给我吞,我也就吞下了!我活着就是为受委屈,受侮辱。她们给我一点儿可怜的,小小的,可耻的快乐,代价是教我受种种的羞辱,我都受了,因为我太爱她们了。老子偷偷摸摸的看女儿!听见过没有?我把一辈子的生命给了她们,她们今天连一小时都不给我!我又饥又渴,心在发烧,她们不来舒解一下我的临终苦难。我觉得我要死了。什么叫作践踏父亲的尸首,难道她们不知道吗?天上还有一个上帝,他可不管我们做老子的愿不愿意,要替我们报仇的。噢!她们会来的!来啊,我的小心肝,你们来亲我呀;最后一个亲吻就是你们父亲的临终圣餐了,他会代你们求上帝,说你们一向孝顺,替你们辩护!归根结底,你们没有罪。朋友,她们是没有罪的!请你对大家都这么说,别为了我难为她们。一切都是我的错,是我纵容她们把我踩在脚下的。我就喜欢那样。这跟谁都不相干,人间的裁判,神明的裁判,都不相干。上帝要是为了我责罚她们,就不公平了。我不会做人,是我糊涂,自己放弃了权利。为她们我甚至堕落也甘心情愿!有什么办法!最美的天性,最优秀的灵魂,都免不了溺爱儿女。我是一个糊涂蛋,遭了报应,女儿七颠八倒的生活是我一手造成的,是我惯了她们。现在她们要寻欢作乐,正像她们从前要吃糖果。我一向对她们百依百顺。小姑娘想入非非的欲望,都给她们满足。十五岁就有了车!要什么有什么。罪过都在我一个人身上,为了爱她们而犯的罪。唉,她们的声音能够打开我的心房。我听见她们,她们在来啦。哦!一定的,她们要来的。法律也要人给父亲送终的,法律是支持我的。只要叫人跑一趟就行。我给车钱。你写信去告诉她们,说我还有几百万家私留给她们!我敢起誓。我可以上奥特赛去做高等面食。我有办法。计划中还有几百万好赚。哼,谁也没有想到。那不会像麦子和面粉一样在路上变坏的。嗳,嗳,淀粉哪,有几百万好赚啊!你告诉她们有几百万决不是扯谎。她们为了贪心还是肯来的;我宁愿受骗,我要看到她们。我要我的女儿！是我把她们生下来的！她们是我的！"他一边说一边在床上挺起身子，给欧也纳看到一张白发凌乱的脸，竭力装作威吓的神气。

欧也纳说："嗳，嗳，你睡下吧。我来写信给她们。等皮安训来了，她们要再不来，我就自个儿去。"

"她们再不来，"老人一边大哭一边接了一句，"我要死了，要气疯了，气死了！气已经上来了！现在我把我这一辈子都看清楚了。我上了当！她们不爱我，从来没有爱过我！这是摆明的了。她们这时不来是不会来的了。她们越拖，越不肯给我这个快乐。我知道她们。我的悲伤，我的痛苦，我的需要，她们从来没体会到一星半点，连我的死也没有想到；我的爱，我的温情，她们完全不了解。是的，她们把我糟蹋惯了，在她们眼里我所有的牺牲都一文不值。哪怕她们要挖掉我眼睛，我也会说：挖吧！我太傻了。她们以为天下的老子都像她们的一样。想不到你待人好一定要人知道！将来她们的孩子会替我报仇的。唉，来看我还是为她们自己啊。你去告诉她们，说她们临死要受到报应的。犯了这桩罪，等于犯了世界上所有的罪。去啊，去对她们说，不来送我的终是忤逆！不加上这一桩，她们的罪过已经数不清啦。你得像我一样的去叫：哎！娜齐！哎！但斐纳！父亲待你们多好，他在受难，你们来吧！——唉！一个都不来。难道我就像野狗一样的死吗？爱了一辈子的女儿，到头来反给女儿遗弃！简直是些下流东西，流氓婆！我恨她们，咒她们！我半夜里还要从棺材里爬起来咒她们。嗳，朋友，难道这能派我的不是吗？她们做人这样恶劣，是不是！我说什么？你不是告诉我但斐纳在这儿吗？还是她好。你是我的儿子，欧也纳。你，你得爱她，像她父亲一样的爱她。还有一个是遭了难。她们的财产呀！哦！上帝！我要死了，我太苦了！把我的脑袋割掉吧，留给我一颗心就行了。"

"克利斯朵夫，去找皮安训来，顺便替我雇辆车。"欧也纳嚷着。他被老人这些呼天抢地的哭诉吓坏了。

"老伯,我到你女儿家去把她们带来。"

"把她们抓来,抓来!叫警卫队,叫军队!"老人说着,对欧也纳瞪了一眼,闪出最后一道理性的光,"去告诉政府,告诉检察官,叫人替我带来!"

"你刚才咒过她们了。"

老人愣了一愣,说:"谁说的?你知道我是爱她们的,疼她们的!我看到她们,病就好啦……去吧,我的好邻居,好孩子,去吧,你是慈悲的;我要重重的谢你;可是我什么都没有了,只能给你一个祝福,一个临死的人的祝福。啊!至少我要看到但斐纳,吩咐她代我报答你。那个不能来,就带这个来吧。告诉她,她要不来,你不爱她了。她多爱你,一定会来的。哟,我渴死了,五脏六腑都在烧!替我在头上放点儿什么吧。最好是女儿的手,那我就得救了,我觉得的……天哪!我死了,谁替她们挣钱呢?我要为她们上奥特赛去,上奥特赛做面条生意。"

欧也纳搀起病人,用左臂扶着,另一只手端给他一杯满满的药茶,说道:"你喝这个。"

"你一定要爱你的父母,"老人说着,有气无力的握着欧也纳的手,"你懂得吗,我要死了,不见她们一面就死了。永远口渴而没有水喝,这便是我十年来的生活……两个女婿断送了我的女儿。是的,从她们出嫁之后,我就没有女儿了。做老子的听着!你们得要求国会定一条结婚的法律!要是你们爱女儿,就不能把她们嫁人。女婿是毁坏女儿的坏蛋,他把一切都污辱了。再不要有结婚这回事!结婚抢走我们的女儿,教我们临死看不见女儿。为了父亲的死,应该订一条法律。真是可怕!报仇呀!报仇呀!是我女婿不准她们来的呀。杀死他们!杀雷斯多!杀纽沁根!他们是我的凶手!不还我女儿,就要他们的命!唉!完啦,我见不到她们的了!她们!娜齐,斐斐纳,喂,来呀,爸爸出门啦……"①

---

① "来呀,爸爸出门啦"二句,为女儿幼年时父亲出门前呼唤她们的亲切语。此处"出门"二字有双关意味。

"老伯,你静静吧,别生气,别多想。"

"看不见她们,这才是我的临终苦难!"

"你会看见的。"

"真的!"老人迷迷惘惘的叫起来,"噢!看到她们!我还会看到她们,听到她们的声音。那我死也死得快乐了。唉,是啊,我不想活了,我不稀罕活了,我痛得越来越厉害了。可是看到她们,碰到她们的衣衫,唉!只要她们的衣衫,衣衫,就这么一点儿要求!只消让我摸到她们的一点儿什么!让我抓一把她们的头发,……头发……"

他仿佛挨了一棍,脑袋往枕上倒下,双手在被单上乱抓,好像要抓女儿们的头发。

他又挣扎着说:"我祝福她们,祝福她们。"

然后他昏过去了。皮安训进来说:

"我碰到了克利斯朵夫,他替你雇车去了。"

他瞧了瞧病人,用力揭开他的眼皮,两个大学生只看到一只没有颜色的灰暗的眼睛。

"完啦,"皮安训说,"我看他不会醒的了。"

他按了按脉,摸索了一会,把手放在老头儿心口。

"机器没有停;像他这样反而受罪,还是早点去的好!"

"对,我也这么想。"拉斯蒂涅回答。

"你怎么啦?脸色发白像死人一样。"

"朋友,我听他又哭又叫,说了一大堆。真有一个上帝!哦,是的,上帝是有的,他替我们预备着另外一个世界,一个好一点儿的世界。咱们这个太混账了。刚才的情形要不那么悲壮,我早哭死啦,我的心跟胃都给揪紧了。"

"喂,还得办好多事,哪儿来的钱呢?"

拉斯蒂涅掏出表来:

"你送当铺去。我路上不能耽搁,只怕赶不及。现在我等着克利斯朵夫,我身上一个钱都没有了,回来还得付车钱。"

父亲的死

拉斯蒂涅奔下楼梯,上海尔特街特·雷斯多太太家去了。刚才那幕可怕的景象使他动了感情,一路义愤填膺。他走进穿堂求见特·雷斯多太太,人家回报说她不能见客。

他对当差说:"我是为了她马上要死的父亲来的。"

"先生,伯爵再三吩咐我们……"

"既然伯爵在家,那么告诉他,说他岳父快死了,我要立刻和他说话。"

欧也纳等了好久。

"说不定他就在这个时候死了。"他心里想。

当差带他走进第一客室,特·雷斯多先生站在没有生火的壁炉前面,见了客人也不请坐。

"伯爵,"拉斯蒂涅说,"令岳在破烂的阁楼上就要断气了,连买木柴的钱也没有;他马上要死了,但等见一面女儿……"

"先生,"伯爵冷冷的回答,"你大概可以看出,我对高里奥先生没有什么好感。他教坏了我太太,造成我家庭的不幸。我把他当作扰乱我安宁的敌人。他死也好,活也好,我全不在意。你瞧,这是我对他的情分。社会尽可以责备我,我才不在乎呢。我现在要处理的事,比顾虑那些傻瓜的闲言闲语紧要得多。至于我太太,她现在那个模样没法出门,我也不让她出门。请你告诉她父亲,只消她对我,对我的孩子,尽完了她的责任,她会去看他的。要是她爱她的父亲,几分钟内她就可以自由……"

"伯爵,我没有权利批评你的行为,你是你太太的主人。可是至少我能相信你是讲信义的吧?请你答应我一件事,就是告诉她,说她父亲没有一天好活了,因为她不去送终,已经在咒她了!"

雷斯多注意到欧也纳愤愤不平的语气,回答道:"你自己去说吧。"

拉斯蒂涅跟着伯爵走进伯爵夫人平时起坐的客厅。她泪人儿似的埋在沙发里,那副痛不欲生的模样叫他看了可怜。她不敢望拉斯蒂涅,先怯生生的瞧了瞧丈夫,眼睛的神气表示她精神肉体都被专横的

丈夫压倒了。伯爵侧了侧脑袋,她才敢开口:

"先生,我都听到了。告诉我父亲,他要知道我现在的处境,一定会原谅我。我想不到要受这种刑罚,简直受不了。可是我要反抗到底,"她对她的丈夫说,"我也有儿女。请你对父亲说,不管表面上怎么样,在父亲面前我并没有错。"她无可奈何的对欧也纳说。

那女的经历的苦难,欧也纳不难想象,便呆呆的走了出来。听到特·雷斯多先生的口吻,他知道自己白跑了一趟,阿娜斯大齐已经失去自由。

接着他赶到特·纽沁根太太家,发觉她还在床上。

"我不舒服呀,朋友,"她说,"从跳舞会出来受了凉,我怕要害肺炎呢,我等医生来……"

欧也纳打断了她的话,说道:"哪怕死神已经到了你身边,爬也得爬到你父亲跟前去。他在叫你!你要听到他一声,马上不觉得你自己害病了。"

"欧也纳,父亲的病也许不像你说的那么严重;可是我要在你眼里有什么不是,我才难过死呢;所以我一定听你的吩咐。我知道,倘若我这一回出去闹出一场大病来,父亲要伤心死的。我等医生来过了就走。"她一眼看不见欧也纳身上的表链,便叫道,"哟!怎么你的表没有啦?"

欧也纳脸上红了一块。

"欧也纳!欧也纳!倘使你已经把它卖了,丢了,……哦!那太岂有此理了。"

大学生伏在但斐纳床上,凑着她耳朵说:

"你要知道么?哼!好,告诉你吧!你父亲一个钱没有了,今晚上要把他入殓的尸衣①都没法买。你送我的表在当铺里,我钱都光了。"

但斐纳猛的从床上跳下,奔向书柜,抓起钱袋递给拉斯蒂涅,打着

---

① 西俗入殓时先将尸体用布包裹,称为尸衣。

铃,嚷道:

"我去我去,欧也纳。让我穿衣服,我简直是禽兽了!去吧,我会赶在你前面!"她回头叫老妈子,"丹兰士,请老爷立刻上来跟我说话。"

欧也纳因为能对垂死的老人报告有一个女儿会来,几乎很快乐的回到圣·日内维新街。他在但斐纳的钱袋里掏了一阵打发车钱,发觉这位那么有钱那么漂亮的少妇,袋中只有七十法郎。他走完楼梯,看见皮安训扶着高老头,医院的外科医生当着内科医生在病人背上做灸。这是科学的最后一套治疗,没用的治疗。

"替你做灸你觉得吗?"内科医生问。

高老头看见了大学生,说道:

"她们来了是不是?"

外科医生道:"还有希望,他说话了。"

欧也纳回答老人:"是的,但斐纳就来了。"

"呃!"皮安训说,"他还在提他的女儿,他拼命的叫她们,像一个人吊在刑台上叫着要喝水……"

"算了吧,"内科医生对外科医生说,"没法的了,没救的了。"

皮安训和外科医生把快死的病人放倒在发臭的破床上。

医生说:"总得给他换套衣服,虽则毫无希望,他究竟是个人。"他又招呼皮安训,"我等会儿再来。他要叫苦,就给他横隔膜上搽些鸦片。"

两个医生走了,皮安训说:

"来,欧也纳,拿出勇气来!咱们替他换上一件白衬衫,换一条褥单。你叫西尔维拿了床单来帮我们。"

欧也纳下楼,看见伏盖太太正帮着西尔维摆刀叉。拉斯蒂涅才说了几句,寡妇就迎上来,装着一副又和善又难看的神气,活现出一个满腹猜疑的老板娘,既不愿损失金钱,又不敢得罪主顾。

"亲爱的欧也纳先生,你和我一样知道高老头没有钱了。把被单拿给一个正在翻眼睛的人,不是白送吗?另外还得牺牲一条做他入殓的尸衣。你们已经欠我一百四十四法郎,加上四十法郎被单,以及旁的零星杂费,跟等会儿西尔维要给你们的蜡烛,至少也得二百法郎;我一个寡妇怎受得了这样一笔损失?天啊!你也得凭凭良心,欧也纳先生。自从晦气星进了我的门,五天工夫我已经损失得够了。我愿意花三十法郎打发这好家伙归天,像你们说的。这种事还要叫我的房客不愉快。只要不花钱,我愿意送他进医院。总之你替我想想吧。我的铺子要紧,那是我的,我的性命呀。"

欧也纳赶紧奔上高里奥的屋子。

"皮安训,押了表的钱呢?"

"在桌子上,还剩三百六十多法郎。欠的账已经还清。当票压在钱下面。"

"喂,太太,"拉斯蒂涅愤愤的奔下楼梯,说道,"来算账。高里奥先生在府上不会耽久了,而我……"

"是的,他只能两脚向前的出去的了,可怜的人。"她一边说一边数着二百法郎,神气之间有点高兴,又有点惆怅。

"快点儿吧。"拉斯蒂涅催她。

"西尔维,拿出褥单来,到上面去给两位先生帮忙。"

"别忘了西尔维,"伏盖太太凑着欧也纳的耳朵说,"她两晚没有睡觉了。"

欧也纳刚转身,老寡妇立刻奔向厨娘,咬着她耳朵吩咐:

"你找第七号褥单,那条旧翻新的。反正给死人用总是够好的了。"

欧也纳已经在楼梯上跨了几步,没有听见房东的话。

皮安训说:"来,咱们替他穿衬衫,你把他扶着。"

欧也纳站在床头扶着快死的人,让皮安训脱下衬衫。老人做了个手势,仿佛要保护胸口的什么东西,同时哼哼唧唧,发出些不成音的哀号,犹如野兽表示极大的痛苦。

"哦!哦!"皮安训说,"他要一根头发链子和一个小小的胸章,刚才咱们做灸拿掉的。可怜的人,给他挂上。喂,在壁炉架上面。"

欧也纳拿来一条淡黄带灰的头发编成的链子,准是高里奥太太的头发。胸章的一面刻着:阿娜斯大齐;另外一面刻着:但斐纳。这是他永远贴在心头的心影。胸章里面藏着极细的头发卷,大概是女儿们极小的时候剪下来的。发辫挂上他的脖子,胸章一碰到胸脯,老人便心满意足的长叹一声,教人听了毛骨悚然。他的感觉这样振动了一下,似乎往那个神秘的区域,发出同情和接受同情的中心,隐没了。抽搐的脸上有一种病态的快乐的表情。思想消灭了,情感还存在,还能发出这种可怕的光彩,两个大学生看着大为感动,涌出几颗热泪掉在病人身上,使他快乐得直叫:

"噢!娜齐!斐斐纳!"

"他还活着呢。"皮安训说。

"活着有什么用?"西尔维说。

"受罪啰!"拉斯蒂涅回答。

皮安训向欧也纳递了个眼色,教他跟自己一样蹲下身子,把胳膊抄到病人腿肚子下面,两人隔着床做着同样的动作,托住病人的背。西尔维站在旁边,但等他们抬起身子,抽换被单。高里奥大概误会了刚才的眼泪,使出最后一些气力伸出手来,在床的两边碰到两个大学生的脑袋,拼命抓着他们的头发,轻轻的叫了声:"啊!我的儿哪!"整个灵魂都在这两句里面,而灵魂也随着这两句呓语飞逝了。

"可怜可爱的人哪。"西尔维说,她也被这声哀叹感动了。这声哀叹,表示那伟大的父爱受了又惨又无心的欺骗,最后激动了一下。

这个父亲的最后一声叹息还是快乐的叹息。这叹息说明了他的一生,他还是骗了自己。大家恭恭敬敬把高老头放倒在破床上。从这个时候起,喜怒哀乐的意识消灭了,只有生与死的搏斗还在他脸上印着痛苦的标记。整个的毁灭不过是时间问题了。

"他还可以这样的拖几小时,在我们不知不觉的时候死去。他连临终的痰厥也不会有,脑子全部充血了。"

这时楼梯上有一个气咻咻的少妇的脚声。

"来得太晚了。"拉斯蒂涅说。

来的不是但斐纳,是她的老妈子丹兰士。

"欧也纳先生,可怜的太太为父亲向先生要钱,先生和她大吵。她晕过去了,医生也来了,恐怕要替她放血。她嚷着:爸爸要死了,我要去看爸爸呀!教人听了心惊肉跳。"

"算了吧,丹兰士。现在来也不中用了,高里奥先生已经昏迷了。"

丹兰士道:"可怜的先生,竟病得这样凶吗?"

"你们用不着我了,我要下去开饭,已经四点半了。"西尔维说着,在楼梯台上几乎觉得撞在特·雷斯多太太身上。

伯爵夫人的出现叫人觉得又严肃又可怕。床边黑魆魆的只点着一支蜡烛。瞧着父亲那张还有几分生命在颤动的脸,她掉下泪来。皮安训很识趣的退了出去。

"恨我没有早些逃出来。"伯爵夫人对拉斯蒂涅说。

大学生悲伤的点点头。她拿起父亲的手亲吻。

"原谅我,父亲!你说我的声音可以把你从坟墓里叫回来,哎!那么你回来一忽儿,来祝福你正在忏悔的女儿吧。听我说啊。——真可怕!这个世界上只有你会祝福我。大家恨我,只有你爱我。连我自己的孩子将来也要恨我。你带我一块儿去吧,我会爱你,服侍你。噢!他听不见了,我疯了。"

她双膝跪下,疯子似的端详着那个躯壳。

"我什么苦都受到了,"她望着欧也纳说,"特·脱拉伊先生走了,丢下一身的债。而且我发觉他欺骗我。丈夫永远不会原谅我了,我已经把全部财产交给他。唉!一场空梦,为了谁来!我欺骗了唯一疼我的人!(她指着她的父亲)我辜负他,嫌弃他,给他受尽苦难,我这该死的人!"

"他知道。"拉斯蒂涅说。

高老头忽然睁了睁眼,但只不过是肌肉的抽搐。伯爵夫人表示希望的手势,同弥留的人的眼睛一样凄惨。

"他还会听见我吗?——哦,听不见的了。"她坐在床边自言自语。

特·雷斯多太太说要守着父亲,欧也纳便下楼吃饭。房客都到齐了。

"喂,"画家招呼他,"看样子咱们楼上要死掉个把人了啦嘛?"

"查理,找点儿少凄惨的事开玩笑好不好?"欧也纳说。

"难道咱们就不能笑了吗?"画家回答,"有什么关系,皮安训说他已经昏迷了。"

"嗳!"博物院管事接着说,"他活也罢,死也罢,反正没有分别。"

"父亲死了!"伯爵夫人大叫一声。

一听见这声可怕的叫喊,西尔维,拉斯蒂涅,皮安训一齐上楼,发觉特·雷斯多太太晕过去了。他们把她救醒了,送上等在门外的车;欧也纳嘱咐丹兰士小心看护,送往特·纽沁根太太家。

"哦!这一下他真死了。"皮安训下楼说。

"诸位,吃饭吧,汤冷了。"伏盖太太招呼众人。

两个大学生并肩坐下。

欧也纳问皮安训:"现在该怎么办?"

"我把他眼睛阖上了,四肢放得端端正正。等咱们上区公所报告死亡,那边的医生来验过之后,把他包上尸衣埋掉。你还想怎么办?"

"他不能再这样嗅他的面包了。"一个房客学着高老头的鬼脸说。

"要命!"当助教的叫道,"诸位能不能丢开高老头,让我们清静一下?一个钟点以来,只听见他的事儿。巴黎这个地方有桩好处,一个人可以生下,活着,死去,没有人理会。这种文明的好处,咱们应当享受。今天死六十个人,难道你们都去哀悼那些亡灵不成?高老头死就死吧,为他还是死的好!要是你们疼他,就去守灵,让我们消消停停的吃饭。"

"噢!是的,"寡妇道,"他真是死了的好!听说这可怜的人苦了一辈子!

在欧也纳心中,高老头是父爱的代表,可是他身后得到的唯一的诔词,就是上面这几句。十五位房客照常谈天。欧也纳和皮安训听着刀叉声和谈笑声,眼看那些人狼吞虎咽,不关痛痒的表情,难受得心都凉了。他们吃完饭,出去找一个神甫来守夜,给死者祈祷。手头只有一点儿钱,不能不看钱办事。晚上九点,遗体放在便榻上,两旁点着两支蜡烛,屋内空空的,只有一个神甫坐在他旁边。临睡之前,拉斯蒂涅向教士打听了礼忏和送葬的价目,写信给特·纽沁根男爵和特·雷斯多伯爵,请他们派管事来打发丧费。他要克利斯朵夫把信送出去,方始上床。他疲倦之极,马上睡着了。

第二天早上,皮安训和拉斯蒂涅亲自上区公所报告死亡。中午,医生来签了字。过了两小时,一个女婿都没送钱来,也没派人来,拉斯蒂涅只得先开销了教士。西尔维讨了十法郎去缝尸衣。欧也纳和皮安训算了算,死者的家属要不负责的话,他们倾其所有,只能极勉强的应付一切开支。把尸身放入棺材的差事,由医学生担任了去;那口穷人用的棺木也是他向医院特别便宜买来的。他对欧也纳说:

"咱们给那些混蛋开一下玩笑吧。你到拉希公墓去买一块地,五年为期;再向丧礼代办所和教堂定一套三等丧仪。要是女婿女儿不还你的钱,你就在墓上立一块碑,刻上几个字:

特·雷斯多伯爵夫人暨特·纽沁根男爵夫人之　尊翁

高里奥先生之墓

大学生二人醵资代葬。"

欧也纳在特·纽沁根夫妇和特·雷斯多夫妇家奔走毫无结果,只得听从他朋友的意见。在两位女婿府上,他只能到大门为止。门房都奉有严令,说:

"先生跟太太谢绝宾客。他们的父亲死了,悲痛得了不得。"

欧也纳对巴黎社会已有相当经验,知道不能固执。看到没法跟但

父亲的死

斐纳见面,他心里感到一阵异样的压迫,在门房里写了一个字条:

请你卖掉一件首饰吧,使你父亲下葬的时候成个体统。

他封了字条,吩咐男爵的门房递给丹兰士送交女主人;门房却送给男爵,被他往火炉里一扔了事。欧也纳部署停当,三点左右回到公寓,望见小门口停着口棺木,在静悄悄的街头,搁在两张凳上,棺木上面连那块黑布也没有遮盖到家。他一见这光景,不由得掉下泪来。谁也不曾把手蘸过的蹩脚圣水壶①,浸在盛满圣水的镀银盘子里。门上黑布也没有挂。这是穷人的丧礼,既没排场,也没后代,也没朋友,也没亲属。皮安训因为医院有事,留了一个便条给拉斯蒂涅,告诉他跟教堂办的交涉。他说追思弥撒价钱贵得惊人,只能做个便宜的晚祷;至于丧礼代办所,已经派克利斯朵夫送了信去。欧也纳看完字条,忽然瞧见藏着两个女儿头发的胸章在伏盖太太手里。

"你怎么敢拿下这个东西?"他说。

"天哪!难道把它下葬不成?"西尔维回答,"那是金的啊。"

"当然啰!"欧也纳愤愤的说,"代表两个女儿的只有这一点东西,还不给他带去么?"

柩车上门的时候,欧也纳叫人把棺木重新抬上楼,他撬开钉子,诚心诚意的把那颗胸章,姊妹俩还年轻,天真,纯洁,像他在临终呼号中所说的"不懂得讲嘴"的时代的形象,挂在死人胸前。除了两个丧礼执事,只有拉斯蒂涅和克利斯朵夫两人跟着柩车,把可怜的人送往圣·丹蒂安·杜·蒙,离圣·日内维新街不远的教堂。到了那里,灵柩被放在一所低矮黝黑的圣堂②前面。大学生四下里张望,看不见高老头的两个女儿或者女婿。除他之外,只有克利斯朵夫因为赚过他不少酒钱,觉得应当尽一尽最后的礼数。两个教士,唱诗班的孩子,和教堂管

---

① 西俗吊客上门,必在圣水壶内蘸圣水。"谁也不曾把手蘸过",即没有吊客的意思。
② 教堂内除正面的大堂外,两旁还有小圣堂。

507

事都还没有到。拉斯蒂涅握了握克利斯朵夫的手,一句话也说不上来。

"是的,欧也纳先生,"克利斯朵夫说,"他是个老实人,好人,从来没大声说过一句话,从来没损害别人,也从来没干过坏事。"

两个教士,唱诗班的孩子,教堂的管事,都来了。在一个宗教没有余钱给穷人做义务祈祷的时代,他们做了尽七十法郎所能办到的礼忏:唱了一段圣诗,唱了解放和来自灵魂深处。全部礼忏花了二十分钟。送丧的车只有一辆,给教士和唱诗班的孩子乘坐,他们答应带欧也纳和克利斯朵夫同去。教士说:

"没有送丧的行列,我们可以赶一赶,免得耽搁时间。已经五点半了。"

正当灵柩上车的时节,特·雷斯多和特·纽沁根两家有爵徽的空车忽然出现,跟着柩车到拉希公墓。六点钟,高老头的遗体下了墓穴,周围站着女儿家中的管事。大学生出钱买来的短短的祈祷刚念完,那些管事就跟神甫一齐溜了。两个盖坟的工人,在棺木上扔了几铲子土挺了挺腰;其中一个走来向拉斯蒂涅讨酒钱。欧也纳掏来掏去,一个子儿都没有,只得向克利斯朵夫借了一法郎。这件很小的小事,忽然使拉斯蒂涅大为伤心。白日将尽,潮湿的黄昏使他心里乱糟糟的;他瞧着墓穴,埋葬了他青年人的最后一滴眼泪,神圣的感情在一颗纯洁的心中逼出来的眼泪,从它堕落的地下立刻回到天上的眼泪。① 他抱着手臂,凝神瞧着天空的云。克利斯朵夫见他这副模样,径自走了。

拉斯蒂涅一个人在公墓内向高处走了几步,远眺巴黎,只见巴黎蜿蜒曲折的躺在塞纳河两岸,慢慢的亮起灯火。他的欲火炎炎的眼睛停在旺多姆广场和安伐里特宫的穹隆之间。那便是他不胜向往的上流社会的区域。面对这个热闹的蜂房,他射了一眼,好像恨不得把其中的甘蜜一口吸尽。同时,他气概非凡的说了句:

---

① 浪漫派诗歌中常言神圣的眼泪是从天上来的,此处言回到天上,即隐含此意。

拉斯蒂涅一个人在公墓内向高处走了几步……

"现在咱们俩来拼一拼吧!"

然后拉斯蒂涅为了向社会挑战,到特·纽沁根太太家吃饭去了。

一八三四年　九　月　原作
一九四四年十二月　初译
一九五一年　七　月　重译
一九六三年　九　月　重改

内容介绍*

　　批评家称《高老头》为近代的《李尔王》。但在社会观点上,它比莎翁的名剧意义更深广。巴尔扎克的人物不止是一个人物,而是时代的典型;悲剧的因素也不限于个人的性情气质,而尤在乎淫靡腐化的社会环境。鲍赛昂夫人代表没落的贵族,以隐遁终场;拉斯蒂涅与伏脱冷代表新兴阶级的两种作风:一个像瘟疫般钻进社会,一个像炮弹般轰进社会。野心家求名求利的挣扎,与高老头绝望的父爱交错之下,使小说内容愈发显得光怪陆离,动人心魄。本书初译于一九四四年,印过四版,销量达九千余部。兹因译者不满译文风格,特全部修正重译,交由本社出版。

---

* 本文系译者一九五一年为平明出版社版《高老头》一书所写的介绍。

幻 灭

(节选)

Honoré de Balzac
LES ILLUSIONS PERDUES

Edition "Classiques Garnier", Paris 1956

插图作者:Charles Huard（查理·于阿）
本刻作者:Pierre Gusman（比哀·居斯芒）
（按照 Louis Conard 书店全集本, Paris 1949）

读傅译《幻灭》

一九六四年十一月，傅雷先生回首译事，称："《人间喜剧》共包括九十四个长篇，已译十五种，虽不能囊括作者全部精华，但比较适合吾国读者的巴尔扎克最优秀作品，可谓遗漏无多。法国一般文艺爱好者所熟悉之巴尔扎克小说，甚少超出此项范围。"

其所译第十五种，是《猫儿打球号》，于一九六五年底寄交人文社，惜乎佚失于"文革"浩劫。连译者本人在内，见过此稿者恐怕只有三两人。书无，唯留文字记载。有意思的是，巴尔扎克在其亲自编订的《人间喜剧》分类总目里，把 La Maison du Chat-qui-pelote 列为总第一篇（第一大类 Études de mœurs ——"风俗研究"下，第一分支 Scènes de la vie privée——"私人生活场景"之首篇），而却是傅译巴尔扎克的最后一篇！《猫儿打球号》是先生收官之作，《幻灭》才是真正的"天鹅之歌"。"鸟之将死，其鸣也哀"，故也将 le chant du cygne，译作"天鹅哀鸣"；法文字典里，指其寓意为 le dernier chef-d'œuvre，最后的杰作。《幻灭》可谓兼备（早中晚期）众美，译笔明净，精审不磨，无愧于最后的杰作之称誉。

传统的翻译研究，主要是译本研究；近二十年来，开启过程研究，研究翻译中人——le traducteur au travail，翻译主体—— le sujet traduisant，走向译者——aller au traducteur。过程研究，难于译本研究；译者怎么翻，你怎么知道？David Hawkes 在翻译 The Story of the Stone ——

《石头记》时,随翻随记,留下一份 The Story of the Stone: A Translator's Notebooks——《红楼梦英译笔记》,计有四百一十六页,研究者如获至宝,可破解其译思和心得,读出其翻译过程中的"有声思维"。傅译巴尔扎克,主要在解放后。旧知识分子在新政权下,特别慎重,只在书末注明译出年月,不多着笔。所幸现有《傅雷家书》,译《幻灭》的过程,能从中钩稽出若干条来,已属难能可贵。

傅译《幻灭》,"从一九六一年起动手",有"七百五十余页原文,共有一千一百余生字。发个狠每天温三百至四百生字,大有好处"。同年六月,收到"宋〔淇〕伯伯从香港寄来"的"《幻灭》(Lost Illusions)英译本"。"至此为止,此书我尚在准备阶段。内容复杂,非细细研究不能动笔"。——"事先熟读原著,不厌求详,尤为要著。任何作品,不精读四五遍决不动笔,是为译事基本法门。"先生这样告诫翻译学徒,他本人原本就这样做,一直身体力行。

一九六三年三月谓:"我的工作愈来愈吃力。初译稿每天译千字上下,第二次修改(初稿誊清后),一天也只能改三千余字,几等重译。而改来改去还是不满意(线条太硬,棱角突出,色彩太单调等等)。改稿誊清后(即第三稿)还改一次。"初稿日译千字,二稿日改三千,三稿还得改一次。"翻译工作要做得好,必须一改再改三改四改。"

一九六四年八月七日致人文社总编室:"兹另邮双挂号寄上拙译巴尔扎克著《幻灭》(三部曲)三册,请查收。译序可用则用,可改则改,万一不堪造就,即摒弃亦无妨。"《幻灭》"从一九六一年起动手",到一九六四年八月寄出,"总共五十万字,前前后后要花到我三年半时间"。《幻灭》到"文革"后,于一九七八年作为傅雷遗译始由人文社出版,惜译序亡佚。

译此书时,于一九六二年初致梅纽因函说到:"目前我每日工作八小时,然而巴尔扎克《幻灭》一书,诚为巨构,译来颇为费神。如今与书中人物朝夕与共,亲密程度几可与其作者相较。目前可谓经常处于一种梦游状态也。"可谓入乎其内,相当投入。

《幻灭》已译了一年多,于一九六二年五月九日告傅聪:"近来我正在经历一个艺术上的大难关,眼光比从前又高出许多(一九五七年前译的都已看不上眼)。"

眼光又高出许多,何从得窥其端倪?此处录一九六三年初致笔者函中语:"愚对译事看法实甚简单:重神似不重形似;译文必须为纯粹之中文,无生硬拗口之病;又须能朗朗上口,求音节和谐;至节奏与tempo当然以原作为依归。"先生一九五一年重译《高老头》时,提出翻译"所求的不在形似而在神似",十二年后颠倒上下,强调"重神似不重形似",突过前言多多。

傅雷翻译,通常分为解放前后两大时期。解放前,先生自称还没脱离"学徒阶段",对话生硬死板,文气淤塞不畅,新文艺习气尚刮除未尽;解放后,进入成熟时期,译文以传神取胜,独树一帜,卓然成家。据上文"一九五七年前"一语,则成熟时期似又可细分为:早期,一九五七年前;中期,一九五七年后;晚期,《幻灭》阶段。

建国之初,先生四十出头,意气风发,每年推出一本新译。《幻灭》里人物大丹士谈到写作,曾发表高见说:la passion a des accidents infinis. Peignez donc les passions, vous aurez les ressources immences. ——"痴情变化无穷。你一描写痴情,办法就多了。"巴尔扎克就擅长描述极端的痴情,如《葛朗台》之于吝啬,《高老头》之于父爱,《贝姨》之于嫉妒,《邦斯舅舅》之于收藏,而《夏倍上校》,朗松推为"最悲壮"(un pathétique puissant)。据法国评论,写痴情,后起作品尚未有突过巴尔扎克者。原著精彩,译笔讲究,致力于"行文流畅,用字丰富,色彩变化";并以此三要素,营构语体文的美学生成。其译文之美,交口赞誉,当时在文理科大学生、知识精英中流传甚广。而翻译风格尤受赏识,作家叶兆言,言其文风就颇受傅译文体影响。《葛·高·贝·邦·夏》,为傅雷翻得最好的五本巴尔扎克小说。此五书专美于前,《于絮尔·弥罗埃》(一九五六年底出版)像拖了一条光亮的尾巴。

一九五七年后,划为右派,对狷介孤傲的译者,也创巨痛深,心情难免暗淡。痛定思痛,韬光养晦,从西学取进,转向老庄出世,开始研究碑帖,培育英国玫瑰。其间译有《赛查·皮罗多盛衰记》(一九五八年四月),《搅水女人》(一九五九年十二月),《都尔的本堂神甫·比哀兰德》(一九六一年二月),文风随遭际而转变,译笔似与前期稍异,尤其《搅水女人》,很有点旧小说味道。试举两例:De douze à quatorze ans, la charmante Rabouilleuse connut un bonheur sans mélange. ——"可爱的搅水姑娘从十二到十四岁一路享福。"又:La petite Rabouilleuse était si contente , en comparant sa situation chez le docteur à la vie qu'elle eût menée avec son oncle Brazier, qu'elle se plia sans doute aux exigences de son maître, comme eût fait une esclave en Orient. ——"搅水姑娘拿她在叔叔家过的日子和医生家的一比,只觉得称心受用,当然像东方的奴隶事事听从主人。""一路享福","称心受用",不是孤立两语,当与全书文体一致。一九五七年前,译笔有光彩;一九五七年后,文字尚简质。其一九六三年致笔者函云:"旧小说不可不多读,充实词汇,熟悉吾国固有句法及行文习惯。鄙人于此,常感用力不够。"可见,当时正在用力。旧小说味道重,就会不大像外国小说。

后期,《幻灭》阶段。"从一九六一年起动手",但就在一九六一年初,为提高傅聪的艺术修养,特用毛笔,花一个多月工夫,誊抄《希腊的雕塑》一编,约六万字,并加笺注。抄时得重温希腊精神,"追怀两千年前希腊的风土人情,美丽的地中海与柔媚的山脉,以及当时又文明又自然,又典雅又朴素的风流文采"。并把希腊精神,比之于"我国两晋六朝",其襟怀气度与前一时期自是不同。大概于抄录同时,开始翻译《幻灭》的种种准备。稍后九月三十日,报载摘帽。

讲到张爱玲的文字技巧,傅雷指出:"把旧小说的文体运用到创作上来,虽在适当的限度内不无情趣,究竟近于玩火。旧文体的不能直接搬过来,正如不能把西洋的文法和修辞直接搬用一样。希望作者从此和它们隔离起来。她自有她净化的文体。"旧小说文体用到翻译上,有个适应和适度的问题。从很有光彩的语体文,经过古朴的旧文体陶冶,傅雷译《幻灭》时,趋于一种明净的文体。先生向往清明高远之境,明净就是文字洗练,干净。举《幻灭》第二部中一个句子为例:Chacun se sentant de force à être à son tour le bienfaiteur ou l'obligé, tout le monde acceptait sans façon. ——"每个人都觉得可以与,可以受,坦然不以为意。"文字相当简洁,细读意思也很清楚。先生辞世近五十年,法语界还无人能译到这个水平！在《幻灭》全书已译出,改二稿时说,"改来改去还是不满意（线条太硬,棱角凸出,色彩太单调等等）"。"这四五年来愈来愈清楚的感到自己 limit〔局限〕,仿佛一道不可超越的鸿沟。"才华出自年华,老去才退,不无先例。另一种情况是,因傅译已趋顶尖水平,更上层楼,不免万难突破之感,只好让他留在翻译家的苦恼里！

《幻灭》是《人间喜剧》数十部书里篇幅最大的作品,巴尔扎克于一八四三年作品完成当年,曾致函 la Princesse Belgiojoso,称此书是"我作品中首要之作"。——"l'Œuvre capitale dans l'Œuvre."

《幻灭》反映王政复辟时期从内地到巴黎,新旧交替,"一方面是内地和巴黎的地方背景,一方面是十九世纪前期法国的时代背景:从大革命起到一八三〇年七月革命以后一个时期为止,政治上或明或暗的波动,金融和政治的勾结,官场的腐败,风气的淫靡,穷艺术家的奋斗,文艺思潮的转变,在小说的情节所需要的范围之内都接触到了。"《搅水女人》译者序中的这段话,也大致可移用于解读《幻灭》,因为两书同属"风俗研究"编之"内地生活场景"。

傅雷在分析《都尔的本堂神甫》这个中篇时指出:"巴尔扎克又是保王党,又是热心的旧教徒。"——"不错,巴尔扎克在政治上是一个正统派;他的伟大作品是对上流社会无可阻挡的崩溃的一曲无尽的挽歌;他对注定要灭亡的那个阶级寄予了全部的同情。但是,尽管如此,当他让他所深切同情的那些贵族男女行动的时候,恰恰是这个时候,他的嘲笑空前尖刻,他的讽刺空前辛辣。而他经常毫不掩饰的赞赏的人物，却正是他政治上的死对头，圣玛丽修道院的共和党英雄们，这些人在那时（1830—1836）的确是人民群众的代表。这样，巴尔扎克就不得不违反自己的阶级同情和政治偏见而行动；他看到了他心爱的贵族们灭亡的必然性，从而把他们描写成不配有更好命运的人；他在当时唯一能找到未来的真正的人的地方看到了这样的人——这一切我认为是现实主义的最伟大胜利之一，是老巴尔扎克最重大的特点之一。"

引文中提到"圣玛丽修道院"，法文原文为 le cloître Saint-Méry，傅雷在书中译作"圣·曼里修院"。这批共和党英雄的活动与事迹，主要见诸小说第二部第四节 *Un premier ami*——第一个朋友，和第五节 *Le Cénacle*——小团体。手捧本书的读者，倘无暇从头细读，不妨先看这二节。第一个朋友和小团体，是书中最有思想性崇高感的片段，是《幻灭》全书的精华，或许也是《人间喜剧》中的一个亮点。

"小团体"一节是如何写成的呢？巴学专家 Antoine Adam 研究《幻灭》手稿，发现原稿上并无此节："La longue description de ce groupe① a été ajoutée sur épreuves."——"长段描写小团体的文字，是校样上加进去的。"就是说，巴尔扎克在改校样时，看毕第一个朋友，觉得意犹未尽，就顺此思路，下笔滔滔，增添一段妙文。据考证，大丹士 D'Art-hez，是依一文社核心人物 Buchez 为原型的；在复辟王朝和资产阶级王朝下，涌现不少主张社会改良的青年社团，最有名的如圣西蒙小组——le Cénacle saint-simonien。正是基于广泛的社会接触，和深刻的社会观察，巴尔扎克在状摹金钱肆虐的恶俗世界之际，构筑了艺术与思想的神圣殿堂，在描述新闻界"这个不法、欺骗和变节的地狱"时，不忘知识界还有这个超群绝伦的"小团体"，即在混杂的社会现象里见出希望之星，理想之光。这才是对现实世界的深度刻画，才是现实主义的伟大胜利。巴尔扎克的宏伟抱负，是要为一个时代一个社会立言，正是凭借其胸罗万像之大襟怀，高屋建瓴，才有此雄健瑰伟之大

---

① 引文中上上一行，正式用过 Cénacle，出于修辞考虑，用字避复，此处换用 groupe，理解绝对无误。

文章。

　　上面之所以不惜篇幅，引了几占半页的恩格斯致哈克奈斯函，只因为此系笔者看到的所有《幻灭》评论中最精到之言。巴尔扎克写得精彩，恩格斯评得深刻。看过这部小说，再读这段评语，会更叹服其警辟，独到。恩格斯的博识，连资产阶级作家都为之折服，莫洛亚在所作《巴尔扎克传》中，以赞同的态度，引恩格斯语："J'ai plus appris dans Balzac que dans tous les livres des historiens, économistes et statisticiens professionnels réunis ensemble."——"我从巴尔扎克那里所学到的东西，也要比从当时所有职业的历史学家、经济学家和统计学家那里学到的全部东西加起来还要多。"

　　笔者算是看过一点法国作品，而恩格斯并不专门研究法国文学，偶谈《幻灭》，鞭辟入里；扪心低首，良可愧也！书中"D'Arthez n'admettait pas de talent hors ligne sans de profondes connaissances métaphysiques."——"大丹士认为不精通形而上学，一个人不可能出类拔萃。"精通形而上学，谈何容易！而这似乎是一切人文学者的基本功。基本功不到家，今无知妄作，以抄书当评说，似我这样滥竽学界，浅学无成，早可废然歇笔矣！

罗新璋
走笔于二〇一三，癸巳白露

弗利谷多

许多人都记得弗利谷多的名字,他的铺子可以说是解决饥饿、救济贫穷的庙堂。王政复辟最初十二年间住过拉丁区的大学生,很少不是弗利谷多的老主顾。晚饭一共三道菜,加上一壶葡萄酒或者一瓶啤酒,定价十八铜子,多付四个铜子就能有整瓶的酒。同行的招贴上印着"面包尽量"几个大字,就是说不怕客人"过量",这种营业方针使那位照顾青年的老板不曾发大财。好些显赫的要人都经过费利谷多哺育。在索蓬纳广场和黎希留新街的拐角儿上,不少名流一看见装着小格子的玻璃门面,心中便浮起许许多多无法形容的回忆,觉得意味深长。七月革命①以前,弗利谷多的儿子孙子从来没改动门面,玻璃老是那暗黄的色调,一派古老稳重的气息表示他们不喜欢招揽顾客的外表。现在的饭店老板几乎都拿中看不中吃的玩意儿做广告,橱窗里陈列的有扎成标本一般、根本不预备烧烤的野味;有稀奇古怪的鱼,正如唱滑稽戏说的"我瞧见一条出色的鲤鱼,要买也不妨等上十天八天";还有名为时鲜而早已落市的蔬果,摆得五花八门,给士兵和他们的乡亲看着取乐。老实的弗利谷多不来这一套,只用一再修补的生菜盆装满煮熟的李子,叫顾客看了眼睛舒服,知道别家饭店在招贴上大吹特吹的"饭后点心",在这儿不是一句空话。六斤重的面包切成四段,保

---

① 指一八三〇年七月推翻王政复辟的法国资产阶级革命。

证"面包尽量"的诺言。这就算铺子的排场了。主人的姓大有文章可做①,如果早生两百年,莫里哀准会替他扬名。弗利谷多饭店至今犹存,只要大学生想活下去,那铺子一定能开下去。大家在那儿照常吃饭,东西既不多,也不少;吃的时候也像工作的时候一样,心情或者阴沉,或者开朗,看各人的性格和情形而定。那有名的铺子,当时有两间又长又窄又矮的餐厅,凑成一个直角,一间面对索蓬纳广场,一间面对黎希留新街。桌子特别长,颇有修道院风味,不知从哪个修院饭厅搬来的,刀叉旁边的饭巾套着湛亮的白铁箍,刻着号码。在老弗利谷多手里,桌布每逢星期日更换一次,据说后来弗利谷多的儿子改做一星期换两次。因为同行竞争,老店受到威胁。这铺子好比一个工具齐备的工场,而不是豪华富丽,大开筵席的礼厅,客人吃完就走。店里忙得很,侍应的人来来去去,从来不闲着,大伙儿都在干活,没有一个多余的人。菜的品种不多。马铃薯终年不断,爱尔兰一个马铃薯都没有了,到处都绝迹了,弗利谷多照样供应:三十年来始终煎得黄黄的,像提香②喜欢用的那个色调,上面撒着细末子的菜叶,面目不变,叫唯恐衰老的妇女看了眼红,一八一四年看到的马铃薯,你到一八四○年再去看,保证没有分别。店里的羊排和里脊牛排,相当于万利酒家的松鸡和鲟鱼片,算是了不起的名菜,需要早上预定。母牛肉不少,小牛肉很多,做成各种新鲜花样。大批的鳕鱼和青花鱼在大西洋沿岸一出现,弗利谷多铺子就大批涌到。一切都跟蔬菜的交替和法国时令的变化息息相关,你在那里知道的事都是有钱的,有闲的,不关心自然界顺序的人从来想不到的。拉丁区的大学生在弗利谷多饭店里知道的季节最正确:他知道什么时候大豆和豌豆丰收,什么时候白菜在中央菜场泛滥,哪种生菜货源充足,萝卜是不是歉收。民间向来有种无稽之

---

① 与弗利谷多读音相近的一个字,叫作弗利谷端,意思是好吃的人,或是专图非法利益的人,正好和开饭店的弗利谷多性格相反。
② 提香(1477—1576),意大利文艺复兴时期威尼斯派大画家。

谈,说牛排的供应和马的死亡率有关①;吕西安住进拉丁区的时节又在流行这样的话。像弗利谷多铺子里那种动人的景象,巴黎很少饭店看得见。那儿有的是青年人的朝气,信心,不怕穷苦的自得其乐的精神。当然,表情激烈,严肃,又阴沉又骚动的脸不是没有。大家穿着很随便。熟客一朝衣冠端整的上门,立刻有人注意。谁都知道那不是去会情人,便是上戏院或者到上流社会去交际。据说后来成为名流的几个大学生,当初就在那饭店里订交的,你们看下文就知道。除了一般为着同乡关系,在桌子尽头坐在一处的青年之外,吃饭的人大都一本正经,难得眉开眼笑;或许因为喝的是淡酒,兴致不高。弗利谷多的老主顾可能还记得某些神态抑郁,莫测高深的人,身上仿佛裹着贫穷的冷雾,吃了两年饭,忽然像幽灵似的不见了,便是最爱管闲事的熟客也摸不清他们的底细。至于在弗利谷多铺子交了朋友的人,往往到邻近的咖啡馆去喝一杯又浓又甜的杂合酒,或者来一盅掺烈酒的咖啡,借着暖烘烘的酒意巩固他们的友谊。

吕西安搬进格吕尼旅馆的初期,像进教不久的人一样,行动拘谨,很有规律。他对高雅的生活有过惨痛的经验,把活命之本送掉以后,拼命用起功来。可是这股第一阵的劲头很快要被巴黎的艰难困苦和繁华的诱惑打消的,不论过的是最奢侈的还是最清苦的生活;除非你真有才能而拿得出顽强的毅力,或者为了雄心壮志下着破釜沉舟的决心。吕西安下午四点半就上弗利谷多铺子,他发觉早去有好处,饭店里花色比较多,爱吃的菜还能叫到。他像一切富于想象的人一样,特别喜欢某一个位置,他挑的座儿证明他眼光不错。吕西安第一天走进饭店,从座客的相貌和偶尔听到的谈话上面,发现靠近账台的一张桌子坐的是文艺界朋友。其次,他自然而然感觉到坐在账台附近可以同饭店主人攀谈,日久相熟了,手头不宽的时候也许能通融欠账。因此他拣了账台旁边的一张小方桌,桌上只放两份刀叉,两条白饭巾不用

---

① 法国肉类中以马肉价为最贱,故常有人疑心某些牛肉是马肉冒充的。

篮儿，大概是招待随来随去的客人的，同桌的是个又瘦又苍白的青年，似乎跟吕西安一样穷，清秀的脸已经有些憔悴，破灭的希望使他脑门显得疲倦，在他心上留下许多沟槽，而播的种子没有长出芽来。由于这些残余的诗意，无法抑制的同情，吕西安很想接近那个陌生人。

他姓罗斯多，名叫埃蒂安纳。安古兰末诗人花了一星期工夫，殷勤凑趣，跟他攀谈，交换一些感想，把他当作第一个谈话的对手。两年以前，埃蒂安纳像吕西安一样离开本乡，贝里地区的一个城市。他的指手画脚的动作，明亮的眼睛，有时很简短的说话，流露出他对文艺生涯有些辛酸的经验。他从桑塞尔来的时候，带着他的一部悲剧，和吕西安同样受着光荣，权势，金钱的吸引。这年轻人先是接连几日在弗利谷多铺子吃饭，过后却难得露面。吕西安隔了五六日重新见到他的诗人，希望他下一天再来，不料第二天他的位置上换了一个新人。在青年人中间，第一天见过面，谈话的兴致第二天还接得上；有了间断，吕西安只能每次想法打破沉默，而且最初几星期两人的关系没有多大发展，所以更不容易亲密。吕西安打听管账的女太太，知道他那未来的朋友在一家小报馆当编辑，写新书评论，报道滑稽剧场，快乐剧场，全景剧场的戏。吕西安立刻觉得那青年是个人物，有心同他谈得亲切一些，不惜作些牺牲去换取一个初出道的人最需要的友谊。记者半个月不来吃饭。吕西安不知道埃蒂安纳只在没有钱的时候才上弗利谷多饭店，因此老是沉着脸，没精打采；吕西安看他冷淡，便竭力赔笑，拣好话来说。其实应不应该交这个朋友还值得郑重考虑，看来那无名的记者过着挥霍的生活：既要烧酒，又要咖啡，又要杂合酒，还得看戏，吃消夜。而吕西安住进拉丁区的初期，行事像一个可怜的孩子，被第一次巴黎生活的经验吓坏了。他研究一下饮料的价钱，摸摸钱袋，不敢学埃蒂安纳的样；他还在后悔过去的荒唐，唯恐再出乱子。他还没摆脱外省教育的影响，一有邪念，他的两个护身神——夏娃和大卫——立刻出现，使他想起大家对他的期望：他不但要使老母幸福，也不能辜负自己的天才。白天他在圣·日内维埃佛图书馆钻研历史。经过初步研究,发觉他的小说《查理九世的弓箭手》有些荒谬的错误。图书馆关了门,他回到又冷又潮湿的房间把他的作品修改,整理,重写,整章的删掉。在弗利谷多铺子吃过晚饭,他往下走到商业巷,在布洛斯办的文艺阅览室中读当代的文学作品,日报,期刊,诗集,了解流行的思潮;半夜前后回到破烂的旅馆,灯火和取暖的木柴都省掉了。那些读物大大改变了他的观念,他重新校阅歌咏花卉的十四行诗集,他一向看重的《长生菊》,大改特改,保留的原诗不满一百行。可见吕西安最初过的是一般内地穷小子的生活,纯洁,无邪,觉得弗利谷多的饭菜比起老家的伙食已经是奢侈的享受了。所谓消遣只是在卢森堡公园的走道上慢悠悠地散步,心里热呼呼的,斜着眼睛望望漂亮女人;从来不走出本区,只管想着前途,一本正经地用功。无奈吕西安天生是个诗人,欲望极大,看到戏院的招贴心痒难熬,忍耐不住。他买楼下的后座,在法兰西剧院,杂剧院,大千剧院,喜歌剧院,花了五六十法郎。看塔尔玛演他最出名的几个角色,这样的乐趣哪个大学生肯放弃呢?富于诗意的人一开始就爱戏剧,吕西安被戏剧迷上了。他觉得男女演员全是重要人物,不可能跨过脚灯去对他们随便张望。在吕西安心目中,那些使他快乐的名角儿简直像神仙一般,报纸上提到他们,口气不亚于谈论国家大事。他渴望做一个戏剧作家,编出戏来叫人上演!有些大胆的人,例如卡西米·特拉维涅,居然实现了这样的美梦!吕西安转着这些创作的念头,忽而信心十足,忽而悲观绝望,精神上骚动不已,可是他继续过着用功和俭省的日子,不管有多少强烈的欲望在暗中激荡。他甚至过分谨慎,不敢走进王宫市场那样的销金窟,他不是一天之内在万利酒家花掉五十法郎,做衣服花掉将近五百吗?即使打熬不住,要去看福洛利,塔尔玛,米旭,或者巴蒂斯德弟兄①演出,他也只敢买楼上黑洞洞的散座,五点半就去排队,迟到的人只好花十个铜子买一个靠近售票房的地盘。不少大学生往往等了两小时,最后听见

---

① 福洛利和塔尔玛都是有名的悲剧演员。米旭和巴蒂斯德弟兄是喜剧演员。

一声票子完啦！大失所望。散了戏，吕西安低着头走回去，不敢望街上的神女。或许他有过几回极简单的艳遇，在他年轻胆小的想象中显得重要无比。有一天吕西安把钱数了一下，发觉所剩无几，大吃一惊；而想到要去找一个出版商，弄些工作来糊口，他又冷汗直流。他一厢情愿当作朋友的那个青年记者，不再上弗利谷多饭店。吕西安等着机会，机会始终不来。巴黎只有交游广阔的人才能碰到巧事；熟人越多，各式各样成功的可能性越多。所谓幸运本来是趋炎附势的东西。吕西安还保持内地人未雨绸缪的脾气，不愿意等到只剩几个法郎的时候，他决意大着胆子去找书店老板。

两种不同的书店老板

九月里有一天上午，天气相当冷，吕西安夹着两部手稿，从竖琴街往下走到奥古斯丁河滨道，沿着人行道踱过去，瞧瞧塞纳河，瞧瞧书店，仿佛有个好心的神通在劝告他，与其投入文坛，还不如投河。从玻璃窗或店门口望到的脸相各各不等，有的和善，有的好玩，有的快活，有的抑郁。吕西安先是迟疑不决，苦恼得厉害，把那些脸孔仔细打量了一番。最后发现一家铺子，好些伙计在门口忙着打包，准备发货；墙上全是招贴，写着：本店发售——特·阿兰戈子爵著：《孤独者》，第三版；维克多·丢冈日著：《雷奥尼特》，全五卷，上等纸精印，十二开本，定价十二法郎；盖拉德里著：《道德综论》。

"这些人可运气啊！"吕西安叫道。

招贴是有名的拉伏卡①想出来的新花样，那时初次在墙上大批出现。不久群起效尤，巴黎城内花花绿绿贴满了这种广告，国家也增加了一项税源。在安古兰末那么威风，在巴黎那么渺小的吕西安，心里又激动又慌张，沿着屋子溜过去，鼓足勇气踏进那书店，里头挤满着伙计，顾客和书店老板——"说不定还有作家在内。"吕西安私下想。

他对一个伙计说："我要见维大先生或者包熏先生。"

他看见招牌上写着几个大字：维大－包熏合营书店，专营国内外

---

① 拉伏卡，法国十九世纪初期的出版商。夏多布里昂及浪漫派作家的作品大多由他高价收买。

图书发行及经销业务。

忙碌的伙计回答:"他们两位都有事。"

"我等着就是了。"

诗人在铺子里待了两小时,打量整包整捆的图书,看看题目,打开书来东翻几页,西翻几页。最后他肩膀靠着一个用玻璃橱子围起来的小房间,挂着绿色的短窗帘。吕西安疑心维大或者包熏就在小房间内,他听见谈话的声音。

"你要愿意批五百部,就算五法郎一部,每十二部奉送两部。"

"那么每部实价多少呢?"

"照原价减去八十生丁。"

"那就是四法郎二十生丁。"说话的大概是维大或者包熏,对方是来兜销书的。

"对。"兜销的人回答。

"是不是记账呢?"进货的人问。

"好家伙!难道你打算十八个月结账,付我一年的期票不成?"

"不,马上结清。"不知是维大还是包熏回答。

"什么期头?九个月吗?"说话的不是来兜销的出版商便是作者。

"不,朋友,一年。"两个经销人中的一个回答。

双方不出声了。一会儿,陌生人叫道:"你太辣手了。"

"怎么,我们一年销得掉五百部《雷奥尼特》吗?"经销人对丢冈日的出版商说,"销路要能按照出版商的心思,我们都是百万富翁了,亲爱的先生!无奈销路操在大众手里。华尔特·司各特的小说只卖九十生丁一卷,三法郎六十生丁一部;你想叫我把你的书卖得更贵吗?要我帮你推广这部小说,得给我好处才行。——维大!"

一个胖子耳朵上夹着一支笔,离开账台走过来。

包熏问:"你上回出门,发了多少丢冈日的作品?"

"《加来的小老头儿》销去两百部,为此不能不把两部回扣小一些的书跌价,现在都变了夜莺。"

吕西安后来才知道,凡是搁在货栈的架子上,冷清清无人过问的作品,书业中称为夜莺。

维大接着说:"而且你知道,比卡正在写小说①;他的出版商向我们兜生意,为了要畅销,答应比一般的批价多给两成回佣。"

丢冈日的出版商听着维大告诉包熏的内幕消息,着了慌,可怜巴巴的回答说:"那么,一年就一年吧。"

包熏毫不含糊地追问一句:"这话算数吗?"

"算数。"

出版商走了。吕西安听见包熏对维大说:"客户已经定下三百部;咱们给他远期票子,把《雷奥尼特》五法郎一部卖出去,要人家付我们六个月的期票,那……"

"那就净赚一千五。"维大说。

"嘿!我看出他手头很紧。"

"他糟糕得很!印两千部,给了丢冈日四千法郎……"

吕西安走到小房间门口,打断了维大的话。

他对两个合伙人说:"对不起,打搅你们……"

两个老板对他似理非理。

"我写了一部法国的历史小说,近于华尔特·司各特一路,题目叫《查理九世的弓箭手》,我想请你们收买。"

包熏把手里的笔放在桌上,朝吕西安冷冷地瞅了一眼。维大虎着脸瞧着作者,回答说:"先生,我们不出版,只经销。我们自己出书的话,做的是知名作家的生意;并且只收买正经书,像历史和什么概论之类。"

"我的书非常正经,目的是把拥护专制政体的天主教徒,和想建立共和政体的新教徒的斗争,写出一个真面目来。"

一个伙计在外面叫:"维大先生!"

---

① 比卡(1769—1828),原是演员,戏剧作家,当过歌剧院经理,从一八二一年起正式写小说。

维大走出去了。

包熏不客气地挥了挥手,说道:"我不说你的小说不是杰作,可是我们只销现成的书。你去找买稿子的人吧,比如卢佛附近公鸡街上的道格罗老头,便是出版小说的。你要是早一些开口,刚才就好见到包莱,他跟道格罗和一些木廊书店是同行。"

"先生,我还有一部诗集……"

"包熏先生!"外面有人叫。

"诗集?"包熏气冲冲地嚷道,"你当我什么人!"他朝吕西安冷笑一声,往铺子的后间去了。

吕西安穿过新桥,想着许许多多念头。刚才那些生意上的行话,他听懂了一些,知道在书店老板的眼里,书不过是低价收进,高价售出的商品,同头巾店老板看待头巾一样。

他想:"我找错了门路。"可是发觉文学有这样一副恶俗的生意面孔,暗暗吃惊。

他在公鸡街上找到一家外表挺老实的铺子,原来是刚才走过的,绿色的店面漆着几个黄字:道格罗书店。他记得在布洛斯阅览室中念过的小说,好几部的封面插图底下有这个名字。吕西安忐忑不安地走进铺子,富于幻想的人遇到斗争总是这样。他看见一个很特别的老头儿,帝政时代出版界中的一个怪物。道格罗穿着古老款式的黑礼服,前面是大方摆,后面是鳖鱼尾。背心的料子很普通,织成颜色不同的方格,口袋外面吊着一根链子,一把铜钥匙,在宽大的黑扎脚裤上晃来晃去。表的厚薄大概同玉葱差不多。底下是深灰的羊毛袜和银搭扣的皮鞋。他光着头,花白的头发乱七八糟,颇有诗意。包熏称为道格罗老头的家伙,从他的礼服,扎脚裤和鞋子来看,像文学教授;看他的背心,表和袜子,又是个做买卖的。他的相貌也有这股奇怪的混合味儿:威严而霸道的神气,凹下去的脸孔,俨然是个修辞学教师;尖利的眼睛,多疑的嘴巴,心绪不宁的表情,明明是个书店老板。

吕西安问道:"这位可是道格罗先生?"

帝政时代出版界中的一个怪物——道格罗。

幻灭

"是的,先生……"

吕西安道:"我写了一部小说。"

出版商道:"你年轻得很啊。"

"先生,我的年纪跟写作无关。"

"对!"老出版商说着,接过稿子,"啊!《查理九世的弓箭手》,题目不坏。好吧,先生,你把内容简单地说一说。"

"先生,这是一部华尔特·司各特式的历史小说。我把新教徒和天主教徒斗争的性质,写成两种政体的斗争,王权在斗争中受到严重的威胁。我是赞成天主教徒的。"

"嗯,嗯,倒是异想天开。好吧,我可以念一念你的作品,我答应你。我更喜欢拉德克利夫太太①一路的小说,不过你倘若工作认真,稍微有些风格,意境,思想,安排情节的能力,我很乐意帮忙。我们要求什么?……不是优秀的稿子吗?"

"什么时候听回音?"

"我今晚下乡,后天回来,那时作品可以看完了。我要认为合式的话,后天就好谈判。"

吕西安看他这样和气,转错了念头,掏出《长生菊》来。

"先生,我还有一部诗集……"

"哦!你是诗人,那我不要你的小说了。"老人把稿子还给吕西安,"起码诗人写散文总是不行的。散文不能拿废话充数,一定要说出些东西来。"

"可是华尔特·司各特也写诗啊……"

"不错。"道格罗又变得软和了。他看出这个青年很穷,便留下稿子,说道:"你住哪儿?我过一天去看你。"

吕西安写了地址,没想到老人别有用心,也不知道他是老派的出版商,恨不得把饿肚子的服尔德和孟德斯鸠锁在顶楼上。

---

① 拉德克利夫(1764—1823),英国女作家,专写神怪和恐怖小说,十九世纪初期在法国很受欢迎。

出版商看了地址,说道:"我才从拉丁区回来。"

吕西安告别的时候心上想:"这个人真好!对年轻人多热心,而且是个识货的行家。不是吗?我早就告诉大卫:只要有本领,在巴黎是容易出头的。"

吕西安又快活又轻松的回去,做着功成名就的好梦。他忘了在维大和包熏的账桌上听到的可怕的话,只道至少有一千二百法郎到手。一千二百法郎能在巴黎住一年,让他准备新作品。他从这个希望出发,定下不知多少计划!发愤用功的生活引起他不知多少甜蜜的幻想!他把屋子安排了一下,整理了一下,差点儿没置办东西。他在布洛斯阅览室成天看书,耐着性子等回音。过了两天,道格罗对于吕西安在第一部作品中表现的风格感到惊异,赏识他的人物写得夸张,那在故事发生的时代也说得过去;也注意到他的想象力非常奔放,青年作家写处女作的时候往往有这种气魄。道格罗居然不拿架子,亲自上旅馆访问他未来的华尔特·司各特。他决意花一千法郎买下《查理九世的弓箭手》的版权,另外订一份合同要吕西安再写几部。一看见旅馆,老狐狸马上改变主意。——"住这种地方的青年欲望不大,一定是个用功的读书人,给他八百法郎就行了。"旅馆的老板娘听道格罗问到吕西安·特·吕庞泼莱,回答说:"五楼!"道格罗仰起头来,看见五楼以上就是天空,心上想:"这个年轻人长得漂亮,简直是个美男子,钱太多了会心猿意马,不用功的。为了咱们的共同利益,给他六百法郎吧!不过是现金,不是期票。"他爬上楼去,在吕西安的房门上敲了三下,吕西安开了门。屋子里空无所有。桌上摆着一碗牛奶,一小块两个铜子的面包。天才的穷苦使道格罗老头看了心中一动。

他私忖道:"这种朴素的习惯,菲薄的饮食,简单的欲望,但愿他保持下去。"随即对吕西安说:"看到你我很高兴。先生,你同约翰-雅各①有好几点相像,他便是过的这样的生活。天才在这等地方爆出火

---

① 指卢梭。

花,写出好作品来。文人的生活正该如此,万万不能进咖啡馆,上饭店,大吃大喝,糟蹋他们的光阴和才具,浪费我们的金钱。"说着他坐下了,"小朋友,你的小说不坏。我当过修辞学教师,熟悉法国史,你的作品颇有些出色的地方。你是有前途的。"

"啊!先生。"

"是的,你是有前途的。咱们可以合作。我愿意收买你的小说……"

吕西安心花怒放,高兴得胸坎里扑通扑通直跳,他要登上文坛了,终究能出书了。

"我给你四百法郎。"道格罗说话的声音特别甜,望着吕西安的神气仿佛他是大发慈悲。

"四百法郎买这部稿子?"吕西安问。

"对,买这部小说。"道格罗看着吕西安诧异并不奇怪,接着说,"可是付你现款。你还得答应六年中间每年写两部。如果第一部在六个月之内销完,以后我给你六百法郎一部。一年两部,每月一百法郎收入,你生活有了保障,应该快活了。有些作家的小说,我每部只给三百法郎。英国小说的译本,我只出两百。这个价钱在从前是惊人的了。"

吕西安浑身冰冷,说道:"先生,我们谈不成了,请你把稿子还我。"

出版商回答说:"稿子在这里。先生,你不懂生意经。出版一个作家的第一部小说,要担一千六百法郎印刷费和纸张费的风险。写一部小说比张罗这样一笔款子容易得多。我店里存着一百部稿子,可拿不出十六万法郎。唉!我开了二十年书店,还没赚到这个数目呢。可见出版小说发不了财。维大和包熏经销的条件一天比一天苛刻。你大不了白费时间,我却要掏出两千法郎。书的命运各各不同[①],我要是眼光看得不准,就得赔两千法郎。至于你,你只消写一首诗骂一通愚蠢的群众。你把我的话细细想过以后,会再来找我的。"吕西安不胜轻蔑

---

① 这是引的一句拉丁诗,原作者是公元一世纪时文法学家丹朗蒂阿奴斯·莫吕斯。

吕西安·夏同

地挥了挥手,道格罗正色重复了一句:"是的,你会再来找我的。你瞧着吧,不但没有一个出版家肯为一个无名的青年人担两千法郎风险,也没有一个书店伙计肯看你乱七八糟的稿子。我倒是看完的,能指出好几处文字的错误。应该说提醒的地方,你写着提到,尽管后面应当用直接被动词,你却加了一个介词。"两句话说得吕西安好不惭愧。道格罗又道:"你下次再来看我,可要损失一百法郎,我只给三百了。"他说罢起身告辞,走到房门口又道:"你要没有才能,没有前途,我要不关心用功的年轻人,我也不会给你这样好的条件。每月一百法郎!你考虑考虑吧。一部小说丢在抽斗里,当然不比一匹马关在马房里,不用吃饭。可是老实说,也不会给你饭吃!"

吕西安抓起稿子扔在地下,嚷道:"我宁可烧掉的,先生!"

"你真是诗人脾气。"老头儿说。

吕西安吞下面包,喝完牛奶,走下楼去。房间太小了,不出去的话,他只能团团打转,像关在植物园铁笼里的狮子①。

---

① 巴黎的动物园设在植物园内。

第一个朋友

吕西安准备上圣·日内维埃佛图书馆。平时他在那儿看见一个二十五岁左右的年轻人,每次坐着老位置,埋头工作,从来不分心,不怕扰乱,一望而知是真正好学的人。他大概在图书馆出入久了,从馆员到馆长都对他很客气;馆长让他带书回去,吕西安看着用功的陌生人第二天把书送回。诗人认为他也是在穷苦和希望中挣扎的弟兄。身材矮小,瘦弱,没有血色,英气勃勃的额角盖着又黑又浓而不大梳理的头发,一双手长得很美,使人注目的是他相貌有点像翻刻劳贝·勒番佛原作的拿破仑像。那幅版画把抑郁的热情,抑制的野心,内在的活动,表现得极有诗意。你细看之下,准会发觉画上的人物天分极高而谨慎无比,心思很深而又气概不凡。眼睛像女人的一样机灵。目光好像只嫌视野不够,竭力想找困难来克服。就算版画下面不写明波那帕脱,你也会望上半天。那青年好比画像的化身,平日穿着长裤,厚底皮鞋,料子很普通的外套,有白点子的灰呢背心,纽子一直扣到上面,打着黑领结,戴一顶廉价的帽子。他显然不喜欢多余的装饰。神秘的陌生人额上印着天才的标记。吕西安发觉他是弗利谷多铺子最有规律的常客,不喝酒,吃饭只为充饥,不在乎吃什么,店里的菜他似乎都熟悉。大概他是有意识地关心一些伟大的事业,所以不论在饭店或者图书馆,处处表现出一种尊严,叫人不敢接近。目光带着深思的意味。长相高贵而俊美的脑门,显得他经常在静观默想。炯炯有神的黑眼睛看起东西来又深刻又迅速，表示他对事物有追根究底的习惯。他动作简单，态度庄重。吕西安不由自主地对他有种敬意。两人在图书馆和饭店进进出出，彼此瞧过好几回，好像预备说话，可是谁都不敢开口。沉默的青年坐在餐厅的尽头，靠索蓬纳广场的一面。因此吕西安没法和他结交，虽然对这个用功朋友很向往，觉得他有些说不出的高人一等的迹像。后来两人都承认，他们生来淳朴、胆小，动不动害怕，而孤独的人还喜欢这种羞怯的情绪。要不是吕西安碰了钉子忽然和他相遇，或许两人永远不会发生关系。吕西安走进砂石街，看见那青年从圣·日内维埃佛回来。

他说："先生，图书馆没有开门，不知道为什么。"

吕西安那时含着眼泪，他对陌生人做了一个手势表示感谢。那种手势比说话更有力量，能沟通青年人的心。两人从砂石街一同走向竖琴街。

吕西安道："那我就上卢森堡公园去散步。已经出了门，不大能够再回去用功。"

那青年接口道："是啊，思想给打断了。先生，你好像心里不快活。"

吕西安道："我才碰到一桩古怪事儿。"

他说出怎样到河滨道，怎样去见道格罗老头，刚才听到怎样的条件，又报出自己的姓名，大致讲了讲处境。他一个月来吃饭花掉六十法郎，旅馆三十法郎，看戏二十法郎，阅览室十法郎，总共一百二；此刻只剩一百二了。

陌生人回答："先生，你的经历就是我的经历，也是一般年轻人的经历；他们每年从内地到巴黎来，数目有一千到一千二。咱们还不算最苦的呢。这所戏院，你瞧见没有？"他指着奥台翁[①]的屋顶说，"有一天，广场上一所屋子里住进一个人，很有才气，穷得不堪设想，结了

[①] 法国四大国家剧院之一，建于一七八二年；一七九九年、一八一八年，两次毁于火。一八一八年毁后，临时迁往卢伏阿剧院。

婚——这一桩额外的苦难还没临到你我身上；他和老婆感情很好，有两个孩子——是祸是福，我也说不上来；他背了一身债，可是对写作颇有信心。他把一部五幕喜剧送往奥台翁，人家不但接受了，还另眼相看，演员开始排练，经理热心督促。这五项运气等于五出戏，比写五幕喜剧更不容易。可怜的作者住在一个阁楼上，你从这儿望得见。他在排戏的时期想尽方法活下去，老婆的衣服全进了当铺，一家人光吃面包过日子。上演前夜，彩排那天，夫妻俩欠着面包店，牛奶房，门房五十法郎。作家只留着必不可少的衣着：一件礼服，一件衬衫，一件背心，一双靴子。他只道成功在望，拥抱着妻子，告诉她苦难快完了，说道：现在再没有什么事跟我们捣乱了！老婆说：还有火呢！你瞧，奥台翁起火啦！——先生，奥台翁起火啦！因此你别抱怨。你还有衣服，没有妻儿子女，袋里还剩一百二十法郎，一个钱都不欠人家。后来那出戏在卢伏阿剧院演到一百五十场。王上给了作者一笔年俸。蒲封说得好：所谓天才就是耐性。的确，人的耐性同自然界化育万物的办法最相近。我问你，先生，什么叫作艺术？还不是经过凝练的自然！"

两个青年在卢森堡公园大踏步走着。陌生人竭力安慰吕西安。吕西安不久就知道他姓大丹士，名叫大尼埃，后来声名显赫，成为当代最杰出的作家之一，而且也是个少有的人物。因为在他身上，借用某诗人的一句精彩的话来说："卓越的才能和卓越的性格完全一致。"

大尼埃声音柔和地对吕西安说："一个人要伟大，不能不付代价。天才的作品是用眼泪灌溉的。才具是有生命的东西，同一切生物一样有它多灾多病的童年。社会排斥残缺不全的才具，正如自然界淘汰衰弱或畸形的生物。要出人头地，必须准备斗争，遇到任何困难决不退缩。一个伟大的作家是个殉道者，只是不死罢了。你脑门上印着天才的标记，"大丹士对吕西安一览无余地瞧了一眼，"要是你没有天才的意志，没有那种超人的耐性，在命运的播弄使你同目的隔着一段距离的时候，你不能继续向无限的前程趱奔，像乌龟不论在什么地方都爬向海洋一样，那就不如趁早放弃。"

"难道你准备受尽折磨吗?"吕西安问。

"准备受各式各样的考验:同道的毁谤,出卖,偏枉不公;生意场中的无耻,奸诈,残酷。"大尼埃用逆来顺受的口气回答,"只要你作品写得好,第一次碰个钉子有什么关系……"

吕西安道:"你愿意念一念我的作品,审订一下吗?"

大丹士回答:"行。我住在四府街。我的屋子里住过一个非常有名的人物,当代最了不起的一个天才,科学界的巨人,最伟大的外科医生——台北兰。他最初就在那儿受难,跟艰苦的巴黎生活和荣名作挣扎。我每天晚上想着他,第二天就有了勇气。在我那个房间里,他常常只吃面包和樱桃过日子,像卢梭一样,可是没有丹兰士①。你过一小时去,我等你就是。"

两个诗人握了握手走开了,心里都有种说不出的伤感和同情。吕西安回去拿稿子。因为天冷,大尼埃·大丹士把表送往当铺,买了两捆木柴,在房里生起火来招待新朋友。吕西安准时前往,发觉大尼埃的屋子比他的旅馆更糟,走完一条黑洞洞的小弄才是不见天日的楼梯。大尼埃的房间在六层楼上,两个破落的窗洞之间有一个颜色发黑的木书架,插着贴满标签的文件夹。房间尽头摆一张油漆的小木床,像中学生睡的;床几是买的旧货,还有两把马鬃垫子的靠椅。方格的糊壁纸年深月久受着烟熏,像涂了一层油。一个窗洞和壁炉架之间,放一张堆满纸张的长桌。壁炉架对面,有一口桃花心木的蹩脚五斗柜。一条旧地毯把地砖全部铺满,有了这件奢侈品,屋内可以不用生火。桌子前面摆一张普通的写字椅,红羊皮面子用久了,颜色已经泛白;另外还有六把旧椅子。吕西安看见壁炉架上有一个带罩子的旧烛台,插着四支蜡烛,跟别的东西的寒碜大不相称,他问了一下,原来大丹士受不了油烛②的气味。可见他知觉特别灵,是个极敏感的人。

吕西安的小说念了七小时才完毕。大尼埃诚心诚意地听着,一声

---

① 卢梭的情妇,到晚年才和她正式结婚。
② 油烛是用牛羊油做的,比蜡烛便宜得多。

不出,不插一句嘴。这样的体贴在作家中是极少有的。

吕西安在壁炉架上放下稿子,问大尼埃:"怎么样?"

大尼埃郑重其事地回答:"你走的是正路,是大路。不过作品需要修改。你要不想照抄华尔特·司各特,就得另外创造一种手法。现在你是模仿他。你和他一样开场用长篇的谈话引进人物,谈话完了才有描写和情节。这两个对立的因素,一切激动人心的作品都少不了,你偏偏放在最后。为什么不颠倒一下呢?散漫的对话在华尔特·司各特笔下非常精彩,你却写得黯淡无光,我看还是干脆不用,拿描写来代替,我们的语言本来最宜于描写。但愿你的对话是读者预期的后果,替你的上文做总结。最好先写情节,或者从侧面对付你的题材,或者从结尾入手;各个场面要有变化,避免千篇一律。就算拿苏格兰作家对话式的戏剧应用到法国历史上来,你仍旧可以显得新颖。华尔特·司各特笔下没有情欲,他缺少这样东西,或许是他国内伪善的风俗不允许他提到。在他心目中,女人总是恪守妇道的。除了极少数的例外,他的一些女主人翁简直一模一样,照画家的说法,用的是一个标本,个个都是从克拉立萨·哈罗脱胎的。他把所有的女人都归结到一个观念,他只拿同一个模子来翻印,不过着色浓浓有些参差罢了。可是女人就因为有了情欲才扰乱社会。情欲变化无穷。你一描写情欲,办法就多了;伟大的司各特因为要古板的英国家家户户看他的小说,不能不放弃这些手法。在法国,在我们历史上情绪最骚动的时代,天主教的风流罪过,豪华的风气,同加尔文教阴沉严厉的人物相比,正好是个极端。从查理曼起,每个名副其实的朝代至少需要一部作品来描写,有的还需要四五部,例如路易十四,亨利四世,法朗梭阿一世。你可以写出一部生动的法国史,描写各个时期的服装,家具,屋子,室内景象,私人生活,同时刻划出时代的精神,而不必吃力不讨好,讲一些人尽皆知的事实。我们多数的国王在民间被歪曲了,你正好纠正这种错误,成为你的特色。在你第一部作品中,凯塞琳那样一个了不起的人物,应当大胆还她一个本来面目;一般人至今对她存着偏见,而你现在是迁就他们,牺牲了凯塞琳。至于查理九世,也该如实描写,不能同新教作家一鼻孔出气。你只要坚持十年,不难名利双收。"

时间已经到九点。吕西安并不知道新朋友为着他在房内生火,却是无意中学他的样,请他上埃同饭店吃饭,花了十二法郎。大尼埃在饭桌上说出他的希望和做的学问。大丹士认为不精通形而上学,一个人不可能出类拔萃。那时他正在挖掘古往今来的哲学宝藏,预备吸收融化,他要像莫里哀那样,先成为深刻的哲学家,再写喜剧。思想和事实,书本上的世界和活生生的世界,他都研究。交的朋友有自然科学家,有青年医生,有政论家、艺术家,全是好学,严肃,有前途的人。他的糊口之计是替《人名辞典》《百科辞典》《自然科学辞典》,写些认真而报酬微薄的稿子。他写的不多不少,仅仅为满足生活和发展思想的需要。大丹士也在写一部小说,专为研究语言的变化;这部还没有完成的书时断时续,完全趁他高兴,主要是在情绪低落的时候动笔;他用小说的形式研究心理,内容很有分量。虽然大丹士谈到自己很谦虚,吕西安已经觉得他近乎巨人了。十一点钟走出饭店的时候,吕西安对这个朴实的君子,超群绝伦而并不以此自居的人物,十分钦慕。他听着大尼埃的劝告毫无异议,全盘接受。大尼埃的优秀才具已经成熟,一方面靠他的思想,一方面靠他在孤独生活中养成的批评精神;而那些从未发表的批评只供他自己思考,不是说给别人听的。他替吕西安突然打开了一个美丽的幻想的宫殿。内地人好像被炭火烫了舌头,大吃一惊;巴黎的用功朋友说的话,在安古兰末诗人的头脑中碰到一块早已垦熟的土地。吕西安开始把作品彻底修改。

小 团 体

在举目无亲的巴黎,内地大人物遇到一个和他感情同样热烈的人,太高兴了,就跟缺少温暖的青年一样,盯着大丹士寸步不离:他接大丹士一同上图书馆,晴天陪他在卢森堡散步,每天晚上和他在弗利谷多饭店同桌吃饭,吃过饭送他回那个寒碜的房间。总而言之,吕西安仿佛一个小兵在俄罗斯冰天雪地的平原上紧挨着身边的弟兄。他结识大尼埃的初期,注意到大尼埃的一般亲密的朋友碰在一起,见了他都有点拘束,不免心中怏怏。大丹士和吕西安提到那般杰出的人,口气之间隐隐然有一股热情;他们的谈话却有所保留,同他们明明很强烈的友谊不大相称。吕西安觉得这些陌生人(因为他们彼此都用名字相称)很奇怪,受到他们排斥又感到苦闷,只得悄悄地走开。他们和大丹士一样脑门上有个标识,可以看出各有各的天才。直到经过大尼埃私下劝说,众人的异议平息之后,吕西安才被认为有资格加入这个优秀人物的集团。从那时起,吕西安才认识他们。浓厚的感情和严肃的精神生活把他们结合在一起,几乎每天晚上在大丹士家聚会。他们有种预感,认为大丹士是个伟大的作家,奉他为领袖。在他以前的第一个领袖是当代最了不起的一个思想家,神秘气息极浓的天才,那时回了本乡,原因不必在此多叙;吕西安听见他们常常提到他,名字叫路易。后来他们之中有几个半途夭折,另外一些和大丹士一样声誉卓著。单看成功的几个,就不难了解为什么那些人会引起诗人的兴趣和注意。

至今在世的人中有荷拉斯·皮安训,那时在市立医院当住院医生,后来是巴黎大学医学院的名教授,早已尽人皆知,不必再描写他的为人,说明他的性格和思想的性质了。其次是雷翁·奚罗,是个深刻的哲学家,大胆的理论家;所有的学说他都要探讨,检定,发挥,阐明,最后奉献给他崇拜的偶像——人类。他始终伟大,便是犯的错误也因为动机纯正而显得高尚。这位态度认真,孜孜不倦的学者,如今是某个伦理和政治学派的领袖,学派的价值只有让时间来判断。他的信念使他和小团体的同伴分道扬镳,在另一方面活动,但仍然是他们忠实的朋友。在团体中代表艺术的是青年画派中最优秀的一个画家,叫作约瑟·勃里杜,他兼有罗马派的素描和威尼斯派的色彩,要不是过于敏感,无形中吃了亏,可能成为意大利画派的继承人——当然,他还没有停止发展。爱情是他的致命伤,不仅影响他的心情,也影响他的头脑,扰乱他的生活,使他走着意想不到的弯路。如果约瑟为着短时期的情妇太快乐了或者太苦恼了,送去展览的作品就失败,不是颜色厚重,掩没素描,只能算稿本,便是在假想的痛苦中完成的图画,只注重素描而看不见他擅长的色彩。一般的观众,包括他的朋友在内,对他经常失望。霍夫曼①准会喜欢他的任性,他的离奇的幻想,艺术上的大胆创新。他的完美的作品的确令人钦佩,他受到钦佩也很高兴;可是一朝作品失败,他在自己的想象中看到的特色,在群众眼里并不存在。因而得不到赞美的时候,他就不胜骇怪。脾气怪到极点,朋友们有一天眼看他毁掉一件完成的作品,认为画得过头了,他说:"功夫太到家,太像小学生的作业了。"他性格与众不同,有时竟崇高之极;凡是神经质的人的长处短处,他无不具备;而十足地道的神经质往往近于病态。他的头脑和斯忒恩②相似,而不像斯忒恩对文学下过功夫。他的谈吐,

---

① 霍夫曼(1776—1812),德国浪漫派作家兼音乐家,富于奇思幻想,观察细致,写的神怪故事尤其著名。
② 英国小说家斯忒恩(1713—1768)在作品中常有尖锐的批评,辛辣的讽刺,细腻的感情。

他的思想的闪光,隽永无比。口齿伶俐,待人体贴,可是变化无常,在感情方面和绘画制作方面同样任性。俗人可能指摘他的一些缺点,正是使他在小团体中受到喜爱的原因。还有一个叫作费尔扬斯·里达,在当代作家中最富于诙谐滑稽的想象。他不在乎名气,只拿极通俗的作品交给戏院,最精彩的戏剧都藏在脑子里留给自己和朋友取乐。他但求温饱,有了生活费就不愿再写作。生性懒惰,提起笔来却洋洋洒洒,像洛西尼;对任何事情都从正反两面考虑,这一点像所有伟大的喜剧诗人,例如莫里哀和拉伯雷;他是怀疑派,觉得样样可笑,事实上他就是嘲笑一切。费尔扬斯·里达精通人生哲学,世故极深,有观察的天赋,瞧不起他认为虚空的荣誉;他的心可并没因之冷下来。他对自己的利益满不在乎,对人却非常热心,要有什么活动,总是为了朋友,他外表像拉伯雷,也不讨厌好酒好菜,①可决不追求。他心情又忧郁又快活。朋友们叫他联队里的看家狗②,这个绰号形容他的为人再恰当没有。其余三个,至少和以上侧面介绍的四个朋友同样卓越,不幸陆续夭折。第一是梅罗。居维哀和姚弗洛阿·圣·伊兰尔那场有名的论战,便是他在去世之前引起的。③ 居维哀提倡一种狭义的着重分析的科学,至今在世而在德国受到尊重④的姚弗洛阿·圣·伊兰尔却是泛神主义者;事实上两人都是了不起的天才。他们所争论的大问题,在居维哀过世前几个月⑤使科学界分成两派。梅罗是路易的朋友,而路易不久就被死神从知识界中带走。这两个短命的人虽然学识和天

---

① 拉伯雷便是讲究饮食的人。
② 这句俗语原是指军队中的班长或排长。
③ 梅罗在历史上实有其人,名叫梅朗。他是医生,卒于一八三二年六月,终年四十二岁。一八三〇年二月,法国著名生物学家姚弗洛阿·圣·伊兰尔(1772—1844)在法兰西科学院对梅朗与洛朗赛合写的《论软体动物的组织》一文作了报告,加以肯定,著名的动物学家居维哀(1769—1832)表示异议,在报刊上展开一场剧烈的论战。
④ 歌德于一八三二年三月逝世前写的最后一篇文字,赞成姚弗洛阿·圣·伊兰尔的主张,所以巴尔扎克说圣·伊兰尔在德国受到尊重。
⑤ 论战始于一八三〇年,居维哀卒于一八三二年,巴尔扎克所谓过世前几个月,实际是过世前两年。

才浩瀚无涯,今日都无人知道。此外还得加上一个雄才大略的共和党人——米希尔·克雷斯蒂安,抱着欧罗巴联邦的梦想,为一八三〇年代的圣·西门运动出过不少力。政治才具不亚于圣·于斯德和丹东,为人像少女一般和顺,朴实;富于热情和幻想;优美的声音可能使莫扎特,韦白,洛西尼倾倒;唱起贝朗瑞的某些歌曲来能唤起人的诗意,爱情或者希望。米希尔·克雷斯蒂安穷得像吕西安,像大尼埃,像他所有的朋友,对于谋生之道看得和代俄哲尼斯①一样旷达。他替大部头的著作编目,代出版商写说明书,绝口不提自己的主张,正如坟墓决不泄露死后的秘密。这个快活而落拓的知识分子,或许还是一个会改变世界面目的大政治家,后来像小兵一般死在圣·曼里修院②。不知哪个商人的子弹打中了法兰西最高尚的一个人物,并且米希尔·克雷斯蒂安的性命不是为他自己的主张牺牲的。他的欧罗巴联邦其实比共和党的宣传对欧洲的贵族威胁更大。一般疯狂的青年自命为国民议会的继承人,提倡那种观念模糊的要不得的自由;克雷斯蒂安的理想可不像他们的荒唐,要合理得多。认识他的人莫不惋惜这个高贵的平民,时常想起这个无名的大政治家。

这九个人组成一个小团体,相互的尊重和友情使他们各走极端的思想和主义从来不起冲突。大尼埃·大丹士是比卡提的乡绅人家出身,对君主政体的信念同米希尔·克雷斯蒂安对欧罗巴联邦的信念一样坚定。费尔扬斯·里达嘲笑雷翁·奚罗的哲学思想,奚罗向大丹士预言基督教和家庭组织必然要消灭。米希尔·克雷斯蒂安笃信基督教,认为基督是平等的奠基人;他在皮安训的解剖刀前面坚持灵魂不死,而皮安训是最会分析的学者。大家辩论而不争吵;除了几个自己人没有别的听众,所以不计较面子。他们彼此说出工作的成绩,以青

---

① 公元前四世纪希腊哲学家,厌恶财富,轻视享受,无家无室,经常睡于空桶内。
② 一八三二年六月四日,共和党人不满路易-菲力浦的立宪政治,掀起群众性的事变,在巴黎发生巷战;六月六日被政府军队镇压平息。圣·曼里修院街是群众牺牲最惨重的地方。当时拥护政府的以资产阶级及中产阶级为主,镇压群众的民团即由中小商人组成,故下文提到商人的子弹。

年人的可爱的坦白征求意见。遇到重大事故,思想对立的人会放弃自己的主张,拥护朋友的见解;凡是涉及本人思想以外的问题或作品,他们都大公无私,所以更乐于帮助朋友。几乎每个人都秉性温和,能够容忍,这两个优点说明他们高人一等。我们的破灭的希望,流产的才能,失败的事业,受了挫折的雄心,往往积聚起来变为嫉妒。他们却不知嫉妒为何物,并且他们走的是不同的道路。因此凡是像吕西安那样被他们接受的人,都觉得和他们相处很舒泰。真有才能的人总是善良的,坦白的,爽直的,决不矜持;他们的讥讽只是一种精神游戏,并不针对别人的自尊心。最初你因为佩服他们而不免心情激动,过了这个阶段就觉得处在这批优秀的青年中间不知有多少乐趣。他们尽管彼此很亲热,仍旧感到各有各的价值,非常尊重朋友;每个人都觉得可以与,可以受,坦然不以为意。谈话极有风趣,毫不勉强,题材无所不包。用的字像箭一般轻灵,不仅脱口而出,而且一针见血。物质方面的极端穷苦和精神方面的巨大财富成为奇怪的对比。他们想到现实生活,只作为朋友之间戏谑的资料。有一天,天气早寒,大丹士家来了五个朋友,不约而同在大衣底下挟着木柴,仿佛举行野餐的时候,每个客人带一样菜,结果全带了肉饼。他们都有一种内心的美反映在他们的外表上面,跟用功和熬夜一样使年轻的脸上发出黄澄澄的奇妙的光彩;某些骚动线条被纯洁的生活和思想的火焰净化了,变得端正了。脑门像诗人的一样宽广。眼睛又亮又精神,证明他们生活毫无污点。逢到特别艰苦的时候,大家还是快快活活的忍受,兴致不减,脸上照旧清明恬静。年轻人要有这种气色,必须没有犯过重大的过失,不曾为了打熬不住穷苦,只想不择手段的成功,像一般文人那样对叛变的行为肯宽恕或纵容,因而自暴自弃,干出下流的勾当。他们的友谊所以牢不可破,格外动人,是由于彼此深信不疑,这一点是爱情所没有的。那些青年完全信得过自己:一个人的仇敌便是众人的公敌,为了休戚相关的义气,不惜损害自己最迫切的利益。没有一个人胆怯畏缩,谁在受到指控,个个人敢出来替朋友否认,信心十足的为朋友辩护。心胸同样高尚,感情同样强烈,他们在学术和知识的园地中能够自由思索,互相倾诉,所以他们的关系才那么纯洁,谈话那么畅快。因为相信对方必定了解,各人的脑子才能够称心惬意的活动;他们相互之间绝对不用客套,他们会说出自己的痛苦和快乐,思想也罢,烦恼也罢,都可以尽情流露。一般心胸伟大的人重视两个朋友的寓言①,就是为了那种无微不至的体贴,而这体贴在他们中间是常事。怪不得他们对新加入的人挑选极严。他们深深体会到自己的伟大和幸福,不愿让陌生人闯进来扰乱。

这个以感情和兴趣结合的同盟持续了二十年,没有冲突,没有误会。只有死神才能削减这个"七星"社②的成员,带走了路易·朗倍,梅罗和米希尔·克雷斯蒂安。一八三二年米希尔·克雷斯蒂安殉命的时候,荷拉斯·皮安训,大尼埃·大丹士,雷翁·奚罗,约瑟·勃里杜,费尔扬斯·里达,冒着危险到圣·曼里去收尸,不怕政治上的暴力,尽他们最后一些义务。他们在夜里把心爱的朋友送往拉希公墓。皮安训为这件事不避艰险,克服所有的困难,告诉部长们他和过世的联盟论者友谊深厚,要求他们帮助。替五位名人出过力的几个朋友,看着他们的行事大为感动,始终忘记不了。你在那幽雅的坟场中散步的时候,可以看到有一块永久墓地,铺着草皮,立着一个黑木的十字架,刻着一行红字:米希尔·克雷斯蒂安。这种格式的墓碑只此一个。五位朋友觉得这个朴素的人应当用朴素的形式纪念。

可见那寒冷的阁楼上就有最理想的友谊。弟兄们在不同的学科中有同样卓越的成就,诚诚恳恳地互相指点,无所不谈,便是不正当的念头也直言不讳。没有一个不是学识渊博,没有一个不经过贫穷的考验。吕西安被这些优秀人物接受而且平等相待之后,在他们中间代表

---

① 拉封丹寓言第八卷第一一则,描写两个知己,便是梦中也互相关切。
② 公元前三世纪时的希腊,十五及十七世纪时的法国,都有一批著名的诗人称为"七星诗人"。

诗歌,代表美。他念他的十四行诗,很受欣赏。人家有时要他朗诵一首诗,正如他要求米希尔·克雷斯蒂安唱一支歌。在荒凉的巴黎,吕西安终于在四府街上遇到了一片水草。

贫穷的花朵

十月初,吕西安正在鼓足精神修改作品,把剩下的钱买了一些木柴,生活成了问题。大尼埃·大丹士只烧泥炭,不屈不挠的熬着穷苦,没有一句怨言,他像老处女一般安分,像守财奴一般有规律。这股勇气鼓舞着吕西安,他在小团体中是新人,极不愿意提到自己的窘迫。有一天他往公鸡街想卖掉《查理九世的弓箭手》,没有遇到道格罗。吕西安还不知道头脑出众的人多么宽容。他的朋友们都体会到诗人特别有些弱点,为了要表达外界而静观默想,精神过分紧张以后,往往会意志消沉。自己不怕吃苦的人对于吕西安的痛苦却心肠很软。他们猜到他没有钱了。所以小团体的成员除了交换深刻的感想,丰富的诗意,知心的谈话,大家在知识领域中,各个民族的远景中,上下古今,自由翱翔,度过愉快的黄昏之外,还做出一桩事来,说明吕西安太不了解他的一般新朋友。

大尼埃道:"吕西安,昨天你没有在弗利谷多铺子吃饭,我们知道为什么。"

吕西安忍不住冒出两颗眼泪,沿着腮帮淌下来。

米希尔·克雷斯蒂安道:"你不信任我们,我看你还是老毛病……"

皮安训道:"我们都弄到了一些额外的工作:我替台北兰看护一个有钱的病人;大丹士给《百科杂志》写了一篇文章;克雷斯蒂安本想晚

上拿着一块手帕,四支油烛,到天野大道上去卖唱,后来他接到一笔生意,替一个想当政客的人写一本小册子,指点他成功的秘诀,好到手六百法郎;雷翁·奚罗向他的出版商借了五十法郎,约瑟·勃里杜卖出几幅速写;费尔扬斯的戏星期日上演,卖了满座。"

大尼埃道:"这儿是两百法郎,你拿去,不用还。"

克雷斯蒂安道:"哎唷,他要来拥抱我们,仿佛我们做了什么了不起的事了!"

那些心地纯洁,头脑像百科全书一般,各人在专业中养成一些特色的青年,吕西安和他们相处有多么快乐,可以从他第二天接到的两封信中看出来。他给家里写过一封动人的信,充满感情,意志,被苦难逼出来的惨痛的呼号;随后来了回信。

大卫·赛夏致吕西安

亲爱的吕西安,兹附上三个月期的本票一纸,票面两百法郎,你可以向塞邦德街上的纸商梅蒂维埃先生兑现,他和我们有买卖来往。亲爱的吕西安,我们实在一无所有了。夏娃管着印刷所,她的热诚,耐性,勤谨,我看了只有感谢上天给我这样一个天使做妻子。她也觉得没法帮你的忙。可是朋友,你跟那样高尚伟大的人在一起,我相信你走的路太好了。既有达尼埃·大丹士、米希尔·克雷斯蒂安、雷翁·奚罗几位先生的卓越的才智帮助你,又有梅罗、皮安训、里达几位先生指导——你的朋友,我从你来信中都认识了——你决不会耽误你美好的前程。所以我瞒着夏娃签了这张期票,到时我一定设法付款。千万别离开你眼前的道路,那当然很艰苦,将来可是光荣的。我宁可受尽苦楚,不愿意你掉入巴黎的泥淖,这些陷坑我见得多了。但望你有勇气,像现在一样继续避开下流场所,避开小人,糊涂虫,以及某些文人;他们的底细我从前在巴黎看得很透。总之,希望你力求上进,不要辜负那些高尚的朋友。你已经使我对他们不胜敬爱了。你的行为很快会得到酬报的。再见了,亲爱的兄弟,我真高兴,我想不到你会这样勇敢。

大卫

夏娃·赛夏致吕西安

哥哥,我们读了你的信都哭了。你靠善神指点,居然交上了那些高尚的人物;请你告诉他们:一个母亲和一个可怜的少妇将要为他们早晚祈祷,如果热烈的祷告能上达天听,将来对你们必有些好处。真的,哥哥,他们的名字刻在我心上了。有一天我准会见到他们。他们对你的友爱仿佛替我的伤口涂了油膏,为了这一点,哪怕要走到巴黎,我也会去向他们道谢。我们在家像可怜的工人一样做活。我时时刻刻发现大卫的新的品德,愈来愈爱这个无名英雄了。他放下了印刷所,原因我知道:你的穷,我们的穷,母亲的穷,使他难过到极点,咱们的大卫受着苦恼侵蚀,好比被老鹰啄食的普罗密修斯。这个了不起的人把自己完全忘了,他认为有希望挣一笔家业,每天都在试验造纸,要我照顾买卖,他一有空闲就来帮助我。不幸我怀了身孕。明明是一桩极快活的事,在眼前的情形之下只能使我发愁。可怜的母亲返老还童了,居然还有精力服侍病人,干那种辛苦的工作。要不是为家业操心,我们可以算幸福了。赛夏老人一个小钱都不肯给儿子。大卫看着你的信急得没有办法,去向他借钱,预备接济你。老人说:我知道吕西安的脾气,他会糊涂的,会荒唐的。——我老实不客气把他顶回去,回答说:怎么!难道我哥哥会做出不光彩的事来吗?……吕西安知道那要使我痛苦死的。——母亲和我瞒着大卫,典押了一些东西,等母亲一有钱就赎回。我们凑起一百法郎,托驿车公司带给你。我没有复你第一封信,请你不要见怪。我们忙得连晚上都不得休息,我干的活儿抵得上一个男人,唉……想不到我有这样的精力。特·巴日东太太没有灵魂,没有心肝;她既然从我们手中把你抢走,送进巴黎那样险恶的海洋,就算她不再爱你,也该支持你帮助你才对。幸亏吉人天相,在茫茫人海和利欲熏心的浪潮中,你遇到一般真正的朋友。她不值得惋惜。我只盼望你身边有个忠心耿耿的女子做我的替身;不过知道你那些朋友像我们一样爱你,我也放心了。亲爱的哥哥,把你美妙的天才施展出来吧。现在我们的爱都在你身上,将来我们的光荣也在你身上。

夏娃

亲爱的孩子,你妹妹把话说完了;我只有祝福你,并且告诉你:我的祈祷,我的心思,都被你一个人占去了,来不及再顾到我身边的人。在某些人心中,不在眼前的人总占着第一位。在我心里就是这样。

你的母亲

因此,朋友们多么体贴的借给吕西安的钱,过了两天就还掉了。也许在他看来,人生从来没有这样美好;可是他的自尊心的波动逃不过朋友们尖锐的目光和灵敏的感觉。

费尔扬斯道:"仿佛你只怕欠我们情分。"

米希尔·克雷斯蒂安道:"噢!他这种得意的表示,我认为很严重;本来我觉得吕西安虚荣,现在证实了。"

大丹士道:"他是诗人啊。"

吕西安道:"我这种心情自然得很,难道你们为此责备我吗?"

雷翁·奚罗道:"他不瞒我们还是可取的,他还坦白;可是我担心他将来会提防我们。"

"为什么?"吕西安问。

"因为我们看到你的心。"约瑟·勃里杜回答。

米希尔·克雷斯蒂安道:"有些事你明知道和我们的原则抵触,可是你心中有鬼,会替你把那些事说做正当的。你将来并非在思想上强词夺理,而是在行动上以曲为直。"

大丹士道:"啊!吕西安,我就怕这一点。你思考问题的时候冠冕堂皇,表现你很高尚,做出事来偏偏不大正当……你永远不能跟你自己一致。"

吕西安道:"你们的责难有什么根据呢?"

费尔扬斯道:"亲爱的诗人,你爱面子的心难道那么强,便是在朋友之间也摆脱不了吗?这一类的虚荣说明一个人自私得可怕,而自私就会毒害友谊。"

"噢!天哪!"吕西安叫道,"我多么爱你们,难道你们不知道吗?"

"如果你的爱和我们之间的相爱一样,你会把我们多么乐意给你的东西,这样急不可待,这样郑重其事的还我们吗?"

"我们这儿绝对不借贷,只有互相赠送。"约瑟·勃里杜不客气的说。

"亲爱的朋友,"米希尔·克雷斯蒂安说,"我们不是对你严厉,而是为了预防,怕你有一天贪图痛快,宁可来一下小小的报复,不珍重我们纯洁的友谊。我劝你念一念歌德的《塔索》,了不起的天才写的最伟大的作品;塔索喜欢华丽的衣着,盛大的宴会,爱声名,爱炫耀。唉!但愿你成为塔索而不像他那样放荡。万一受到世俗的繁华诱惑,希望你不要动摇,仍旧留在这里……你对虚荣的要求,不如转移到思想方面。就算荒唐,宁可思想荒唐,行为还是要正派;千万别像大丹士说的,想的是好主意,做的是坏事情。"

吕西安低下头去:朋友们说的不错。

他眼神挺妩媚地望着大家,说道:"我承认不及你们刚强,我的筋骨受不住巴黎的压力,没有勇气奋斗。各人的气质,能力,生来就有参差,而善和恶的另外一面,你们比谁都清楚。老实说,我已经很累了。"

大丹士说:"我们会支持你的,这种地方正用得着忠实的朋友。"

"我最近得到的接济只能应付一时,咱们彼此都一样的穷,我不久又要遭到困难的。克雷斯蒂安全靠临时的主顾,在出版界中一点办法都没有。皮安训不在这个圈子里。大丹士只认识发行科学书和专门著作的书商,他们对专印新文艺的出版家毫无力量。荷拉斯,费尔扬斯·里达,勃里杜,在另一方面工作,同出版社隔着十万八千里。我非挑一条路走不可。"

皮安训说:"还是走我们的路吧,不要怕吃苦!拿出勇气来,相信你的工作!"

吕西安很激动的回答:"在你们不过是吃苦,在我是死亡。"

雷翁·奚罗微笑着说:"鸡还没啼到三遍①,这个人就要背弃工作,向懒惰和巴黎的糜烂生活投降。"

吕西安笑着问:"你们这样用功又有什么出路呢?"

约瑟·勃里杜说:"从巴黎出发到意大利,决不能在半路上见到罗马。在你心目中,小豌豆长出来就该拌着牛油,现成炒好才行。"

米希尔·克雷斯蒂安说:"这种小豌豆只是替贵族院议员的长子预备的。我们可是自己种,自己浇水,味道反而更好。"

大家说着笑话,扯到别的题目上去了。这些目光犀利而心思细密的人,有意让吕西安忘掉那场小小的争执。从此以后,吕西安知道要蒙蔽他们极不容易。不久他又悲观绝望了,只是竭力隐藏,不给朋友们发觉,认为他们是绝不妥协的导师。他的南方人脾气最容易在感情方面忽上忽下的波动,打的主意自相矛盾。

他好几次说要投入新闻界,朋友们始终警告他:"万万使不得!"

大丹士说:"我们所认识的,喜爱的,又美又文雅的吕西安,进了那个地方就完啦。"

"新闻记者的生活,作乐和用功经常冲突,你决计抵抗不了,而抵

---

① 耶稣被捕前夕,告诉他的门徒彼得,说第二日鸡鸣以前,彼得要三次否认他。

抗是德性的根本。能够运用自己的势力,操着作品的生杀之权,会使你欣喜欲狂,不消两个月就变为一个十足地道的记者。当上记者好比在文艺界中当上执政。什么都说得出的人,结果什么都做得出!这句名言是拿破仑说的,而且不难理解。"

吕西安道:"不是有你们在我身边吗?"

费尔扬斯道:"那时可不在你身边了。一朝当了记者,你怎么还会想到我们?歌剧院的红角儿,受人崇拜,坐着绸里子的车厢,还会想到她的村子,母牛,木屐吗?记者的思想要有光彩,念头要转得快,这些长处你只多不少。你想到一句俏皮话就觉得非说不可,便是叫你的朋友伤心也顾不得。我在戏院后台碰到一般记者,只觉得恶心。报界是一个地狱,干的全是不正当的,骗人的,欺诈的勾当,除非像但丁那样有维吉尔保护①,你闯了进去休想清清白白的走出来。"

小团体中的朋友愈阻止吕西安走这条路,吕西安愈想去冒险,尝尝危险的味道。他心中盘算:毫不反抗而再受一次贫穷的袭击,不是荒唐吗?第一部小说卖不出去,吕西安没有兴致再写第二部。况且写作的时候靠什么过活呢?他那点儿耐性已经被一个月艰苦的生活消磨完了。一般记者人格扫地,昧尽天良干的事,难道他不能正正当当的干吗?朋友们的戒心明明是小看他,他偏要向朋友们证明他坚强。或许有一天还能帮助他们,替他们的荣名当宣传员呢!

一天晚上他和雷翁·奚罗送米希尔·克雷斯蒂安回家,对克雷斯蒂安说:"不敢和你一同犯罪的人算得上朋友吗?"

米希尔·克雷斯蒂安回答:"我们什么都不怕。你要一时糊涂,杀了情妇,我会帮你隐瞒,对你照样敬重;不过你要是做了奸细,我就痛心疾首,跟你断绝,因为那种卑鄙无耻是有计划的。新闻事业就是这么回事。为了感情犯的错误,不假思索的冲动,做朋友的可以原谅;可是有心拿灵魂,才气,思想做交易,我们绝对不能容忍。"

---

① 但丁在《神曲》中说他游历地狱是由拉丁诗人维吉尔指引的。

"我不是可以当了记者,把我的诗集和小说卖掉以后,立刻脱离报纸吗?"

雷翁·奚罗道:"马基雅弗利做得到,吕西安·特·吕庞泼莱做不到。"

吕西安道:"好吧,让我来证明我比得上马基雅弗利。"

米希尔一边跟雷翁握手一边说:"啊!你这句话害了他了。"又对吕西安道:"你此刻有三百法郎,可以舒舒服服过三个月;还是用起功来,再写一部小说吧!大丹士和费尔扬斯帮你计划,你会慢慢成熟,做一个小说家。让我去踏进那些贩卖思想的妓院,当三个月记者,攻击某个书商的出版物,替你卖掉稿子,我再写文章宣传,叫别人也写,想办法捧你出台;这样你可以成名而始终是我们的吕西安。"

吕西安道:"原来你这样瞧不起我,认为在那个圈子里你能够脱险,而我非送命不可!"

米希尔·克雷斯蒂安叫道:"噢!天哪!原谅他吧!他真是个孩子!"